堺屋太一 著作集

第6巻

峠の群像
（上）

東京書籍

刊行に寄せて

堺屋　太一

私は、二〇一六年三月までに百八の作品を出版している。この中から現在も将来に亘《わた》っても、お読み頂く価値が高いと思う十八作を選んで、全十八巻の『堺屋太一著作集』とした。

百八の作品の中には、予測小説、歴史小説などの創作、水平分業論や知価革命などの社会経済学説、それぞれの時代の経済社会動向を描いた社会評論などがある。

但し、この著作集では、その時その場の時事問題を評論したものは削除した。時代の変化や時間の経過によって価値が低下したものは、その時代の状況や社会の関心を知る点では大事だが、今更お読み頂くほどのこともないと考えたからである。

従って、この著作集に選ばれた著作は、今日においても後世においても、一読して頂くに値するものばかりだと考えている。

なお、著作集刊行にあたり、現在の視点で作者による作品解説も書き加えさせて頂いた。経済学説はもちろん、歴史小説や予測小説でも現時点での意味が大きいことを知って頂けると思う。併せてお読み頂ければ幸いである。

目次

峠の群像（上）

装画　池口史子
装幀　三村　淳

堺屋太一著作集　第6巻

峠の群像（上）

1981年刊行

この時の峠で
　人はみな
それぞれに生き
それぞれに悩んだ
　だが時は
ひたすらに下り坂を行き
ただ一つの評価を残した

プロローグ

「どけどけ、どいてくれい……」

大声で叫びながら男が走る。

着古した紺地《こんじ》の袷《あわせ》にすり減った草履《ぞうり》、髷《まげ》は歪《ゆが》み、さかやきは五分ほども伸びている。腰には黒鞘《くろざや》の脇差を、左手にはもう一本、朱鞘の長刀を握っている。年の頃は二十五、六。親の代からの長い浪人生活に耐えて来た貧しさがにじんでいる。

だが、襟《えり》の間からのぞく胸元も、からげた裾《すそ》から突き出した両の脚もたくましい。表情は引き締り、太い眉《まゆ》の下の目は希望と興奮に輝いている。浪人者には滅多にめぐり合えない緊急非常の用件で急いでいることは、だれの目にも分る。

「どけどけ、どいてくれい……」

浪人は、同じ言葉を繰り返しながら走った。厳しい表情に似つかぬ明るい声が、この若い男の一途な性格を現わしているようでもある。

早春二月十一日昼の四ツ半（新暦では三月十八日午前十一時頃）、場所は江戸牛込《うしごめ》天龍寺通り。江戸といっても北のはずれの新開地。道は狭く、両側の家並みは軒が低い。職人、行商人、日雇い、やもめ暮しの浪人や後家《ごけ》の住む貧弱な長屋の列に、もの売りの小店と飲食を商う屋台が混る街だ。通りといっても幅一間あまり、道というよりは小屋の間に残された湿っぽい路地という方がふさわしい。

この狭い所に、両側の家人が箱や板や七輪を出している。女や子供、老人、それに仕事にあぶれた男たちが何とはなしにたむろしている。元禄中頃《げんろくなかごろ》（十七世紀末）の江戸の町人街は、何とも猥雑《わいざつ》だ。騎馬や早駕籠《はやかご》が行く場合には、「どけどけ」と叫ぶ先駆けが欠かせなかったほどである。

浪人の叫びに女たちはうろたえた。子供や老人が驚いた。路上に寝そべっている犬どもも、久し振りに見る威勢のよい人間に仰天して道を空《あ》けた。たった一人の男が駆け抜けただけで、狭い通りにはちょっとした波紋が起った。

「ありゃあ、竹町（現新宿区納戸町）の中山やすべえさんじゃねえかねえ……」

端切《はぎ》れを洗張りの板に貼り付けていた女が浪人の後姿にそんな声を発した。「安兵衛」——当時の正しい読み方は「やすひょうえ」だが、女は気安く「やすべえ」といった。貧しい浪人と貧しい町人の間には身分的な差別観は存在しない。大抵の浪人は、やがて町人になるのだ。

「そうだかなあ、何を急いでなさるのやら……」

低い軒下にしゃがみ込んだ老人が、首だけ伸して浪人の背を目で追いつつ呟《つぶや》いた。

「そうじゃろが、ありゃあ……」

女は、何秒間か浪人のあとを見ていたが、やがて手桶《ておけ》の端切れを把《つか》み上げて板に貼る作業に戻った。老人は首をすくめ、犬は路上の陽だまりに戻った。浪人中山安兵衛の巻き起した波紋は消えようとしていた。

しかし、それからしばらくすると、逆の方向、つまり浪人の走って行った西の方から、ざわめきが伝わって来た。それはやがて「喧嘩《けんか》だ、喧嘩だ」という声にまとまった。

「喧嘩だ、喧嘩だ……」

「斬合《きりあ》いじゃ、高田馬場で斬合いがはじまったぞ……」

西の方から伝わって来た騒音は、数分にしてこれだけの情報に変った。

「何、喧嘩じゃと……」

「侍同士が斬り合っておると……」

人々は一斉に叫びわめいた。男も女も、まずは顔を見合せ、次には申し合せたように西の方を見た。十町以上も離れた高田馬場が見えるはずもないのに、みな背と首を伸していた。どの顔も悲劇を予想した暗い表情を作っていたが、どの目も興味と好奇心に輝いていた。平和で退屈で貧しい日々に飽き飽きしている人々にとって、武士の斬合いはまたとない刺激的な事件だ。

「見に行こうか……」

仕事にあぶれた日雇いがまず、遠慮がちに囁《ささや》いた。

「うん、行こうや……」

老人がうなずいた。

「では、拙者《せっしゃ》も参るか」

浪人者が身をひねって歩き出した。

たちまちにして数人の集団ができ、すぐこれに、より大勢が続いた。女も子供も加わり、人は列を成した。途中でも、次々と加わる者があり、列は前にも後にも伸びた。そしてそれに従って、人々の歩みは速まり、やがて小走りに駆ける者が出た。そしてそれが好奇心と競争心を解放し、群集心理を掻《か》き立てた。人々はみな、「喧嘩だ」「斬合いだ」と叫びながら走り出していた。

「高田馬場で斬合い」というニュースは、この間にも拡まっていた。四谷から市ケ谷、麹町《こうじまち》へと伝わるのにもさして時間はかからない。小石川牛天神下の堀内源太左衛門道場に報《しら》されるまでにも十分とはかからなかった。

ここでの反応も、牛込の日雇いたちのそれとさして変らない。木刀を振っていた武士たちも、まず遠慮がちに顔を見合せ、やがて「見に行こう」と囁き合った。道場の中央で木槍《きやり》を振り回していた若い武士もその一人だった。

「我らも参ろうか。後学のためにもなろう……」

若い武士、播州《ばんしゅう》浅野家馬廻役《うままわりやく》の高田郡兵衛《たかだぐんべえ》は、壁際にいた白髪《しらが》混りの男をかえりみてそう誘った。

「おお、参ろうとも。またとなき好機じゃ」

白髪混りの男、同じ家中で江戸詰武具奉行《ぶぎょう》を勤める奥田孫大夫《おくだまごだゆう》（兵左衛門）も、すぐ同意した。もうその頃には、何人かの者が玄関口から跳び出していた。

堀内道場を出た高田と奥田は、急ぎ足に歩いた。だが、行くほどに同行者が増え、気が急《せ》いた。彼らの唯一の心配は、現場に着くまでに斬合いが終ってしまうことだ。やがて、彼らも、多くの同行者と同じように走り出した。

小石川牛天神から高田馬場までの道を走り抜くのは容易ではない。武術で鍛えた高田や奥田も息が切れ、足が鈍った。多くの競走者も同じに見えた。その中を、軽やかに駆け抜けて行く者がいた。紺色半纏《はんてん》に紅脚絆《べにきゃはん》という派手な服装の男だ。

「ほい、御免よ、お先にどうも……」

「そら、右側通して、有難さん……」

半纏の男は、おどけた口調でそんなことをいいながら、巧みに人を避けて駆け抜けて行く。

「やっぱり……飛脚《ひきゃく》は速いのお……」

遅れ気味の奥田孫大夫が、途切れ途切れに声をかけた。追い抜いて行った男の背に、丸に「伝」の字の印があったからだ。これは、上方と江戸を結ぶ伝馬《てんま》町の飛脚屋「飛伝」の商標である。

「そりゃあ、走るのが商売だからのお……」

幾分余裕のある高田郡兵衛は、後の奥田に慰め顔で応じた。この時、二人を追い抜いて行ったのは「飛伝」の次男坊伝平である。


世にいう「高田馬場の決闘」はこのようにしてはじまった、と通説ではいわれている。

高田馬場は、現在の戸塚二丁目交叉《こうさ》点辺りから東へ拡がる田畑の中にあった。西の方には土手があり、中央にも中の土手通りと呼ぶ低い盛土がある。北側は神田川岸に降りる下り坂に続き、東側には木立が並んでいたという。ここで決闘が行われたのは、元禄七年（一六九四年）旧暦二月十一日のことだ。

事の発端は、松平《まつだいら》右京《うきょう》大夫頼純《だゆうよりずみ》（伊予西条三万石）の家来、菅野六郎左衛門と村上庄左衛門が、組頭方での年始振舞いの席で口論したことだ。これが四日前の二月七日だというから両者の間に深い因縁や特別の利害対立があったわけではないらしいが、とに角、両人は高田馬場での果合《はたしあ》いを約束した。武士の間にありがちな意地の張合いがこんな大事になったのだろう。

ところが、村上庄左衛門には弟二人があり、家来共六、七人も連れて来ると予想されたのに、菅野六郎左衛門は孤独、その上六十余の高齢だった。不利を覚悟した菅野は、堀内道場で知り合い伯父甥《おい》の義を結んでいた中山安兵衛（のちの堀部安兵衛）を訪ね、「万一我等討たれ候はば、貴殿事、跡の妻子等引き受け、又は敵《かたき》を討ち給はる可《べ》し」と願い出た。これを知った安兵衛は、「あとで仇《あだ》討《う》ちなどするよりは今助太刀する方がよい」と高田馬場に同行したのだ。俗説に伝えられるように、事件を聞いて駆け付けたのではないらしい。

戦いの経過は、中山安兵衛自身が、死んだ菅野六郎左衛門に代って松平家に提出した決闘始末の報告書に詳しい。それによると、村上方は兄弟三人、菅野方は六郎左衛門と安兵衛、それに菅野の若党、草履《ぞうり》取りがいたが、これは偵察行為以上には戦闘に加わらなかったらしい。戦いは、菅野六郎左衛門と村上庄左衛門が渡り合い、中山安兵衛と村上の弟三郎右衛門が斬り合った。安兵衛は、三郎右衛門の太刀を二度までも鍔《つば》で受け止めた上、踏み込んで真正面から眉間《みけん》を打ち割った。ちょうどその時、十間ほど離れた所で、菅野が眉間を斬られた。安兵衛がはっとして駆け付けると、これに力を得た菅野が反撃に出て、村上の左右の手を打ちおとした。かなわじと見た村上は「ならぬならぬ」といいながら逃げようとしたが、安兵衛は「ならぬとは」と叫んで眉間を打ち込み、西の土手に斬り伏せた。そのあと、村上のもう一人の弟中津川祐見も打ち倒した。しかし、菅野六郎左衛門も、眉間を斬られた傷で死亡した、という。

巷説《こうせつ》にいう「高田馬場の十八人斬り」とは違い、中山安兵衛が斬ったというのは三人だ。しかもそのうちの一人は両手を負傷したあとで斬ったらしい。中津川祐見は鍼《はり》医者だというから、大した腕ではなかったようだが、三郎右衛門との戦いはかなりの激闘だったことが分る。いずれにしろ、道場友達で義盟を結んだという程度で不利な決闘の助太刀を買って出たのだから、中山安兵衛という男は、相当な勇み肌だったのに違いない。

高田郡兵衛と奥田孫大夫が高田馬場に着いた時、決闘はもう終っていた。二人は中の土手に駆け上り、周囲の人々に、

「いかがでござった……」

と訊ねてみたが、みな黙って首を振るばかりだ。ここに集った大勢の人々の中でも、実際に斬り合う瞬間を見た者は僅《わず》かだった。決闘は、長い睨《にら》み合《あ》いと短い刃合せで終ったのであろう。

それでも、決闘者らしき人影がまだ西の土手の辺りに見えた。

〈どうやら勝った方からも怪我人が出たらしい……〉

と、高田郡兵衛は思った。倒れている人物の上にかがみ込んでいる男の動作が、そのことを示している。

やがて、青ざめた若党が二人、戸板を担いで来て、怪我人を載せにかかり、かがみ込んでいた男もふらふらと立ち上った。これが唯一人の生き残った勝利者に違いない。だが、勝利の美名にそぐわぬひどい格好だ。身には黒っぽい袷をひっかけているだけで、帯も締めていない。顔は血の気が失せ、目は虚《うつろ》だ。はだけた胸元も、むき出しの脚も、返り血と泥に汚れている。乱れた髪が顔にも肩にもかかり、五分ばかり伸びたさかやきが汚ならしい。

「やっぱり、人を斬るのは大変なんだなあ……」

と、郡兵衛は心のうちで呟いた。槍の上手と賛えられるこの男も、人を斬った経験は一度もない。見るのさえ今はじめてだ。元禄時代の武士は、大抵がそうである。

「ああ、あれは……中山氏《うじ》……」

突然、背後で奥田孫大夫の素頓狂《すっとんきょう》な声がした。

「何、中山……」

郡兵衛は、奥田の方を振り返った。

「確かに……あれは、中山安兵衛殿じゃ……」

奥田は、よろよろと歩き出した勝利者の方を指さした。

「うーん、そういえば確かに……」

高田はうめきに似た声を上げた。中山安兵衛なら堀内道場の同門であり、何度か稽古《けいこ》の木刀を合せた仲である。決闘の現場に来た興奮と相手の表情の凄《すさま》じさのために、今まで気付かなかったのだが、いわれて見れば確かにそうだ。

「これは一つ、祝いの言葉をかけてやらねばなるまい」

高田と奥田は、そんなことをいい合いながら土手を降り、人垣の後を廻って安兵衛の出て来る方へと急いだ。

二人が西の土手の北はずれまで来た時、見物人の人垣が揺れ、拍手が湧《わ》いた。若党二人に瀕死《ひんし》の菅野六郎左衛門を載せた戸板を担がせて、中山安兵衛が出て来る所だ。

「中山氏、お見事でござった……」

「天晴《あっぱ》れ、同門の誇りじゃ、中山殿」

二人はこもごもに声をかけた。中山安兵衛は、一瞬、虚な視線を向けたが、まだ人の顔を認識できるほどの落着きは取り戻していないらしく、

「お医者はおられぬか、お医者は……」

と呟いただけだった。


「高田馬場の決闘」の話は、たちまちのうちに江戸中に拡まった。そしてその瞬間から、事実よりもはるかに華々しいものになっていた。

数時間前に、中山安兵衛が駆け抜けた牛込天龍寺通りの辺りでは、職人や日雇いたちが身振り手振りを混えて大袈裟《おおげさ》に話していた。ある者は、

「安兵衛さんは駆け付けるや否や、たちまち二人を斬って捨てた。その速いこと速いこと……」

といい、ある者は逆に、

「じっくりと睨み合った安兵衛さんが、じりじりと相手に迫ったねえ。向うは二人いたが気迫に押されてあとずさりさ」

という。また、ある者は、

「菅野六郎左衛門という老武士がまず眉間を割られて倒れた。村上三兄弟が一斉に斬りかかろうとしたちょうどその時、待て待てっと安兵衛さんが来たねえ。向きをかえて三兄弟が打ちかかるのを安兵衛さんはひらりひらりとかわしてさ……」

と講談口調で語った。どうやらだれも、本当の斬合い場面は見なかったらしい。だが、どの話も中山安兵衛だけがやたらに強かった点では一致している。

尾鰭《おひれ》は距離と時間が拡がるほど大袈裟になる。芝松本町の日雇い頭《がしら》前川忠大夫宅では、また聞きのまた聞きの話を見て来たように語る者が何人もいた。ここでは、中山安兵衛なる浪人が馬

場も狭しとばかりに駆けめぐり数人の敵を次々と斬り倒した、という活劇調の物語になっていた。
主人の忠大夫は、播州赤穂加里屋町の大年寄前川新右衛門の従兄弟《いとこ》で、同業者仲間ではもの識《し》りで通った人物だったが、

「それじゃ近いうちに、みなで牛込へ安兵衛さんとやらを拝みに行こうじゃねえか」

といって、日雇いたちを歓《よろこ》ばせた。

一日も経たぬうちに、浪人中山安兵衛は江戸庶民の英雄になっていた。当然のようにこの人物自身の虚像も生れた。滅法強いというだけでない、腕も立つが文才もある、義俠心にも富んでいるが優しさもある、その上、水もしたたるいい男だ、などという噂《うわさ》が加わって女房たちの興味を掻《か》き立てた。

「高田馬場の決闘」に興奮したのは武士も同じだ。百年の泰平に慣れ、腕を示す機会さえなかった侍たちはみな、中山安兵衛の働きを賞賛した。浪人たちは、その好運をうらやみつつも「中山氏にあやかりたいものだ」と語り合っていた。中には、

「拙者とて左様な機会にめぐり合えば中山氏とやらに劣るものではないが……」

と腕を撫《ぶ》す者もいた。しかし、この有名人に挑戦して勇名を轟《とどろ》かせようとするほどの乱暴者はいなかった。武勇を尊ぶ気風はあっても、戦国時代の武者修行のような殺伐さはもうなかったのである。

中山安兵衛の通っていた堀内道場の歓びは当然ながら大きい。とにも角にも真剣勝負で勝った者を出したのだから、この道場の剣術は実戦でも役立つことが証明されたわけだ。道場の格も上るし、門人たちの羽振りもよくなる。道場では、安兵衛自身がまだ取調べ拘留中に早くも祝宴を張った。

道場主の堀内源太左衛門正春は、

「中山氏の働き、この目で見てやれなんだは残念ながら、日頃の鍛練を遺憾なく発揮してくれたのは祝着《しゅうちゃく》」

などといい、すぐ安兵衛を師範代に昇格して、「師範代中山安兵衛武庸《たけつね》」の大看板を掲げさせた。

正規の武士社会、大名や旗本の屋敷でも、「高田馬場」は大いに話題になった。どこの屋敷でも長屋住いの侍たちが日頃の退屈を吹き飛ばそうとこのことを論じ合っていた。鉄砲洲《てっぽうず》の赤穂《あこう》藩浅野《あさの》内匠頭《たくみのかみ》上屋敷でも例外ではない。

ここでは、高田郡兵衛や奥田孫大夫が、堀内道場の同門として安兵衛を知っていただけに、他所以上の興奮を生んだ。富森助右衛門《とみのもりすけえもん》、赤埴源蔵《あかばねげんぞう》、小山田庄左衛門、矢田五郎右衛門ら長屋住いの腕に覚えが、高田、奥田を囲んで大声に語り合い、論じ合った。中でも強い関心を示したのは六十八歳の老武者堀部弥兵衛だ。

「うーん、そのような御仁こそ我が家の養子にしたいもんじゃ……」

老人はそう叫ぶと自分の長屋にとって返し、

「ホリ、ホリよ、歓べ。お前の婿殿が決まったぞ。高田馬場の勇士、安兵衛殿じゃ」

とわめいていた。

この老人は、一人娘のホリに婿養子を取らそうと捜しているのである。

長屋から出て来たら若い娘は、あまりに急な話にきょとんとしていたし、周囲の侍たちは老人の独断をおかしがって笑った。だが堀部弥兵衛は真剣そのもの、

「必ずそうするわい。当家は代々武勇の誉れある家柄、殿様からも大事に思われておる。それに、

ホリ、お前もなかなかの器量よしじゃ。安兵衛殿にもこれほどの話、そうはあるまい。必ず御承知下さるわい」

と、ひとり悦に入っていた。この老人は、二年前に一人息子を凶刃で失ったが、その時の犯人を一太刀で斬り殺した豪の者で、殊《こと》のほかの武勇好みだったのである。

だが、長屋の並ぶ外庭の騒ぎをよそに、奥座敷に近い家老の詰所では、江戸詰家老の安井彦右衛門や留守居役の建部喜六《たけべきろく》が、「堀部老人の空騒ぎがまたはじまった」といわんばかりの冷たい表情を見せていた。

「剣術など多少できても、今の世では……」

安井がぽつりと呟いた。

「いやあ、それよりこれを何とかして下さる御仁がのお……」

建部が膝《ひざ》の上に拡げた帳面をぽんぽんと叩いた。それには「江戸屋敷勘定帖」とあった。今、この家、赤穂藩浅野家は、深刻な財政難に直面しているのである。

「高田馬場の決闘」は江戸城内にも伝わり、翌朝には将軍綱吉《つなよし》の耳にも入った。

事件の顚末《てんまつ》は、決闘の張本人、菅野六郎左衛門と村上庄左衛門の属した松平右京大夫家から大目付に報告され、老中に伝えられた。

この当時、幕府では二の日が閣老評定日《ひょうじょうび》と決まっていた。決闘の翌日、二月十二日はそれに当る。大目付がこの一件を持ち出したのも、その席である。本来ならば幕府の評定に出るほどの重大事件ではないが、世間の評判になっていたので、事のついでに語られたのだ。

ここでの話は、松平家の公式報告に基づいたものだから、嘘《うそ》も誇張もない。むしろ、事を穏便に収めたいという報告者の心理を反映して、無味簡明にさえなっていた。それでも、この種の事件の珍しい時期だけに、奉行たちの話ははずんだ。何人かの奉行は、道場や大名屋敷の武士たちと同じく、中山安兵衛の勇気と剣技に興味を持った。他の何人かは巷《ちまた》の評判の大きさを語った。中には、我が家の何某がその中山とやらを見知っていると、下世話な批評をする者もいた。要するに、結構な閑つぶしの話題となり、松平家の処理に誤りないことを確認して終った。奉行たちの多くは、中山安兵衛に対して好意的な反応を示したといってよい。

しかし、御側《おそば》御用人牧野成貞《まきのなりさだ》から、この話を伝え聞いた将軍綱吉は、

「余が膝元近くで左様な騒乱があるとは……」

と渋い顔でうめいた。

将軍綱吉によって「生類憐みの令《しょうるいあわれみのれい》」が発せられて既《すで》に久しい。病馬を捨てず、犬猫を打たず、魚鳥にまで憐みをかけて食することを禁じるほどに、この将軍は殺生《せっしょう》が嫌いなのだ。綱吉は、あくまでも世の泰平を愛し、幕府の絶対権力による法治秩序を求めて止まない。幼少の頃から淫《いん》するほどに儒学を好み、それが説く封建秩序と忠孝の道に溺《でき》し切った独裁者にとって、野蛮な暴力によって口論の決着をつけようとした下級武士の振舞いは、不快の極みだったのである。

この将軍の気持ちを察して、もう一人の若い御側御用人柳沢保明《やなぎさわやすあき》（のちの吉保《よしやす》）が、

「まだ、なかなか……」

と、首をかしげて見せた。

たまたま、朝廷からの年賀使饗応《きょうおう》のことで来ていた高家《こうけ》筆頭の吉良上野介《きらこうずけのすけ》も、

「いつになっても下々《しもじも》には殺伐を好む者が絶えぬものでござりますなあ……」

と調子を合せた。

「ほう、吉良の少将もそう思われるか……」

綱吉は満足気にいった。

「御意……」

雅《みやび》た今様柄の裃《かみしも》に身を包んだ吉良の少将は、もだえるように膝《ひざ》をにじらして少しあとずさりして、平身した。室町礼法の形骸《けいがい》をかすかにとどめる古風な作法である。


その頃、「高田馬場の決闘」話は、飛脚屋《ひきやくや》伝平によって西に運ばれていた。

決闘の翌日の昼。川崎宿の旅宿「大文字屋」では、店の小娘おゆうを相手に伝平が、

「高田馬場のこと、もう聞いたかね」

と語りかけた。

「とっくに知ってるわよ。中山安兵衛さんが二刀流でチャンチャンと……」

おゆうは、子供っぽい笑顔で両手を振り回して見せた。

「何、二刀流……」

伝平は、ちょっと言葉につまった。自分の見聞よりはるかにおもしろそうな話が既に伝わっているのだ。

「違う、違う、二刀流じゃねえよ。安兵衛さんは一刀流、それも堀内源太左衛門直伝の折目正しい青眼の構えよ。俺あちゃんとこの目で見て来たんだから間違いない」

「あら、伝平さん。本当に見たの、斬合いを……」

流石《さすが》におゆうは目を丸くした。

「あいな、見たとも。昨日の四ッ半、高田馬場に駆け付けて。足が自慢の伝平さんならこそ間に合ったねえ。中山安兵衛さんが村上三兄弟を斬る瞬間を、しっかとこの目で見た……」

伝平は、多少のホラを混えて大声で語った。たちまちその周囲には人垣ができる。決闘を実見したという人物の話にはだれもが関心を示すのだ。

異論を唱える者もいたし、質問も出たが、伝平はすらすらと応じた。昨日は一日かかって筋書を考え抜いていたからだ。

翌日の夜、伝平は大井川の渡しに来た。ここでも「高田馬場」の話は伝平より前に伝わっていたが、何故か「七人斬り」になっていた。旅の四日目に入った尾張名古屋では、それが「十人斬り」に変っていた。

そしてそれが、六日目に着いた伏見の舟宿大塚屋小右衛門方では「十三人斬り」に拡大し、中山安兵衛は紅のたすきに白鉢巻、手裏剣五本を額にはさみ、四尺の大刀、二尺三寸の長脇差を両手に持って獅子《しし》奮迅という話に発展した。

「恐れ入ったもんだ。話に尾鰭の付くのも参るが、この伝平さんより早く来るとは噂は恐しい」

伝平は、舟宿の飯盛女《めしもりおんな》を相手に嘆いていた。

江戸を出てから七日目の夕方、飛脚屋伝平は、大坂塩町の塩商竹島喜助の店に来た。播州赤穂の塩を買い入れ手広く売り捌《さば》く塩商「竹島」は、町飛脚「飛伝」の上得意である。

ここで伝平は、主人の喜助、若い番頭の与之介、喜助の一人娘素良《そら》とその友人島屋の美波らを相手に「高田馬場」の一件を語った。この当時の飛脚は、手紙や小荷物の運送ばかりでなく、情報の運び屋である。各地の噂や話を伝達し、お得意先の商売と楽しみに役立つことが飛脚稼業の営業促進にもなる。

「あら、安兵衛さんとやらの斬った敵《かたき》は、たった三人なの……」

素良は拍子抜けしたようにいい、

「昨日の話では十八人だったわよ」

と、美波が小首をかしげた。伝平はまたしても世間のホラに失望した。その時、

「伝平さんのお話こそ真実でしょう」

と割り込んで来た武士がいった。浅野内匠頭家勘定方兼塩吟味役《ぎんみやく》の石野七郎次数正である。

「私は人を斬ったこともなければ、斬合いを実見したこともござらんが、十八人など到底斬れるものではありますまい。三人でも大したものだ、中山殿とやらは……」

石野は物静かな口調で、そんなことをいった。

「さいですとも、三人でもそりゃあ……」

伝平は、はじめて自分の支持者を得て歓んだ。

「そう。ほな伝平はんはほんまに見やはったんやねえ……」

素良もようやく納得した。それを聞いて美波が、

「こら、近松はんに教えたげんと……」

と、叫んでいた。

三日後、道頓堀竹本座で伝平と美波の二人は、近松門左衛門と向き合っていた。この頃近松は浄瑠璃《じょうるり》作家から歌舞伎の方にも手を伸し、前年、都万太夫《みやこまんだゆう》座で上演した「仏母摩耶山開帳《ぶつもまやさんかいちょう》」の大当りで少々名の知られる作家となった所である。当時は世間で評判になった事件を直ちに脚色して舞台に載せるのが流行だったから、「高田馬場」も好個の題材に思えた。

「なるほど……なるほど……」

近松門左衛門は、伝平の語る「実見高田馬場」を熱心に聞き、要点を書き取った。だが、聞き終ると、しばらく目を閉じて考え、やがて、

「ところで伝平はん、その中山安兵衛なるお方と菅野六郎左衛門とは、どんな御関係だしたかな……」

と問うた。

「それは……堀内道場の相弟子、それも伯父甥の契りを結んだ深い仲とか」

「ほう、ほな、契りの義理での助太刀か……」

近松は、すらすらと筆を運び、

「して、菅野殿と相手の村上庄左衛門との喧嘩の起りは……」

と、また問うた。

「はて、それは……。何でも口論の末に決闘を約したとか……」

「うッ、ただの口論……」

伝平の答えに門左衛門は顎《あご》を引いて上目遣《うわめづか》いに目をむいた。

「へい、何でも、組頭宅での年始の席で腹に据えかねる雑言《ぞうごん》があったそうで……」

伝平は自信なげに呟いた。

「ふーん……」

考え込んだ近松は、ややあって、

「勇あっても情なき話でんなあ……」

とうめいて帳面を捨てた。生涯、数々の事件を戯曲化した近松門左衛門も、「高田馬場の決闘」を舞台に上げることはついぞなかったのである。


同じ頃、赤穂に帰った石野七郎次は、赤穂城（加里屋城）藩邸内の小書院で、主君の浅野内匠頭長矩《ながのり》と対面していた。

正面の主座には内匠頭がくつろいだ格好で座り、左右には坂田左近右衛門《さかたさこんえもん》、藤井又左衛門《ふじいまたざえもん》、大野《おおの》九郎兵衛《くろべえ》、奥野将監《おくのしょうげん》らの重臣が並ぶ。一段あとに退った形で控えているのは内匠頭お気に入りの近習《きんじゅう》、片岡源五右衛門《かたおかげんごえもん》、礒貝十郎左衛門《いそがいじゅうろうざえもん》、田中貞四郎《たなかさだしろう》らの面々である。この主従は、つい先頃、備中松山城の接収を終えて意気大いに上っている所だ。

石野七郎次は、南側の縁先から主君を仰ぎ見る形で座った。十五石二人扶持《ぶち》の勘定方の石野七郎次は、これほど間近に主君と相対したのははじめてだった。内匠頭は、石野が「高田馬場の決闘」を実際に見たという男から直接話を聞いて来たと知って、特に側近くに招いたのだ。

「七郎次、詳しく話せ、苦しゅうない」

内匠頭は軽輩の気分を和らげようとしてか、笑顔で促した。

「はい、私めの聞きましたる相手は伝平と申す町飛脚……」

石野はまず、情報源を明確にした。将来、話に誤りがあったことが分っても、責任のないことをはっきりさせておくためである。

石野はもう一度平身してから顔を上げ、伝平から聞いた通り、中山安兵衛の斬ったのは三人、斬ったあとの安兵衛は息も絶えんばかりに疲れ果てていた、というようなことを語り聞かせた。

「なるほど、よう分った……」

聞き終って、内匠頭は満足気にうなずいた。巷間《こうかん》伝わって来た「十八人斬り」よりも、現実感のある石野の話に深く感銘したようであった。

「中山安兵衛と申す浪人、天晴れな男じゃ……」

そういった内匠頭は、しばらく考えた末、

「我が家にも勇士は多いが、そのような者も加えたいのお……」

と呟いて、重臣たちの顔を見廻した。

だが、重臣たちの表情には特に同意の影はなかった。いや、それどころか、大野九郎兵衛などはむしろ渋い顔になっていた。この藩の財政全般を預る大野は、今さら、武勇の士など増やされてはかなわぬ、と思っていたのだ。

意外にも、浅野内匠頭の願いは、日ならずして実現する。しかもそれは、大野九郎兵衛の心配したような新参のお抱えによってではなく、中山安兵衛を堀部弥兵衛老人の跡取りとする形においてである。

元禄七年二月に起った「高田馬場の決闘」をめぐる評価は区々《まちまち》に分れた。元禄の世では、人間評価ばかりでなく、倫理観と美意識にも深い亀裂が存在した。そしてその根底には、古き概念と現在の実用性との乖離《かいり》があった。時代はゆっくりと、だが大きく、向きを変えていたのだ。

「元禄」とは、そんな時代である。

第Ⅰ部　時の峠に

一　泰平百年

その頃、江戸は新しい都市《まち》であった。

関東平野を横切って流れる利根川が、大きな入江の周囲に作った沖積平野に、都市らしいものが生れたのは、この当時、「東照大権現《だいごんげん》」と崇《あが》められていた徳川家康が、ここに城を造り出してからである。

その時から数えても、まだやっと百年しか経っていない。

その間に、江戸の機能と規模は大きく変った。当初は、関八州二百五十五万石の徳川家の城下町に過ぎなかったのに、間もなく天下の中心地、政治行政を取り仕切る将軍様のお膝元となった。しかも、徳川幕府の築き上げた政治体制は、「中央集権的封建制」という世界史にも類を見ないものだったから、江戸の受け持つ役割は過重なまでに大きかった。

この都市には、中央政府ばかりか、地方政府の首長（大名）たちの屋敷と行政機能の半分が集中しているのである。

江戸は、急激に拡大し、野放図に拡張した。元禄中期のこの頃、既に人口は百万に近かった。当時、パリやロンドンの人口が数万だったことを思えば、この都市がいかに巨大だったか分るだろう。市内交通を専《もっぱ》ら徒歩に頼った都市としては、限界に近い規模だ。

江戸の街は、戦火を知らない。この都市が生れて以来、関東には平和が続いている。元禄の世の人にとって、元亀《げんき》・天正の頃の戦乱は、二十世紀後半の日本人が、幕末・維新の動乱を思うほどに古い。関ヶ原の合戦は西南戦争のように遠く、大坂の陣は日清・日露の戦い程度の淡い記憶でしかない。そしてそのあとは、戦《いく》さらしい戦さはこの島国から絶えてしまった。十七世紀の日本史は、二十世紀の歴史から太平洋戦争の一切を拭い取ったような長い泰平によって塗り潰《つぶ》されているのである。

だが、この時代には、遠い昔の祖先が槍一筋の功名で得た地位を保つ人々がいる。大名・旗本と呼ばれる連中だ。そして、その最大のものが、江戸の中央に鎮座するだだっ広い城郭に住まう将軍である。

戦さがなくとも、世の中は変る。

長い平和の中で、経済はゆっくりと成長し、人口は徐々に増えた。職業は分化し、商品流通は少しずつ拡大した。富はだんだんに積まれ、実力は移動して行った。武士の社会ほどに封建的な束縛が確かでなかった商人の世界では、新旧の交替が結構多かったし、それを促す事件も何度かあった。特に大きかったのは「明暦の大火」(一六五七年)である。

この大火は、江戸中の建物を焼いたばかりでなく、三河以来の徳川出入り商人の特権をも破壊し尽した。火事騒ぎのあとでは、伊勢・近江《おうみ》・京・大坂などの商人がどっと流れ込み、全国的な規模での商業活動をやり出した。「明暦の大火」が江戸の商人社会に与えた影響は、昭和における太平洋戦争のそれにも似た所があった。お陰で、江戸はますます発展し、一段と巨大化したのである。

大都市の存在は、それを養う商品流通の実在をも意味している。江戸の拡大は全国的な商業活動を促し、新興商人資本の成長を誘った。徳川幕府が政治的安定のためにはじめた中央集権制が育て上げたこの都市は、幕藩体制の基盤である封建的農本経済を掘り崩す役割をも果す結果になっていたのだ。

この矛盾は、時と共に顕《あき》らかになって行く。本来、封建社会では栄えるべきでない商人が栄え、支配階級たるべき武士が貧しくなった。米作から上る年貢に基礎を置く武士の経済は、発展する商品経済について行けなかったのだ。

「明暦の大火」から三十六年、ちょうど終戦から今日までほどの期間を経過した元禄六年（一六九三年）の頃には、そうした傾向が武士社会の最上層部をなす将軍・大名の身辺にまで迫っていた。

この物語は、そんな時点からはじまる……。

（一）

元禄六年（一六九三年）旧暦六月。

一人の男が江戸城本丸御殿の幅広い畳廊下を渡って行く。

「明暦の大火」で天守を焼失して以来、江戸城の中枢は、何百という大小の部屋が並ぶ本丸御殿である。当時の日本において最も重要かつ高貴な場所だ。このような場所でももの怖《お》じしない態度と身に着けた上質の衣服から見て、今、廊下を渡る男が大名の一人であることは容易に推測できる。

長身痩軀《そうく》、色白の面細な顔に切れ上った目と秀でた鼻、広い額に浮ぶ青筋がちょっと気になるが、まずこの時代の大名としては申し分のない容姿だ。年の頃はまだ二十六、七だが、この複雑な殿中にも慣れた様子は、既にその地位に長くあることを示している。

〈もう梅雨もあがったらしい……〉

大名は、西御縁の突当り、御後之間まで来た時、ちょっと立ち止って夏らしい陽に照りつけられている広い中庭を見た。左手に松之廊下、正面に帝鑑之間の見える大きなお庭である。

〈赤穂《あこう》もこうかなあ……〉

大名は廊下を右に折れて進みながら、領国のことを考えた。この男の領国播州赤穂では塩田が盛んで、晴天が続けば良質の塩が多く産する。それは、この男の家の財政を潤《うるお》すことにもなるのだ。

大名は、もう一度廊下を曲って柳之間に入った。一方の襖《ふすま》に洞雲の雪に柳の絵が画かれているのでこの名が付いている。六間に四間、四十八畳敷の部屋が二つ連なる大きな座敷で、中規模の領地を持つ無役の大名の溜《たま》り場に当てられている。

「浅野《あさの》内匠頭《たくみのかみ》長矩《ながのり》、近く帰国いたすにつき御挨拶に参上いたしました」

大名は、下の間で奏者番《そうじゃばん》に用件をそう伝えた上、上の間に入った。そこには先客がいた。陸中一ノ関城主田村《たむら》右京《うきょう》大夫《だゆう》建顕《かちあき》である。のちに、浅野内匠頭と妙な因縁となる人物だが、勿論、この時はそれを知る由《よし》もない。年は右京大夫が十一歳の年長だが立場は似ている。共に大藩の支流で官位は同じ従五位下、石高もさほどに違わない。浅野内匠頭は安芸《あき》広島四十二万六千石の分家であり、田村右京大夫は陸奥《むつ》仙台六十二万石の伊達《だて》家の支藩である。

「内匠頭殿もお国表へ帰られるのでござるか……」

年長の先来者は奥州訛《なまり》の濃い言葉でいった。

「はい。右京大夫殿もで……」

浅野内匠頭は笑顔で応じた。

「左様、江戸に参って早や一年でごずればな」

田村は分り切ったことを、さも感慨深気に呟いた。

江戸時代の大名には参勤交代の義務がある。一年間は領国にあって政務を勤め、次の一年は将軍のお膝元、江戸に参上する。大名はみな、毎年、江戸と国元を往き来せねばならないのだ。この間、正妻や嫡子《ちゃくし》は常に江戸に留め置くことになっているから、国元のお城は単身赴任の出張先のような形になる。江戸が過大化し、地方がさびれる大きな原因は、この制度にあった。

これはもともと、大名が領国に割拠《かっきょ》して幕府に叛《そむ》くのを防止するために作られた制度であり、妻子を江戸に留め置くのは人質の意味がある。元禄泰平の当今、幕府に対して叛乱を企てるほどの実力と勇気のある大名などいるはずもないが、参勤交代の厳守は公儀に対する忠勤の証《あかし》としてますます重視されている。戦さも動乱もないこの時代では、こうした規則に従順なこと以外に忠誠心を示す方法がないからである。

各大名は、できる限り「一年毎の参勤交代」という原則に忠実であろうとする。その結果、毎年の旅の時期は固定化した。赤穂浅野家の場合は六月末に江戸を発ち、翌年の同じ頃江戸に戻る習わしである。陸中一ノ関の田村家もほぼ同じ頃らしい。

「右京大夫殿のお国元はさぞ涼しくて夏はよろしかろう……」

浅野は、夏の陽の強まり出した中庭の方に目を向けたままで呟いた。間もなくはじまる旅路の暑さが思いやられたからだ。

「何の、奥州の夏は江戸より暑さが厳しゅうごずるわ」

田村は少々悲し気にいった。

「冬は雪が深くて寒く、夏の盛りは煎《い》られるように暑い。内匠頭殿の播州がうらやましい……」

「ほお、左様でござるか……」

浅野は驚いたように顎《あご》を上げた。この大名は江戸より北へは行ったことがない。

二人の大名の会話は途切れ、庭の蟬《せみ》の声だけが柳之間に流れた。さしたる行事もない夏の午前、江戸城の殿中は静かだった……。

四半刻《とき》(約三十分)ほど時が経った。この時代の人々は現代人よりはるかに悠長な時間感覚を備えている。これぐらい待つのはさして苦にもならない。

やがて、畳を踏む軽い足音を混えた衣《きぬ》ずれの音が、廊下の北から聞え、痩身白髪の人物が現われた。五七《ごしち》の桐《きり》の定紋《じょうもん》を地模様に浮べた純白の絽《ろ》の着物に淡い褐色《かちいろ》の裃《かみしもばかま》、そしてその袴と同じ色の下着がかすかに襟元からのぞくという何とも雅《みやび》た服装である。

「これは……少将殿……」

二人の大名は居ずまいを正して浅く頭を下げた。

「ま、ま……お楽に……」

少将と呼ばれた人物は、肉の薄い頬に笑いを浮べながら朱房の付いた扇子を上げて大名たちを制した。白い衣服には赤い房が映えることを意識した動作である。

「右京大夫殿、どうぞ奥へ参られよ。御側《おそば》御用人柳沢出羽守様がお待ち下さっておりますほどに……」

老人は、田村の方だけを見てそういった。

「有難き幸せ。吉良《きら》少将殿の心遣い、痛み入ります」

田村は丁寧にお辞儀をした。老人は、左近衛少将吉良上野介《こうずけのすけ》義央《よしひさ》である。上野介、この時五十三歳。老境の早かった当時としてもまださほどの年齢ではないが、純白に近い髪が既に古老の貫禄を作っていた。

「お先に……」

田村右京大夫は、浅野にもちょっと会釈をして立った。吉良上野介もこれに続こうとしたが、立ち去り際に残された浅野内匠頭に向って、

「あ、浅野殿も御同用でござったな。御老中にでもお取次しておるであろうほどに、今しばらくお待ちなされ……」

といい残した。

「何とぞよしなに……」

内匠頭は、吉良の後姿に低頭したが、その額には青い血管が常よりも太く浮き上っていた。

元禄六年のこの頃、御側御用人柳沢出羽守保明の権勢は、正に日の出の勢いである。

この時期、幕府には大老はいない。現将軍綱吉が位に就《つ》いてから四年目の貞享《じょうきょう》元年（一六八四年）、時の大老堀田正俊が、若年寄の稲葉石見守正休《いなばいわみのかみまさやす》に殿中で刺し殺されるという事件があった。犯人の稲葉正休も、その場で老中や若年寄たちにめった斬りにされて即死したため、事の原因は当時も今も分らぬままである。

一説には堀田と稲葉の個人的な感情問題といい、一説には稲葉の調査した淀川改修工事費の見積りを堀田が過大として退けたためともいう。だが、厳し過ぎる堀田大老の存在がうとましくなった

将軍綱吉が、単純な稲葉をして殺害せしめたのではないかという疑いも早くから囁《ささや》かれていた。副将軍水戸光圀《みとみつくに》も「稲葉正休を生かしておいてその言い分も聞くべきであった」と、その場で斬殺した老中たちの軽率を非難した一人である。

ともあれ、この時から大老はいなくなった。綱吉は、それ以後、大老を任命せず、自ら政務を総《そう》攬《らん》する親政をはじめた。総理大臣欠員のまま、諸大臣に当る老中・若年寄が将軍に直属した形である。

しかも綱吉は、この堀田大老暗殺事件が将軍の居間に近い老中部屋の前の廊下で起ったことを理由に、老中部屋自体をはるかに遠い御膳立之間に移させた。ここはそれまで、将軍の食事を調える場所だったが、これ以後は御用部屋と呼ばれるようになっている。そしてその御用部屋と将軍との間の連絡は、すべて御側御用取次、略して御側御用人が当ることになった。

こういう形になると、将軍への情報提供や将軍の意志伝達を一手に握る御側御用人の権限が強まるのは当然だ。しかし、独裁者綱吉のもとでこの役の勤まる人物は少なかった。堀田大老暗殺事件の直後には、牧野成貞、松平忠周《まつだいらただちか》、喜多見重政、太田資直《おおたすけなお》の四人の御側御用人がいたが、牧野以外はみな、日ならずして綱吉の逆鱗《げきりん》に触れて失脚、その役職ばかりか知行さえをも失ってしまう。そしてその一方では、新たに柳沢保明が小納戸《こなんど》役から御側御用人に取り立てられて行く。元禄元年(一六八八年)、保明三十一歳の時である。

柳沢保明は、綱吉が上州館林二十五万石の領主だった頃から小姓としてお側に仕えた人物だけに、綱吉の気心をよく把《と》らえていた。それ以来、この男の栄進は誠に素晴しく、六年を経た今では、牧野成貞を上回るほどの実力者にのし上っている。昨年(元禄五年)十一月には、一挙に三万石を加増され、六万二千三十石の大名にもなった。延宝八年(一六八〇年)、二十三歳で主君の綱吉と共に江戸城に入った時は、たった五百三十石に過ぎなかったことを思うと、この泰平の世では信じ難いほどの出世である。

それだけに、大名たちも柳沢保明の意を迎えることには汲々《きゅうきゅう》としている。綱吉の親政下では、将軍への情報経路を一手に握る御側御用人の好意を得ることは何よりも大切なのだ。勿論、浅野内匠頭にもそれは重々分っている。

ところがこの日、同用で来た同格の大名二人のうち、田村右京大夫は柳沢に呼ばれたのに、浅野は残された。内匠頭が会えたのは、お役目上当然の月番老中阿部豊後守正武《あべぶんごのかみまさたけ》だけである。このいわれもない差別に不快になるのは、内匠頭ならずとも当り前だろう。

だが、浅野内匠頭の憤りは、柳沢保明本人よりも、その仲介を勤めた吉良上野介に向けられた。柳沢は怒りの対象とするには大き過ぎ遠過ぎたのだ。

〈吉良の爺《じじ》い奴《め》、お役目でもないのに、何故にしゃしゃり出て来おったのか……〉

内匠頭は、そんな不快さを噛《か》みしめていた。吉良は高家《こうけ》、足利氏に繋《つな》がる家柄の故に有職故実《ゆうそくこじつ》を以《も》って幕府に仕える身分であり、御側御用人と大名との仲立ちをすべき立場にはないはずである。

「殿、何か……」

江戸城大手門下馬先に出て来た浅野内匠頭の厳しい表情を見た近習《きんじゅう》・小姓頭《こしょうがしら》の片岡源五右衛門が心配そうに訊ねた。

「いや……別に……」

内匠頭はそういって笑おうとした。だが、心中の不快さを抑えて笑顔を作るのは、純情な若い大名には難し過ぎる演技だった。大名というものは江戸城の殿中にいる時以外、目上の人に会うことのない身分である。殊に浅野内匠頭のように幼少で父を失い、九歳で大名の地位に就いた人物には、表情を自在に変える演技訓練などする暇がなかったのだ。この時も、本人の努力にもかかわらず、青白い頬が不自然に歪《ゆが》んだだけだった。

殿様の苦し気な表情は、家臣たちにとっては問題の所在を推測するに十分だ。二間ほど離れた所で、二人の江戸留守居役、建部喜六と近藤政右衛門が目顔でうなずき合っていた。それを見ると、内匠頭は一層不愉快になり、急いで駕籠《かご》に入った。

足軽たちの声で駕籠が上り、ゆっくりと進み出した。戸を閉めた駕籠の中はひどく暑く、緩慢な上下の揺れが不安な気分をいや増した。内匠頭は扇子を開いてあおごうとしたが、吉良上野介の朱房の付いた扇子が思い出されてまた腹が立って来た。

〈こらえねばならぬ、わしは大名だ……〉

内匠頭は、そう自分にいい聞かせた。そんな所へ、外の家臣の話声が聞えて来た。

「やはり御要路へのお心付けが足りぬのであろうなあ、当家は……」

「左様、もう少し広く考えねば殿も肩身がお狭かろうのお……」

建部喜六と近藤政右衛門の声だ。江戸留守居役は幕府・諸大名の間を周旋する外交官である。彼らが要路への心付けに気を配るのは当然の勤めだ。何しろ、元禄時代には要職の人々に贈り物をするのはありふれた習慣になっている。今日の人間が考える賄賂《わいろ》とか、贈賄とかいった観念は全くない。現代人の感覚からすれば、企業交際費の方に近い。勿論、浅野内匠頭家でもそれはしている。だが、その量と数が他家に比べて少ない、と留守居役たちはいっているのである。

〈あほうなことを……。それが容易ならだれも苦労はせんわ……〉

内匠頭は駕籠の中で一人そう思った。この大名の家は、財政事情がひどく逼迫《ひっぱく》している。つい昨日も、供家老として江戸に来ている大野九郎兵衛から国元への旅の費用を節約せねばならない話を聞かされた所だ。これ以上贈進物の費用を増すなどとんでもない話である。

〈自分の仕事しか考えておらぬような……〉

内匠頭は、建部や近藤の話をそんな風に解釈した。実際、泰平の世が百年も続くと、各大名家の組織も固定化し、官僚的な縄張りが厚くなってしまった。このため、各自がそれぞれの仕事ばかりを重視し強調し、全体の総合調整ができず、殿様一人が気を揉《も》む形になりがちだ。

〈大名とは、つらいものよ……〉

内匠頭はそう思った。だが、そんなことをあから様にはいえない。殿様の一言は、時には家臣の地位・生命をも奪いかねないだけに迂闊《うかつ》な発言はできないのである。

「急いでくれ……」

内匠頭は、総ての感情をこの一言で代用した。一瞬も早く屋敷に帰り、妻の阿久理の顔が見たかった。国元に旅立てば、一年間は阿久理にも会えないのである。

（二）

六月二十八日――品川に近い街道を大名行列が往く。帰国の仕度を整えた長い列だ。
珍しいものではない。東海道につながる品川辺りでは、二日に一度くらいの割合いで上り下りの大名行列がある。それだけに沿道の住民も慣れたもので、多くは行き合うことを避けて路地《ろじ》の奥か家の中に隠れてしまう。土下座する者も形式的で、ただ早く通り過ぎてくれるように願うばかりだ。この日は、土下座する者の中に中年男と若い娘の二人連れがいた。それぞれに背負った小荷物と脚絆も着けぬ足元から見ると、この付近の住民でもなければ長旅の者でもなく、近在から来た短い旅の者だろう。

「これは、赤穂様じゃな……」

中年男が、やれやれといった表情で娘にいった。先頭を来る毛槍の色と形で、それが分る所を見ると、この男も大名行列を見慣れた口らしい。

「浅野様じゃね……」

娘は首を伸して荷駄に付いた鷹《たか》の羽の定紋を確かめた。

「そう、浅野様でも御分家の赤穂五万石じゃよ。ほら、鷹の羽がメの字の逆に重なっておろうが……」

中年男が手の平にメの字を書いて娘に教えている。

この当時、浅野という大名は三家ある。いずれも戦国末期に豊臣家の五奉行の一人となった浅野長政を祖とし、定紋は鷹の羽の引違いだが、本家の広島藩浅野安芸守家は羽に渦巻き模様が入っており、分家の三次《みよし》土佐守《とさのかみ》家と赤穂内匠頭家は斑《ふ》入りの羽だ。このうち、羽がメの字の形に重なっているのが三次、その逆が赤穂である。

「叔父さん、詳しいなあ……」

娘は無邪気に歓んだ。

「そらあ、川崎で宿屋をしていりゃ憶えるさ」

男は声を抑えてそういうと、

「五万石の赤穂さんならじきに済むぞ、ゆう……」

と、念を押すように付け加えた。

「うん……」

ゆうと呼ばれた娘は、真面目な表情でこっくりとうなずき、一段と低く頭を下げた。先頭の枝払いの「下に居ろ」の声はすぐそばまで来ていた。長く尾を引くように叫ぶので「下にィー、下にィー」と聞えるが、元禄時代にはまだ、「シタニィーロ」と発声していたのである。

参勤交代の大名行列については多くの絵画や記録が残っている。先頭には枝払いと揃いの服装の足軽たち、何本もの毛槍や立ち物が進み、やがて上士に囲まれた殿様の駕籠となり、あとには長い荷駄の列が続く。騎馬は珍しく車輛《しゃりょう》もほとんどない。荷駄も大部分は人の肩で運ぶ。

規模は参勤交代が「武家諸法度《はっと》」によって制度化された寛永年間（十七世紀前半）が最大で、その後は大名の石高格式による制限ができたりして縮小した。それでも経費は大変なもので、大名家の財政難の一因ともなったほどである。

元禄中頃の赤穂浅野家五万五千石ぐらいの行列なら、総勢二百人あまり、総経費銀五、六十貫（約千両）といった所だったろう。これなら通常十五分か二十分ほどで通り過ぎてしまう。これが安芸四十二万六千石の浅野本家となれば、人数も四、五倍となり、通過時間も半刻《はんとき》（一時間）近くもかかる。道を急ぐ中年男が、分家の赤穂様だと強調したのはこのためだ。

しかし、この男女の期待は裏切られた。行列の先頭が、ちょうど彼らの前で停止してしまったのだ。行く手の路上に大きな黒犬が寝そべっていたからである。

この頃、「生類憐《しょうるいあわれ》みの令」なるものがある。学問好きの将軍綱吉が「聖人の世には禽獣《きんじゅう》にまで仁恵が及ぶ」という儒教の理想を実現しようとしてはじめたものだと伝えられている。

その発端は貞享《じょうきょう》二年（一六八五年）、綱吉の将軍位就任五年目に遡《さかのぼ》る。この年綱吉は、「将軍お成りの道に犬猫を放ってもかまわない」「犬猫を繋いではならない」「馬をいじめるな」さらには「魚鳥を庖厨《ほうちゅう》で用いるな」など、一連の動物愛護令を出した。この程度のことならさして問題でもなかったが、偏執狂的な綱吉の性格と法令施行に厳格な官僚主義とによって年々厳しくなって行った。

元禄時代に入ると、鳥を鉄砲で射た者が遠島《えんとう》の刑に処せられる一方、増え過ぎた鳥を伊豆七島に放つための船を出したりした。元禄三年には、流石に野鳥の害に耐えかね、「郷村・列樹宅辺の林に鳥が巣を造らぬよう注意せよ」との命令を出した。一旦、鳥が巣を造ると殺すことも追うことも禁じてあったからだ。現代の野鳥保護区とは逆に、国中を鳥に明け渡して人間が保護区に縮こまった形だ。元禄六年には釣船も禁止となり、江戸の魚屋・漁民の間には大量の失業が発生した。

殊に凄《すさま》じいのは犬に対する保護である。将軍綱吉は正保三年（一六四六年）生れの戌年《いぬ》だったし、お気に入りの側近、牧野成貞は将軍より一回り上の戌年、柳沢保明は一回り下の戌年だ。元禄時代の幕府中枢は、三人の戌年男に牛耳《ぎゅうじ》られていたわけだ。いやむしろ、牧野や柳沢が綱吉の気に入ったのは戌年だったせいかも知れない。

とも角、綱吉はこのありふれた動物が大好きだった。そこへ綱吉の母堂桂昌院の信頼する僧の隆光などが、「将軍にお世継ぎが生れないのは前世での殺生の祟《たた》り、生類、とりわけ干支《えと》の犬を大切にされればよろしかろう」といい出したからたまらない。たちまち犬は手厚く保護されることになる。

既に、貞享四年、飼犬の毛並みを登録記帳することが実施され、飼犬を捨てることが禁じられたが、元禄に入ると犬を殺すことは大罪となり、同四年には各郷村に野犬を飼養するようとの命令が出た。さらに、犬の喧嘩は水をかけて引き分けよとの指示があり、辻々にはそのための用水桶まで準備された。犬同士が喧嘩して傷付くのは可愛想だが、棒や綱で引き分けてはなお可愛想というわけだ。まことにきめ細かな配慮といわねばなるまい。

だが、この完全実施を厳罰を以って強要するに至っては大問題だ。犬を撲《なぐ》り殺したために極刑に処せられる者さえ出た。筑前五十四万石の大名黒田家ですら、家臣の一人が車で犬を轢《ひ》いたという理由で江戸城出入り差止めの罰を受けたほどである。

このため、人は犬に脅え、犬は人を恐れなくなった。大名行列といえどもお犬様にはかなわない。迂闊《うかつ》な扱いをして将軍の逆鱗に触れては大変である。それを知っているから犬の方も人間の列ぐらいでは動こうとはしない。

「シタニィーロ、シタニィーロ」

枝払いの者が足踏みしながら天に向って同じ言葉を叫ぶ。あわよくば、これで犬がよけてくれることを期待しているのだが、大きな黒犬は少し首をもたげただけで動きそうもない。多分、この犬は人間たちが次にどうするか知っているのだ。

案の定、後の方から足軽二人が駆け出して来て、何本かの干鰯《ほしいわし》を犬の方に指し示した。ようやく黒犬はのっそりと立ち上り、足軽の招く方に歩き出した。人類の英知が過保護な犬の傲慢《ごうまん》を制したかのように見えた。だが、次の瞬間、それが間違いだったことが分った。干鰯の臭いを嗅《か》ぎ付けた野良犬が四、五匹も現われたのだ。

犬たちは干鰯を奪い合い、思い思いの場所に運んで喰い散らした。枝払いは苦り切り足軽たちは慌《あわ》てた。その様子に、沿道に土下座する人々の間から失笑がもれた。中年男も連れのおゆうも顔を伏せたまま笑った。

十数分後の駕籠の中で、浅野内匠頭長矩は苛立《いらだ》っていた。彼は、旅の日程が狂うことを恐れていた。旅程が長引くと荷駄の人夫の日当もかさむし、旅宿の費用も増える。まかり間違って、御三家や本家、公家などの行列に会うと大変である。参勤交代の慣例として、道中、この三つに出会えば殿様以下が挨拶に出向き、それ相応の接待をしなければならない定めとなっている。たちまち百両ほども金がかかるのである。

内匠頭は、駕籠の窓から近習頭の片岡源五右衛門高房を呼んで、尖《とが》った顎《あご》で前方を指した。

「源五、源五……」

「は……」

片岡は片膝《かたひざ》ついて会釈すると、二、三人の近習を連れて前の方に駆け出した。

行列の先頭ではまだ、干鰯を持った足軽と犬との駆引きが続いている。足軽は四人に増えていたが犬も七、八匹になっている。足軽たちは焦っていた。飼犬も繋いでないし、野良犬も急増している。江戸の路上には無数の犬がいるのだから、下手に餌を撒《ま》いていたのでは何百匹集って来るか分らない。

沿道の暇人たちはおもしろがり、内心、犬の方を応援している。日頃は何ものをも排除して進む権力の象徴がたった数匹の犬に阻まれているのは、庶民にとっては嬉しいことだ。そこへきらびやかな服装の武士たちが現われたのだから「いよいよおもしろくなった」とにやつく者もいた。

近習たちは苛立たしく足軽の手から干鰯を奪って犬たちに呼びかけた。だが、犬の方は三両二人扶持の足軽も百石取りの近習も区別するものではない。路上で鰯にかぶりつく犬は、悲痛な表情で呼び招く近習にも見向きもしない。

〈どうなることやら……〉

おゆうも内心おもしろがりながら事の成行きを見守っていた。

と、一人の武士が足軽たちを集めて何やら命令をした。足軽たちが散り、水の入った手桶を集めて来た。犬の喧嘩を分けるために用意されたものである。

〈犬に水をかけるつもりだろうか……。何と乱暴な……〉

と、おゆうは思った。だが、次には命令を下した武士があるだけの干鰯を持っておゆうの脇にやって来た。二十六、七歳の若い武士だった。

「すみません。ちょっと空けて下さい。犬を呼びますんで……」

武士は頭を下げているおゆうにそういった。侍にはめずらしくやさしい声、やさしい顔の男だった。太い眉《まゆ》の下の目がどこか物悲しい。

「は、はい……」

おゆうは慌てて小腰をかがめたまま五、六間も走った。振り返って見ると、若い武士は口笛を吹いて犬を呼んでいた。ちょうど、路上に撒かれた鰯があらかた喰い尽された所である。

口笛と干鰯の臭いに誘われて、犬たちは若い武士の方に移動した。その瞬間、向う側にいた近習の一人が、

「よろしいでしょうか、片岡様」

と叫び、若い武士はうなずいた。それを合図に足軽たちが手桶の水を勢いよく路上に撒いた。鰯をくわえた犬を再び路上に戻らせないためである。

「なるほどのお……」

だれかが感心してそんな呟きをもらした。

〈頭のよいお方……赤穂浅野家の片岡とおっしゃるお武家は……〉

おゆうは心の中でそう呟いていた。

（三）

七月十日——江戸を出てから十二日目、浅野内匠頭の行列は伏見《ふしみ》に着いた。事故もなくほぼ予定通りの日程だ。駿河《するが》に大雨が降り大井川が川止めとなる前に、そこを通過できたのは好運だった。

供家老の大野九郎兵衛の顔にも安堵《あんど》の色が浮んだ。ここからは川船で淀川《よどがわ》を下って大坂に入り、海路赤穂に向う。もう駕籠に揺られる必要もないし、よほどのことでもない限り慮外の面倒が起ることもあるまい。江戸から連れて来た荷駄の人夫も大半はここで帰す。あとは国元や大坂蔵屋敷から出向いた人足たちが引き継ぐのだが、その人数はずっと少ない。何といっても、人の肩だけが頼りの陸路と違って、水路の旅は安価で楽だ。

〈ここまで来れば……〉

〈うまく行けば、今回は用心御持せ銀（雑費予備費）の半分、銀十貫ほども残せるかも知れない……〉

浅野家の財政を取り仕切る大野九郎兵衛は、そんなことを考えていた。

伏見における播州浅野家の本陣は、大塚屋小右衛門方と決まっている。浅野内匠頭の一行が、この宿に入ったのは日没まで少々間のある頃だった。ここには、京都留守居役や国元の代官らが出迎えに来ていた。だが、大野九郎兵衛の注目を引いたのは、大坂蔵屋敷留守居役岡本次郎左衛門が連れて来た二組の父娘であった。

「これは……島屋八郎右衛門殿に竹島喜助殿ではござらんか……」

大塚屋の奥座敷、この宿では殿様の泊る別座敷に次いで二番目に広くて上等の部屋に陣取った大野九郎兵衛は、岡本の紹介を待つまでもなく町人たちの名を呼んだ。島屋は播州浅野家の掛屋、つまり金銀融通元であり、竹島は赤穂塩を扱う塩問屋である。塩は赤穂の大事な特産物であり、財源でもある。殊に竹島は赤穂と縁が深く、正保・慶安年間に行われた御崎《みさき》新塩田の開発事業にも出資者の一人として名を連ねている。藩の財政を総括する家老の大野が両人を見知っていたのも不思議ではあるまい。

「大野様には、いつもながらの御壮健、何よりでございます。不慣れな江戸での一年も御無事にお勤めの由、心から嬉しゅう思うとります」

島屋八郎右衛門と竹島喜助は、こもごもに大野の帰還を祝した。財政と産業政策を一手に牛耳る大野が供家老として江戸に下ったのは、実に珍しいことなのだ。

「いやいや……何ということはない。江戸の入用をちと引き締めようと思うて行きましたがなあ、思うようには……」

五十四歳の大野は、旅で日焼けした顔に深い皺《しわ》を刻んで照れ臭そうに笑った。この家老にとって商人たちとの付合いは不快なものではない。だが、この日はそれ以上に仕事のことは語らず、二人

の町人の後に控える娘たちの方に目を向けた。それに気付いた島屋がまず、

「手前どもの娘美波にございます」

といい、続いて竹島が、

「手前の一人娘で素良と申す者にございます」

といった。それに合せて、二人の娘ははじめて見る家老に深々と頭を下げた。

「ほう、お美波さんにお素良さんか。どちらもお美しい……」

大野は娘に対する決まり文句を口にしたが、それは必ずしもお世辞ばかりではなかった。その証拠に、大野の目は淡い行燈《あんどん》の灯に照された二つの顔の上を忙しく往復して飽《う》むことを知らぬ風情《ふぜい》に見えた。

「して、おいくつになられるかな……」

大野は、いずれにともなく問うた。

「はい、十六にございます」

と美波が答え、続いて素良が、

「十七でございます」

と答えた。

「ほう、十六に十七か……」

大野はその数字を噛みしめるように何度かうなずいていたが、やがて、

「お若いのにわざわざ、大坂からこの伏見までお出迎え、大儀じゃったのお……」

と満足気に囁いた。

ところが、二人の娘はおかしそうに顔を見合せて、

「いいえ、わざわざやあらしまへん……」

「京へ、今、評判の近松はんの新作歌舞伎を見に参るついでにお寄りしましてん」

といい、軽やかに笑った。

「これ、御家老様に何をいうんや……」

「余計なことをいいなはんな……」

二人の父が慌てて娘たちを制したが、娘の方はまだ楽し気に笑っていた。これには脇で見ていた岡本次郎左衛門もはっとした。大野も一瞬驚きの表情を見せたが、すぐ笑顔に戻って、

「その近松とやらの新作は何と申す芝居かな……」

と訊ねた。

「仏母摩耶山開帳と申します。坂田藤十郎の芸も冴《さ》えてるそうで……」

十七歳の素良が臆《おく》することもなくいってのけて、男たちの空笑いを誘った。急速に伸びる町人の力は、一藩の家老をも恐れぬ自由で大胆な雰囲気を作り出していたのである。


元禄六年七月十二日、浅野内匠頭長矩を乗せた御座船は赤穂加里屋の港に入った。

御座船といっても、臨時に借りたもので藩船ではない。あとに続く十数隻もみな町方からの借用である。すぐあとの二隻は、塩商の竹島喜助が提供してくれた塩運びの船であり、そのあとは掛屋の島屋と千葉屋が出した船だ。いずれの船にも鷹の羽の定紋を染め抜いた幔幕《まんまく》が張りめぐらされているが、船形は不揃いで臨時に設《しつら》えた胴の間もごく狭い。

内匠頭は、いつの日か、細川家の波奈之丸《なみなし》のような立派な藩船を造りたいと考えていたが、財政上とても実現しそうにないのである。

加里屋の港には、筆頭家老の大石内蔵助良雄《おおいしくらのすけよしたか》、城代家老坂田左近右衛門をはじめとする家臣たちが出迎えていた。

御座船から降りた内匠頭長矩は、浜際に設けられた幕引の中の床几《しょうぎ》にかかり、暫時《ざんじ》休息した。大石、坂田、藤井、それに供家老として一緒に来た大野ら、在国の家老も居並んだ。凪《な》ぎ、西に傾いた夏の陽が頬を刺すように暑い。お城はすぐそこなのだが、帰国した殿様が入城するには威風堂々の行列を組まねばならない。その準備が整うまで小半刻（一時間弱）ほどもかかるのである。

〈大名とは不便なものじゃ……〉

内匠頭は苦笑したい気持ちで捧げ出された茶を喫していた。

もっとも、この時間も全く無駄なわけではない。加里屋の大年寄前川新右衛門や地場塩商川口屋甚兵衛らの挨拶を受けるのである。内匠頭は、今年の米の出来具合とか塩田の様子とか、当り障《さわ》りのない質問をする。町人たちの方も、「お陰をもちまして……」というような差し障りのない返事をする。奉行や代官には決まって不作・不景気・諸費値上りなどという年寄や問屋も、殿様にはよほどのことがない限り悪い話は聞かさない。それだけ殿様は、答える者の表情や微妙な言葉のあやから問題の有無を嗅ぎ分けねばならない。九歳の時から既に十八年、大名の地位にある内匠頭にはその習慣が身に付いている。

〈どうやら今年は米も塩も豊作らしい……〉

内匠頭は、年寄や塩商の態度からそう判断した。嬉しいことである。

内匠頭は顔を上げて目前に迫る城壁を見た。いよいよ西に降りた夕陽を斜めに受けた白壁の塀が美しい。

〈やっぱり、ここが我が家だ……〉

内匠頭はそう思い、江戸にいる阿久理にこの城を見せてやりたいと考えた。一族の三次浅野家(土佐守家)の娘である阿久理は、ずっと江戸暮しで、赤穂城を見たことがないのだ。

「立派なお城でございますなあ……」

内匠頭が見惚《みと》れたように城壁を眺めているのを知って、だれかがそんなことをいっていた。

「確かに……。御先々代長直様はなかなかのお方でおわしましたでなあ……」

と相槌《あいづち》を打った者がいた。

「左様、この浜をお造りなされたのも……」

やや離れた方でも調子を合せる声がした。

〈そうとばかりは……〉

そんな話を聞くにつれ、内匠頭は複雑な気持ちに陥《お》ち込んで行った。

浅野内匠頭長矩の人生には、祖父の長直と彼が建てた赤穂城が善悪両面の複雑な影を落している。

赤穂藩浅野内匠頭の祖は、浅野長政の三男長重である。二代将軍秀忠に仕えた浅野長重は下野《しもつけ》の真岡《もおか》二万石を与えられて大名に列し、のちには父の長政の隠居料を継いで常陸《ひたち》笠間と真壁で五万三千石を領した。

その子長直——この人もまた内匠頭であった——は寛永九年(一六三二年)、父の跡を継いで笠間城主となったが、十三年後の正保二年(一六四五年)、池田《いけだ》輝興《てるおき》が乱心によって除封されたあと、この赤穂に移封された。

「赤穂は浅野本家の安芸とも近く、気候温暖地味豊かにして山陽道の要衝、何かと便利であろう」

というのが、その時の幕府の使者蒔田《まきた》数馬助《かずまのすけ》長広《ながひろ》の述べた演説の主旨である。つまり、石高は変らないが「栄転」というわけだ。

その当時、大坂在番として大坂城にいた浅野長直は本領に立ち返ることもなく、大坂から赤穂に直行している。随分あわただしい移動だったわけだ。幕府としては、岡山・姫路に大領を持つ池田一族が、赤穂にまで支藩を持っているのを苦々しく思い、広島に本拠を置く浅野の分家を赤穂に入れ、池田家の勢力を分割しようと考えたらしい。この物語よりも五十年ほど前の正保の頃にはまだ、そんな配慮も行われていたのである。

この時、赤穂郡だけでは三万五千二百石しかないので、加西・加東・佐用の三郡に飛地を付けて五万三千五百余石とした。約束通り笠間時代の本高が与えられたわけだ。だが、赤穂には「城」がなかった。旧主池田輝興が残したのは屋形程度のものだったのである。

笠間には古くから城があった。佐白山山頂にそびえる笠間城である。もっとも長直は、この山城が出入りに不便だとして、麓《ふもと》に豪壮堅固な藩邸を建て、周囲の山を削って「新町」を開き一軒屋敷二両で分譲するようなこともしている。派手好みの建設好きだったのだ。

そんな長直だけに赤穂に城のないことをいたく残念に思った。城の新造は「一国一城令」によって堅く禁じられていたが、長直は八方手を尽してその許しを得た。浅野長直に赤穂移封を伝えた蒔田数馬助の口上にも、

「赤穂の儀、唯今迄は屋敷構へばかりこれ有り候。少々城地の構へ能《よ》く候間、以来普請したく候へ

ば、上意を得て申し付べき旨《むね》に候事」

とあり、長直が築城を条件として赤穂に入ったことが分る。

赤穂城は、長直入封後三年目の慶安元年（一六四八年）に着工され、十三年を費やして寛文元年（一六六一年）に完成した。縄張りは近藤三郎左衛門正純が担当し、普請奉行には小島伝右衛門、稲川角右衛門尉が当った。工事中に赤穂に招かれていた山鹿素行《やまがそこう》も設計の一部に関与した。

つまり、赤穂城というのは、元和《げんな》元年（一六一五年）の「一国一城令」発布後に造られた珍しい新城なのだ。しかも土木建設好きの長直が心血を注いだだけに五万石の大名には過ぎたる規模のものでもあった。「東西四百間南北五百間、本丸、二、三の曲輪《くるわ》、隅櫓《すみやぐら》九つ、矢倉台九つ、天守台一つ、大書院・広間などの作りを備へ、昔の屋形に三倍す」と藤江中隠は書いている。しかも、海と千種川とに囲まれた台地に立つ姿は、海からも陸からも美しく、立地は要害にして交通至便という好条件にある。赤穂の武士・町人たちは、自分たちの祖父や父が苦労して建てたこの城を今も大きな誇りとさえ考えている。

浅野内匠頭長矩も、この点では変りがない。彼が生れた寛文七年（一六六七年）には、既にこの城は完成していたが、築城に関った人々は生きていた。長矩は、彼らの語る建設の苦心談と祖父長直の断固たる意志について何度も聞かされて育った。老人たちの多くが長直のことを建藩の祖の如く賞賛するのも聞き知っている。

だが、築城はよいことばかりではなかった。巨額の建設費用のため、藩の財政は大きく傾き、その末期には浅野本家から多額の借金をせねばならなかった。このため、流石の長直も、熱望した天守閣の建立を諦《あきら》めたほどだ。

今もその痕跡《こんせき》はある。城内本丸の藩邸横に不格好な未完の姿を曝《さら》す天守台だ。長直は天守台のための石垣だけを高く積み上げていたのだ。いや、それだけではない。この築城のためにした借金が、短い父の治世の跡を継いだ長矩にも重くのしかかっている。九歳という幼少の身で大名となった長矩は、今まで何の贅沢もしたことがない。さほどの治績もない。祖父のように新田を開発することも海を埋めて塩田を拡げることもほとんどしていない。世の人々は無為無策な殿様というだろう。だが、それもこれも、偉大な祖父の残した借金のせいなのである。

それを思うと、内匠頭長矩は、祖父に対する礼賛に満ちた世辞を疑いたくなる。

〈この城さえなければ……この城を造った金がわしの代に現金であったならば……わしはもっといいことをできたであろうに……〉

浅野内匠頭長矩は、暮れかかる夏の空に浮き上って見える赤穂城に向って、そんな言葉を声もなく投げかけていた……。

二　赤穂浅野家

（一）

江戸時代の大名の「家」――それはのちに「藩」と呼ばれるようになるが――というものは、軍事機関であり行政機関であり、同時にまた経済組織でもある。

軍事行政機関として見れば、それは小さな王国のようにも府県のような地方自治体のようにも見える。大名家は外敵に対する防衛責任と内部の治安維持義務を負っている。そしてそれを全うするための費用を得るために徴税権を行使する。国家行政機関の最も初歩的な権限と任務はこの三つだ。

時代が下り社会が安定すると、災害救助・公共事業・教育・福祉など、いわゆる民生一般が国の仕事に加わって来る。古来、平和な島国の日本では、こうした民生事業が古くから重視され、遂にはそれが政府・行政機関の本務の如く考えられるようになる。長い泰平が続いた江戸時代中期以降は特にそうだ。元禄時代は大名家の役割が、軍事中心から民生重点に移行する過渡期に当っている。

一方、経済組織として考えれば、江戸時代の大名家も今日の企業に相通じる所がある。この組織の主たる収入源は農地に課される年貢であり、家臣――藩士――はそれを円滑に取り立てるための従業員だ。大名はオーナー社長であり、家老は重役、郡代・代官は工場長、奉行は部課長に当るだろう。例えば勘定奉行は経理部長、勘定方はその部員である。
お城は本社ビル、江戸藩邸はひどく経費のかかる東京事務所、ここでは幕府への公租公課の支払いと関係団体との交渉交際を行う。大坂蔵屋敷はさしずめ製品販売の営業本部だが、実務は関連商社ともいうべき蔵元や名代、掛屋に委託している。そして年貢を生む農地・農村は生産現場、つまり工場に相当する。

　播州赤穂藩浅野内匠頭家の場合、一つの本社工場と三つの分工場がある。本社工場は赤穂郡三万五千二百石、分工場は加西郡二十三ヶ村八千九百九十石八斗余と加東郡二十四ヶ村八千二百七石九斗余、それに佐用郡五ヶ村二百十二石二斗だ。幕府から与えられた朱印状には「都合《つごう》五万三千五百三十四石九斗七升」とある。江戸時代の数値は、表向きはともかく詳細にできている。

　もっともこれは寛文四年（一六六四年）四月五日付けで浅野内匠頭長直に与えられたもので、その後の新田開発や副産物は別である。普請好きの浅野長直は、城を築き寺を建てると同時に、土木工事も積極的に行った。赤穂に入ったその年（正保二年）、早くも水道工事に着手、加里屋の町に僅かな落差で配水する見事な上水道を完成させた。これは、江戸小石川の水道よりも三十年も早く、恐らくは日本最初の大規模上水道であろう。

　続いて承応年間からはいくつかの新田開発事業を行い、五千石余の新田を得た。その一方で長直は、子の采女正《うねめのしょう》長友《ながとも》に相続させる時、養子の浅野美濃守《みののかみ》長恒《ながつね》（長直の女婿《むすめむこ》大石頼母助良重の子）に赤穂郡内で三千石、同じく浅野内記《ないき》長賢《ながかた》（松平清昌の子）に加東郡内で三千石を分知している。前者は若狭野浅野家、後者は家原浅野家として、それぞれ旗本になった。ほぼ、新開したほどの分を分知したわけだ。

それ以上に注目されるのは海岸を埋め立てて塩田を造ったことだ。

塩は人間の生存に欠かせぬ食品だからその生産は古くから行われていた。内陸部の広い中国では、紀元前に早くも大規模な生産流通が行われており、塩こそ最も古くかつ重要な長距離流通商品だった。だが、海岸線の長い日本では各海浜で塩産が行われたため、さほど大きな産地は育たなかった。赤穂でもはるかに古い時代から原始的な塩生産はあったが、それが大規模化するのはちょうど浅野家入封の頃からである。江戸・大坂などの大都市が発達し、大量の塩消費地が生れたためであろう。

これに着目した浅野長直は、塩業を奨励し、塩田を拡張した。明暦の頃には先代の竹島喜助ら大坂・高砂《たかさご》の銀主の出資を得て塩田造成を行ったこともある。また、寛文年間には藩士と町方との合力によったこともある。

赤穂の自然は塩業に向いている。雨が少なく日照が強い。時期もよかった。それまで江戸の需要を満たしていた行徳塩田が衰微しつつあったからだ。塩は不足で塩業は儲《もう》かる産業だったのである。いわば本社工場の片隅ではじめたアイデア商品が大ヒットしたようなものだ。

たちまち赤穂の塩田は二百町歩を越え、年間七十余貫の運上銀と八百石近い年貢米を藩庫に収めてくれるまでになった。主産物の米に比べれば一割にも満たないが、成長性の乏しい経済組織にとっては有難い副業だ。

しかし、この経済組織・赤穂浅野家も、塩に次ぐヒット商品がない。塩田開発が一応の限界に達するとはっきり収入は頭打ちになった。そればかりか、塩さえも最近は振わない。瀬戸内一帯に新興塩田が生れ、競争が激化し出したのである。

一方、支出の方は増え続けた。百年の泰平の間に、人口は増え職業は分化し、商品流通は拡大し文化は華美になり、生活は派手になり物価は上った。殊に江戸のような大都会ではそれが著しい。この時代に生きた荻生《おぎゅう》徂徠《そらい》は、江戸の生活を「旅宿の境界《きょうがい》」と呼んでいる。まるで宿屋住いのように何から何までお金がかかるというのである。こんな都市に大規模な藩邸を営まねばならない大名は大変な費用がかかる。元禄以降になると、どこの藩でも総経費の三割から四割が「江戸賄《まかない》料《りょう》」になっている。加賀前田家のような大藩でも、元禄六年から八年までの三年平均で、総支出銀一万四千五百五十貫のうち江戸経費が四千八百四十四貫、約三三パーセントに当っている。小藩ではこの比率がさらに大きい。

生産も需要もさほど伸びない米に依存する年貢が主要な収入源の大名が、貨幣経済の成長著しい江戸に家族や大勢の家臣を置いて派手な都会生活をさせているのだから、時と共に収支不均衡となるのは当然だ。江戸時代の武士社会には、そんな基本的な矛盾があった。

このため、五代将軍綱吉が位に就く頃から、幕府も大名も財政難に苦しみ、その改革こそが最大の課題となり出す。大名の「家」というものの軍事的役割が薄まる反面、その経済組織としての問題が大きく浮び上って来たわけだ。

こうした変化は、家臣、つまり大名家の従業員たちの立場にも影響した。彼らの中で軍事的機能を司る「番方《ばんかた》」の役割が低下し、民生を担当する「役方《やくかた》」の重要性が増した。中でも理財経理の才は大切である。

しかし、人間の思考は客観情勢と同じテンポで変るものではない。特に大変化のないこの時代には思考は固定され易い。もともと大名は、戦乱の世に武力を以って家を興し城を守った人々の子孫であり、家老や上士の多くはかつての勇士の末裔《まつえい》である。今もって父祖の勇猛を誇り、それに倣おうとする考えが強い。「槍を取って殿の馬前で死ぬことこそ武士の本分」というわけだ。

このため、家名を誇る侍は、大抵番方を望み、役方を嫌う。だが、希望者の多い番方は、泰平の世では働く機会も必要もない。せいぜい儀仗兵《ぎじようへい》的示威運動で、農民の一揆《いつき》を未然に抑圧するぐらいしか存在価値はないのである。

これに比べて役方は人手不足だ。それも、一般常識で勤まる分野はまだしも、複雑な計数作業と高度の経営技術を要する理財の分野は困る。はじめは下級武士から器用者を取り立てて勘定方とし、間違いない出納《すいとう》をさせる程度で間に合せていたが、財政困窮が著しくなるとそれでは済まなくなる。

「何としても収益を上げ出費を抑える技能と知識を持った者が欲しい」

そんな声が寛文・延宝の頃から諸藩に湧き起った。そしてそれに応じる人材が現われ登用され出した。

金を握ることは権力を持つことだ。「無用の長物」と化した伝統的な本流武士の権力低下と有能な成り上り経理家の権限拡大が、家臣団の間に摩擦を生むのは当然だ。これが高じてお家騒動が続発するのはさらにのちの享保以降だが、元禄時代にもその前兆は随所に見られる。

ここ、赤穂浅野家にも、それがあった。この家には、擡頭《たいとう》する財政家の将来を象徴するような人物がいた。家老の大野九郎兵衛知房である。

大野九郎兵衛知房なる人物の出生については、その最期と同様、よく分らない。浅野家重代の家臣でもないし、さしたる家柄の出ではなさそうだ。この人物の親族としてはっきりしているのは、郡右衛門という息子がいたこと、息子の妻が播州龍野藩脇坂淡路守家の組頭池田郷右衛門の妹であり、弟伊藤五右衛門は同じ浅野家に仕えて四百三十石取りの組頭であったことぐらいである。

ともかく、元禄六年の今、五十四歳の大野九郎兵衛は浅野内匠頭家の家老として六百五十石を喰《は》み、この藩の理財運用の権を一手に握っている。つまり、経済組織としての大名家の最高実力者なのである。

（二）

七月十四日――江戸から戻って二日目、大野九郎兵衛は早くも活動を開始した。彼はこの日、勘定方の連中を自分の屋敷に招いて財政事情を聴取してみた。いつもは、我が掌中を指すように藩財政の隅々までを熟知しているこの男も、一年間、供家老として江戸にいたのでまず最新の情報を仕入れる必要があったのである。

「今日は、ま、下調べということで内々の寄合いじゃからな、みな楽にしてくれ。遠慮はいらんぞ、近う寄ってくれ……」

単衣《ひとえ》の着物を着流して現われた大野は、そういって自ら部屋の中央に胡座《あぐら》をかいた。この当時、どの藩でも役方の身分は低い。殊に銭勘定に当る勘定方はそうだ。赤穂藩でも勘定方最高の矢頭《やこうべ》長介《ちょうすけ》が二十石五人扶持、次席の岸佐左衛門と井関紋左衛門が十五石三人扶持、若年の畑勘右衛門は十石三人扶持、小河仁兵衛に至っては五両三人扶持の給金暮しである。普通なら六百五十石取りの家老に直接口も利けない身分の連中なのだ。大野が敢《あえ》てくつろいだ格好をして、「みな楽に」と強調する必要があったのも当然だろう。

だが、大野が「下調べの寄合い」と念を押したのには、もう一つ理由がある。この席に勘定方でも浅野家の家臣でもない者が混っていたのだ。

「ま、そういうことじゃからな、今日はうちに居る七郎次も入れてやってもらうぞ」

大野は、そういって次の間の隅にいた大柄な若者を手招いた。

「ああ、石野殿ならばどうぞ。我ら異存がございません」

年長の矢頭長介が四角張った態度で応じた。他の者も黙ってうなずき、少しずつ膝をずらして石野のための場所を小さく空けた。

勘定方の者はみな、石野七郎次なる若者を見知っている。二年ほど前から大野九郎兵衛の屋敷の一角にある小屋に住んでいる男だ。ある者は大野の親類かなんぞと思っていたが、他の者は食客の浪人と考えていた。中には大野が外の女に生ませた子ではないかという者もいた。いずれにしろ、大野家の部屋住みにもなっていないし、大野の家来として届けられているわけでもない中途半端な人物だが、石野の姓を名乗り刀を差している所を見ると侍のはしくれに違いない。

この若者が勘定方に知られるようになったのは、去年、大野が供家老として江戸に出発する時、この男を江戸の自分と国元の連絡係に指名したためである。

「うちに居る石野七郎次……」

その時も大野は、そんな曖昧《あいまい》ないい方をした。

「少々役に立つ者故、諸事連絡《つなぎ》の役としたい。我が伜《せがれ》郡右衛門同様、何事も打ち明けてもらいたい」

身分制度の厳格なこの時代に、素姓《すじょう》も明確にせぬまま「我が伜同様」とは妙ないい方だ。一部にこの若者が大野の隠し子だという評判が生れたのはこのせいだろう。

「大野様も物好きな、あのような素姓も分らぬ者を……」

はじめのうち、矢頭らはそういい合っていたが、やがてその評価は変った。この若者の知識と技

能が衆に優っていたからである。その上、石野は若さに似合わずよく気の付く男でもあった。祝い事や大仕事の終った夜には必ず、

「江戸におられる大野様よりのお届け」

と称して多少の酒肴《しゅこう》を持って来た。それが大野の命令でないことはだれにも分る。大野自身が赤穂にいる時、そんなことは一度もなかったからだ。「それぞれの身分と仕事に応じて俸禄が与えられておるのだから余計な接待は無用である」というのが、合理主義者大野九郎兵衛の考え方なのである。

「あの食客の若いの、多少の蓄えでもあるらしい……」

勘定方の低禄者たちは、そんなことをいいながらも、次第にこの男に親しみを持ち出した。今、大野の声に一同が異議なく応じたのも、そうした事情があったからである。

しかし、話が本題に入った途端、雰囲気はぐっと暗くなった。浅野家の財政事情はきわめて悪く、さらに一層悪くなる見通しだったからだ。

「要するに、わしが江戸におったこの一年の間、勘定足らずがえらく増えておるようじゃな……」

勘定方を代表して矢頭長介が一応の報告を終えた時、大野はすぐそう叫んだ。

「は、はい……。どうやらそのようで……」

矢頭は顔を曇らせて呟いた。

「いかがに相なる、締めは……」

大野は苛立たしく訊ねた。それに応じて勘定方の連中は額を集めて帳面を繰り算盤《そろばん》をいじくり出したが、答えは容易に出ない。

元禄時代の大名家の勘定帳は実にややこしい。今日のように会計制度がはっきりしているわけでもないし、複式簿記の技術があるわけでもない。大坂辺りの商家で確立されていた仕分払替えの帳付け法さえ十分に導入されていない。基本は日毎に記した大福帳だが、これは現金の出入りのみで、藩札や借入金は別である。勿論、蔵米や塩の現物増減も別の帳面にある。

その上、貨幣制度が複雑だ。金（小判）と銀と銭がそれぞれ別個の通貨として変動する。数学の普及していなかったこの時代には、三つの通貨の換算も面倒な仕事だ。

「ただ今のお話、締めますれば……」

勘定方の計算が長々と続いているのにしびれを切らしたのか、石野七郎次が後の方から助け船を出した。

「この一年間に御金蔵の出入差引きは、金が百七両減り、現銀が四貫と八百六十匁増え、銭が百八十二貫増え、藩札残高は銀五十六貫余の増加、掛屋よりの借入れも銀五十貫の増加、なおほかに借入銀総計百九十八貫に対する年利九分二厘の利払いがとどこおっておる。但し、発行藩札のうち三十二貫に相当する塩は御塩蔵に積まれている、ということに相なります」

「は、はい、金と銀は左様で……」

「誠に、御札の件はその通りで……」

勘定方はなおしばらく計算に手間取ったあとで、それぞれに答えた。だが、これで総計がどうなるのかがまだ分らない。恐らくこの当時の普通の武士なら三日かかっても解けないだろう。勘定方の計算上手でも半日はかかりそうだ。ところが石野は、ちょっと算盤を動かしただけで、

「ただ今、一両は銀六十匁強、銭四貫と百文ほどでございます故、目のこで勘定いたしますと……

銀九十四貫八百九十匁ほどの勘定足らずとなりましょうか……」

といってのけた。

「流石でござるな……」

「いかにも。驚き申した。石野氏の勘定早いのには……」

矢頭長介と岸佐左衛門が無邪気に感心した。だが、大野九郎兵衛は顔を曇らせてうめいた。

「何と、年に銀百貫近くもの不足と申すのか……」

五万五千石の大名家にとって、年間銀九十五貫近い赤字はいかにも大きい。この時代、五万五千石の領地から上る年貢は米二万七千石ぐらいである。浅野家ではその他の収入を含めても三万四千石ぐらいだ。このうち、藩士の禄に回るものを差し引くと、藩の収入は二万一千石あまり、銀にして千三百貫弱だ。そうすると、九十五貫近い赤字は、全収入の七・三パーセントになる。今日風にいえば総支出に占める赤字国債への依存度が六・八パーセントだが、経済成長率も低く、将来の増税も見込み難い当時の大名家にとっては大変な数値だ。

「こんなことを続けて行けば、今に利払いだけで当浅野家は喰い潰されてしまおうぞ」

と、大野が目をむいたのも無理からぬことだ。

二日後の七月十六日、赤穂城本丸にある藩邸「家老之間」に在国の家老たちが集った。帰国したばかりの大野九郎兵衛が「緊急重要な御相談有り」として招集したのである。

赤穂城の藩邸は、江戸城の御殿のはるかに小さい模造品といえる。大小三十余の部屋が三つの中庭を囲んで並ぶ木造平屋の建物だ。「家老之間」はこの建物のほぼ中央、内玄関を入って右に折れ、小さな中庭に面した廊下を通って突き当った所にある。北側は「用人之間」につながり、南側は「金之間」に接している。東側には大奥に通じる廊下の入口が見える。広さは十八畳ほど、採光はあまりよくなく、やや薄暗い。

招集者の大野九郎兵衛は予定の時間より早く、いく束かの書類を持ってそこに入った。やがて城代の坂田左近右衛門と藤井又左衛門が現われ、大野の前と上席に座った。坂田は千二百石、藤井は八百石、いずれも大野よりも上席である。だが、もう一人の家老、最上席千五百石の大石内蔵助良雄《おおいしくらのすけよしたか》はなかなか来なかった。

三人の家老は、大石の来るのを待ちながら茶を喫し雑談を交した。話は主として江戸のことだった。久し振りに江戸へ行って来た大野の話に老齢の城代坂田はおもしろそうに耳を傾け、何度も江戸に行ったことのある藤井は些細《ささい》な変化にも一々質問をした。お互い、家老歴も長いだけに知り尽した仲である。

だが、四半刻も経つと大野は苛立った。

「大石殿は遅うござるな、少々こみ入った話があるがはじめまするか……」

大野はそう切り出して、用意した書類を膝の上で開き出した。

「左様……間もなく参られようほどにな……」

城代の坂田が愛用の煙管《キセル》をもてあそびながら眠そうな声でいった。

「ほかでもござらぬ、財政のことで……」

大野の一言に二人の同役は緊張した。大野がこういういい方をする時には、難題の出ることを知っていたからだろう。

「某《それがし》、帰国早々、奉行・勘定方の者たちを集め、この一年間の当家の勘定を当ってみましたが、驚き入ったことに何と銀九十四貫八百九十匁近くも勘定足らずになっておりますんじゃ。たった一年、しかも特別のことが何もなかったにもかかわらずでござるぞ……」

大野はそこで言葉を切って二人の同役の反応を上目遣いで見た。そして、

「昨年は三十貫足らずであったものが、えろう増えておる……」

といった。それは恰《あたか》も「わしが目を離すともうこれだ」といわんばかりに聞えたのであろう。すぐ藤井又左衛門が反撥《はんぱつ》した。

「そりゃ先秋は不作でござったでな、無理もあるまい」

「ふん、確かに……多少はそのせいもござるわ……」

大野は苛立たし気に老眼鏡を目に当てて膝の上の書類を覗《のぞ》き見た。

「昨年は不作につき取米合計二万四千七百余石であったそうな。免《めん》はほぼ正確に四割五分、一昨年に比べて二分、約千石ほど少のうござった……」

「しかし……確か毛付《けづけ》は幾分上げたのではなかったかな……」

坂田が歯の欠けた口の中でもぐもぐといい、

「左様、毛付は一分ほども上げ申した」

と藤井も胸を張った。

江戸時代には田畑にそれぞれ石高が定められている。田は上田・中田・下田等に分け、それぞれに一反何石何斗と石高を付ける。場所によってはさらに細かく上中田・下上田などの区分もある。畑も同じだ。赤穂藩では、田は六段階、畑・塩田は五段階に分けており、田の場合一反につき上田

を二石、中田を一石八斗、下田は一石七斗としている。この合計が大名の石高で、赤穂浅野家の場合は、御朱印状にある五万三千五百余石となる。

この家では、長直時代に五千余石、現当主長矩になってから二千数百石、併せて七千六百五石六斗五升七合の新田を開発したが、前述のように寛文十二年（一六七二年）の長友（長矩の父）相続の際、二人の養子にそれぞれ三千石ずつを分知したので、石高増加は二千ほどである。赤穂年鑑には、実に詳細な石高の増減が出ているが、それによると、元禄六年当時の内匠頭の実際の石高は新旧併せて五万四千九百三十七石五斗六升二合ということになる。このうち、元禄七年八月には、長矩の弟、大学長広に三千石を分知したので、それ以降は五万二千石弱となったらしい。

この石高に対する取米、つまり年貢収入の比率を「免」という。大野九郎兵衛が「免は四割五分」といったのはそれである。

しかし、石高はいわば課税標準であって実収ではない。実収の方は毎年試し刈りをやって推定する。これは天候その他の関係で変るが、常に石高よりはるかに少ない。特に先進地域の畿内・山陽方面ではそれが著しく、所によっては石高の六割ぐらいしか実収が見込めない所もある。この実収穫見込みに対する取米の比率を「毛付」という。これはほぼ六割を標準としていたので、俗に「六公四民」などといういい方がされた。赤穂藩では「六ツ二」つまり六二パーセントを標準とすると書かれているが、赤穂藩加里屋地区の記録を見ると、元禄二年は免四八・六パーセント、毛付六四・八パーセント、同十二年には免四八・五パーセント、毛付六四・七パーセントとなっている。毛付は標準をかなり越えている。つまり、かなりの重税だったわけで藩財政の苦しさがうかがわれる。

もっとも、試し刈りによる実収予測にはかなりの目こぼれが意識的に行われていたので、この数字をそのまま当時の収奪情況というのは必ずしも正しくない。いつの時代でも課税当局が人々の所得を漏れなく把握するのは苛酷《かこく》なことであり、不可能でもある。

今、坂田、藤井両家老が、「免は下ったが毛付は上げている」と強調したのは、不作にもかかわらず徴税は厳しくやった、という意味であり、「決して怠慢ではなかった」という抗弁なのだ。

「それは仰せの通りじゃ。してが、たとえ一昨年同様の取米があったとしても、殿の御蔵に入るのはたかだか五百石。大坂まで運んで売り捌《さば》いても銀二十五貫でござるわ……」

大野九郎兵衛は苛立った。自分が問題にしているのはそんなことではない、と教えたかったのだ。

「ほう……そうなろうか……」

数字に弱い坂田が口をとがらせた。

「なるほど、お説の通りじゃわい」

藤井は膝の上で指折り数えてうなずいた。

「それに比べて我が家の勘定足らずは九十四貫八百九十匁、前年に比べて六十六貫も増えておるのでござるぞ……」

大野は力をこめてそういい、

「これを何と心得られるかな」

と問い糾《ただ》した。

家老部屋に重い沈黙が流れた。坂田も藤井も、財政難のことは知っていたが、はっきり数字を突きつけられると一段と暗い気持ちにならざるを得ない。

「我ら一同、一層の節約に努めねばなるまいのお……」

坂田が煙管を叩《たた》きながら呟《つぶや》いた。

「江戸屋敷の方もうんと引き締めていただかねばなるまい」

「うん、そのことじゃが……」

今度は大野が苦し気に視線を下げた。

「拙者もそう思って江戸に参ったが、この一年、つぶさに見聞いたした所、なかなか容易ならぬと知り申した。江戸は諸事銭がかかるし、物の値も高うござる。我が家は質素な方で幕府の御要路に対する御贈物も少ない。ために殿にもお苦しい思いをしていただいておる有様じゃ。拙者一年の在府中に、こまごまと注意し、あれこれ節約の法を考えて参った……。例えば、これまで人を雇うて捨てさせておった御不浄の汚物を相模平間村の軽部某なる百姓に肥料《こやし》として与え、藁《わら》や馬糧を多少収めさせることにした。これで年一両は浮くはずでござれば……」

「ほお……大野殿がそのようなことまで……」

藤井又左衛門が感心と軽蔑《けいべつ》の入り混った声を上げた。いかに財政改革のためとはいえ白髪頭の家老が便所の汚物を前に首をひねっている図は滑稽《こっけい》である。

「いや、これは富森助右衛門の発案じゃが、ま、例えばそんなことなどいろいろ考えて出費節約を図り申したが、それでもせいぜい百両を削るのが精一杯でござるわ……」

「ふーん。銀にして五、六貫か……」

坂田左近右衛門が悲し気にうめいた。城代として国元に居る坂田は、江戸屋敷の費用こそ削るべきだと信じていただけに、この数字には失望したらしい。

「つまり、大野殿は節約ぐらいでは追い付かぬと仰せなんじゃな……」

藤井はそう念を押してから、しばらく間を置いて、

「やっぱり検地を厳重にし、年貢の増徴に努めるべきでござろうかな……」

と、持論の増税論を出した。この当時の大名家では、前述のように試し刈りによって各村々に収穫見通しを出して実際の年貢を決めた。従って検地、つまり土地の測量を厳しくして公簿上の面積を増やせば年貢収入も増える。このため、どこの藩でも財政事情が苦しくなると盛んに検地を行い、隠し田の発見や縄伸びの是正に努めた。中には五尺八寸ぐらいの寸詰りの尺を一間と称して公簿上の面積を増やした例もあり、村人たちを苦しめた。藤井が検地を厳格にしようといったのは、この意味である。

「いやいや、そうも参るまい。当家は何度も検地をしており、他家に比べても甘いわけではござらぬわ……」

大野は腹立たし気に首を振った。

「それでは、大野殿はどうお考えかな……」

ややあって藤井が問い返した。

「人減《ひとべら》しでござる」

大野は、短く答えた。

「人減し……」

坂田と藤井は同時に驚きの声を上げた。

「御存知のように我が家は石高の割に家中が多い。古き役で無用となったものもある。それをこの際整理し、家中の人数を減ずるのでござる」

大野は膝の上の拳《こぶし》を震わせながらしゃべり出した。要するに行政整理の提案である。しかし大野がみなまでいい終らぬうちに反対が出た。まず、坂田が、

「大野殿、左様な大事は軽々しく申さるべきではあるまい」

といい、続いて藤井が、

「それは大変なことじゃ。いや、左様な考えが漏れただけでも騒動必定でござるぞ」

と声をはずませた。

いつの時代でも、人員整理・行政整理は難しい。特に、封建経済と身分制度の確立したこの時代にはそうである。整理された侍の再就職は非常に困難だから、みな必死に抵抗する。これが原因で家老の暗殺、お家騒動、果ては殿様自身の殺害や無理隠居などが起った例も珍しくない。坂田や藤井が聞いただけで震え上ったのも当然だろう。

「しかし、かといってこのまま行けばどうなる……」

と、大野が膝を乗り出した。だが、この話は中断した。その時、大石内蔵助が現われたからである。


大石内蔵助良雄、この時三十五歳。浅野内匠頭家の家老の中では最も若いが、禄は千五百石、家中最高である。何しろ血筋がよく、殿様とも親類になる。

大石家はもともと近江国栗太郡大石村の住人であり、元禄時代の今も、そこに縦二町幅二十間という大きな屋敷が残っている。良雄から数えて四代前の祖先大石新七郎良勝という人が、ここから江戸に出て、浅野内匠頭家の祖長重に仕えた。戦国たけなわの天正時代のことである。はじめは二百石だったが、大坂の陣で敵の首を二つも取る軍功があり、大いに主君の信頼を得て千五百石取り

の家老に成り上った。その次男大石頼母助良重《たのものすけよししげ》もなかなかの人物だったらしい。浅野家の家老となったばかりでなく、二代目藩主長直の女《むすめ》鶴姫と結婚、その子は長直の養子となり、浅野美濃守《みののかみ》長恒《ながつね》を名乗って三千石を分知された。大石家が主家に繫がるというのはこのためである。

良勝自身の跡は長男の良欽《よしたか》が継ぎ、延宝五年（一六七七年）まで浅野家の家老を勤めた。長直から長友・長矩の初期まで、赤穂藩の政治は、良欽・良重の大石兄弟によって指導されていたといってよい。

大石良雄は、この良欽の嫡孫である。父の良昭が若死したため祖父の跡を継ぎ、十九歳で家老見習いに、二十一歳で家老になった。だがそれ以来十五年間、さしたる功績もなければ目立った事件も起していない。いわば泰平の世に多い「名門故の家老」である。さほどの家柄でもなく、努力と才覚で成り上った大野九郎兵衛とは対照的な人物なのだ。

しかし、浅野家累代の重臣であり、主君の親類であり、また家中の上士にも縁者の多いこの人を無視することは、赤穂ではできない。三人の家老たちは揃って頭を下げて年下の筆頭家老を迎え、上座に座らせた。

「いやいや……遅参して申し訳ない。急に止むを得ぬ所用ができましてな……」

大石はそういいながら一同を見廻した。三人の暗い表情とは不釣合いな明るい笑顔だ。それに苛立ったのか、藤井が、

「大石殿、重大な相談でございますぞ」

と厳しい声でいった。

「はて、急に何事が出来《しゅったい》いたしましたかな。このような時期に……」

大石は微笑を消さずに小首をかしげた。

「財政でござるよ、大石殿。我が浅野家はえらい勘定足らずになり申した。この一年で銀九十五貫近くもの不足でござる」

今度は大野が力んだ。

「うん、そうであろう……」

大石は真顔にかえってうなずいた。

「そうであろうでは済むことではございませぬわ。何とかいたさんと、今に掛屋からも借りられず、札も受け手がのうなってしまいますぞ」

と大野は膝をにじらせた。

「そうであろうなあ……。わしが掛屋でもそうは貸しとうないでな……」

「そうなれば、当家は……」

大野は、そこまでいって絶句した。大石の呑気《のんき》さにあきれてものがいえぬといった表情である。

「そうなれば当家は困り申す……」

藤井があとを受けていった。

「いかにも困り申す」

大石は同じ言葉をおうむ返しにいっていた。

「それ故、何とか財政を建て直さねばならぬわけで……」

と藤井が続けた。

「いま、その相談をいたしておりました所じゃ」

「なるほどなるほど、それは御苦労……」

大石はそういって何度もうなずいた末、

「して、各々方の御意見は……」

と訊ねた。

「拙者はまず、再度検地を厳しくいたし、年貢の取米を増やすことこそ第一と申し上げたが……」

藤井がすぐそう答えた。

「なるほど、検地を厳しくして取米を増やす。確かにそれは一案……」

大石は深くうなずいた。

「しかしじゃ、大石殿」

と大野が身を乗り出した。

「知っての通り当家は既に再三それをしておるでな。この上、取米を増やすとなれば寸詰りの尺でも使うほかはござらぬ。そうなれば百姓・庄屋も黙ってはおるまい」

「なるほど御尤《ごもっと》もで……」

大石はうなずいた。

「それ故、拙者は最早《もはや》人減しよりほかに手はないと存じる」

大野はそういって、もう一度行政改革と人員整理の必要性を強調した。

「人減し、なるほどそれも一案でござるなあ……」

大石はまた、うなずいた。

「大石殿、軽々しくいわれては困りますぞ」

今度は坂田である。

「人減しと申しても禄を離れる者の身になれば容易ならぬことじゃ。泰平のこの時代、浪々の身になれば二度とは浮べまい。とても家中が収まらぬ。わしはみなが節約一途に励み、お家の出費を減すほかに途はないと思うがのお……」

「なるほど、節約でござるか。それも一案でございますなあ……」

大石はもう一度深くうなずいた。

「大石殿。一案、一案と申されるだけではとんと分らぬが」

たまりかねたように大野が金切声を上げた。

「どれがよいか、お考えを述べて下され……」

「ははは……わしの考えでござるか……」

大石内蔵助は場違いな明るい声を上げて笑った。

「わしの考えではそれぞれのお説、いずれも御尤も、いずれも一案と存じますがな……」

「何と……」

大野はまた絶句した。坂田も藤井もあきれたように顔を見合せた。だが大石は相変らずの笑顔で続けた。

「これは大事でござれば、今すぐ結論も出しかねる。それぞれの御意見をそれぞれよく御検討いただき、再三再四御相談するよりほかはありますまい。例えば検地をするとしてもどの村でどれほどの増収が見込めるか、どの村は無理かを調べねばなりますまい。節約と申しても何がどれだけ減せるのかを調べねばならぬし、人減しも同様。さらにまた、衆知を集めほかの道を捜すのも必要でござろう」

大石は苦り切った表情の三人に対して、そんなことをいったあとで、

「そのようにしてゆけば、いずれ自ずから道は決まって来るというものでござる。かような大きな問題は急《せ》いてはならぬ。まあ、これがわしの考えでござる」

と話を結んだ。

（三）

「いかがでございましたかな、御家老……」

渋い表情で屋敷に戻った大野九郎兵衛に、石野七郎次が問いかけた。

「ふん、それも一案、それも一案で、話にならん」

大野は吐き捨てるようにいった。

「財政のことは毎年毎年申したてておるのに、今さら検討もあったものではないわ。自ずから道が決まるようならだれが苦労をしようぞ」

「やっぱり……」

石野は同情したようにうなずいたが、すぐ表情を緩ませた。

「しかし、考えようがないわけでもございますまい、御家老」

「何、考えようがあるとな……」

大野は厳しい目付きで石野を見返して、

「あれば申してみよ」

と命じた。

「これは勿論、お家の財政を抜本的に建て直すほどではございませんが、かなりの足しになる方法はいくつかございます」

「いいわ、少しでも足しになることなら申せ」

大野はじれったそうに繰り返した。

「例えば、塩でございます……」

石野は低い声で囁いた。

「ふん、塩か……」

大野は興味なさそうにそっぽを向いた。

「塩はもうこれ以上期待はできん。わしはこれまで二十年、できることをし尽して来た。もう何も残ってはおらぬわ……」

大野は悲し気に呟いた。

実際、大野九郎兵衛が塩業振興とそれに対する課税に尽した努力と実績はきわめて大きい。

延宝三年（一六七五年）、内匠頭長矩が大名となった直後、塩業を担当した大野は、まず二年がかりで塩田の検地をした。これによって新しく埋め立てられた土地も課税の対象となり、藩庫を潤した。だが、このために生産性の悪い土地は放棄されてしまう。当時は、ほとんどの塩生産者が農業兼業だったので塩の生産を止め農業と日雇いとに戻る者も少なくなかったのである。中には税の安い他藩に移って塩田をはじめる者もあった。

これに気付いた大野は、延宝六年に次の手を打った。

「御下米《おくだしまい》」である。年貢米を塩業者に売り付ける制度で、年貢米に市場を与えると共に塩業者が農業を兼ねなくともよいようにする目的を持っていた。つまり、塩専業の自作を保護育成しようと策したのである。

これもある程度成功した。土地を持たない農家の次三男が塩田に入り熱心な専業者となった。もっとも塩業者の生活が恵まれていたわけではない。塩田の仕事は厳しいし、収入は不安定、しかも御下米の購入を強要されたので、これが値上りすれば生活はひどく苦しい。大抵の者は、「米を作る土地さえあれば塩など作りたくない」というのが実情だ。大野はそれを心得、塩産の豊凶に応じ巧みに御下米の値段を操作した。「殺さぬように生かさぬようにしぼり取る」典型である。

大野はまた、塩の流通と価格にも介入した。延宝八年浜奉行を置き、塩売仲間と呼ばれる地場問屋（多くは塩田地主でもある）から塩値師なるものを選出させ、取引価格の決定に加わらせた。一種の価格カルテルである。このため、塩売仲間が競争して売り出し、大坂辺りの塩問屋に買い叩かれるということがなくなった。同時に、塩売仲間が自立の小規模生産者から買い取る値段もこれに対応させることにした。お陰で塩問屋と塩売仲間との二重の搾取にあえいでいた小規模自作や小作人は大いに救われたものだ。

さらに大野は、この取引に藩が介入することを考え、一種の専売制を敷いた。塩の値段が決まり取引が成立する直前に藩の役人が登場、決まった値段で塩を藩が一旦買い上げ、同時に同じ値で問屋に売るという制度だ。手数料を取るわけでもなければ値を変えるというわけでもないから、売手も買手も損をすることもないし、藩が儲かることもないように見える。ところが、ここにからくりがある。藩が塩売仲間から買うのは藩札で支払い、塩問屋には現銀で売るのだ。

つまり、藩札を現銀にするまでの金融収益が藩に入るというわけである。藩財政が苦しく、借金やり繰りに明け暮れていた浅野家にとって、これは有難かった。また塩売仲間にとっては、代銀取立ての手間や不払いの心配がなくなった点で評価された。大野九郎兵衛知房の名声が最も高く輝いたのはこの頃である。

しかし、その後、赤穂の塩業は徐々に老朽化する。その原因の第一は、他にも優れた塩田ができ出したことだ。しかもその契機を作ったのは赤穂藩自身である。その一つは、備後《びんご》の松永塩田だ。浅野長直の晩年に家老であった大石頼母助良重が福山藩水野勝俊の家臣本荘重政と親交篤かった誼《よしみ》で、赤穂の塩業者を送って松永塩田の開発を手伝わせた。周防三田尻の塩田も同様である。こちらは製塩用の薪《たきぎ》買いたちが仲立ちをしたという。また、古くから製塩の行われていた讃岐《さぬき》の坂出にも、赤穂の者が相当数移住して新技術を拡めている。

こうした人と技との流出に、赤穂藩は長らく無頓着だった。むしろ当初は、これを過剰人口のはけ口と見て奨励する傾向さえあった。出稼ぎ人が多少とも現銀を持ち帰れば幾分かの冥加金《みようがきん》を課せられると歓んだものだ。

だが、やがてこれらの新塩田は赤穂自身の強力な競争相手に育ち、塩価格の下落と販売不振を生み起すようになった。現代の経済用語では、「ブーメラン効果」と呼ばれるものである。

元禄のはじめ、このことに気が付いた大野九郎兵衛は、技術の流出や塩業者の移住を厳しく取り締ることにしたが、時既に遅かった。技術は瀬戸内一帯に知れ渡り、塩業経験者は各地にいたので、赤穂が人と技の流出を止めても塩田はどんどん増え続けた。このため老舗の赤穂は市場競争で後退を余儀なくされた。今では二百町歩あまりの塩田のうち二十六町歩余が使用されない荒浜となり果ているのである。

「塩はもう伸びぬわ……」

大野は縁先から庭を見つめたまま悲し気に呟いた。

「わしは赤穂の塩田がこれ以上荒れねばよいがと、それだけを心配しておる」

「それは違います、御家老」

石野は大野の背中に向って叫んだ。

「他所に新しい塩田ができれば、赤穂はさらにその上を行くやり方をすればよろしい。そのための方法はあります。私はこの二年間、それを考え続け、考え付きました」

「ほう……。そんなよき手を考え出したか……」

大野は振り返り気弱な笑顔を作った。経験豊かな家老には、若者の知恵がまだ信じられなかった。

「まず塩の質を揃えます。塩吟味役を設け塩の出来によって等級を付け、それぞれの値段に定率の差を付けます。俵も規格を定め、藩が一手に購入し浜の衆に売り渡します。さすれば、赤穂塩は全国の信用を集め他の追随を許さぬものとなりましょう」

「ふーん、なるほど……」

大野は部屋の中に戻り石野を凝視した。

「次には御下米の制度を廃止します」

と石野は続けた。

「何、御下米を止めると……」

大野は目を見張った。

「それはならぬ。そんなことをすれば、小さな自作の者は喰い上げじゃ。塩の出来の悪い時には藩が安値で御下米を与えたからみな続けて来れたのよ……」

「そうです。小さな自作はやれなくなり、浜子となるでしょう。それがねらいです。これからは、一軒前一町を標準とする大規模経営にまとめて行くのです。その方が能率もよく少ない人手で塩が多くできます」

「それはそうであろう……」

大野は一応肯定した。一町規模の経営が二、三反の自作より効率のよいことは実績が示している。

「だがな、七郎次。そうすれば多くの自作が土地ばかりか仕事も失うてしまうんじゃ。今の広さを半分の人数でできるとなれば、残りの半分は何をするぞな。乞食、盗人になるよりなかろうが……」

大野は、経験ある専門家がみなそうであるように、未熟な若者の考えに非現実的要素をさぐり出そうとしていた。

「そこですよ、御家老……」

石野はぐっと力をこめた。

「それだけの人が働けるように塩田を拡げるのです。まず、今、荒浜となっている二十六町歩を改修する。さらには新たに干拓埋立てを行って新浜を開く。それに俵も薪も領内で賄《まかな》えばこれにも人手は要ります。浜も山も藁《わら》も使うのです」

「ほう……山も藁ものお……」

大野はじっと石野の顔を見た。その目は十歳ほども若返ったように輝いていた。

翌日から、赤穂の海浜を歩く大野九郎兵衛と石野七郎次の姿が見られるようになった。

二人は、ある時は小者たちに持たせた図面を拡げていたし、ある時には荒浜の中に長い間立ち尽していた。ある時には塩釜の前にいたし、ある時には塩蔵に入り込んだ。海の中を袴《はかま》をたくし上げて歩いていることもあったし、舟から小者に海底をつかせていることもあった。

「近頃、大野殿はおかしい。石野とかいう若いのにとりつかれてしまわれたようじゃ……」

そんな噂が家中に拡まった。

だが、大野は気にも止めぬ様子で残暑の中を石野と共に歩き続けた。しかもその範囲はますます拡がり、山へも田畑へも農家の納屋にも入るようになった。

「大野様は何をなされるつもりやら……」

領民の間にも不安な囁きがあった。町人も百姓も、この藩の財政が芳しくないことは知っている。それだけに、財政再建に熱心な大野の動きは気になっていた。中には、「また年貢を増やすつもりではあるまいか……」と眉を曇らす者もいた。

しかし、結果は大方の予想に反した。八月はじめの藩議に大野九郎兵衛が提出したのは、七項目からなる「塩業改革之議」だったのである。

（四）

この会議が行われたのは藩邸南西角にある小書院、つまり浅野内匠頭の表居室においてである。上段主君の座には浅野内匠頭長矩が着座し、脇には近習頭片岡源五右衛門や礒貝十郎左衛門らが控えている。その前には、在国の四家老と小山源五左衛門《おやまげんござえもん》が居並んだ。小山は三百石取りの足軽頭だが、筆頭家老大石の叔父に当るので、「大石の後見人」を自任しており、こういう会議にもよく顔を出す。元禄時代にはまだ、役職による職務権限は明確でないので、こうした血族による顔が公的な会合にも効いたのである。

この日の主な議題は、近づいた米の取入れとそれに伴う年貢徴収の問題だった。これは毎年繰返されている話なので特に問題にもならなかったが、それに関連して財政問題が出ると一同の表情は曇った。特にそれが著しかったのは、上段に座った内匠頭である。

二十七歳のこの大名は、九歳で家督を継いで以来、常に財政問題で悩まされて来たため、それと聞いただけでも表情が硬《こわ》ばるのである。それが大野の心をゆさぶった。

「それにつきまして某《それがし》、申し上げたき儀がございます」

大野は突然、内匠頭の方に半ば向きを変えて両手をついた。

「我が家の財政を建て直すためにはまず、当藩の塩業を抜本的に改革する必要があると愚慮いたしますが、それにつき九郎兵衛、一案がございます」

家老たちは驚いた。この頃の習慣としてはまず家老や担当の郡代・奉行の間で検討をし、合意を得たものだけを殿様に報告するのが普通である。ところが大野は家老たちにも諮《はか》ることもなく、いきなり殿様に訴えかけたのだ。それも、この藩ではきわめて重要な塩業の抜本的改革という大問題を、である。

「ほう……九郎兵衛によき考えがあるというのか。苦しゅうない、申してみよ」

唖然とした表情の家老たちをよそに、内匠頭は膝を乗り出した。財政改善につながることなら何でも聞きたい心境だったのだ。

「さらば……これに建議書がございます」
大野は懐から分厚い書面を取り出した。
「この建議の要点は次の七項目、すなわち、
一ッ　塩吟味役設置之事
一ッ　俵規格ノ統一及ビ藩一手購入之事
一ッ　浜子賃銀規定之事
一ッ　御下米廃止之事
一ッ　荒浜修理之事
一ッ　藩士百姓町方合力ニヨル新浜開発之事
一ッ　右之議商人資金導入之事
でございます」
座は静まり返った。項目を聞いただけでもこれが大改革であることが分る。その中で大野は一項ずつ詳しく説明した。塩吟味役を置くのは品質を検定して赤穂塩の信用を高めるものであり、俵の規格統一は量を一定にし併せて運搬上の破損をなくすためである。これが徹底すれば赤穂塩は京・大坂は勿論、江戸でも取引の標準となり、大いに販売が促進されるであろう。御下米の廃止は塩業大規模化を目指すものだが、これによって増加すると見られる浜子、つまり賃労働者の賃銀を統制し、季節や景気による変動を防ぐ。こうして剰《あま》って来る人数は修理した荒浜と造成する新浜に入れるが、これは藩士と百姓・町方の合力、つまり共同事業として行う。但し資金の不足分は大坂辺りの商人の資金を導入するものとする等々である。

大野の話が終った時、すぐ口を開いたのは小山源五左衛門だった。

「しまいの方に申された藩士と百姓・町方の合力とはどういうことでござるか」

という質問である。

「藩士も百姓・町方の者も共に働き、新浜を開く、文字通りの合力でござる……」

大野は早口にそう答えた。それに小山は喰い付いた。

「何と、家中の者と百姓・町方が一緒に働けと申されるのか……」

「左様、武士と百姓・町人とが競争して、どちらがより早く浜を造れるか、やってみるのもおもしろいではござらぬか……」

大野はわざとらしい笑顔で応じた。だが、小山は納得しなかった。

「武士と百姓・町人の競争とは……武士は武士、百姓は百姓でござる。競争などとは……のお、方々《かたがた》……」

小山は同意を求めるように坂田左近右衛門、藤井又左衛門、そして自分の甥の大石内蔵助の顔を順に見た。坂田は小さくうなずいただけだったし、大石は眠そうな目を宙に浮せたまま何の反応も示さない。ただ藤井だけが小山のあとを受けて、

「では、商人資金の導入とは……」

と質問をした。

「それは、藩にも赤穂の町にもさほどの資金がござらぬ故、商人の資金を導き入れる、その代りできた土地は使わせるという考えでござる……」

「ほう、では土地は商人のものになるのでござるか……」

藤井は不満気にいった。

「いや、藩のものでござる。使わせるだけで……」

大野は相手の感情的反撥を察して詭弁《きべん》を弄《ろう》した。だが、藤井は何となくそれで納得し、

「左様なうまい当てがあろうか……」

と呟いた。

「まだ分らぬが……うちにおる石野と申す者がいささか心当りもあるとか……」

大野は低い声でいった。実はこの点は大野も自信がなかったのだ。

「何……石野……」

小山がまた目をむいた。

「大野殿はそのような素姓も知れぬ輩《やから》の言葉を頼りとしておられるのか」

「いや、石野七郎次数正は素姓の知れぬ輩ではござらん」

今度は大野が反撥した。

「拙者若年の頃の知人志摩浪人石野権大夫数秋の次男でござる」

大野の権幕に押されてか、一瞬小山も黙った。その時、

「ほう、志摩の者か……」

という声がした。主君内匠頭のものだ。

浅野内匠頭長矩にとって「志摩」という名は特別の響きがある。不運であった母を連想させるからだ。この女人は、志摩鳥羽三万三千石の内藤和泉守忠政《ないとういずみのかみただまさ》の女《むすめ》なのである。

内藤家は不幸な家だ。その祖は徳川家康の時代に関東総奉行を勤めた内藤清成《きよなり》だが、その弟忠重も三代将軍家光の傅臣《ふしん》に取り立てられ大名になった。兄修理亮《しゅりのすけ》清成三万石、弟和泉守忠重三万三千石という似たり寄ったりの兄弟大名だった。ところが、兄の家は長男次男が相次いで死んだため元和九年（一六二三年）に除封された。三年後には末子が大名に取り立てられたが二万石に削られてのことだ。弟忠重の家は鳥羽三万三千石として続き、子の忠政に継がれた。浅野内匠頭の母は、その女だが、四十二万六千石の巨大な本家を持つ浅野家に比べるとはるかに見劣りのする家柄である。

それでも夫浅野長友との夫婦仲はよく、二人の男子――内匠頭長矩と大学長広――が生れた。だが幸せは短かった。夫の長友が大名位について四年目、まだ三十三歳の若さで死んだのである。

若くして未亡人となったこの女性は尼となって戒珠院と名乗ったが、その五年後に、この人の不運を決定的に深めたあの恐しい事件が起った。延宝八年（一六八〇年）六月二十六日、戒珠院の兄、志摩の内藤家を継いでいた和泉守忠勝が江戸増上寺において永井信濃守尚長を斬殺したのである。

この年五月九日、将軍家綱が薨去《こうきょ》した。六月二十六日はその四十九日に当るので、芝増上寺では盛大な万部読経大法会が行われた。この勤番を命じられたのが、永井尚長、遠山頼直、そして内藤忠勝の三人であった。事件はこの席で起った。

原因は老中より送られて来た奉書を、永井だけが読み、内藤には見せなかったためといわれているが、この両人はもともと仲も悪かった上に、何度かの行違いが重なった末のことであったらしい。刃傷のあと取り抑えられた内藤忠勝は何度も「乱心にあらず」と繰り返しつつ翌二十七日、切腹して果てた。斬られた永井尚長は即死であった。

かくして内匠頭の母戒珠院の実家内藤和泉守家は断絶となった。斬られた永井の家も除封となったが、こちらは一ヶ月ほどあとに弟の直円《なおみつ》に大和新庄一万石が与えられている。幕府は一応「喧嘩両成敗」の判決を下したわけだ。

だが、実家を失い殺人者の妹となった女人の余生は厳しく淋しかった。それ以後、戒珠院は一歩も屋敷を出ることなく、一年あまりののちに疱瘡《ほうそう》を煩《わずら》って死んだ。その間、この尼は、

「兄は狂うたのではない。武士には命にかえても許せぬことがあるものじゃ」

といい続けていた。その頃、十四、五歳の少年であった長矩にとって、そんな母の姿はあまりにも悲しかった。それだけに、なおのこと母が愛《いと》しく思い出され、自分だけは孤独であった母の味方であり続けたい、という気持ちになるのである。

そうしたことから、内匠頭はいつしかまだ見ぬ志摩が好きになった。母は生涯江戸暮しだったにもかかわらず、華やかな江戸よりも島の多い志摩の方が不運な母の故郷にふさわしいように思えてならなかったからである。

「そうか、志摩の者か……」

内匠頭はもう一度呟いて懐しそうに目を細めた。

「御意にござります。若年ながらなかなかの切れ者、それに家中の者でもない故、まずくなってもあとぐされがありますまい」

内匠頭とは逆に、大野の言葉は怜悧《れいり》だった。

「どう思うかな、今の話……」

内匠頭は大石内蔵助の顔を見た。

「はあ……」

大石は悠長な声を出したあと、少し間を置いて、

「一案であろうかと存じます」

と、答えた。これは大石の口癖であり、内匠頭もそれを予期していたに違いない。だが、この時の内匠頭は、これを利用した。

「そうか、内蔵助もそう思うか。なれば、その九郎兵衛の建議、試みてもよいであろう……」

内匠頭は、いつになくはっきりとそういった。

三　大坂

（一）

　石野七郎次数正は大坂に飛んだ。浅野内匠頭の承認を得て、藩の方針となった塩業改革に必要な資金を、この都市《まち》の商人から引き出すためである。

「この仕事がうまく行けば我が浅野家で取り立ててやろうほどに、しっかりやれ」

　大野九郎兵衛は、そういって石野を激励した。いささか恩着せがましいいい方だったが、〈無理もない〉と石野は思う。この時代、浪人者が取り立てられるのは非常に難しいのだ。

　将軍綱吉の時代に入ってから、大名家の除封・削封は数多く、その都度大量の浪人が出る。それがなくとも、武士の子弟の増加と大名家の財政難から「お暇」をいい渡される者も多い。これに対して、新しく家来を抱えるような新興殿様は、この安定時代にはあまり出ない。この十数年の間に、大きな加増を頂いた者といえば、将軍お気に入りの御側御用人の牧野成貞と柳沢保明ぐらいである。つまり、武士の労働市場は全くの需給不均衡なのである。

　巷《ちまた》には浪人があふれ、みなそれぞれに仕官の口を求めて努力しているが、それが実ることはあまりない。あってもほとんどの例は、藩内の有力者に親類がいて引かれたとか、藩士の養子にあり付いたとかいったものだ。石野七郎次のように親類縁者にも恵まれない者は、まず絶望的といってよい。それを思うと、大野九郎兵衛が「浅野家に取り立ててやる」と恩に着せるのも当然だろう。

「例えばどれほどで……」

石野七郎次は、大野にそう訊ねてみた。武士にとって禄は収入を示すだけではなく身分をも決める。今の所、養うべき家族とてない石野にとって、さほど所得にこだわる必要はないが、身分の方は気にかかる。それによって世間の見る目も将来の結婚もやれる仕事も定まるのだ。

「それは……」

大野はちょっと厭《いや》な顔をした。禄まで問題にするのは厚かましいと思ったのだろう。

「ま、二十石三人扶持ぐらいか……」

大野は、脇を向いたまま呟いた。この程度なら推挙する自信があるということだろう。

「なるほど……」

石野には淡い失望感が漂った。父の権大夫数秋は百石取りだったから、これではえらい成り下りである。しかし、その父が故あって浪人し、そのまま死んでしまったとあっては今さら昔の家禄を持ち出しても詮《せん》ないことだ。幼少の頃から「算術の天才」といわれ、「末は家老か」と期待された身としては、ちと安売りかとも思う。「この子だけは」と浪人暮しの中でも高い月謝を出して算勘の塾に通わせてくれた母をもがっかりさせるような気がする。しかし、その母も貧しさの故に若死した。「浪人さえしなければ」といいつつ痩《や》せ細って行った母は、二十石三人扶持でも歓ぶだろう、と考えた。

〈これは、有難い話だ……〉

石野はつとめてそう考えた。そしてその気持ちは、この大坂に来てからますます強くなった。町にあふれる浪人たちの哀しく汚れた姿をいやというほど見せつけられたからである。

〈何としてもこの話、まとめねばなるまい……〉

石野七郎次は、諸藩蔵屋敷の並ぶ土佐堀川に沿った道を歩きながら、そう自分にいい聞かせていた。

土佐堀川には、今日も諸国の物産を積んだ船が浮び、浜では半裸の男たちが忙しく荷役をしている。その船の荷物のおびただしい数が石野には嬉しかった。これだけの商売が行われている大坂なら、赤穂の塩田に銀の二百貫や三百貫を投資する豪商が必ず見つかるように思えたからである。

「のいてやあ、ごめん、ちょっとのいとってやあ」

そんな威勢のよい声がして、石野ははっとした。先頭に槍を立てた行列がすぐ目の前に迫っていたのだ……。

〈大名行列……〉

石野は一瞬そう思って身をかがめた。だが、そうしたのは石野だけだ。船から降される荷物を数えていた手代風の男も、道端で煙管をくわえていた老船頭も、荷物担ぎの半裸の人夫も、知らぬ顔で仕事を続けている。そんな中を、槍を立てた短い行列は、せかせかと通り過ぎた。しかも、その中央にあった開けっ拡げの駕籠に乗った中年男は石野の前を通り過ぎる時、わざわざ愛想笑いを浮べて会釈まででした。

「あれは……」

石野は、脇にいた帳付けの手代に訊ねた。

「ああ……あら尼崎《あまがさき》の旦那はんですわ……」

「ほお、町人か……」

石野は仰天した。どれほど裕福かは知らぬが、町人の分際で槍を立て行列を組んで歩くとは信じ難いことだ。何しろ、武士でなければ苗字《みようじ》帯刀さえ許されぬのが普通の世の中である。

〈大坂には偉い町人がいるもんだ……〉

石野はそう思って行列のあとを見送っていた。だが帳付けの手代は、

「名は又次郎いうて、大坂の三人元締衆のお一人だっけどなあ。……もう、あこもあきまへん。じき新しいお方と変りま。わてらもあないなりとうおますな……」

と笑った。石野はこれにまた驚いた。たかが手代の身で、槍を立て行列するような高位の者を批判し、自分もそうなりたいなどと気安くいう人間の存在自体、何とも奇怪なことに思えてならなかった。

〈大坂とは不思議な都市《まち》だなあ……〉

と、石野は心の中で呟いていた。


実際、大坂は不思議な都市《まち》である。全国に敷きつめられた農本的封建制度の中に浮んだただ一つの本当に「町」らしい都市だったといえるだろう。

日本語の「マチ」という言葉は非常に古いが、もともとは「区別された所」「区劃《くかく》」というような意味だったらしい。古代に行われた鹿の肩骨を灼《や》く占い（太占《ふとまに》）の占形《うらかた》を「マチカタ」（町形）と呼んだし、田地の区劃も「町《マチ》」と呼んで計量した。衣服の裁縫で区劃をつけるのも「マチ」という。

この言葉が町、つまり都会を指すようになったのは、不定期に開かれていた市《いち》が頻繁になり、自

ずからそのための店《たな》が並ぶ場所ができた時であろう。原始的な農業漁業を営んでいた人々の目には、市のための施設が常設されている所は他と区別すべき特別の区劃に思えたはずである。

従って、「町」は農漁民の住《す》み家《か》の「群《ムレ》」から転化した「村」とは異質の概念である。村が大きくなって町になったのではない。村は太陽がいっぱいの自然豊かな「陽中《ひなか》」、つまり「田舎《いなか》」だが、町にはそんな「ひなび」はない。そこは「雅《みやび》」た「都会人《みやこびと》」の居住区なのだ。

このような意味での「町」の日本最古の一つは、この大坂に生れた難波宮の周辺にあったらしい。仁徳天皇が、家々から煙の立ち昇るのを見て「民の竈《かまど》は賑いにけり」と歓んだという伝説は、宮の近くに景気によって人の出入りが左右されるような常設の市施設が存在していたことを暗示しているように思える。

しかし、「町」の住人が、農漁民とは異なる町人としての自覚を明確に持つのは中世末期、堺や博多などの商業港湾都市ができてからである。京都でも応仁の乱による破壊のあと、町組がよみがえり自治意識が強まって来る。都城ではなしに町人の自治する「町」が形成されるわけだ。

堺や博多が栄えた十六世紀中頃、大坂にも町があった。上町台地の北端にあった本願寺の寺内町である。方八町の堅固な堀に囲まれた寺域に寺内六町があり、封建領主化した本願寺の支配下で信徒らを相手に商売をしていたという。しかし、それは天正年間の織田信長との戦さで灰燼《かいじん》に帰してしまった。

この大坂が天下の大都市となったのは、勿論、天正十一年（一五八三年）からはじまった豊臣秀吉――当時はまだ羽柴と名乗っていた――の築城と町造りによってである。

秀吉は、城と町とを同時に造ったが、町は単に大坂城の城下町として考えたのではない。それは全国の物資と唐《から》・南蛮《なんばん》の品々が交易される天下の中核として企画された。このため秀吉は、船場《せんば》・島ノ内の湿地を干拓し、東横堀川や天満堀川を切り開き、堺の商人を大量に呼び入れた。やがて阿波座や土佐座も生れ、諸国の人々も集り、商品の出入りも拡大し出した。

だが、大坂の繁栄は長く続かず、三十年後の大坂の陣によって城も町も焼き尽され、一時は住む人も少なくなった。

ところが、このあと大坂を領有した徳川家康の外孫松平忠明は、大坂の復興に力を注ぎ、伏見や平野郷の商人を呼び入れた。松平忠明の大坂領有はたった五年で終り、そのあと大坂は幕府直轄《ちょっかつ》の天領となる。つまり、大坂は城主のいない都市になったのである。

大坂の町の東側には、豊臣秀吉が興し徳川幕府の手で再建された巨大な城があったが、そこに居るのは幕府の任命した城代に過ぎない。

浅野内匠頭家の先々代浅野長直も、赤穂入封の前にはこの城の番役を勤めたことは前述したが、大坂在番には大体この程度の大名が任じられることが多く、その役料もたったの一万石である。この城に駐した武士は総勢六百人程度だったというから、城下町として見る限り、大坂はごく小さなものである。

しかし、このことが大坂の町の発展には幸いした。城下町としての利点はないが、どこの大名にも影響されない天領の有利さがある。このため諸国の大名が干渉や監視を受けることなく物産を売り捌《さば》けたのだ。大坂商人はこの利点を大いに活用し、水利の便に恵まれたこの都市を全国の産物が集る取引の場とした。大坂には諸物の市が立ち、「諸国融通取引第一の場所」となったのである。

徳川時代の大坂は、「天下の台所」といわれ、「諸色《しょしき》値段相場の元方」といわれたが、ここには各地の商品が流通するだけではなく、ここの市場価格が全国の物価を決定する機能をも持っていた。例えば堂島でたてた米相場を各地の米市がうつして「見比べ」商内《あきない》をした。ちょうど今、シカゴの小麦相場が全世界の小麦取引の基準となっているようなものだ。このため、大坂の諸取引所は、実際の現物流通よりもはるかに大きな力を持った。そしてそれが、ますます多くの物と人をこの都市に引き付けたのである。

各地の大名は、大坂の市場で物産を売り捌くために蔵屋敷を建て、情報収集のために蔵番を置いた。蔵屋敷に入る商品――蔵物――を一手に扱う国問屋・荷受問屋が生れ、農民・手工業者が直接市場に出す納屋物も増加した。商品作物の耕作と手工業の発達した摂津・河内・和泉・大和・山城辺りからは、木棉や油や酒、醤油などが持ち込まれ、物資別の専門問屋、いわゆる仲買も栄えた。当然これに付随して加工業も盛んになり、選別、包装はもとより酒造、漆屋・油絞り・昆布加工などもはじまった。「大坂は産物廻しで右のものを左に売るだけ」といわれたが、案外加工業も多かったのである。

大坂は城主を失い城下町でなくなったことによって大いに発展した。その意味で、この都市は農本的封建社会の中に浮んだ自由商業の風穴であった。大坂の人口は、三代将軍家光がこの地を訪れた寛永十一年（一六三四年）に既に二十八万を数えた。その後数十年はさほどの増減もなかったが、五代将軍綱吉の時代に入ると増加傾向となり、元禄二年（一六八九年）には三十三万人、同十六年には三十五万二千人となっている。

因《ちな》みにいえば、大坂の人口が徳川時代で最高になるのは明和・安永の頃（一七六〇～七〇年代）で約四十万人、その後はやや減少して幕末には三十万人程度であった。総じて江戸の三分の一ほどだが、それでも同時代のヨーロッパ都市に比べると断然大きい。

大坂はこれほどの大都市でありながら、役人・侍の数はごく少ない。大坂の行政は、ほとんどの期間、東西二人の町奉行によって行われていたが、その配下は、それぞれ与力三十騎・同心五十人ほどだった。東西併せて二百に満たない数だ。ほかに百十軒の諸藩蔵屋敷詰の武士が合計六百人ほどいたが、これは外交特権を持った大使館員のようなもので大坂の行政にも治安にも何ら関係がない。

人口三十万人以上の大都市を二百人にも満たない人数で治められたのは、この都市の自治が進んでいたためだ。大坂三郷といわれる北・南・天満《てんま》の各郷は、それぞれ惣会所《そうかいじょ》を持ち、法人格を有していた。そこには北組十軒・南組七軒・天満五軒の惣年寄の家が指定されており、その下に町年寄が置かれた。いずれも有力な商家である。

これらの上に尼崎・寺島・山村という三軒の元締がいた。いずれも徳川家康時代の功労者で御朱印船貿易などにも名を連ねた特権商人である。彼らは最高の特権と「外様《とざま》の別格」という高い格式を与えられ、苗字帯刀はもとより出入りには槍を立てることすら許されていた。今、石野七郎次の出会った尼崎又次郎もその一人である。

しかし、年を経るに従って、こうした特権に胡座《あぐら》をかく「長袖商人《ちょうしゅう》」は新興商家に押されて衰退する。帳付けの手代が「もう、あこもあきまへん」といったのはその現われだ。大坂の商人は家門に対する誇りは強かったが、いかなる名家も財を失えば地位名声を保つことはできなかった。井原西鶴が「金銀が町人の氏系図」と書いているのはこの意味である。

泰平の徳川時代にも町人社会の栄枯盛衰は著しい。殊にその初期、十七世紀はそうだった。人も変れば家も替った。商内《あきない》の仕方も進んだし扱う商品も遠慮なく増えた。専門的な知識を持つ仲買が伸びて国問屋を圧倒する動きもあったが、国問屋の有力なものは一藩の経済を抑えることにもなった。貨幣経済の発達と共に大名たちは大坂商人の金融力に頼らざるを得なかったからである。

こうしたものを掛屋という。大名に掛売り掛買いをさせる指定業者という意味だが、実質的には総合代理店とメインバンクを兼ねたような大きな権力を持っていたのである。

延宝七年（一六七九年）発行の「難波雀《なにわすずめ》」によると、掛屋を置いている藩が四十一、掛屋を置かずに商人の蔵元が扱う蔵元取り十七、蔵屋敷役人が取り扱う屋敷納めは僅か六藩に過ぎない。圧倒的に掛屋が多く、しかもその大部分が両替商である。既に大坂の金融機能が巨大化しつつあったことが分るだろう。

華やかな文化に包まれた元禄時代は、こうした新旧商人の交替期であり、大坂を中心とした商業と金融が大きく変化する時期でもあったのである。

（二）

石野七郎次はまず、浅野内匠頭家の大坂蔵屋敷を訪ねた。自分の立場とこれからはじめようとする仕事について説明をし、大坂での活動に必要な支援と情報を得るためである。

赤穂藩浅野内匠頭家の蔵屋敷は中之島西信町にある。堂島川に面した浅野本家の蔵屋敷の裏手に当り、いくつかの中堅大名の蔵が並ぶ中の一つだ。

石野は来意を告げ、大野九郎兵衛よりもらって来た書面を出した。大野の書面は厳重に密封されているので内容は分らないが、とに角それが浪人石野七郎次の唯一の身元証明である。

石野は長い間玄関脇に待たされた上、ようやく大坂留守居役――蔵番――の岡本次郎左衛門に会うことができた。岡本次郎左衛門は、大石内蔵助の一族大石瀬左衛門の姉を妻とする赤穂家中の名門だ。禄は二百石、ほかに役料七十石、かなりの高禄だが、いたって気さくな人柄に見えた。

「石野氏《うじ》とやら、当家のために御骨折り頂いておるそうで、御苦労じゃな……」

岡本は、大野の書面でおよそのことを知ったらしく、最初からにこやかに話しかけて来た。

「しかし、今、塩は大坂でも余り気味。果して塩田拡張に二百貫もの銀を出す者があるかどうか……」

岡本はそういったが、それ以上の議論はせず、

「ま、そこは貴殿の才覚じゃ。さし当り当家の掛屋、千葉屋十郎右衛門でも訪ねてみられるがよかろう。紹介の労は取って進ぜようほどにな……」

と、躊躇《ちゅうちょ》せず筆を取った。

元禄六年頃の赤穂藩の掛屋は、大坂かち木町の千葉屋十郎右衛門と今橋三丁目の島屋八郎右衛門の二軒である。島屋は両替を本業とし、延宝七年の「難波雀」にも赤穂藩掛屋として記載されている老舗《しにせ》だ。これに対し千葉屋は材木商から発し、最近流行の江戸買物問屋、つまり江戸の大名屋敷などの入用の品々を上方で買い揃えて送るバイヤー業務に営業を拡げた新興商人である。この店が赤穂藩の掛屋となったのはつい三年ほど前のことだが、それだけに取引拡張の意欲は強い。岡本次郎左衛門がまず千葉屋の名を挙げたのはそうした積極性を買ってのことであろう。

しかし、翌朝千葉屋を訪ねた石野七郎次の受けた返事は厳しかった。

「浅野内匠頭様に御用立ていたせるのは銀五十貫まで、二年切りの年利九分五厘、天引でお願いいたしとうございます」

千葉屋十郎右衛門は番頭を通じてそう回答して来た。つまり投資ではなく融資、それも世間並みよりやや高目の金利というわけだ。

「いやそれは話がちゃいます。私どものお頼みしてるのは新浜造成への御出資ですねん」

石野は、上方の商人の口調を真似ていい、この事業が収益性のある有望なものだと力説した。だが、千葉屋の番頭は、

「いやいや……」

と顔の前で手を振った。

「手前どもの申しておりまんのは事の良し悪しやございまへん。手前どもではとても十年も十五年も資金をねかす余裕はございまへん。内匠頭様には先年来大分と御用立てさせてもろうとりますんでな……へえ」

大坂の商人には土地開発に巨費を投じた者も少なくない。古くは葭島《よしじま》を開いた淀屋《よどや》个庵《こあん》・鳥羽屋彦七、道頓堀を掘った安井《やすい》道頓《どうとん》・道卜《どうぼく》などの例もある。寛永年間には池上新兵衛・香西哲雲が四貫島・九条島を開発、宍喰屋《ししくいや》次郎右衛門は立売《いたち》堀を開鑿《かいさく》した。大坂周辺だけではなく、地方の都街や田畑の開拓に出資した者も多い。赤穂の御崎浜塩田の開発にも大坂商人の出資があった。しかし、今の千葉屋にはそんな気の長い事業に出資するほどの余裕はない、というのである。

「そういうお話なら、手前どもではなく、もっとお大家へお行きやした方がよろしおますやろ……」

千葉屋の番頭は最後にそういった。執拗《しつよう》に頼み込む青年に同情してのヒントだったか、とに角追い返すための方便だったか――恐らく両方だろう。

次に石野七郎次が訪ねたのは、浅野内匠頭家の名代、安土町の鴻池善右衛門《こうのいけぜんえもん》である。

鴻池は、戦国時代の勇将山中鹿之介の次男山中新六を祖とし、はじめ酒造業によって財をなし、明暦二年（一六五六年）から両替商に転じたと伝えられる。両替商となってからは代々善右衛門を名乗り、元禄六年頃の当主は三代目の善右衛門である。

両替屋という徳川時代特有の商売のはじまりは、恐らくその名のように金・銀・銭の交換業務であったろう。前述のように、徳川時代の日本は、この三つの通貨が独立に存在し、時と共に交換レートが変動した。従って、両替には今日の円・ドル交換のような機能があったわけである。

しかも、この三貨には流通範囲の差もあった。地域的には江戸を中心とする関東は金（小判）、箱根以西は銀が主要通貨だ。同じ労働の報酬を表わす言葉でも、関東では給金、上方以西では賃銀と呼んでいる。また、職業身分の上では武士が金、商人が銀、農民・職人は銭を主として使った。このため両替は不可避だったわけだ。

金銭を扱う者は貨幣経済の発達と共に営業内容を拡げる。特に、諸大名の江戸出費が増えるに伴い、国元や上方からの江戸送金が増え、送金為替《かわせ》や手形振出が必要になった。大坂両替商の始祖といわれる天王寺屋五兵衛は手形振出の創始者でもある。それはすぐ金融にもつながった。大名にも商人にも金の出入りのずれがあるからである。元禄時代になると、両替屋の主たる業務はこれになっていた。

この頃、大坂には五百軒近くもの両替屋があったが、格付けによって三段階に分けられている。最上級は幕府の公金を扱うものとして指定された十軒、つまり「十人両替」である。実数はその後増減するがこの名は変らない。元禄十年の「摂津難波丸」によると七人がこれに入っている。次が

「本両替」と呼ばれるもので、右の七軒を含めて百五十五軒である。ここまでが両替屋仲間で、二十二の組を組織して相互に資金の融通や危険分散を図った。

この下に約三百軒の銭両替があり、村々の庄屋や寺社・職人頭・小規模商店などを対象とした庶民金融を行っていた。彼らの多くは本両替を「親」とする提携関係を結んでいる。地方の両替商もほとんど銭両替である。今日の感覚に譬《たと》えれば、十人両替が都市銀行、本両替が地方銀行や相互銀行、そして銭両替は信用金庫といった感じだったかも知れない。

鴻池善右衛門は、最高格の十人両替の一つであり、古さの点では天王寺屋五兵衛、平野屋五兵衛に次ぎ、規模の点ではこれらと並ぶ巨商である。延宝年間には既に、岡山・久留米両藩の掛屋で、さらにのちには赤穂など数藩の名代をも兼ねた。元禄八年において鴻池の大名貸残高は銀六千八十六貫と記録されている。米価に換算すれば十万石以上である。正しく「お大家」、大坂を代表する豪商の一つである。

それだけに奥深い店先に立った石野七郎次の期待は大きかった。帳場の背後に無造作に積まれた千両箱の山と頻繁に聞える銀目を計る天秤棹《てんびんざお》を叩く小槌《こづち》の音が、この商家の巨富を思わせた。だが、今度は相手が大き過ぎた。

大野九郎兵衛と岡本次郎左衛門の紹介状を出したにもかかわらず、主人は勿論上席の番頭にも会えず、三十過ぎの下級の番頭から断りの口上《こうじょう》を聞かされるだけで終ったのである。

「この仕事は、手前どもには不向きなようで……。もう少し向いた所がおますやろうが……」

鴻池の番頭は何度も頭を下げて丁寧にいったが、要するにこの豪商は銀二百貫ほどを投資して塩を作るような事業に関心がなかったのである。

石野七郎次は落胆した。しかし、諦めはしなかった。いや、諦めるわけにはいかなかったのだ。この話をまとめなければ、浅野家に取り立ててもらえぬばかりか、大野の屋敷に戻ることもできない。第一、自分の自信と誇りが傷つく惨めさにこの青年は耐えられなかった。

翌朝、石野は最後の淡い期待を持って、赤穂藩のもう一軒の掛屋、島屋八郎右衛門を訪れた。島屋も両替屋が本業で、鴻池よりは一格低い本両替だが、先代八郎右衛門の代から赤穂藩の掛屋になっている老舗である。今橋三丁目の店は鴻池よりはずっと小さいが、黒ずんだ店構えに伝統が感じられた。

幸い主人の八郎右衛門は在宅で、石野の話を直接時間をかけて聞いてくれた。しかし、結論は前の二軒と五十歩百歩だった。

「手前どもは先代より浅野内匠頭様のお陰を受けて参った身でございますよってに、何とか御期待にそいとうございますけど、今の所ではお話のようなお仕事に御用立てさしてもらうほどお金の余裕がございまへん……」

島屋八郎右衛門は、いかにも富裕な商人らしい肉付きのよい顔ににこやかな笑いを浮べて、ゆっくりといった。

「それに、近頃はとかく世の中の変り様が激しおますんで、手前どもでは塩の値段も見通しかねる有様でっさかいなあ……」

〈なるほど、塩の値段か……〉

石野七郎次は、盲点を突かれてはっとした。石野の計画は、総て現在の塩価格を前提としている。「禄は何石」という現物経済思考の武士社会に生きて来た石野には、塩価が下れば、事業採算が成り立たなくなるという発想が欠けていたのだ。

「しかし……塩が値上りすれば大いに儲かるではございませぬか……」

石野はそう反論してみたが、島屋の主人は、

「手前どもでは左様な山っ気で思い入れるわけには参りまへん。商内《あきない》はみな算盤を置いた上でさせてもろうとりますでな……」

と答えた。大坂の商人も初期には投機的な動きが多かったが、元禄時代になると地道に薄利を稼ぐのをよしとするようになっていたのである。

「む……ん、左様か……」

石野は、いいようもない絶望感に襲われ、思わず唇を噛んだ。それに同情したのか、島屋八郎右衛門が、

「この話は塩に詳しい店、つまり塩仲買にお持ちになった方がええと存じまっせ」

と教えてくれた。

「何、塩仲買……」

石野は思わず叫んだ。これもまた盲点だ。石野も、石野が相談をした大野や岡本も、「金を借りるのは名代・掛屋から」という固定観念にはまり込んでいたのである。

「左様、塩仲買だす。近頃はそれぞれに専門の商品を扱う問屋、つまり仲買の力が伸びとります。塩問屋なら塩の値も分りましょうで、これが誠に見込みのある事業なら銀の二百貫ほど出す所もありますやろ……」

「なるほど、分りました。お教え忝《かたじけ》ない」

石野は深々と頭を下げた。

「さらにもう一つ。その塩仲買のうち、これを頼むのによき店はどこか、お教え願いたく存じます」

「それは……商売人仲間の評判ですよってにしにくあすけど……」

島屋八郎右衛門はちょっと当惑気味の笑みを浮べたが、

「敢ていわしてもろたら、今、大坂には七軒の塩問屋がおますけど、まあ赤穂さんの塩を古うからたんと扱うたはる岸部屋はんか竹島はんしかおまへんやろなあ……」

と独り言のように呟いた。

（三）

その日、大坂蔵屋敷に戻った石野七郎次は赤穂にいる大野九郎兵衛に手紙を書き、これまでの交渉経緯を報告すると共に、これからは塩問屋に当りたい旨を申し送った。また、大坂留守居役の岡本次郎左衛門にも相談した。岡本は、

「塩問屋のことならこの者にお訊ねになればよかろう」

といって、若い小柄な男を連れて来た。

「大坂塩問屋役人、室井仁左衛門でございます」

青年は上方訛《かみがたなまり》の強い発音で無理な武士言葉を使って自己紹介した。聞けば、赤穂の塩売仲間、つまり地場問屋室井仁造の三男で、才覚を見込まれて二年ほど前塩問屋役人に取り立てられた、という経歴の持主だ。塩業町人から武士に取り立てられたといえば聞えがよいが、この役は米三石と二人扶持、しかも分限帳《ぶげんちょう》では御肴焼《おさかなやき》や船頭のあとに連なるような軽輩である。当時、この種の商

務経済官僚がいかに軽視されていたか分るだろう。

「岸部屋はんと竹島はんに当るのですか。それはよろしいかと存じます」

室井仁左衛門は大きな目を忙しく動かして、岡本と石野を半々に見ながら、武士と町人の言葉を取り混ぜていった。

「この御両家は、その昔、長直様の御時に御崎新浜を開発するに当っても出資したはず、今度もお役に立ちますやろう」

「ほう、そういうこともありましたか……」

石野は少々自信を取り戻し、さらに計画案に検討を加えた。島屋八郎右衛門に塩価の変動を指摘されて慌てたような失敗を繰り返さぬように、いろいろの質問を想定して答えを用意したのである。

二日後、石野は室井仁左衛門を相手にして計画案の説明予行練習をやってみた。聞き終って室井は、

「なるほど、よいお考えや……。浅野家中と百姓・町方との合力により安い人手で普請を行い、できた新浜は十年の間出資者に使わせるというのなら問屋も乗り易いやろうと思います」

と、答えた。石野の計画の要点を見事に把えている辺り、この若者はなかなかの利口者のように思えた。

「そうか、貴公がそういうてくれたのは嬉しい。して、竹島と岸部屋、いずれを先にする方がよいかなあ……」

石野は重ねてそれを訊ねた。

「それは岸部屋でっしゃろう……」

室井は即座に答えた。

岸部屋の当主、三代目九郎兵衛は三十過ぎの若さであり、弟が二人もいる。それだけに活気があり商売拡張の意欲も強い。これに比べて竹島の当主、二代目喜助は既に五十歳に近いやもめで男子がなく娘一人だから消極的だ、というのがその理由だった。石野は、理にかなった判断を示す若者が好きになった。

翌日、大野九郎兵衛から返事が来た。この頃、赤穂と大坂の間の飛脚は丸一日かかる。三日目に返事が来たというのは、大野がすぐ返事を書いたことを意味している。しかもそれには、何通かの紹介状の追加と共に長い手紙が入っていた。その主旨は、

「交渉難渋と聞いて心配している。塩問屋に当るのもよいだろう。当地では米の取入れが迫り多忙な時期である。しかし、この問題は重要なので、必要があれば自分自身三、四日なら大坂に上ってもよい。但し、この忙しい時に無駄足はしたくないので注意するように」

といったものだった。

今や石野の計画の成否が、家老大野九郎兵衛の立場にも影響する大問題になっているらしいことを思わす文面である。

〈いよいよ退《ひ》けん……〉

石野は、決意を新たにして、岸部屋九郎兵衛を訪ねた。今度は、あらかじめ岡本次郎左衛門の名で面会を予約し、室井仁左衛門を連れるという万全の形を採った。

岸部屋九郎兵衛店は、塩蔵を伴った広いもので、大きく開いた玄関にも何百俵かの塩俵が積まれていた。遠国送りの仲買取引のほかに近国近在の小商売への卸売《おろしうり》もしているのだ。番頭・手代のほかに丁稚《でっち》や人夫の出入りも多い。

石野と室井はすぐ奥に通された。いくつかの中庭を通り越して行くと、やがて主人の居住空間に入る。商売の手広さが分る堂々たる造りである。

岸部屋九郎兵衛はそこで待ち受けていた。脇には三十前後の男が二人いる。九郎兵衛の弟、新兵衛と六右衛門だと自己紹介した。三人の兄弟は、いずれも中肉中背で日焼けした顔に抜け目のなさそうな細い目をつけていた。当主の三人兄弟が三人揃って話を聞いてくれるとは有難い、と石野は思った。だが、結果は甘くなかった。

石野の説明を聞いた岸部屋の三人兄弟は、一刻近くも別室に入って協議していたが、戻って来たのは末弟の六右衛門だけだった。

「石野様、誠に申し訳ない次第ですけど、この話は岸部屋、御辞退させて頂きとうございます」

六右衛門は低頭しながら早口にいった。

「それはまた、何としたことで……」

石野は失望と驚きで声がつまった。せめて「よう考えて御返事を」ぐらいはいうだろうと思っていたからである。

「いやあ、びっくりしやはるのも無理はおまへん。手前ども兄弟は御恩ある赤穂様のこと故、お役に立ちたいと思うとりますが……」

岸部屋六右衛門は日焼けした額を何度も手の甲でこすりながら早口に続けた。

「手前どもの先々代も、赤穂様が新浜をお開きになる時に御用立てしたこともございましたが、その浜も存分に使わして頂くこともなく、浜子どもに貸し与えることとなりましてな、今では年貢も上らぬ荒浜になり果てております。お殿様のお考えでしやはることに手前どもが口出しはいたしませんが、古い番頭どもはそんなことを持ち出してとやかく申しますもんで……」

「そ、それは二十年も前のこと。しかも事情が今とは違います。今度は浜子の賃銀も定め大きな規模でやろうと覚悟しております故、何とか御再考を願えませぬか……」

石野は膝をにじらせて叫んだ。岸部屋のいっているのは、大野九郎兵衛が塩業を担当しはじめた初期、浅野長友時代に行った自作奨励策のことなのである。

「はい、それも申したのではございまっけど……何しろ塩はこの大坂でも余り気味、お値段の方も諸色高騰の折に低迷。そこへ赤穂様がまた増産されても売れるものやらと、番頭どもが心配いたしますんで……」

岸部屋六右衛門は、番頭どもを連発しながら、今度は塩価のことを持ち出した。

「あ、塩の値段なら心配御無用です。この計画、ただ今より一割方値下りしても大丈夫でござる。それにこの十年間を調べてみても塩は上ったり下ったりで、大勢としてはさほど変っておりませぬ」

石野はこの三日間の研究成果をいってみた。だが、岸部屋は、

「それはこの十年、増産がなかったからで……」

と言葉を濁した。

こうなっては、石野も諦めざるを得ない。やる気のない者を説得するのは不可能である。

〈仕方がない。竹島に当るか……〉

石野は暗い気持ちで岸部屋を出た。秋の陽は既に西に傾き、長堀の川面が悲しい紫色に変っていた。

「このまま竹島に参ろう……」

石野は室井仁左衛門にそう促した。室井は気の毒そうな目付きでうなずいた。岸部屋六右衛門の話を聞いていた室井には、石野の努力も絶望的なあがきに見えたのだろう。

竹島喜助の店は岸部屋からさほど遠くない塩町の西の一角にある。船場の西南端に当り、当時は名の通り卸・小売りの塩屋が多い場所だった。家の造りは岸部屋とよく似ているが、それよりも多少古び、幾分か静かに思えた。塩問屋役人の室井がいったように、家族構成のせいで活気が乏しいのかも知れない。

店にいた手代風の青年を捉えて来意を告げると、まず二十七、八の痩せた男が出て来て、「竹島の番頭与之介」と名乗った。

「赤穂藩浅野内匠頭家より大事な用事で参った石野七郎次と申す者、是非とも御主人にお目にかかりたい」

石野がそういうと、与之介は少々不満気な表情を見せ、

「前もってお報せ下さればお待ちしとりましたのに、主人はちと取込み中でございまして……」

と頭を掻《か》いて見せてから、

「お急ぎなら手前が承らして頂きまひょか」

といった。石野は少々迷ったが、

「いや、番頭さんにもお聞き頂きたいが、大切な用件故、是非とも御主人に直接お話しさせてもらいたい。何なら日を改めても……」

といった。もうこれが最後の機会だと思うと、番頭止りで断られるのはあまりにも無念だったか

らである。

「さよか、ほな、伺うて来ますわ……」

与之介は「番頭さんにも」の一言に機嫌を直したのか、大野九郎兵衛からの紹介状を持って奥に入った。そして次に出て来た時には、

「主人がお目にかからしてもらうそうでっさかいに、しばらくお待ちを……」

と明るい表情でいった。

石野と室井は店の脇の部屋で小半刻（一時間弱）ほども待たされた挙句、通されたのは二部屋ほど後の表座敷だった。そこには、既に五十がらみの肥った男がおり、案内して来た番頭の与之介もそのまま敷居際に座り込んだ。だが、何より驚いたのは、そこに若い娘がいたことだ。

「娘の素良と申す者だす。ついこの頃、大野九郎兵衛様にもお目通り頂きました者で……」

五十がらみの肥った男、竹島喜助は自己紹介のあと、娘の方を指してそういった。

「へえ、御家老に……」

石野は仰天した。十七、八歳の町人娘が藩の家老と対面するなど武士の常識では考えられないことだ。だが娘は臆する様もなく、

「はい、大野様が江戸からお戻りの折、伏見の宿で……」

と自らいってのけた。黒い瞳の目立つきれいな顔だ。

「いやあ、この親ばかがどこへでも連れて行くもんでっさかいに、遠慮知らずになりましてなあ……」

喜助はそういって目を細めていたが、すぐ真顔に戻り、

「御用向きは、島屋はんからもちらと聞いとりますで、少々詳しゅうお話し頂きたいと思うとりま」

と切り出した。

石野は、大坂商人の情報の速さに驚きつつも嬉しかった。いつまでも娘がいるのは気になったが、竹島喜助は、

「素良も与之介もよう聞いときなはれや」

とさえいうのだった。

徳川時代は男尊女卑の時代といわれているが、大坂の商家では女性の地位は非常に高く発言力も大きかった。商家の主婦は「御寮《ごりよん》はん」と呼ばれ、家庭内の一切を仕切ったばかりでなく、使用人の面倒をも見た。徳川時代には丁稚・手代は勿論、下級の番頭までが住み込みで独身だったから、その生活を見る御寮はんの力は強く、人事考査にも御寮はんの意見が反映された。生活面で悪評価を受ければ出世の可能性がなかったのだ。

それどころか、商家の主婦は商内《あきない》や経営にも遠慮なく口出しをした。「今源氏空船」という書物には、客が手形を書いている場面が画かれているが、そこでは主人を押しのけるようにして女中二人を連れた主婦が床の前に座っている姿がある。商売の最も大事な場面にも主婦が同席して意見を述べることが珍しくなかったのである。

大坂の商家で主婦の地位と発言権が強かった原因は、恐らくこの社会に養子相続が多かったせいだろう。「金銀が氏系図」といわれた商家では、大名や武家のような封建的特権が乏しく、自らの才覚で財を保たねばならない。従って、たとえ長男でも才覚のない者には跡を取らせず、能力の優れた番頭や親類の者を婿養子としてのれんを譲り、息子たちは気楽な資産収入生活者とすることが

珍しくない。こうした家では、先代の血を引く主婦の地位が高く、発言権も強くなったのは当然だ。そしてそれが、商人社会全般の雰囲気となり、女性を強くして行ったのである。

将来、婿養子を取って竹島の跡を継ぐことが運命付けられている一人娘の素良が、少女の頃からそのための教育を受けていたのも不思議ではあるまい。


「なるほどのお……。赤穂様では一軒前を一町とする大規模な塩業を目指すことに踏み切りはりましたか……」

石野七郎次の説明が一通り終った時、竹島喜助がまず関心を示したのは、このことだった。

「左様、最早、小さな自作を守る時代ではないと考えております」

石野は強い口調でいった。

「技術的には入浜法が行き渡りましたし、燃料の方も買入れ薪がほとんどになっております。もう塩作りは百姓の片手間にできる仕事ではございません。専門技術を持った者たちが組織的にやらねば量も質も揃いませぬ」

「仰せの通りじゃ、石野様……」

竹島喜助はふくよかな顔を何度も上下させた。

「手前どもでも諸藩の塩田が拡張され、塩売競争が激しゅうなる中で、どこがそれに気付き先手をとらはるやろかと話しておりましたんや。なあ、与之介」

喜助は、自らの先見の明を誇るように、番頭の証言を求めた。

「へえ、その通りで……」

与之介は膝の上にきちんと両手を揃えたままうなずいたが、すぐ次の質問に移った。

「このお……俵を藩で一手に購入されるというのは、どないなことでっしゃろ……」

「ああ、それは量目の統一のためです」

石野は勢い付いて答えた。

「私、赤穂に住んで二年あまりになりまするが、その間、いろいろと塩を見ておりますに、俵の大きさはまちまち、一斗五升ほどのものもあれば二斗三升も入るものもある。これでは、取引の公正が保たれぬ故、藩が俵の大きさを定めて一手に購入し、浜の者に与えようというわけです。さすれば……」

「ちょっと……」

与之介が石野の言葉を遮った。

「お話は御尤もでっけど、俵がまちまちですよって、俵数に頼らず積み上げた嵩《かさ》を見て目分量を付けて取引をする。その上手下手が塩を扱う者の腕にもなっとります。俵の大きさを統一されてはそういうう ま味がのうなってしまいますがな……」

「何、番頭殿はこれに反対と申されるか……」

石野は驚いて叫んだ。

「いやあ、手前どもは結構でっけど……赤穂の塩売仲間が厭がるんやおまへんかな。何しろ、塩売仲間の方々は浜の自小作はんからお買いになる時、大分それでお得をしたはりますよってな……」

「なるほど……」

石野はここでまた、新しい知識を得た。

この頃まで、赤穂の塩は主として二、三反の塩田を耕作する自小作生産者によって作られ、十数軒の塩売仲間、つまり生産地問屋がこれを買い集めて大坂などの塩商に売っていた。塩売仲間の多くは、比較的大規模な生産者であり塩田地主でもある。このため彼らは、小作者である浜子に対して、土地所有と流通把握の両面から強力な支配力を発揮した。かつて大野九郎兵衛も、塩売仲間の力が大き過ぎることを問題視して塩値師を設置、塩売仲間が浜子から買い上げる塩価を監督するようにしたことは前述した。

これによって値段は定まったが、量の点では、俵の不統一を利用した中間搾取が続けられていたのだ。この二年間、赤穂に住んで塩業を調べて来た石野もその点は気付かなかった。やっぱり武士の立場からの見方しかしていなかったわけだ。

「これは、石野様お一人のお考えでっか、それとも……」

竹島喜助が質問した。

「勿論、私の一存ではございませぬ。大野様からお話し頂き、内匠頭様の御親裁も頂いております」

「ほう、お殿様御自身が……。それなら多少の反対があってもやらはりますやろなあ。手前どもの立場で申せば、俵の大きさが決まり、荷崩れのない丈夫なものになれば少々高うても有難いでんなあ」

竹島喜助は嬉しそうにうなずいた。

日は暮れかかり、狭い中庭に面した座敷は暗かった。それに気付いた喜助は手を打って丁稚を呼び、行燈に灯をともさせた。このことは、なお会議を続ける意志を示すものでもある。石野はようやく明るい見通しを持ちはじめていた。だが、最も重要な点、新浜開発への出資になると、竹島の態度も甘くはなかった。

荒浜の再使用にはどの程度の費用がかかるのか。新浜開発にはどれだけの人数がいるか。そのうち藩士や百姓・町方の合力はどれだけ使えるのか。工期はどれくらいを予定しているか。石や木材はどれだけいるか、その計算根拠は何か。そしてそこからどれだけの塩が取れると見られるか、その根拠は、等々の質問が、喜助と与之介から交互に飛び出した。

石野は図面を拡げ、計算帳を見せて逐一これに答えた。時には意見の対立することもあり、時には議論が白熱することもあった。いくつかの点では竹島側が石野の見通しを否定し、自分たちの計算で置き換えた。特に新浜の開発費は、石野の思惑より三、四割も高くつくと彼らは結論した。そして最後に、喜助が、

「さて、これでどうかな。勘定が合うかどうか、素良、ちょっと算盤置いてみなはれ」

と厳しい表情でいいつけた。

「はい……」

素良はそう答えて算盤を取り、

「元になる数値は……」

と訊ねた。

「金利は九分三厘。賃銀は年二分上り。御運上は今と同じで十俵当り銀一匁、いや一割増しの一匁一分にしなはれ。ほてから薪買いが遠なることも勘定しなはれや、忘れんと……」

竹島喜助が早口に指示した。

「はい、これで十年間ですね、みな複利廻しとして……」

素良は何気なさそうに念を押して、算盤を動かし、結果を一つ一つ帳面の上に書き出した。

石野は驚いた。年九分三厘の十年複利とか、年二分ずつ上る賃銀の七年先の計算とかいうのは、流石の石野にも自信のない難問である。それをこの小娘は苦もなくやっているのだ。

〈何という女か……〉

石野は、娘のよく光る目を見つめて呆気《あっけ》にとられていた。それに気付いた喜助が、

「素良は勘定上手でしてな、この頃は関孝和先生の書物なども読んどりますのや」

といった。

「へえ、関孝和先生の……」

石野はますます驚いた。

関孝和の算術は、この頃学者の間で注目されはじめている。これまでの高等数学は専ら算木を使って方程式を解くといったもので式のたて方がきわめて複雑だったが、孝和は代数記号を使って筆算を行う方法を発見、円周率・求積・行列式・無限等比級数の和などの研究で実績を上げた。その理論は、当時のヨーロッパの数学理論に比肩して遜色《そんしょく》がない。甲府宰相徳川綱豊の家臣であった関孝和は、この功により幕府の御納戸組頭となり禄米三百俵を給せられるという破格の栄進をしたので、武士社会でも評判になっている。

石野七郎次も、京の算術塾で関孝和の名は聞いたことがある。だが、その塾の師範は「こういうものは学ぶ必要があるまい」と切り捨ててしまった。多分、師範自身も理解できなかったのであろう。それをこの小娘が、どの部分をどれだけ理解したかは別として、とに角読んでいるというのは

驚き以上のことだ。

「まあ、とんとんでしょうねえ、塩の値が上らへんとしたら……」

小半刻ほど経って、素良はそういって計算結果を喜助に見せた。

「とんとん……」

喜助は怪訝《けげん》な顔付きで素良の示した帳面を覗いていたが、やがて、

「与之介、どない思う……」

と帳面を渡した。石野は、今この瞬間に自分の運命が決まろうとしていることを意識して、行燈の光に黄色く浮ぶ与之介の横顔を凝視した。ところが、結論は反対の方向から来た。

「とんとんならやったらどうです、お父はん……」

という素良の声だった。

「そうか。お前はそう思うか……」

竹島喜助は目を細めて娘を見た。

「先刻のお話で、赤穂様が塩の質と俵の大きさを決めはったら、日本中の標準になりますやろ。そしたら一割はほかよりたこ売れるし、先物取引かてできます。それをうちが仰山持ってたらよろしいでえ……」

「なるほど先物か……」

喜助と与之介とが同時に叫んだ。

「先物と申しますと……」

石野はこの聞き慣れぬ言葉の意味を訊ねた。

「先物いうたら品物がまだないうちに取引することだす。つまり……」

と与之介が説明しかかった。だが、その声は突然の騒音で中断された。表の戸を激しく叩く者がいたのである。

「今頃、だれやろ……」

喜助と与之介はそういって顔を見合せた。時刻は既に戌《いぬ》の刻（午後八時）に近い。この時代としては客の来る時刻ではない。一同は緊張した面持ちで次の報せを待った。やがて眠そうな顔をした丁稚が入って来て、

「島屋のお美波さんが、西鶴先生が危篤やよって見舞いに行こいうて、いとはんを誘いに来やはったんでっけど……」

といった。

「へえ……西鶴先生が……」

素良は驚いて立ち上った。同時に喜助が、

「この夜更に娘だてらに出歩いたら危いがなあ」

と叫んでいた。

咄嗟《とっさ》に石野七郎次は、

「私がお供いたしましょう」

と立っていた。

「そらおおきに。お武家さんに付いててもろたら……」

素良が嬉しそうに笑った。喜助は止めるのを諦めたが、

「由兵衛かて連れて行きなはれや」
と叫ぶのを忘れなかった。

(四)

元禄の夜は淋しい。この時代、村でも町でも人は夜明けと共に起き日暮れると臥した。戌の刻(日没後二時間ほど)ともなれば灯は消え人通りは絶える。「天下の台所」大坂船場の通りとて例外ではない。その暗い淋しい道を一団の男女は急ぎ足に進んだ。竹島素良と島屋美波、そのそれぞれの供をする丁稚と石野七郎次、室井仁左衛門の六人である。

昼間は入舟出舟に賑《にぎわ》った堀川も今は深い眠りについたように静かだ。建ち並ぶ家並みは影のように黒い。その上に仲秋十日の月だけが生々と青白く光っている。

この一行が鑓《やり》屋《や》町の草庵に着いた時、井原西鶴は既になく、通夜の客が十数人ほど集っていた。

井原西鶴の晩年は、その作品に漂う陽気な雰囲気とは逆に淋しいものだった。三十四歳で妻を失った西鶴は、以後独り身で一粒種の盲目の娘と暮したが、死の前年にはその娘にさえ先立たれ、天涯孤独の身の上となった。この娘の死で西鶴が受けた精神的打撃は殊のほか大きかったようだ。元禄六年になると、五十二歳の西鶴は、死の迫り来るのを悟ったかのように遺稿「西鶴置土産《さいかくおきみやげ》」の執筆にかかっている。

一昼夜にして二万三千五百の俳句を作り出した「俳諧大矢数《はいかいおおやかず》」の記録保持者として、また浮世草子の名作家として、名声は得ていたが、妻にも娘にも先立たれて独り草庵で筆を取る身はいかにも淋しいものだったに違いない。だが、「好色一代男」において、六十歳にして狭い日本に住み飽き好色丸という船を仕立て女護島《によごのしま》を目指す世之介を創造したこの文豪は、その死に当っても明るさを失わなかった。

素良や美波が駆け付けた時、西鶴の門人北条団水《ほうじょうだんすい》や版元の下山鶴平《しもやまかくへい》が、沢山の紙綴《と》じを作っていた。

「何しやはんの……」

素良は通夜に似合わぬ行為をとがめた。

「西鶴先生はな、冥土《めいど》までの道は遠いよってに俳句の百万、浮世草子の千冊も書けるやろといわはって、お棺の中にたんと紙と筆を入れとけやと……」

団水はそう答えて赤らんだ目を無理にも微笑ませた。

「そら西鶴先生のことやから……」

素良がそう呟き、

「けど、その原稿取りに行くのも遠いわなあ……」

美波が冗談をいった。それに対して版元の鶴平が、

「いや、心配いりまへん。わてかてじきに追い付きまんがな……」

と陽気な口調で答えていた。

元禄六年八月十日、世の中はまだ、明るく陽気で、人々は時代の上り坂を信じていたのである。

四　塩

（一）

実りの時が来た。山と海とに囲まれた赤穂の野も一面黄金色に変じている。今年は天候に恵まれ、米も塩も豊作だ。

秋は、百姓も武士も忙しい。百姓は稲の刈取りに忙しく、武士は年貢の取立てに忙しい。人の世は因果なもので、いつの時代にも奪い合いが付きまとう。百姓は土と水から少しでも多くの収穫を得ようと働くが、武士はその百姓からより多く取り上げようと考える。実りの秋は、人と人、百姓と武士の駆引きの季節でもある。

今日もそうした一行が山のべの村を行く。庄屋を案内役に立て、定紋付きの漆《うるし》塗りの陣笠をかぶった上士と下級の武士が二人に足軽が四人、小者二人。少々遅れて何人かの百姓が続く。

上士の侍は五十がらみ、馬乗りでもないのに朱塗りの鞭《むち》を手にしている。この当時、赤穂五万五千石の領内には殿様の乗馬から神社で飼われているお祭用兼務の駄馬まで入れて、馬は二十五頭しかいない。もう侍も馬に乗るようなことは滅多にないのだが、鞭は騎馬を許された上士の象徴として大切に握られている。

下級の武士は共に若く、手に棒を持っている。長さは同じ一間、藩の公印が付いた尺棒《さしぼう》だ。足軽たちは縄と升《ます》を持ち、小者は床几《しょうぎ》や敷物をさげている。一人が一品という封建的非能率さだ。足取りも悠長に、うららかな秋の午前にふさわしいのどかな姿に見える。

だが、そのあとに続く百姓たちの顔は真剣そのものだ。これからはじまる作業、試し刈りの結果が彼らの暮しに少なからぬ影響を与えることを知っているからである。

「小野寺様、このあたりがちょうど並みではないかと存じますが……」

道の曲り角まで来た時、先頭の庄屋が小腰をかがめて右側の田を指さした。

「ふーん、どうかなあ、鈴田氏《うじ》……」

小野寺と呼ばれた上士、小野寺十内秀和はちょっと首をかしげて、後の下級武士を振り返った。庄屋の指さした田は、一見して周囲のものよりも稲の色が青く、まばらだった。

「いやあ……これはどうも……」

問われた下級武士、鈴田十八は不満気に首を振り、

「あっちの方が適当では……」

と、道の反対側を棒で指し示した。

「滅相もございません。鈴田様。あそこは働き者の勘助の田、この村では一番の出来でございます。あれで試されたんでは村の者がみな……」

庄屋が慌ててそういった。二、三間離れて見ている百姓の男女も心配そうな顔付きでうなずき合った。

「しかし、これに参る道々見て来た所ではこれほど出来の悪い所はなかったぞ……」

鈴田は庄屋の指した田の方に尖《とが》った顎を突き出して不快気にいった。

「へい……この道筋はみな並み以上の出来でございまして……村中ならすとこのくらいが中田の並みかと……」

庄屋は見え透いた嘘《うそ》をいった。百姓たちも「そうじゃそうじゃ」と呟いてこれに同調した。

「そうか、それなら今日一日かけて村中の田を見て廻ろうではないか。今の言葉に偽りがあったら何とする」

鈴田は額に縦皺を刻んですごんで見せた。

「御覧頂くのは結構ですが……」

庄屋はふてくされたように脇を向いて呟いた。

「まあ、よいわ、鈴田氏……」

上士の小野寺が部下を制して、

「あそこはどうかな、ま、あのくらいが並みと見たが……」

と、道の突き当りを鞭で指した。そこは庄屋のいった所よりは幾分よかったが、周囲のものよりは劣った出来だった。

「あ、あの伝助田でございますか……まあ、あれなら、並みと申されても文句はいえんかも……」

庄屋は少々困った風に語尾を濁したが、内心の歓びは隠し切れていなかった。あとに控える百姓たちはもっと正直な安堵の色を見せた。

徳川時代は、本音と建前がかけ離れた世である。建前の面では理論も数字も精緻《せいち》に整理されているが、実際に行われていることは、その理論とも数字ともひどく違っている。例えば、土地の石高、武士の禄高、そして年貢の取高がそれである。

この時代には全国隅々まで田畑は精密に計測され、質的に細かく分類され、それぞれに石高が定められていた。例えば天保四年（一八三三年）の日本全国の石高合計は三千四十三万五千二百六十石二升七合六勺《しやく》五第九撮《さつ》と記録されている。最後は一粒ずつ数えた方が早いほどの単位まで明確に出されている。

だが、実際の年貢はこれとは別に、年毎の試し刈りの実績によって割り出される。しかもそれは石高よりはるかに少ないのが普通だ。赤穂藩の場合、平年作でも取米（実収予想）は石高の四分の三以下だった。赤穂に限らず、全国どこでも大抵こんなものだ。年貢はこの実収予想に「六公四民」の原則で課せられる。赤穂の場合、多少それを上回る「重税」だったことは前述した。

ところが、これにもまた裏がある。この実収なるものも必ずしも実際の収穫と一致していなかった。試し刈りで一定の小面積を刈り取って収穫を計算する場合、武士と百姓との間にいろいろな駆引きがあり、かなりの目こぼれを意識的に出すのである。今、小野寺十内らと庄屋との間で行われている試し刈りの場所選定はその第一段階だ。庄屋・百姓側は最も出来の悪い田を試し刈りに供して、村中の収米を少なく見せようとする。武士の方は少々ましな所を選びたがる。しかし、規定通りに平均的な出来の所を選ぶとあまりにも年貢が重くなって百姓の反感を買うからほどほどで妥協する。それがいわゆる人情であり、それをわきまえているのが「よき侍」「よき官吏」なのだ。徳川時代に「酷吏」とか「悪代官」とかいわれた者はみな、これを解せず、建前通りに事を運ぼうとした連中である。

試し刈りの場所が決まると、足軽たちが土地の面積を測って縄を張る。大体は二十坪か三十坪だ。

藩公認の尺棒で正確に測るのだが、この程度の広さだから稲一束の出入りも平均収穫高の算定に少なからぬ影響を与える。ここでもまた武士と百姓の駆引きがあり、武士の側がほどよく譲歩する。

縄張りが決まると、ついて来た百姓が稲を刈り、籾《もみ》を取る。この時もまた僅かながら稲束の方に穂を残す。こうして各段階で何パーセントずつか減して、公認の実収高と実際の出来との間に差を作り出すのである。

さて、その日の夕方、小野寺十内と二人の部下は庄屋の庭に据えた床几にかかった。いよいよ試し刈りのハイライト、収穫高の計量である。取られた籾は目の前に拡げられた二枚のムシロの上に積まれた。時により所によってはこれを厳重に保管し乾燥して脱穀の上、米にして測る場合もあるが、大抵は籾量で計量して一定比率を掛けて米量を算出する。赤穂の場合も、よほど不作な年以外は籾で測った。換算率は多少甘くできているので、その方が農民に有利だ。特に今年のような豊作の時はそうである。

下役の鈴田が藩公印の付いた大小の升を与え、目の前で百姓たちに測らせる。いかにも厳重な形式だが、肝心の瞬間になって、小野寺は床几を立ち、

「今年は山の紅葉も殊にきれいじゃ、のう、方々《かたがた》……」

と、人々の目を遠い山の彼方に誘った。

「確かに……」

「なるほど今年は……」

二人の部下も口裏を合せて遠くを見廻した。

「ああ、一句できたぞ……」

黒竜の号を持つ俳人小野寺十内は、懐から帳面を出し、時間をかけて書き付けた。

その間に籾を測っていた百姓たちは幾分かの籾を重ね合せたムシロの下に押し込んでいた。小野寺の不自然な動作は、この時間的余裕を与えるためのものである。そのくせそのあとで小野寺は、

「升目は正しく測れよ」

などともいった。厳格な形式と意識的に目こぼれを作る緩急の按配《あんばい》が大事なのである。

帰り際、鈴田十八が尖った顔をすり寄せて、

「小野寺様、今日のはちと甘過ぎたのではございませんか」

と心配気にいった。だが小野寺は、

「今年のような豊作の年ぐらいは、百姓にもちと楽をさせてやらねばなるまい」

と笑っていた。

しかし、鈴田の心配はある程度当っていた。それがちょっとした事件を生んだのである。

（二）

数日後、赤穂藩邸家老部屋に四人の家老と二人の郡代が集った。今年の年貢をどれほどにするかを相談する大事な会議である。

「今年は豊作で結構にございます。拙者のおります加東郡では試し刈りの結果、去年を一割あまりも上回る出来でござった」

まず、加東郡代吉田忠左衛門がそう報告をした。

「加西も同様でござる」

もう一人の郡代佐々小左衛門も自分の功績のように胸を張った。

「赤穂も総じて豊作じゃが、村によってかなりのむらがあるようじゃ」

家老の藤井又左衛門が村々の試し刈りの結果を記した書付けを見ながらいった。

「よき所では去年の二割ほども増えたが、そうでない所は一割にも及ばぬなあ……」

「どれどれ……お見せ下され……」

佐々は藤井から書付けを受けとってしばらく見つめていたが、やがて、

「これはおかしい」

といい出した。

「赤穂は加東・加西に比べて一段とよき出来と聞いておったが、これは、腑《ふ》におち申さん。殊にこれらの村々では……」

佐々は書付けの中の村名を指さした。

「上田がやっと反当り一石五斗となっておる。これでは並みの作ではござらんか。加西でさえも上田はみな一石六斗を越えておるというのに……」

「それはどなたが試された所かな……」

吉田忠左衛門が怪訝な表情で訊ねた。

「小野寺殿じゃな、これは……」

藤井が別の帳面を確かめて答えた。だが、佐々は腹立たし気な表情で、

「どなたがおやりになったかはとも角、もう一度やり直してはいかがであろう。半里と離れぬ村で出来高に一割もの差があっては百姓どもにも疑われ、厳正にやった者がかえって怨《うら》みを買うことに

なりましょうでな」

とまくし立てた。「厳しい郡代」としての定評のある佐々小左衛門には、甘い試し刈りが人気取りに思えて許せなかったのだろう。

これには家老の藤井又左衛門も困った。試し刈りをやり直すとなれば、前の試し刈りが間違いだったと認めることになる。それでは担当した小野寺に傷が付くばかりか藩の権威もいたく損われる。封建時代の領主は批判を許さぬ絶対君主として領民に臨んでいる。従って領主には誤りがあってはならない。一度でも誤りを認めると以後「批判を許さず」とはいかなくなり、体制が根本から崩れるからだ。このため、たとえ誤りがあっても何とか屁理屈《へりくつ》をつけて正当化し、現実の方はまた屁理屈をつけて修正するのである。到底「前の試し刈りは間違いだった」などといえるものではない。

「いかがいたしたものでしょうかな、御城代……」

藤井は、城代家老坂田左近右衛門に救いを求めた。

「そうよなあ……。試し刈りは試し刈りとして認めた上で、毛付に多少差をつけてはいかがかな、大石殿」

坂田はそういって自信なげに筆頭家老の顔を見た。試し刈りの結果実収予測の低く出た村には実収に対する年貢の率「毛付」を引き上げて公平を保つというのである。

「なるほど、それは一案でござるな」

大石は低い声で呟いた。しかし、この案にも佐々は反対した。

「毛付を上げるというのは一見尤もに見えるが、それは何故にどれだけ上げるのか。何の根拠もなく毛付を引き上げるのはよろしくない。それでは何のための試し刈りか分らなくなってしまいますぞ……」

「ふーん……大野殿はどうお考えかな……」

と藤井は苦々しくうめいて、知恵者の家老大野九郎兵衛に話を向けた。

「左様、試し刈りはもう終ったこと故、今さらいたし方ござらぬ。あとの小成物の方で加減するほかござるまい。いかがかな、大石殿……」

大野もまた、大石の同意を求めた。

小成物とは米以外の作物などを指す言葉だ。当時の農業は、勿論米を主産物としていたが、それ以外にも麦・豆・粟《あわ》・芋などの生産もある。大野の案は米の取立ての少なく出た村々にはこれらの課税を強化して均衡を取り戻そうというものだ。しかし、小成物の量は、米に比べてはるかに少ない。赤穂郡の小成物年貢は、この時期より二十年ほどあとの森家の記録でも米百六十俵、六十四石に過ぎない。その上、米を作る者とその他を作る者とが同一人と決まったわけでもない。当然、米を甘くした分、小成物を厳しくすることで損得が差引きされることもない。大野が敢て大石の同意を求めたのは、それを知っている故の自信のなさを示すものだ。

問われた大石は深くうなずいて、

「ふん、それも一案でござるな……」

といったが、この寡黙《かもく》な男には珍しくすぐ続けて、

「ここは、いろいろ思案のある所なれば、少々間を置いてみなそれぞれに考えることにいたしてはどうであろう。四、五日遅れたとて百姓がおらなくなるわけでも米が逃げるわけでもござるまいて……」

といって笑顔を見せた。行き詰った雰囲気を和らげるための演技である。

「七郎次、ちと面倒なことがあってな……」

屋敷に戻った大野九郎兵衛は、食客の浪人石野七郎次を座敷に招き入れてそういい、午前中の家老郡代会議の様子を伝えた。

「貴殿の御苦労で塩業改革の方が一歩進み、やれやれと思うた矢先、米の方でまたこれじゃ……」

大野はそういって苛立たし気に扇子を手の平に叩き付けた。

「なるほど、手加減のほども難しいものですなあ……」

石野はうめいた。商人の社会にも裏があるように武士の社会にもいろいろと裏がある。石野が学んで来た算術勘定の世界のようにきっちり行かない。

「そうじゃ、その加減が難しい」

大野は縁側に立って庭の柳を見ながら呟いた。

「豊作の時にはどうせ米の値段が下るから百姓たちにもちと貯めさせて置いた方がよいという小野寺殿の御意見も尤もじゃが、佐々殿の厳正主義は筋が通っておるだけに正面から反対はできん。みな手加減はしておるのに、それが過ぎると建前の筋を持ち出すから一層難しゅうなる……」

大野の口調には、石野が何かよい考えを出してくれるのを期待する響きがあった。家中の上士たちの問題を一介の浪人に打ち明ける辺りに大野の疲労と困惑のほどがにじみ出ている。知謀をうたわれたこの家老も既に五十四歳、当時としては老境である。

「御家老」

突然、石野七郎次はある考えが浮んだ。

「ただ今のお話、七郎次このように考えます」

「どうな……」

大野はゆっくりと振り返った。

「半里と離れぬ村の間に出来の差があるとなれば、一方の村の者はよく働き、他方の村の者はそうではなかった、としか考えられませぬ。つまり、殿への御奉公の度合の差でございましょう」

「それで……どうする……」

大野は座敷に戻って石野の顔を見つめた。

「ならば、その分、出来の悪い村人に働いてもらうべきでございましょう」

「なるほど……賦役《ふえき》か……」

大野は大きくうなずいたが、しばらく考えた挙句、

「して、何の役をさせるのじゃ」

と訊ねた。

「あの新浜の開発にございます。藩士と百姓・町方の合力とはいえ人手は不足。賃銀を払うても人夫を雇わねばならぬことも多いに相違ありません。その一部を……」

石野がそこまでいった時、大野は膝を打って、

「それじゃ」

と叫んだ。

「七郎次、ええことを思い付いたわ。それじゃ、それがよい。赤穂は山と海に囲まれ、土地を拡げ

る余地がない、田畑になりそうな所はみな長直様の頃に開いてしもうたでな。百姓は働こうにも耕す土地がのうて困っておる。五日や七日の役で年貢が下ったとあれば不満はあるまい。みなの顔も立ちお家のためにもなる。禍を転じて福となすとはこのことじゃ……」

大野は早口でそんなことをいい、

「まことによき案じゃ、七郎次。これでまとまれば、貴殿のお取立ても確実じゃわ」

と嬉し気に微笑んだ。

「有難き幸せ……」

石野は深々と頭を下げた。いよいよ「二十石三人扶持」の侍として一家を構える日が来る、という実感が湧いて来た。

三日後、大野九郎兵衛はお城から戻ると、わざわざ石野七郎次の小屋に来て、

「七郎次よ、歓べ」

と叫んだ。今日、内匠頭御臨席の場で、石野の案通り年貢の少ない村には賦役を課すことでまとまり、併せて石野のお取立ても決まったというのである。

「わしもな、つい二ケ月前には財政再建のために家中の大量整理を主張した身じゃからちといい出し難かったがな、この者先日より数々の功ありということで申し上げた所、内匠頭様御自ら、そのような者なれば是非に、と仰せられた。近く正式な手続きもとられようほどにな……」

大野は自慢と祝福を織り混ぜて大声でいった。

「して、お役目は……」

石野は御礼言上の上で、そう訊ねた。

「勘定方兼塩吟味役、十五石二人扶持じゃ」

大野は胸を反らしていったが、石野は、

〈おや……二十石三人扶持ではなかったのか……〉

と失望した。その心が顔に出たのか、大野は、声を落していい訳をした。

「勘定方古参の矢頭長介殿が二十石じゃからな。二十五歳の貴殿を同格にするのはちと無理じゃ。今はまだ役方の低い時代じゃ。しかし、あと十年もすれば変るわ。お前はまだ若い。奉公次第で百石の上士にも昇る日も来ようぞ」

〈百石か……〉

石野は、その言葉を噛みしめて哀しい気持ちになった。それは父が得ていた禄高に過ぎない。

〈武士の夢も小そうなったものよ……〉

と石野は思った。槍一本、舌先三寸で何万石もの城主となれた戦国の世は、はるかに遠くなっているのだ。

〈俺は、自分だけの夢を捜そう……〉

石野七郎次は、心の中でそう呟いていた。

（三）

稲の取入れが行われる時期、塩田の方にも変化がはじまっていた。その第一弾は、九月中旬に出た。

「浜方への御下米《おくだしまい》は今日から廃止する」

という布令である。

「今年は豊作だったので米は十分あり、値段も安い。御下米がなくとも浜の者の暮しに支障がないと思われる」

というのが、その理由である。そしてその布令には、「浜奉行不破数右衛門正種《ふわかずえもんまさたね》」という名と共に、一段下げて「塩吟味役石野七郎次数正」という聞きなれない役職と名前が付いていた。

この布令を見た時、赤穂の浜子たちはみな歓んだ。これまでの例から見て、御下米の値段は凶作の年には市価より安いが豊年には市価より高い。今年は豊作だから高い米を押し付けられると思っていた矢先、それが廃止になったのだから、「やれ助かった」と雀躍《こおど》りした者も多かった。

一反あまりの自有地と少々の借地で塩作りをしている浜男、尾崎浜の徳造もその一人だった。

「お武家さんにもわいらのことを考えてくれはる御仁もいるもんじゃわ……」

徳造は、三十歳を過ぎてようやくもらった新妻にそういい、それが石野七郎次という新入りの侍の提案によるものだと聞いて、

「ええお人が来てくれはったのお……」

と感激した。この時徳造は、これからはじまる塩業改革の全貌について全く無知だったのである。いや徳造ばかりか、赤穂の塩業者みながそうだった。

日ならずして、塩業改革の第二弾が出た。

「これより塩俵は藩が一手に支給することとする。御公印なき俵は売買を禁止する」

というものだ。そしてこの時も、その理由は、

「俵の大小が様々なため量目が分らず、これを利用して生産者より不当に安く塩を買い取る不埒《ふらち》な塩商もいると聞く。今後はそのようなことをなくすため、かく俵の寸法を統一するものである」

とされ、あとには正確に二斗入る俵の寸法と仕様が示されていた。つまり、これもまた零細業者保護を主な理由としていたのである。

この時も徳造は歓んだ。俵の不統一のため、塩売仲間に思ったよりずっと少なく勘定された不快な経験は何度もある。塩売仲間というのは徳造のような零細な生産者から塩を買い集め大坂辺りの塩問屋に売る生産地問屋だが、同時に塩田地主でもあり、比較的大規模な生産者でもある。彼らは、地主の立場を利用して量目を勝手に決めてしまうのだ。

「量目がはっきりするというのはわいらにとっては有難いでえ……」

徳造は尾崎浜の自小作仲間にもそういった。だが仲間の多くは、

「こらあ、わいらに俵を高う売り付けてお殿様の収入を上げようというもんや。ええはずあれへんわい……」

といった。これに対して徳造は、

「何ゆうてんね。どうせわいらは地主さんから俵分けてもろてんやないか。地主はんかてたっぷり儲けたはるんや。お殿様の方がましかも知れへんぞ」

と反論した。

日ならずして、藩公認の俵なるものが配られた。一枚十文で、地主から買うよりも四文も高かったが、大きさが揃っている上、丈夫で包装はし易かった。そして何よりも量目のいざこざがなく、思った通りの量を塩売仲間も受け入れた。今までなら一割以上少なくいわれたであろう。

「やっぱりわいらのためになるやないか……」

徳造は自小作仲間に胸を張ってそういった。今度はこれに反対する者もなく、徳造の先見の明が

みなに誉められた。徳造は経済的利益の上に仲間内での顔もよくなった。それだけに彼は、石野七郎次という新入りの侍が、ますます好きになった。その頃、塩業改革の第三弾の布令が出た。

今度は、

「来年より塩の品質を検査し、等級付けをするから、そのつもりで良質の塩を作るように心掛けよ」

というものだ。

「当赤穂の塩は天下第一の良質である。しかるにごく一部悪質なものも混っているため、これを理由に他所の塩と同価格で買われているのはまことに残念である。来年からは藩が選別をして等級付けを行い、良質塩は高値に売れるようにするから、各生産者は良質塩の生産に努め、雑物混入などのないように心掛けるべきである」

これにはこんな理由書が添えられていた。これもまた徳造にとっては嬉しいことだった。自分たちの作る塩が「天下第一」といわれたのも嬉しかったし、来年からはいい塩を作れば高く売れるということが嬉しかった。真面目な生産者であった徳造は、自分の塩に自信を持っていたのである。

だが、それからしばらくして出た四つ目の布令はもっと劇的だった。浜子・浜男の賃銀が定められたのだ。

その定め方は職種により、また男女別や季節別で細かく分れていたが、最低は一日男四十文、女二十五文である。これは男が米一升、女が六合強に当り、当時の浜の賃銀よりやや高目で、いわば最低賃銀制の効果があった。人を雇うことよりも雇われることの方が多かった徳造は大いに歓んだ。

この時、徳造らは、これがやがて自分たちの生涯を大きく変えることになろうとは夢にも思っていなかったのである。

（四）

旧暦十月に入ると、瀬戸内を渡る風も冷たくなる。稲の取入れは終り、塩田の作業も少ない。野も浜も人影は乏しい。農民は塩俵造りに精を出し、浜の男女は塩釜の薪刈りに山に向う。浅野家では先々代の長直の晩年、塩釜用の薪の確保のために山に松やくぬぎを植えたが、到底それでは足りない。浜男たちは、時には藩外まで出て薪造りをする。それが冬期の内職になる。

その日、淋しさを増した赤穂の浜で、港だけが賑っていた。大坂から来る乗合い船を出迎える人たちが、二十人以上も集っているのだ。

赤穂は小さな港である。たかだか五万五千石の城下だし、山に囲まれているので内陸への通過交通も少ない。城の脇を流れる千種川の水運もさして奥の深いものではない。赤穂藩では、この川を上下する高瀬舟に運上を課していたが、その上りは年間銀七貫目、当時の米価で換算すると米百二十石ほどである。要するに赤穂は乗合い船にとってそれほど重要な寄港地ではなく、ここに寄る便数も少ない。それでも、年に何回かはこの港で降りる客が多い時がある。塩取引の行われる日だ。今日はそれに当っている。

大坂の塩問屋は大抵自前の船を何隻ずつか持っているが、それは人を運ぶためのものではない。勘定高い大坂の商人は我が身一つを運ぶために自家用船を動かすようなことはしない。自家用の船で賑々しく乗り込んで来るのは、むしろ高砂辺りの規模の小さい問屋である。大坂の連中は、そんな目立った行動を避け、ほとんどみな乗合い船で来る。

便数の少ないこととて、みな同じ船に乗り合す。そしてそれがまた、絶好の情報交換と談合の場ともなる。今、大坂には手広く商内《あきない》をしている問屋が七軒あるが、彼らの結束ははなはだ強く、この商品の流通に圧倒的な影響力を持っている。畿内で使われる純白の真塩は勿論、江戸・関東に送られる赤味がかった差塩も、ほとんどは彼らの手を経て廻送されている。元禄時代には、塩は大坂からの「江戸下り十七品」の中でも重要な商品の一つだったのである。

しかし、その一方ではかなり激しい競争もある。赤穂のような古い塩産地での買付けでは、彼らは一致して値を決め分量も分け合うのが常だが、新興産地では他を出し抜いて安値大量買いをする者もいる。販売面での競争はもっと激しく、他所の系列の地方問屋を安値売りでひっくり返すようなことも時々起る。塩問屋の間に険悪な空気が漂うが、やがて仲間内の話合いや仲裁人の介入によって手打ちが行われる。塩問屋に限らず、封建時代の商業というものは、こうした協調と競争、相互援助と裏切りの繰り返しである。

「今度は大坂の問屋はんの間にもちと波風が立つんと違いまっか……」

今、赤穂の地場問屋、塩売仲間の間では、そんな声が盛んだ。理由は二つある。第一は最大手の一つ、岸部屋の三人兄弟のうち真中の新兵衛が分家独立するという話だ。どうやら兄弟同士の折合いが悪い上に番頭の間の勢力争いも絡んでいるらしく、筆頭番頭の久右衛門というのが新兵衛について出るという。

「やり手の久右衛門がついてたら、新兵衛はんの新店はひと暴れしますやろ」

と赤穂の連中は期待と危惧を混えた顔付きでいい合っている。

第二は、既に測量のはじまった赤穂の荒浜改修と新浜造成に竹島喜助が巨額の資金を出すという話だ。今、赤穂の塩田は耕作されている部分が約百八十町歩、荒浜と化した所が二十六町歩、それに、これから造成されるという新浜が二十九町歩という。計画通りになると何年かのちには赤穂の塩田耕作面積は五十五町歩、三割あまりも増える。

「そないに仰山の塩を竹島はんはどこへ売るつもりやろ」

赤穂の人々はそういって首をかしげ合った。

塩というものは人間の生存に不可欠な必需品だが、さりとて経済成長によって需要の伸びるものでもない。人口が安定していたこの時代には、全国の塩需要も全く安定している。それ故、問屋の間には「どこかが伸びればどこかがそれだけ減る」という典型的な「ゼロサム社会」が生れている。特に、赤穂の小天地に住む人々にとってはその感が深い。

もっとも、ここには、

「竹島はんやろと岸部屋の新宅やろと構《かま》へん。とに角、赤穂の塩がたんと売れたらええやないか、そっから先はわしらの考えることやないわ」

という声もある。だが、それには、

「けど、どえろう安うなるんと違うやろか……」

という心配が続いた。そしてその議論は、

「大坂の問屋はんら、今度どないな顔付きで来やはるかが見ものでっせ……」

という言葉で締めくくられた。

そんなわけで、今、赤穂の港に塩問屋を出迎えに来ている塩売仲間の表情には興味と緊張が入り混っている。

やがて、西に傾いた陽に赤く染った海を割って、帆をおろした船がゆっくりと接岸し、塩問屋たちの姿も現われた。岸部屋九郎兵衛、同新兵衛とその番頭久右衛門、金屋利兵衛とその若い手代、鳥羽屋の番頭権次郎、瀬戸屋作左衛門、ゑびす屋重三郎と手代の国吉など、いずれも赤穂ではなじみ深い顔ぶれである。

彼らの様子は、赤穂の人々の予期に反して普段と少しも変らないように見えた。船端《ふなばた》に居並んだ問屋たちは互いに談笑し、出迎えの塩売に手を振り、下船の順序を譲り合った。だがなお赤穂の連中には期待が残っている。話題の人物、竹島喜助の姿が見えなかったからだ。

しかし、それも束の間、すぐ竹島喜助の肥満体が胴の間から現われた。しかも、喜助のうしろに続いていたのは、うら若いきれいな娘だった。

「うちの娘の素良でんね。一人娘でっさかいにいずれ養子を取る身、赤穂の方々にも一度は見知って置いてもらいたいというて、ついて来よりましたんや……」

竹島喜助はふくよかな顔一杯に微笑をたたえて若い娘をみなに紹介した。それは、この藩の浜の拡張に銀三百貫もを投じる商人の顔ではなく、一人娘への愛に溺《おぼ》れた父親の顔であった。

実は、大坂の問屋の間では、赤穂の塩田拡張もそれほど大きな問題ではなかった。全国的に取引網を張った彼らにとっては、赤穂の塩も年産三百万石余にのぼる全国生産の中の四十万石、約一三パーセントに過ぎず、それが三割ほど増えたとしても驚くには当らない。四十町歩や五十町歩の塩田増加は、十年前までは瀬戸内の各地で見られたことである。

それよりも彼らの関心事は、今、赤穂藩が進めている塩業全般の改革、とりわけ俵の統一と品質格付けの問題であった。これこそ塩取引全体を根本的に変化させる要素を含む大事件だったのである。

翌朝――藩塩蔵の建ち並ぶ浜の一角にある殺風景な建物、塩会所において取引が行われた。この建物の外観は塩蔵に似て縁側がなく四方とも壁、東西両面に小さな窓が並んでいる。内部は入った所が土間、あとはただだだっ広い板の間だ。正面には浅い床の間があり、海神「大綿津見神《おおわたつみのかみ》」の名を書いた掛軸に御酒が供えられている。ちょうど剣術道場のような格好だ。

取引の方法は延宝八年（一六八〇年）に大野九郎兵衛によって定められた。まず一方の窓際に地場の問屋・塩売仲間が並ぶ。この日の出席者は十五人で、この頃としては最も多い方だ。

反対側には買手の問屋が並ぶ。大坂から来た七軒と高砂の者二軒、それに隣の城下龍野の問屋一軒を加えて合計十軒だ。各問屋の代表者は、主人であれ番頭であれ最前列に座り、随行者はその背後に座る。この日は、分家独立を噂される岸部屋新兵衛がどこに座るか、ちょっと注目されたが、何の躊躇《ちゅうちょ》もなく兄九郎兵衛の背後に座った。大坂の塩問屋組の間ではまだ独立業者としては認められていないのだろう。

土間の方の上り口には三人の男が小さくなっている。うち二人は塩浜の庄屋、もう一人は純粋の自小作人から選ばれた代表だ。この日ここに出たのは尾崎浜の徳造である。この三人は取引価格を見届ける証人役であり、従って、発言権はない。地場問屋が自小作人から塩を買い取る価格は、この場で決まる値段の一割引きと決まっている。以前は、地場問屋の塩売仲間がこっそり大坂などの問屋と取引したため、自小作人は塩の相場も分らずひどく買い叩かれたこともあった。大野はそんなことをなくするために、取引を藩公認の場に限ると共に見届人を入れたのだ。

しばらくすると、浜奉行不破数右衛門正種が部下を連れて入って来た。通例、ここに来る浜奉行の下役は二人だが、この日はもう一人、長身の若い侍がついていた。

「一同、御苦労……」

奉行の不破は、短くいって中央を真直ぐに床の間の前まで進み、神名の掛軸に一礼して着座する。三人の下役もそれに倣った。

続いてもう三人の男が現われ、下座の方に奉行と対面する形で座った。これは藩任命の塩値師といわれる者で、いわば取引の裁定役である。もっともこの役は、塩売仲間やその縁者から選ばれたから公正な中立者とはいえない。こういう役を置かねばならなかったのは、延宝以来の塩の生産過剰により買手市場が出現していたことの反映である。

いつもはここで、すぐ取引の話に入るのだが、この日は違った。まず、浜奉行不破数右衛門が、

「新たに設けた塩吟味役の石野殿である」

と脇の若い男を紹介した。

「塩吟味役石野七郎次数正でござる」

石野は型通りに名乗り、軽く頭を下げた。地場の塩売仲間は勿論、大坂・高砂の問屋も大半はもう新任の塩吟味役を見知っている。だが、その顔を見て驚いた者もいた。尾崎浜の徳造もその一人だ。

〈あれが石野様か……〉

徳造は、それが二年ほど前から浜でよく見かけた浪人者であることを思い出した。その頃、この男は継ぎだらけの短い着物を着て、大抵はさかやきを五分ほども伸していたものだ。だが、今日は明るい色の新調の紋服を装い、髷《まげ》をきれいに結っている。

〈侍とは変るもんやなあ……〉

徳造はそう思い、何となく「自分たちの味方」という夢が破られたような気がした。

もう一人、この石野の変化をおかしそうに見ていた者がいた。竹島喜助の後に座った素良である。彼女は、この男が大坂塩町の店に来た時の泣き付くような様子を思い浮べ、

〈あの時の哀願の成果がこの姿か……〉

と皮肉な微笑を浮べていた。

石野七郎次の方も、素良の存在を知って、ぎくりとした。この塩会所にいる四十人ほどの中で素良だけが女性なのだ。

素良は目立たぬようにか、地味な紺色の着物を着ていたが、白い帯と赤い襟、そして何よりも黒ずんだ板壁を背景として浮ぶ白い顔が、隠しようもなく際立って見えた。

石野はなるべく素良の方を見ないようにした。だが、そうしようとすればするほど、こめかみに刺さる素良の視線が気になった。

「本日は取引値決めに先立ち、塩吟味役の石野殿より当浅野家の新しいやり様について説明する」

石野の耳に不破奉行のそういう声が入った。

「では申し上げる」

石野は慌てて思考を素良から仕事の方に戻した。

「まず第一に、当浅野家においては、今後塩俵を統一し、一俵二斗とした」

石野は下座の値師に合図した。同時に用意した見本、塩の入ったものと空の俵が一つずつ問屋の列に与えられ回覧された。

「今後は公印のない俵は取引を認めぬ。公印を付したものの量目はみな正確でござる」

石野は質問を求めるように一座を見廻した。

「お伺いしてよろしいでしょうか……」

ややあって問屋の一人、金屋利兵衛が声をかけた。

「ただ今、みな量目は正確に二斗との仰せでっけど、何万もある俵がみなそうやとどうして分るんでっしゃろ……」

金屋利兵衛はそういって、同意を求めるように一同の顔を見回した。恐らくこれは、事前に塩売仲間と問屋が打ち合せた質問だろう。彼らは量目を少なく見て得て来た利益を失うのを嫌って、俵の統一に反対なのだ。

「金屋殿、心配は無用でござる。当家では俵の購入に当っては十に一つ、塩を入れたあとでは二十に一つの割で抜取り検査を行い、一つでも規格に合わぬものを出した者には総てを突き返すことにした。総てを突き返されれば損は大きい故、手抜きをする者はなくなる。現に俵を造る者どもも、はじめは規格はずれを混ぜて出しおったが、一ヶ月を経た今は全くなくなっておる」

石野はそういって塩売仲間の方に向きを変えた。

「実は、数日来、各々方が塩蔵に収められたる俵を検査いたした所、大半の所より量目の欠けたるものが見付かった。のちほど、その店の名は申し上げるが、それらの店は直ちに総てを測り直し正確に二斗になるように改められよ。さもないと藩として取り扱うことまかりならぬ」

「そ、そんな無茶なあ……」

「これからみな測り直すのはえらい手間やがな……」

「塩は出したり入れたりしたら減りまっせ。そら大損や……」

塩売たちの間から悲鳴に似たざわめきが起った。やがてそれをまとめるかのように、川口屋甚兵

衛が一膝にじり出て、

「御吟味役様、みなの申しますように一旦俵の口を閉じたものを開いて測り直すのはえらい手間にございますでえ、今回だけは……」

といい出した。だが、石野はそれを途中で遮り、

「左様、えらい手間であろう。それ故、みな二度と量目足らずの俵は造らなくなるというもんだ。抜取り検査とはそういうことでござる」

といって、にやりとした。

「まことに御尤もなお説にござりますが、しかし……」

今度は別の塩売仲間、阿波屋新兵衛がにじり出た。

「手前どものはみな浜の小作が持って参りおりました俵、測り直して詰め換えるとなれば小作どもにもえろう手間を課せさせることになりますので……」

「阿波屋殿、それはなりますまい」

石野はわざと笑って見せた。

「各々方が受け取った以上は各々方塩売仲間の責任。今さら、浜の自作・小作に返すとはよろしくない。今後は自小作衆にもよう注意して置くのじゃな……」

「何と……」

阿波屋新兵衛は目をむいた。同時に、何人かが、

「今回だけはお見逃し下され。今後は……」

とにじり出た。懇願というよりは強訴に近い。言葉は下手《したて》だが睨みつけるような眼光は強い。石

野はたじろぎを感じた。赤穂における塩売仲間の実力のほどは知らぬわけではない。だが、その瞬間、

「不埒なことを申すな」

という一喝が飛んだ。浜奉行不破数右衛門である。

「みなの者、よう見よ。この俵には御殿内匠頭様の御印がある。この俵は、御殿が正二斗入りと認められたもの。それが万に一つも量目不足とあれば、御殿に嘘をつかせることになるであろう。いかなることがあろうとも、正確に入れられよ」

不破はたくましい腕で二斗俵を高々と差し上げて叫んだ。これには塩売仲間もかしこまるほかはない。「御殿」を持ち出されては抗しようがない時代である。

「ふふふ……分ってくれればよい」

塩売仲間が静まったのを見届けると不破はにっこりと笑い、

「手間は一時のこと、信用は末代のこと。これで赤穂の塩の量目が信頼されれば安いものではないか。みな苦労であろうがやってくれい」

不破は諭すような口調になっていた。

〈なるほど、巧いもんだ……〉

石野は、武士の権威の示し方を学んだような気がした。しかし、塩売仲間の粘《ね》ち粘ちとした抵抗はまだ続いた。

（五）

「では値師殿、値決めに入られよ」

浜奉行不破数右衛門が、取引の開始を宣した。

「かしこまってございます」

下座にいた三人の値師の中央の男、新浜村の四郎次郎が低頭した。

「今年は塩豊作のため大坂表においても値下り気味と聞いておりますが、当赤穂においては薪の値も上り一段と費用がかさみおります。こうした事情をいろいろと考え、同役両人とも相談いたしましたる上、前回取引同様二斗入り差塩一俵銀二匁一分とするのがよいかと存じます」

四郎次郎は、そういってまず塩問屋の方を、次いで塩売仲間の方を見た。

この男は、阿波屋新兵衛の妹婿で自身も一町ほどの塩田地主である。あとの二人の値師も隠居した川口屋の元番頭と尾崎浜の庄屋の次男である。いずれも塩売仲間と縁の深い連中だから、いくら中立を装ってみても売手贔屓《うりてびいき》であることは明々白々だった。そもそも今から十三年前、大野九郎兵衛がこの役を設けた目的自体が結束固い塩問屋に対抗するための価格カルテルなのだからそれも当然だろう。

「値師殿の御裁定、一応御尤もだすけど……」

塩問屋の列の最上席にいた岸部屋九郎兵衛が渋い表情でいった。

「大坂での相場は急落、安芸の竹原塩などは一俵銀一匁六分にて取引されとります。赤穂様の塩は良質とはいえ二匁一分はちと高う過ぎるんやおまへんか……」

塩問屋の並びの頭が一斉に上下し、同意を表明した。

「しかし、岸部屋はん……」

今度は塩売仲間の最上席にいる川口屋甚兵衛だった。

「今、値師殿も申さはったように薪は値上り、殊に赤穂では不足で備後の方まで買いに行く有様。前よりえろう安なるようでは手前どもは喰い上げでございますわ」

「いやあ、そないいわれても手前どもも損をするわけには参りませんでな……」

今度は問屋の二番目にいた金屋利兵衛だ。

「いかがでございましょう、値師殿、御再考を……」

双方激しく議論しているようだが、その実大体の所は昨夜のうちに問屋と塩売仲間の直談判で決まっている。これは奉行の前での儀式といってよい。

「それでは一分だけ下げ、一俵銀二匁でいかがでっしゃろ」

値師の四郎次郎が左右の者と相談する仕草をしたあとでそういった。恐らくこれが、塩売仲間から値師たちに伝えられていた価格だろう。

「申し訳ございませんが値師殿、もうちょっと……。あと一分ほどなんとか……」

問屋側の一人、鳥羽屋の番頭がもみ手をしながらいった。この辺の一分が本当の交渉である。四郎次郎は困ったように塩売たちの顔を見ていたが、やがて、

「いや、値師としてもいろいろ調べた上ですよって、一俵二匁は切れまへん……」

といい切った。塩売仲間から何らかの合図があったのだ。

「それでは今の相場から比べてちと……」

そんな囁きが問屋の間に起った。それを予期していたように、

「ほな、幾分かの戻しをつけまひょや……」

と川口屋がいった。つまり取引価格は値師の裁定通り一俵銀二匁とするが、別に売手から幾分か

のリベートを出すというのである。実は、いつの取引にも戻しが付く。そしてその額はここでは決めない。こうした不透明部分を残すのは取引量の多寡《たか》やこれまでの付合いの濃淡などで差をつける意味もあるが、商内《あきない》の全貌を藩に知られないためでもある。奉行の方もそれは心得ており、敢《あえ》て穿《せん》鑿《さく》はしない。戻しのことは「聞かなかった」ことになっているのだ。

「お聞きのように、今回の取引は差塩一俵銀二匁と相決まりました。何とぞお取り上げ下さいますように」

値師の四郎次郎が威儀を正して浜奉行に言上した。いつもはこれに対して奉行が「よかろう」と答えて値決めは終る。ところが、この日は違った。奉行より前に、塩吟味役石野七郎次が口を開いたのだった。

「ただ今の話、俵を改めたる儀よくよく考えられたとは思えぬ。この分として一俵につき銭四文、値師殿の決められた値に上乗せされたい」

「何、俵代を別に四文出せちゅうのか……」

「そんなん今まで聞いたこともないでぇ……」

「えらいことといわはるぞ、こらあ……」

そんな囁きが塩問屋の列ばかりか、塩売仲間の側にも起った。

銭四文は安い値ではない。元禄六年頃には銀一匁が銭六十八文強だった。銭四文は銀〇・〇五八八匁ほどだから、一俵銀二匁の塩に対して四文の俵代は三パーセント弱に当る。一俵につき一分（〇・一匁）を論議した先刻の値決め交渉から見ると無視できない金額だ。何しろ、今日取引が予定されている塩は差塩・真塩合せて四十万俵にもなるのだから四文ずつでも銭千六百貫、四百両近い金額になる。塩問屋が驚くのは無理もない。

そういう立場を代表して、金屋利兵衛がまず反対意見を述べた。俵は単なる容れもの、売買は中味の塩、容れものが変ったから中味の値を上げるのはおかしい、というのだ。

「それは聞えませんぞ、金屋殿」

石野はぴしゃりといった。

「この俵は、今御覧頂いたように、造りも丈夫、持ち運びも容易にできておる。途中で破れる心配もなく、江戸までも運べましょう。大坂辺りの荷造り替えの手間もなくなり問屋の衆は大いに利を受けるはずではござらんか……」

実際、石野は吟味役になるとすぐ、何種類もの俵を調べ、問屋の手代・小売屋の主人・荷役の人夫らの話を聞き、最良の形と仕様を選んだのだ。

「左様なこともございましょうかなあ……」

金屋利兵衛はふてくされたように目を伏せた。代って鳥羽屋の番頭が、既に値が決まったあとで上乗せというのはおかしい、といい出した。

「そのことならば、戻しの高で御相談あればよろしかろう」

石野はすらりといってのけた。四文の上乗せは売手が負担するか買手が負うかはリベートの中に含めて相談しろ、というわけだ。これで鳥羽屋の番頭は引き退ったが、次には塩売仲間の側から反対が出た。

「俵代を取るなど前代未聞にございます。米にも豆にもございません。他所の塩でもありますまい。こればかりは御吟味役様の御意見とは申せ、阿波屋納得いたしかねます」

「左様、手前もでございます。それほど高価な俵をお使いになることは……」

「同意ですわ。これでは赤穂の塩が売れんようになりま」

塩売仲間は一斉にそんなことをいい出した。

〈やっぱりそうか……〉

石野は唇を嚙んだ。

塩売仲間は藩公認の俵によって量目が正確になると、自小作からの買取りの際、量を低目に見て得て来たうま味がなくなるので俵統一計画を潰そうとしているのだ。石野は数日前から塩蔵に運び込まれた新俵を調べてみたが、いかにも意識的に少なく入れたり多く入れたりしたものが見られた。塩売たちはまず、量目の統一など技術的に困難だから、俵を統一してみても無駄だといいたかったのだ。だが、それは先刻の不破数右衛門の一喝で収まった。

今度は、俵に費用をかけてみても値は同じ、結局損だという実績を見せ付けて高価な統一俵の廃止に持ち込もうとしているのである。

〈危し……〉

石野は自分の立場を危惧した。ここで退いては赤穂の塩業改革は成らず、やっと手に入れた十五石二人扶持の地位も失うことになるだろう。先刻は助け船を出してくれた奉行の不破数右衛門も、今度はじっと腕を組んだままだ。同じ席で二度も「御殿」を持ち出すわけにはいかないのだろう。

武士の側が沈黙したと見て、塩売仲間の反対は一段と声高になった。遂には、

「先ほどの量目の測り直しも実は無駄ですわ。手前ども慣れた者は積まれた俵の山で分りますよって、一俵ずつ測らんでもえぇでっせ」

という者も出た。さらには、

「俵代を取るわ、測り方をきちんとせないかんわではなあ。手前どもはまだしも、浜の小作どもにそんな難しいことをいうてもできんやろしなあ。銭かかるだけですわ」

という声も出た。

石野はいよいよ窮地に追いつめられた。脂汗が背を流れ、息が苦しくなる思いがして、壁際の竹島素良の視線がまた、ひどく気になり出した。その時、

「わいらはこれがええ、浜の者はみんなでける。この俵がええ」

という大声が響いた。下座の隅にいた徳造である。

「わいら尾崎浜の者はみな、量目がはっきりしてこの俵がええというてま。わいらの収めた俵には狂いがなかったはずだす。これがよろしおま」

徳造は床に両手をついて同じことを繰り返していた。

「これ徳造、何いうんや。お前の口を出す所やあれへんがな……」

脇の庄屋が慌てて徳造を抑えにかかった。

「聞いたか、みなの衆……」

石野は得たりと声を張り上げた。

「浜の者はええそうな」

しかし、これは一層強い反撥を買った。すぐに阿波屋、川口屋らがにじり出て、

「ここでは浜の者は見届役。相談にあずかる立場にございまへん。そのきまりを破った声をお聞きになったとは御吟味役様のお言葉とも思えまへん」

が出た。

〈しまった……〉

と石野は思った。武士の社会は形式が大切である。それを自ら破ったのは失敗だ。塩売仲間の連中にすかさず上げ足をとられてしまった格好だ。隣の不破数右衛門も渋い表情になった。この赤穂に縁者もいない新入りの石野を救ってくれそうな者はいないように見えた。だが、次の瞬間、それが出た。

「申し上げます……」

低いがずっしりとした声が響いた。

「竹島喜助、当地に参りまして見聞いたしましたる所、尾崎浜の者たちはみなこの俵を歓んでおるとか。この一月あまりの間に収めた俵は量目もまずまずしっかりしとったということだす」

竹島喜助はにやりとしながら見え透いた嘘をいった。だが、この場で発言権のある喜助の口からいわれれば権威のあるものになるのだ。

「それに先ほどの御吟味役様のお説、まことに御尤も、手前どもでも俵の破れ崩れによる詰め替え包み替えにえろう手間をかけとります。船の積み降しの際などに俵が解けて、塩が海に戻ってしまうことかておます。それ故、この俵、まことに丈夫なら四文は安いもの。竹島喜助、歓んでお引受けさせてもらいます」

「ま、まことか。喜助殿……」

石野は思わずそう叫んで、「かたじけない」と手をつきかけた。だが、喜助の背にくっつくようにしている素良の視線を見て、ようやくそれを思い留まった。

（六）

「去日はえろう苦労したそうじゃな……」

塩取引の翌日、大野九郎兵衛が石野七郎次の小屋を訪ねて来て、おかしそうにいった。

「はい、何しろ未熟者でございますれば……」

石野はそう答えて平身した。あれしきのことでもたつき慌てたのが照れ臭い。

「また、竹島喜助に救われたそうな……」

大野は庭先に立ったままにやりとした。

「何事も経験じゃ。早う慣れよ。わしにもそんな時があったわ」

「有難きお言葉」

石野はもう一度平身した。

「ところで、七郎次……。お前もそろそろここを出て、一軒構えないかんな」

大野は小屋の中を見廻していった。石野はまだ、大野九郎兵衛邸の中の小屋にいるのである。

「いつまでもわしの所に小屋住みしておるととかく噂になる。お取立ていただいた以上いろんな人と付き合うようにせないかん。わしの組下とてわしだけと話せば済むというもんでもないでなあ……」

「分りました。では早速《さそく》に……」

石野はもう一度頭を下げた。大野の言葉の中にも、この浅野内匠頭家の複雑な勢力関係と人脈が感じられた。

「そう……お前に会いたがっておられる方もあるでのお……」

大野はまた薄く笑った。

「それは、どなたで……」

石野は率直に訊ねてみた。

「まずは大石殿じゃ……」

「何と、大石殿とは、あの大石内蔵助様のことで……」

石野は驚いた。大石内蔵助はこの藩の筆頭家老、しかも殿様の縁にも繋がる人物だ。十五石二人扶持の新入りが同席できる相手ではない。石野もこれまでに何度かこの名門の家老を見たことはあるが、はるかに遠い下座から仰ぎ見たというに過ぎない。同じ家老でも、亡父の古い友人だった大野九郎兵衛とは違って全く親しみのない人物だ。それが、向うから会いたがっているというのだから驚きである。

「どのようにすればよろしいでしょう」

石野は用件よりもまず方法を訊ねた。

「うーん、今、お屋敷へ行ってみろ。今日は御在邸であろう」

大野九郎兵衛は気安くいった。

「へえ、直接でございますか……」

石野はまた驚いた。

「直接も何も……お前に使いにやるような家来でもおるのかな」

大野はおかしそうに笑って立ち去った。いわれてみればその通りだ。あるいは、今まで大野家の若党などを使いにやったりしていたことに対する九郎兵衛の皮肉だったかも知れない。

石野は、仕官の祝いに大野九郎兵衛が贈ってくれた一張羅の藤色の紋服に着替えて大石邸に向った。


この当時、藩の最上級の武士は、大抵、城の中に屋敷を構えている。元禄六年頃の赤穂城では二十ほどの屋敷が城の西北部に拡がる三の丸を埋めていた。大石内蔵助の屋敷は大手門を入ってすぐ左手にあった。今もそこには長屋門や庭の一部は保存されており、史跡に指定されている。往時は、間口四十間、奥行四十九間、約千九百坪ほどの敷地に三百八畳の畳を敷いた建物があったという。流石に浅野家累代の家老だけに、塩屋門脇の大野九郎兵衛の屋敷に比べても三倍ほども大きい。

石野七郎次は長屋門をくぐり、家僕に来意を告げて取次を乞うた。家僕はごく短い時間で戻って来て、庭先廻りに案内してくれた。広い建物はよく手入れされ、庭の樹木も美しい。大野の屋敷のどこか手が回りかねた散漫な感じとは違う。千五百石と六百五十石の差というよりも、三代にわたって根を張った家付き家老と本人の努力と才覚で成り上った一代家老との違いだろう。だが、奥座敷を進むにつれて妙な音曲を耳にして石野は戸惑った。遊里で聞くような軽い三味線の爪弾《つまび》きである。

〈まさか、この昼間から……〉

そう思いつつ庭の角を曲ると、三味線を手にした中年男が縁側の日なたに腰掛けているのが見えた。中肉中背の至極平凡な人物である。

「石野七郎次数正にござります」

石野は二間ほど間を置いて、小腰をかがめて挨拶をした。

「よう来てくれた。ま、上って下され……」

中年の男、大石内蔵助良雄は、無造作に立ち上り、座敷に入って床を背に座った。十畳二間続きほどの飾り気の少ない部屋だ。

「御意を得て感激にござります。私……」

石野は敷居をへだてた次の間に両手をつき改めて挨拶をしようとした。

「いやいや、そう堅苦しゅう申されるな。石野殿。ま、近う近う、こっちへ……」

内蔵助は上方訛の武士言葉でそういって、笑顔で手招いた。

「わしはな、おぬしよりちとものを教わりたいと思うておりますでな、もうちょっと、ここまで……」

「何と申されます。私めが御家老にものを教えるなどとは……」

石野は招かれるままに敷居を越えながらも警戒していた。身分の上でも年齢の点でも、ものを教えるというような相手ではない。こういういい方からはじまって、こちらの考えや思想をしゃべらせた挙句に批判するというのも、年功を経た上役には珍しくない手練である。

「いいや、ほんまじゃ、石野殿」

石野の心中を見透かしたのか、内蔵助は笑顔をさらに間伸びさせておどけた表情を作った。

「わしは何にも知らん男でな。家中でも口の悪い連中からは昼行燈《ひるあんどん》などといわれておる。これは、どういう意味か分るかな……石野殿……」

「は……いや……」

石野は返答に窮した。石野も、大石のこの渾名《あだな》は聞いている。しかし、まさか本人を目の前にして「目立たず役にも立たぬこと」とはいえない。

「わしはな、これを聞いて昼間に行燈をともしてみた、三日ほどの間……」

内蔵助は楽し気にいったが、石野は驚いた。こんな分り切った渾名の意味を確かめるためにわざわざ三日間も行燈をともしてみる者がいるだろうか。

「そしたらどうであったと思うな。噂通り目立たず役にも立たなんだ。しかし、一天俄《にわか》にかき曇り夕立となった時には、美しく目立ったわ。ま、それくらいじゃ」

内蔵助は「俺はそんな男だ」というように顔を突き出して笑っていた。

「しかし、私の聞きます所では、御家老は京の伊藤仁斎先生の門にて学問を学ばれ、また奥村無我先生より東軍流の免許皆伝を授けられた文武両道のお人とのことでございまするが……」

石野は、そんな世辞をいってみたが、内蔵助は、

「仁斎先生の所では居眠りばかりしておった。東軍流の免許は去年の六月やっと授けられた。一藩の家老で三十も半ばを過ぎれば大抵もらえるもんじゃ」

といった。

〈割とましな人物かも知れんな……〉

と、石野は思った。若くして苦もなく家老になった名門の生れにありがちな独善性がなく、自らを見る目が公平である。

「わしは何も知らん男でな……」

大石内蔵助はまたそういって座を立ち、縁側の隅から塩俵を一つさげて来た。

「例えば、この塩俵じゃ。おぬしはこれの寸法を決め仕様を定められた。その寸法で作ると必ず二

斗入るとな。どうしてそうなるのか、わしには分らぬ。二斗とは縦・横各一尺高さ二尺の量、四角いものなら分るが、このような形のものをどうして勘定するのか……」

「は、それはこの筒状の部分を切った場合の広さとこの高さを掛けますれば……」

石野はごく初歩的な体積計算法を説明した。

「うん、矢頭長介殿もそう申しておった」

内蔵助は低く呟いた。この家老はそんなことを既に勘定方の算術上手に訊ねているのだ。

「しかし、この上の丸味のある部分……」

内蔵助は俵の頂部をなでながら続けた。

「これをどのようにして勘定するのか分らん」

「はい、それは少々複雑でございますが、やはり下の広さとこの高さ、それからこれを球の一部と考えて勘定することができます。つまり……」

石野は扇子を取り出して畳の上に拡げて見せた。

「つまり、この扇子ならば全体を丸くすればこれほどの円となりましょう。従って幅が決まり高さが分れば中心の部分の角度も決まります。もし、幅が同じで高さがより大きければこれより小さな円を広い角度で切ったものとなりましょう」

石野は扇子を骨三本ほど拡げて見せて説明した。

「ふーん、なるほど……」

大石内蔵助は自分も同じように扇子を開閉させて見ていたが、やがて、

「なかなかこれは難しそうじゃな……」

と呟いた。

今日の数学なら、三角法が開発されているのでサイン・コサイン等を用いて球の体積の一部を算出するのもさほど難しくないが、元禄時代の和算では最高級の理論なのだ。石野でさえも、正確に知ったのは前に大坂へ行った折、竹島素良から借りた関孝和の書物を読んでからだ。大石内蔵助がすぐに理解できそうもなかったのは当然である。

「いずれ、そういうこともわしは教わりたいが……まあ、よい」

内蔵助はそういってまた立ち上り、今度は部屋の隅の文机から分厚い書類を持って来た。

「これは塩業改革について大野殿より出されたものじゃが、もとはおぬしの作じゃそうだな、石野殿……」

「いえ、私一人のものではございませんが……」

石野は身を硬ばらせて答えた。いよいよ本題に入るのだろうと思ったからだ。

「うん、まあそれはそうであろうが、この中にはわしに分りかねることが多いんでな、いろいろと教えて欲しい」

内蔵助はやんわりといって、ぱらぱらと紙をめくった。所々に端を朱に染めた短冊がはさまれている。内蔵助はその一つを拡げて、

「まず、これじゃ、この表じゃ」

と指さした。それは新浜二十九町を造成した場合の採算見通しを総合したものだった。

「ここに支払方、収入方とある。この支払方の方には賃銀之部、薪之部、浜補修之部、雑費之部、年貢之部、利息之部とある。塩を作るのは所により年により、またやり様により人手も薪も違うと

聞く。それなのにどうしてこのように前もって見通せるのか、わしには分らん……」

「それはでございます、御家老……」

石野は思わずにじり寄った。

「仰せのように時と所とやり様によって違いまするが、それらすべてに中ほどというものがございます。好天に恵まれる年と悪天に祟《たた》られる年とでは人手のかかり具合も薪の要る量も変りまするが、何年、何十年の経験からそれを押しなべてみますれば、まずまずの中ほど、つまり平均が出るのでございます」

「ふん、矢頭殿もそう申しておった」

内蔵助はまた勘定方の秀才の名を出した。

「しかし、なお分らんのは、この浜補修と申すものじゃ。なるほど、浜も堤が崩れたり溝がつまったりすることはある。ちょっとしたことは年々浜の者が直すが大風のあとでは銭金がかかる。今から十五年ほど前、確か延宝七年でござったが、大風水害があり浜もえらい目に会うた。大野殿の塩業改革が行われたのもそれがきっかけじゃった」

「聞き及んでおります」

石野はうなずいた。

「うん、御存知か」

内蔵助は丁寧に答えてからまた続けた。

「しかし、そんなことは珍しい。何の費用もかけずにやれる年の方がずっと多い。なのに、何故年々浜補修の費用をかけられるのか、それが分らん」

「いや、これは年々補修費用をかけるわけではございません」

石野は力をこめていった。

「五年に一度ほどの割合で起る中災、二十年に一度の大災に備えて年々積み立てて置くものでございます」

「積み立てて置く……」

大石内蔵助は怪訝な表情で石野を見つめた。

「左様、五年に一度中災があり、その補修に銀十貫を要するとすれば、年々二貫ずつ塩を売った代銀から別に残して置かねばなりません。さもなくば災害のない年は儲けがあっても災害の起った年は大損となりましょう。これでは結局儲かっているのか大損をしているのか分りません。こういうように別に残して置くのを積立てと申すのでございます」

「ふーん、積立てか……」

内蔵助は小首をかしげて考えていたが、やがて、

「まだよう分らぬが、よいわ。これもいずれよくよく教わりたい」

といって、また書類綴《つづ》りを繰った。

「さらに分らぬのはここの所じゃ、石野殿。ここには新浜を造成すれば塩蔵も増やさねばならぬとある。それは尤もじゃ。その費用として一棟銀六貫とあり、これが年二百匁に当るとしてある。これはどういうことかな、わしには分らぬ」

「ああ、これですか、これは減価を見込みましたのや……」

石野は、熱中のあまりつい気安い言葉となったが、内蔵助は咎《とが》めようともせず、

「減価とは……」

と問うた。

「減価とは、要するに古くなれば値打ちが減るということです」

石野は部屋の中を見回して適切な例になりそうなものを捜したが、ふと内蔵助の着ている普段着がかなり古そうなのに気が付いた。

「例えば、御家老のこの着物、既にかなりお召しのものかと存じますけど、こうなると同じ一枚の着物でも新品と同じ値では売れますまい」

「左様じゃな、これはもう五、六年も着ておるでな、おぬしのその一張羅に比べれば半分のまた半分ほどの値であろうな……」

内蔵助は苦笑しながらもおもしろそうに応じた。

「そうでしょう。ではこの着物がどうしてそんなに値段が下ったのか……」

「そらわしが着たからじゃ……」

「そう、その通り。御家老はこの五、六年の間、着ることでその着物の値段を減された。つまり減価させられたわけです。同様に塩蔵も船も釜《かま》も諸道具も、年々値打ちが減る、減価するのです。これもまた年々の費用として考えて置く必要があるわけです」

「ふーん、減価は費用か……」

大石はうめいたが、またしても、

「よう分らんが、今日は、ま、よい」

というと、膝を整えて座り直した。

「石野数正殿。御覧のようにわしは何も分らぬ男じゃが、ちと算術のことも学びたいと思うておる。煩《わずら》わしかろうが、暇な折でも教えてもらいたい」

「御家老に……私がでございますか……」

石野七郎次は思わず息を呑んだ。「昼行燈」と異名される大石内蔵助がまさか算術勘定のことを学ぼうといい出すとは思ってもいなかった。

「左様、おぬしからお教えを受けたい」

大石内蔵助は力をこめてうなずいた。

「その昔、大久保彦左衛門忠教の書いた『三河物語』にも出世をする者として『算勘のできる者』、出世せぬ者として『算勘のできぬ者』とある。あれは東照大権現様が天下を平定された直後のこと、世の中が泰平となればやはり兵法よりも算術勘定が大切になったんじゃな……」

内蔵助は淡々とした口調でそんなことを語った。

「わしはこれ以上の出世は望まぬし、望んでもあり得ぬと分っておる。しかし、今は彦左衛門の頃どころではない。家老の会議でも出るのは財政のことばかり、算勘の術を知らいでは全くお役にも立たん。大野殿ほどの才覚はわしにはないじゃろうが、せめてみなのいうことだけは分らにゃならんでなあ……。わしはまだ三十五、四十の手習いには間がある故、できぬことはなかろうと思うんじゃ……。ちと面倒を見てやって下されや、石野殿……」

そういって、内蔵助は十五石二人扶持の石野七郎次に頭を下げた。

「これは、七郎次、痛み入ります……」

筆頭家老に頭を下げられて石野は慌てた。

五　将軍

（一）

「日本的集団主義《グループニズム》」という言葉がある。日本の大組織では、大勢の重役や部課長に権限が分散しており、トップといえども単独で重要案件を決定することができない。このため組織の意志決定は遅く、特定の分野に重大な離寄せの生じるような変革は滅多にできない。その代り、一旦、組織としての意志決定が行われれば、全員が一つの方向に邁進《まいしん》するので素晴しい力を発揮することがある。こうした現象を、欧米の日本研究家は「日本的集団主義」と呼んで、賞賛もし、不気味だともいうのである。

確かに、今日の大企業や官庁にはこうした傾向がある。いや、日本国全体にもある。だれがいつどうして決めたというわけでもないのに、日本社会全体の雰囲気が一つの方向にまとまって、猛烈な勢いで動き出すのだ。一九六〇年代の高度経済成長、七〇年代における公害防止や福祉充実の運動がそれであった。お陰で日本は世界に冠たる経済力を築き、国民生活を高め、公害防止先進国となり、第一級の社会福祉を整えた。批判を許さぬ集団主義的社会ムードのために行き過ぎた面もあるが、戦後は日本的集団主義の利点が大いに発揮されて来たといえるだろう。

しかし、いつの時代でもこれがよい方にばかり発揮されたとは限らない。昭和初期、首相も陸軍大臣も参謀総長もが「不拡大政策」を宣言したにもかかわらず、中国大陸での戦火を止めどなく拡大して行った日本の姿を見ると、日本的集団主義の危険もまた見逃せない気がする。

こうした日本的集団主義がこの国に定着したのはいつ頃からか、よく分らない。しかし、組織が安定した泰平の世には、古くからそれらしいものが現われる。それだけに、平和な時代の日本には、強烈な個性を発揮する独裁者が出現することは滅多にない。徳川二百六十余年の泰平は、その典型といってもよい。

しかし、例外もある。元禄時代を中心に約三十年間にわたって将軍位にあった五代将軍徳川綱吉がそれである。

三代将軍家光の四男として生れ、上州館林二十五万石の大名として育った綱吉は、幼少の頃から四書に親しみ五経を解した学問好きな男だった。だが、この種の人物にありがちな独善癖と観念的理想主義にこり固まってもいた。

この男が、延宝八年（一六八〇年）、兄家綱の跡を継いだ時、天下は泰平であり、将軍の権力は絶大であり、幕府の財庫は空っぽだった。そんな中で綱吉は、形式と現実、建前と本音を一致させるという、この時代にはまことに不都合な理想に、自らの情熱と権力と乏しい財政資金とを傾注したのである。

こういう人物が巨大な力を持ち、その才知と権力とを振って一つの主張を徹底すると、それがまた日本的集団主義と奇妙に結合する。権力者の意向が集団の意志となり、何人も反対できないムードを作り上げてしまうからだ。将軍綱吉の治世には正にそれが起った。時の幕閣、綱吉お気に入りの権臣柳沢保明を含めた総てが「実は反対だった」と述懐するような政策が、長い間熱心に続けられるという珍妙な現象が生れてしまうのである。前述の奇政「生類憐みの令」は、その滑稽なまでに残酷な一例である。

しかし、観念的な理想として見る限り、将軍綱吉の思想には一つの筋が通っている。この将軍が目指したのは、幕藩体制の形式をそのまま現実化した「絶対主義的平和社会」だったといえるだろう。

綱吉の政治はまず、徳川将軍の権力と権限とを規定された通りに実行することからはじまる。つまり、自分自身が唯一絶対の権力者となることだ。徳川幕府の形式規定によれば、将軍の権力と権限はほとんど無限であったからだ。

このために彼は、将軍位就任早々、先代からの大老酒井《さかい》雅楽頭《うたのかみ》忠清《ただきよ》を罷免し、大目付・目付・三奉行の交替を命じた。いつの時代でも権力の源泉はまず人事である。続いて綱吉は、前将軍時代に一旦判決の下っていた越後高田藩松平光長家のお家騒動、いわゆる「越後騒動」を再審に付し、自ら逆転判決を下し、親藩中の大家であったこの家を断絶させてしまう。大名に対する将軍の権威を示す露骨なデモンストレーションといってよい。諸大名が震え上ったのは勿論である。

それでもまだ、最初の四年ほどは綱吉にも遠慮があり、大老堀田正俊に政治の多くをまかせていた。堀田正俊は、時の大老酒井忠清が、前将軍家綱の死に当って有栖川宮《ありすがわのみや》を将軍位に迎えようとしたのに唯一人抵抗、綱吉を江戸城に招き入れた大功労者だったからだ。だが、その堀田正俊が貞享元年（一六八四年）八月、前述のような事情で暗殺されると、綱吉は大老職を空席にし、自ら政治を総攬《そうらん》する親政体制を開いた。綱吉の理想とした形式と現実の一致、つまり将軍権力の実行である。何事も酒井大老らにまかせ、下からの上申に「そうせい」とだけいうのが常だった先代家綱とは正反対のやり方である。

それ以来、学問好きで観念的で独善的で潔癖性のこの将軍は、自ら理想とした将軍絶対体制の確立と完全平和社会の実現に飽《う》むことなき努力と策謀を続けていく。

元禄六年（一六九三年）冬十月は、まだその途上にある。少なくとも綱吉自身はそう考えていた。いや、そう考えざるを得ない事件が起ったのである。


その日の午後、将軍綱吉はお気に入りの男女にとり囲まれて居間にくつろいでいた。既に将軍位にあること十四年、数えで四十八歳となっていたが、艶《つや》やかな顔色と豊かな頭髪を結い上げた太い髷には老いの影は見られない。「人生五十年」といわれたこの当時としては稀れに見る若々しさである。

「上様のお姿、いつまでも変りませぬこと」

そういったのは、綱吉の生母桂昌院である。桂昌院は三代将軍家光の側室だが、もとはといえば京都の八百屋の娘お玉である。寛永十六年（一六三九年）、参議六条有純《ろくじょうありずみ》の姫お万が伊勢の尼寺の住持となるため江戸に挨拶に行った時、将軍家光の目に止り、無理矢理側室にさせられた。このお万の方の端女《はしため》としてお玉も江戸城に入り、やがて家光のお手がついて子を生んだのである。しかもその子綱吉が二人の兄の早死によって将軍位に就いたのだから、日本史上数少ない奇跡的なシンデレラ物語といえる。

こうした経歴の持主である桂昌院ことお玉は、我が子綱吉を溺愛した。その表現として、この老母はいつも綱吉の若々しさを賛える。一子徳松を失って以来男子に恵まれぬ将軍に、「まだ希望がある」と信じさせたいからだ。

「ははは……母上。綱吉もいささか老いました。僅かながら白いものが……」

綱吉は陽気に笑って左手で鬢《びん》をなでた。そこには僅かながらではないほどに白髪があった。だが、居並んだ奥の女たちは、桂昌院に合せて、

「いえ、少しも目立ちませぬ」

「はい、私も気が付きませなんだ」

などといい合った。今、将軍の奥では、綱吉の子を生んだ唯一の女性お伝の方と才色兼備の若い寵《ちょう》妃《ひ》右《う》衛《え》門尉《もんのじょう》とが勢力を競っている。両人ばかりかその侍女たちも桂昌院の機嫌を取り結ぼうと必死だ。何しろ綱吉は、老母が息子を愛するのに劣らぬ母親思いである。

「そうかのお……最近は鏡を見るのも嫌になっておったが……」

綱吉は、お世辞と知りつつも顔をほころばせ、小春日の照る庭の方を見た。その視線に応えるかのように、二匹の狆《ちん》が庭から部屋へと駆け上って来た。

「おお、赤麻呂と権之丞ではないか……」

綱吉は目を細めて犬たちを呼んだ。犬好きの綱吉は、いつも数十匹の犬を放し飼いにして、座敷、庭の別なく歩き廻らせているのだ。

「お犬様も今日はみなお健やかなようで……」

老中格の御側御用人牧野成貞が小さな白い髷のついた頭をめぐらしてそここの犬たちを眺めていた。この男は六十歳、将軍綱吉より一回り上の戌年、私邸に三十回余も将軍を迎えた綱吉第一の側近だ。しかも、この男の妻は元桂昌院付きの侍女で、成貞と結婚後にも綱吉の愛を受けたという

し、一人娘の安子も綱吉に愛されたという。「三王外記」という書物には「股肱《ここう》の妻となり上君の寵顧を蒙り」などという珍しい文章が出ている。文字通り、身も心も家族も総てを将軍に捧げ尽した人物である。

「成貞、巷の犬もよう養われておるであろうな……」

綱吉は寵臣《ちょうしん》に訊ねた。

「はい、最近は隅々にまで上様の御意志が拡まり、さしたる事故も耳にいたしておりませぬ」

牧野は慇懃《いんぎん》に答えた。

「そうか、それはよい……」

綱吉は膝に這《は》い上って来た二匹の狆をなでながら嬉しそうに答えた。その時、

「上様、申し上げます……」

という声がした。

「おお、出羽か……」

綱吉は鷹揚《おうよう》な微笑を浮べた。声の主は、もう一人の寵臣柳沢出羽守保明である。この男は三十六歳、将軍より一回り下の戌年だ。同じ御側御用人だが牧野成貞よりも一格低い若年寄並みである。しかし、その才気と機敏さは老齢の成貞をはるかに上回り、最近は成貞以上に重用されている。

「ただ今、水戸光圀様より御献上の品が届きましてござります」

柳沢保明はそういってにこりとした。この男には、それが綱吉をいたく歓ばすことが分っていた。果して綱吉は、

「何、水戸の隠居が献品を届けて参ったとな、それは珍しい、すぐにこれに持て」

と、満面に笑みをたたえた。

権中納言水戸光圀——のちに「水戸黄門」として講談やテレビドラマの主人公となる人物である。もっとも、現実の水戸光圀は諸国漫遊などしていない。この人が生涯に歩いた範囲は、領国の常陸と江戸の間、それにたった一回、鎌倉八幡宮に参拝しただけである。勿論、他藩の悪家老を懲《こら》しめたとかお家騒動を裁いたということもない。だが、のちに俗話が創られる多少の種はなかったわけではない。この前の副《さき》将軍は、自分が編纂《へんさん》した「大日本史」に記したような正統観を持ち、自らもそれを実践し、他人にも説いていた。そしてそのことが、今、将軍綱吉との間に将軍位の継承問題をめぐる対立を引き起しているのである。

綱吉は、お伝の方の生んだ子徳松を早逝させて以来男子がない。既に四十八歳、いかに桂昌院が若く見えるとおだて上げても綱吉自身諦めの心境になっている。つまり、早晩養子を迎えねばならぬのである。

綱吉が、将軍位を継ぐべき養子に、一人娘の鶴姫の婿紀伊大納言綱教《きいだいなごんつなのり》をと望んだのは親として当然の心情だったろう。その上、これには母の桂昌院の強い希望もあった。八百屋の娘から将軍の母に成り上った老婆に、孫娘への愛情を断ち切るほどの自制心がなかったとしても不思議ではあるまい。

これに対して、直系男子の血統を重視する正統主義の水戸光圀は、早死した綱吉の次兄綱重の子で甲府城主の家宣《いえのぶ》を推した。淫するほどに儒学を好んだ綱吉に、光圀の主張する正統性が分らぬはずがない。それだけにこればかりは無下《むげ》に退けるわけにはいかない。だから余計に腹立たしい。

綱吉とその側近たちは、いろいろと策謀し、三年前に光圀を隠居させることに成功した。ところが光圀は、自分の子があったにもかかわらず、敢《あえ》て兄の子綱条《つなえだ》に水戸家を継がせた。自らの正統観を実行して見せ、綱吉に圧力をかけたのだ。

元禄六年の冬、光圀は隠居の身ながら、権中納言に任じられ、有識《ゆうそく》の長老としてなお多少の発言権と影響力を保っている。将軍綱吉にとっては、煙たい存在なのである。その水戸光圀が、絶えて久しい贈り物を届けて来たというのだから、綱吉の顔がほころんだのも当然だ。心中には、将軍位後継者問題でも何らかの歩み寄りを見せる気ではあるまいかという期待さえ湧《わ》いていたことだろう。

「これにございます……」

やがて柳沢保明が黒塗りの大きな箱を近習たちに持たせて戻って来た。水戸家から将軍への進物にふさわしい立派なものだ。しかもそれには、色鮮やかな五色の太紐《ふとひも》が鶴の形に結ばれている。それは、綱吉の娘鶴姫を連想させた。

「なるほど……」

綱吉は満足気に、しばらくその外観を眺めてから、「開けてみよ」と命じた。

「かしこまりました……」

柳沢は近習たちに手伝わせて紐を解きはじめた。複雑な結び方の割には解くのは楽だった。そこにいた男女は箱ばかりに注目し、綱吉の膝の上にいた犬たちが不機嫌に毛を逆立てたのには気が付かなかった。

紐が解け、箱の蓋《ふた》が開かれた。中から包装用の純白の絹が見え、その上に大きな文字で書かれた贈り状がのっていた。それを見た瞬間、

「あ」

という叫びが柳沢の口から漏れ、見る見る顔色が青ざめていくのが分った。

「何じゃ、出してみい」

綱吉は苛立たしく叫んだ。

「はい……いや、これは……上様のお目にかけるほどのものでもございませぬ」

柳沢保明は、広い額に脂汗をにじませながらも、ゆっくりと箱の蓋を閉じようとした。

「苦しゅうない。かまわず出せ」

綱吉は腰を浮かせて癇性《かんしょう》な声を上げた。

「恐れながら……」

柳沢は、顔を伏せたまま、褐色の薄広い物体を両手でつまみ上げて見せた。

「そ、それは……」

綱吉がそううめき、

「きゃ」

と桂昌院が叫んだ。

水戸光圀の贈り物は二十枚の犬の毛皮だった。それには、

「寒さに向う折から常陸に産し候らふ防寒具を御献上奉り候」

という白々しい贈り状が付してあった。行き過ぎた「生類憐みの令」に対する精一杯の当てつけである。

「弥太郎、何と心得るぞ……」

気分を損ねた桂昌院が侍女たちに付き添われて奥に引き取るのを見送った将軍綱吉は、柳沢保明を幼名で呼んで訊ねた。声は落ち着いていたが、額に浮んだ青筋は太い。

「は、何とも御意を解さぬ所業かと……」

柳沢は平身低頭して答えた。

「うん……水戸の老人、少しはものの分ったお人かと思うていたが……これではまるで巷の無知蒙《もう》昧《まい》の輩と同じじゃな……成貞」

綱吉は、牧野成貞にも同意を求めた。

「御意……」

牧野は短く答えた。

「水戸の老人、余が好き道楽で生類を憐んでおるとでも思うておるのか、ならば、恐るべき浅学無知、噂にたごうた阿呆《あほう》よ……」

綱吉の声は徐々に高まり、口調は硬くなった。

「余が牛馬、犬猫、魚鳥の類まで、生きとし生けるもの総てを憐み、大小を問わず生命あるものの大切を説くのは、この世の中から殺伐の気を除き、天下千年の泰平を築かんとの深慮」

綱吉は、独特の平和至上主義を説きはじめた。

「考えてもみよ。百年の前の戦国の世を。人は人を殺《あや》めて悔いることなく、将は都市《まち》を焼いて歓び、互いに恐れ合い戦き合《おのの》うて弓矢鉄砲を揃え、石垣を高うするに余念がなかった。それを、我が祖東照神君が苦心に苦心を重ねて天下を治められ、ようやくにしてこの泰平の世を創られた。それより未だ百年を経てはおらぬ。人の性《しょう》、世間の風《ふう》が変り切ったとは申せぬ。大名・旗本には祖先の武功を誇り風雲を望むが如き様があり、武士は腰の刀を尊んで人斬りの術を自慢しておる有様。今日ただ今のところは四海の内に戦火なしとはいえども、かような殺伐の気ある限り、何で心を緩めてよかろう……」

将軍綱吉の声は朗々と響き、語る文句は文語調に整った。学才衆に秀でた男だけに、こういうことをしゃべり出すと流石に気迫が籠っている。牧野成貞も柳沢保明も、お伝の方も右衛門尉も、ただただ頭を下げて拝聴するばかりだ。庭に逃げ出した犬どもまでが主人の声に脅えたように静まっている。

「人の心から殺伐の気を払拭《ふっしょく》する。それにはまず、生命の尊さ、生きるものへの憐みを心《しん》の心《しん》まで知らしめねばならぬ。犬猫を殺《さつ》するを恐れぬ心は、やがて人を殺する気をつくる。魚鳥の巣を砕きて悔いぬ行いは、やがて人家を焼いて驚かぬ風となる。世の痴《し》れ者どもは、犬猫と人、巣と家は違うという。確かに然り。だが、長からぬ余の治世に千年の泰平を築かんとすれば、過ぎたる規則《さだめ》によって衆の気風を改めねばならぬ」

綱吉は、ここで少し言葉を切り、人々の反応を見た。勿論、反論する者も疑義を出す者もない。牧野も柳沢も、綱吉のこの持論は何度も聞かされている。だが、この日の綱吉はさらに論理を一歩進めた。

「ふん、水戸の老人、『生類憐みの令』によって、江戸の庶民が不便しておるとでもいいたいのであろう。それぐらいのこと、余が知らぬとでも思うておるのか。人が犬を恐れて避け、釣師が職を失うて窮しておる。左様な話は余も聞いておるわ……」

綱吉は不快気に脇を向いてそう呟いてから、また声を張り上げた。

「しかし、左様なことでこの令を緩めてはならぬ。世の泰平は何の代価も支払わずに得られるものではない。泰平の世を保つためには、人みな食を削り不便をしのがねばならぬ。それでも戦さよりはよい。犬は人を噛んでも殺《あや》めるには至らぬ。釣師が仕事を失うても他に生業はある。諸大名が槍鉄砲を整え、幾十万の軍馬が駆けずり廻るに比べれば知れたもの。戦さに費やす金銀の百に一つも投じれば、救い尽して余りがあろう」

綱吉は、平和の「費用対効用」を論じた。これは必ずしもこの将軍の独りよがりではない。徳川時代のほとんどの期間、日本はほぼ完全な非武装国家だったといってよい。この時代に「軍隊」といえるようなものは全国になかった。かつては軍隊的な機能と組織を持っていた武士集団も、武器の劣化と組織の解体とによって行政と警察を司るだけのものとなってしまっている。徳川時代の日本ほど長期にわたって完全な非武装状態を保った国は、全世界の歴史に類例がない。

しかもこれは、敗戦による他国の支配によって造られたのではない。日本人自身の合意によって、元和・寛永時代に幕府諸藩の相互軍縮が行われた結果である。徳川幕府はまず、圧倒的な武力をちらつかせて諸大名に軍備の縮小を強要しつつ、その進行に応じて自らも非武装化していったのだ。将来、世界的な軍縮を実現しようとする者は、人類史上ほとんど唯一の完全軍縮の成功例である十七世紀の日本のケースを大いに参考にすべきだろう。だが賢明な幕府の首脳たちは、敢てこの事実を露骨にして、武士の反感と庶民の侮《あなど》りを買うようなことはしなかった。むしろ逆に、軍事力を喪失する武士たちに形式的な特権と誇りとを与えることによって全国民的錯覚を植え付けた。このことが、伝え聞かされた勇壮な昔話と相まって、武士の心の中に軍人への回帰心理を残している。将軍独裁の絶対体制と恒久的な完全平和を夢見る将軍綱吉は、本能的にこのことの危険性を嗅ぎ付け、人間性の本質自体を改革しようと試みた。それを彼は「殺伐の気風をなくす」ことに求め、「生類憐みの令」という極端なやり方によって実現しようとしている。正に、その志は壮大であり、その想は至善である。だが、その法は現実離れをしており、その実行は拙劣だった。将軍の発想を正しく理解した者があまりにも少なかったからである。

（二）

その日、屋敷に戻った柳沢保明は息苦しいほどに憂鬱だった。まず第一に、将軍綱吉に不愉快な思いをさせた自分の迂闊《うかつ》さが情なかった。

柳沢保明にとって、綱吉はただの主君ではない。人生の指導者であり、学問の師であり、職場における保護者であり、命令者であり、時には恋人でさえあった。正に「君臣水魚の交わり」である。

柳沢保明の父安忠は、慶安元年（一六四八年）に三歳の綱吉に仕え、大過なく勤めて江戸屋敷勘定頭にまで昇った。禄は知行百六十石と蔵米三百七俵というからかなりの上士である。母は妾《めかけ》だったが、正室の嫉妬《しっと》を受けて柳沢家を去ったので、保明は子のない正室に育てられた。一夫多妻が普通だった時代に嫉妬に狂って妾を追い出したのだから、幼い保明にとっても相当に厳しい義母だったに違いない。

柳沢保明は七歳の時、館林二十五万石の領主綱吉にはじめて拝謁した。その頃、十九歳の青年だった綱吉は、この子供がいたく気に入り、数年後には小姓として召し出した。十代から四書五経を講じて学者たちを驚かせたほどに聡明だった綱吉は、この少年をまず学問の弟子として愛した。保明の学問は、目覚しく進歩し、のちに綱吉が将軍になってからは正式に「御学問上の御弟子」と認められ、名だたる儒臣や学僧を前にして「大学」などを講じたこともある。

綱吉はまた、男色の相手としても保明を愛した。元禄時代は衆道が盛んで、大名は小姓を、旗本は子草履取りと称する美少年を、寺では稚児を抱えており、町には野郎と呼ばれる売色の男たちがいて客を誘うという有様だった。社会的にも男色は非難されることではなかった。綱吉が美貌の小姓保明をそれに当てたのも不思議ではない。

延宝三年（一六七五年）、十八歳で父の隠居によって家督を継いだ保明は、正式に小姓組に入り、翌年十九歳で結婚した。相手は、柳沢家と同じ甲州武田武士の流れを汲む武川衆《ぶせん》の一員の曾雌《そひ》甚左衛門《じんざえもん》の娘定子である。綱吉は、これを祝うかのように、保明を八百三十石の小納戸役に取り上げてくれた。まだ、綱吉は館林公に過ぎず、近い将来、将軍になるとは思いもよらぬ時期である。長兄の将軍家綱には子供がなかったが、次兄の甲府宰相綱重がおり、これには男子がいたから、将軍に万一のことがあっても綱吉に将軍位が回って来るとは考えられなかった。ところが、この甲府綱重が翌々年の延宝六年九月、三十五歳の若さで急死したため俄に館林綱吉の存在が浮び上って来た。そして、その二年後の延宝八年五月に、生来病弱だった将軍家綱が死んだ。

家綱が重態になった時、大老として権力を振っていた酒井忠清は、越後の松平光長の妹の子に当る有栖川宮を将軍に迎えようという案を出した。その昔、鎌倉幕府で三代将軍源実朝が暗殺されたあと、執権北条氏が京から幼い九条頼経を迎えて将軍とし、以後代々北条氏が実権を握った例がある。酒井忠清はそれに倣《なら》おうとしたのだ、ともいわれている。

しかし、この案は老中堀田正俊の反対によって難渋し、その間に連絡を受けた綱吉が神田橋の屋敷から江戸城に入り、病床の将軍家綱と対面、直接後継者に任じられた、というのである。柳沢保明は、この運命の瞬間に、綱吉と共に江戸城に乗り込んだ数少ない家臣の一人でもある。
それから十四年。その時、二十三歳の小納戸役だった柳沢保明は、今、三十六歳の若年寄格の御側御用人に昇進、従五位下出羽守六万二千三十石の大名になっている。目もくらむばかりの栄達だが、その総ては綱吉が将軍位に就いたことではじまったのだ。

しかし、この十四年間とて平易な日々ではなかった。綱吉の側用人に任じられた者はほかにもいた。貞享二年（一六八五年）には松平伊賀守忠周が、同三年には喜多見若狭守重政と太田摂津守資直が、同五年には宮原喜兵衛重清がそれぞれ側用人に任じられた。柳沢保明が任じられた元禄元年（一六八八年）にも、牧野伊予守忠広、南部《なんぶ》遠江守《とおとうみのかみ》直政《なおまさ》の二人が同役に就いた。しかし、そのいずれもが長くは保《も》たなかった。みな綱吉の逆鱗に触れて職を追われたばかりか、勤務不良の理由で除封までされた者も多い。独裁者綱吉の側近という権力と栄進の可能性に恵まれたこの地位はまた、きわめて危険な職分でもあったわけだ。

そんな中で、館林以来の老臣牧野備後守成貞と並んで、柳沢保明が長年この地位にとどまり、再三昇進加増を受けて来たのは、この男がよほどの才気と熱意を持って綱吉に仕えた証拠でもある。実際、柳沢保明は、将軍綱吉を敬いもし好きでもあった。彼は綱吉の学識にも風貌にも独善癖や癇性にさえも惚れ込んでいた。この男にとっては「将軍」とはそういうものであり、またそうあらねばならない存在だったのであろう。

その将軍綱吉に、最も忌み嫌う犬の毛皮を見せ付けて、この上もなく不快な思いをさせてしまった。そればかりか、孝心厚い綱吉が大切に思う母堂桂昌院をも恐れ戦《おのの》かせた。無学な桂昌院はただひたすらに生類の祟りを恐れている。亮賢とか隆光とかいう怪し気な僧侶たちがそんな迷信を教え込んでしまったのだ。それだけに、犬の毛皮を贈られたことで、我が子綱吉に祟りが襲うのではないかと心配した。そしてその母の気遣いがまた、綱吉を一段と不快にする結果にもなった。

〈俺としたことが……〉

自邸の座敷に座った柳沢保明は悔んだ。これまで献上物の中味を改めずに将軍の前に持ち出したことなど一度もない。それなのに、今日に限って迂闊なことをしてしまった。

〈何であんなことを……〉

保明は、暮れかかる冬の庭を眺めながら、取次の者から水戸光圀の献上した箱を受け取ったあと、綱吉の御前でその蓋を開けるまでの自分の行動と心理を逐一思い出してみた。そして、

「あの紐だ……」

と呟いた。鶴の形に結ばれた色鮮やかな五色の太紐、あれを解くのがもったいないような気がして、そのまま将軍の御前に運んだのだ。

〈これは、よほど入念に仕組まれた悪戯《いたずら》じゃわい……〉

と保明は思った。そしてまた、

〈流石《さすが》は水戸光圀……〉

とも考えた。光圀は、綱吉の行き過ぎた「生類憐みの令」を諫めるために、是非とも犬の毛皮を直接見せ付けようとして、わざわざ大袈裟《おおげさ》な紐を付け、綱吉の娘鶴姫を連想させるような形に結ばせたのに違いない。

〈それに俺はうまうまと乗せられた……〉

そう思うと、腹立たしくもあり口惜しくもある。同時に、「このままでは済まさぬぞ」という闘

柳沢保明は、薄暗くなった冬の庭に向って心の中でそう叫んでいた。

〈必ず、お返しいたすぞ、光圀殿……〉

志も湧いて来た。


「殿……。およろしゅうございますか……」

という低い女の声がした。

「ああ……町子か」

保明は、姿を見る前に声の主をいい当てた。

柳沢保明には、子をもうけた女だけでも染子、町子、春子、柳子、梅子、勢世子の六人の側室がいる。二十世紀の感覚で見れば大変な好色に思えるが、元禄時代の大名としては平均的な数である。保明は、愛妾染子の死後、その詠んだ和歌を集めて在りし日の面影をしのんだというから、むしろ女性には純情だったといえるだろう。

この中で、染子と町子は学問的才能にも優れている。染子には「胡氏録」という随筆集があり、町子には柳沢一門の栄華を記した「松陰日記《まつかげにっき》」という作品が残っている。殊に後者は、江戸時代女流文学の第一流作品とされるほどの傑作である。

その上、この町子にはもう一つの特技がある。京の公家正親町大納言公通《おおぎまちだいなごんきんみち》の妹であった町子は、幕府と朝廷を結ぶ「影の外交官」として異才を発揮したのである。

この町子が保明と結ばれるに当っては、大変な苦労があった。もともと町子は、将軍綱吉の愛妾右衛門尉が京から下る時に、その学識を買われてお話相手に選ばれた女性だった。それを柳沢が将軍に乞うて側室にもらい受けたのだが、側用人になったばかりの小大名が大納言の姫君を側室にするのは憚《はばか》られたので、一旦、田中半蔵なる者の養女としてそれを実現させた。古来、高貴な男と結び付けるために生れの賤しい女を名門の養女とした例は多いが、身分を下げるために養女としたのは珍しい。見識高い町子がそれを承知したのは、相愛の思いがあったからだろう。このため、町子は、江戸城の大奥に勢力を張る右衛門尉周辺にも情報網を持っている。

「今日はえらいことがありましたそうで……」

襖《ふすま》を開いてにじり込んだ町子は、行燈の灯をともしながら、低く呟いた。既に事件の一切を知り、何かの役に立とうという姿勢である。

「うん、水戸の老公にしてやられた……」

保明は苦笑いで答えた。

「して、殿はこの始末、どうなさるおつもりどすか……」

公家の女はごく自然に京の言葉を混えた。

「いや、それを今、考えておった……」

保明は力をこめた低い声でいった。

「このままでは上様の御威光にもかかわる。わしの気も収まりかねる。何としても水戸の老公に過ちをお認め頂き、その証を示してもらわんといかん……」

「水戸の老公に過ちを認めた証を……」

町子は切れ長の目を暗くなった庭の方に向けて呟いた。その目の中で行燈の灯が赤く揺れて見える。

「そうじゃ、たとえ相手が水戸の黄門様とて遠慮はできん。これは上様の御政道にかかわることじゃからな……」

保明はいつになく力んでいた。前の副将軍、有識の長老、権中納言、御三家の御隠居、水戸光圀の地位と名声は大きい。柳沢保明はそれを相手とせねばならないことに興奮を覚えていた。だが、町子の反応はまるで違っていた。

「老い先短い老人一人をどうしたとて、上様がお歓びになりますやろか……」

と冷やかにいったのだ。

「何、水戸の老公が、老い先短い老人じゃと……」

保明は驚いて町子の横顔を睨んだ。

「殿らしくもございませぬ、それしきのお考えとは……」

町子の頬はかすかに笑っている。

「それでは……そなた、どうしろというのだ」

保明は急き込んで訊ねた。

「水戸様を潰しておしまいなはれ……」

町子は向き直って静かな口調でそういった。

「ははは……何をいい出す……」

保明は空虚に笑った。

「水戸様は御三家、東照神君の定められたお家じゃ。潰すなぞとはとんでもない……」

「そう、水戸様は御三家、それ故にこそお潰しなさる値打ちもございます」

町子は、相変らず静かな口調だった。

「越後の松平様に次いで御三家の水戸様も、となれば、諸大名は勿論、世間も今がどのような世か、将軍様の御威光がどのようなもんか分るというもんどす。それくらいのことを、殿にはお考え頂きとうございます……」

「ふーん……」

保明はうめいた。目もくらむような話だ。

「すっきり潰すのが無理なら、減封か……いいえ、代を替えるとか、他家に譲らせるとかがよろしおす。とに角、はっきりみなに分る形で……」

町子は独り言のように淡々と語っていた。

「しかし……犬の毛皮ぐらいで左様な大事ができるものではないぞ……」

柳沢保明は苛立った。

「そらあそうどす。お犬様だけではな」

町子は至極当然のようにいった。

「けど、これを使うて、事を大きくする手はございましょ」

「ほう……これから事を大きくするのか……」

保明は低く呟いたが、眼光は鋭さを増していた。

(三)

翌日、柳沢保明は、水戸家江戸家老藤井紋大夫《ふじいもんだゆう》を屋敷に招いた。

年の頃は四十過ぎ、恰幅《かっぷく》のよい大柄な身体に肉付きのよい赤ら顔を付けた藤井は、大藩の家老としては月並みな男である。

正統思想の強い光圀は、自分が兄の跡を継いだもののその跡は兄の子に返すべきだと考え、我が子があるにもかかわらず、甥の綱条を後継として隠居した。この辺り、光圀は言と行が一致していて見事だ。

だが、このことは水戸家の中にいささかの波紋を生んだ。当主の綱条自身は、叔父光圀のさわやかな進退に感謝していても、家臣たちはそう簡単に割り切れない。光圀の実子頼常の代を期待していた連中はひどく失望した。綱条は先代光圀時代の重臣をそのまま残す姿勢を採ったが、これもまた次代を期待していた冷飯組の不満を生んだ。老公光圀が黄門、つまり権中納言として頑張っているので正面切って不平はいえないが、潜在的なモヤモヤは家中にある。そんな中で、藤井紋大夫の立場は微妙だ。この男も光圀によって取り上げられた家老だが、江戸家老として幕府諸藩との接触も多く、柳沢保明ともかねてから面識がある。正統思想の筋を通す頑固な光圀と世間の現実との板ばさみに苦しむ立場だ。逆にいえば、柳沢にとって細工のし易い相手だ。

「わざわざの御足労、かたじけのうござる」

柳沢保明は、藤井紋大夫を茶室に招き入れてにこやかにいった。

「いや、お召し下されて有難き幸せ……」

藤井は硬くなって低身した。今をときめく御側御用人と狭い茶室で膝を突き合せるなど破格の待遇だ。昨日の犬皮の件でこっぴどくとっちめられると覚悟していた藤井にとっては意外である。

「ま、楽にされよ、楽に……」

保明はそういって茶を点《た》てにかかった。

「この茶釜はな、藤井殿。さる大名からの頂きものじゃが、なかなかに由緒あるものの由、藤井殿は茶道具に興味をお持ちかな……」

「いや、とんと……このような無粋者にございますれば……」

藤井紋大夫は依然として身を硬ばらせ、今に飛び出すであろう難題に身構えている感じだ。

「そうか、武士は純なるが良い。御忠義一筋こそ大切じゃわ……」

柳沢は照れ隠しのようなことをいって、「ま、一杯」と茶碗を差し出した。

「ところで、水戸のお国はよく治まっておりますかな……」

柳沢は話題を変えた。

「は、お陰様にて……」

藤井は、用心深く短く答えた。

「そうでありましょうな、某《それがし》もそう承っておる。綱条様、なかなかの御仁徳とか……」

保明はにこやかにいって、藤井の主君を誉め上げた。

「有難きお言葉」

藤井は大きく頭を下げた。

「いや、上様もお歓びじゃ。何といっても水戸様は御三家の一つ、よく治めてもらわねばならぬ。綱条様の御仁徳は上様の御為にも幸せじゃ。それに家臣もみなようやって下されるとか。この出羽も嬉しく思っております」

「未熟者揃いではございまするが、精一杯に……」

藤井紋大夫は、予想に反する風向きに戸惑いつつも、幾分肩の力を抜いていた。柳沢は、なおしばらく同じような調子で世間話をした。常陸の名物や祭りの話もした。水戸家の名園後楽園のことも訊ね、いずれ自分もそれに真似たものを造りたいなどともいった。さらには、藤井紋大夫自身のことも訊ね、その子供たちの話もした。要するに十分時間をかけて気分をほぐしたのである。そしてそのあとで、微笑を浮べながら、

「ところで昨日の黄門様の献上物、上様のお好みに合わなんだ」

と、切り出した。

「申し訳ござりませぬ。拙者、中味を存じませなんだ故に……」

藤井は途端に硬直して平身した。

「いやいや、藤井殿の過ちではないこと、よく心得ておりますぞ……」

柳沢は笑顔のままで明るくいった。藤井紋大夫は水戸家の家臣、つまり現当主綱条の家来だ。光圀の献上物を運んで来たのは、御隠居様付きの連中である。

「しかし、黄門様よりの御献上とあって、上様の目に触れてしまいましたる故、何とか取りつくろわねばならんでな……。考えてみた所、あれほど賢明な黄門様があのような愚かなことをなさるとは思えず……」

保明はちょっとここで言葉を切って、紋大夫の顔を見た。藤井はうなだれたように畳を見つめている。

「それで思い当ったのは黄門様のお年じゃ。確か六十路《むそじ》も半ばを過ぎておられる……」

「はい、六十六歳におなりあそばします」

藤井はほっとしたように答えた。あるいは「お前が間違えたことにして腹を切れ」といわれるかとさえ思って来た藤井にとって、光圀の年齢の話になったのは嬉しい。

「そうであろう。そうだとすれば、御賢明なる黄門様も、いささかおぼけになる時もあるやも知れぬ、いや、お年のせいで時には御乱心あそばすようなことも……と思い当ってな……」

「は、はい。左様なことも確かに……」

藤井は、大きくうなずいた。主家の安泰と自分の生命を保つためには、隠居の老人が時にはぼけて乱心するというのは、最上のいい訳に違いないと、この小心な家老は思った。

「そうか、やっぱりそうであったか……」

柳沢保明は、ほっとしたように溜め息をついて、

「ははは……これで八方丸く収まりますわい、藤井殿……そのように老中にもお届けして置かれればよかろう」

と畳みかけた。

「はい、必ず……」

藤井紋大夫は畳に額をこすりつけた。この時この実直な家老は、柳沢保明が素晴らしい妙案を考え出してくれたものと信じ、保明の善意を少しも疑わなかったのである。

六　家老

（一）

元禄六年（一六九三年）十二月――大坂。

「師も走る」といわれるこの月、商都は忙《せわ》しい。諸国で取れた米を運んだ船が堂島浜に群って来る。二十年ほど前には、大坂に持ち込まれる米は、畿内・瀬戸内、せいぜい加賀・越中どまりだったが、今は越後・佐渡・出羽などの北の遠国からもやって来る。寛文年間に伊勢生れの江戸商人河村瑞賢《かわむらずいけん》が北回り・東回りの航路を開いたからである。

元禄のこの頃、大坂登せ米は年間百万石以上にもなり、徳川時代を通じて最高だった。米ばかりではない。諸国の山海の産物も大坂に集る。肥前の干鮑《ほしあわび》、薩摩の芋、四国の材木、瀬戸内の塩、熊野の炭、出羽の紅花、松前の昆布などを積んだ船も多い。長崎に陸揚げされた唐物（舶来品）もほとんどここに運ばれて来る。これに支払う金も、大坂十人両替によって調達されている。

逆に、ここから物資を運び出す船も多い。米、酒、木棉、塩、油、紙、金物など、上方から江戸・関東に下るものも夥《おびただ》しい。純然たる消費都市の江戸は、多くの消費財を上方から供給されている。江戸は上方から商品が下らなくなると、たちまち暮しが「下らなくなる」都市なのだ。江戸に屋敷を構え家族と多数の家臣を置いている諸大名は、領国内の余剰生産物をことごとく大坂に送って現銀化し、江戸屋敷の入用に当てる仕組になっているのである。

そんな師走の大坂を、一人の飛脚が駆け抜けた。紺色半纏《はんてん》に白の股引《ももひ》き、赤い脚絆《きゃはん》という目立った出で立ち。半纏の背中には丸に「伝」の字の印、襟には右に「江戸伝馬町《てんま》」、左に「大坂天満《てんま》」とある。この両方に店を持つ飛脚屋「飛伝」の者だ。

道行く人がみな小走りになる忙しい師走の大坂の街でも、流石に飛脚の足は速く、たちまちにして何人かを追い抜いた。腰をおとし脚から下だけを小股に動かすこの職業の者独特の走法である。

「こんにちは……飛伝でやす」

やがて飛脚は、塩問屋竹島喜助の店先に跳び込んだ。

「あら、伝平はん、もう帰って来やはったの……。この前来てからまだ一月も経たへんのに……」

店の奥のうすべりに座っていた素良が驚きの声を上げた。

「ええ、江戸と大坂七日間、特急五日遅くも十日の飛伝でやすからね」

飛脚屋伝平は陽気な早口でしゃべり出した。それを素良が、

「伝平はん、足の速いのはええけど、その口の早いのはどうかいな……」

と遮った。

「てえと……何でしょ」

伝平が一瞬怪訝《けげん》な顔をした。

「その江戸ッ子訛《なまり》は何でっか。ここは上方、浪速《なにわ》の船場《せんば》でっせ」

「ああ、そうでしたな、いやあ、さいでんなあ、こら間違うたわ……」

伝平はわざとらしく照れて頭を掻いた。

伝平は飛脚屋「飛伝」の次男。父の伝吉が江戸伝馬町の店を、兄の伝蔵が大坂天満の店を、それぞれ経営し、手紙・小荷物の運搬の実労働は東海道を三区に分けて配置した使用人のつなぎ飛脚がやっている。次男の伝平は、それらの監督をも兼ねて月一回ぐらいの割で東海道を往来している。

そんな関係で、この男は言葉の方も両刀使いだ。

「あら、旦那はんもいやはりましたんで……」

店に現われた竹島喜助のふくよかな顔を見て、伝平は顔一杯に営業用の笑いを浮べた。

「そらいるがな。この寒いのにどこへも出ますかいな、飛脚やあるまいし……」

喜助は、にっこりとして伝平をからかった。

「えろ、けったいな東言葉が聞えるよってに、あんたやろなと思うて来てみたら、やっぱりあんたやな……」

「えろ祟《たた》りまんなあ、江戸ッ子訛が……」

伝平は、ぺこりと頭を下げて「へい、これお預りもので……」と一束の書類を出した。

「ところで、江戸はどうやな、この頃は……」

喜助は受け取った書類を改めて受領の花押《かおう》を書きつけながら、そう訊ねた。

「あきまへん、あきまへん、江戸はもう人の住める所やあらしまへん。何しろ、将軍様がお情深いお人柄で、生類をみな憐みたもうもんですよって、町ん中は犬だらけ。おまけに魚鳥は喰うたらあかん、鳥が巣造ったら取り除けてもいかんですよってな……」

伝平は、上方言葉でしゃべった。新聞もテレビもないこの時代、伝平のように足繁く東西を往来している者のもたらす情報は貴重である。そしてそれを伝えることが飛脚屋の営業活動にもなる。急ぎの配送を使用人のつなぎにやらせながら主人の次男が江戸・大坂を行き来している理由の一つもこれである。

「へえ……生類憐みの令はここでも触れられているけど、江戸ではそないに厳しゅう実行したはるんか」

喜助は不思議そうに訊ねた。

「そうだす。そら、同じ天領やというても大坂とはえらい違いですわ。何しろ、江戸は将軍様のお膝元、目が届き過ぎるほどに届いとりますよってに……」

「けど、それやったら、江戸の人はえろ難儀したはりますやろなあ……」

素良が口をはさんだ。

「そら、いとはん。難儀だっせ。みな、犬猫をよけて通らんならんし、鳥も喰えん。その上、この九月からは釣も禁止やさかいに、魚屋はんも釣船の船頭はんも仕事がのうなってみなあっぷあっぷ、これではこっちが魚になってしまうちゅうてますがな……」

伝平は天井を向いて口をぱくぱくさせて見せた。

「ほう、釣も禁止か……」

喜助は低く呟いて腕を組んだ。

「ほな、江戸の人は野菜ばっかり食べたはんのお……」

と素良が訊ねた。

「いやあ、それがけったいなことに干魚・塩魚はええちゅうんでんなあ……。犬を飼うには干鰯などを与えよ、なんてことお役人がいうたはるぐらいですわ……」

「そうか……塩ものならええのか……」

喜助は、感じるものがあるかのように呟き、

「その生類憐みの令は、まだまだ続きそうかなあ……」

と訊ねた。

「そら続きますやろ。今の将軍様がお元気なうちはひどなることはあっても緩《ゆる》なることはないちゅう話だっせえ……」

伝平ははっきりとそういった。

「ほかには何ぞ、変ったことはなかったかなあ……」

喜助は話題を変えさせた。

「そうでんなあ……。ほかにいうと……」

伝平は腕を組んで考え込んでいたが、やおら腰の帳面を取り出した。

「ええっと、市川團十郎の人気はこの前いうたし……菱川師宣《ひしかわもろのぶ》はんの浮世絵の話もしたし……」

伝平はそんなことを呟きながら帳面を繰っていたが、最後の所へ来た時、

「あ、これ。これはちとお宅はんとは関係ないことでっけど、先月二十七日、備中《びっちゅう》松山の水谷様《みずのや》のお殿様がおなくなりになりましてな……」

「何をいうてんねや、伝平はん。水谷のお殿様がおなくなりになったのは、先月やのうて十月のはじめやったやないの……」

素良がおかしそうにいった。

「いや、それがちゃいますね」

伝平は顔の前で手を振って、声を潜めた。

「十月にのうなったんは御先代の水谷出羽守勝美様、それで慌てて末期養子《まつご》に御一族の弥七郎勝晴様をしやはった。その勝晴様がまたのうなったというんですわ……」

「へえ……お二方続けて……」

素良が同情の色を見せた。

「ところが問題は、その勝晴様はまだ御公儀より正式の相続を許されてはおらなんだちゅうんでんな。そやから、この跡にもう一回末期養子は認められへんやろというわけでんね……」

伝平は囁くような低い声でいった。

「ほな、備中の水谷様は改易か……」

喜助も声を低めた。関係者が側にいるわけではなくとも、他人の不幸を語る時にはみなそうなるものだ。

「さいな……」

伝平は大きく全身でうなずいた。

「水谷様がのお……」

竹島喜助はそううめいて、しばらく考え込んでいたが、やがて、

「ひょっとすると、こらうちにも関係あるかも知れんな……」

といった。

「今から五十年ほど前に、赤穂にいやはった池田輝興様が御乱心とかで改易されはった。その時、

赤穂城の公収に出向かはったのは確か水谷様やった。そしてその跡に、大坂御在番やった浅野内匠頭様、今の内匠頭様の先々代に当る長直様が入らはったんや。そやから、今度、備中松山の水谷様が改易となったら、お城受取りは浅野様のお役目になるかも知れんで……」

「へえ、えろまた古いことが……」

伝平が、喜助の心配顔を笑った。

「これ、伝平はん。何をいうてなはるんや。笑てる時やあれへん……」

喜助は笑顔で伝平を叱った。

「こら、あんたにもええ機会や。商売を拡げる種だっせ。一っ走り赤穂まで行って、このことを報しときなはれ。ほんなら将来、内匠頭様御用達になれるかも知れへんがな」

「あっ……」

伝平は膝を叩いて叫んだ。

「流石は旦那様。普段は御ゆるりとあそばしても目の付け処は違いまんなあ……」

「余計なこというてんと、はよ行った方がよろしい……」

喜助が目をむいて見せた。

「そらそうや。ほな一っ走り……」

そういって伝平は、竹島の店を跳び出したが、またすぐ戻って来て、

「あのお、旦那様。わては浅野様の御家来衆には一人も御面識がございまへんけど、どないしたらよろしあすやろか……」

と情なさそうな顔を見せた。

「ふん、今それをいうたろと思てた所や」

そういった喜助は、既に紙筆を手にしていた。

「石野七郎次数正という塩吟味役の御仁がおられるよってに、紹介状を書いたげる。このお人は御身分は低いけど、なかなかの才人、それに御家老の大野九郎兵衛様に直《じか》にお付きやよって話が通じますやろ」

飛脚屋伝平は、三拝して喜助の紹介状を受け取って駆け出して行った。その後姿を、喜助と素良がおかしそうに眺めていた。


竹島喜助の勘は当った。

元禄六年十二月二十一日、将軍綱吉とその閣僚たちは、病死した水谷勝晴に再度末期養子を迎えたいという水谷家家臣一同の願いを拒否、備中松山五万石を無嗣《むし》断絶と決定。翌二十二日、その城備中松山城の受取りを播磨赤穂の城主浅野内匠頭に命じた。

将軍絶対体制を目指す綱吉の諸大名に対する態度はいかにも厳格である。この将軍の治世三十年の間に改易された大名は実に四十七家に及んだ。寛永までの幕府創成期を別にすれば、歴代将軍の中でも断然多く、それ以後幕末までの百五十余年の累計四十家をもはるかに上回っている。改易の理由には、無嗣・刃傷・発狂などが十七件あるほかは、役務勤務不良十件、お家騒動や相続争い十件、素行不良二件、藩政不良二件、その他六件となっている。

大名の勤務態度が悪いとか素行が良くないという程度で、当人ばかりか大名家そのものを改易処分にするというのは、最早封建制度の概念ではない。諸大名が戦々《せんせん》兢々《きょうきょう》としたのは当然で、みな江戸城での勤めを第一とする宮廷貴族と化した。将軍綱吉の時代には、同時代のヨーロッパにおいて興りつつあった近世絶対王制と同じような政治体制が日本にも生れていたのである。

これほどだから、殿様の死に臨んで慌てて跡取りに仕立てた末期養子が、将軍家への挨拶も済ませぬうちに死んだ不運な水谷家を、無嗣断絶処分に付したのも不思議ではあるまい。

しかし、それは将軍の側の論理であり、水谷家の家臣の方は到底納得できることではない。元和・寛永の昔ならいざ知らず、当今では、大名が跡取りのないままに急死すれば、その近親者の一人が最期の瞬間に養子になったという形で跡を継ぐ、いわゆる末期養子の制度が定着している。これは寛文元年（一六六一年）、米沢三十万石の大名上杉綱勝急死のあとを、その妹の子に当る吉良三之助（当時二歳、のちの上杉綱憲）が継いで半知の十五万石をたまわって以来、三十年余も続いている慣習法である。

今度のように、二代が続けて急死するという例は珍しいが、この慣習法のはじまった目的が、なるべく大名家を存続させ、無闇《むやみ》と浪人を出さないということだったのだから、当然、今一度、末期養子を認められて然るべきだ。水谷家の藩士一同はみなそう思っていた。というより、そう信じる以外になかったのだ。

それだけに、「再度の末期養子は認めず、お家は断絶、備中松山五万石は公儀に召上げ」という決定が下った時、水谷家江戸屋敷の驚きと怒りは大きかった。

「いかに御公儀のお裁きとは申せ、こればかりは承服いたしかねる」

と騒ぎ立て、中には、

「かくなる上は及ばずまでも一戦、城を枕に討死せん……」

とばかり、槍を担いで東海道に駆け出す者さえあった。

「これはえらいことになったぞ、備中で戦さじゃ……」

泰平に慣れた江戸の街にそんな噂が拡まった。そんな所へ、

「水谷家松山城の城受取りは、播磨赤穂の浅野内匠頭長矩に命ず」

と出たのだから、今度は鉄砲洲の浅野屋敷が大騒ぎとなった。

「これはえらいことじゃ。悪くすれば水谷家の遺臣どもと戦さをせねばならんぞ……」

大目付よりこの命令を受けて来た江戸詰家老の安井彦右衛門と留守居役の建部喜六は、戦《おのの》き慌てた。浅野内匠頭夫人の阿久理も、

「それは殿も大変じゃなあ……」

と、国元にいる夫の身を案じた。

浅野家は五万五千石、相手の水谷家も五万石、ほぼ同じ規模、同じ兵力。その上、相手は必死の籠城、こちらは遠出の城攻め。それだけを見ると容易な戦さではない。勿論、松山城の公収は幕命であり、これに歯向う者は叛逆である。本当に戦さとなれば近隣諸藩こぞって応援に来るから最終的な勝利は疑いもない。しかし、城攻めにもたついて諸藩の救援を受けては武門の名折れとなる。他藩の援軍に先を越されるようなことにでもなれば浅野家の面目丸つぶれ、今度はこちらがお咎《とが》めを受けることにもなりかねない。安井彦右衛門らが心配したのも当然だ。

しかし、この屋敷の中には全く逆の反応を示した人々も多い。高田郡兵衛、奥田孫大夫、赤埴源《あかばねげん》蔵《ぞう》ら、腕に覚えの面々は、

「何の、水谷如き恐れるに足りぬ。これぞ我が家の武威を天下に知らす千載一遇の好機ではないか」

と勇み立った。六十七歳の老武者堀部弥兵衛金丸も、

「拙者とてまだまだ若い者に遅れはとらぬ。この槍取って殿の馬前で働いて見せるわ」

と古槍を持ち出してしごいて見せた。この老人は、去年の十二月息子の弥市兵衛を闇討《やみう》ちにした遠縁の浪人本多喜平次を一刀のもとに斬り倒した実績がある。六十六歳でこれほどの腕を保っていたのだから相当に豪の者だ。

こうした武勇の士は、日頃働きの場もなく算勘外交に長《た》けた文吏派の連中から「役立たず」呼ばわりされていたので、「この時」とばかりはしゃぎ立てた。

「そう騒ぐではない。とに角、殿にお報せして指示を待とう」

安井彦右衛門らは、そういって早駕籠の急使を仕立てた。選ばれたのは、馬廻役兼御使番の富森助右衛門である。

富森助右衛門、この時二十四歳。若さと気力で寸時も休まず早駕籠を乗り継ぎ、百五十五里を六日と五夜で駆け抜けた。この急使が赤穂加里屋城に着いたのは、十二月二十八日の夜である。

（二）

その日——十二月二十八日——赤穂では年末の決算締めが行われ、その報告が家老会議で提出されていた。
この当時は盆・暮の節季払いが多い。藩でも、蔵米取りや給金取りの下級藩士への俸給の支払い、お城の調達物の代金や寺社への祈禱料などを盆・暮にまとめて支払う。知行米の一部を藩米と共に大坂で売り払った上級藩士の決済もある。特に面倒なのは藩札の関係だ。

赤穂藩では、塩を藩札で塩売仲間から買い上げ、大坂の塩問屋に現銀で売却している。問屋から代銀を受け取ってから塩売仲間に渡した藩札と引き換えるまでの間、藩は現銀をやり繰りに当てているが、年末には藩札の一部を現銀と引き換える。塩売仲間の地場問屋も、自小作から買入れた塩代銀や浜子の日当を支払わねばならないし、その自小作や浜子も米や生活用品を掛買いした代銀を支払わねばならない。藩札の交換が行われなければ、赤穂中の貨幣流通が滞ってしまうのである。

しかし、資金繰りの苦しい藩当局は、何かと理由を設けて現銀化を減そうとして、藩札保有者との間に駆引きが行われる。藩札は年貢や運上の支払いには使えるから浅野家の領内ならある程度流通もするが、一歩他藩へ行くと全然通用しない。大坂辺りの両替屋や質屋に担保・質草として入れることはできるが、その場合の貸付率は五割以下になる。五万石程度の小藩の札の信用度はそんなものだ。それだけに、今年の年末にどれだけの札が現銀化するかは重要問題である。

この日、財務担当家老の大野九郎兵衛は、札座奉行や勘定方から上って来た書類をまとめて、年末節季払いの見通しを報告した。

「札と銀との交換は、去年の札は全額、今年の盆までに出したものは六割、それ以降のものは四割、それぞれ銀に換え、残額は新しい札で渡すこととといたしたいと考えております。これなれば、何とか今年も年を越せそうですんでな……」

大野九郎兵衛は、そういって三人の同役を見廻した。

「ほ、それでやれるか、それは結構でござるわ……」

城代家老の坂田左近右衛門がすぐ嬉しそうに応じた。つい十日ほど前に、大野から現銀不足の心配を散々聞かされていたからだ。

「ま、今年の暮は何とかな……」

大野は面倒臭そうにそう呟いたが、すぐまた、

「これで御安心頂いてはちと早過ぎましてな」

と続けた。

「去年までは、盆用の札は八割まで現銀化してござったが、今年はそれを六割に減じておりますんじゃ。よって今度の交換を終えたあとも銀四百貫目ほど札が残る勘定にござるでな……。ま、去年より四十貫以上も増えておりますのじゃ」

「ふーん、左様か……」

坂田はうなずいたが、話がよく分っていないことは、その表情で分った。

「その上、掛屋よりの借金も四百両ほど増えておるし、御蔵のお米も去年の暮より二百石ほど少のうなっておる」

大野は続けた。

「へえ、お米も減ったとは……。今年は豊作であったのに、どうしてかのお……」

藤井又左衛門が小首をかしげて呟いた。こんなことをいっている所を見ると、この男も何も分っていないらしい。

「左様、豊作でござった。米も塩も……」

大野九郎兵衛は無理解な同役たちに苛立った。

「その代り、値も安うござった。米は石当り銀五十七匁二分、塩は二斗俵一俵で銀二匁弱、いずれも昨年より一割以上も下っておりまするわ」

「なるほど、そうでござったな……」

藤井は分らぬままにうなずいた。

「ま、そうは申せど豊作のお陰で、九十五貫もの勘定足らずと思えたものが、やっと七十六貫の不足で抑えることができ申した」

大野は、藤井を無視するように話を続け、

「これでは来年が思いやられますぞ……」

と、念を押すように付け加えた。

坂田と藤井は「ふん、ふん」とうなずき、別に質問も意見もいわない。もう一人の家老大石内蔵助は、何やら丹念に帳面に書き付けているだけだ。

「よろしいかな、これで……」

大野はだれからも反応がないので、自らそういって席を立ちかけた。みなそれに倣った。

「大野殿……」

大野九郎兵衛が家老部屋を出て中庭に沿った廊下まで来た時、後から呼び止めた者がある。振り向くと、顔一杯に笑みを浮べた大石内蔵助だった。

「何でござるかな、大石殿」

大野も微笑を返した。

「申し訳ござらぬが、今の書付け、ちと写させて下さらぬか……」

大石は軽く頭を下げてそういった。

「今の……とは、これですかな……」

大野は手にした帳面を持ち上げて怪訝な顔をした。

「勿論、およろしいが、大石殿が御覧になっておもしろいものでもござるまいが……」

「いや、おもしろおかしいと思うてのことではござりませぬ。ちと、勉強しとうなりましてな……」

大石は微笑したまま小声でいった。

「ほお……それはまた、大石殿が算勘の御勉強とは……」

大野は、半ば感心したように、半ば皮肉っぽく笑った。

「何なら勘定の者に写させて差し上げましょうか」

「なるほど、それも一案でござるが……」

大石はこんな所でも口癖を出した。

「某《それがし》、自分で写しまする。何しろ未熟者でござれば丸々写し書くのも勉強の初歩かと……」

「ふーん、そう申されるならば……」

大野九郎兵衛は帳面を開いて、

「ただ今の分はここと、ここと、これでござる。拙者の字、ちとお読みづらいかも知れませぬが……」

と教えて渡した。大石は、

「かたじけない」

と丁重に礼をいった。

家老部屋に戻った大石内蔵助は、その日、長い時間をかけて大野の帳面を写した。大野が指し示した「ただ今の分」だけではなく、興味ある会計記帳を何枚も書き写していたのだ。

大石内蔵助が、大手前門の屋敷に戻ったのは、冬の日がとっぷりと暮れてからであった。

「遅くなった……すまん」

内蔵助は、座敷に入ると、妻の理玖《りく》にそういった。部屋には薄暗い行燈が一つ、火鉢の炭火が明るく見えた。

「お食事は……」

理玖は、内蔵助の顔を見て不思議そうに訊ねた。

内蔵助の帰宅が遅いことはよくある。帰って来ない夜も珍しくない。大抵は女遊びかどこぞの屋敷で酔いつぶれた場合である。一藩の家老だから常に一両人の供はついているのだが、自宅に居場所を報せるようなことは滅多にない。理玖も最初はそれに腹を立て、叔父の小山源五左衛門などに意見してもらったこともある。だが、今では諦めてしまった。酒にも女にも強い夫を制御することは不可能だと悟ったのだ。

今夜も、帰らないかと思っていたが帰って来た。遅い帰宅は酒のせいと思ったが、内蔵助には酒気がない。理玖はそれが不思議だった。

「いいや、まだじゃよ……」

内蔵助は火鉢の前に座るとにこりとした。

「何ぞあれば喰いたい」

理玖は、寝かかっていた女中に食事の用意をさせた。

「今夜は久し振りにそなたと飲もうか……」

内蔵助は、薄暗い行燈の光の中でにっこりとした。

「もう遅うございましょう。お話は明日でも……」

理玖は不愛想にいった。結婚して六年余、古女房というほどの年月が経っているわけではないが、三十五歳の夫と二十五歳の妻は、この時代には初々《ういうい》しいとはいえない。

「松之丞《まつのじょう》はもう寝たか……」

内蔵助は話題を変え、元禄元年生れの長男のことを訊ねてみた。

「ええ、勿論……」

理玖の返事は味気なかった。

「あの子もそろそろ読み書きなど習わせねばと思いまするが……」

「まだ早かろう……六つではないか……」

内蔵助は指折り数えて答えた。

「いいえ、この頃は早めに読み書きを教え、算盤にも入り、十歳を過ぎれば算勘の術など習わすのがよいとか……」

子供のことになると理玖は熱心だった。

「そうかのお……。わしが字を習い出したのは九つの頃だったが……」

内蔵助は、妻の教育熱に水を差した。

「けれども、算勘は幼い時に学ばねば、年を取ってからでは及ばぬと申しますよ。とても難しく、近頃は殊さらに深くなっておるとか……」

理玖は、呑気《のんき》な夫に苛立ったようだ。

「左様、算術勘定は難しい……」

内蔵助のそんな言葉に理玖はいよいよ苛立った。だがその時、門の方から走ってくる足音がし、

「旦那様、早駕籠、江戸からの早駕籠ちゅう先触れでっせえ……」

と叫ぶ若党の声が聞えた……。

（三）

赤穂城本丸中央の藩邸には、俄に燭《しょく》がともされ、大手門・二の丸門・本丸門と早駕籠の通過する諸門には、松明《たいまつ》が焚《た》かれた。またたくうちに赤穂の城には緊張がみなぎった。その中をこの藩の首脳たち、四人の在国家老――大石内蔵助、坂田左近右衛門、藤井又左衛門、大野九郎兵衛――と五人の番頭《ばんがしら》――岡林杢之助《おかばやしもくのすけ》、奥野将監《おくのしょうげん》、伊藤五右衛門、外村源左衛門、玉虫七郎右衛門――が次々と登城し、大書院へと入る。既に、藩主浅野内匠頭も起床して用意を整えているらしく、奥に通じる金之間前の廊下には近習頭の片岡源五右衛門と礒貝十郎左衛門が端座している。

間もなく、家老・番頭が揃ったという報告が奥に届き、内匠頭が大書院に現われた。燭は惜し気もなくともされていたが、火の気のない大書院は師走の深夜の寒気に凍えていた。それが一段と人々の顔を青白く緊張させた。

四人が駕籠を担ぎ一人が前縄を引く早駕籠でも、手ぶらで走る先触れよりはかなり速度が劣る。先触れと早駕籠との間には、一時間ほどの差があるのが普通だ。人々がとり急ぎ衣服を整えて藩邸に集ってからも、早駕籠到着までには少々間があった。その間、一同は敢て口を利かない。みな、

何の報せかを考えてはいるが、予想をいい合って、混乱を増幅するようなことは禁物である。それぞれが心の中で、いかなる事態となっても慌てふためいてはならぬ、と自分自身にいい聞かせている。それがこの泰平の世の武士の心得である。

やがて、城門を守る警護役から「早駕籠入城」の報せが来た。疲れ切った駕籠担ぎに代って、足軽たちが人を乗せたまま駕籠を藩邸玄関まで押し上げて来る。その中から、鉢巻にたすき掛けとい う厳《いかめ》しい姿の富森助右衛門が転げ落ちるように這い出した。六日五夜の間、不眠不休で中腰の姿勢を保って来たのだから、疲労困憊の極に達している。髯《ひげ》もさかやきも見苦しく伸び、髷《まげ》はゆがんで半ば解けている。足腰がしびれ切って歩行も困難だ。玄関口を固めていた番士が、両脇から抱き起し、富森助右衛門の身体を引きずるようにして大書院に運んだ。

それでも大書院に入ると、富森助右衛門はおのが脚で歩もうとして足掻《あが》いた。「殿の御前」を意識した武士の意地だ。

「助右衛門、苦しゅうない。これへ……」

間髪を入れず、浅野内匠頭が声をかけた。

「は……」

富森は崩れるように平身して、二、三尺膝這《ひざば》い、切れ切れの息でいった。

「本月二十一日、備中松山の水谷家、無嗣断絶と決まり……翌二十二日、御殿……城受けの御役、下されましてござります……」

「何、余が城受け……」

内匠頭は、一瞬驚きの色を見せた。同時に、

「我が殿が……収城使に……」

という声が何人かの口からもれていた。その中で一人、大野九郎兵衛だけは、

「そのようなこと町飛脚から聞いておったが、やっぱり……」

と呟いていた。

「委細はこれに……」

富森助右衛門は、さらに何歩分かにじり寄り、懐の書面を差し出した。片岡源五右衛門が小腰をかがめて駆け寄り、それを受け取って内匠頭に差し上げた。

「うん……」

内匠頭は大きくうなずき、落ち着いた風に表裏を改めてから封を切った。四人の家老と五人の番頭の視線は、内匠頭の表情とその手を流れる書面に集中した。紙幅の長さから見て文面はごく短い。先刻の富森助右衛門の口上で要旨は尽されているようだ。

一読を終えた内匠頭は、書面を黙って大石内蔵助に渡し、一同に回覧するよう手付きで指示した。書面は、席次順に、大石から坂田へ、坂田から、藤井、そして大野へと回り、さらに番頭の岡林、奥野へと渡った。その間に内匠頭は、

「助右衛門、大儀であった。ゆるりと休め……」

といって、疲れ果てた急使を退らせた。これで富森の使者の役目は終ったわけだ。この男は恐らく、丸二日間ぐらい白湯《さゆ》と重湯《おもゆ》だけを飲んで眠り続けることであろう。

「このこと、いかに思うか……」

書面がほぼ一巡した所で、内匠頭が一同の顔を見廻した。

「大切なお役目を受けなさりましたること、祝着至極に存じます」

大石内蔵助が型通りにいい、それに合せて一同が平身した。徳川時代には、大小にかかわらず、幕府から仕事を与えられることは名誉だとされていたからである。これは勿論、建前だけで本音は大迷惑だ。だが、この時、内匠頭は自ら違った見方を述べた。

「その書面によれば、水谷の遺臣たち、籠城騒乱に及ぶやも知れぬとか書いてある。決して心易く考えてはならぬお役目、さりながら、それ故にこそ、我が家の武威を天下に示す千載一遇の好機ともなろうかと存じる」

内匠頭はそういって、家老・番頭の顔を一つずつ順に見た。

「いかにも御意の如くにございます」

内蔵助がすらりといったが、内匠頭には少々もの足りない返事だった。

「殿の仰せの通り、これぞ治に居て乱を忘れぬ我が家の心掛けが示される時かと存じます……」

高齢の城代家老坂田左近右衛門がやや言葉数の多い返答をした。次いで番頭を代表して奥野将監が、

「殿の御心、家中一同隅々までよう存じておりますれば、下々の者まで勇み立つこと必定、万に一つの御心配もございませんません」

と申し上げた。

「うん……」

内匠頭は、ようやく頬をほころばせてうなずき、

「それでは、早速《さそく》に備中松山の陣のこと、用意にかからねばならぬが、九郎兵衛はどう考えるかな

……」

と、大野に問いかけた。このいい方は、「お前が今度の先陣を勤めよ」という誘いである。内匠頭は、最も実務能力に優れたこの家老に、大事な先陣をさせたかったのである。しかし大野九郎兵衛は、

「某《それがし》、まずは金銀兵糧のことを考えております」

と返答して、一同を驚かせた。

戦国時代以来、武士たる者はみな先陣先鋒に立つことを最大の名誉とし、その役を争って求めて来た。先陣を引き受けることは危険が多いが故に勇気の証明となり、功名の可能性が高いために奉公の熱意の証とされたのである。それに対して、金銀兵糧を司る兵站《へいたん》は安全で目立たぬ武士らしくない仕事とされ、典型的な貧乏くじと考えられた。ところが、今、大野は自ら内匠頭の差し出した名誉の役目を断り、貧乏くじを選んだのである。

「備中松山は四日行程の遠方、ただでさえも今回の出陣には金銀兵糧が相当に要りまするが、もし、水谷の遺臣どもが籠城し、五日、十日の滞陣ともなれば、大きな出費でございましょう。のちのちの財政に重い負担を残すとなればお家の大事、万一、陣中兵糧切れとなれば天下の笑い者。何はともあれ、まずはこのことを整え、後顧の憂いなきを期するが第一かと存じます」

大野九郎兵衛は、自分の考えを明確に述べた。計算ずくの「正論」といえる。

「なるほど、九郎兵衛らしい心遣いじゃ」

内匠頭はそういったが、自分の好意が断られた不快さは抑え難く、

「それでは、余が自ら先陣に立ち、松山城を収めて見せようぞ……」

と叫んだ。

貞享元年（一六八四年）、十八歳の時、弟の大学と共に、かつて赤穂に招かれていた山鹿素行に兵法入門の誓書を出し、その門人となった浅野内匠頭は、武勇の働きに強い憧れといささかの自信を持っていた。今、大野の財政第一という考えに反撥する気持ちがそれを触発し、このような勇ましい発言になってしまったのだ。

これには家老も番頭も仰天した。総大将の殿様自身が先陣に立つなど古来聞いたことがない。戦陣での殿様の位置は本隊後部と決まっている。

「殿、先陣は某に……」

「いや、この又左衛門めにこそ……」

坂田左近右衛門と藤井又左衛門が競うように叫んで両手をついた。内匠頭は、ちょっと困ったように二人の顔を見比べていた。その時、

「いやいや、それは某の役」

というゆっくりとした声がした。筆頭家老の大石内蔵助である。

「松山の城を受け取ったあとは、番役が必要。それをも考えれば某が適任かと存じまするが……」

内蔵助は、そういってゆっくりと頭を下げた。

収城使は城を接収したあと、次の城主が決まるまでの間、短くて一年長ければ三年ほども、その城と領地を管理し、幕府のために年貢を取り立てる番役を置かねばならない。内蔵助は、地味で苦労の多い番役と華やかな先陣とを組み合せて買って出たのだ。殿様の縁に繋がる筆頭家老が名乗りを上げると、他の者は争うわけにはいかない。内蔵助のゆっくりとした間の取り方と二つを組にし

た発言は、そんなことをも配慮した結果であった。

「ふん、内蔵助か……」

内匠頭は少々考える風だったが、

「よかろう……」

といった。坂田左近右衛門は城代で高齢、藤井又左衛門は江戸参勤に供家老として連れて行きたい。大野九郎兵衛には財政の仕事がある。となれば、番役は大石以外にない。それなら先陣の役もこの男にさせてやるべきだろう。内匠頭はそんな勘定をしたのである。しかし、それでもなお、この家付き家老の経験不足と手腕の未知を危ぶみ、

「みなとよう相談をして、齟齬《そご》なきようにせよ」

と念を押した。見ようによっては、いささかくどい言葉だったかも知れない。それでも大石内蔵助は、

「必ず、必ず御意にたがわず……」

と慇懃《いんぎん》に頭を下げていた。

七　思入れ

（一）

元禄七年（一六九四年）正月。

江戸は、何事もないかのように平和であった。備中松山藩水谷家の断絶も、その城を受け取りに行く播磨赤穂浅野内匠頭家の多忙な準備も、この大都市には何の関係もない遠い世界の話に過ぎない。それらのことを決定した将軍綱吉とその側近たちも、はるか西方の小藩のことなど、さして気にも止めていない。

正月十一日は御講筵《ごこうえん》始めの儀式がある。綱吉が将軍になってから、江戸城の新春の祝いも型にはまっている。まず最初の祝宴の日には能楽があり、次にはこの十一日の御講筵始め、つまり学問をはじめる儀式となる。能楽と学問——この二つが綱吉の趣味である。

この年、将軍綱吉は、自ら能を舞い、「中庸《ちゅうよう》」を講じた。いずれにおいても綱吉は玄人《くろうと》はだしの域に達している。殊に、十一日の「中庸」講義はすばらしい出来であり、拝聴した大学頭林鳳岡《はやしほうこう》も補う所を知らぬほどであった。しかも、「東照神君もかくや」といわれた朗々たる音声には、四十九歳を迎えた今もいささかの衰えもない。

これを見聞した群臣たち――御側御用人の牧野成貞、柳沢保明、老中の阿部豊後守正武《あべぶんごのかみまさたけ》、土屋相模守政直、大久保加賀守忠朝ら――も、賞賛の言葉に窮した。隅に控えていた高家筆頭の老人吉良上野介義央も、儀式張った大袈裟な身振りで平身し、

「ただただ感じ入って評する言葉もござりませぬ」

というのがやっとであった。

群臣のこうした反応は、将軍綱吉を満足させるものではない。才能学識に恵まれた独裁者の常として、綱吉はいささかの批評と疑義を受け、それを論破することを無上の歓びとした。その点、今日は賞められる一方の虚《むな》しさがあった。

「そろそろ酒肴《しゅこう》を持て……」

綱吉は、楽しまぬ表情でそう命じた。

間髪を入れずに料理の行列が現われ、同時に、無遠慮な犬たちも姿を見せた。人みな恐れるこの将軍を犬だけは恐れることがない。綱吉は食膳に近づく犬を目を細めてなでているのである。

「お犬様にもお食事を……」

気を利かせた小姓たちが駆け出して行き、飼育掛りに餌を用意させた。狆《ちん》の群は人間の食膳よりも自分たちの餌の方に誘われて退場する。綱吉の宴の膳はみな精進料理だから、犬にはつまらないのだ。

自分の食膳に犬の舌が伸びて来るのを恐れていた人々にとっては、有難いことだ。何人かの口から、ほっとした安堵の息がもれた。それを聞き咎《とが》めるような鋭い視線が綱吉から放たれた。安堵したばかりの人々の間にまた緊張の色が走る。何しろこの将軍はかつて、頬に喰い付いた蚊をうかつに手で叩き潰したというだけで、小姓の伊藤淡路守に閉門を命じたこともある。内心、犬を嫌って

いると知られてはあとで祟《たた》る恐れもある。その時、

「上様に申し上げます」

という声がした。若年寄格の御側御用人柳沢出羽守保明であった。

「おお、出羽か。今日はちと静かじゃと思うていたぞ。何じゃ、申してみい……」

綱吉は、寵臣の声に顔をほころばせた。

「恐れながら、今年はめでたき戌《いぬ》年にございます」

柳沢は背を伸して両手を膝に置き、真面目くさった表情でいった。

「それ故、犬に対する御慈愛のほど、一層深く世に拡めるべきかと存じます」

「なるほど、余もそれを思うていた所じゃ」

将軍は大きくうなずいた。

「それについて、出羽、伏してお願いしたき儀がござります」

と柳沢は続けた。

「上様の憐みにより、生類みなよく養われ殺生のことも減りましたるは幸せながら、今なお飼主もなく食も乏しく巷《ちまた》を徘徊《はいかい》する憐れな犬も少なくありませぬ。江戸の庶民は、上様の徳により、これを追いいじめることはなくなりましたるものの、十分な食を与えるほどの余裕のないこともございましょう。ついては、幕府自ら大きなお犬小屋を設け、巷をさまよう憐れな野良犬を収容して養うこととしてはいかがかと愚慮いたす次第でございます」

聞いていた老中や目付、奉行らは驚いた。〈何たるゴマスリ〉と思う者も多かった。しかし、柳沢保明は単なるゴマスリからいい出したのではない。

将軍綱吉の犬保護政策のために、最近著しく犬が増え、野良犬が巷にあふれ出した。このため、人が犬に咬《か》まれたり道を阻まれたりする事件が続出し、ようやく幕政への批判も高まっている。柳沢は、これが将軍綱吉の人気を落とすことを恐れ、公営の犬小屋を造って野犬を収容、その害を防ごうと考えたのである。

偏執狂的な性格の持主ではあっても頭脳は明晰《めいせき》な綱吉は、瞬時にそれを見抜いた。

「ううん、尤もじゃ、弥太郎。よき所に気が付いたわ……」

将軍は、重臣の前をもはばからず、保明を幼名で呼んで賞め賛えた。

その日、屋敷に帰った柳沢保明は、上機嫌だった。将軍綱吉に賞められたばかりか、「いずれ褒美を取らせよう」といわれたのだから、当然だろう。将軍が「褒美」というからには加増・昇格のことである。

保明はこのことを奥の女性たちにまず告げた。第一は正室の定子である。

綱吉が館林の領主で保明がその小姓だった十九歳の時に結婚した正室の定子は、既に三十歳を過ぎている。この時代の大名たちの常識では最早褥《しとね》を共にする年齢ではない。それでも保明は子供のできない「糟糠《そうこう》の妻」を大切にし、生涯正室としての権威を保たせていた。

「それは、誠におめでとうございます」

定子は深々と頭を下げて夫の栄達を祝ったが、それ以上にいうべき言葉を知らなかった。五百三十石の小姓の妻として嫁いで来た定子には、六万二千三十石の今の地位すら信じられないほどなのである。

次に保明は、側室染子の所を訪れた。染子は嫡子吉里《よしさと》を生んだために側室の中では最上位になっている。保明はこんな順序にも厳格な男なのだ。

「それはまた、上様の有難きおぼし召しにて……」

染子もそういって頭を下げたが、続けて、

「殿もさまで御栄達あそばされます上は、上様にお楽しみいただけるお屋敷なりともお造りになるべきでございましょう」

と献策した。

「なるほど、よきことを教えてくれた」

保明は大いに歓んだ。一昨年以来、将軍綱吉は再三柳沢邸を訪れ、気安な時を過すようになっていたからである。

続いて保明は、町子の所へも行ってみた。利潑な女性の多い柳沢の奥の中でも、ひと際目立った頭脳と広い人脈情報網を持つ町子がどんな反応を示すか保明も楽しみだった。

保明が町子の部屋を訪れた時には、既に日暮れていたが、町子はそれを予期していたように行燈をともし炭火を生けて待っていた。

「左様ですか。それはよろしあしたなあ」

保明の話に対する町子の反応は、他の二人と違って冷たく乾いていた。

「そなたはさほどに歓んでくれぬのお……」

保明は失望した。

「いいえ、歓んでおりますとも……」

町子は、切れ長の目を行燈の灯で赤く染めていった。

「たとえ、一万石でも二万石でも御加増して下さる上様のお心、町子は嬉しく思うてますえ……」

「たとえ、一万石でも二万石でも……」

保明は驚き、かつ腹立たしく思った。この泰平の世に一万石の加増がいかに大きなことかと保明はいいたかった。だがそれを抑えて、

「殿はいずれ十万石にもなり、権少将の位にもお昇りになりましょうけど……」

と町子は呟いた。

「けど……どうしたのだ……」

保明は苛立って訊ねた。

「私がわざわざ身分の低い者の養女にまでなって、殿のお側に上ったのは、十万石の殿になって頂くためではございませぬ」

町子はそういって薄い笑いを浮べた。

「な、なるほど……」

保明はぐっとつまった。この当時の公家は禄は少なく生活も貧しいが、階位格式は高く、ために縁組では上位になっている。正親町大納言の姫君なら庶子でも十万石の大名の正室になれる。側室なら御三家か数十万石の大大名といった所だ。それを町子は、まだ一万二千三十石の成り立て大名だった保明のもとに、身分の低い田中半蔵の養女となって来た。いわば柳沢保明という男に運命を賭《か》けたのである。「たかが十万石の大名で終って欲しくない」というのも無理からぬ所だろう。

「では……そなたはわしにどうなれというのじゃ……」

保明は恐し気に訊ねた。

「殿にどうなれとはいわしまへん……」

町子は、行燈の灯を見つめたままで答えた。

「お犬様のお世話をして、一万石二万石の御加増を頂くお人ではなく、天下を変え改めるお人として働いてもらいたいんどす……」

「何、天下を変え改める……」

保明は驚いた。

「上様が仰せの千年の泰平、民が戦さを忘れ、武士が腰の刀を捨てる世の中……その礎《いしずえ》を築くお人に……」

町子の声は低くかつ鋭かった。

「千年の泰平……武士が刀を捨てる世の中……」

保明はあえぐように呟き、そして問うた。

「そ、それは……どうすればよい。わしは今、何をすればよいのじゃ……」

「急ぐには及びませぬ。これは心構え……」

町子はようやくやさしい笑みを見せた。

「そのおつもりで、上様により一層強くお仕えになればおよろしかろうかと」

「それなら、日々精一杯やっておるが……」

保明はほっとしたように肩の力を抜いた。

「分っております。けど、上様にお強くおなり頂くためには、はたを弱めることも大切でございましょ……」

町子は軽い口調でいって、もう一度目を光らせた。

「水戸のことか……」

保明は暗い表情で呟き、町子は冷たく笑ってうなずいていた。

（二）

江戸では平和な正月を楽しんでいたその頃、赤穂は上を下への大騒ぎだ。備中松山城受取りの準備のためである。

城受取りは大仕事だ。百年以上も続いて来た大名家を取り潰し、その藩士全員を失職させ、それに対する債権と利権の多くを無価値にするのだから、今日の企業倒産以上の大事件である。これを執行する収城は多数の武装人員を動員する軍事行動の形となる。収城使が抵抗を受けて実戦に至った例は、徳川二百六十余年を通じて一度もないが、収城使となった大名はいつもそれを心配した。殊に今度の場合、水谷家の遺臣たちが籠城抗戦の覚悟と伝えられたのだから、なおさらだ。

浅野内匠頭は、自ら収城に当ることとし、先陣を大石内蔵助に、殿軍《しんがり》を藤井又左衛門に命じ、留守中の城代には坂田左近右衛門、資金兵糧を担当する兵站責任者に大野九郎兵衛を配する布陣を定め、正月返上で軍の編成を進めさせていた。だが、ここでもまず問題になったのは「金《かね》」である。

大名には、もともと幕府の命令に従って軍役を果す義務がある。従って、城受取りの役目のための特別の手当てが幕府から支給されるわけではない。幕府の方としては、常々与えている石高の一部を以って「軍役を果せ」と命じればよいのである。

元禄六年十二月二十二日付けで、三人の老中――土屋相模守政直、阿部豊後守正武、大久保加賀守忠朝――が浅野内匠頭に与えた奉書の御切紙写（添付書）によると、この時の役高（軍役）は、本高五万余石のうち、三万三千石であった。寛永十年に制定された「軍役次第」によると、これは六百八十人ほどの軍隊を動員せねばならないことを意味する。但しこれは、士分・足軽など軍務に就く者の数で、ほかに上級武士の引き連れる中間《ちゆうげん》や若党、荷駄雑用に従事する人夫等がその何倍も付く。この時、浅野家が動員した人数は総計三千五百と記録されている。この数は、のちの赤穂城接収の場合と比べても信じられる数だ。

これだけの人数を四泊五日行程の備中松山まで往復させるだけでも相当の費用がかかる。

武士はみな、通常の禄によって軍役の義務を負っているのだから特別の手当ては不要だ。人夫も領内の百姓・町人を徴発するのを原則とするので大して日当を支払うわけではない。しかし、従軍中の食糧は藩持ちである。行軍中の宿舎は沿道の寺社や民家を無料で提供させてよいことになっているが、これも他藩の領地に入ると全くただというわけにはいかない。戸障子や畳の破損補償や燃料費として多少の包み金を置かなければ、のちのち隣藩との間に面倒が生じる。

それ以上に費用がかかるのは武器用具の調達補修である。徳川時代には、士分の者は自前の槍刀を持参するが、足軽の使う長柄槍や弓・鉄砲は藩備え付けのものである。赤穂城にも勿論、規定通りの武器は揃えてある。だが、それを調べてみて、奉行たちは愕然《がくぜん》とした。長い泰平の間、手入れを怠っていたため使用に耐えないものが多いのだ。

長柄槍の穂先は錆《さ》びているし、弓の弦《つる》は緩んでいる。鉄砲は故障のものが多く、弾薬《たまぐすり》は湿りついて固まっている。天幕の大半はすり切れているし、兵糧運搬用の車輌《しやりよう》は雑用に貸し出して数が半分にも足りない。足軽用の陣笠でさえ儀式用の派手な重いのばかりで戦闘用には間に合いそうもない。浅野家では各奉行がそれぞれの担当部分の補修を急いだ。足軽たちは槍を研《と》ぎ、弓の弦を張り替えた。鍛冶屋を集めて鉄砲を修繕させたが、部品の不足や銃身の腐蝕《ふしょく》も著しく使用に耐えぬものも多い。このため、十挺だけは堺から新品を買い入れた。弾薬の方はどうにもならず浅野本家から何箱かを借りることにしたが、広島から届けられたものもかなり古そうに見えた。天幕や車輛は、農家や塩浜のものを徴発したが、不足分は新規購入せねばならない。

それやこれやを勘定すると、銀四百貫と米五百石ほども要るという目算が出た。米だけに直すと七千二百石、浅野家の年収総額の約二割、藩士に与えられている知行を除いた藩自体の年間予算から見ると四割にも相当する巨費である。

「いや、万一、水谷の遺臣たちが籠城抗戦を試みるとなればこの倍も要るであろう。差し当り中をとって銀六百貫と米八百石は用意せねばなるまい」

慎重な理財家である大野九郎兵衛は、そういって額に縦皺を刻んでいた。

ところが、御蔵の中を調べさせてみると、米は、昨秋の年貢が十分積まれていたが、金銀の方は金二千両と銀三百五十貫ほどしかない。銀換算では併せて四百七十貫である。昨秋大坂で売った米・塩の代銀の多くを年末の掛屋返済や藩札交換に当てたからだ。その上、正月になってからは、出陣に備えて金銀を借りに来る藩士が続出した。武士の中にも長い泰平の間に武器甲冑《かっちゅう》の古びた者や中間・若党のいない者が増えていたのである。

藩の方は「手元不如意《ふにょい》」ということでできるだけ断ったが、藩士が十分な用意をしなければ軍編成にも差しつかえるから、全く応じぬというわけにはいかない。一人一人厳密に折衝した結果、銀二百貫近くは貸し出すことにした。たちまち藩の御金蔵の金銀は半減し、最小限の戦費にも足りなくなった。

「これほどのお役目を仰せつかったのは先々代長直様入部以来のことじゃ。この際は掛屋よりの借入れでしのぐほかあるまい」

というこことに、家老たちの意見は一致した。連日連夜の過労で目を血走らせた大野九郎兵衛は、勘定方の御用部屋に駆け込んで来て、

「ついてはその方、大坂に飛び、岡本次郎左衛門殿のお供をして千葉屋、島屋に参って銀子四百貫ほどを至急用立てて来い」

と、石野七郎次にいいつけた。

「四百貫もでございますか……」

石野は、小首をかしげて問い返した。

「して、その御返済のあては……」

「なにを悠長なことを申しておるのじゃ、七郎次。これは戦さでござるぞ、戦さ」

大野は苛立たしく扇子で膝を叩いた。

「このお役目が果せなんだらどうなるか分っておるのか。ただでさえ水谷の遺臣ども、城を枕に討死すると騒ぎ立てておるというに、銭金を惜しめる秋《とき》か」

「しかし……私の勘定ではこの四百貫、迂闊に借りては悔いを残すかと思われます」

石野はわざとゆっくりした口調でいった。

「何しろ、慌てて借りては金利も九分七厘、いや一割にもなりましょう。さすれば年四十貫の利払

い。たとえ、二年三年の分割にて藩士諸氏にお貸しした二百貫が戻って参るとしても、その間に六十貫、七十貫の利子が付き、それがまた利子を生んで、我が家の財政は長くその負担にあえぐことになりかねませぬ」

「ふん、それぐらいはわしとて分っておるわ」

大野は、鼻で笑った。

「しかし、それはそれでまた、松山の陣がめでたく終ったあとで考えればよい。今はとに角、一割が一割二分でも銀子を揃えることじゃ」

「御家老らしくもないお言葉……」

石野は腹に力を入れて反論した。

「一時のことに慌ててはなりませぬ。ここは何とか、金利のかからぬお金を作ることです」

「何を夢のようなことを……」

大野はいよいよ苛立っていった。

「どこに無利子で金銀を貸す阿呆がいるもんか。かつてこの城を築く時、広島の御本家より五千両をお借りしたが、それすらちゃあんと金利が付いて参ったわ」

大野は、石野が浅野本家安芸四十二万六千石からの借用をいい出すものとみて、先回りしてその不可を述べた。実は、この本家よりの借入れの案は、家老会議でも出たが、御本家にはもっと重大な願い事もあるという番方の反対で却下されたものだったのだ。

「勿論、四百貫もの巨額の銀を無利子で貸す者など、このせち辛い世にあろうはずもござりません。私の申しておりますのは、代銀として頂くのでございます」

石野は、低いがよく透る声でそういった。

「代銀……」

大野は、面喰らったように血走った目をむいた。

「何の代銀じゃな、七郎次……」

「塩でございます」

「何、塩。そのような塩がどこにある……」

大野は、鼻の頭に皺を寄せてにじり寄った。

「この夏、赤穂の浜でできまする」

石野は、相手が乗って来たのを意識して、一層ゆっくりといった。

「何をいっておる。銀は今月中に要るのじゃぞ。この夏できる塩の代銀がどうして間に合うものか」

大野は腹立たしそうに横を向いた。

「先売りするのです」

石野は、短く答えた。

「先売り……」

大野は聞き慣れぬ言葉に怪訝な表情を見せつつも、興味に目を輝かせていた。

「そうです。先売りするのです」

石野はそういって、その仕組を説明した。

「銀を借りるのは、のちのち銀を返すという約束。米を掛で買うとはあとで代銀を支払うという約束。塩を先売りするとはその逆、つまりのちのち塩を渡すという約束で先に代銀を受け取ってしまうことです。現に我が浅野家においては、十年前に御家老のお定めになった法により、代銀をまず大坂蔵屋敷に収めさせてから塩蔵の塩を引き渡しております。それを少々長く延して、今年の夏に渡す塩代銀を今収めさせるのでございます」

「ふーん……しかし、その塩がのうては……」

大野は、疑わし気に小首をかしげていた。

「左様、塩はござりませぬ」

と石野は続けた。

「しかし、必ずできます。しかも昨秋、当家では俵を統一し、品質も定めました。従って、当家が一級の塩何俵と申せば量目も品質も定まります。つまり、銀何貫と申すのと同じく、必ず決まった塩が渡るわけでござりましょう。先買いいたす商人は何の不安もなく、銀子を収められるはずでございます」

「なるほど……じゃがな、七郎次。値段はどうするな、値段は……」

大野は不安気だった。

「はい、それこそ問題」

石野は、そういって大野の指摘の鋭さを賞めるようにうなずいてから、続けた。

「私の考えまする所では、昨秋の取引値より一分だけ上げて、差塩一俵二斗を銀二匁一分としてはいかがかと。これなれば、塩売仲間も浜の者も承知するかと存じまするが……」

「うん、それならばな……」

大野ははじめて大きくうなずいたが、すぐまた不安気に目をしばたたいて、

「果してこれに塩問屋の方は承知するかなあ……」

と呟いた。

「それは分りませぬ」

石野は率直に認めた。

「しかし、説いてみる値打ちはあろうかと思います。昨年は豊作のために塩価は安うございましたが、今年は分りませぬ。豊凶いずれに出るか、賭けてみる問屋もあるのではないかと思います。いずれにしろ、損得は問屋のこと、我が家としては売った値で塩売仲間から買うわけで、危険は一切ございませぬ」

「なるほど、なるほど……、七郎次、よう考えたわ……」

大野九郎兵衛は、膝を打ってにっこりとし、

「御家老方に、いや、殿にも申し上げて参るぞ……」

と席を立った。嬉《うれ》し気な後姿で足取りも軽かった。

(三)

石野七郎次数正は、大坂に来た。塩先売りの話をつけるためである。

「もし、この話がまとまらぬ場合は、金利にかかわらず掛屋より借り入れるも苦しゅうない」

石野は、大野九郎兵衛を通じて、浅野内匠頭のそんな了解を取り付けてはいたが、何としても先売りを成立させたかった。これができれば、単に松山城受取りのための費用が無利子で調達できるだけではなく、塩売買の先物取引の前例ができ、赤穂塩がその標準品となるに違いない。このこと

は、赤穂塩の価格向上と販路拡大に大きな効果を発揮するはずである。それこそ、この三年間、石野七郎次が考え抜いて来たことだ。俵の規格を定めたのも、塩の品質を定めた等級分けを行ったのも、そのための準備である。

〈最初に、どこに話を持ちかけるべきか……〉

石野はまずそれを考え、大坂蔵屋敷詰の塩問屋役人室井仁左衛門にも相談してみた。

「それはえらいことをお考えになりはりましたなあ……」

石野の話を聞いた室井は、大きな瞳を輝かせた。利潑なこの青年は、すぐさま石野の考えていることの意味を理解したらしい。だが、塩問屋の選択には慎重で、名を挙げる前に目下の事情を長々と話した。

大坂の大手塩問屋七軒の中で格式の最も高いのは鳥羽屋であり、今もこの店の主人が塩問屋組の年寄を勤めている。何しろこの店の祖、初代彦七は、元和の時代に淀屋《よどや》个庵《こあん》と共同で葭島《よしじま》を開発し、新靱《うつぼ》町・新天満町・海部堀町を開いており、今もそれらの大地主である。いわば特権長袖《ちょうしゅう》商人の一人なのだ。しかし、最近は塩の扱いは減っている上、古い店にありがちな守りの姿勢になっているから、先買いなどには乗らないだろう。

商内《あきない》の規模で大きいのは岸部屋だが、ここでは弟の新兵衛の分家話があり、当主の九郎兵衛といろいろ悶着《もんちゃく》がある。それにこの店は、昨年新浜開発に対する出費の時も、先の俵代金の問題でも断っており、赤穂藩に好意的ではない。岸部屋は今、安芸の竹原塩田や讃岐の塩田に力を入れている。

室井仁左衛門はそういって、最上位の二軒を除外した。

石野はこの上位二軒が乗らなければ、塩問屋組全体として反対ということになりはしないか、と

心配したが、室井は、

「いいや、そやおまへん……」

と、大坂商人の言葉を真似《まね》て答えた。

「今、大坂の塩問屋は戦国時代だす。大袈裟にいうたら、もう組も何もないのと同じでっせ。みんなそれぞれに仕入れ合戦、売込み合戦だす」

室井はそういって、最近近江で、大坂の二軒の大手が争って瀬戸内の塩を売り込んだ話をした。それによると双方安売り競争の結果、最後には一俵一匁八分にまで値引したというのである。しかもそれは、近江彦根においての値だから、運賃を差し引くと大坂渡しは一俵一匁少々だろうと噂されている、という。

「まあ、そやから結局、石野はんの勘で、ここちゅう店に話さはったらええのと違いますやろか」

と話を結んだ。

「そうか、それではやはり竹島喜助に当ってみてはと思うが……」

石野は、そう問いかけた。

「まあ、そんなとこでっしゃろなあ……」

室井は、やっぱりというようににやりとして、

「あこのいとはんはなかなかのお人でっさかいになあ……」

とおかしそうにいった。

「それはどういう意味かな……」

石野七郎次は腹立たし気に咎めたが、妙に胸騒ぎを感じるのを禁じ得なかった。

同じ頃——大坂塩町の竹島喜助宅奥座敷では、部屋一杯にきらびやかな色彩の華が展《ひろ》がっていた。京の呉服屋越後屋の手代たちが春の新柄を取り揃えて、この家の娘素良とその女友達たちに披露に及んでいるのである。

百年の泰平を経た元禄の世は、色も形も、動きも音もきらびやかだ。戦国時代に発達した各種の技術がよく整理されて普及し、経済の成長と貨幣化の進展によって専門技能者が増加した。これが江戸や京・大坂などの大都市の発達による裕福な消費階級の発生と結び付いた。徳川幕府の敷いた封建制と対外交流の制限は、拡大する人口と資本蓄積とを日本国内に閉じ込めることによって、拡大再生産的投資を抑制し、消費に余剰資金を向わせる皮肉な結果をさえ生んでいたのである。

こうした条件は、限られた範囲の中で、人知と技能を尽した文化を育てるものだ。戦国時代以来栄えた能、茶道、造園の芸術が様式化する一方、市民生活に密着したより大量消費的な新しい文化が育った。歌舞伎、浄瑠璃《じようるり》、浮世絵、そして工芸である。中でもこの時代の意匠芸術の進歩は著しい。市民社会の要求する現世的な実用性が、そこにあったからだろう。

のちに「元禄模様」と呼ばれる自然に実在する形を極限にまで図案化した陶磁器や漆器のデザイン、着物の柄、歌舞伎や浄瑠璃の舞台造りと仕草の中には、この国の文化芸術のある頂点が見られる。

急速に財力を積みつつあった都市の市民層は、湧き上るような新文化に酔い、その需要層となり、無意識のうちにスポンサーと宣伝マンの役割を果していた。彼らは、封建貴族の将軍や大名のように、個人的に特定の学者や芸術家を抱えることは少なかったが、マスとしては巨大な市場を形成した。恐らくこの国で、文化というものが不特定多数の人々を対象として産業的に成立し得たのは、この時代からのことであろう。

新興の意気揚る浪速の商人には、殊のほかこの傾向が強い。女性の地位と権限の強いこの都市では、特に女たちの市場が大きい。

大坂の女たちは、江戸の大名の奥方たちのような密室暮しではない。旅に芝居に寺参り、花見、寄合いと派手な社交と情報交換の日々を過した。当然それは嫉妬と競争心を生み、よりよいものへの憧れを育てた。元禄時代のこの街では、豊かな女性たちが各々の贅《ぜい》と美意識を競う「着物競べ」なども流行した。中には、京・江戸までも遠征して自己の華麗な身なりを見せびらかす豪の者もいた。そしてそれが、一段と洗練された美を生んだ。

戦国時代の豪華ではあるが華美丸出しの造りは敬遠され、顕示欲を内に秘めた「目立たぬ目立ち方」が追求され出す。元禄時代は、伊達《だて》から雅《みやび》、雅から粋《いき》、粋からこうとへと進む日本美の完成段階といってよいだろう。今、竹島喜助方の奥座敷には、そんな元禄模様が部屋一杯に花開いている。

「こないにええのが仰山《ぎょうさん》あったら、目移りしてしまうなあ……」

素良は、壁際に並べた衣紋竹《えもんだけ》に掛けられた色とりどりの着物を見回していった。越後屋の手代たちが持ち込んで来た商品の量と質とに満足したのである。

「ほんまや、私かてどれにしょうか迷てしまうわ……」

招かれた客の一人、島屋八郎右衛門の娘美波が相槌を打った。

「そうや、みんな買《こ》うてしまいとおすわ……」

京都から来ていた綿屋善右衛門の娘志乃がいった。この家は、京における浅野内匠頭家の掛屋兼荷受問屋である。

「お志乃はんは欲張りやなあ、京にはええのがたんとあるやろに……」

美波が陽気にからかった。すかさず越後屋の手代が、

「いいえ、いとはん。そんなことおましまへん。こんなけの品揃えは手前どもの店でも滅多にでけしまへんで……」

ともみ手をしながら愛想笑いをした。裕福な商家の娘が三人も集ったというのだから、呉服屋の頬が緩むのは当然だ。

「けど、いざどれというと難しなあ……」

美波が小首をかしげるのを見て、越後屋の手代は、

「まだほかにも……」

と丁稚に別の風呂敷を開かせて、鮮やかな手付きで反物を畳の上に次々と展《なら》べた。美波と志乃はその度に歓声を上げた。たちまちのうちに、竹島の奥座敷は一面の色と模様の洪水となっていった。

「越後屋はんの……」

次の間の衣紋竹に掛った着物を見ていた素良がそっと呼びかけた。黒地にあやめを散りばめた八橋を描いた友禅染の振袖の前だった。

「これはおいくら……」

にじり寄った越後屋の手代に素良は低い声で訊ねた。

「あ、これでございますか、流石にいとはんはお目が高うあすなあ……これこそ一番の品ですわ」

手代は商売の常道通り客の感覚を賞めたが、それは必ずしもお世辞ばかりではなかった。その柄は一見地味に見えたが、仕立て上げると左の肩から右の裾《すそ》へと流れる褐色の八橋に沿って置かれた

紫のあやめが見事な配列をとるように考えられている。空間を埋める部分に目立たぬように織り込まれた金糸が、水面の感じを出しているのも心にくい。

「その代り……お値段の方も……」

手代は少々いい難そうに口ごもった末、

「銀二貫五百は頂きとうございまして……」

と目を伏せて囁いた。

「二貫五百……」

流石に素良は驚いた。米なら四十石以上、塩なら千二百俵あまりも買える金額である。

「へえ……何というてもこれは、みな唐渡りの本絹で仕上げておりますし……」

呉服屋の手代はまず、その布地の良さを説明した。この頃、日本における生糸の生産は伸びていたが質量共に十分ではなく、最高のものは中国からの輸入品とされていた。長崎貿易の最大の品目はこれである。

「何ぼ唐絹でも二貫五百は高過ぎるわ。その半分ぐらいにならしまへんの……」

素良は甘えたような視線を見せた。

「滅相もございまへん、いとはん」

呉服屋の手代は慌てて顔の前で手を振った。

「この柄は二つとないもの、尾形光琳《おがたこうりん》という二条様出入りの絵師の描いたもんでっさかいに、二貫目以下では到底……」

「へえ、尾形光琳て、そないに偉い絵師ですの……」

素良はこの名にかすかな聞き憶えがあった。二度か三度会った算術の学者、中根元圭《なかねげんけい》から聞いたのである。中根は、関孝和の高弟建部賢弘《たてべかたひろ》の弟子で、上方では知られた数学者だが、光琳の親友でもある。光琳という号もこの中根元圭が選んだものだ。その時この種のことにかけてはもの識りの美波は、

「どれどれ、どれが光琳はんの着物やの……」

といいながら寄って来た。

尾形光琳――元禄七年のこの頃三十七歳、京の呉服屋雁金屋《かりがね》宗謙《そうけん》の次男として生れた。幼名市之丞、のち浩臨《こうりん》と号し、元禄五年に前述のように中根元圭の選で光琳と改めた。五歳下の弟権平《ごんべい》は陶芸家として有名な尾形乾山《おがたけんざん》である。

父の宗謙は書を本阿弥光悦《ほんあみこうえつ》に学んだ文化人である一方、代々女院御所出入りの家業をも発展させた。特に徳川二代将軍秀忠の第八女で後水尾院の中宮だった東福門院の気に入られて財を残した。光琳が二十七歳になった貞享元年（一六八四年）、この父は隠居したが、長男の藤三郎に商売を継がせ、市之丞（光琳）と権平（乾山）にもかなりの財産を与えている。諸道具や買い置いた反物は二人に等分させたほか、光琳には能道具一式を、乾山には書籍一式を与えたのは、その後の二人の歩みを暗示していておもしろい。

父宗謙の死の翌年（元禄元年）、書林小林善兵衛清七から刊行された「都今様友禅雛形《みやこいまようゆうぜんひいながた》」の序には「宮崎氏友禅という人有て、絵にたくみなる事いふ斗《ばかり》なく……今様の香車《きやしや》なる物数寄《ものずき》にかなひ云々」とある。世は、華奢なる時代、物数奇の時代となっている。天和の禁令で一時衰えた小袖趣味は宮崎友禅を先駆とする染色技法の発展で再び盛んになっていたのである。尾形市之丞が父の財

産を相続したのは、そんな時期であった。

しかし、尾形市之丞はその後、借金をして越後村上藩の蔵元になって失敗し、女性関係でも金銀を費やし、妻の細井氏つねとの離婚慰謝料の支払いにもかなりを使った。このため元禄六、七年のこの頃には、父から譲られた本阿弥光悦の蒔絵《まきえ》硯箱《すずりばこ》や信楽《しがらき》の水指を質に入れたり宗達筆の屏風《びょうぶ》を売り払うなどしている。だが、この間、弟の乾山と共に何度か二条綱平（のち摂政関白）の屋敷を訪れ、夜のお伽《とぎ》役をつとめ、画技に一家をなしつつあった。元禄八年、二条家より女院に贈られた扇子一包のうちの五本は光琳の画であったから、既にある程度認められた画家だったのであろう。

二条綱平は、光琳・乾山兄弟の名声を高める役には立ったが、経済的にはさほどの援けではなかった。弟の乾山は、元禄七年八月に二条家より鳴滝の二条家山屋敷を永代拝領して習静堂を建て陶窯を築くなどしたが、兄の光琳は市井の市場をも対象とした。今、竹島の奥座敷にかけられた着物は、そうした作品の一つであった。

「やっぱり光琳はんてすごいわねえ……」

美波も、その出来映えには驚嘆し、たちまちに惚れ込んだ。

〈これなら京・大坂どこの着物競べでも負けるまい……〉

そんな気持ちが十七歳の美波の心を動かした。

「お素良さん、これ買わはるの。買わへんのなら私に譲って。二貫五百でもええわ」

美波は甘えるようにそういった。

「ちょっと待ってよ、まだ考えてんねから……」

そういわれて、急に素良は惜しくなった。これほどの柄は二度と手に入らないような気もしたし、

美波ばかり賛えられるのを想像するのも癪《しゃく》だった。だが、その時、丁稚の由兵衛が、

「旦那様がお呼びでっせ、表に浅野家の石野様がお見えやよって来てくれというたはりますね」

といいに来た。

「そう……そんならちょっと失礼するわ。じき戻るよってに……」

素良は、美波と志乃を残して表座敷の方に行った。表の座敷は二つの中庭をはさんだ向うである。


「つまり、今年の夏に塩が上るか下るか、思入れをせえというわけですなあ、それは……」

竹島喜助は、石野七郎次の先買いの話をそう要約した。商売人の立場から見ると「先買い」とは「思入れ」つまり投機だというわけである。

「ま、簡単にいってしまえばそうなりますするかな……」

石野はいささかがっかりした。こういわれると、藩のためもなければ、発想の新奇性も失われてしまう。

「さて、その塩の値ですがのお……」

喜助は、脇にいる娘の素良と番頭の与之介を交互に見ながらいった。

「一俵二匁一分は、まあ高うはおませんわな。去年は豊作でお安い年でしたよってに一分上げても最近の相場から見たら、ま、平均か幾分安目ですやろ。それに、去年の秋に頂いたのは俵もしっかりしてよろしあした。荷崩れものうなったし、包み替えの手間もいらなんだんで、先様でも評判はよろしあしたなあ。そやろ、与之介……」

喜助はここで一度、番頭の同意を求めた。

「へい、左様で……。お陰で一俵につき一分ほど高う売れました」

与之介は、膝の上の帳面を繰りながら答えた。もし、そうなら、昨秋の取引で例年より二、三割も多い六万俵を仕入れた竹島は、銀六貫目ほどの余剰利益を上げたことになる。大坂塩問屋の仲買利益は通常塩価の一割、つまり二分だから五割増だ。同じことが今年も期待できるとすれば、一俵二匁一分の値段は安いはずである。

「けど、問題は二つありま。一つは今年の出来具合、一つはそんなけ余計に仕入れて売れるかどうか……。なんせえろう競争がきつなっとりますよってになあ……」

喜助は、そういって、石野七郎次の顔を見つめた。

塩は需要の伸縮の乏しい商品だから、豊作凶作によって価格変動が著しい。延宝から享保・寛保に至る六十年間ほどの塩価の記録を調べてみても一俵一匁ぐらいから五匁ほどまで、かなり激しい値動きがある。その上、流通機構が固定化していた徳川時代には、余ると値を下げても売り先がない。この時代より八年前の貞享四年の史料（大塩村「口上書」）には、新浜の出現で塩価が下落したばかりか売場もなく浜の者は飯米さえ払底している、と記されているし、三十年ほどあとの享保十年頃にも同様のことがあり、竹原塩田で六十四軒の塩生産業者が藩に救済借銀を申し込んだ例が記録されている。元禄時代はちょうどその中間で、比較的塩需給が均衡していた時期だが、それでも豊凶の差による危険は大きい。

「確実なことは何とも申せませぬが、浜の者のいうには一昨年、去年と豊年が続いたから、今年は不作ではないかとの見通しでござりましたが……」

石野はそういってみた。

「ほう、それでよう、二匁一分の値に塩売仲間のみなさんが同意しやはりましたなあ……」

喜助はすぐ反論した。尤《もっと》もな疑問だ。

「いや、それには仔細《しさい》がございます」

石野はそういって赤穂での交渉の経緯を話した。

喜助の指摘した通り、不作予想の強い赤穂では塩価の上昇を期待する声はあった。これに対して石野らは三つの条件を示した。第一は、先売りと同時に塩売仲間に藩札を交付する。これはすぐに現銀に替るわけではないが藩への年貢運上の支払いや質草として金融に利用することはできる。第二に先売り分については浜の自小作から塩売仲間が買い上げる値も二匁一分を基準とする。そして第三には物価の高低にかかわらず昨年秋に定めた浜子の賃銀は変更しない、というのがそれである。つまり、赤穂での塩価の変動による損得は、浜の自小作や浜子たちに負わせたというわけだ。石野七郎次は、それによって自小作や浜子にも安定した所得を与えられると信じていたのである。

「なるほど、よう分りました」

喜助はうなずいた。

「しかし、旦那様……」

今度は番頭の与之介が、自分の主人に問いかける形で疑問を呈した。

「昔から、浜に三年続きの豊作なし、とはいいまっけど、一昨年、去年のでけ過ぎで大分と在庫がたまっているという評判だす。今年少々不作でもこれが捌けるとは限らんと思いますけど……」

「そうや……。わしもそれを今、考えとったとこや……」

喜助は、有能な番頭の助言に目を細めた。石野は形勢の悪化に胸がどきどきして、適当な推《すす》めの

言葉も思い付かなかった。その時、

「私は買います」

という低い女の声がした。素良である。

「この間、伝平はんがいうてはったやないの。江戸では魚鳥の殺生が御禁制になって、干物か塩物しか食べられへんて。塩物を作るのに塩が余計要るようになるのと違いますやろか……」

「なるほど……」

喜助と与之介が声を合せて膝を叩いた。

「その代り……」

素良は、大きな黒い瞳を石野の方に向けた。

「その代り、石野様。値上りしても追い銭出せといいなはんなや。上るか下るか分らんうちに、思い入れるのやさかいに……」

「それは勿論。この石野七郎次、お約束いたす。武士に二言はございませぬわ」

石野は、生意気な小娘の言葉にいささかむっとして叫んだ。

「あきまへん、その武士に二言がないというのは……」

素良は鋭くいい返して来た。

「石野様を疑うわけやあらしませんで。けど、お武家様はみな御主君のある身、お殿様の御命令が下ればお約束も反古《ほご》やおませんか。石野様お一人がお腹を召されても、うちは何にもならしませんよってなあ……」

「何と……」

石野は一瞬カッとした。だが、いわれてみればその通りだ。

「では、どうしろと申される。お素良殿は……」

「お殿様とは申しまへん。せめて御家老の大野九郎兵衛様と大坂留守居役の岡本次郎左衛門様、それに塩売仲間の重《おも》だった方々の書き物が欲しあすなあ……」

「うん……」

石野はうめいた。すかさず喜助が、

「えろ生意気なようではござりますが、娘の申す所、尤もかと存じますがな……」

と、にこやかにいった。

「分り申した。では直ちに国元に立ち戻り書面を整えて参りましょう」

石野はそういわざるを得なかった。

「その代り、私が立ち戻るまでには差塩二十万俵分の代銀四百二十貫を調えて置いて頂きとうござります」

「承知いたしました」

喜助はごく自然に頭を下げた。そのかたわらでは素良が与之介に、

「大きな思入れしてしもたなあ。もう着物なんか買うてられへんわ。あの光琳はんの友禅、お美波はんに譲るいうて来て……」

と囁いていた。

いささかでも「思入れ」（投機）を行う場合は、厳に浪費を避け贅沢をいましめるのが、元禄時代の大坂商人の規範だったのである。

八　松山城接収

（一）

赤穂では、松山城受取りの陣立てと策戦が練られていた。

元禄時代の武士は、戦国時代のそれと同様、軍隊的組織に編成されていることになっている。その基本をなすものは「組」である。少数の特殊技能者や「組はずれ」を別として、武士は原則としていずれかの「組」に所属している。各組は、組頭一人と、そのもとに士分の者が十五人内外、そしてその三倍ほどの足軽・中間などで構成されるのが普通だ。一組合計六十人前後、現代式の軍隊でいえば小隊に当る規模である。

赤穂藩浅野内匠頭家の場合、各種の史料に差があり正確にはいえないが、十四人の組頭が記録されている。持筒頭六人、長柄頭五人（うち一人は上級組士の兼任）、忍《しのび》組・徒士《かち》頭・足軽頭各一人だ。ほかに殿様の親衛に当る馬廻役・近習・小姓や家老・番頭直属の者もいる。また医者が十二人（うち江戸詰三人、加東郡一人）、茶坊主二人、横目《よこめ》（憲兵に当る）五人などもいた。

従って、「いざ」という時には、号令一下組頭の率いる小隊単位の軍隊が整然と集合するはずである。しかし、これはあくまでも建前であって、現実はそうはいかない。

その理由の第一は、これとは別に、行政機構としての組織があり、組編成とは関係なく適当と思われる役職に任命されていることだ。赤穂藩の場合も、用人五人、仕置人二人、付届役五人、奥付六人、使番五人、大目付四人、代官六人、それに各種の奉行——町、宗門、武具、船、普請、細工、御金、札座、絵図、蔵、鍛冶、浜、十分《じゅうぶ》（千種川運上）——等が任命されている。

軍事組織たる「組」と行政組織の諸役とは何の関連性もない。このため、行政上の理由で持場を離れられない組頭や組士も少なくなく、軍隊編成はひどく不均衡になってしまうのである。

その上、長年の間に藩士の出入りや相続もあり、能力的にも年齢的にもきわめて不揃いになっている。昔ながらの組のままで出動すると、勇将の部下が老人ばかりになったり、強者揃いの精鋭部隊が半病人の頭に指揮されたり、さらには鉄砲を持ったことのない者ばかりの持筒組ができたりするのである。

つまり、元禄時代ともなれば、武士集団の機能は行政治安機構が主となり、軍事組織の「組」は全く形骸《けいがい》化してしまっていたわけだ。組単位の行事といえば、年始の寄合いぐらいしかなく、武士たちも何組に属しているかを意識することはほとんどなくなっていたのである。

こうした情況のところへ、突如、松山城接収という軍事行動命令が下ったのだから、軍隊編成は大仕事だ。家老と番頭が協議を重ね、組頭や奉行たちを呼んで藩士一人一人の事情を聞きながら手作りで軍編成をしなければならない。

一方、策戦立案の方も容易ではない。何しろ備中松山城は四泊五日行程の遠方にあり、途中他家の領地をいくつも通過しなければならない。地形も道路事情も村々の様子も不案内だ。赤穂藩には備中松山などという所へ行った者さえほとんどいないのである。しかも長らく部隊編成での行軍をしたこともないので、行軍の方法も露営のやり方もよく分らない。みな、何となく伝え聞いたという程度である。

この問題の最高責任者となった先陣指揮官大石内蔵助の苦労は大きかった。内蔵助はまず、通過地域の絵図を取り寄せ、絵図奉行の潮田又之丞《うしおだまたのじょう》らに進行撤退の道筋を研究させたが、絵図が不完全なこともあって十分には分らない。幸い、最近取り立てた横目の神崎与五郎《かんざきよごろう》という者が美作《みまさか》の森藩の出で、備中方面にも何度も行ったことがあるというので、実地に調べさせることにした。

神崎与五郎は器用な男で、もの売りなどに変装し、何度か赤穂と松山とを往復、おおよその道筋を調べ上げて来た。

同時に大石内蔵助は、慣れない行軍夜営で士卒の軍律が乱れることをも心配した。一月二十一日、内蔵助は潮田又之丞と共に、甲州流の軍学者近藤源八を訪れて「陣中法度」の指南を依頼した。翌々二十三日付けで認《したた》めたこれに対する礼状が今も残っている。泰平百年を経た元禄時代には、兵法は形式化し、軍律規定のようなものでさえ流派ごとの奥伝となっていたのである。

内蔵助が右の礼状の中で「陣中法度書」は大切なものだから他言はしないが、殿軍《しんがり》の指揮官である藤井又左衛門には見せる、と断っている。殿軍は、行軍のあとを汚さぬ役目もあり、輜重《しちょう》隊を引率する関係もあって、共通の軍律を守る必要があったからであろう。山鹿素行の門人であった浅野内匠頭も、内蔵助の周到な準備には大いに歓んだことに違いない。

しかし、内蔵助の書面の中には、少々気になる文言がある。

「大野九郎兵衛殿は列一座の者でございますので、ご同人にはいかがいたしましょうか」

と近藤源八に問い合せているのだ。同じ藩の家老である大野九郎兵衛に軍律書を見せてもよいか、と原作者に伺っているのは、「陣中法度書」が軍学の奥伝で秘匿すべき性格のものだという以上に、大野に対する冷たいものが感じられる。

この時代、武士の軍人的性格を尊重する人々の間では、大野九郎兵衛のような文治理財の才人を軽侮敬遠する風潮があった。赤穂でも、大石内蔵助の大叔父に当る大石五左衛門良総（のちに無人と号す）と江戸にいた間喜兵衛《はざまきへえ》との間に交された文治派官僚の横暴を嘆く手紙が残っている。軍学者の近藤源八を含め、武士気質《かたぎ》の人々の間には大野らを避けたい気持ちがあり、それが、武士の名誉とする先陣の役を大野九郎兵衛が断ったことで、一段と強まっていた。彼らは、大野や石野がこの時果した資金調達の苦労を評価しようとはしなかったのである。

しかし、先陣を勤める家老として大石内蔵助が最も心配したのは、やはり相手の出方だった。一月を過ぎる頃になっても、松山からは水谷家の遺臣たちが籠城抗戦の気構えでいるという情報が頻々と流れて来たからである。

「これは、位攻めにせねばなりますまい」

内蔵助は、内匠頭にそういった。「位攻め」とは圧倒的な武威を示して相手を怖《お》じ気づかせ戦闘意欲を失わしめる戦法である。

「御当家と水谷家とはほぼ同格。いかに御当家の士卒勇猛なりといえども位攻めにはなりませぬ。ここは一つ、広島の御本家にも兵を出して頂き、抵抗の無謀を知らしめるべきかと存じます」

内蔵助は、内匠頭の誇りを傷付けぬように言葉を選んで言上した。

「よかろう。但し、少人数の後詰のみにて十分と申せ」

内匠頭は即座に内蔵助の意図を見抜いて答えた。いかに親類とはいえ、他家に実戦の手援けをしてもらうようでは大名の面目にかかわる。目的が位攻めであれば実戦部隊は要らない。ただ、芸州四十二万六千石の浅野本家が動いたというだけで十分な圧力となるだろう。

この方針に基づいて、内蔵助は広島と交渉、大袈裟な動員令と派手な行軍演習をしてもらうことにした。但し、それは浅野本家の領内を備中方面に示威行進するだけである。そしてその一方で、内蔵助は忍組の者数名を神崎与五郎に付けて松山領内に潜入させ、「芸州浅野家大動員」の噂を流させた。

たちまちにして、噂は噂を呼び、話には尾鰭《おひれ》が付いた。

「赤穂浅野家四千人のほか、広島浅野本家一万二千人、三次浅野家三千人、合計二万に近い大軍が松山に押し寄せて来る」

というのである。しかもそれには、

「もし幕命に叛いて抵抗する者あれば、当人は勿論、一族郎党ことごとく討ち亡ぼせとの御公儀の意向だ」

という話も付加されていた。

松山城内の水谷家遺臣の間に大混乱が生じ、意見の対立と行動の乱れが現われた。しかし、それでもなお、水谷家筆頭家老鶴見内蔵助や水谷太郎左衛門らは籠城抗戦の姿勢を崩さぬと伝えられていた。

二月十日、浅野家は手配の人数を先発させた。本隊の進軍に先んじて、宿泊・糧食・人夫雇用・薪炭等の準備を行うためである。軍隊本来の特性ともいうべき自己完結機能を欠くこの時代の武士集団が進軍するためには、これが非常に重要な役目である。

それに選ばれたのは、用人の原惣右衛門元辰《はらそうえもんもととき》、長柄頭の橋本茂左衛門、宿札衆高橋加左衛門、作事奉行萩原甚五右衛門の四人である。いずれも、機転の利く利潑者だ。中でも、原惣右衛門元辰は諸事に通じた老練の侍である。

原惣右衛門元辰は、もともと米沢藩上杉家の浪人で、二十三年前の寛文十一年（一六七一年）二十三歳で浅野家に仕え、先代の采女正長友《うねめのしょうながとも》の寵愛を受けて小姓頭となり、たちまち二百石の高禄を喰むようになった。惣右衛門の父七郎右衛門定辰が上杉家において百石取りの馬廻役だったことを思えば、異例の好遇といえる。しかも、その後も加増を重ね、四十六歳となった今は二百五十石取りの用人となっている。この経歴からも、その才覚機転のほどは分るだろう。宿や糧秣《りょうまつ》、人夫の用意をする先発の頭としては適材だといえる。

実際、原惣右衛門らの手廻しは見事で、五、六日のうちに松山に至る道筋の諸手配を終えていた。この間にも赤穂城内には人数が集り、兵糧が積まれていく。

二月十五日、幕府の任命した収城目付・使番の堀小四郎利安と書院番駒井内匠政春が来着、最終の打合せが行われた。大石内蔵助は、堀・駒井両目付を接待、諸般の情報も交換した。この時点では水谷家の遺臣たちも、結局は籠城抗戦を諦め恭順に開城するとの見方が強かったが、「なお一部には不穏の動きもある」という噂もあった。

大石内蔵助は、堀・駒井両目付に、

「是非とも我が家の軍勢と共に御入城頂きたい」

と願い出た。万一、先行した幕府の目付が襲われるようなことにでもなれば、浅野家の重大責任

である。しかし、堀小四郎・駒井内匠両目付は、

「収城使の御到着に先立って城に入り、諸般の事情を見極め、領民に平静を保たせるのが目付の役目。浅野家の人数に守られて入ったとあっては臆病者の謗《そし》りを受けましょう故、お気遣いは御無用に願いたい」

といい張った。

結局、目付とその家来二十余人は二月十七日に赤穂を出発、赤穂藩の先陣は翌日十八日、同本隊は十九日に発する。但し、両目付は水谷家の領地境にある鹿田村で赤穂の先陣到着を待ち、協議の上松山城に向う、ということで話合いがまとまった。


二月十八日朝、大石内蔵助の率いる浅野家先陣は赤穂城を出陣する。先頭には旗奉行月岡治左衛門が騎行、続いて七流の旗竿と二十五本の旗指物《はたさしもの》が進む。次には同じく騎馬の足軽頭平野藤右衛門と三十人の足軽、うち二十人は鉄砲、五人は弓、残り五人は物見や伝令役、荷物運びなどをする者たちだ。各組とも、こうした者が五人ずつ付いている。急遽買い入れた新調の鉄砲は、総てこの組に持たせた。浅野家鉄砲隊の精強を印象づけるためだ。続いては長柄鑓《やり》奉行高松六兵衛の率いる長柄組の三十人。二十五本の長柄槍が二列縦隊で行軍する。

このあとに各組が続き、大石内蔵助の指令部と荷駄となる。そこには、潮田又之丞、早水藤左衛門、間瀬久大夫らの顔もあった。

浅野内匠頭は、本丸の北の隅に立つ三層櫓《やぐら》からこれを見送っていた。春陽を浴びて進む旗と鉄砲と長柄の列は美しく、足並みも揃って見事だった。

「どうじゃ、源五右衛門……」

内匠頭は、先頭の旗列が大手門をくぐるのを見て、かたわらの片岡源五右衛門の感想を求めた。

「まことに見事。我が家の日頃の鍛練のほどが現われておるかと拝察いたしまする……」

そういう片岡の言葉に内匠頭は嬉しそうにうなずいた。

だが、鉄砲組・長柄組が大手門を出ると、足並みは乱れ隊列も揺れ動いた。城下の者たちが大勢見物に集っていて、家族や親類知人に声をかけたり、一緒に歩き出したりしたからである。

「何と……。これを見世物の如く心得ておるか……」

内匠頭は不機嫌になり、

「明日の本隊はよく心するようみなに申し伝えよ」

と片岡らに命じて櫓を降りて行った。

赤穂城を出た大石内蔵助の先陣五百三十人は、領内有年村で一泊した。この日は僅か数キロ北に進んだだけである。ここで部隊を再編成し、持ち物、服装を変えるのだ。城を出る時の儀仗《ぎじょう》的な要素をしまい込み、行軍に適した形になるわけである。

この間に内蔵助は物見（斥候）と伝令を出し、先行している原惣右衛門らと連絡を取る一方、神崎与五郎ら横目の者と忍組の十数人を派遣して、幕府目付の護衛に当らせた。

翌十九日朝早く、大石内蔵助の先陣は有年村を出発、道を西にとって備前に向った。この日は岡山城下に近い古津まで進行する忙しい日だ。

同じ頃、赤穂城では約三千人の本隊が城を出ようとしていた。先頭は番頭奥野将監の率いる鉄砲隊、続いて大馬印、貝、太鼓、鉦、御朱印箱、具足櫃《びつ》、大鳥毛、長刀と並ぶ華麗な一団が進み、そのあとには三門の大砲がガラガラと音をたてて引かれている。当時、五万石程度の大名では大砲を持つ者は少ない。それを三門も引いているのは赤穂藩の自慢である。もっとも、これは浅野家のものではなく、藩内で裕福を以って知られる萩原家の所有物だ。

浅野内匠頭は、その大砲車のすぐ後にいた。狩衣《かりぎぬ》姿ながらも、手には日月《じつげつ》の采《さい》を握り愛馬「白鳳」にまたがるという凜々《りり》しい姿である。前には旗持ち両人、すぐ後には片岡源五右衛門、磯貝十郎左衛門、田中貞四郎らの近習たちが続き、あとには馬廻役の諸士が歩行していた。

行進は苛立たしいほどにのろく、生来さほど頑健でもない内匠頭には長途の行軍が思いやられたが、昨日に引き続いて天候は良く、春風が頬に心地よかった。

内匠頭は、華麗で勇壮な軍列に感激し、武将としてのはじめての出陣に胸の高鳴りを覚えていた。

〈我が家の力もなかなかのものだ……〉

内匠頭は大手門を出る時、馬上から本丸を振り返ってそんなことを思った。三千人の隊列は長く伸び、藤井又左衛門の指揮する殿軍は、まだ二の丸門をさえ出ていない。

〈戦国の世ならば余も……〉

内匠頭の脳裡にはふとそんな考えが浮び、武功によって禄を増し名を挙げた祖先がうらやましいような気になった。

〈違う、今は元禄、泰平の世だ。余がこれほどの軍を率いることはまたとあるまい……〉

内匠頭は自分にそういい聞かせて妄想《もうそう》を払いのけた。その途端に、江戸にいる妻の顔が思い出され、

〈この姿、阿久理に見せてやりたい……〉

という、ごく現実的な欲望が湧いて来て、何故か胸騒ぎを覚えた。

大石内蔵助の先陣五百三十人は、二月二十日に岡山城下を通過、吉備津神社に参拝、美袋《みなぎ》に泊。翌二十一日には松山藩領との境にある鹿田村に向った。浅野内匠頭の本隊は、同じ道筋でほぼ一日遅れてこれを追っている。天候は終始良好で行軍は順調だった。原惣右衛門らの手回しもよく、旅程いささかの支障もない。

お陰で内蔵助の先陣は予定通り二十一日の夕刻、まだ日の高いうちに鹿田村に着くことができ、先発していた手配役の原惣右衛門らと再会、間もなく松山城から迎えの使者が来るだろうと聞かされた。幕府の目付、堀小四郎と駒井内匠も昨日のうちに無事着いており、浅野家先陣の時刻をたがえぬ到着に上機嫌だった。大石内蔵助はほっとした。ここまで来れば先陣指揮者としての役目も九分通り果したといってよいのである。

ほどなく松山城からの使者も着いた。平穏な開城を予想させる予定通りの到着だった。だが、異変はその直後に起った。

（二）

松山城からの使者は、奥田勘左衛門を正使に、普請奉行の須知弥左衛門、郡奉行の竹内助左衛門を副使とし、横目・徒士目付・足軽などの供が付いていた。この種の使者としてはまず普通の編成である。だが、何故か全員が目を血走らせ、肩で息をしている。

〈無理もあるまい。お家断絶、明日からは全員浪人なのだから……〉

大石内蔵助は、そう考えてにこやかな表情で彼らを迎えた。しかし、正使の奥田勘左衛門は、用意された座に着くや、

「当家においては、この度の御公儀のなされようには納得できぬと申す者も多く、このままでは収城使を平穏にお迎えいたすわけには参らぬと存じまするぞ」

と、痩身の皺深い顔に大きな目をむいて叫んだ。頭の頂点からしぼり出すような悲痛な声である。

「何と……」

これには内蔵助も、同席した堀・駒井両目付も仰天した。

水谷家の遺臣たちが籠城抗戦するのではないかという噂は確かにあったが、その後、縁藩の説得やら浅野本家の大軍出動やらで、大勢は恭順開城に傾いたと伝えられていた。もっとも、「なお不穏の気配あり」との情報もあったが、それはごく少数の強硬分子のことと内蔵助は思っていた。それが、正式に選ばれた使者が、こんな言葉を口にしたのだから驚きだ。

「仰せの通り、我ら水谷家家中の間にもいろいろと意見はござった」

奥田勘左衛門は、膝の上に置いた両の拳を震わせながら大声でいった。

「さりながら、水谷家は歴代御公儀に忠義を尽して罪なく、ただ運悪く先々代出羽守様、先代勝晴様、相次いで病死したるのみ、何故にお取潰しの憂き目を見るのか、再三江戸表にお伺いいたしたが要領を得ず、このまま家を断っては内は父祖に対して申し訳なく、外は世間に対して面目もない。収城使浅野内匠頭様および幕府目付の方々より納得いく御説明をたまわらぬ限りおめおめ城を明け渡せぬと衆議一決、家老鶴見内蔵助以下討死覚悟の籠城をいたす所存にござる」

「ほお……それは困り申したな……」

大石内蔵助は、ゆっくりといった。同席の幕府目付は、早くも顔を真赤にした。今にも、

「しからば結構、松山の小城の一つぐらいは踏みにじってしまおう」

と叫びかねない気配である。

〈何とかせねば、喧嘩になってはまずい……〉

そう考えた内蔵助は、咄嗟《とっさ》に、

「よう分り申した。方々の仰せ、御尤もに感ずる所もござる」

といった。

幕府の目付と後に控えた浅野家の組頭たちは二度驚いた。水谷側の使者たちさえも目を見張った。城を受け取りに来た者が「籠城するのは尤も」といったのだから。それを尻目に大石は、自分でも不思議なほど、落ち着いた声でゆっくりといった。

「しからば、この大石が松山城に参上、鶴見殿はじめみなの衆にとくと御説明をいたすとしましょう」

「何、大石殿が松山城に来られると……」

今度は奥田勘左衛門の方がびっくりして叫んだ。

「はい、左様で……」

大石はにっこりと笑って見せた。

「某《それがし》一人、扇子一本で参りまする故、御足労ながら御案内頂きたい」

「お一人で、扇子一本……」

水谷家の使者と幕府の目付が同時に叫んだ。

「して、それはいつでござる……」

ややあって、奥田勘左衛門が声を低めて訊ねた。

「早い方がよろしかろう。ただ今よりすぐに、と申し上げたいが、早や暮六ツ。取り急ぎ夜食など取り、そのあとで、というのでは御迷惑かな……」

大石内蔵助は、そういって楽し気に笑った。

公式の史料は元禄七年二月二十一日、大石内蔵助の先陣が国境の鹿田村に到着したその日の夜に、水谷家家老鶴見内蔵助と大石との会談を記録している。これは、他の収城の例に比して全く異例のことだ。松山城の接収は易々と実現したのではないのである。

腰の刀もはずして扇子一本を持つだけの大石内蔵助が、奥田勘左衛門らと共に松山城に着いたのは、二月二十一日深夜に近い時刻であった。

備中松山城は、臥牛山《がぎゅうざん》上に建つ山城である。今日の行政区劃では、岡山県高梁《たかはし》市に属し、国鉄の伯備線高梁駅から徒歩四十分ほどの距離であり、標高四百数十メートル、天守・二重櫓・三の櫓・東土塀などが現存している。延応の頃からの城地だが、元禄時代にあった城は天和元年（一六八一年）から同三年にかけて水谷左京亮勝宗が大修理して完成させたものだ。従って建物の大部分は赤穂城より新しく、天守も完成後十年ほどしか経っていない。

奥田勘左衛門、須知弥左衛門、竹内助左衛門らに囲まれた大石内蔵助は、水谷家の足軽の照す松明で足元を確かめながら、山城へ一歩一歩登って行った。平城《ひらじろ》の赤穂と違って、城に至るまでが一苦労である。こんな山城に住み続けて来た水谷家の家臣なら、古風な武士気質を持つ者が多いのも当然のように思える。松山藩には塩のような特産商品とてなく、貨幣経済の浸透もはるかに遅れている。

鹿田から徒士目付を走らせて大石内蔵助の訪問を伝えさせたせいか、大手門には警護の士卒が立ち一対の大篝火《かがりび》が焚かれている。ようやく天に昇った二十一日の月の白い光と篝火の赤い炎に上下から照された山城の門は夜目にも美しい。「この城を追われたくない」という水谷家遺臣の心境も、大石内蔵助にはよく分った。

大手門をくぐると、山の斜面をならした二の丸になる。家老や重臣の屋敷が不便な山頂を嫌って麓に降りてしまったので城内はさして広くないが、道は曲りくねり、石垣と塀の配置が複雑で、難攻不落の要害と見えた。一行は、月明りと松明の火の入り混った光に照されながら斜路を登り、やがて本丸門に達した。そこにも一対の篝火が燃えていたが人影はない。

「赤穂浅野家家老大石内蔵助殿をお連れ申した。御開門願いたい」

奥田勘左衛門の甲高《かんだか》い叫びで、本丸門の耳門《くぐり》が内側から開いた。まず奥田が、次いで須知と竹内がそれをくぐり、大石がそのあとに続いた。

「赤穂の大石殿か、よう参られた」

いきなり、そんな大声が夜の気を震わせ、門の内側に居並んだ十数人の中から一人の男が大股に近付いて来た。

「当水谷家の城代家老鶴見内蔵助にござる」

と名乗る。

〈ほう、あんたが……〉

大石内蔵助は、そういいたい気持ちで声の主をしげしげと見た。

大男だ。大石よりは首一つほども背が高く、二回り以上も胸が厚い。戦国の世なら豪傑といわれたことであろう。しかも、鎧《よろい》を着込み手に三叉《みつまた》の槍を持ち、鉢金まで巻いている。いや、鶴見内蔵助だけではない。そこにいる十数人全部がそうなのだ。

「大石内蔵助、厳しい出で立ちのお出迎え、痛み入ります」

大石はそういって小腰をかがめて挨拶した。

「いやいや、この城を枕に討死する覚悟の我ら、この姿は当然でござるよ」

鶴見は、強い態度を誇示するように応じた。

「御尤も……」

大石は、逆らわずにうなずきつつも、この大男との間に心理的な戦いのはじまっていることを意識した。

「してが鶴見殿。そのことにつきちとお話ししとうて、内蔵助かく参上いたしした」

「この内蔵助もそう心得ておる、大石殿」

二人の内蔵助は、互いに自らを同じ名で呼び合ってにこりとした。鶴見は風貌に似せぬ諧謔《かいぎゃく》に富んだ性格のようだ。

鶴見は槍を持ったまま先に立ち、天守の脇にある藩邸に入った。大玄関から中庭に面した廊下を通り小書院に入る造りは赤穂の藩邸と同じだったが、建物は小さく造りは素気ない。水谷家では殿様も普段は麓の屋敷にいたらしい。そして、ここにも燭が数多くともされていたが、人影はまばらだ。

大石は、甲冑に身を固めた鶴見のものものしい姿と人影の少ない城内の淋しさとの不均衡さを考えていた。

「鶴見殿、内蔵助同士、二人だけでまず話したく存ずるが……」

小書院に入る時、大石はそういった。

「心得た……」

鶴見は、あっさりと承知して、付いて来た奥田勘左衛門らに暫時別室にいるように指示した。大石は、この態度から自分の読みが正しいという自信を深めていた。

「山城の夜は淋しゅうござるな……」

座が定まると、まず大石はそんなことをいってみた。

「ははは……。そう思われたか、大石殿」

鶴見は、隠し事を見破られた子供のように照れ臭そうに笑った。燭に照された顔には無精髯が伸び疲労の色が濃い。

「かく、人数が少のうなっては、なおのこと山は淋しい……」

大石は独り言のように呟いて上目遣いに鶴見を見た。大石はこの城にいる人数を百人以下と睨んでいたのだ。

「ふん、当水谷家は少数精鋭を旨としておるでな……」

鶴見は敢《あえ》て強がりをいった。

「左様でござろうとも……」

大石は逆らわずにうなずいたあと、

「泰平の世なれば、多くの人数は不要でござりますなあ……」

と呟いた。痛烈な皮肉だったが、鶴見は力なくうなずいた。

「我が浅野内匠頭家は家中が多過ぎて困っております。今度の陣にも五千人が参っておる。弓・鉄砲は申すに及ばず大砲も三門引っ張っております。このため藩財政はいつも勘定足らず、この大石などは常日頃、役立たずの昼行燈などと申されましてな。今は、何事も銭金の世の中。算勘上手でなければ役にも立ちませぬわ……」

大石は自分のことに当てつけながら多少の誇張を加えて適度の脅迫をした。

「確かに……」

今度は鶴見が素直にうなずいた。

「某も一旦緩急あらば働いて見せる覚悟ではおりまするが、左様な機会は未だ恵まれず、その意味では、かえって今の鶴見殿のお立場がうらやましい」

大石はそういったあと、肝心な一言を付け加えた。

「しかし、その時には某の働きを見届けてくれる者も少のうなっておることでございましょうな」

「た、確かに……」

鶴見は、あえぐようにいった。息がつまって言葉は少なかったが、ひきつるような顔の筋肉の動きが万感の思いを語っていた。

「人の心は変り易いもの。武士とて例外ではござるまい。お家の栄えた時には有才勤勉な者でも、このような一大事にはお役に立たぬことも多いでござろうな、鶴見殿……」

大石は声を低めて囁《ささや》きかけた。

「誠に……仰せの通りじゃ、大石殿……」

鶴見は目を伏せて呟き、やや間を置いて、

「当水谷家もそうでござった……」

と、身を震わせ、そして語り出した。

「当家にも、つい先頃、去年の十月出羽守がみまかるまでは、殿の寵《ちょう》を得て禄を加えたる者、算勘の才によって権を得たる者、兵法に秀でて賞め賛えられたる者、数少なくなかった。みな、お家のために粉骨砕身、よう働きもいたした。先君出羽守もかくいう内蔵助も、我が家ばかりはと信じておった……。それ故、この度、御公儀よりの思わぬ扱いを受け申した際も、家中一同この城に籠り、御公儀に御再考を求めるべく抗議いたす所存であった。もし、それが成らずとも、松山の城と水谷のお家なくしては生きまじく、共に死に花を咲かさんと申し合せた。我ら家中、幾世にも共にあらんと誓うており申した……それが……」

鶴見内蔵助は、緊張の糸が断ち切れたように多弁になった。

「それが、城内の金銀を分け米穀を配ると一人減り二人去り……。さらに内匠頭様の軍備を聞き芸州藩の大軍出動と知り及んで番頭どもも次々と消え失せ……お恥かしいながらも散々。そして何よりも腑におちぬのは十日ほど前、江戸表にやりましたる使いが、せめて一万石なりともたまわり水谷の名跡をとの願いも色よき返事なきままに帰りましたる時、どっと城を脱け出したる者の多かったことでござる……。某は、かくなればなおのこと、何の面目あってこの城明け渡すべきやと申しましたが……。みな衆議の場では……然り然りと叫びながら……一夜明ければ早や半分、二晩越せばまた半分……。今に残るは、御覧の通り……」

そういった鶴見内蔵助のいかつい顔は、口惜し気に歪《ゆが》み、涙に濡れていた。この武骨な昔気質の大男は、だれかにその心中を打ち明けたかったのであろう。そしてややあって、

「武士の忠義とは、何であろうかのお、大石殿……」

つまった声で訊ねた。

「もう……申されるな、内蔵助殿」

大石はそういったが、それが何故か自分にいい聞かせた言葉のような気がした。

「天下の諸家もみな同じではござらんか。慶長・元和の昔はもとより、天下定まったる寛永以降も、お取潰しとなったお家は数多いが、御公儀の仕置に抗して戦さをした城はただの一つもござらぬ」

「そういわれれば……」

鶴見は、目を伏せてうなずき、

「せめて我が水谷家は、たとえ五十人なりともここで討死。忠義の士のあることを示しとう存ずる故、大石殿、存分に攻めて下され」

と、しぼり出すような声でいった。

「うん、確かに、それも一案」

大石はいつもの癖でそういった。

「しかし、鶴見殿。その忠義、今少し長ら生かされてはいかがかな」

「と申されると……」

鶴見は小首をかしげて問い返した。

「水谷家の御再興でござるよ」

大石はにっこりした。

「いや、それは、先ほども申した通り……」

鶴見は力なく肩を落した。

「いや、諦められるのは早過ぎる。たとえ五千石の旗本でも」

大石は膝を乗り出した。鶴見の目に一瞬惑いの色が浮んだが、すぐそれを振り払うように首を振った。

「いや、某、既に討死と決めてござる。他の者にもそう誘うて参った。何で今さら……」

「なるほど、その意地、武士でござるわ」

大石はあくまでも逆らわない。憤怒と失望の繰り返しの末にこの大男の辿《たど》り着いた「破滅の美学」は、古来多くの日本の武士が実行したものでもある。

「しかし、鶴見殿。生命を捨てられるのも忠義じゃが、意地を捨てるのも忠義でござろう。敵中獅子奮迅の斬死をして果てた項羽も見事じゃが、匹夫の股をくぐった韓信もまた勇士でござる。ここで生き続けて先君勝晴様の御令弟水谷勝時様にたとえ五千石でもたまわれることに成功なされば、鶴見殿の意地も立つのではござるまいか……」

「いやいや……」

鶴見は駄々っ子のように身もだえたが、大石はかまわず続けた。

「もし、その気がおありなら、この大石内蔵助、お力にもなろう。鶴見殿の忠義と意地とを無駄にはさせぬ。我が君内匠頭にも、御目付役にも申し上げてみましょう」

「何、大石殿がお力におなり下さると……」

鶴見内蔵助は大きな驚きと僅かな希望に目を光らせた。

「左様、某、今この城におられるみなの衆にそう申し上げよう。鶴見殿はじめみなの衆の忠義に心を動かされた。よって共に水谷家再興のために働きたい。この大石内蔵助の意地も生かして頂きたいとな……」

大石は、鶴見内蔵助に意地を捨てる儀式を用意してやったのだ。

鶴見は無言で考え込んだ。最後の思いがけぬ機会の出現がまだ信じられぬ様子だった。その時、廊下にあわただしい足音がして「御家老」という急《せ》き込んだ両三人の叫びがした。

「何事か……」

鶴見が巨体を起した時、甲冑を着た数人の男が土足のままで現われた。

「大手門を固めておりましたる黒松隼人《くろまつはやと》とその足軽ども……」

「しッ、声が高い。田中氏《うじ》……」

「気を付けろ、客人の前ぞ……」

様々な声が一度に重なった。そして二言三言小声の会話があり、やがて鶴見内蔵助の、

「そうか、あの黒松隼人も去ったか……」

という嘆息がもれた。

「もうよい。それより、みなに大書院に集るように伝えよ。この大石殿が水谷家再興にお力をお貸し下さるそうじゃ……」

鶴見がそういっていた。深い軒を通して朝の明るさが僅かに忍び込み出した頃であった。

(三)

大石内蔵助良雄は、鶴見内蔵助以下の水谷家遺臣の開城説得に成功した。それは浅野内匠頭家に

とっても、城受取りの先陣を勤めた家老の身にとっても、大きな収穫だった。何十人かの人命を救い、軍資金の浪費を避けた点では、天人共に祝してくれる功績といってもよい。

しかし、朝日を浴びて松山の城を下り、鹿田の陣屋に戻る内蔵助の気持ちは決して晴々としたものではなかった。松山城で見た人数の少なさ、お家安泰の日々には羽振りよく振舞っていた家臣の多くが断絶決定と共に去って行ったという話が、重いしこりとなって心に淀《よど》んでいった。

〈人の心とは……武士の忠義とは……大名のお家、我が藩とは……〉

そんな問いかけが、背後から追いかけて来るような気がした。それは、赤穂藩浅野内匠頭家代々の家老の家に生れ、何の労苦もなく若くして家老となったこの男が、三十六歳にしてはじめて感じた、この世の中の仕組と教えられて来た武家社会の倫理に対する疑問であった。

鹿田村に戻った大石内蔵助は、交渉の顚末をだれにも語ることはなかった。家中の大半が逃げ散った事実を口にしたくはなかったからだ。ただ、鶴見内蔵助と約束した水谷家再興の願いだけは、幕府目付の堀小四郎と駒井内匠に取り次ぎ、併せて、

「このこと某も尤もと存じまする」

と付け加えた。

「聞き置こう……」

堀小四郎は、渋い顔でそう答え、駒井内匠は無言でうなずいた。あの鶴見内蔵助との長く厳しい会談の結果が、ただこれだけかと思うと、大石内蔵助は何か後めたい気分を感じざるを得なかった。だが、収城使の家来という立場では、これが精一杯だったのである。

二月二十三日早朝、浅野内匠頭家の軍勢三千余は一斉に松山藩領に進軍した。大石内蔵助の率い

る先陣を先頭に、旗竿を立て並べた内匠頭の本隊がこれに続いた。藤井又左衛門の殿軍、士卒百余人と人夫四百人は多数の車輌や荷駄を守って鹿田村に留まった。既に、大石・鶴見の間で話合いは付き、昨日のうちに堀・駒井の両目付が領内に入って、領民安堵の高札などを建てていたが、なお万一に備える配慮は怠らなかったわけだ。

浅野家の部隊が松山城に入ったのは五ツ時、つまり午前八時過ぎである。この日も好天で春陽が心地よく山城を照していた。

収城は手際よく行われた。一の櫓には先陣先鋒の月岡治左衛門麾下《きか》の三十人、黒門・二の門には牧市左衛門、水の手には進藤源四郎、矢倉改めには人見伴七と、定められた通りに人数が散り、揃え置かれた武器・用具を数え改めるのである。その間に大石らの先導で内匠頭は城内を一巡して本丸に入り天守に向った。そしてその前で、鶴見内蔵助以下の水谷家家臣団と対面した。

鶴見内蔵助が遺臣団を代表して、幕府から与えられていた朱印状を引渡し、備品一式を列記した目録を差し出す。それを近習頭の片岡源五右衛門が取り次いで浅野内匠頭に差し上げる。内匠頭は一覧して大石に渡し、さらに間違いないことを改めて収める。それだけの儀式によって、水谷出羽守家は消滅し、鶴見内蔵助以下松山藩士全員が浪々の身となるのである。

「殿、お言葉を……」

大石は、そっとそういった。

「うん……」

内匠頭はうなずき、ちょっと考えていたが、

「その方たちの殊勝なる振舞い、快く思う。御公儀にても、御満足下さるであろう」

と短くいった。

「有難きお言葉……」

鶴見内蔵助が、答えかけたが、流石に万感迫ってか、あとは声にならなかった。

大石内蔵助は、鶴見ら水谷家の人々の心中を察して収城を祝う勝鬨《かちどき》は挙げなかった。ただ、浅野家の重だった者と目付が大書院に集り、持参した酒肴でささやかな祝宴を張っただけである。それでも宴が進むにつれてそこここで自慢話がはじまった。一矢も放たず、一剣も抜かなかったこの陣でさえも、自己の「武功」を大袈裟に語る組頭が何人もいた。大抵は、組士のもめ事をどうやって調停したかとか、溝に落ちた荷駄を引き上げた苦労話とか、愚にもつかぬものだったが、みな生れてはじめての軍事行動に酔い、勝利の快感に浸っていた。それほどに、軍事は遠い世界のことになっていたのである。

「我が家の武威を天下に示したるは何よりの祝着」

浅野内匠頭も、至極上機嫌でそう繰り返した。この年若い大名も、この時ばかりは気疲れの多い江戸城での付合いや憂鬱な財政赤字の話を忘れて、戦国の昔の幻想に耽《ふけ》ることができたのだ。

だが、それも長くは続かなかった。日暮近くに赤穂から来た急使が、元禄の現実に浅野内匠頭の思考を引き戻したのである。

「御側御用人柳沢出羽守保明様、一万石御加増の上、武州川越城に御転封」

赤穂から来た使者は、江戸からもたらされた報せを伝えた。

「ほう……柳沢殿にまたしても御加増か。これで都合七万石を越えられたの」

内匠頭はにこやかに答えた。

「御意。七万二千三十石とか。さらに近く侍従老中並みにも昇らせたもうとも……」

「それはそれは、素晴しき御栄進。上様のお側にそれほどのお方がおられることは御公儀の御為にもなろうぞ……」

内匠頭の言葉は、この年若い大名の本心だった。六年前の元禄元年、内匠頭が二十二歳だった時に、ようやく一万二千三十石の大名に加わった柳沢が、今は石高でも階位でも上位になってしまったのだが、それに対する嫉妬の感情など内匠頭には全くなかった。外様大名の分家の自分と将軍のお側に仕える柳沢保明とは、生きる境遇も住む世界も違っている。顔を合すことも少なければ同じ仕事で競うこともない。そもそも、こんなことが、何故この陣中まで急使で伝えられたのかさえ、内匠頭には分らなかった。

「これを……」

使いの者は、その点を語るのを避けて、江戸家老安井彦右衛門の書面を差し出した。

「よしよし」

内匠頭はなおも上機嫌でそれを開いたが、読み進むにつれて顔が曇った。

「我が家は代々武を以って御忠勤に励んで参った家筋、祝いなどは軽くてよい」

安井彦右衛門の書面を読み終った内匠頭は打って変った不機嫌さでそういうと、書面を脇の大石内蔵助の方に放り出すように渡した。そこには、柳沢保明の加増と転封に当り祝いの品を贈らねばならないので、そのための金を江戸に届けてほしい、との主旨のことが書かれていたのである。

九　黄門と側用人

（一）

元禄七年（一六九四年）二月中頃、江戸の春は華やいでいた。春風に誘われたかのように、着飾った男女が日本橋にも隅田の川べりにも上野の山にもあふれ出した。吉原界隈《かいわい》の遊里は一段と賑《にぎ》わいを呈している。男二人に女一人という不自然な人口構成を持つこの大都市では、遊里は不可欠な施設なのだ。

今、この都市の庶民の間で一番の話題は、この月十一日に起った高田馬場の決闘だ。敵味方五人が正々堂々と果合いを行い、うち四人が死亡したというのは、平和なこの時代には稀れに見る大事件である。ただ一人生き残った勝者中山安兵衛《なかやまやすべえ》武庸《たけつね》は全市民の英雄となり、事件からまだ何日も経っていないのに早くも数々の「神話」が付加されていた。

だが、大名屋敷の家老や留守居役の話題はもっと現実的なものだ。御側御用人柳沢出羽守保明の加増と武州川越への転封である。この時代の慣例として、幕府の要人に加増や国替え、位階昇級があれば、諸大名はみな高価な祝いを贈ることになっていたからだ。

「どれほどのものにすればよいか……」

まず、大名屋敷の重役たちが思い悩むのはこの点だ。

政治家や行政官に対する贈進物に関する感覚は時と所によって大いに違う。今日の日本では、それが贈収賄や汚職といった悪い印象で見られがちだが、発展途上国の中には今も当然のことと見る所も多い。それどころか、企業や富裕な者から大いに金品を受け取ることが積極的な善とされる所も珍しくない。

日本でもそんな時代があった。徳川時代の初期、寛永・正保の頃には、幕閣が諸大名から金品を受け取れば、大名の余財を減し反抗の気をつむとして、これを大いに奨励したものだ。このため、老中などは諸大名から受け取った贈り物の多さを互いに競い合い忠義誠実の証としたし、大名の側も贈り物の高価さを誇大に宣伝して恭順の印とした。

元禄時代になると、もうそれほどのことはなかったが、贈り物を多く受けるのを実力才覚の尺度とする見方が一般的だった。その代り、贈進物を得られる立場にある者は、それを大いに散じて有才の士を養い学問文化を奨励するのを勤めとした。時には将軍を華やかに接待することもある。この時代の権力者、側用人の牧野成貞と柳沢保明は、それぞれ数十回も将軍綱吉を自邸に招き、大いに饗応している。こんなことは、各人の領地から上る収入だけでは到底不可能である。

こんな感覚の時代だから、柳沢保明の加増と国替えという大事件に、大名たるもの知らん顔で済ますわけにはいかない。だが、この頃は大抵の大名が財政難だから、過大には出したくない。他所の大名より多くもなければ少なくもない、その加減が難しい。いやそれ以前に、苦しい財政の中からこれにどれだけを振り向けられるか、「お家の事情」を勘案しなければならない。播州赤穂五万余石の浅野内匠頭家江戸屋敷でもそれが今、重大問題になっていた。

江戸詰家老安井彦右衛門や留守居役の建部喜六はまず、縁藩に様子を問い合せた。浅野内匠頭家と縁の深い大名といえば、まず内匠頭夫人阿久理の実家三次五万石の浅野土佐守家と内匠頭の従兄弟に当る大垣十万石の戸田采女正家である。問合せに対して浅野土佐守家からは、

「黄金五枚ほど」

という返事、この時代の換算率は大判一枚が七両二分だから三十七両半ということになる。戸田家の方は、

「主君在国中につき急使を以って問合せ中」

という。

「それではうちも土佐守家に合せて四十両ほどのものを……」

留守居役の建部は無難な線をいった。だが、家老の安井彦右衛門は、

「今般当家は松山城受取りのお役目を頂きかなりの散財をした。このことは柳沢出羽守様も御承知なれば幾分軽くともよいのではあるまいか……」

といい出した。実際、この時江戸屋敷の金庫は空っぽで四十両の金は出しづらかったのである。

ところが、追々諸大名の贈り物の噂なども伝わってくると、大抵は三次浅野家よりもはるかに高価のものらしく思えた。殊に、安井や建部を驚かせたのは、肥前松浦家の贈った「柿の木の盆栽」の話だ。盆栽といっても本物の植物ではない。高価な唐渡りの磁器の鉢に白銀を満し、黄金造りの幹枝に白金造りの葉と珊瑚《さんご》の実が巧妙な細工で付けてあるというのだ。

「千両もかかった品物らしゅうござる」

建部喜六は溜め息混りに呟いた。

「松浦家は大藩、それに海産物も豊かで御裕福と聞く。当家とは同日にはいえぬが……」

安井彦右衛門はそういいながらも心配になり、

「とに角、国元に問い合せよう」

ということにした。いずれにしろ、祝いの費用を国元に請求しなければならないのだから、殿と在国家老の指示によった方が無難だというこの男なりの考えもあった。浅野内匠頭が接収したばかりの松山城の書院で読んだのは、この安井の手紙である。

三月はじめ、赤穂からの返事が足軽飛脚でもたらされた。城代家老坂田左近右衛門と勘定を司る家老大野九郎兵衛の連署で、「祝いは軽くてよい」という内匠頭の言葉と藩財政の窮状とが記されており、安井らの期待した送金の件については何も触れられていなかった。つまり、差し当り江戸藩邸の予算の中でやり繰りしておけ、というわけだ。

「困り申したなあ……」

建部喜六は渋い顔をしたが、安井彦右衛門は、

「殿も国元の家老方も軽くてよいといわれるのだから、それでよいではないか。殿の御意向に逆らってまで気を揉《も》むこともあるまい」

と主張し、江戸詰勘定方を集めて当面捻出《ねんしゅつ》できそうな金額をはじかせた。

金銭出納を勤める者は、いつの時代でもケチなものだ。こういう問い方をすれば、安全の上にも安全を見て、最小限度の金額しか出さないのに決まっている。この時の浅野家江戸勘定方生瀬治左衛門と中島佐右衛門もそうだった。何しろ、この二人、生瀬が八両三人扶持、中島が五両三人扶持という軽輩である。金銭感覚もそれ相応に細かい。

「精一杯やり繰りいたしても十二、三両」

という結論を出した。

〈いかにも少ない……〉

流石《さすが》に安井彦右衛門もそう思い、

「今少し、何とか……」

とせがんだが、生瀬と中島は、

「それ以上は我らの算段ではどうにも……」

と首を振り、

「御家老の御一存にてお考え下さる以外にはございませぬ」

と逃げてしまった。そういわれると、安井彦右衛門も「では、わしの責任で」という性格ではない。

「まあ、殿のお言葉もあることなれば……」

ということにして、十三両ほどの金を用意して、大判一枚と練り絹一対を調え、ほどよく細工した白木の三方《さんぽう》に春らしい飾り物などを並べて持参することにした。それでも、出来上ってみると「まずまずのもの」と思えたのは、大名とはいえさして豊かではない家に仕えた男たちの目というものだろう。


神田橋の柳沢出羽守邸は千客万来である。敷地はさして広くはないが、造りは立派、庭は豪華だ。何しろここには将軍綱吉が何度もお成りになっているのだから、贅を尽してあるのも当然である。大判一枚と練り絹一対を載せた三方を捧げ持った浅野内匠頭家の使者、安井彦右衛門と建部喜六がこの屋敷を訪れた日にも、何組かの客人の来訪を示す駕籠の群があった。

「また一段とお栄えのようじゃな……」

何度か、今日のような用件でこの屋敷に出入りしたことのある安井彦右衛門は、主を待つ駕籠の数を見ながら建部喜六に囁いた。

「大名様御自身も多いようで……」

建部が落着きのない態度で駕籠の造りなどを見廻しながらそういった。この頃には既に、牧野成貞を上回る実力者となっていた柳沢のもとに家臣の如く日参する大名もいたのである。

安井と建部は、中堅大名の代理人にふさわしく大玄関に近い控えの間に通された。

「しばらくお待ちを……」

案内に立った取次の下級武士はそういって消え、接待の小坊主が茶のみを運んで来た。以前は菓子も出たが今日はそれさえない。柳沢の地位が上り、来訪者の数が増え質が高まるにつれて、安井らに対する待遇が悪くなったのだ。勿論、五万石程度の大名の使いに保明自身が会うことはあり得ない。用人級の然るべき者が出て来て贈り物を収め、「殿にもよしなに申し上げる」といってくれるはずである。安井、建部としてはそれで十分なのだ。

ところが、そこへ現われたのは、全く意外な人物だった。痩身で白髪、純白の着物に萌黄《もえぎ》の地に細い金糸で五七の桐の刺繡《ししゅう》を散した見事な裃袴を着けた老人である。

「吉良上野介《きらこうずけのすけ》でござるわ……」

老人は、白髪の割には艶やかな顔に笑いを浮べて鷹揚《おうよう》に名乗った。

「は、吉良の少将様で……」

安井と建部は、驚き慌てて平身した。吉良上野介といえば、足利将軍家の血を引く名門であり、高家《こうけ》筆頭の地位にあり、従四位上左近衛少将の高位を持つ貴人である。道中で出会えば大名といえども駕籠を出て挨拶せねばならない格式なのだ。それが、他人の屋敷の端近い控えの間に現われたのだから安井、建部が仰天したのも無理はあるまい。

「ま、ま……そう固うなりなさるな……」

吉良上野介はにこやかにいった。

「浅野内匠頭殿の御家中の方とか、御苦労じゃな。柳沢家の方々はみな御多忙故、わしが代って御用を承ってやろうほどに、ま、気楽にいたせ……」

安井と建部はいよいよ驚いた。柳沢の家来でもない吉良上野介が「代って用を聞く」というのは面妖《めんよう》なことだ。しかし、相手は天下の貴人、断るわけにはいかない。

「は、我ら両人、内匠頭になり代り、柳沢出羽守様御栄進のお祝いに参上いたしてござります」

安井彦右衛門が真四角になっていい、恐る恐る三方を差し出した。

「ああ、そうか。ちと遅いと思うておったが……ま、よう気が付かれた。結構、結構……」

吉良上野介は、まるで我が事のようにいって、無遠慮に三方の上の袱紗《ふくさ》を取り除けた。一対の練り絹と一枚の大判、そして多少の飾り物が露わに見えた。安井と建部は背に冷や汗の流れるのを感じた。だが、さらに驚いたことに、上野介は一対の練り絹を持ち上げ、飾り物を動かし、その下の方まで覗き込んだ。この頃、何気ない風を装い、その実、敷物や台座に高価な金銀細工を伏せる贈り物の方法が流行っているのだ。

「む……これは……」

浅野家の贈り物に種も仕掛けもないことを確かめた吉良上野介は、眉間に縦皺を刻んで不快気にうめいた。

「主人内匠頭在国中にござりますれば、これは取りあえずのものにて……」

堪《たま》りかねた安井彦右衛門が振りしぼるような声でいった。

「おう、そうであろうな……」

上野介は笑いを取り戻した。

「内匠頭殿は若いに似せずなかなかのお人、出羽守様も心にとめておられると聞く。たまたまわしがこれに来合せたのは幸いじゃった。出羽守様にはわしからよろしく取り次いでやるほどに、その方らもよう勤めようぞな」

吉良上野介は、少々恩着せがましいことをいった。

「は、よろしくお願いいたします」

安井と建部は同時に平身した。

「よいよい、内匠頭殿御入府の上でな……」

上野介はそういって立ちかけたが、つと振り返り、

「あ、そうそう」

と二人に微笑みかけて囁いた。

「その方たちもいろいろ惑うこともあろうでな、何なら、各家の祝いがどんなものか、わしが二、三教えて進ぜようか。御参考までじゃが……」

「そ、それはかたじけない仰せ……」

安井と建部は、またも驚き慌てた。親切といえば親切だがお節介といえばお節介である。

「いやいや、遠慮には及ばぬぞ。これからもあることじゃ。いずれ書き抜いて届けて進ぜよう。今日のところはこれでよい。心安うにいたせ。わしが万事よろしく図ってやるでな」

吉良上野介は、楽し気な微笑の中で、そういい残して立ち去った。

だが、あとに残された安井彦右衛門と建部喜六は、

〈えらい宿題を頂いてしまった……〉

というように、溜め息をついて顔を見合せていた。

（二）

浅野内匠頭家の使者たちと別れた吉良上野介は、中庭沿いに長い廊下を進んで中の屋形に向った。別に案内を乞う必要もない。「勝手知ったる他人の屋敷」なのだ。この男も、柳沢出羽守保明の素晴しい栄進振りと今後ますます強まるであろう政治的影響力に引かれて、この屋敷に通いつめている一人である。

吉良上野介は時勢の変化と権力の所在に敏感な男である。五十四歳の今日では、それが本能の一部とさえなっている。この男の置かれた立場とこれまでの経歴を見ればそれも当然だろう。

「高家」というのは、格式高い家柄とはいえ、実に不確かな地位である。前時代の将軍足利家の流れを汲む名族などといわれても、その実は「有職故実《ゆうそくこじつ》を以って公儀に仕える」儀典職の旗本に過ぎない。禄は、上野介の代になって加わった一千石を併せてやっと四千二百石。家柄血筋を誇ってみても、この国には足利支族などよりはるかに古い本格派が朝廷の周囲に沢山いる。吉良家は代々従

四位だが、京の公家には従三位がごろごろしているのだ。

〈肝煎《きもいり》高家筆頭の地位を失えばただの貧乏旗本になってしまう……〉

そんな強迫観念が上野介の生涯に付きまとっている。それがこの男を地位向上の渇望者にし、仕事熱心にもした。

幸い、今日まで上野介は、好運に恵まれてそれに成功している。若い頃には、時の大老酒井雅楽《さかいうたの》頭忠清《かみただきよ》の庇護があった。上野介の母がその一族だったからである。何事も大老まかせの「そうせえ様」家綱のもとで、天下の大権を一手に握った大老雅楽頭の支援のお陰で、上野介はまず良縁に恵まれた。米沢三十万石の大大名上杉定勝の三姫富子を娶《めと》ることができたのだ。そしてそれが次の好運をもたらした。上杉定勝の子、富子の兄に当る綱勝が二十七歳の若さで急逝した時、上杉の血を引く男子は上野介と富子の間にできた吉良三之助しかいなかったのである。

吉良上野介は、八方手を尽して我が子を上杉の跡継ぎに送り込むことに成功した。三之助、のちの上杉綱憲《つなのり》二歳の時である。変則的な末期養子なので石高は半分の十五万石に削られたが、それでも大したものだ。三之助は、吉良にとってもただ一人の男の子だったから、あとに男子が生れなければ吉良家の方が断絶する恐れもあったのだが、上野介は意に介さなかった。息子のためを思えば、四千二百石の高家より十五万石の大名の方がよいに決まっているし、上野介自身も「大大名の父親」になりたかったのだ。

吉良上野介は、その後もこの縁を遠慮なく利用した。その一つは、自分の三人の娘を、上杉、つまり我が子の養女としたことだ。この中の一人は三之助の姉だったから、養父よりも年上の養女という妙なことになったが、上野介は気にも止めなかった。このお陰で、この娘は薩摩七十七万石の太守島津綱貴の室になれたのである。同じ方法で上野介は三女を酒井忠平と結婚させ、大老雅楽頭との縁を一段と深め、さらにのちには、その力を借りて我が子の上杉綱憲に、紀伊大納言徳川光貞の三女為姫をもらい受けることにも成功した。上野介は、縁をたぐって御三家にも繋がるようになったわけだ。まことに見事な婚姻政略である。

この間、吉良上野介自身もよく働いた。万治二年（一六五九年）、十九歳で庇蔭《ひいん》料一千俵をたまわって父と共に出仕して以来、日光への代参、大内への使者、将軍の紅葉山参拝のお供と、席の温まる間もない多忙さによく耐えた。寛文八年（一六六八年）、父義冬が没してからはさらに忙しく、数年間も各地に旅したこともある。しかもこの間、古今の作法礼式をそらんじ、今様の造りに適した典儀の様式をも作り上げた。このため、延宝年間、四十路にかかる頃には他の追随を許さぬ有職の儀典長となっていたのである。

しかし、世渡り上手の吉良上野介にも危機はあった。延宝八年（一六八〇年）五月、将軍家綱が薨去《こうきょ》した時だ。後継には、大老酒井雅楽頭の反対を押し切って、堀田正俊らの推した館林公綱吉が選ばれた。この経緯から見て、吉良の保護者酒井雅楽頭の失脚は確実である。それどころか、酒井派一掃の大粛清さえ予想された。事実、この年十二月に雅楽頭は失脚、翌天和元年五月に悶死《もんし》している。自殺という噂も流れたような死に方だった。

この間にあって、吉良上野介はひたすら新将軍に忠勤を励んだ。この年六回も各地の代参に走り廻ったし、将軍宣下の謝使井伊直該《いいなおもり》に付き添って上洛もした。それでも、綱吉治下の三、四年は吉良上野介にとって不安な日々だった。

この不安が解消したのは、将軍綱吉の一人娘鶴姫が紀伊大納言光貞の跡取り綱教にお輿入《こしい》れをした時だった。これによって、上野介の息子上杉綱憲は将軍の娘婿と義兄弟となったわけであり、上野介自身も遠回りながらも将軍の縁者の端に浮び上った。貞享二年（一六八五年）、上野介四十五歳の春である。

　吉良上野介は、この縁をもまた最大限に利用した。自分の子上杉綱憲の次男春千代を吉良家の養子に迎えたのだ。今、男子に恵まれない将軍綱吉は、娘婿の紀伊綱教に次の将軍位を与えたいと考えている。もしこれが実現すれば、次期将軍の姉の子が吉良家の跡取りということになるのだ。上野介の読みはまたしても的中したかに見える。

　十九歳で出仕して以来三十五年間、休むことなく働き考え、計り企てて来た仕事が徐々に開花しつつある。昇りつめて来た世の階段は既に高い。今や老境に入ろうとするこの男は、ただの「高家」以上の権威を持ち、御三家の縁者として遇されるようになった。だが、その地位は何ともはかなく脆《もろ》い虚像である。何となく信じられている故実に対する有職の評判と朝廷への顔、それに蜘蛛《くも》の糸よりか細い縁の繋がりで保たれているに過ぎない。それらを取り除いた実態は、依然として四千二百石の旗本なのだ。

〈もとの所へ落ちたくない……〉

「社会の階層を這い上る者《ソーシャル・クライマー》」が共有するこの意識を、今の吉良上野介も強烈に持っている。この男が、常に権力の中枢にへばり付くように付きまとうのは、このためだ。そしてその権力の中枢は今、この屋敷、柳沢出羽守保明の周辺にあるのである。

　しかし、こうした努力を重ねたからといって吉良上野介義央《よしひさ》を非難するのは当るまい。人間、自らの出世栄達を求めることは悪ではない。与えられた仕事に熱心なのも、子供たちに良縁を願うのも、親類縁者の威光を利用するのも罪ではない。上野介は公儀に対して不忠であったことも、自らの出世のために他人を陥れたこともない。むしろ、この男は、多くの大名や同僚の高家衆のためにも尽してやった。

毎年春三月に行われる勅使饗応の際には、饗応役に命じられた不慣れな大名たちを丁寧過ぎるほど丁寧に指導した。天和三年（一六八三年）にこの役を勤めた浅野内匠頭もその指導に預った一人だ。それどころか、不器用な田舎大名たちには、頼まれる前にも礼法を教え服装を指図してやった。気の付かぬ者には公儀や幕閣への尽し方をも注意してやった。先刻、浅野内匠頭家の者が祝いの品を持参したと聞いた時、柳沢家の用人たちを抑えて出て行き、贈り物の内容を調べたのもそのためである。「浅野内匠頭家は世間知らず」という陰口を小耳にはさんだことがあったからだ。

〈やっぱりわしが見てやってよかった……〉

柳沢邸の上座敷に戻った吉良上野介は、この善意の効果を思って独り悦に入っていた。

ほどなく、柳沢家の用人が厭味《いやみ》な笑いを浮べてやって来て、

「いかがでござりました」

と問いかけた。

「内匠頭殿在国中なれば当座のものとのこと、まあ、それなればあれでなかなかの心遣いでござろう」

上野介は約束通りそう答えてやった。そしてそう答えたことで、上野介自身が、内匠頭の江戸到着後改めて挨拶のあることを保証する立場に立ってしまったことに気が付いた。儀典を司る高家の肝煎《きもいり》筆頭という職務を長く勤めているせいか、上野介はそんなことがひどく気になる質だ。

〈そうそう……早速《さそく》にも他家の贈り物の例を報《しら》せてやらねば……〉

吉良上野介はそう思いたった。だが、ここでもまたこの男の神経質が頭をもたげた。

〈果してわしの知っているのが標準的なものだろうか……〉

という疑問を感じたのだ。

〈浅野の祝いが軽過ぎては出羽守様に失礼だが、過大な例だけを教えてやっては浅野に余計な出費を強要することになる〉

そう考えた上野介は、気心の知れた柳沢家の用人高梨権兵衛を呼び、

「諸家からの祝い、どんなものか、参考までに教えて下さらぬか」

と訊ねてみた。これは上野介自身も興味のある所だ。高家筆頭は幕府から朝廷への奉物や勅使などへの贈り物を用意する役だから、大名の間の贈答品の相場も熟知しておいた方がよいのである。

「かしこまりました。取り急ぎ調べて参りましょう」

柳沢家の用人の方も気軽に応じた。贈り物を受け取るのは恥でも罪でもない時代だから、別に隠す必要もないのである。

しばらくして、当の用人高梨が長い書付けを持って来た。受取り順に書き連ねただけのもので、石高との基準を調べるのには骨が折れた。価額の多寡《たか》にはばらつきが大きかったし、書付けの名称だけでは値打ちの推定できないものも多かった。美術品や南蛮渡来の珍品の類もある。「外に御内室向化粧道具一式」というような贈り物をしている大名もいた。

「なるほど、みなそれぞれにようお考えじゃわ……」

吉良上野介は苦笑しながら、浅野内匠頭家に似たような大名の例をいくつか記憶した。金額の分

り易いものを見ると、五万石なら五十両内外が標準のように思えた。

〈まあ、わしの思うていた通りか……〉

上野介は、自分の知識の正確さに満足した。ところがその時、ふと妙なことに気が付いた。当然あるべき水戸徳川家からのそれが見当らないのである。

「水戸様は……」

上野介は、高梨権兵衛に訊ねてみた。

「は……未だに……」

高梨も、今さらのように首をかしげた。

〈それはよろしくない〉

上野介のお節介な親切心はすぐ反応した。

（三）

水戸徳川家は、今評判の家である。先主光圀は当代随一の学識ある大名といわれたが、将軍後継問題で現将軍綱吉と対立、四年前に隠居した。その後は水戸太田郷の西山に籠《こも》って、専ら「大日本史」の執筆に当っていたが、去年の冬には突然犬の毛皮二十枚を献上して来た。将軍綱吉の行き過ぎた「生類憐みの令」に対する当てつけである。

どこからもれたのか、この話は江戸中で評判だ。人より犬を大事にするような「生類憐みの令」に反感を持つ江戸の庶民の間では、光圀の人気がとみに高まっている。それだけに将軍・幕府中《ちゅう》枢《すう》部《ぶ》の不快感は大きい。そのことは吉良上野介もよく知っている。だが、この男の知っているのはそこまでで、柳沢保明がはるかに大きな陰謀を企てているなどとは夢にも思っていない。

〈将軍御側近第一の実力者柳沢出羽守様と御三家の一つである水戸様との仲がこれ以上悪化しては天下の御為にもよろしくない……〉

真面目な善意と小さな功名心に駆られた吉良上野介は、小石川の水戸屋敷に使いを走らせて、江戸家老藤井紋大夫に面会を申し込んだ。

「高家の吉良様からお呼びとは珍しいこともあるもの」

藤井は相手の意図を訝《いぶか》りながらも吉良邸へやって来た。元禄七年のこの頃、吉良上野介の屋敷は、鍛冶橋御門のすぐ脇にあり、L形の土地三千八百坪を保科《ほしな》兵部《ひょうぶ》少輔《しょうゆう》正賢《まさかた》の屋敷と分け合う形になっている。広くはないが好位置にあり、凝った造りには主人の気位が感じられた。

「なかなか御立派なお屋敷、少将様の気品が漂うておるやに拝察いたしました」

はじめてこの屋敷に入った藤井紋大夫は、挨拶代りにまずそんなお世辞をいった。光圀を隠居させるのにも暗躍したといわれる人物だけに、世故に長《た》けている。

「ははは……天下に名高い水戸家の後楽園を見慣れておられる藤井殿に賞められては、上野介痛み入る」

吉良上野介は笑顔で返したが、すぐ厳しい表情を作った。

「それほどの藤井殿がおられながら近頃の水戸家はちとおぬかりもあるようじゃな……」

「は、それは……あの……お犬様の……」

藤井紋大夫は恐縮した風を装って呟いた。犬毛皮のことなら四、五月も前、今さら持ち出すのもおかしなことだ。

「いやあ、あれはもう……」

上野介は苦笑して首を振ったが、用心深く「済んだこと」とはいわなかった。

「某が申しておるのは柳沢出羽守様が御加増の上、武州川越へお国替えになられたこと」

「あ、そのことで……」

藤井紋大夫は気付かなかったのを恥じるように自分の額を手の平で叩いて見せたが、内心では〈なあんだ、それか〉と思っていた。

去年の冬、あの犬毛皮献上事件の直後、藤井は柳沢に呼ばれ、「老公光圀様御乱心ならそれらしくしろ」と命じられた。以来、この江戸詰家老はいろいろと思いめぐらし、秘かに国元の同志とも連絡して事を図って来た。その結果、藤井紋大夫は、水戸光圀を座敷牢同様の所に軟禁する以外、悪化した幕府中枢と水戸家の関係を修復する道はないと信じるに至った。そのことは陰の連絡《つなぎ》を通して柳沢にも報せてある。柳沢出羽守のことなら一日たりとも忘れたことがない。

しかし、幕閣第一の実力者柳沢保明の支持があろうとも、これは大仕事だ。水戸光圀は賢公の誉れ高い人物だし、御隠居とはいえ心身共に盛んで家中にも信奉者が少なくない。その上、水戸家当主の綱条《つなえだ》は、自身の子を差し置いて家督を甥の自分に譲ってくれた叔父には頭が上らない。そんな中で光圀を軟禁するのは一種のクーデターだ。これを成功させるためには絶対の秘匿性がいる。このため、藤井は敢て柳沢邸には近づかぬようにしているのである。

それだけの大事を考えている藤井紋大夫には、吉良上野介のいい出した常識的な忠告がいかにも幼稚に思えた。

〈どうあしらおうか、このお節介焼きを……〉

藤井紋大夫は一瞬そんなことを考えたが、すぐにこれを利用してやろうと思い付いた。

「そのことでござりますれば、ゆめ、忘れましょうや。既に国元とも再三使いを交しておりまするが……」

藤井はそういって言葉を切り、困ったようにうなだれて見せた。

「ふん、使いを交されて、どうなされた……」

上野介は急き込んだ。自分の親切がさほど感謝されなかったのに苛立っていたのだ。

「いや、申し難いことながら、老公が気遣い無用とお止めなされたとかで、殿もお困りとか……」

藤井は、光圀の言動の異常さを浮き立てるように一段と苦し気な表情を作った。

「何と、老公黄門様がお止めなされたと申されるか……」

上野介は驚いた。光圀ほどの人物のしたこととは思えない。

「はい、最近老公はお年のせいでございましょうか、時々腑におちぬことを仰せの時もございましてなあ……」

「そういえば……」

上野介はうめいた。ようやくこの男にも藤井紋大夫の心中が半分ほど分った。犬毛皮献上事件の処理に困った水戸家は、「光圀乱心」ということにしたがっているのだろうと推定した。だが、ここでまたお節介焼きの親切心と功名欲が頭をもたげて来て、

「それはお困りでござろう。柳沢出羽守様にはわしからもよしなに取り次いで進ぜよう……」

と得意気にいった。

〈何をばかばかしい。出羽守様ならとうに御存知じゃわい……〉

藤井紋大夫はそう思いつつも、

「それは有難き御親切、よろしくお願いいたしまする」

と低頭した。


翌々日、またしても柳沢邸を訪れた吉良上野介は、例の用人高梨権兵衛を呼んで、

「水戸家がお祝いに見えられぬのは老公光圀様がお止めになったためらしい。光圀様はこの所、お年のせいかお心に乱れもあるらしく、綱条公以下みな痛く御心労じゃそうな」

と物語った。つまり「乱心故のことだから気にせぬように殿に伝えよ」という主旨である。

これだけのことで止めておけば、功も罪もなかったのだが、上野介の性格はそれで止らない。その翌日、江戸城の殿中で、勅使饗応に関する会合があり、上野介は老中らと顔を合す機会があった。

用件が済んだあと上野介は、老中阿部豊後守正武に身をすり寄せて、

「水戸の老公光圀様は御乱心あそばすとか……」

と囁いた。水戸家取次役の阿部が犬毛皮献上事件の処理に困っていることを知っていたからだ。

「少将殿、それは真実《まこと》か……」

阿部正武は喜びと戸惑いの混った表情でいった。

「間違いござりませぬ。水戸家中の確かな筋より聞きましたれば……」

上野介は自信たっぷりに答えた。

阿部正武は真面目一方の男で、柳沢保明ほどに肚《はら》の深さがない。すぐこのことを老中会議にかけ、真偽を確かめるために水戸光圀を江戸に招喚すべく老中連署の手紙を発送してしまった。

驚いたのは藤井紋大夫だ。前には柳沢保明に問い詰められてそういったし、最近は吉良上野介にも同じことをいった。だが、前者は事情を知り抜いての話だったし、後者はその場限りのお遊びのつもりでいた。それがどこでどう間違ったのか老中一同の耳に入り、光圀本人を招喚しての真偽取調べとなったのだから、筋書が一遍に狂ってしまったわけだ。

〈光圀様を老中に会わせては総てが分ってしまう〉

藤井は慌てた。この男が何よりも恐れたのは、光圀が老中らを前に正々堂々と持論を展開し、「生類憐みの令」や将軍後継問題で綱吉の御政道を批判することである。水戸光圀は、それをやりかねない硬骨漢だし、綱吉は御三家といえども取り潰しかねない恐しい将軍である。現に綱吉は、将軍位就任早々「御三家に次ぐ家格」とされていた越後高田二十六万石の松平家のお家騒動を再審査し、逆転判決を下して取り潰してしまっている。

〈かくなる上は非常手段に訴えるほかはない……〉

水戸家を思う藤井紋大夫は、そう決心した。水戸から江戸に来る途中で光圀を拉致《らち》し、かねての計画通り軟禁した上で、「確かに乱心につき然々《しかじか》」と報告するのである。紋大夫は、陰の筋から柳沢保明の了解を得、江戸と国元の同志を集めて水戸街道に待ち伏せさせた。彼はまだ、柳沢の考えにもう一つ奥のあることを知らなかったのだ。そしてそのことが、このお家思いの家老の悲劇になって行く。

同じ頃、江戸に向っていた水戸光圀の一行は、「街道不穏」の注進を受け、急遽間道を取って江戸小石川の藩邸に入った。藤井紋大夫の光圀拉致計画は空振りに終り、事態は彼が心配した通りの方向に進んだ。

「水戸黄門様御入府」

の報せを受けて、老中阿部豊後守正武が会いに来た。もとより光圀には乱心を装う気などない。しばらく話し合った阿部正武は、

「光圀乱心にあらず」

との結論を得て、柳沢保明にそう報告した。だが、柳沢はこれを一ヶ月以上も放置しておいた。表向きの理由は、水戸藩から当主綱条の名で正式に「光圀乱心」の届出があり、これまでの不敬を詫びる機会を与えようということだったが、本心は、光圀と水戸家家臣団を不安な情態に置き内紛を起させようというねらいである。将軍綱吉と柳沢保明は、煙たい老人光圀を追放するだけではなく、御三家の一つを取り潰すことで将軍の絶対権力を一段と確かなものにしたかったのである。

実際、この策は効果を上げた。藤井紋大夫をはじめとする「お家大事派」は、

「たとえ老公を犠牲にしても水戸のお家を守らねばならぬ」

と寄々相談をした。彼らは、光圀の実子で高松藩主となっている松平頼常に頼った。頼常は事の重大さに驚き、早速土産物を持参して柳沢邸を訪ね、父のことは内聞にしてくれるように頼み込んだ。しかし、柳沢は、

「御三家の殿様は、御貴殿のように御聡明であって欲しいものだ」

と答えるばかりだった。先主光圀の実子頼常が水戸家を継ぐのが当然とする家中の努力に暗黙の支援を送って、内紛の種を育てようとするいい廻しである。

一方、光圀の方は自らの正しさを信じてますます頑《かたく》なになり、江戸に来てからも家来に犬を殺させたりした。藤井紋大夫らは一段と困り果てたが、それがまた巷《ちまた》における光圀の人気を高めもした。

将軍絶対の完全平和社会を目指す綱吉の理想主義的管理社会に飽き飽きしていた下級武士や浪人、町人たちは、前の副将軍水戸光圀を反管理主義の象徴と錯覚したのである。それがのちに、光圀を主人公とする「水戸黄門漫遊記」を生み出すことにもなる。

日本には古来、世の中のムードを大切にする政治風土がある。この国の歴史の中では珍しい独裁者であった将軍綱吉も、これほどの人気を持つ水戸光圀を犬を殺したぐらいで処罰するわけにはいかなかった。水戸光圀もまた、それを意識して幕府に対し敢て挑発的な態度をとったといえるだろう。

元禄七年の三月から四月にかけて、将軍の周辺にも水戸家にも、不快な緊張感が漂っていた。将軍綱吉が、この年ほど春の過ぎ行くのを遅く感じたことはなかったに違いない。

四月も中旬になる頃、柳沢保明は、

「水戸の老公御乱心か否か、上様直々にお確かめ下さりますよう……」

と願い出た。老中阿部正武から「乱心にあらず」という報告を受けたまま、御禁制破りの犬の殺生を続ける光圀を放置するわけにはいかなかったし、江戸城への光圀招喚が水戸家家臣団の分裂を促す効果があるとの読みもあった。

「心得た」

綱吉は直ちに応じ、四月十五日に光圀を江戸城に招いた。続いてまた呼び出しがあり、今度は「大学」を講じるように命じた。老中・御側御用人・御三家以下の重臣列席の場においてである。

再度の呼び出しに水戸家の家臣たちは動揺した。これが続けば何かの間違いを捉えて罪を着せられる恐れがある。その累《るい》は家中全部に及ぶだろう。そんな心配から藤井紋大夫らの「お家大事派」は活発に動き出した。光圀自身もそれを感じ一旦は辞退したが許されず、四月二十七日にそれが実現した。しかし、もとより碩学《せきがく》の光圀のこと、講義は完璧で聞き入る者はみな深い感銘を受けたという。

そのあと、将軍綱吉が能を舞い、続いて光圀も舞って、無事江戸城を退去した。事情を知らぬ者には、何事もない綱吉の趣味の会に見えたことであろう。

屋敷に帰った光圀は上機嫌で、また能を舞うといい出し、家臣の見守る中で「千手《せんじゅ》」のシテをつとめた。中入りになって鏡之間に退いた光圀は、藤井紋大夫を身近に呼び付けた。紋大夫は平身したままいざり寄った。

その瞬間、光圀はいきなり紋大夫の首筋をとらえて畳に押えつけ、法城寺正弘の鍛えた脇差を抜くや、肩の辺りから胸の奥へと刺し貫いていた。素晴しい気迫、そして目にも止らぬ早業である。

「殿、殿……」

藤井紋大夫はただ二言、そう言っただけで息絶えた。水戸黄門光圀が「陰謀を企む家老を退治する」という「漫遊記」の筋書に似た事実を捜すとすれば、この藤井紋大夫殺しが唯一のものだろう。

光圀は、駆け付けた家臣たちに死体の始末を命じ、老中阿部正武の屋敷に使いを走らせた。

「家来藤井紋大夫こと不届きの所業あり成敗《せいばい》いたした。この者、公儀にても名の知られたる者なれば一応お届けする」

というのが、使いの口上だった。お手討ちだから本来なら幕府にまで届け出る必要はないのだが、幕府高官とも懇意な者なので一応お報せする、というわけだ。明らかに柳沢保明を意識してのことである。

（四）

柳沢保明が、水戸光圀の藤井紋大夫成敗を報されたのは、その日——元禄七年四月二十七日——日暮れてからのことである。

〈やりおったか、あの爺《じじ》い……〉

保明は激しい心の高鳴りを感じ、しばし絶句した。怒りと失望が湧き、やがてそれが腹立たしい敗北感に変っていった。「大学」を講じる光圀の声が耳に、能を舞うその足の運びが目によみがえって来た。そのいずれにも、一刻ほどあとで人を斬る決意を秘めた男とは思えぬ落着きと確かさがあった。だれも、目の前の老人が間もなく殺人者になろうとは夢想だにしなかった。保明自身、このあとの水戸家いじめをいろいろと思案していた。藤井紋大夫に伝えるべき秘密の指示、松平頼常に下すべき将軍からの賜物《たまわりもの》、そして三度目、四度目の光圀お召の口実など、柳沢保明の胸中にはまだまだ多くの計画があった。

だが、今となってはそれらすべてが虚《むな》しい。藤井紋大夫が光圀自身によってお手討ちになったとあっては、水戸家の中で反光圀運動を主謀する者はいないだろう。逆に光圀支持派は勇を鼓舞され藩政の中枢に乗り出して来るに違いない。そうなれば、光圀の実子頼常は勿論、当主の綱条も手も足も出ない。何度光圀を呼び出してみても、水戸家に内紛を起させることは不可能である。

〈これでまた、あの爺いの人気が高まるであろうなあ……〉

そう思うと、保明は一層不快になり、つい、

「酒を持て……」

と叫んでしまった。

「御酒でござりまするか」

襖《ふすま》の向うから小姓の声が返って来た。聞き慣れた声だったが、今夜に限ってはひどく間が抜けて感じられて腹立たしかった。光圀の処理の仕方があまりにも鮮やかだったからである。

しばらくして、酒と肴が運ばれて来た。そしてそれに続いて衣ずれの音がして、二人の侍女を連れた町子が現われた。保明は、無意識に顔をそむけ、行燈の赤い灯を見た。今夜だけは、町子に会いたくない心境だったのである。

「本日はまた、学問の講義、お能の会と御多忙でございましたとか、御苦労様にございます……」

町子は、部屋の隅で三ツ指をついて丁寧に頭を下げた。皮肉とも受け取れる台詞《せりふ》だったが、町子は真面目な表情で続けた。

「また、先ほどは水戸様のお屋敷で黄門様が御家老をお斬りなされたとか。殿の御心労も絶えぬことでございますなあ……」

「そなたにいわれてはじめたわしの策、不発に終ってしもうたわ……」

保明は、苦々しい表情でそういった。

「いえ、お見事でございました。これで黄門様も御政道にお口を出されることものうなりますやろ。御自ら御家来を手討ちになさるとはやっぱり御乱心としか申せませぬ」

町子は別の解釈を示して唇の端で笑った。

「なるほど、そうもいえるか……」

柳沢は、少々気が楽になるのを感じて薄く微笑んで見せた。

「お斬られになった藤井と申される御家老、どのような不届きがありましたやら分りませぬが、外から見る限り御立派な忠義の士、でございましょ」

町子は念を押すように語尾を上げ、上目遣いに保明を見た。

「ふーん、それはわしらが判断すべきことではない。藤井紋大夫は陪臣《ばいしん》故……」

保明は武士社会の常識を公家の娘にいったが、途端に町子の目が厳しく光った。

「いえ、天下を治める将軍様、御公儀の目は届かぬはずがありません。その御家老は優れた忠臣。それにふさわしい扱いをなさいませ」

「なるほど……」

保明はやっと町子のいうことが理解できた。始祖家康によってはじめられ三代将軍家光によって完成された徳川幕藩体制は、天下の政道を握る将軍幕府と半独立の領内自治権を持つ諸大名との奇妙な二重構造になっている。幕府は大名に対する指揮監督の権力を持っており、必要な場合にはその処刑や廃絶もできる。つい最近もこの権限を行使して備中松山の水谷家や下総古河《しもうさこが》の城主松平《まつだいら》日向守忠之《ひゅうがのかみただゆき》家を取り潰した。殊に後者の場合は、忠之が乱心、母親の髪を切るという不孝な所業があったとしての除封だから、大名に対する幕府の監督権の強烈な行使といえる。

しかし、各大名の家臣と領地の統治は大名だけの専管権限にゆだねられており、幕府といえども容喙《ようかい》し得ない慣行がある。柳沢が「陪臣故判断できない」といったのはこのためだ。ところがこれは、将軍絶対体制を目指す将軍綱吉の理想とは反している。本当に将軍絶対を主張するのなら、大名のみならずその家中や領地にも幕府の目が届いてよいはずである。そしてその場合、大名の家来の善悪正邪は幕府の立場から判断しなければならない。

〈まともに世の改革を考えるのなら、そこまで踏み込まねばならぬ〉

と町子はいっているのである。

「分った、そなたの申すことは……」

柳沢は、赤い炎を映す町子の瞳に気圧されて、低くうめいた。当代きっての権臣となりつつある
この男にも、それを実行するほどの実力と勇気はまだ備わっていない。

「これは考え方、いわば理想でございます。まずは殿らしく一段ずつ……」

町子は、せがむようにいった。

「と、申すと……」

「差し当り、藤井紋大夫の死を悼《いた》むお使いをお遣わしにならはったらいかがでしょ」

「うーん、それはよい思案」

柳沢は膝を叩いて歓び、

「豊後守にもそう願おう」

といった。

こういう具体的な話になると、柳沢保明の頭脳の回転は素早い。御側御用人と老中が、藤井紋大夫の死を悼む使いを出せば、暗にそれを手討ちにした水戸光圀を非難する意味を持つ。当然、水戸家としても放っておけず、光圀を政治の場から遠ざけざるを得ないだろう。その上、陪臣に対しても公儀の評価が及ぶという前例をも残すことができるわけだ。

〈これはよい。この勝負、あながち負けとは限らん。むしろ六分の勝ちであったかも知れんなあ……〉

そう考えて、ようやく保明はにっこりした。

柳沢保明と町子の読みは的中した。翌々日、水戸綱条から、

「養父光圀老病につき国元に帰して静養させたい」

という届があった。しかもそれを持って来た使者は、

「光圀自身、今後は水戸郊外の西山に籠り学問専一に暮したいと申しております」

との口上を加えた。

柳沢保明はこれを将軍綱吉に伝え、形ばかりのねぎらいの言葉を返した。柳沢は、御三家の一つを潰して将軍の絶対性を天下に示す大目的は達成できなかったが、煙たい存在だった光圀を政治の局外に完全に追放することには成功したのである。

しかし、その日の夜、保明がこの話を聞かせた所、町子は悲し気な表情で、

「殿は、ただ今の御奉公が十分とお思いでしょうか」

と訊ねた。

「何と……」

保明は驚き、怒りさえ感じた。自分は寝食も忘れるほどに将軍に尽している。牧野成貞のように娘をお側に差し出したり、将軍の母桂昌院のいうがままに好まぬ養子を跡取りにしたりするようなことはしていないが、全知全能を傾けて将軍綱吉の理想実現に努めている。この忠義と努力のほどには自信がある。それを今さら「十分か」と問われるのは心外だった。

「何ぞ、足りん所でもあると申すのか」

保明は、吐き捨てるようにいった。

「上様のお考え、上様のお望み、ことごとく果して来たつもりじゃがなあ……」

「はい、その通りにございます……」

町子は、まず素直にそれを認めたが、続けて、

「今一歩、お進みになり、上様のお考えやお望みの先を見る目をお持ち下さいませ……」

といって深く頭を下げた。綱吉のいうことを実現実行するだけのテクノクラートではなく、本当に将軍を補佐する政治家《ステーツマン》たれ、というのである。これは、保明自身も薄々感じ出していた所であった。

柳沢保明の先輩、牧野成貞は忠実従順な側用人として生涯を過した。将軍綱吉に逆らうこともなかったが、綱吉に教えることも先駆けることもない文字通りの侍従長、秘書役である。その牧野成貞も既に六十路を過ぎ、近頃は「お役を退いて隠居したい」と申し出ている。あとは、柳沢の双肩に全責任がかかって来る。近く、恐らくは今年中に、柳沢は老中格に進み、将軍と幕閣を結ぶ最重要人物となるだろう。

〈その時、自分は牧野と同じでよいのだろうか……〉

野心と聡明さを併せ持つこの男は、本能的にそういう疑問を感じている。だが、偏狭なまでの理想主義者である綱吉に対して、自分の考えをどう発揮すればよいのか、今の保明には分らないのである。

「お天道様《てんとう》を見つめた目には他の何物も見えませぬ。けれども、大きく強いお天道様にも照し得ぬ陰はございます。夜も来るものでございます」

町子は、迂遠な譬えをした。あまりにも強烈な個性の持主である綱吉に、あまりにも親しみ過ぎ

た柳沢保明への忠告である。

「どうすればよいのか……」

保明は率直に訊ねた。

「まず、学問でございましょう」

町子は淀みなくいった。これもまた保明には驚くべき言葉である。

学問ならば、柳沢保明は十分に積んでいる。幼少の頃から学問好きの綱吉に仕え、その「御学問上の御弟子」とされている。今では儒臣賢僧並み居る中で学問を講じても、だれにも見劣りのすることがないほどだ。その上、保明は四書五経を極めんとして漢語も学び、通事を待たずして彼の国の言葉で議論することさえできた。

「殿の学識はよう存じております……」

町子もそれを認めた。

「けれども近頃は新しい風の学問も起っておると聞きます。それもまた何かの参考とはなりましょう……」

「ふーん、なるほど……」

柳沢保明は軽くうなずいた。

「そういえば、増上寺の大僧正が、その門前に塾を開いておる荻生徂徠なる儒者、若いながらも聞くべき説を説くとか申しておったなあ……」

「はい。私も、荻生徂徠、細井広沢などの名を承っておりまするが……」

町子は二人の名を上げ、暗にそれを推挙した。江戸女流文学の名作「松陰日記」の著者町子は、流石にもの識りであった。

「分った。近々、その両人を招いてみよう」

保明も嬉しそうにいった。この時、この男の心中には、町子の持って廻った言い方よりも、新説に対する興味とよき儒臣を抱えることによって一層綱吉の気に入られるだろう、という現実的な視点が強かった。三十七歳の柳沢保明はまだ、その程度の人物だったのである。荻生徂徠と細井広沢の二人が、正式に柳沢家に抱えられるのは元禄九年のことだが、それ以前にも再三柳沢邸の門をくぐっている。

この二人の人柄と学風は対照的といってよい。保明には堀内源太左衛門門下の剣客でもあった豪気な広沢よりも、諸芸百般知らざることなき知識人の徂徠の方が気に入った。柳沢は最初ただの十五人扶持であった荻生徂徠に対して次々と禄を加え、やがて家禄五百石にまでしたばかりか、幕閣を遠ざかって甲府に引き籠ったあとは、扈従《こじゅう》の義務を免じてなお四百石の禄を与えるという厚遇を続けた。政治家として将軍絶対制を追求した柳沢保明は、荻生徂徠の唱える政治学に共鳴する所が多かったのだろう。

十　雨

（一）

五月はじめ——細い雨が東海道の長い道を濡している。行く手の路面が水を含んで白く光り、両側の並木が天水に洗われて殊のほか青い。この年（元禄七年）の五月初旬は新暦に直すと五月末になる。それなのにもう梅雨模様の雨が降り続いているのだ。

雨続きといってもこの街道は通行が絶えない。その中に、笠《かさ》と合羽《かっぱ》で身仕度した二人の男が行く。年の頃は共に三十前、共に日焼けした顔、真面目な町人であることは服装からも分る。右側のがっしりした男の装束は千里を経たように古びているが、左の長身の男のそれは、今度の旅で新調したらしく真新しい。旅に慣れた者と不慣れな者の差は、足取りの軽重にも現われている。短軀《たんく》の男は跳びはねるような身軽さだったが、長身の方は飽き飽きしたように足を引きずっている。

「与之介はん、もうじきでっせ、川崎の宿は……」

短軀の男が、連れにそういった。

「あとどのくらいで……」

長身の男が問い返した。

「まあ、二里かそこいらでんな」

「まだ二里でっか」

長身の方はがっかりしたように苦笑いした。

「伝平はんは歩くのに慣れたはるよってにもうじきといわはるけど、私には二里はじきやおまへんわ……」

短軀の方が飛脚屋伝平、長身の男は塩問屋竹島の番頭与之介である。

この年のはじめ、赤穂の塩を大量に先買いした竹島喜助は、積極的に販路拡大に乗り出し、番頭の与之介を江戸に派遣することにした。そしてその同行者に旅慣れた飛脚屋伝平を選んだのである。

「まあ、そういいなはんな、大坂からここまで今日で十日目。私とすりゃあゆっくりした旅ですわ……」

伝平はおかしそうにいった。

「ほら伝平はんと一緒にされたらかなわんわ。こっちは歩くのが商売とちゃいまっせ……」

与之介は目をむいて見せた。

「いや、こら失礼しましたな、ははは……」

伝平はおかしそうに笑ってから、

「それにしても、与之介はん。はじめての江戸下りに雨続きとはあんさんも運が悪いわ。このくらい雨ばっかりちゅうのは珍しあす。大坂を出てから降らなんだのは尾張・三河の辺りだけだしたなあ……」

と、少々同情して見せた。

「へえ、とうとう富士も見えへんかった……」

与之介は目を路面に落した。

「ああそら残念でしたなあ。与之介はんはまだ、富士山を見たことなかったんやなあ……けど、これからはお宅も江戸に店持つようになったら与之介はんかてしょっちゅう東海道を往復せなあかんのとちゃいますか。いやというほど富士山は見られまっせ」

伝平は、妙な慰め方をした。

「はは……そういわれても嬉しゅうないわ。濡れっ放しの旅はこりごりや……」

与之介はまたまた苦笑した。

「じきに慣れま、心配いりまへん、与之介はん。私かて十年前、十五でこの街道を往復した時は顎《あご》出しましたで。あの時はこないに気楽な旅やのうて、怖い兄貴が一緒だしたよってになあ……」

「へえ、十年前に十五でねえ……」

与之介は、改めて伝平の顔を見た。二十五歳にしては、日焼けのせいか老けて見える。

「伝平はんは飛伝の息子はんやよってに気楽な御身分やろうと思てたけど、案外はよから苦労したはりまんねなあ……」

「ええ、そうですとも……」

伝平は、ちょっと得意気に笑った。

「親父がはじめたこの商売、楽やおまへん。いずれは親父の跡継いで江戸の店の主人におさまるつもりだっけど、修業は息子も他人も同じだす。兄貴かて、今は天満でゆっくりしとるけど、三十まで東海道を七日で走っとりましたんや……」

伝平は、そういったあと、首を伸して与之介の耳元に口を近づけ、

「与之介はんかて大きな楽しみがおますんやろ」

と囁いた。

「いえいえ、私らは……」

与之介は、雨と汗に濡れた顔をほころばせて照れたが、まんざらでもない表情だった。この男の主人竹島喜助には息子がなく、一人娘の素良がいるだけである。いずれは養子ということにならざるを得ない。大坂の商家には、息子があっても思わしくない場合には、出来のよい番頭を養子にして店を継がす例が少なくないが、竹島の場合ははじめからそれがはっきりしているわけだ。そして、その時の婿養子の第一候補はこの与之介である。

竹島にはほかにも番頭が二人いるが、いずれも四十を過ぎ、妻子を持って分家を許された通いになっている。当時の商家の奉公人は四十を過ぎて通勤が許されるまではみな住み込みで独身なのだ。結婚年齢は他の職業に比べて著しく遅く、生活は極度に禁欲的である。

実際、ここ二年ほど前から主人の喜助もそれらしい素振りを見せ出した。先輩番頭の重兵衛、弥吉をさしおいて大事な相談には与之介を呼ぶのである。今度、江戸に下る前にも、「これがうまく行けばお前にもええ話をしてやれるかも知れん」と囁いたほどだ。与之介としても意識しないわけにはいかない。まんざらでもなさそうな表情はそれを物語っている。だが、野心を露《あら》わにするのは商人には禁物だ。与之介は、

「それにしてもこの雨、上方でも降っとりますやろか……」

と話題を変えた。

「さあ……」

伝平はちょっと首をひねったが、

「多分、降ってますやろなあ、こらもう梅雨模様でっせ……」

と答えた。

「それやったら、閏年《うるうどし》の割に早い梅雨入りでんなあ……」

与之介はやっと満足気に微笑んだ。

梅雨入りが早く雨が多ければ、日照に頼る塩は不作となり値が上る。それは、赤穂塩を先買いした竹島にとって嬉しいことなのである。


「こんちは……。またお邪魔さん、伝平でやす」

その日の夕方、与之介と伝平は川崎の宿に着き、伝平御贔屓《ごひいき》の大文字屋に入った。旅館と茶店を兼ねた宿場町にはありふれた店だ。泊り客を迎える玄関の脇にはかなり広い土間があり、休憩食事のための縁台が十ほども並べられている。

「あら、伝平さんが濡《ぬ》れ鼠《ねずみ》で」

跳び出して来た十六、七の小娘が、重く水の滲みた合羽を脱ぐ伝平をからかった。月一回の割で東海道を往復する飛脚屋はこの店の上顧客だ。

「濡れ鼠はないでしょ。せめていうなら濡《ぬ》れ燕《つばめ》……」

伝平は、気取った節回しで小娘にいい返した。

「ずんぐりむっくり濡れ燕……」

小娘はおかしそうに笑った。

「おゆうさんはいくつになってもお口が悪いなあ……」

流石に伝平はおゆうの減《へら》ず口に閉口して、

「それより今日は宿を取るでな、一番よい部屋と一番上等のめしを頼むぜ……」

と声高にいった。ここまで来ると、伝平の言葉は江戸ッ子だ。

「へえ、それは珍しい。伝平さんが川崎で、まだお日様の高いうちからお泊りとは……」

おゆうは怪訝《けげん》な顔をした。川崎の宿は江戸日本橋から四里半、並みの旅人でも早朝江戸を出ればその日のうちには程ヶ谷か戸塚までは達する。まして、走るのが身上の飛脚屋はもっと先の大磯か小田原まで駆け抜ける。伝平にとって川崎は、往きは昼めし、帰りは夕めしの場となるのが普通なのだ。

「今日はそれ、大事なお客を連れてるんでねえ……」

伝平は後に立っている与之介の方を顎で示した。

「あれあれこれは、いよいよお珍しい。伝平さんにお供がついたとは……」

おゆうはなおおかしがった。

「何をいってる。こちらは大事なお客様、上方では知らざる者とてない塩問屋、竹島喜助の大番頭与之介様じゃわ」

「あ、やっぱり、伝平さんがお供か……」

客慣れしたおゆうは飽きずにいった。

「これこれゆうや。何をいうてるんじゃ。お顧客様に対して……」

店の脇から声がして中年男が現われた。この店の主人でおゆうの叔父に当る大文字屋久造である。いかにも宿屋の亭主にふさわしい円満な人相の中年男だ。

「すぐ御案内いたしますで、まずはお足を……」

久造はそういって女中に足を洗う盥《たらい》の用意を命じた。だが、それが出て来るまでには少々時間がかかった。ほぼ同時に入った客が二組ほどあった上に、土間の茶店も混み合って、店の者たちはみな忙しかったのだ。

「ここはようはやっとりますなあ、伝平はん……」

与之介は、不思議そうな顔付きで訊ねた。

「はい、これにはわけがありましてな、大きな声ではいえんが、ここでは魚鳥が出ますんや」

「へえ……それが何ぞ変っとりますのか……」

与之介はいよいよ不思議そうな表情になった。大きな声でいうもいわぬも、隣の茶店風の所で魚や鳥を食していることは、たちこめた臭いでだれにでも分る。

「いや、魚鳥が喰えるのはこの川崎宿まででしてな、これより進んで大井・品川に入るともうないんでね。そら、例の生類憐みという奴で……」

そういって伝平は鼻をうごめかした。

「あ、なるほど……」

公儀の定めた「生類憐みの令」は大坂でも触れられているがほとんど実行されていない。上方住いの与之介には、江戸の厳しさが想像できなかったのだ。

「それでね、江戸に向う者はみな、ここでたらふく魚鳥を喰うってわけですよ。近頃じゃあ、江戸からわざわざここまで魚を喰いに来る客もあるってんですからねえ、川崎宿にとっちゃあ生類憐み様々でさあな」

伝平は得意気にいった。

〈何とも妙な法律を作ったもんや……〉

与之介はそう思わざるを得ない。古来日本には肉食の習慣が少ないが、全くなしではやって行けない。人体は基本的に何がしかの動物性蛋白質《たんぱく》を必要とする。それなのに、獣肉ばかりか鳥・魚・えび・貝の類まで、採ることも売ることも食することも禁じるとあっては、生存がおびやかされてしまうだろう。何とか抜け穴を捜してそれを得ようとする者が続出するのは当然だ。川崎宿の繁盛は、その抜け穴の一つである。

ようやく丁稚が盥を用意して来たので、二人は足をすすぎ、貴重品を帳場に預けて部屋に向った。宿は大きく表の二階建のほかに新築の離れもある。これも「生類憐みの令」のお陰で建ったものだろう。

案内された二階は八畳ほどの畳敷きが三つほど並んでいたが、襖ははずされている。気の張る客でも来ない限り入れないのだ。この当時の宿屋は大広間雑魚寝《ざこね》が原則で、不潔で用心も悪かった。この大文字屋のように畳が敷いてあるのは高級で、大抵の所は板敷き、夜具も出さねば食事も出さず、客が土間で各々自炊という木賃旅館だ。それでも三、四十年前までは一般の客を泊めることを業とする宿屋などほとんどなかったことを考えると大きな進歩だ。治安の良化と商品流通の拡大を反映したものであろう。

部屋も混んでいた。まだまだ明るいというのに十人ほども客がいる。雨のせいもあるが、やはりこれより進むと魚鳥が喰えないので早泊りする者が多いのだろう。

「夜までには江戸の方から上って来られるお客がまだ十人ほどお入りになりますんで、ちと窮屈かも……」

案内に立った宿の手代は小腰をかがめて恐縮の態を作ったが表情は得意気だった。

「結構、結構、御繁盛で何よりだす」

与之介は愛想よく応じた。八畳三つに二十人の相客はこの当時の旅館としては悪い待遇ではない。

二人は濡れた衣服を脱ぎ、油紙で包んだ荷物の中から取り出した乾いたものに着替え、さっぱりした気分で下の茶店に降りた。

茶店というよりは食堂である。縁台風の木台を十ほども並べた土間と簡易な桟敷風の客席が三こまほどある。ここも客は多く、みなむさぼるように焼鳥焼魚を食べている。勿論酒も出る。江戸から来たらしい武士の一団もいる。先刻の娘おゆうが忙しく膳を運んでいた。

与之介と伝平は桟敷形の小部屋に割り込んだ。先客は二組いた。みすぼらしい風態の武士三人組と何かの宗匠らしい中年男とその供の若者の組だ。武士たちは既にかなり酒が回っており話す声も高い。

「なあ方々、つまらぬ世じゃのお。何度もいうが……」

骨格のたくましい三十がらみの武士が左右の連れにそう問いかけていた。

「近頃、血の沸く話といえば高田馬場の喧嘩ぐらい、あとは女々《めめ》しいことばかりじゃ。これでは我らも世に出る機会がないわ」

「ふーん。備中松山城もさっさと開城、もし一戦とあれば拙者も押しかけ陣借りをと思うたがなあ……」

右側の痩せた同年輩の男がいっていた。こんなことをいっている所を見ると、この二人は浪人らしい。

「ばかをいえ。陣借りなんぞと、百年遅いわ」

中央のたくましい男が汚れた歯をむいて苦笑した。

「それよりわしにも中山安兵衛殿のような機会が欲しいぞ。わしとて機会さえあれば臆するものではないがのお……」

「しかし、それとて生き残ったのは中山殿一人というではないか。斬られた者が十八人とか……」

痩せた男が暗い目付きでいった。

〈十八人……〉

伝平はぎくりとした。高田馬場の決闘の目撃者であるこの男には、三人斬りが十八人になっているのは驚きだったが、侍たちの上機嫌を損うことを恐れて敢て口出しはしなかった。酒を含んだ浪人ほど始末の悪いものはない。

「ふん。死ねばそれまでよ。別に怖くもあるまい……」

たくましい男はそういって継ぎだらけの袖をまくり、腕をボリボリと掻いた。多分しらみでも付いているのだろう。

「しかし、水戸の黄門様の犬斬りは愉快だったなあ……」

第三の若い男が低い声でいった。この男だけはきれいにさかやきを剃っている所を見ると、どこかの下級藩士らしい。

「その黄門様も、柳沢出羽守にしてやられて常陸に退き込まれた……」

痩せた男が憂鬱な声で呟いた。

「またこれで犬めが一段と威張りくさるであろうなあ……」

「わしも犬に生れておれば思う存分暴れられたものをと思うぞ……」

たくましい男は、忙しく懐の中を掻きながら笑った。

「ところで、近頃は江戸も犬が増えたのお……」

若い藩士が遠慮がちにいった。

「当りめえよ。江戸中みんなで飼ってりゃ増える道理だ……」

たくましい男は苛立たし気に盃をあおった。

「しかし、そうするとこれからも犬は増えるなあ……」

痩せた男が小首をかしげた。

「どうなりますかねえ、これからは……」

若い藩士が本気で心配し出した。

「結局、ある所で行き詰り犬を殺せとなるんじゃないかなあ……」

たくましい男も、流石に小声になった。

「いや、そんなことはあり得ませんよ、遠藤氏《うじ》。犬を殺せなどと将軍様が申されるわけがありますまい」

若い藩士は興奮気味にいった。

「ふーん、どうかなあ……」

遠藤と呼ばれたたくましい男は腕を組んで考え込んだが、

「どう思われるかな、宗匠は……」

と隣の宗匠風の男に問いかけた。

「そうですなあ、既《すで》に犬を殺している者が大勢おりましょうでなあ……」

宗匠風の男はにやりとして答えた。

「へえ、そんな勇気のある者を宗匠は御存知で……」

遠藤は重大秘密を聞いたように身を乗り出した。ほかの二人も、興味に燃えた目を向けた。伝平と与之介も聞き耳を立てた。

「いや、何処のだれとは存ぜぬが、勘定の上で、それが分ります……」

宗匠風の男は真面目な顔付きで答えた。

「勘定で分る……」

遠藤はそう叫んで他の二人と顔を見合せた。どうやら三人とも勘定には弱い方らしい。

「つまり、こういうことです」

宗匠風の男は静かに語った。

「犬というものは雌雄一対から春秋二回、ならして四匹ほど子を生む。当然、その子もまた次には同じだけ子を生みますでな、去年の春の二匹が今年の秋には百六十二匹にもなる勘定、四年も経てば五千匹を越えるはず、そうなれば江戸中犬で埋り、家はことごとく犬に明け渡し、人は山野に住むということになりかねぬ、実は私どももそれを本当に心配したことがありましたわ……」

宗匠風の男はそういって一同を見渡した。一番《ひとつがい》の犬が四年で五千匹以上になるというのには流石に一同驚いた。

「ところが、ここで不思議なことが起っておりますんじゃ。去年の秋には沢山仔犬を見かけましたが今年の春はかえって少ない。あれほどの仔犬がみな育って子を生んだなら、今頃はえらい数の仔犬がおるはずですがな。思うにこれは、人知れぬうちに仔犬を殺して埋めた者も多かったからでございましょう。何しろ、育ってしまえば飼わねばならずどんどん増えては耐え切れませぬからのお……」

宗匠風の男は小声で笑った。

このような話は、江戸の街で盛んに行われていたらしく「御当代記」という書物にも出ている。

「なるほど……勘定ではそういう道理じゃな、安心いたした……」

遠藤が、妙に感心していた。

「とすれば、将軍様の愛憐の政も、かえって仔犬殺しを促す結果になっているかも知れませぬなあ……」

若い藩士が声を低めていった。

「ふん。そのこと、御公儀でも察せらるべきじゃのお……」

痩せた男が暗い表情で呟いた。

「そうじゃ、御公儀で江戸中の野良犬をお飼いになればその増え方も分るであろう……」

遠藤はまた懐を掻いた。

「お武家様……」

伝平が不意に口をはさんだ。

「実はそれ、御冗談ではなく本当にやるらしゅうございますよ」

「へえ、御公儀が犬を飼われる……」

「はい、四谷と大久保にでっかいお犬屋敷を建てられて、何千匹もの犬をお飼いになるそうで……」

「へえ、それはまた驚いたことじゃな……」

武士たちは呆気にとられたような顔をしていたが、最後には、

「お犬様は結構じゃなあ……」

と溜め息混りに呟いていた。

四谷と大久保のお犬小屋着工が正式に発令されたのは、これより一年ほどあとの元禄八年五月二十三日のことである。もと鷹匠を勤めた尾関勘左衛門、比留間勘右衛門《ひるまかんえもん》らに犬小屋支配を命じ、松平飛驒守利直が人夫を出している。それぞれ三、四万坪という大きなものであった。

戌《いぬ》年のこの年、「生類憐みの令」はいよいよ極端な形をとりはじめたのである。

（二）

人間が太陽と共に行動していたこの時代、時刻の呼び方・計り方にもそれが反映されている。当時は、日の出を明け六ツまたは卯《う》の刻、日の入りを暮六ツまたは酉《とり》の刻とし、昼夜それぞれを六等分していた。従って、季節によっては昼の一刻と夜の一刻とは長さがかなり違う。夏至に近い頃には昼の一刻は夜の一刻のそれより二割ほども長く、冬至に近い時期にはその逆になる。旧暦五月はじめ（今の暦では五月下旬に当る）、昼の長いこの季節なら明け六ツは今日の午前五時前に来る。

それでも、これが人間活動のはじまりであることには変りがない。

川崎大師の鐘の音と共に大文字屋の旅客たちは出発の仕度にかかる。与之介も伝平も、身仕度を整えて階下に降りた。雨は止んでいたが重苦しい曇天で、昨日濡れた着物はまだ乾き切ってはいない。

階下の茶店は出発前の朝めしの客で既に賑っていた。昨日の三人組の武士の姿は見えなかったが宗匠風の男とその供の若者の顔はあった。その男は、俳句の師匠榎本《えのもと》其角《きかく》と名乗り、上方に上るのだといった。この秋には、俳界の巨匠松尾芭蕉も京・大坂に上るので、上方の俳界は大いに賑うだろう、などと語った。其角は芭蕉の第一の弟子だ。元禄七年のこの旅は、其角にとって二度目の上方旅行であり、大坂において師の最期を見届けることになる。与之介も伝平も、俳句には趣味がなく、其角の名もよくは知らなかったが、伝平は丁重な自己紹介をした。俳界は東西交流が盛んだから飛脚屋の上顧客となると見たのである。

その間、店の中を見廻していた与之介は、妙な貼書に気が付いた。

「うす塩の参あり〼」

「しと塩の周あり〼」

などというものだ。

「塩」という字に敏感な与之介はこれに注目して、

「あれえ、何でっか……」

料理を持って来たおゆうに訊ねてみた。

「あれは魚。参は鯵《あじ》、周は鯛《たい》。分ったあ」

おゆうはおかしそうにいった。江戸を離れているとはいえ、遠からぬ天領だから、公儀の御禁制をはばかって魚偏を削ってあるのだ。

「へえ、塩魚を売ったはりまんのか」

与之介は腑におちぬ態でいった。

「塩のうすいのね、冬なら生でも持つけど今はちょっとだけ塩してるのよ、江戸まで持って帰れるようにね」

おゆうはにこにこして説明した。これも、この店では結構いい売上げになるらしく、江戸に向う客から土産包の注文が相次いでいる。

「いとはん、ほたらこの辺で塩魚を造っている浜がおますのか」

与之介の質問に、おゆうは娘らしい陽気な笑い声を上げた。「いとはん」と呼ばれたのがおかしかったのだ。

「あるわよ。江戸では魚を買っても売ってもいかん、釣舟も禁止ということになってから、江戸の漁師さんも大勢移って来たものねえ……」

「そこ、ちょっと見せてもらえますやろか……」

与之介は遠慮がちにいった。

「簡単よ、近いもの。半刻待ってくれたら私が連れてってあげるわよ」

とおゆうは答えた。朝食の客が済んだら、という意味だ。

一刻ほどのち、おゆうに連れられた与之介と伝平は浜の漁村にいた。確かに最近移り住んだらしい漁民の小屋もある。舟も多く、江戸から「避難」して来たらしい釣舟もあり、釣客の世話をする舟宿もある。だが、与之介の関心は塩にしかない。彼は真直ぐ小屋に入り、塩俵をつついてみた。

出て来たのは赤味がかった粗い粒だ。

与之介はそれを手の平の上に並べて見つめ、指の先につけて舐《な》め、水を含ませてもんだ。さらにいくつかの俵を調べて両手で持ち上げてみたりもした。

「あんまりええ塩やおまへんなあ。こら、三州饗庭《さんしゅうあえば》のもんだす……」

与之介は、伝平とおゆうに調査結果を報告したが、もとより二人には何のことか分らない。しかし、与之介の瞳の輝きから見て、これが塩問屋の番頭にとって重大な発見であるらしいことは感じられた。


その日の夕方、与之介と伝平は、江戸鉄砲洲の浅野内匠頭家江戸屋敷に着いた。赤穂の塩を扱う竹島の番頭与之介にとっても、これから赤穂藩の御用を承ろうとする伝平にとっても、ここは大事な場所である。

だが、浅野家江戸屋敷の面々は異常な興奮に包まれていて、塩や飛脚どころではなかった。つい先刻ここに、

「堀部弥兵衛老が、本気で中山安兵衛殿を婿に迎える運動をしているらしい……」

という噂が入ったのだ。

高田馬場の決闘の勝者中山安兵衛は江戸中の人気者だ。斬った相手の数も「十八人」にまで膨れ上って伝わっている。事件から既に三ヶ月経ったが、牛込天龍寺竹町の安兵衛宅には未だにもの好きな「見学者」が絶えないし、彼が師範代を勤める小石川牛天神下の堀内源太左衛門道場は一遍に入門者が増えている。

それほどの人気者が、「もしかしたら我が浅野家に入り、日々同じ長屋に住むことになるかも知れぬ」というのだから大事《おおごと》だ。現代でいえば人気歌手が隣に引越して来るようなものだ。

あの日、高田郡兵衛と奥田孫大夫が高田馬場の決闘のことを話した時、堀部弥兵衛老人はすぐ、

「そのお人こそ堀部家の跡取りにふさわしい。娘のホリの婿は安兵衛殿に決めたわ……」

と、叫んだものだが、この段階では、それが実現すると思う者もいなかった。しかし、弥兵衛老人自身は大真面目だったのだ。

戦国時代の一刻者《いっこくもの》そのままの武者気質を持つ弥兵衛は、一人娘の婿取りでも猪突《ちょとつ》猛進だった。まず、中山安兵衛の身辺を調べ、越後新発田《しばた》藩溝口家の浪人二十五歳と知ると、「これは申し分ない」といよいよ熱を上げた。浪人ならば主家との間でもめることはないし、二十五歳という年齢は十八歳の娘には向いている。弥兵衛は、そう独り決めした。だが、娘のほうは、祖父ほども年の違う父親の独断癖を心配して、

「あれほどの評判のお方が、容易《たやす》く御承知になるでしょうか……」

と心配した。

「大丈夫じゃ、堀部の家は武勇の家柄、禄も三百石、それにお前も器量よしじゃ……」

弥兵衛は自信あり気にそう繰り返した。それでも老人は慎重に伝手《つて》を捜した。手っ取り早くと思えば、道場の同門である高田郡兵衛や奥田孫大夫に頼んで会うこともできたのだが、弥兵衛は、

〈伯父甥の義を結んだだけで命懸けの助太刀をなされたお人じゃから筋が大事じゃ……〉

と考えた。この辺り、堀部弥兵衛という老人の猪突ばかりでない一面がうかがえる。

こうして約二ケ月、堀部弥兵衛が把んだ伝手は、高田馬場の決闘の張本人であった菅野六郎左衛

門の知人で、久世出雲守家江戸留守居役の中根長大夫である。まず格式からいっても申し分ない仲人だ。

堀部弥兵衛の依頼を受けた中根長大夫は、まず四月二十七日に牛込の中山安兵衛宅を訪ね、赤穂浅野家家来堀部弥兵衛方への養子縁組を申し込んだ。交渉は二度三度行われたが、安兵衛の返事は必ずしも色よいものではなかった。人気者の安兵衛には、ほかからも養子の話が来ていたし、剣術道場でも喰って行ける自信もできたためだろう。

ここで中根長大夫は一計を案じ、中山安兵衛を自宅に招き、直接堀部親娘と引き会わすことにした。だが、この招待も安兵衛の方が断って来た。こうなると、浪人は縦横の関係が少ないだけにかえって困る。残るは剣術の師匠堀内源太左衛門だけである。

中根長大夫は、小石川牛天神下の堀内道場に源太左衛門を訪れ、中山安兵衛説得を依頼した。

五月六日、つまり一昨日のことである。

その噂はすぐ浅野家中にも伝わって来た。

「堀内先生にまでお願いしておるとなれば堀部老の思い、ひとかたならぬものがあるに違いない」

今しがた、道場からこの噂を持ち帰って来た高田郡兵衛がまずそう伝えた。

「これは嬉しい話じゃ。中山殿が我が浅野家に入ると百千の味方を得たも同然。我らも同門として何かの役に立ちたいものじゃな」

奥田孫大夫もそういった。

たちまちこの周囲に人々の輪ができ、「この養子縁組、お許し願うように殿には我らも申し添えようではないか」

と署名運動を提案する気の早い者もいた。二年ほど前、堀部弥兵衛が甥の作二郎を養子にと願い出た時、藩中枢が不許可にした例があったからである。

「いや、その必要はあるまい。我が殿は殊のほか武勇を尊ばれる故、まさか中山安兵衛ほどの勇者を否とは申されまい。それより安兵衛殿はまだ諾とは申しておらぬそうではないか、その方が問題よ」

という者もいる。

「うん、わしもそれを心配しておる。ここは一つ、ホリ殿を安兵衛殿に見せることじゃ。ホリ殿は家中でも評判の美人じゃもの、見れば安兵衛殿も心を動かすに相違あるまい……」

無責任な野次馬談義だが、みな善意の応援者である。

与之介と伝平が、この屋敷に入って来たのはちょうどそんな時だったのだ。

「何々、あの中山安兵衛さんがこの浅野家に入られるというんですかい」

噂好きの伝平は、耳聡《みみざと》く人々の話を聞き取って興奮気味に叫んだ。

「それが本当になりゃあ素晴しいや。浅野内匠頭様の評判はぐうんと上りまさあな」

「おお、飛脚屋。お前もそう思うか」

満足気にいったのは高田郡兵衛だ。

「へえ、そりゃもう……」

伝平は大きくお辞儀をした。その途端、高田が、ちょっと眉を寄せて、

「飛脚屋、ひょっとするとその方、高田馬場での中山氏《うじ》の働きを実見した者ではないか」

と訊ねた。

「へえ、確かにこの目で……」

伝平は自分の目を指さして答え、

「よう御存知ですねえ、お武家様は……」

と感心して見せた。

「いや、その半纏《はんてん》で思い出したのよ。なあ奥田殿……」

高田郡兵衛は、奥田孫大夫を振り返っていった。

「我らが小石川から高田馬場へ駆けておった時、確かにこの半纏が追い抜いて行ったよ」

「ああ、そういえば……」

奥田孫大夫もうなずいた。

「足腰には自信のあるこの郡兵衛を易々と追い抜くとは、流石《さすが》は飛脚屋と思うたので、よく憶えておったのよ」

「それは失礼をばいたしました。手前どもは早くて五日、遅くも十日で江戸・大坂を通っております。赤穂まででもすぐでございまして……」

伝平は抜け目なく宣伝に努め出した。赤穂藩の御用を承ろうという伝平には、これもまた一つの手懸りである。

ところが、同じ時に、この屋敷の奥では、打って変った暗い表情の人々が額を集めていたのである。

「困るわなあ、吉良の少将様がわざわざお報せ下されたとはいえ、当家にはこれほどの大きな御普請を御奉公するほどの銭がないでなあ……」

そういっているのは、家老の安井彦右衛門である。

「はい、私の見ます所、お犬小屋とは申せこれは巨大なもの故、人夫も相当に要るかと……」

そういって恐縮しているのは江戸金奉行の才田権兵衛だ。

「しかし、吉良様がこうまでして下されたのに……」

留守居役の建部喜六が渋い表情で、一座の真中に拡げられた手紙を扇子の先でつついた。それは、今しがた届けられた吉良上野介からの手紙で、大略次のようなことが書いてある。

「御公儀では目下計画中の四谷・大久保のお犬小屋に次いで、さらに大きなものを中野村に造る案が出ている。四谷・大久保のお犬小屋普請に手伝いを申し出られた松平飛驒守殿は殊のほか上様や柳沢出羽守様の覚えがめでたい。次の中野のお犬小屋普請には浅野内匠頭殿も人夫を出すと願い出られるがよかろう。老婆心ながらお報せする」

そしてそのあとには、これから造られるという中野村のお犬小屋の概略まで付いている。何と敷地十六万坪、二十五坪のお犬小屋二百九十棟、七坪半の陽よけ場二百九十五棟、仔犬養育所四百五十九ヶ所という巨大なものだ。

「そうは申されても、迂闊に願い出て、本当に御命令が下ったら何とする。えらいもの入りであろうが……」

安井は苛立たしく顔を扇子であおいだ。

結局、この場の結論はいつもと同じように、

「我ら江戸詰一存で決められることではないのでとりあえず国元に報せ、その返事次第としたい」

という返事を出すことだった。

幸か不幸か、この年浅野内匠頭は松山城お預りを命じられていたので、江戸に来ることはなかっ

たのである。

（三）

この年は全国的に長雨が続いた。その上、閏五月になると、十七日には瀬戸内一帯に大風を伴った豪雨が襲った。この日は新暦の七月五日だから台風には早過ぎるが、伊予の宇和島では洪水が起ったという記録もあり、同十九日には甲斐でも洪水が記録されている。居座った梅雨前線に熱帯性低気圧が作用して、大量の雨を日本列島中央部に降らせたのであろう。

「今年は塩が不作じゃわい……」

そんな予測が、瀬戸内の塩田にも大坂の塩問屋の間にも拡まった。このため、塩の値段は見る見る高騰し、閏五月末には赤穂産の差塩一俵が銀三匁を越えた。その上、長雨が魚介の乾物生産を難しくしたとかで塩の需要も伸び、去年の秋には満杯だった塩蔵も急に空き出した。

「このまま六月も雨が続けば一俵四匁にもなりかねない」

大坂塩町では、そんな予想と共に囁かれ出したのは、今年はじめに赤穂塩二十万俵を先買いした竹島喜助の儲けのことである。

「いや、大したことはおまへん。早う買うて早う売っただけだす」

竹島自身は、大坂商人の常のように控え目にいっていたが、塩問屋仲間では、

「少なくとも銀百五十貫、ひょっとしたら二百貫も儲けはったんとちゃいまっか」

と囁かれている。

こうした噂はたちまち赤穂にも伝わり、人々の後悔と嫉妬を呼んだ。

正月には一俵二匁一分の値と藩札の先渡しに歓んだ地場問屋の塩売仲間たちも、今となっては口惜しい思いにかられていた。彼らが先売りしたのは大部分が浜の自小作の作った塩だから、実際の損はほとんどなかったのだが、他人に稼がれた不満は抑え難い。

実損の少ない塩売仲間がこうだから、高値で売れる機会をみすみす逃した浜の自小作が収まらないのは当然だ。彼らも正月には一俵二匁一分から塩売仲間の仲介料二分を引いた手取り一匁九分の値に同意したのだが、先売り以外のものが二匁五分以上で買われる事実を知ると我慢できない。

「こらあどう考えてもおかしいで……」

そんな声が浜中に拡がり、やがて、

「塩売の旦那衆に掛け合ってみよやないか……」

ということになった。特に閏五月十七日の大雨では浜にかなりの被害が出、不作が決定的になると、不満は高まり、各浜から代表を選んで交渉することになった。

六月はじめ、尾崎浜の浜子の肝煎役《きもいりやく》徳造は、大塩村の権作、御崎村の五郎兵衛らと共に、塩売仲間の代表格、川口屋と阿波屋を訪ね、先売り分の値段引上げを願い出た。

「あの時お前たちも一匁九分でよいというたはずやないか。ほれこの通り、浜の一同の手形もある」

川口屋と阿波屋は、自小作たちの印が並んだ手形（契約書）を持ち出して反論した。

「そんなことをいわれても、この大雨で塩は不作。それに値が上らんのではわいらどないして喰うて行きまんのや」

徳造らは激しく喰い下った。彼らには、手形、つまり契約の何たるかが理解できない。

「しかし、塩はわしらが持っとるわけやない。みなも承知のようにわしらはお前たちから買うた値に僅かな手間賃を付けてお殿様に売ってしもうておる。今さら、お殿様に値上げとはいえんやないか」

旦那衆はそう諭したが、徳造らの方も、

「不作の年は年貢もまけてくれはるもんや。塩浜の者にもお情があってよいやろ」

と反論した。

こんな押問答が何回か繰り返された末、ようやく塩売仲間も、

「とに角、お役人に掛け合ってやろう」

といい出した。塩売仲間の旦那たちの方にも、浜の自小作の不満を理由に値上げをして自分たちの利益を拡大したい気持ちが強かったのである。

塩売仲間からの「先売り分の値上げ」陳情をまず受けたのは浜奉行の不破数右衛門である。

「浜の者の申すこと無理からぬ所もある。みなと相談してみよう」

不破数右衛門はそう答えた。この男は純心な武士ではあったが、商売というものに対する理解が浅く、浜の者たちの生活安定ほどに商契約の忠実な履行を重視していなかった。これがむしろ「よき日本人の典型」というものだ。

しかし、この話を聞いた石野七郎次は困り果ててしまった。石野は、口約束一つでどんな大きな損得も実行されている大坂商人の世界をよく知っている。大坂では、思入れ（投機）の失敗で破産は勿論、自殺者さえ出ることが珍しくない。竹島とは、

「いかなることがあろうと互いに値も量も変えない」

という手形を交している。それも、家老の大野九郎兵衛、大坂留守居役の岡本次郎左衛門との連署である。

「今さら、そんなことは申しかねる」

と一度は突っぱねてみたが、上司の不破数右衛門に再三迫られては放置できない。石野は、家老の大野九郎兵衛に泣き付いた。

だが、驚いたことに大野は、

「お前、竹島へ行って頼んでみい。竹島は古い付合いやから幾分か色もつけてくれるじゃろう」

というのだった。長年算勘財政のことを司り、塩業を掌握して来た大野九郎兵衛にも、商人の契約概念はなじめぬものだったのである。

石野七郎次は仕方なく大坂に出たが、流石に竹島の店には行き難かったので、まず娘の素良に訴えることにした。主人の喜助よりは娘の素良の方が情にほだされ易いだろうと考えたのである。

だが、素良は留守だった。島屋の娘美波に誘われて、道頓堀の竹本座に人形浄瑠璃を見に行ったというのだ。石野七郎次は、長堀川にかかる橋のたもとの茶店で川面を見つめながら、長い時間素良の帰りを待った。しかし、素良はなかなか帰って来なかった。

（四）

安井《やすい》道頓《どうとん》とその従兄弟道卜《どうぼく》が、大坂の街を南に迂廻する堀川を開いたのは、大坂の陣の直後である。人はこの堀川を起工者の名に因《ちな》んで「道頓堀」と呼んだ。

水運によって発達した大坂の街は、水面から離れることを恐れるかのように、川沿いに伸びている。堀川の途絶える所で大坂の街は終る。北は蜆川《しじみがわ》（今の国道二号線梅田新道―桜橋線を流れていた）、南はこの道頓堀が端である。この南端の川沿いの街並みを越えると千日前と呼ばれる刑場があり、田畑と湿地の中を寺町筋が一本、天王寺村に伸びる淋しい所となる。

大坂の町人たちは、南北一里ほどのこの街の北と南に遊び場を集中させた。北の新地は遊廓、南の道頓堀は見世物小屋の街だ。恐らくこれは、番頭や手代・丁稚が仕事中にこっそり抜け出すのを抑えるための知恵だった。四十歳前後まで住み込みの独身生活を続ける当時の商家の奉公人にとっては、すぐ近くの街中に女郎屋があれば、誘惑が強過ぎるというわけだ。大坂町人の都市計画は、実に細心だったといえる。

道頓堀の見世物小屋は、大坂の経済的発展と共に立派なものとなり、やがて芝居や浄瑠璃の常設館が軒を並べるようになった。元禄七年のこの頃には、まだ「道頓堀五座」の櫓は出揃ってはいなかったが、既にいくつかの座があり、京や江戸に劣らぬ賑いを見せはじめている。

ここに、竹本義太夫なる浄瑠璃語りが「竹本座」の旗を上げたのは、十年ほど前の貞享元年のことだが、たちまちその美声と巧みな節回しは評判となった。そしてそれを一段と高めたのは、近松門左衛門なる作家との結び付きである。

この当時、近松門左衛門なる作家の青年時代について知る者はほとんどいない。この名がいささかでも世に知られるようになったのは、竹本義太夫の旗上げの前の年、京の名高い浄瑠璃語り、宇《う》治加賀掾《じかがのじよう》嘉太夫《かだゆう》が、近松の書いた「世継曾我《よつぎそが》」を出した時からである。曾我兄弟の仇討ちは、この当時の舞台に繰り返し取り上げられた題材だが、仇討ち成就後の話に焦点を当てた近松の発想はいかにも個性的で新鮮だった。

それ以後、近松の作品は何度か宇治加賀掾によって取り上げられたが、この時代には浄瑠璃や芝居の台本書きが世の注目を集めることなどまずなく、近松門左衛門の名も、興行関係者の間で噂にのぼる程度だったに過ぎない。

竹本義太夫は、旗上げの翌年、早くも近松門左衛門と手を結んだ。貞享二年、近松は「出世景清」なる出し物を義太夫のために書いている。これは、封建社会を背景とした義理と人情の相克を主題としたこれまでにない斬新な作品だったから、大いに評判を呼んだ。この時、近松門左衛門三十三歳、竹本義太夫三十五歳である。

続いて、近松門左衛門は実に大胆な試みをはじめた。貞享三年の「佐々木大鑑」において、出し物に作者の名を入れたのである。劇作に生涯をかける決心を固めた近松としては、作品に対する責任の所在を明確にする義務を感じてのことであったろうが、当初はひどく悪評判だった。その翌年に出版された「野郎立役舞台大鑑」には、「やめさせたきもの近松の作者付」とさえ書かれている。だが、近松門左衛門は止めなかった。彼はまだ駆出しといってよい時代から、世間の無理解に対して、勇気を以って戦ったといってよい。

それでも、登場以来約十年間、近松は主として宇治加賀掾のために台本を書き、竹本義太夫にはその改作、いわば二番煎じを回すことが多かった。その頃はまだ、京の加賀掾の名声が、大坂の義太夫をはるかに上回っていたし、近松自身も世に出るきっかけを作ってくれた加賀掾には義理を感じていた。このため、近松門左衛門の名は宇治加賀掾の影にかすんだ存在だった。

近松門左衛門の名声を不動のものにしたのは、浄瑠璃よりもむしろ歌舞伎においてである。元禄六年、都万太夫座の二の替りに出した「仏母摩耶山開帳」が、初代坂田藤十郎の名演と相まって京洛の大評判となったのだ。これは、近松門左衛門の最初の歌舞伎台本である。

竹島素良が、近松門左衛門なる作家の名を知ったのも、実はこの時からであった。そして、たちまちにして、この作家の書く義理と人情の世界に魅せられた。だが、芝居好きという点では、島屋の美波の方が一枚も二枚も上手《うわて》だ。立派な兄を持つ美波は、店の商売を気遣うこともない気安な身分だったせいもあって、月に二度は道頓堀に通い、年に三、四回は京にも足を伸して、歌舞伎・浄瑠璃に入り浸った。これもまた、華やかな文化の花開く元禄時代の浪花女の一典型である。

「素良はん、近松先生に会うてみえへんか……」

竹本義太夫と人形遣い辰松八郎兵衛の名演が終ったあとで、美波が誘った。最近売出しの作家と顔見知りなことを、美波は自慢なのだ。

「行ってみよか……」

素良はすぐその提案に乗った。いつの時代でも十七、八の娘は遊芸の著名人には興味を持つものだ。京都住いの作家に会える機会を素良が逃さなかったのは当然だろう。

裕福な商家の娘で、竹本座の常連である美波は顔が利く。

「近松つぁん来たはるんやろ……」

という一言で、この座の支配人竹屋庄兵衛が二人をすぐ楽屋に案内した。


華やかな舞台の裏側は淋しいものだ。殊に催しがはねたあとはそうである。観客席からは美しく見えた大道具が汚れた裏側を見せている。派手な衣服も間近で見れば安物だ。つい先刻まで名演技を見せていた三味線弾きや人形遣いが、半裸姿で汗を拭っている。その素顔は市井で出会う労働者

人は多い。美声を聞かせていた浄瑠璃語りも河内弁丸出しである。その上、楽屋は狭く、人は多い。食事の仕度をする煙と臭いが立ちこめ、汚れた夜具がほころびた蓙《ござ》の上にだらしなく積まれている。この当時の演劇関係者の多くは、経済的にも恵まれた階層ではない。こんな楽屋にごろ寝して一生を過すという者も多いのである。

そんな猥雑《わいざつ》な中に、彼女らの目指す人、近松門左衛門はいた。積み上げられた布団の山に背をもたせ、片膝を立て、浴衣の胸を大きく開けて汗ばんだ膚に団扇《うちわ》で風を送っている。さかやきは剃《そ》らず、髪はまとめて後に小さな髷《まげ》を作っている。中肉中背の丸顔、実に平凡な人物だ。

〈これが、あの近松門左衛門か……〉

素良は一瞬、それを疑ったほどだ。

「あれ、島屋の……」

顔なじみの美波を認めた近松門左衛門は、そういって襟を合せ、姿勢を正した。

「先生久し振りで大坂へ……こちら素良はん、塩問屋の竹島の……」

美波は慣れた調子で素良を紹介した。

「これは、えらい狭い所で……」

近松は、そういって頭を下げた。素良もお辞儀を返した。

「先生、今何書いたはりますの……」

美波が、近松の脇にある机の上に散らかった紙筆を指さしていった。

「えへへ、大したものやおまへんわ……」

近松は照れ臭そうに笑った。

「そろそろ何ぞ、出しとくれやすな、先生」

美波は甘えた声でいったが、近松は厳しい表情で首を振った。

「なんでやの、先生。近頃ここかてええの出てまへんで……。頑張ってもらわんとあかんわ……」

美波はせがんだ。

「ほら、近松先生、お客はんもこねいうたはりまっせ」

後から竹屋庄兵衛も声をかけた。

「ふーん、わてかてなあ……」

近松門左衛門は、いよいよ難しい顔付きになり、机の上から書きかけの紙綴りを取り上げたが、やがて不機嫌な表情で投げ捨てた。どうやら気に入る出来ではなさそうだ。

「何ぞ、ええ題材はおまへんかなあ……」

近松は、苦々しい笑いを浮べて二人の娘を見た。

「あの……この前いうた江戸の仇討ち、ほら、高田馬場の。あれはあきまへんのか」

美波がにじり寄るようにいった。飛脚屋伝平から高田馬場の決闘の話を聞いた美波が、それを近松門左衛門に語ったのはもう三ヶ月ほど前のことだ。現実に起った評判の事件を題材としてドラマに仕立てるのは、いつの時代でも興行をヒットさせる手段である。元禄時代とて例外ではない。高田馬場の決闘は上方でも大評判だから、美波が絶好の題材と考えたのも無理はない。

「ふーん、高田馬場でっか……」

近松は気乗り薄に首を振った。

「いろいろと大袈裟にいわれてるけど、どうも情がない。いわば出会い頭の功名でんなあ……」

義理と人情の絡んだ複雑な社会関係の中で切り刻まれるような人間像を追求して止まない近松門左衛門には、口論の末に喧嘩に及び派手な立回りを演じただけの高田馬場は、それほど創作意欲を掻き立てる事件ではなかったのだ。

「あのお……水谷様のお取潰しは……」

素良が遠慮がちに口をはさんでみた。高田馬場と同じ頃に起ったこの事件も、上方ではよく知られている。一時は、水谷家の遺臣が籠城するのではないかと騒がれたし、お取潰しに伴う出入り業者の没落もあった。大坂でも、水谷家と関係の深かった千草屋重郎右衛門は巨額の貸倒れを背負い込み大損をした。幸い、千草屋は伊予の大洲・備中川辺・播磨《はりま》の宍粟《しそう》など、いくつかの藩の掛屋を兼ねる大店だったので、倒産することはなかったが、水谷家の担当だった番頭の市兵衛は責任を感じてか自殺したといわれている。そんな悲劇も混えてみれば、結構大きな題材である。

「水谷はんか……」

近松は苦し気に目頭を押えて呟いた。

「せめて五人でも十人でも、主家に殉じる侍はおらんのかなあ、この頃は……。今の侍には忠義の心ものうなった。曾我の兄弟、悪七兵衛景清、唐土《もろこし》ならば文天祥に国姓爺《こくせんや》……。今の日本にゃおらんのお……」

「そこを一つ、近松先生の頭で……」

竹屋庄兵衛が口を添えたが、近松は、

「うーん。わしのお家物はみな絵空事かなあ……」

と虚《うつろ》に呟いていた。

元禄七年のこの頃、近松門左衛門は大きな転機にあった。作家として登場以来、毎年何本もの浄瑠璃台本を書いて来た近松が、四十二歳のこの年だけ一篇の作品も残していない。この前の年にはじめての歌舞伎「仏母摩耶山開帳」で好評を得たあと、一年半にわたって完全に沈黙していたらしい。しかもそのあと数年間は専ら歌舞伎を書き、浄瑠璃界との関係を絶ってしまっている。

坂田藤十郎らの歌舞伎の世界に魅せられたというよりも、浄瑠璃作家としてのある種の限界を感じた時期だったのかも知れない。それだけに、竹島素良と近松門左衛門との最初の出会いも決して陽気なものではなかったはずである。

(五)

竹島素良が塩町の自宅に帰ったのは、日暮れたあとで、赤穂藩塩吟味役石野七郎次数正の手紙だけが残されていた。

「何や、今さら。先売りの塩の値を上げてくれやて。あないに念押しといたのに、やっぱりお侍は厭なもんやなあ……」

一読した素良は、不快気にそういって、石野の手紙を投げ捨ててしまった。

それとは知らぬ石野七郎次は、翌朝早く竹島を訪れ、素良に面会を求めたが、素良は居留守を使って現われなかった。

〈まず娘を口説こうとしたのはまずかった〉

石野はひどく後悔をした。素良の好意を過大に評価していた自分が腹立たしかったし、女心を利用しようとしたことも恥かしかった。石野は考え方を改め、塩問屋役人の室井仁左衛門に相談してみた。

「そらあやっぱり、この屋敷に旦那の喜助はんを呼び付けていうた方がよろしあす……」

室井ははっきりそう答えた。

「それはどうかなあ……」

石野はちょっと逡巡《しゅんじゅん》した。天領の大坂では赤穂の殿様の威光など通用しない。正規に訴え出られたら必ず藩の負けである。大野九郎兵衛と岡本次郎左衛門、それに石野の三人が連署した手形は、争う余地もないほど明確な文面になっているのである。しかし、

「そやかてほかにどんな方法がありま……」

と、室井に乾いた表情で詰め寄られると返答に窮した。結局、石野はこの若い男の意見に従うほかはなかったのだ。

その日の午後、中之島西信町の浅野家蔵屋敷の一室で、石野七郎次は竹島喜助と対面した。石野の左には、床の間を背にした岡本次郎左衛門が、右側には室井仁左衛門が座った。喜助の方は、若い丁稚由兵衛一人を供に連れていた。石野にとっては、ひどく気の重い会合だったが、素良も顔見知りの番頭与之介もいないことが僅かな救いに思えた。

「浅野様御家中の堀部様とやらが、あの高田馬場でお働きになられた中山安兵衛はんを御養子になさるお話が進んでおりますとか……」

竹島喜助は、いかにも世慣れた商人らしくそんな世間話から入って来た。

「うん、そのようなことをちらりとは耳にしたが……」

岡本次郎左衛門はそういって首をひねった。実際、岡本も石野もまだよくは知らないのだ。

「何でも安兵衛はんの方は、中山の家を絶やしとうはないとかで、中山姓のまま堀部様のお家を継げるかどうかを御相談とか……」

竹島喜助はなかなかに詳しい。数日前に大坂に戻った飛脚屋伝平から聞いていたからである。

「もしこのお話が実現すれば、また一人、浅野家には武勇の士が加わられるわけで、おめでたき限りと思うとります」

「確かに……」

岡本は興味なげにいって、本題に入った。

「ところで竹島の。今日はこの石野氏《うじ》が折入って話があるそうな。よう聞いてやってくれ……」

「かしこまりました。何なりと……」

竹島喜助は余裕のある笑いを浮べて応じた。既に話の要点は知っているはずだが、そんな色は全然見せない。

〈どこからどう話そうか……〉

石野は戸惑った。が、次の瞬間、自分でも驚くようなことをいい出していた。

「石野七郎次、まずはお詫び申し上げます。娘御を通じて話を通そうなどと考えたは恥かしき次第。はじめから喜助殿に願い出るべきことであったと後悔しております。まずはこのことを……」

「ちょっとお待ち下さいませ、石野はん」

喜助は驚いて石野を抑えた。

「何ぞ、素良が関りおるお話でっか。それは……」

「いや、素良殿には関係ございませぬ。お願いの儀は、本年正月、先売りした塩の値を改めて頂きたいとのことでございます」

「何、塩の値……」

喜助は怪訝な顔をした。

「左様、塩の値でござる。それを、まずは素良殿を説いて喜助殿に頼んでもらおうなどと小細工をいたしましたるは私の間違い……」

「ははは……。それは別に……」

喜助はおかしそうに笑った。

「だれを通じようが恥でも罪でもございまへん。商売の道は成るか成らぬか二つに一つ。お気になさるな……」

「有難きお言葉……」

石野は肩の荷が一つ降りた気がした。だがその次の竹島喜助の言葉にまた緊張した。

「しかし、この話は難しあすで。一旦決めた値を変えろと申されても商人《あきんど》といたしましては『はい左様か』とお答えいたしかねま」

「しかし、昨今の塩価は……」

石野がそういいかけると、

「知っとりま、今朝は一俵三匁四分だす」

と喜助が遮った。また三、四分上っているらしい。

「けど、三匁四分が五匁四分でも、一旦お買取りした塩は手前どもの塩。今さら、余計にお払いする理屈はおまへんなあ」

「それはいわれる通りでしょうが……」

石野は冷や汗の流れ出るのを感じた。

「この長雨続きで赤穂の塩は不作。その上塩を煮る薪も余計に要る。浜の者たちは困り果てております」

「そらそうですやろ。そやから塩の値が上っとりますのや」

喜助は微動だにもせぬ口調でいった。

「これが逆で天気続きなら値下りしてますやろ、去年はそうでございました。お陰で去年のはじめ、赤穂様のお塩を仰山仕入れた問屋は大分損をいたしました。けど、一分たりともお代をお返し頂いたことはございまへん。これが商売。商人の約束は命より重うございますでな……」

「そ、そこを何とか、人助けと思うて……」

石野は、いうべき理屈を失って哀願口調になった。

「これはまた、石野はんのお言葉とも思えませぬ。人助けなら塩が値上りして難儀しておる者もたんとおりますでな……」

喜助は、にこやかな笑顔で冷酷な論理をいった。

「なあ、竹島の……。長い付合いではないか。相身互いじゃ……」

岡本次郎左衛門が助け船を出した。

「いかにも長くお世話になっております」

竹島喜助はゆっくりと頭を下げた。

「それだけにお互いもの事ははっきりさせねばなりまへん。一度申し上げたことは必ず守る。これが商人の信用でございます。竹島も手前で二代五十余年、のれんを守っておりますのもそのお陰で……」

こういわれると岡本も石野もあとがなかった。残された手は武士の特権を振って「今後出入りを許さず」と怒鳴るぐらいである。だが、そういってみてもどうなるものでもない。今年はとも角、長期的に見れば塩は過剰気味だから、竹島はどこからでも仕入れるだろう。売れ残って困るのは赤穂藩の方だ。

〈これはだめか……〉

石野七郎次は諦めかけた。同時に、引責辞任も考えた。再び浪人に逆戻りである。だがその時、喜助が再びにっこりして、

「塩の値段は変えるわけには参りませんが……」

といい出した。

「他の方法で、お互い身の立つように考えさせて頂くというのはいかがでございましょうかなあ……」

「なるほど、それはよい思案じゃな、竹島の……」

岡本次郎左衛門が頬を歪《ゆが》めてこの提案に乗った。

「どのようなお考えか、お聞かせ頂きたい」

石野も、ほっとして訊ねた。

「竹島喜助、多少とも儲けさせて頂きましたによって、まずはお礼をさせてもらいましょう。浜に米百俵ほどを……」

「米百俵……」

石野はがっかりした。今、米は一石銀六十一匁だ。百俵四十石なら銀二貫五百にしかならない。塩二十万俵の値上り益は少なくとも銀二百貫である。

「へえ、米百俵……」

喜助はもう一度、念を押すようにいい、ちょっと間を置いて続けた。

「その百俵を赤穂藩の御米蔵から、一俵につき銀四百匁でお売り願いましょう」

「何、一俵銀四百匁……」

岡本も石野も驚いた。

「はい、銀四百匁」

喜助はまた、それを繰り返して微笑んだ。

「これはお礼でございますれば、高い安いはございまへん。一俵銀四百匁で結構だす」

「なるほど……」

石野はうめいた。

「それからもう一つ。前にお約束した新浜の造成。あれには銀三百貫ほどもかかるとのことでございますれば、それを今月中にもお支払いいたします。浜ができるのにはまだ、一年半ほどかかりましょうがな……」

「銀三百貫をも、先に払うてくれるというのか……」

岡本次郎左衛門が座布団からこぼれ落ちるほどに膝をにじらせた。よほど嬉しかったのであろう。

「はい、確かに……」

竹島は大きく頬を歪めた。

「その代りと申しては何ですけど、新浜は必ず来年一杯には完成して頂きとうございます。どんなことがおましてもなあ……」

「分った。必ず、そうする。二度とは約束をたがえませぬ」

石野七郎次はそういって、すぐ紙筆を用意して手形を書きにかかった。竹島喜助は、前の時と同じように、

「これにも是非、御家老様と岡本様の署名を」

と抜け目なく注文をつけた。


一旦買った塩の値は変えられないが礼なら出す。礼である以上は値段はいわない。銀は戻せないが先払いならしよう。実質は無利子融資だ。竹島喜助のこの提案は、建前と実質との見事な使い分けであり、筋を通しつつも藩の主張と妥協する「負けるが勝ち」の大坂商人のやり方でもある。

石野七郎次は、竹島喜助のこうした思考に商人らしいしぶとさを見る思いがした。そしてその結論は、大野九郎兵衛をはじめとする赤穂藩幹部をも歓ばせた。何といっても、銀三百貫の無利子融資は有難い。これで、松山城受取りに費やした借銀がほとんど返せるからだ。

だが、竹島から提供されたこの恩典を藩と塩売仲間と浜の自小作衆とがどう分けるかの問題が残った。

当初、大野九郎兵衛は、

「竹島が礼にくれた米百俵を浜の衆に分け与えよ」

とだけいった。竹島喜助の言葉を文字通りに適用しようというわけだ。

しかし、これはだれが考えても少な過ぎる。この当時、赤穂には三百軒ほどの塩作りがいる。大は人を雇って一町数反ほどの塩田を行う者から、小は二、三反の自小作まで規模は様々だが、平均すると一軒の釜家に十人ほどの男女が働いている。農業兼業者も含めて三千人ほどもいるわけだ。これに百俵の米を分けると一人当り一升三合にしかならない。

「それでは浜の者が収まりますまい。せめて竹島が支払う銀四十貫相当の米を配ってはいかがでしょうか」

石野はそう主張した。銀四十貫で一石六十一匁の米を買うと六百五十六石、約千六百四十俵になる。これなら一人当り二斗以上になる。生活水準の極度に低い浜子たちにとってはかなりの援けとなる。

「浜の者などいくらやっても同じだが……」

大野は渋い表情を見せたが、結局は同意した。

この報せは、石野七郎次の予想以上に浜子たちを歓ばせた。お上のすることは受け入れる以外にはないという考え方で生きて来た人々にとっては、僅かでも自分たちの主張が容れられたことが嬉しかったのだ。尾崎浜の徳造など浜の世話役三人が、打ち揃って御礼言上に代官所に来たほどである。

だが、これで問題が解決したわけではなかった。数日後には、浜奉行の不破数右衛門が石野を呼び付けた。

「おぬしのお陰で浜の者は、歓んでおるし、お家も潤ったと聞く。しかし塩売仲間の連中は何の沙汰もないと怪訝に思うておる。何とか考えてもらいたい」

というのである。

「先売りの塩一俵につき米四合の割でみなにお配りしたはず。その中に塩売仲間の作ったものがあればそれにも四合の米は渡っております」

石野はそう抗弁した。塩売仲間と呼ばれる地場問屋は塩田地主であり、多くは浜子を日雇いする大規模生産者でもある。当然、先売り分にも彼ら自身が地代で得た塩や生産したものも含まれている。それにも一俵当り米四合あてを与えたのだから、文句はないはずだ、というわけである。

しかし、不破数右衛門は、

「それは存じておる。某《それがし》の申しておるのは仲買料の方じゃ」

と、苛立たしくいった。

塩売仲間が自小作から買い上げた塩を問屋に仲介する場合の仲買手数料は「売価の一割を原則とする」と藩が決めている。従って、一俵三匁で売れば三分の手数料が得られたはずなのに、二匁一分で先売りしたため二分少々しか得られなかった。この「得べかりし利益」の減少をどうするのか、というのだ。

「そこまでは考えておりませぬ……」

石野七郎次はきっぱりと答えた。

「一旦決めた値は損得にかかわらず変えぬのが商人《あきんど》の道。彼らも商人ならばそれはわきまえておるはずでございます」

「ふん、理屈はそうだがなあ、石野氏《うじ》」

不破数右衛門は髯の剃りあとの青い頬を皮肉っぽく歪めた。

「塩売仲間にはお家の重役にも通じる者も少なくない故、あんまり荒立てぬ方がよい。ただでさえおぬしが押し通した俵の統一で塩売たちは量目を相計らううま味がのうなったと嘆いておる。大野様とも相談してよう考えてくれ……」

「勿論、相談はいたしまするが……」

石野七郎次は苦々しく言葉を濁した。貧しい浜の自小作が歓んでいるのに、豊かな塩売仲間が不満だというのも不快だったし、それを取り次いで来た不破数右衛門の態度にも不透明なものを感じた。石野は、その気持ちをそのままに、大野九郎兵衛に訴えた。当然、この家老が言下にはねつけてくれると期待してのことである。ところが大野は、

「そう、そのこと。わしも気にしておったわ」

というのだった。

大野九郎兵衛の出した案は、竹島喜助から先払いされた銀三百貫のうち、百貫だけは塩売仲間の保有する藩札の買入れに当てる、というものであった。

塩売仲間は浜の自小作から藩札を二割引きぐらいで買い取っているのだから、銀百貫の藩札買入れは銀二十貫の利益を与えることになる。しかも大野は、この買入れを塩売仲間に限るというのだから、かなり露骨な「御用商人優遇策」といえた。そしてそのために、松山の陣の臨時支出分の借入れを清算する、という資金計画も崩れてしまった。

「こうなると、改めて銀百貫の借入れを手当てせねばならぬな……」

大野九郎兵衛は、いとも当然のようにそういい、

「もう大坂では借増しが難しかろうから京で用立ててもらうよりほかあるまい」

などと呟いた。

元禄時代には、商業の中心は大坂にあったが、金融面では伝統的な豪商の多い京都の勢力もまだ相当なものだった。この時代より四十年ほど前の慶安・承応の頃の大名の借金先を見ると、京都が最も多く金利も安い。延宝の頃から、金融の主流も徐々に大坂に移るが、元禄時代にも、まだ京都に掛屋・蔵元を置く大名家は少なくない。中でも、弘前藩津軽家や松江藩松平家の蔵元を勤める吉文字屋左右衛門、萩藩毛利家の蔵元大黒屋善四郎などは世に知られた豪商である。

赤穂藩浅野内匠頭家には京にも取引先がある。綿屋善右衛門だ。大野は、この綿屋を拠点に京での金融網を拡げ、藩財政の窮迫を糊塗《こと》しようと考えたのである。

「それには、京の留守居役を代えねばなるまい……」

と、大野九郎兵衛は考えた。

元来、京都留守居役というのは、朝廷や公家・寺社関係の連絡と社交を主とする儀典職だったが、これからはそればかりでなく、金融・算勘の方面にも明るい人材を置く必要がある、というわけだ。

こうした基準で選ばれたのが代官の小野寺十内秀和である。

小野寺家は浅野家譜代の家臣で、祖父は慶長年間に笠間で二百石の知行を受けていた。小野寺十内は、そのうちの百五十石を引き継いでいる。母は同じく浅野家中の多川九左衛門の娘、姉も家中の大高兵左衛門に嫁ぎ、源五、幸右衛門の二男を生んだ。十内の妻も、浅野家中の灰方左五右衛門の娘で丹という。子供に恵まれなかった十内・丹の小野寺夫妻は、姉の次男幸右衛門を養子にしている。つまり、親類縁者ことごとく浅野家中という、典型的な中堅譜代なのだ。

だが、小野寺十内がこの役に選ばれたのは、そうした家柄よりも人柄と才能のためであった。元禄七年のこの年、十内は既に五十二歳、京にふさわしい円満な性格と金融関係もこなせる才覚とを備えた人物だ。その上、里竜または悦貫の名で知られる俳人でもあり、茶華の道にも通じる文化人であったから、都の社交界でも十分通用すると考えられたのである。

この年七月、小野寺十内は、七十石の役料を加えられて京都に赴任、仏光寺通東洞院入ルの浅野内匠頭家京都藩邸に入った。

小野寺は期待にたがわず、綿屋善右衛門らから銀百貫の借用に成功したばかりでなく、五十二歳の高齢にもかかわらず、京の名儒伊藤仁斎に経史を学び、金勝慶安に和歌を習うなどして、自らの学識と浅野家の情報網を拡げて行った。十三歳年下の妻の丹も俳句と茶道に秀でており、外交の面ではよく夫を援けた。この夫妻は子供にこそ恵まれなかったが、むつまじい仲は生涯変らなかったといわれている。

十一　元禄の秋

（一）

夏に入っても雨が多い。旧暦七月の三日、四日（新暦では八月二十二、三日に当る）には、甲斐《かい》と越前に洪水の記録があり、同十二日には佐渡に、十七日には紀伊と尾張《おわり》が大風雨に襲われた。あとの方は、伊勢湾沿いの台風であったらしい。

八月に入ってからも三日に信濃《しなの》・甲斐に、八日と二十三日には越後から江戸に至る広い範囲で洪水が起っている。「江戸大旱《たいかん》」などと書かれている前年とは大違いだ。

この悪天候の中で、赤穂では新しい塩田造成の工事がはじまった。赤穂藩は、新浜造成費用銀三百貫を竹島喜助から先払いされたことで、財政的には大いに救われたが、何が何でも来年中に二十九町歩の新浜を完成させねばならない重荷を背負い込んでいたのである。

石野七郎次らが立てた当初の計画では、この新浜造成は藩士と町方・百姓の合力によって造ることになっていた。つまり、竹島から受け取った現銀はなるべく使わず、領内の住民を動員してやろうというわけだ。

これは、徳川時代の封建社会では珍しいことではない。領内で木を伐《き》り石を選び土砂を盛れば遠浅の海を埋められる。城や寺院を建てるのと違って、領外から買わねばならないような巨石大木を使うわけではない。新たに土木技術に長《た》けた牧野太兵衛を新浜普請奉行に取り立て調べさせた所では、外部から調達するのは土石運搬用の車や舟を加えても銀五十貫程度で済むという。あとは働いた百姓・町人に一人一日五合程度の米を与えるだけである。何人かの専門家を臨時雇用する費用や牧野自身の禄――十石三人扶持《ぶち》――を含めても、銀百貫と米千石ほどあれば十分と見られていた。この通りに進めば、藩は銀百四十貫を残すことができるわけだ。

しかし、測量が終り、取付道路や水路の掘込みなどの仮設工事が終了する頃から、いろいろと計画の齟齬《そご》が現われた。護岸に使う石と木が不足したし、それを運ぶ車と舟が足りなくなった。おまけに雨続きの悪天候で急造の取付道路は泥田と化して車を阻み、大水のあとでは千種川が砂に埋って高瀬舟の通航を妨げた。しかも七月十七日の台風は切角《せっかく》置いた護岸の土石を海中遠く流し去ってしまった。

だが、何よりの誤算は人手不足だった。去年の秋、石野七郎次がこの計画を立案した時には思いもしなかった備中松山城の城番の仕事が降って湧《わ》いたため、家老大石内蔵助以下七十余人の藩士とその四倍もの足軽や人夫を松山に派遣せねばならなかったからである。

勿論、城番は無料奉仕ではない。幕府は松山城城番役高として五百二十五人分の扶持、つまり年間米九百五十石ほど浅野家に与えてくれる。しかし、五万石の領土を管理し、二万石の年貢を取り立て、城と屋敷を維持せねばならない仕事から見ると、これはいかにも少ない。つまり、松山城城番の仕事は、浅野家にとって大きな負担なのである。この皺寄《しわよ》せが着手した新浜造成の人手不足となって現われた。足軽や各村々から手空きの者を松山城城番に徴発したため、浜の造成に使える人手が著しく減ってしまったのだ。

「この上は、家中の者にも賦役《ふえき》を課すしかなかろう……」

大野九郎兵衛がそう提案し、坂田左近右衛門と藤井又左衛門の同意を得た。

八月はじめ、浅野家中に出された布令《ふれ》では、全藩士が勤労奉仕の義務を負うこととし、その基準は、禄百石以下の者は年に三十日、それ以上のものは十石増す毎に三日増の役を勤めることになっていた。もっとも、但し書によって、松山城在番中の者と多忙な奉行や勘定方等は除外されていた。勘定方が除外されたのは、この工事に伴う資材の購入や人夫への支払いで勘定方の仕事そのものが急増していたからである。

これは厳しい布令だ。中間《ちゅうげん》や若党を抱えている中以上の藩士は、それを働きにやればよいが、それさえいない二十石以下の下級武士は、自分か息子か女房が土方仕事をしなければならない。この当時の下級武士は大抵、内職や日雇い仕事もやっているが、表向きにはいいたくない。当然、この布令には反対の声が出た。それを代表して、奥野将監《おくのしょうげん》と岡林杢之助《おかばやしもくのすけ》が大野九郎兵衛の所に抗議に来た。大野は、石野七郎次を呼んで両番頭《ばんがしら》の話を一緒に聞かせた。とはいえ、十五石二人扶持の石野が家老と千石取りの番頭の会談に割り込むわけにはいかないから、家老部屋の前の縁に座っての傍聴である。大野としては、事の難しさを石野にもよく知らせておきたかったのであろう。

「この度、藩の方針として新浜を造ることとなり、村方・町方もみな御奉仕しておる以上、家中の者もこれに加わらねばならぬとのお考えは御尤《ごもっと》もでございましょう」

奥野将監は、例によってまず藩方針を肯定する発言から入り、「しかしながら」と続けた。

「しかしながら、このお布令によれば軽き身分の者は自ら御奉仕に出ねばなりませぬが、たとえ軽き者といえども武士は武士。それが百姓・町人と同じく土方仕事をするのはいかがなものでございましょうか。御家中にも年寄りもおれば病身の者もおりますれば、中には百姓よりもひ弱く力なき者もありましょう。万一、二人、三人にても百姓に劣るとなれば、民の侮《あなど》りを受け、武士の力が疑われ、ひいてはお家の御威光にも関るかと心配いたしまする」

なるほど巧い理屈を考えたものだ。幕藩封建体制は武士を百姓・町人の上位に置いている。階級概念においてそうであるばかりでなく、個人としてもそういう建前になっている。従って、武士はそれぞれに強くなければならない。しかし、実際に建設労務をやってみて、弱い侍のいることが分り、この基本が崩れてしまう、というのである。

「従いまして……」

と、岡林があとを続けた。

「家中の者の仕事は指揮監督に限り、力仕事には当てぬようにお願いいたしたいと存じます」

〈それこそとんでもない……〉

と石野は思った。武士だからといって建設事業の指揮監督に向いているとは限らない。その上、今、足りないのは監督ではなく本当の働き手の方なのだ。監督ばかり増しても工事の足しにはならない。

「御尤もな御意見ではあるが、そうも参らぬ事態でござってな……」

流石《さすが》に大野は簡単に譲らなかった。そしてやや間を置いて、

「それではこういたそう……」

と続けた。

「武士と百姓・町人との持ち場を分け、武士は武士ばかり、百姓は百姓、町人と浜方はそれでまた一つといたし、それぞれに競い合ってはいかがでござろう。これならば二、三のひ弱な者があっても、まさか武士が劣りますまい……」

〈巧いことをお考えになったもんだ……〉

石野七郎次は大野の知恵に感心した。岡林と奥野も反対の理屈を失い、

「うーん、それならば……」

と渋々承知して帰った。

大野はそのあと石野に、

「武士の組には一番やりよい所を選べ」

と命じた。封建秩序を守るためには種も仕掛けも惜しんではならないのである。

石野七郎次は新浜普請奉行の牧野太兵衛と相談して最も浅い浜を選び武士組に当てた。石の手当ても土砂取場も有利にした。その代り、面積はやや多目にして、武士組の成果が目立つようにした。

しかし、それでも結果は思わしくなかった。その原因は、第一に武士組の人数が予定を下回っていたことだ。多忙な奉行や勘定方等は除くという但し書を拡大解釈して除外を申し入れる者が続出したためだ。その上、出て来たのもほとんどは老人の小者や草履《ぞうり》取りの少年ばかりで足腰の丈夫な者は少なかった。こんなことが、自ら来なければならなかった少数の下級武士たちを一段と腹立たせ、その勤労意欲を失わせた。勿論、その根底には、この事業の発案者が石野七郎次数正という新参の軽輩だということも大きく作用していたに違いない。

これに比べて、百姓組と町方・浜方組の仕事はむしろ予定以上に進んだ。こちらには、秋の取入

れが終ると予定以上の人数が来た。農作業や塩田仕事のない時に、たとえ一日米五合でももらえる日雇い仕事は、有難いのである。

それに加えて、作業が進むにつれて、百姓や浜子の間には、武士組に対する競争心も生れていた。小者や草履取りに足軽と下級武士が少々加わった集団が、慣れない力仕事でもたついているのを横目にどんどん成果を拡げて行く優越感は、常々虐《しいた》げられた立場にある人々には愉快なことだったのであろう。浜方組の指導的立場にあった尾崎浜の徳造などはその最たるもので、毎日何十人かのたくましい男女を連れて来て大いに働いた。

武士組と百姓組や町方・浜方組のこうした差は二ヶ月も経つとだれの目にもはっきりして来た。そればかりか、浜方の者から武士組の担当する隣接地の工事が遅れているので困る、という苦情まで出る始末になった。

「これではいかん。侍の力量が疑われる……」

毎日、造成現場を視察していた大野九郎兵衛は苛立《いらだ》ち、石野と牧野に、

「七郎次、太兵衛、何とか考えよ」

と繰り返した。

いわれるまでもなく、石野や牧野もそれは気付いていたが、十五石二人扶持と十石三人扶持という軽輩の新参者には、古い藩士を動かすほどの力はない。

だが、この問題を苦慮していたのは彼らだけではなかった。浅野内匠頭自身も秘かに心を悩ませていたのである。

元禄七年、浅野内匠頭は江戸参勤をしていない。旧水谷家の領地と城の番役を勤めるため在国を許されたのである。

このことは、浅野内匠頭家の財政にとっては大きな恵みである。この時期、大名家にとって江戸藩邸費用は急増し、藩支出の三割から四割を占めた。小藩では全支出の五割が江戸入用という極端な例もある。赤穂藩の場合には、年間支出が銀千八百貫ほどだが、そのうち七百貫近くが江戸入用金であった。

もっともこれは藩主が江戸に居るか在国かによって三割ほども増減する。殿様が江戸にいる時は社交も派手になるし、寄進寄付の類も多い。その上、大勢の供侍や中間・若党・人夫の類も殿様について往来するので、この手当てや活動費も増える。同じ人間でも諸事きらびやかで物価高の江戸に住めば国元で暮すよりずっと生活費がかかるのである。勿論、参勤交代の旅を休めば、往復のための路銀も不要になる。赤穂藩程度の大名なら、一年間の在国許可で銀二百余貫が浮く勘定だ。松山の陣で費やした費用の大半と城番勤務の経費の半分ぐらいはこれで捻出《ねんしゅつ》できるわけである。

もっとも、城番が終ればすぐまた江戸に出なければならないから、丸々一回分節約できるとは限らないが、支出の繰り延べ効果は大きい。

幼少で位に就いて以来、常々財政難に悩んで来た浅野内匠頭は、財政問題には過敏だ。

「余の在国中に松山の陣の出費を埋め尽すように……」

と繰り返した。それだけに、大野九郎兵衛から、

「新浜の造成が計画通りに進めば、松山御陣の費用は補える上、事後年々多少の収入増加となる予定でございます」

と聞かされた時には大いに歓び、新浜造成に強い興味を持った。

藩財政再建の期待をかけた新浜造成事業の現場は、赤穂城内からもよく見える。内匠頭は毎日欠かすことなく本丸の高みからそれを眺めた。三日に一度は、近習《きんじゅう》の者を走らせて、関係者に説明を求めたりもした。

そんな内匠頭にとって、雨の多かった七、八月は気の揉《も》める季節だった。だが、九月に入り、稲の取入れも一段落すると工事は軌道に乗り、内匠頭の眉間の皺《しわ》も消えた。そんな時にはよく片岡源五右衛門らに、

「江戸の阿久理にも見せてやりたい眺めよ」

と内匠頭は囁《ささや》いた。この大名は、当時の同じ身分の者に比べて珍しいほどに妻を愛し、側女《そばめ》を欲しなかった。赤穂藩と浅野内匠頭について書いた史料は数限りなくあるが、内匠頭の側室について具体的に記述したものは全くといってよいほどない。浅野家の分限帳《ぶげんちょう》にも側室らしき女性の名もお側付きの侍女の名も見当らない。それだけに、通例なら今頃は江戸で共に暮しているはずの妻阿久理への思いは深かったのである。

しかし、内匠頭の明るい気分も長くは続かなかった。九月も下旬になると、新浜の造成速度が、場所によって大きく違っていることが明らかになった。左手から中央部にかけての部分は、護岸の石積みができ上り、そろそろ土砂が入り出しているのに、右手の部分だけは波止めの石さえほとんど入っていないのだ。

〈どうしたことか……〉

内匠頭はそう思いつつも敢《あえ》て問わなかった。露骨な質問をすると、遅れた部分の責任者が「殿の

不興を蒙《こうむ》った」ということになりかねないからである。

だが、内匠頭に終始扈従《こじゅう》する片岡源五右衛門らには、殿様の心中がすぐ分った。

「あの部分はどうなっておりますのか、殿も不思議に思っておられるようでござりますが……」

片岡は気を利かせて、大野九郎兵衛に訊ねてみた。片岡もそれが武士組の担当している部分であることは、働く者の姿を見て察しがついていた。三百石取り側用人のこの男も、小者を一人工事手伝いに差し出している。

「これには訳がござる……」

いずれこの種の質問があることを予期していた大野はすらりと答えた。

「百姓たちは田畑を耕す牛を使っておるが、武家にはそれがおりませぬでなあ……」

これが苦しいいい訳であることは、片岡にもすぐ分った。毎日、内匠頭と共に工事現場を見ているが、百姓たちが牛を使っているのはほんの二、三度目撃しただけだ。到底それが工事進捗《しんちょく》度の大差を生んだ理由とは信じられない。だが、片岡は敢て反論しなかった。人間の能力や意欲の差ではなく、牛のせいにするのは巧い口実である。
二、三日後、内匠頭と共に工事現場を眺めていた片岡は、たまたま牛が車を引いて来るのを見付けた。
〈いい機会だ……〉

と片岡は思った。

「殿、右の武家の行います所より左の百姓どものやりおる所が捗《はかど》っていますのは、あのように牛に土石を運ばせているためでございます」

「なるほど、百姓たちは牛も使うてくれておるのか……」

内匠頭はうなずいて見せたが、もとより信じたわけではない。しばらくして、

「大野九郎兵衛と磯崎弥七を呼べ」

と命じたのが、その証拠である。磯崎弥七は百五十石取りの作事奉行頭で、この工事の形式上の責任者である。

「九郎兵衛、弥七。日々苦労じゃなあ」

二人の重役を小書院に迎えた浅野内匠頭はまずねぎらいの言葉をかけてから、すぐ本題に入った。

「ほかでもない、新浜の造成のことじゃが、百姓・町方の方はよく捗っておるのは歓ばしい。これは牛を使うておるためと聞いたが、違いないかな……」

「は、それに相違ございません……」

大野と磯崎は一瞬嘘《うそ》が露見したかと思って硬《こわ》ばったが、内匠頭の表情が明るく楽し気なのを見ていた。この殿様は感情を隠せぬ質で、笑顔で安心させておいてあとでねっちりというような人の悪さはない。

「それに比べて武士組は牛もおらず苦労しておるとか……」

内匠頭は続けた。

「御意にござります」

大野が白々しい嘘を繰り返した。

「ならば白鳳《はくほう》を使え。あれは車も引けるであろう……」

内匠頭はそういって微笑んだ。

「何と、白鳳を……」

大野が、磯崎が、そして片岡が驚きの声を上げた。「白鳳」とは浅野内匠頭自慢の乗馬である。二月の松山の陣にも内匠頭はこの馬に乗って出陣したが、殊《こと》のほかの労《ねぎら》いようであったことを家中の者はみな知っている。その愛馬を土木工事に使えというのだから一同仰天したのも無理はない。

「もったいない仰せ……」

と大野と磯崎は平伏したし、

「それはあまりにも恐れ多いことで……」

と片岡が叫んだ。

「何の恐れ多いものか。たかが馬じゃ。それにこの秋は雨が多くて白鳳も動き足りぬ。ちと荷車などを引かせた方がよかろう……」

内匠頭はおかしそうに笑っていた。

（二）

「殿の御乗馬が浜の工事に出る……」

この報《しら》せは、その日のうちに領内を駆けめぐり、家臣一同の間に興奮を巻き起した。この当時、殿様の乗馬は並みの侍以上に大切に思われていた存在だから、この衝撃は大きい。

「これは遅れを取った。某《それがし》の馬めも是非……」

という者が次々と現われ、たちまちにして二十頭の馬が集った。宝永の頃の記録では赤穂郡には牛千四百三十七頭と馬二十五頭がいたとある。播磨《はりま》地方では農耕はすべて牛で、馬は武家か神社のお祭用ぐらいだったのだろう。二十頭の馬が集ったというのは、松山城に駐屯した大石内蔵助以下の乗馬以外全部といってよい数である。

馬ばかりではない。人も集った。とかく理由を付けて免責されていた者も、進んで働くようになった。中でも、内匠頭側近の片岡源五右衛門、礒貝十郎左衛門らの近習たちは、

「殿の御馬が泥にまみれておるというのに我らが呑気《のんき》にしていては申し訳ない」

と、自ら奉仕を申し出て来た。そしてそれがまた、

「三百石取りの片岡様が土を担っておられるのに我らが小者だけを出して済ますわけにはいくまい」

という声を生んだ。

こうした家中上げての奉仕で、武士組の担当した部分の工事も一挙に進み出した。だがそのことで、石野七郎次はまた別の困難に直面せねばならなかった。

「片岡様でさえ自ら泥にまみれておられるのに、あの新参の軽輩は、絵図帳面ばかりを振り廻して威張っておる。何たる了見か」

という非難が拡まったのである。

「私は力仕事を厭うものではございません。どなたか帳面の方をやって下さる方がおれば是非土石運びに廻りたいと存じますが……」

堪《たま》りかねた石野は、まず浜奉行の不破数右衛門にそう頼んだ。だが、数右衛門は、

「この仕事はおぬしがいい出したもの、おぬしのほかに全体の運びが分る者もおるまい。ま、そのような陰口は気にせずにやることじゃ」

と答えた。至極理にかなった返事である。

石野は同じことを大野九郎兵衛にも頼んだ。大野は、

「わしからもみなにお前の仕事が大事なこと故、力仕事以上に働いておるといい聞かせてやろう」

といってくれたし、実際にも大野は、番頭《ばんがしら》などにそうした意味のことを再三伝えてもくれた。

だが、現場での非難の声は一向に収まらない。中には、石野に向ってはっきりとそういう者もいたし、わざと土をかけたり泥水をはねたりして石野の衣服や帳面を汚す者もいた。

〈大野様の御意向では番方の荒武者は治め切れぬ……〉

石野七郎次はそれを改めて痛感した。この時期、どこの藩にも見られた傾向だが、算勘を事とする文治派官僚と伝統的な武士気質を誇りとする番方武士との間には対立感情がある。大野九郎兵衛は赤穂藩における文治派財政家の領袖《りょうしゅう》だけに、番方の者から反感と羨望の目で見られていたのだ。これは大野九郎兵衛の人格以前の問題である。

石野七郎次は、この大野九郎兵衛の推挙によって仕官した人物であり、今もその庇護《ひご》下にある。いわば「同じ穴のむじな」と見られているわけだ。これでは大野が石野を弁護しても効果がないのも当り前だ。それどころか、大野に対する反感が石野への意地悪を深め、石野憎さが大野への批判を強める結果にさえなった。

〈ここは一つ、大石様に頼むほかあるまい……〉

石野七郎次はそう考えた。千五百石取りの家付き家老は、十五石二人扶持の新参が口を利ける相手ではないが、幸い石野は、大石に「算術帳付けの術を教えよ」といわれて、何度か会ったことがある。最近も「簿記の参考書が欲しい」などという手紙をもらっている。

〈伏して頼めば力になってくれるだろう〉

そう石野七郎次は期待したのである。

大石内蔵助は備中松山城にいる。二月にこの城を受け取って以来、城番として七十余人の藩士と三百人ほどの足軽・中間・人夫などと共に駐屯しているのである。その中には、のちに大石と運命を共にする者もかなりいる。一族の大石瀬左衛門はじめ、近松勘六、中村勘助、貝賀弥左衛門《かいがやざえもん》、武林《たけばやし》唯七《ただしち》、倉橋伝助、杉野十平次、勝田新左衛門、三村次郎左衛門、それに江戸から早駕籠《はやかご》で来た富森助右衛門らである。

松山城城番の勤めは、家老の家に生れ、若くしてその職に就いた大石内蔵助にとって、浅野家以外の世界を見たはじめての経験だったといってよい。それだけに彼は、ここでの勤務から多くのことを学んだ。この男が、三十六歳のこの年まで信じて疑わなかったものが、一挙に瓦解するような見聞もいくつかあった。その一つは、水谷家家臣団の呆気《あつけ》ない崩壊である。

今年の二月、大石が収城使の先陣としてこの城を訪れた時、水谷家の家臣の多くは既に離散し、城に籠る者は僅か数十人になっていた。

「人の心は信じ難きもの……」

と嘆いた水谷家城代家老鶴見内蔵助の声は今も大石の耳朶《じだ》に残っている。

〈我が浅野家も同じであろうか……〉

大石内蔵助は秘かにそう思うことがある。金鉄の如く思っていた武士の社会が揺れ動く霧のように頼りなく感じられることもあった。

もう一つ、この男を驚かせたのは、領内の百姓・町人たちの反応だった。元和の頃から四代にわたってここを領した水谷家がお取潰しになったことを嘆き悲しむ百姓・町人はほとんどいない。それどころか、多くの村々では領主の断絶を赤飯や餅で祝い、路上に繰り出して踊りはねる有様だった、と聞かされた。

〈水谷家はよほど苛斂誅求《かれんちゅうきゅう》をなされたようだ……〉

当初は内蔵助もそう思った。だが調べてみると、必ずしもそうでもない。

〈何故に水谷家は嫌われたのか……〉

内蔵助は、長い間そんな疑問を持っていた。そしてその答えを知ったのは、つい一ヶ月ほど前の年貢決定の時だった。

その日、内蔵助は、どこでもそうするように、大石瀬左衛門や近松勘六に試し刈りをさせたが、それはかなり甘いものだった。幕府に収める年貢であれば、みな百姓と争ってまで厳しくはやらない。年貢を厳しくして一揆や紛争が起っては主家に迷惑がかかる。それよりは、せいぜい百姓を歓ばせて円満に治めるのが利口というものだ。

この結果、出来高は去年より二割以上も低く出た。大石は、

「備中界隈《かいわい》長雨のため不作」

と幕府に報告、年貢も去年より二割ほど減《へ》らした。

実は百姓たちは、このことを予期して水谷家の断絶を歓んでいたのである。

年貢米を運んで来た庄屋たちの中には、

「やっぱり御城番になってよかった。水谷様の時よりは年貢も軽うてたすかりました」

と露骨にいう者もいた。村々では早くも、

「来年もこのままか、新しい御城主が決まるんやろか……」

と噂し合っているとも聞いた。

〈たった一度か二度の年貢が多少下るというだけで、四代続いた領主が死に絶えたのを祝う。それが百姓というものか……〉

大石内蔵助は、暗い気持ちでそれを考えた。そして、

〈もし、そうなら、大名とは、武士とは、そしてこの世の中とは何だろうか。この世にあるのは奪うか奪われるかの物欲ばかりなのだろうか……〉

とも考えた。

こうした疑問を持ってみると、家門の誇りも武士の道も、いかにも白々しく思えて来る。

〈侍にとって一番大事なのは、藩を潤わせ民を豊かにする算勘の術、経世済民の道なのかも知れぬ〉

そんな思いも脳裡《のうり》にちらついて来る。それは、大石内蔵助が最も重要と考えて来た家門の誇りと武士の魂の否定につながり、長く軽侮して来た大野九郎兵衛のような算勘者の立場の肯定に連なるものでもある。

〈そうではない。物欲以上の何かがあるはずだ……〉

内蔵助は、自らそういい聞かせたが、それが何であるか、自分でもよく分らなかった。

「山城の秋は淋しいのお……」

大石は、瀬左衛門や近松勘六にそんなことをいった。海抜四百数十メートルの臥牛山頂にある松

山城では、稲の取入れが終るとすぐ木々が落葉し、寒くなる。寒がりの大石には、それが殊のほか身に沁みた。だが、信念の揺るぎ出した心の中の風はそれ以上に淋しさを増していた。生涯遊里を愛した賑やか好きの内蔵助にはそれが耐え難く感じられたものだ。赤穂から石野七郎次がこの城を訪ねたのは、ちょうどそんな時期の冷たい雨の降る夕方である。

「何、この雨中に石野氏《うじ》が参ったとな……」

取次を受けた大石内蔵助は、訝《いぶか》し気に小首をかしげながらも、

「控えの間に通して火鉢と湯漬けを与えてやれ」

と命じた。冷たい雨に濡れているであろう遠来の客に、大石は身分以上の待遇をしたわけである。

石野は予想以上にひどい姿だった。髯《ひげ》とさかやきが見苦しく伸び、目は窪《くぼ》み顔は青ざめている。着物はびしょ濡れの上、泥が背中にまではね上っている。

「石野氏にわしの着替えを貸して差し上げよ。ついでに酒も一本……」

大石は、赤穂から連れて来た家の子の瀬尾孫左衛門にそう命じた。聞けば石野は、新浜造成工事の中断する雨の日を選んで、赤穂から松山まで四日の道程を二日で駆け抜けて来たという。

「道理で落武者のような姿とお見受けいたしたわ……」

大石はそういって笑ったが、石野には笑えぬ冗談だった。藩士の冷たい視線に囲まれている新参者の石野の心境は、まさに落武者のそれに似ている。

「これは、御家老より申しつかりました帳付けの術の解説書、いささか汚れておりまするが……」

石野七郎次はまず、油紙に包んだ手荷物から一冊の本を取り出して大石に差し出した。

「それは、忙しい中でもよくぞ忘れずに……」

内蔵助は丁重に礼をいったが、すぐ、

「して御用の向きは……」

と本題を求めた。

「実は新浜の普請について……」

石野は、これまでの経緯を述べ、浅野内匠頭が乗馬まで提供したことを語り、お陰で武士組の工事も急速に捗《はかど》り出したことを話した上で、自分に対する藩士の反感が強くて困っている情況を説明した。そして、

「これが私一人の問題ならば何も申しませぬが、事は殿もお気にかけておられる新浜の成否にも関る問題、私はもとより力仕事を厭《いと》うものではございませぬが、私には算勘の仕事があり、百姓・浜方の工事監督もせねばならず、到底一つの身体ではこなし切れぬばかりでござれば、何ともいたしかねる有様です。ここは一つ、大石様よりみなによう伝えて頂きとうて、かくはお願いに参りました」

と、平伏した。

大石内蔵助はこの間、ただ「ふん、ふん」と聞いていたが、石野の話が一段落した所で、

「とも角、その濡れた着物を着替え、一献きこし召されよ」

と笑顔でいった。ちょうど、着替えの着物と二本の銚子が届いた所だったのだ。

山城の冷気と濡れた着物の冷え方に耐えかねていた石野は、歓んでこの推めに応じた。内蔵助の親切が嬉しく、願いの聞き届けられるのを信じて疑わなかった。だが、着替え終った石野が、改めて座り直した時、内蔵助は奇妙な質問を発した。

「石野氏、おぬしなかなかいい体格じゃが武術のたしなみはおありかな……」

というのである。

「は、剣は京の道場で目録を頂きましたまでで……」

石野は恥かしそうに答えた。目録とは一応の基本を修得したという程度で、武士としては決して威張れたものではない。

「ほかには……槍、弓、棒、鉄砲、馬術は……」

内蔵助は重ねて問うた。

「お恥かしいながら……」

石野は下を向いた。少年時代から算勘の塾には熱心に通ったが、武術の方にはあまり興味がなかった。槍や弓は何度か持ったという程度だし、鉄砲や馬に至っては全く触ったこともない。

「大野九郎兵衛殿と同じじゃな……」

内蔵助は盛んに盃を口に運びながら、

「組打ちの術でも知らんのか……」

と皮肉な笑いを浮べた。

「はあ、それも……」

石野は、いよいよ困ったが、そういわれてふと思い出したものがある。浪人した父と京にいた時、薩摩から来たという浪人に習った術だ。名の知れた術でもないし、それほど自信があるわけでもなかったが、思いきっていってみた。

「唐土《もろこし》渡りの拳法《けんぽう》ならば少々……」

「ほお、唐土渡りの拳法……」

内蔵助は間伸びした顔で石野を見つめた。

「それは殴るのでござるかな……」

「はあ、殴ることもあれば蹴ることもございますが……」

「それはよいものを知っておられる。唐土渡りの術など心得のある者は家中にもおらぬであろうからなあ。一度、使ってみられてはどうかな……」

内蔵助は満足気にうなずいていたが、石野は何だかからかわれたようで腹立たしかった。そんな石野の気持を逆なでするように大石は、

「先刻の話じゃが、あれは所詮《しょせん》御自分で解決するよりあるまい」

というのだった。そしてそれだけが、雨の中を二日間も走り続けて来た石野七郎次に対する大石内蔵助のたった一つの答えだったのである。


翌朝、石野七郎次が松山城を発つ時、大石内蔵助は四食分もの弁当を与える親切を示した。だが、この旅は石野にとっては失敗だった。大石内蔵助の威光を借りようとした試みは目的を達しなかったし、さしたる助言も得られなかった。少なくとも石野はその時、そう思っていた。

幸い、雨は止んでいたが、それがまた石野の気を苛立《いらだ》たせた。雨が止むと工事が再開され、石野の不在がまた不評を買うに違いない。案の定、赤穂に帰るとすぐ、大野九郎兵衛から呼び出しがあり、

「どこに行っておったんじゃ……」

と小言をいわれた。一応、出発前には「病気休養」の届けは出しておいたが、狭い長屋の独り暮

しのこととて、その嘘はすぐにばれていた。使いを寄越して長屋を覗《のぞ》かせただけで、石野の不在はすぐに分ってしまったのである。

「わしが早う見にやったからよかった。一人者故、わしの小屋で看病していると届けておいてやった。どこに行くにもわしの所へは報《しら》せておくが身のためぞ……」

大野は、少々恩着せがましくいい、溜《たま》った仕事をどっさりといい付けた。それには予定以上に必要となった石の採取場を捜す問題から工事に木を伐ったために薪が足りなくなったという塩釜屋からの苦情処理までが含まれていた。

だが、何はともあれ、石野としては浜の工事現場に顔を出すことが急がれた。病気であれ何であれ、何日も休んでいるとますます非難されるに決まっている。

思った通り、浜の工事場の空気はおもしろくなかった。石野七郎次の行く所には、わざとらしく泥水や土くれが飛んだ。聞えよがしに皮肉な会話をする者もいた。中でも険悪だったのは鈴田十八なる者を指揮者として車を引く一団だった。

鈴田十八は片岡源五右衛門支配下で禄三十石である。代官の下役なども勤める鈴田は、こんな奉仕に出る気もなかったのだが、頭の片岡が自らやり出したので仕方なく出て来た一人である。勿論、内心では抑え切れぬ腹立ちを感じている。その鈴田が、石野が通りかかるのを見ると大声でいった。

「わしらもたまには病気になりたいわい、この寒い中で二本差が土方仕事とは泣けるではないか……」

「誠にそうじゃ」

「帳面持って歩く身にゃ分るまいて……」

周囲の一団、伊藤利七郎、佐々木平作が車を止めて相槌《あいづち》を打った。

「けどのお、我らは武芸で身体を鍛えておるでな、ちっとやそっとじゃ病気にならぬ。どこやら分らぬ所から転がり込んで来た勘者様とは違うわい……」

鈴田十八は同僚の同意を得て一段と声高にいった。

「そうじゃ、そうじゃ、勘定なら武士でのうても上手がおるわ。大事な折に病気とは不精進《ぶしょうじん》よ」

伊藤利七郎が応じた。

「ありゃ誠の武士かのお。腰の動きは役者と見える……」

佐々木平作もそういって甲高《かんだか》く笑った。と同時に、鈴田が車を傾け、積んであった石を転がした。ちょうど石野がその脇を通ろうとした時だ。

石野は、急に転がり落ちた石に躓《つまず》き、不覚にも地面に両手をついてしまった。

「お、これは失礼。何しろ重いもので……」

鈴田はわざとらしく詫び、

「お怪我《けが》はなかったかな」

と石野の顔を覗き込んだ。

石野は怒りを抑えて笑顔を作った。だが、鈴田は、

「いいや、何とも……」

「申し訳なかった。大事になされよ。ひ弱なお身体と聞くでな……」

と皮肉った。

石野は、頭の片岡源五右衛門にいい付けてやりたいと思ったが、その時、片岡は近くにいなかっ

た。わざわざいいに行くのも恥の上塗りのようなものだと考えて、忘れることにした。ところが、このことはすぐに噂になった。しかもそれには、

「あの男は鈴田を恐れて一言も返せず、青くなって逃げ出した」

という尾鰭《おひれ》まで付いていた。そしてそれは、二日を経ずして大野九郎兵衛の耳にさえ入っていた。

「鈴田十八にやられたそうじゃなあ……。あれはなかなかの元気者でな、ああいうのがおるから苦労じゃのお、お前も……」

大野はそういっておかしそうに笑った。多少は同情してくれているようだが、どうするともいわないのである。

〈これはいかん。辛抱だけではお役が勤まらん……〉

石野七郎次はそう考えざるを得ない。

翌朝、石野七郎次は浜に出ると、鈴田とその一団が、空車を引いて来るのが見えた。

「のお、方々《かたがた》。わしはもっとええ名に変えようかと思うておるんじゃ……」

鈴田がまた大声でいい出した。

「何しろ近頃は、御家老の名から一字ずつとって姓を作る手があるらしい。そのせいか、大野様にも大石様にも取り入っておるとやら……」

「へえ、あれはそうですかなあ……」

だれかが流石に声を低めていっていた。

「そうではないかのお、ようは知らんが……」

鈴田はそういった上、

「しかし、わが家名には誇りがあるでな、戦国以来の武勲がある。どこやらの新参のように御機嫌取りだけで変え難いわ。本物の武士は不便じゃ……」

と高笑いした。他の者も調子を合せて笑っていた。これには石野も怒りを抑えかねた。

「鈴田殿……」

すれ違い様に石野七郎次は呼び止めた。

「何やら聞き捨て難きお言葉と承った。私の姓は石野、父も祖父もそうであった。御当家にお世話になるに当って付けたものではござらぬ。お疑いならば大野様にお訊ね下され。父の代からのお付合いでござる」

「ほう、そうであったか。御先代から御家老を御存知か。それ故いつも大野様の御威光を笠《かさ》に着ておられたのか。いや、知らなんだわ」

鈴田十八は精一杯の皮肉をいって、甲高く笑った。

「私は算勘経済の才を買われてお取立て頂いた者、別に大野様の御威光を笠に着ているわけではござらん……」

石野はつい声高に怒鳴った。

「ふん。ならばわしらも遠慮はせん。算勘の才はとも角、武士らしき振舞いはでけるのかな……」

鈴田は明らかに挑戦的な態度に出た。

一瞬、石野は〈しまった〉という気がした。鈴田の鋭い眼光と太い腕には武芸の修練を思わすものが感じられた。だが、次の瞬間、数日前の大石内蔵助の言葉が思い出された。〈それはよい。唐土渡りの拳法など心得のある者はおらぬであろうからなあ。一度、使ってみられてはどうかな……〉という言葉が、である。

「武士らしき振舞いとは武芸のことでござりますかな……」

石野七郎次は強気に出た。

「御所望とあれば御覧に入れてもよろしいが、お家に御迷惑をかけては相ならぬ。鈴田殿も私も、お役に立たねばならぬ身故」

鈴田十八は、石野の気迫に押されてたじろいだが、それでも、

「やっぱり怖いのか……」

といい返した。

「何の怖いわけではない。鈴田殿も勇気がおありなら、素手でやってみませんか」

石野七郎次は予定通りの言葉をいった。幸い、そこでは両人とも刀を差していなかったのだ。

「素手で……」

鈴田は明らかにひるんだ。この男は剣槍の心得はあっても素手で戦う術は知らぬように見えた。こうなっては鈴田もあとへは退《ひ》けない。浜で働く武士たちも高い声に誘われて注目している。

「ようし、分った。やろうではないか」

鈴田は車を離れて二歩、三歩歩み寄って来た。その瞬間に石野は跳び込んで素早い廻し蹴りを見舞った。それはねらいたがわず、鈴田の顔面を捉えていた。鈴田はまさか足で蹴られるとは想像していなかったのであろう。たちまち全身の均衡を失って泥田の中に倒れ込んだ。

石野は拳法の構えのまま路上に立って、鈴田の這《は》い上って来るのを待った。泥の中では蹴りが出来ないので用心したのだが、周囲の目には余裕のあるフェア・プレーに見えた。

泥田から這い出ようと焦った鈴田は、気の毒なことに低い位置に顔を突き出す格好になった。お誂《あつら》えの蹴りの標的だった。石野は易々と顎《あご》を蹴り上げて、もう一度相手を泥田の中に倒すことができた。グニャッとした感触を足先に感じた所からみると、鈴田の顎の骨が割れたことは間違いない。

「畜生、刀でやろう、刀で……」

泥まみれになった鈴田は、口惜しがってそう叫んだが、その時、

「鈴田氏《うじ》、もう止めろ……」

という叫び声がした。浜奉行の不破数右衛門である。

「いや、許せぬ。人を足蹴にするとは卑怯《ひきょう》千万。武士ならば刀を持って尋常に勝負をしろ……」

口の中から血を吹き出した鈴田十八は回りかねる舌でわめき散した。

「止せというのに……」

不破数右衛門が鈴田の前に大手を拡げて立った。

「強《し》いてやりたいと申すならわしが相手になろう」

不破はそういって鈴田を睨《にら》みつけていた。不破数右衛門は、浅野家中でも一、二に数えられる剣豪である。

その日の午後、大野九郎兵衛がにやにやと笑いながら、

「鈴田とやったそうだなあ……」

と石野にいった。

「不破殿がおられてよかった。刀を持てば勝っても負けても身の破滅じゃからのお……」

「お陰様で……」

石野は不機嫌に答えた。だが、そのあとの大野の言葉には驚いた。

「不破殿は、大石殿から頼まれておられたそうじゃ」

（三）

元禄七年の秋、塩問屋の竹島は好調が続いていた。

塩の値は依然として高く、需要も旺盛《おうせい》だ。特にこの店では江戸に出た番頭与之介の働きでかなりの新しい販路が開かれていた。「生類憐みの令」の強化が江戸における遠国物の塩魚の需要を拡大していたことも大きな効果があった。だが、竹島にとって何よりの楽しみは、俵の品質を統一した赤穂塩が、塩の基準品として広く認められるようになり出していたことだ。

古い塩業地赤穂の塩は大坂の塩問屋総てが扱っているが、新浜造成への出資と今春の先買いとに応じた竹島は、赤穂藩と最も繫《つな》がりの深い問屋になっている。塩相場の基準となる赤穂塩を大量に取引する竹島には、プライス・リーダー的役割が生れつつあった。それは、塩の先買いで得た銀三百貫そこそこの儲けよりもはるかに大きな利益を約束するものである。

こうした期待に応じて、竹島では東横堀川に面した末吉橋のたもとに塩蔵を増設し、店も少々改装した。遠国送りの大口卸業を発展させると共に、先物相場の拡大にも対応する姿勢を示したのである。

だが、その一方では昔ながらの手堅い店売りも続けている。といっても、勿論、小売りではない。摂津・河内《かわち》・和泉《いずみ》・大和《やまと》・京・山城辺りの小売店や醬油屋を相手とした十俵単位の販売である。

この当時、大坂は醬油の製造販売が盛んで、正徳年間（一七一一～一六年）には江戸積醬油屋十五軒、京積醤油屋七軒、下り醤油屋八軒、卸《おろし》醤油屋三軒があり、地売醤油屋に至っては何と千軒もあったと記録されている。大坂自体における塩消費量はその人口比以上にはるかに多かったわけで、塩問屋にとっても醤油屋相手の店売りは無視できない事業なのだ。

九月中頃のある日、この店売りの方に古くからの顧客の醤油屋、平野屋の手代次郎兵衛が来て、

「お陰様で手前も番頭になりましてな、代りに今日からはこの徳兵衛が手代として伺うことになりますんで、手前同様、よろしゅうお頼みいたします」

と挨拶《あいさつ》をした。

「ほう、それはそれはおめでたいこって……」

竹島の長年の番頭重兵衛は大袈裟《おおげさ》に歓んで見せ、帳場に入り込んだ。よく塩買いに通って来た顧客の手代が番頭に昇格したとあれば、祝いを包まねばならない。

「新しい手代はんはどんな人……」

居合せた素良は何となくそう訊ねてみた。

「へえ、今まであんまり見えん顔でんなあ……色白の面長の……まだ二十そこそこの……」

重兵衛は、帳場の手箱から銀の小粒を取り出しながら、興味なげに答えた。だが、十八歳の素良は「色白の面長の」というのに、関心を覚えて店の方に出てみた。

「あ、いとはん……」

顔見知りの次郎兵衛は、素良を見るとすぐお辞儀をして、後の若い男に、

「これ、徳兵衛や。いとはんにもよろしゅうお願いしときなはれ」

といい付けた。

「へい、平野屋の徳兵衛と申します。よろしゅうに……」

若い男は深々と頭を下げた。確かに色白で面長で華奢《きやしや》な体格で、道頓堀辺りに多い野郎、つまり男色を鬻《ひさ》ぐ少年がややひねたような青年だった。

「お若いのにもう手代。それやったらようできはるんやろねえ……」

素良は、三つも四つも年上であろう徳兵衛にませたお世辞をいった。

「へい、うちの主人も目を掛けてる者で……」

先輩の次郎兵衛が、代って答える間、徳兵衛は気弱な姿勢で顔を赤らめていた。

素良は帳場に戻って、

「あの新しい手代はんにもちょっと心付けしといたら……」

と、重兵衛にいってみた。

「へ、心得とりま」

重兵衛はそういって、二つ目の小粒包を作った。番頭になった次郎兵衛に渡すのより半分ぐらいの大きさの所を見ると、五匁ほど入れたらしい。米八升ほどに当る金額だ。

〈まあ、そのくらいのもんやろなあ……〉

素良は、平野屋の塩購入量を思い浮べて、そう思った。

「いとはん。お美波はんがお見えだっせ……」

今度は奥の方から女中の声がした。当時の大きな商家では内々の客は居宅部分に通じる脇か裏の耳門《くぐり》から訪れるのが通例になっている。

「お素良はん、歌仙に出やはれへん……」

島屋の美波の用事はこれだった。

「歌仙て、俳諧《はいかい》のことかいな」

素良は怪訝《けげん》な顔で聞き返した。美波の芝居・浄瑠璃《じょうるり》好きはよく知っていたが、俳句を作るとは知らなかった。

「そうや。十月に大きな歌仙があるんやて。あの芭蕉《ばしょう》先生が大坂へ来たはるよってに顔だけでも見に行こうな」

美波は茶目っ気たっぷりにいった。この娘は、連句の会も芝居見物も同じように心得ているらしい。

「そやかて、そんなん私ら入れるのか」

素良は、美波の乱暴な計画を危ぶんだ。

「そら、大丈夫や……」

美波は胸を反らした。

「近松はんが蕉門でも一番古い御高弟の榎本其角《えのもときかく》ちゅう方をよう知ったはんねてえ」

「榎本其角いうたら、あの『我が雪と思へば軽し傘のうへ』やろ」

素良がそういうと、美波も「そやそや」とおかしがった。其角が元禄四年に詠んだこの句は、人の物欲をおもしろく表現したものだけに大坂商人の間ではよく知られている。

「その其角先生も今、上方に来たはって、十月中頃には大坂で芭蕉先生と一緒に歌仙をやらはるね。それには近松はんも呼ばれたはるさかいに、私らも来えへんかというたはるんや」

美波はそう説明した。

「ほな、近松門左衛門はんも一緒かいな……」

素良は俄然興味を感じた。俳諧の巨匠松尾芭蕉と劇作の天才近松門左衛門との出会い、それはおもしろそうだと思ったのだ。

「行く行く……」

素良は急《せ》き込んで答えた上、

「それなら私かて光琳《こうりん》はんの着物買わんとあかんなあ……」

といって笑った。今年の正月、素良と美波は尾形光琳作の着物を争ったことがある。あの時は、赤穂の塩を先買いしたので「思入れには倹約」の家訓に従って着物の方は諦めた。だが、その先買いの塩が何百貫もの銀を儲けさせたとなれば遠慮なく高級呉服を買えるというわけだ。

竹島素良が期待したこの句会は結局行われることがなかった。従って、松尾芭蕉と近松門左衛門、この二人の近世文学の巨匠の出会いも永久に実現しなかったのである。

松尾芭蕉は、この年（元禄七年）五月十一日に江戸を発ち、上方に向った。その荷物の中には、元禄二年の六ケ月にわたる大旅行の紀行「奥の細道」の原稿も入っていた。五月二十二日に名古屋に入り、二十八日には故郷の伊賀上野に帰り、郷里の人々と何回かの俳席を持った。やがて、京の高弟去来《きょらい》の別荘落柿舎《らくししゃ》に滞在、お盆には再度上野に帰って墓参などを済ませた上、九月八日にそこを発って奈良経由で大坂に向った。大坂着は九月九日である。

芭蕉は再三上方に旅をし、また長期に滞まることも多かったので、去来をはじめ多くの門弟がいる。芭蕉の来坂を機に句会を開く計画がぎっしりと立てられていたのも当然だろう。しかし、大坂に着いた日から、芭蕉は発病し、寒気や頭痛が十日あまりも続いた。

それでも、俳諧を背負って立つ心意気に燃える芭蕉は、病をおして会に座した。九月十四日には畦止亭《けいしてい》で七吟歌仙、十九日には其柳亭《きりゅうてい》で八吟歌仙、二十一日は車庸亭で七吟半歌仙と続け、二十六日からは三日連続で、料亭浮瀬《うかむせ》、園女亭《そのめてい》、また畦止亭と歌仙を行った。

これら一連の句会において芭蕉は、

「此道や行人《ゆく》なしに秋の暮」や
「秋深き隣は何をする人ぞ」

などの名句を残した。新鮮な情趣を日常の場で把む「軽み」を唱えた詩人の魂は、人生の最後においていよいよ冴《さ》えていたといえるだろう。

翌二十九日にも芝柏亭《しはくてい》での句会が予定されていたが、体調が悪く行けないかも知れぬと思い、発句《ほっく》を前もって届けさせた。この予定を見ると、芭蕉の体力が続けば、まだまだ多くの句会が開かれていたに違いない。

だが、不幸にして芭蕉の予感は的中した。九月二十九日から病が再発、容態は急速に悪化した。芭蕉危篤の報せは各地に飛び、京からは去来はじめ多くの門人が集った。芭蕉は彼らに対して、「病中吟」と前書して、

「旅に病《やん》で夢は枯野をかけ廻《めぐ》る」

の一句を示した。

十月十一日には、上方を旅行中の榎本其角も駆け付けて来たが、最早《もはや》芭蕉は口も利けぬほどに衰弱していた。この前日に書いた兄半左衛門に対する自筆の遺書が芭蕉の絶筆である。

翌十月十二日、小春日和の穏やかな日の夕刻七ッ時（午後四時）、松尾芭蕉は大坂南御堂前の静かな貸座敷で、五十一歳の生涯を静かに閉じた。

現在その場所は、生涯を夏炉冬扇《かろとうせん》の文学を極めんことに捧げた詩人の最後の場所には不似合いな殷賑《いんしん》を極めるビル街となっている。


松尾芭蕉の死は、俳界の人々ばかりでなく、他の分野の人々をも悲しませた。近松門左衛門もその一人であったろう。

何日かのちに、素良と美波が会った時、近松は悲し気に、

「残念やったなあ……。あの人に会うたら、おかしみは軽みに劣るものかと聞いてみたかったのに……」

と呟いた。芭蕉は滑稽や機知を主とした俳句を西行や利休の心境にも通じる「軽み」の芸術とした人物である。そしてしばらく沈黙したあとで近松は、

「どうやら一つの時代が終りましたかな……」

と淋しげに笑った。

〈芭蕉とはそれほどの人であったのか……〉

俳句に知識の乏しい素良は、近松の大袈裟な表現に驚いた。だが、近松のこの言葉は、はるかに広い意味での予言性を持っていたのである。

第Ⅱ部　光陰の渦

一　金銀改鋳

（一）

「元禄」は華やかな時代である。

今日、日本の伝統文化といわれているものの大半が、この時代に大成した。特にその前半期は、平和な安定社会の中で経済が成長し、人々の暮しも概して向上した。貨幣経済が急速に浸透し、商品流通は増大し、専門技能を持つ職業が育ち、消費は華美になって行った。殊に、江戸や京・大坂などの大都会ではそれが著しい。

街行く女性の服装は日々に美しさを加え、派手な後結びの帯が普及した。食事は多彩で美味となり、松前の昆布や肥前の海産物がだし取りに使われ出した。灘《なだ》の澄み酒が全国に出廻り、瀬戸内の白い細やかな塩が庶民の台所にも入り込んだ。

これに伴って、呉服屋は店を拡げ、廻船問屋は持ち船を増やし、材木商は急成長した。貨幣経済の発展に伴って両替商は大いに栄え、手形が普及した。政商たちは巨利を得、豪遊にそれを散じた。ために遊里は盛んとなり、独特のきらびやかな爛《ただ》れた文化を創った。芝居小屋は各地に生れ、茶会や歌仙がどこでも華やかに行われた。そしてそうした需要に応じるように、多くの分野で史上に名をとどめる名人巨匠が輩出した。

造形美術の世界には、土佐派を再興した土佐光起《とさみつおき》や浮世絵の祖菱川師宣《ひしかわもろのぶ》、風俗画の名人英一蝶《はなぶさいっちょう》、そして絵画から工芸・衣裳《いしょう》デザインにまで広範な活躍をした光琳・乾山《けんざん》の尾形兄弟らが出た。歌舞伎の舞台には、江戸の初代市川團十郎、京の初代坂田藤十郎らが現われ、荒事《あらごと》・和事《わごと》の基礎を築いた。浄瑠璃界には不世出の名人竹本義太夫が出て、辰松八郎兵衛《たつまつはちろべえ》の人形遣いの技巧と相まって人気を集めた。

文学の面もまた華やかだ。浮世草子の巨匠井原西鶴、仮名草子の大家浅井了意、俳諧の巨人松尾芭蕉、そして日本史上最大の劇作家近松門左衛門らが元禄の世を彩った。

学術の方もこれらに劣らない。儒学者としては、京に伊藤仁斎、山崎闇斎《やまざきあんさい》がおり、九州からは貝原益軒が出た。一風変った儒者熊沢蕃山《くまざわばんざん》も元禄初期にはまだ生きていた。この時代にも政治上風俗上の理由で罰せられた学者・文化人は何人かいるが、のちの享保や天保の頃に比べるとはるかに自由な雰囲気があった。幕府の忌諱《きい》に触れて流罪となった熊沢蕃山や英一蝶はむしろ珍しい例である。

こうした時代を治める五代将軍綱吉の柳営は、多彩な文化人によって飾られていた。能を好み儒学を溺愛《できあい》したこの将軍の周囲には、それにふさわしい人材が侍《はべ》っていたのである。

まず、儒学の面では、大学頭林鳳岡《はやしほうこう》をはじめ、新井白石や室鳩巣《むろきゅうそう》を育てた木下順庵などがいたし、柳沢家の儒臣となった荻生徂徠《おぎゅうそらい》もしばしば将軍の側に登場した。

和算術の巨峰関孝和も御納戸《おなんど》組頭として江戸城に控えていたし、地理学と土木水利の大家河村瑞《かわむらずい》賢《けん》もよく出入りした。自らの才覚と勇気で江戸有数の豪商となった河村瑞賢が、旗本に加えられるのは元禄十一年のことだが、その三十年も前から幕府の御用で航路開発や治水事業に当っている。

一風変った学者もいた。元の姓は安井、名は助左衛門、かつての号は算哲《さんてつ》。つまり囲碁家元の一つ安井家の長男で、この人自身も当時の最高段位八段に達した腕前である。しかし、将軍綱吉に仕えるのは碁才によってではない。この分野には、江戸時代を通じて最強の打ち手といわれる本因坊道策が現われ群雄を圧倒してしまっている。この人、二世安井算哲も本因坊道策に敗れて碁を捨てたのである。

碁を捨てた家元の長男は、姓を渋川《しぶかわ》、号を春海《はるみ》と改め、天文暦学に励み、それまで行われていた中国渡来の宣明暦《せんみようれき》が日本の天象と喰い違うことを指摘、水戸光圀《みとみつくに》や保科正之《ほしなまさゆき》の後楯《うしろだて》を得て改暦を行うことに成功した。将軍綱吉の就位から四年目の貞享《じようきよう》元年（一六八四年）のことだ。渋川春海は、この功により幕府天文方に任じられ、その子孫も代々この職を継ぐことになる。改暦という歴史的大事件が、碁打ち上りの一学者の提案によって実現したというのも、この時代の文化性と将軍綱吉の学問好きの現われであろう。

しかし、こうしたきらびやかな文化の香る江戸城にも暗い陰が忍びよっている。幕府の財政が逼《ひっ》迫《ぱく》しつつあったことだ。そしてその面にも、将軍綱吉の柳営は驚くべき天才を擁していた。その人物の名は荻原彦次郎重秀《おぎわらひこじろうしげひで》という。

荻原重秀は甲斐の人といわれ、最初は幕府勘定方の下役として入ったが、やがて頭角を顕わして昇進を重ね、綱吉治世の初期には早くも勘定組頭となり、貞享四年九月からは勘定差添役《さしぞいやく》に就き五百五十石を受給するに至る。武士としてはごく低い身分から出発したこの男が、弱冠三十歳にして勘定奉行を補佐する要職に就いたのは、その才覚が並みのものでなかった証といえるだろう。今日でいえば、国家公務員試験中級職合格で入省した短大卒が勤続二十年で大蔵省の主計局次長に任じられたような感じであろう。

だが、荻原重秀の異才は、単に計算上手とか記帳の名人というのではない。この男は、経済というものを全体として理解し、財政をもその一環として把える理論的な頭脳を有していた。従って、荻原には、財政を経済政策として考える発想があった。十七世紀の末にこうした考えの持主が現われたのは誠に驚異的であり、当時の西欧の経済学に比べても数等進んでいる。もし、荻原重秀が、世の政治批判に曝《さら》されない立場にあって、その考えを文章に著わす暇と表現能力に恵まれていたとすれば、世界の経済学史に残る偉大な業績を生んだに違いない。

だが、実際の荻原重秀は生涯のほとんどを幕府官僚として過し、泥臭い現実政治の中で無理解な権力者たちにその才能を捧げ尽した。このため、この男に対する評価は、結果論的な政治批判と政敵による悪意に満ちた曲解に塗り潰されてしまう。このことは、荻原重秀とその時代の為政者の不幸であったばかりでなく、日本の経済学の発展にとっても大いなる不運であったといえる。

元禄時代の為政者ほど多くの誤解を受けている人々は、日本史の中でも珍しい。このことは、この時代の最も重要な政治課題である財政問題についてもいえる。

元禄時代の幕府の財政は非常に悪く、かつ時と共にますます悪くなって行く。しかし、その責任の大半は、この時代の為政者よりも前代の担当者が負うべきものであり、残りの多くは天災や不注意な失火者のせいである。

通説によれば、将軍綱吉とその取巻きたちは、「生類憐みの令」などの奇政と派手な寺社建立によって巨費を浪し、豊かであった幕府の財政を破綻させた上、貨幣改鋳などの悪政によってそれを補い、物価の急騰を招き庶民を苦しめた、とされている。しかし、これは事実のごく一部でしかない。実際は、綱吉が将軍位に就いた時、幕府の御金蔵は既に空っぽであり、財政の赤字体質は深く浸みわたっていたのである。

一つの王朝や政治体制の歴史を見ると、大抵、できた当初は資産が多く財源も豊富であり、権力者の生活も行政機構も簡素で支出は少ない。つまり、財政はいたって健全である。ところが、三代目か四代目の頃になると、支出が急増して財政難に陥ってしまう。中国の歴代王朝も、ヨーロッパや中東の王家も、近代革命後の各国政府も、戦後の日本も、みなこのパターンを繰り返している。

徳川幕府とて例外ではない。初代将軍徳川家康の頃、幕府の金庫は甚《はなは》だ豊かであり、収入源も多かった。佐渡や生野などの金銀山からは多額の収益があったし、外国貿易による利益も巨額にのぼった。慶長十二年（一六〇七年）、家康が駿府に隠居するに当って、二代将軍秀忠に国防災害に備えるためとして与えた資金は、金三万枚・銀一万三千貫に達したという。それでもなお、家康自身の手元には膨大な金銀があったらしく、家康が死んだ元和《げんな》二年（一六一六年）、さらに金九十三万両と銀五万貫の遺金があった。そのうち百数十万両は久能山の御蔵に収め、他は御三家に分けられた。二代将軍が引き継いだ金銀は合計二百万両以上にも達したわけだ。

二代将軍秀忠も、地味な性格でよく財を守りむしろ増した。寛永九年（一六三二年）正月、この将軍が死んだ時には、金三十万枚が残されていた。一枚が七両半（必ずしもそうとは限らないが）とすれば、二百二十五万両にもなる。このお陰で三代将軍家光は楽をした。この将軍は三代目らしい派手好みで、大いに財を散じた。日光東照宮の造営に五十七万両を費やしたほか、前後十一回を数える日光社参や寛永十一年の上洛《じょうらく》にも多額の金銀を使った。何しろ上洛の際には三十万人もの大行列を引き連れたというから費用も大変だ。それでも、幕府の財政はなお健全だった。それが決定的に悪くなったのは四代将軍家綱の時代である。

まず、この将軍の時代には、明暦の大火（明暦三年＝一六五七年）があり、江戸城の天守閣が焼け落ち、その下にあった奥金蔵の大量の金銀が溶解して地中に浸み込んでしまったという。大火後の江戸城の再建には九十三万両の金と米六万七千石を要したほか、町家や大名・旗本の屋敷再建にも下賜金や貸付金を相当に使った。その上、翌万治元年にもまた大火があり、同様の出費がかさんだ。

しかし、財政悪化の最大の理由は、こうした災害よりも、日常の支出の増加と財政収入の逓減《ていげん》の方にある。家康・秀忠の頃には、戦国の時代そのままに何事も地味で、武士たちもよく働いた。ところが、家光・家綱の代になると生活は派手になり機構は拡大した。江戸城内でも大抵の仕事は出入りの商人や雇い人夫にやらせて、武士たちは監督するだけとなり、やがてはそれすらも形式化してしまう。このため幕府は、一方には何の働きもしない旗本・御家人を大量に抱えながら、他方では巨額の委託費・人夫賃を出さねばならなくなった。今日でも、事業を外部の民間業者に委託発注しながら役所の公務員は整理もされず、かえって発注監督の部課長ポストが増えるという例があるが、徳川幕府にも同じことが起ったのである。

これに加えて、江戸の拡大と貨幣経済の浸透による生活費の高騰があった。この時代に生きた荻生徂徠は、江戸の生活を「旅宿の境界《きょうがい》」といっている。人口百万人を数えたこの大都会では宿屋暮し同様に菜葉一枚・草鞋《わらじ》一足をも金銭で買わねばならないという意味だ。当然、この大消費地の需要を当てにして諸物を生産する専業者が現われ、それを商う問屋や商店が生れる。勿論、それらは素人造りの自給品より高級であり高価だ。勢い江戸の庶民は贅沢にならざるを得ず、それがまた上層階級の消費をも派手にした。

貨幣経済の進展で財を得た富商が豪奢を誇れば、大名・旗本もそれに倣《なら》い、江戸城の大奥の女中たちも競い合う。成長性の乏しい農地から上る年貢に依存する武士階級が、貨幣経済の江戸で暮せば貧困化するのは当り前だ。幕府も大名も例外ではあり得ない。

窮乏《きゆうぼう》の時期からいえば、幕府よりも大名や旗本たちの方が早い。このため幕府は、寛文五年（一六六五年）頃から、困窮を訴える親藩や旗本にしばしば金銭を貸与せねばならなくなる。四代将軍家綱の次弟で甲府宰相といわれた綱重なども再三幕府に借金を申し込み、大老酒井《さかい》雅楽頭《うたのかみ》忠清《ただきよ》に断られたりしている。そしてそれがまた、幕府の財政悪化を助長することにもなった。

一方、幕府の収入が減っていたことも見逃せない。幕府の財源には、全国に散らばる六百万石の天領からの年貢や冥加金《みようがきん》のほかに、鉱山収入や貿易利益のあったことは前述した。ところが、家康・秀忠時代には大きな収入源となっていた鉱山と貿易が、家光のころから徐々に減り出し、綱吉が就位する頃にはごく僅かになってしまう。

日本の金銀山の多くは戦国時代から幕初にかけて開かれたが、さしたる技術進歩もないままに半世紀以上も掘り続けたため資源は枯渇し鉱道は深くなり湧水《わきみず》の障害に直面。寛文年間には佐渡の金山・生野の銀山など数ヶ所を残すのみで、他は閉山されるか銅のみを生産するようになってしまう。これでは幕府の鉱山収入が激減するのも当然だ。元禄時代は資源不足時代だったのである。

海外貿易の方はもっと困った問題を抱え込んでいた。戦国時代以来、日本の海外貿易は生糸《きいと》などの消費財を輸入して金銀などの貨幣用金属を輸出する形を採って来た。このため、日本から金銀が大量に流出した。一説によると慶長から宝永に至る百年余の間に金の四分の一・銀の四分の三が海外に流れ出してしまったといわれている。

この結果、天和・貞享の頃になると、日本は通貨不足に陥り、経済成長の重大な抑制要因となり出した。幕府が、海外貿易を長崎出島に限る規制を設けた主たる理由はこれである。それでもなお、長崎出島から流出する金は多く、幕府は大坂の両替商に命じて小判を買い集めさせていた。この小判買上げ、つまり銀や銭を小判に替える御用命に預った者が、いわゆる大坂十人両替であることは第Ⅰ部で述べた通りである。

幕府は、貞享二年、金銀の不足を救うためにさらに貿易制限を強化し、年間の貿易貨物高を唐船は銀六千貫、オランダ船は同三千貫に規制、なるべく代価は銅で支払うようにした。この時期でも銅だけは生産が豊富だったからだ。こんな有様だから、海外貿易からの収益も家康・秀忠の時代に遠く及ばなかったのも当然である。

支出の増加と収入の減少、それに災害復興の臨時支出が重なったのだから、幕府の御金蔵金もどんどん減り、将軍綱吉が位に就いた頃にはほとんど空っぽに近い状態になっていた。このため綱吉は、恒例の日光社参さえ財政上の理由で行えなかったほどである。


将軍位に就いた綱吉にとって、第一の急務は財政再建だった。彼は就位直後、勝手方老中や勘定吟味役を置いて代官らの不正を厳しく取り締り、倹約を奨励した。将軍自身もその範を垂れるべく行動した。それを象徴するのが巨船安宅丸の廃棄である。

この船は、三代将軍家光が、幕府の権威誇示と万一の場合の江戸脱出用に建造したもので、長さ三十尋《ひろ》（約五十五メートル）の巨体に三百挺の櫓《ろ》を三段に並べた見事なもので、補修費と四百人の水夫の給金とに年間十万両を要したという。綱吉は、自らの発案でこの船を廃棄し、財政支出削減の決意を示したのである。

綱吉とその幕閣は、賃金カットをも行った。元禄二年から正規の役についていない旗本・御家人、つまり小普請組から禄高百石につき金二両の「小普請金」を供出させたのだ。小普請組はもともと、江戸城の草引きや清掃に当っていたのだが、その多くが雇い人夫の仕事となり、実質的には何もしていないという現実に対応した処置といってもよい。しかし、禄以外に収入のない彼らには手厳しい収入減となったことであろう。

財政が悪化すると、会計検査の厳格化・冗費の節減、倹約の奨励が叫ばれ公務員の部分的賃金カットが行われるのは、いつの時代でも同じである。これが一番抵抗が少なく、だれにでも分り易いからだ。しかし、この程度のことで財政再建ができないのもまたいつの時代でも同じだ。

綱吉はさらに、倹約令を町人たちにも厳命した。いわゆる「天和の倹約令」である。公務員の生活水準を抑制するためには民間の消費も抑制し、全般的な景気引締めが不可欠だという発想はかなり合理的なものだ。また、この時期には、

「江戸の商人が栄えるのは、江戸住いの大名や諸藩の武士が贅沢をするからであり、それだけ国元からの取上げが多い証拠である。江戸の商人が貧乏になれば国元の生活は楽になり、天下のためには良い」

という単純な議論が、老中・奉行の間でもまかり通っていた。商工業の発展を抑制して生産の伸び難い農業を相対的に保護しようというわけだ。この種の議論は、一九七〇年代初期の高度経済成長批判の中にも登場したから、あながち当時の人々の知識をけなすわけにもいくまい。

将軍綱吉も、治世の初期十年間ほどは倹約の奨励に熱心だった。彼は、上野仏参の途上で、高価な伽羅《きゃら》をふんだんに焚《た》き、下女たちにまで華麗な衣服をまとわせて遊興に耽《ふけ》っていた石川六兵衛の妻を見咎め、「驕奢《きょうしゃ》におごる」という罪状で財産没収・江戸十里四方追放の罰に処したこともある。延宝九年（一六八一年）の春のことだ。

この事件は、江戸中の豪商たちを仰天させ、慌てて豪華な家造りを毀《こわ》したり、銘木の柱に泥を塗ったり、庭の樹木や石を運び出したりする者もあって、一時的には消費抑制効果を上げたといわれている。しかし、石川六兵衛のような豪商の奢侈《しゃし》を取り締ることはできても、多数の中産階級の生活が少しずつ贅沢になるのは抑えようもない。そして、世の中の贅沢化、つまり生活水準の向上というのは、こうした大衆の消費向上によってこそ起るのである。綱吉の倹約令と贅沢取締りをはた目に、芝居・浄瑠璃が盛んになり、元禄模様の衣裳が出廻り、澄み酒が飲まれ、女性の帯が後結びの派手なものになって行くのである。

（二）

時代の「風《ふう》」というものは恐しい。独裁将軍綱吉の力を以ってしても、それを押しとどめることはできなかった。そしてやがては、綱吉自身もそれに染って行く。

元禄に入る頃、綱吉も在位十年を経、当初の緊張感を失い、効果の乏しい倹約奨励に飽きを感じ出した。これと同時に、この将軍独特の奇妙な贅沢がはじまる。

将軍綱吉の贅沢は、第一に度重なる大名屋敷へのお成りであり、第二に生母桂昌院らの願いを入れた寺院建立であり、第三には「生類憐みの令」である。

綱吉は、お気に入りの大名の屋敷を訪ねるのが大好きだった。生涯のうちに、側用人牧野成貞の屋敷に三十三回、同じく柳沢保明（のちの吉保）の屋敷に五十八回も足を運んだ。彼らの用意する気の利いた接待がたまらなくおもしろかったのであろう。

勿論、手ぶらで行くわけにはいかない。下賜品《かし》という手土産がいる。それも将軍からだけではなく、同行する正室・側室らの名でも与えられるのだから、無視できない費用になる。当然、来られる方も金がかかる。屋敷も立派にしなければならないし、下男下女も斉《そろ》え、料理も催し物も十分にしなければならない。将軍のお成りには三、四百人のお供が同行するのだから、ただのホーム・パーティーとはわけが違う。その上、献上品としてお土産も差し上げねばならない。

牧野や柳沢は、これらの費用を、主として諸大名や出入り商人からの贈進物収入によって賄《まかな》った。当然、大名たちの贈進物も派手になり、諸事お金のかかる世風となる。綱吉の大名屋敷お成りの趣味は、倹約令とは逆に消費の拡大と生活の華美化を促す効果を発揮したのである。

寺院建立の方は、綱吉の趣味というよりは親孝行から発している。儒学を好んだこの将軍は、「孝は百行の基」の文句をそのままに生母桂昌院に孝の限りを尽した。親孝行はよいことだが、綱吉のはやや度が過ぎており、公私混同の批判をまぬがれない。加えて、もとは京都の八百屋の娘お玉であった桂昌院は、迷信深い無学な女性であったため、亮賢とか隆光とかいう怪僧につけ込まれた。

僧亮賢は、桂昌院が八百屋の小娘であった頃に花見の場で人相を見て、「この娘には高貴の相がある」といい当てたといわれているが、もとより怪しい話だ。はっきり分っているのは、亮賢が江戸湯島の知足院住職だった時に、三代将軍家光の側室お玉の方の信仰を得たことである。

お玉の方こと桂昌院は、自分の息子の綱吉が将軍になれたのも亮賢の祈禱《きとう》のお陰と信じていたらしく、綱吉が将軍になるとすぐ、息子にせがんで亮賢のための寺院大聖護国寺を音羽《おとわ》に建立させた。日光社参さえ財政的に困難だったことを考えると、随分無理をしたものだが、これで終ればまだよかった。亮賢が護国寺に入ったあと、知足院の住職に就いた恵賢が貞享三年に死去すると、桂昌院はその後任者の推薦を亮賢に依頼した。これに応じて亮賢の選んだのが、大和長谷寺の塔頭《たっちゅう》慈心院の住職隆光なる者だ。この僧がまた、亮賢以上に俗才に長けており、たちまちにして桂昌院の気に入られ、翌年亮賢が死んだあとは一身に信頼を集めるようになった。

隆光は、知足院に戒壇を設け、徳川将軍家に関する一切の加持祈禱を行った。桂昌院や綱吉から頼まれればどんな祈禱でもやったらしく、「御当代記」には、この僧が美少年に化けて江戸城に出没する狐の調伏《ちょうぶく》に成功したと記されている。相当いい加減な僧だったようだ。

桂昌院や綱吉が、隆光の祈禱に期待した最大の願いは、男子誕生である。天和三年、一人息子の徳松を五歳で早逝させて以来、綱吉には男子ができない。接する女性は二十人以上もいたにもかかわらず、綱吉の子を生んだのは、この徳松とその姉鶴姫を生んだお伝の方だけである。我が子に将軍位を譲りたい親の常として、綱吉は男子を渇望していた。

しかし、この方は狐退治ほど簡単ではなく、隆光の祈禱も効果を現わさない。困り果てたこの僧は、「男子に恵まれないのは、将軍様が前世において殺生《せっしょう》をなされたからでございます」といい、生類、殊に綱吉の干支《えと》である犬を大切にするように推めた。通説では、これが「生類憐みの令」の発端といわれている。しかし実際は、「生類憐みの令」がはじまるのは隆光が江戸に来る一年あまり前だからこの俗説は信じ難い。むしろ綱吉が完全平和主義の信念に燃えて殺伐の気をなくするためにはじめたこの政策を、隆光が低俗な理由付けをして支持したものと思われる。いかにも味噌すりのやりそうなことだ。

しかし、生類を憐んでみても男子はできない。そこで隆光は、元禄元年に至って知足院を神田橋大門に移し大規模な将軍家祈禱所とすることを願い出た。祈りの効果の乏しさを施設や祭典の規模のせいにするのは俗物宗教家の常套《じようとう》手段である。

無知な桂昌院はたちまちこれにひっかかり、息子の将軍に大寺建立を願い出た。老母には甘い綱吉はすぐこれを許し、五万坪の土地を与え、

「護国寺の二倍ほども宏壮に造るように」

と厳命、自ら設計をもこまごまと指図した。また、工事においても、使った材木が粗末だという理由で、普請総奉行を勤めた若年寄格の御側御用人大久保佐渡守忠高をお役御免に、普請奉行材木方や大工棟梁《とうりよう》らを三宅島流罪にする、という事件さえ起きた。いかに将軍がこの寺院の建立に力を注いでいたか分るだろう。

この寺は元禄元年十一月に一応の形が整い、綱吉も参拝して大いに気に入ったが、幕府は巨費を使い果していた。しかもなお、その後も追加的な堂塔が建てられたから財政難を著しく加速したことであろう。

さて、第三の「生類憐みの令」はもっとばかばかしい。最初は、この奇政もそれほど財政に負担のかかるものではなかったが、年と共にお金がかかり出す。犬の毛並みを登録させる事務人件費、鳥見役の任命に関する諸経費、犬の喧嘩を引き分けるために用意した用水桶、さらに街中の野鳥を伊豆七島に運ぶ船賃などである。

しかし、これが巨額の財政支出を伴うようになったのは、元禄八年にはじめられた幕府直営の大

犬小屋建設からである。

綱吉が、江戸の野良犬を収容する大犬小屋を建設しようと思い立ったのは、この前年の戌《いぬ》年からと思われるが、何しろ過保護のもとで増えに増えた野良犬をことごとく養うとなれば大変な規模になる。建設費もばかにならないし、飼育費も大きい。ちょっと計算しただけでも、年間数万両の費用がかかる。目下計画中のそれは建設費銀二千三百貫を要する上、十万頭の犬の飼育に一日米三百三十石・味噌十樽《たる》・干鰯《ほしいわし》十俵・薪《まき》五十六束を要し、人件費を加えると年間九万八千両もかかる勘定だった。

これでは、江戸城の消耗品や役人の出張旅費を少々倹約しても追い付くはずがない。幕閣はみな、空っぽの御金蔵と累増する支出予定を見比べながら、「次はどこをどう削ろうか」と溜め息まじりの議論を繰り返す毎日だった。

若くして幕府勘定方に入った荻原重秀は、右のような現実を見つめながら十数年間を過した。そして、元禄八年正月の今、お犬小屋賄費をどうして調達するかという長々しい議論の座に侍《はべ》っていたのである。

真面目で有能な官僚というものは、上司や同僚が真剣になっている事柄ならどんなにばかばかしいものでも熱心に参加するものだ。たとえそれが、役に立たぬ議論と分っていても、非現実的な空想論でも、単なる費用と時間の浪費であっても、厭《いや》な顔をしたり嘲笑《ちょうしょう》的になったりすることはない。官僚社会ではそういう人間を「真面目で有能」と定義しているのである。

元禄時代の経済官僚荻原重秀も、そういう意味での真面目さと有能さを持っていた。少なくとも、元禄八年前後の三十七、八歳の頃はそうであった。彼は、上役の勘定奉行や同僚の勘定方役人の論じる零細な課税対象捜しや僅かばかりの支出節約論議に飽《う》むことなく参加し、だれよりも多くの発案をした。前述の小普請組から禄高百石につき金二両ずつの供出を発議したのも、実はこの男である。

しかし、その反面で荻原は、そんな小手先の術を積み重ねてみても、今の財政難が救われないことを早くから知っていた。彼は、目下の財政問題を経済全体の問題として理解し、この問題を解決するためには世の経済構造の変化に対応した改革が必要なことを感じていた。

それ故、荻原重秀の脳裡には、商品貨幣経済を全面的に公認し、それにふさわしく財政体制を作る計画が画《えが》かれていた。これは、二十世紀の現代人が聞いたら当然に思えるが、元禄時代の人々にとっては驚天動地の大革命だ。古来この国で続いて来た経済体制は現物中心の農本主義であり、徳川幕藩体制もそれを基礎としている。特に、この時代の支配階級たる武士はみな、農地を分配され、そこから上る年貢に依存している。商品貨幣経済にふさわしい金銭給与を得ているのは、ごく下級の武士や足軽だけである。

荻原重秀は、最早《もはや》これでは無理だと気付き、いずれは幕府も諸大名も諸藩の武士も金銭を基準とした財政と生活を考えざるを得ないと信じていた。

しかし、伝統的な既成観念から抜け出せない誇り高い武士たちは、そんなことを聞いただけで怒り狂うに違いない。給金暮しは足軽・日雇いのことと信じている彼らにとっては、知行《ちぎょう》を離れて金銭で暮すなどというのは、ひどい侮蔑と思えた。経済については全く無知だった新井白石が荻原重秀に対して狂気じみた反感をつのらせた一因もそこにある。

つまり、荻原重秀の考える改革案は、目下の所、実現性がないのである。そしてこの男は、実現性が乏しく反感のみを招き易い改革案など口にしないのが有能な官僚の要件だ、ということもよく知っていた。このため荻原重秀は、脳裡に画く大構想を秘めたまま、直面する問題、つまり財政難の救済という観点だけから改革を進める立場を採った。これは、実に利口なやり方だが、誤解を生じ易い方法でもある。

「年貢を高くし冥加金《みようがきん》などを増やすことが、何故にはばかられまするのか」

荻原重秀は、財源捜しに首をひねる上役や同僚にまずそう問いかけた。そしてすぐ、

「それは民を苦しめその暮しを成り立たなくするからでござる。逆に申せば、米の出来が増え、商《あき》内《ない》が盛んとなり、人夫たちの給金が上れば、年貢・冥加金を増やしてもよいということにござる」

と自答した。

〈分り切ったことを……〉

勘定奉行以下の面々はそんな顔をした。米の出来が多い年は年貢を増やすというのは、昔からどの藩でもやっていることだ。徳川時代の年貢は、実収定率主義を建前としている。

「しかるに今や米の出来を増やすのは容易ではござらぬ。容易《たやす》く田畑となるような土地は残り少なくなっております。従って残るは商内を盛んにすることでござる。さらば、その商内の盛んなるか否かは何によって測るべきか。それは、流れる金銀の量によって示されましょう。つまり、天下の金銀を増やせば自ずから商内が盛んになり、民百姓の稼ぎも増え暮しは楽になり、ひいては公儀の財政も救われると申す道理ではござりませぬか……」

荻原はそう力説した。

「なるほど、それは分る……」

勘定方の面々は、何も分っていないままにそういったが、すぐに、

「さて、その金銀をどうして増やすか。金山銀鉱も多くは閉され、金銀は減る一方ではござるが……」

と反論する。

「そこでござる。考えようは……」

荻原は、相手が思う壺《つぼ》にはまったのを見て、声を張り上げる。

「そも、天下に通用する金銀とは何か。金とは公儀の刻印打ったる小判のこと、銀とは同じく丁銀・小粒のこと。つまり、公儀の刻印さえあれば金一両は金一両、銀一貫は銀一貫。従って、金には銀を混ぜ、銀には錫《すず》銅を混ぜて員数を増やすはいとも容易いことでござる。つまり、大判・小判・丁銀・小粒を鋳直せば、天下に流通する金銀は増やせるわけでござる」

荻原重秀は、要するに平価切下げ《デバリユエーション》による貨幣供給量の増大を主張したわけだ。徳川時代の後半には財源獲得の常套手段となるこの政策も、史上はじめてのこの時には、あまりにも斬新過ぎて役人たちのほとんどは理解できなかった。多少は理解できた者も、前例がないというだけでその実現を危ぶんだ。

「荻原殿のお考えはなかなかなものとは思うが、実際にはいろいろ難しい点があるような気がする。もう少し、すぐにもできる現実的なやり方を考えられよ……」

発想の飛躍ができない者の常として、奉行や勘定方の連中は、新しい考え方を理由もなく「非現実的」と決めつけ、またしても細かな節約論議や微小な不正支出の取締り強化論に戻って行った。

〈そんなことでこの財政難が解決できると思う方がよっぽど非現実的だ……〉

荻原重秀はそう思うのだが、敢て口には出さず、根気よくそれにも付き合った。しかし、この男は貨幣改鋳を諦めたわけではない。彼は、この大胆な政策を実現するためには、実務官僚を口説いても無駄なことを悟り、将軍綱吉に直訴する方法を考えはじめた。学問好きで利潑《りはつ》で勇気のある独裁者将軍綱吉ならば、これくらいのことは理解し実行できると期待したからだ。

天下の将軍と七百五十石取りの勘定差添役（荻原は元禄二年に二百石加増されていた）との距離は遠い。通常では、自説を語るどころか顔を見ることも難しい。殊に綱吉は、老中をも遠ざけ、御側御用人を通じて政治を親覧する形だからなおさらである。

荻原重秀としては、将軍に貨幣改鋳をすすめる前に御側御用人の牧野成貞か柳沢保明を口説かねばならない。だが、それには老中の許可が必要であり、その老中を説くには勘定奉行の同意がいる。ここで阻まれた以上はもう前へ進めない。

しかし、この時代、もう一つ、将軍に通じる「裏の道」が残されている。大奥の女性たちを通じる経路である。荻原重秀はこれに頼った。幸い、この男の知人に、将軍の愛妾右衛門《うえもんの》尉《じょう》のもとに出入りする金銀細工師がいたのである。

荻原重秀は、この細工師に頼み込んで、貨幣改鋳に関する建白書を右衛門尉に届け将軍に見せてくれるように頼んだ。金銀細工師は、貨幣を鋳造する金座・銀座にも通じている。ここからは、三年前に貨幣改鋳の嘆願が出ている。細工師は仲間に大仕事が転がり込むとあって大いに悦び、この役目を引き受けた。だが、文学には有識の才女右衛門尉も、経済財政のことにはさほどの知識も関心もなかった。彼女は、出入りの細工師の持って来た分厚い書面をどう扱ったらよいか判断に窮したまま、長い間手元に置いていた。そんなものを差し出して将軍に歓ばれるのか叱られるのかも分らなかったからである。

ところが、この話が、右衛門尉の口から、柳沢保明の側室町子に伝わった。もともと、右衛門尉のお話相手として共に京から下って来た町子は、柳沢邸に入ったあとも大奥の情報収集などのために右衛門尉の所には出入りしていたのである。つまり、裏口から入った荻原重秀の運動が町子という地下道を経て、表門の柳沢保明に繋がったのだ。

御側御用人柳沢保明も、勘定差添役荻原重秀の名を知らないわけではない。「軽い身分の出ながら算勘理財の才覚秀逸の人物」という評判は、幕閣の中でも聞えている。顔を見たことも何度かあるが、印象は淡い。若年寄格の御側御用人の席から見れば、勘定差添役の座ははるかに遠い。柳沢が見た荻原の役目は、細かな問題で奉行が返答に窮した場合、低い声で耳打ちする程度である。到底、斬新な大提案を将軍に直訴するほどの人物とは思ってもいなかった。

しかし、右衛門尉がその名を口にしたとあっては捨ておけない。それは、荻原の考えていることの是非ではなく、将軍への情報経路の一元化という観点から重大なのである。既に先輩の牧野成貞を抜いて、将軍側近第一の実力者となっている柳沢保明は、奏者《そうじゃ》番や近習をも手なずけて、将軍の周囲に強固な情報障壁を築きつつある。雄弁で独断的でいささか偏執性の綱吉によく仕えるためには、上聞に達する情報を総て我が手で審査選別する体制が必要だと柳沢は考えている。

この柳沢保明が最も手を焼いているのが大奥の女性たちを通じる情報経路だ。将軍の生母桂昌院や正室鷹司《たかつかさ》氏、愛妾のお伝の方・右衛門尉らが、綱吉と直《じか》に接するのは止めようもない。そしてそこからいろんな話が持ち込まれる。柳沢に取り次いでもらえなかった連中はこれを利用するし、大名や御用商人らも進物を献じて将軍への取次を頼む。中でも困るのは隆光のような怪僧がいて、大奥への仲介をやることだ。このため、もともと閉鎖社会のはずの大奥に世俗の問題が次々と持ち込まれ、柳沢らの関知しない命令が突如将軍から降って来ることもある。

〈万一、女どもの口から財政のことなど論じられては、表を預るわしの不明になりかねない……〉

そう考えた柳沢保明は、先回りして荻原重秀なる者を手なずけることにした。といっても、老中・奉行の手前、御側御用人が直接会うのははばかられるので、秘かに使いを出して、

「財政に関してよき考えがあれば書面にして出せ」

といわせた。

荻原重秀は狂喜した。今をときめく御側御用人柳沢出羽守保明が意見を聞いてくれるとあれば、これに越したことはない。直ちに論文をまとめた。論は精巧を極め、事例は多数を加え、数値は詳細にわたった。だが、このために著しく長くなり、多忙な柳沢が通読してくれるか否かが心配になった。そこで荻原は概要を付け、魅力的な句を冒頭に置いた。

「貨幣改鋳を行うならば金のみにても五百万両の財源を得ることは必定《ひつじょう》にして、現下の財政問題は一挙に解決すること明らかなり」

実務的な頭脳の持主の柳沢保明にはこれが効を奏した。いや、効き過ぎた。柳沢は、荻原の論じる分り難い経済論議は棚上げにして、財政上の特効薬としてこの案を理解したのである。

何日かのち、柳沢保明は、老中らとの雑談の席を借りて、

「勘定差添役の荻原重秀が唱えておる貨幣改鋳なる論議、なかなかのもののように聞く故、御老中

方にても一度お調べ願いたい」

といってみた。

老中の中にも、荻原の主張する貨幣改鋳案を既に聞いていた者もいたが、分り難い上に、勘定奉行らも乗り気でないという話だったので、大して検討していなかった。だが、今度は柳沢出羽守のお声がかりだからそうはいかない。早速、老中・奉行列座の中に荻原を招いて、その所存を聴取した。だが、結果は、

「まあ、それぞれによく検討してみよう」

というようなことで終ってしまった。長い泰平の世に慣れた当時の老中や奉行には、未曾有の大改革を断行するほどの決断力がなかったのである。

しかし、この間にも現実の方はどんどん進行した。元禄八年（一六九五年）も三月末になると、幕府の財政はいよいよ窮迫し、日々の勘定に困ることとさえあった。そしてその時また、将軍綱吉から新たな入用が命じられた。

「神田橋に移した知足院を護持院と改名、今年中に大々的に開山式を行う」

というものである。

（三）

元禄の時代、日本にはまだ予算の概念がない。向う一年間の収入をあらかじめ見通し、その範囲内で各項目毎の支出限度を定めておくというような面倒なことは、幕府でも諸藩でもしていない。収入の方はごく大雑把《おおざっぱ》に毎年の例から想定しているが、これとて大部分が米の出来で増減する年貢

だから予想はずれも多い。支出に至っては何の見通しもなく、発生毎に支払うばかりだ。いわば、今日の一般家計を巨大化したようなものだったのだ。

これでも、手持ちの金銀が豊富にあれば、さほどの問題はない。勘定奉行は御金蔵の増減を見て、減って来れば倹約をいい、溜《たま》って来れば余裕を示すといった具合で済む。しかし、手持ちのお金がない時は困る。大きな臨時支出が出たり、不作で収入が減ると身動きができなくなる。このため諸藩では掛屋などを置いていつでも借金ができるようにする一方、藩札などを発行して勘定不足を切り抜けた。だが、幕府はそれもしていない。幕府の権威にかけても中小大名のような真似はできぬという考えが強かったばかりでなく、現実にもこの大世帯の赤字を賄うほどの貸手がいなかった。つまり、当時の金融市場では幕府の財政を補うほどの債券消化能力がなかったわけだ。

そうはいっても、今や幕府の御金蔵は空っぽ、収入は乏しく支出は多い。多少のことなら、絶対の権威と絶大な信用力にものをいわせて掛買いをしたり、支払いを延したりもできる。だが、それにもすぐ限界が来る。かてて加えて、護持院開山という大行事が下命されたのだからたまらない。綱吉は、護持院には天皇御真筆の掲額を頂き、勅使《ちよくし》らを迎えて大々的な開山式を行う計画という。さらに、この寺を一層宏壮なものとするため巨大な五智堂を寄進する予定だ。勘定方であれこれ知恵をしぼってみたが、最小限開山式には五、六万両、五智堂建立には十数万両は要ると見込まれた。合計二十万両を上回る臨時支出は、元禄八年の幕府財政にとって容易ならぬ金額である。

四月はじめ、四人の老中と三人の勘定奉行が打ち揃って柳沢保明の所に来た。彼らはこもごもに財政難の実情を語った末、

「かくの如き有様なれば、護持院御開山の儀、ならびに五智堂御寄進のことは、暫時延期というわ

けには……」

と声を落していい出した。

「いや、それはかりはなりますまい」

柳沢はぴしゃりと拒んだ。この寺に関する綱吉の執念と桂昌院の願いの厚さはよく知っている。七年前の建立の時には、使用材木が粗末だというだけで若年寄格の側用人が馘《くび》になり、普請奉行材木方と大工棟梁《とうりょう》は流罪になった。延期の中止のといい出せるものではない。

「左様でござるか、やっぱり……」

老中たちはうなだれ、勘定奉行らは顔を見合せて財源捜しの相談をはじめた。ここで千両削り、これを二千両減し、この支払いは一ヶ月延してここで千五百両早目に取り立てる。いずれも情なくなるような少額の話である。

そんな姿を見ているうちに柳沢は、あの荻原重秀建議書の冒頭の文句「金のみにても五百万両の財源を得」を思い出した。目もくらむような魅力的な数字ではないか。

「ところで、貨幣改鋳のことはいかがかな……」

柳沢はそう訊ねてみた。

「は、あの件については我らも荻原殿より説明を聞きましたが、今一つどうも……」

勘定奉行の一人、戸川備前守安広《とがわびぜんのかみやすひろ》がそういって自信なげに周囲を見回した。

「何といっても金銀鋳直しなど前例のないこと故、なかなか難しいと思いますれば……」

もう一人の勘定奉行久貝因幡守正方《くがいいなばのかみまさかた》も続けた。

「はて、前例がないとどうして難しいかな」

柳沢は低く呟いて小首をかしげて見せた。これを見て、老中土屋相模守政直が、

「我ら老中共々再度考えてみる所存」

といい出した。老中たちはみな、算勘のことは不得手で勘定奉行にまかせて来たのだが、どうやらそれでは済まされぬと見たらしい。

「ふん、左様願いたい」

柳沢はそういったあと、すぐに、

「御老中方で御検討なされる際には、某《それがし》も共々にお加え頂きとうござる」

と付け加えた。この連中では、いつまで経っても埒《らち》があかぬと考えたからである。


十日ほど経った四月中旬、勘定差添役《さしぞいやく》荻原重秀を呼んで、貨幣改鋳に関する意見を聞く老中・奉行会議が開かれた。これには特に、牧野成貞・柳沢保明の両側用人も出席、大目付・町奉行・勘定奉行らも並んでいた。

やがて、荻原重秀が案内されて来て、はるか下座で平伏する。七百五十石の勘定差添役としては、常務会に引き出された課長のような心境だったに違いない。

「荻原殿、苦しゅうない。思う所を存分に申されよ」

老中を代表して、月番の土屋相模守政直が声をかけた。

「有難き幸せ……」

荻原はもう一度平身してから、おもむろに自説を語り出した。まず、金には銀を加え、銀には錫銅を混ぜて鋳直せば、天下の金銀は増え商内《あきない》は盛んとなり、各地の物産はよく売り捌《さば》かれ、民百姓

の暮しも良くなり天下は富み栄えること必定と論じた上、一段と声を張り上げて、

「加えて」

といい出した。

「加えて、これにより増加する金銀は、みな一旦御公儀のものと相なるわけでござりますれば、金のみにて約五百万両、銀をも加えれば七、八百万両相当を得ることができましょう。これを御金蔵に蓄え、民の不況に苦しむ時にはその一部を散じ、金銀の世に剰《あま》り諸色《しょしき》の高騰を見る日には商内に冥加金を課してこれを集めて御蔵に収め、常に貨幣の量を注意深く加減するなれば、良き世の中を保つことができるでござりましょう。今日の如く御金蔵に予備が乏しければ、不況の折にも散ずべきものなく、天災これあるにおいては救済の事業も成らず、ただただ手をこまねくほかはござりません。かく考えれば、貨幣改鋳こそ、誠の御仁政と申すものにござりましょう」

と結んだ。要するに荻原は、貨幣改鋳によって余裕財源を創出して財政に柔軟性をもたせると共に、貨幣供給量の増減によって景気と物価を左右するという管理通貨の思想を提案したのである。この荻原重秀の主張は、今日の経済学からみても誠に立派なものだ。

〈素晴しい……〉

と柳沢保明は思った。父親が館林藩の勘定頭であったこの男は、当時の幕府首脳の中では最も経済が分る方だ。ただ、その柳沢にもまだ一点、不審な所があった。銀を加えた小判、錫や銅を加えた丁銀・小粒がこれまでのものと同様に通用するだろうかという疑問である。

柳沢はこれを質問すべきか否かに迷った。このことで荻原の案を潰したくなかったからだ。だが、同じ疑問を持った者は多く、それを代表して上席の側用人牧野成貞が質問した。

「荻原殿、何やらいいことずくめのような話でござるが、やはり腑《ふ》におちぬ。金銀の質をそのように落せば、世人はこれを軽んじ、これまでのようには通用しなくなるのではあるまいか……」

牧野の質問に同感を示すようにうなずく者も多かった。そこには、荻原贔屓《びいき》の柳沢に対する反感もこめられているようにも見えた。だが、荻原重秀の方は、この質問をむしろ期待していたらしく、すぐに答弁した。

「御尤もなる御疑念ながら、左様なことはまずござりますまい。今日、一両とは公儀の刻印押したる小判のこと、銀一貫とて同様、決して金の地金、純銀の塊ではござりません。現に慶長小判は金分四匁一厘でござりまするが、金地金四匁一厘は一両より安く、しかも上り下りしております。慶長銀は銀分八割でござりまするが、純銀一貫は慶長銀一貫と七、八十にござります。さらに、小判の中にも磨り減り、もとの金目より多少痩せ細ったものもござりますが、やはり一両にて通用いたしております。また、大坂にては近年商人の書いた手形が出回っておりまするし、諸藩の札も増える一方。たかだか紙一枚のものが銀何匁で通用しておりまするのは、それを出した商人や大名が保証いたしておる故でござりましょう。かくの如く、天下に通用する通貨と申すものは、その含みおります金銀の値打ちにあらず、それを保証いたしましたる者の信用にござります。商人の手形・大名の札すら通用するのに、御公儀の刻印を頂きましたる小判や銀が、まさか通用せぬことはござりますまい。要は、金銀の質ではのうて量でござります。同じ米一俵でも、米の不足なる時は値上りし、剰る時には値下りいたします。これは、米の質が変じたのではなく、量のせいにござります。金銀とて同じ、注意深くその員数を加減し、天下に出廻る金銀が世の物産の流れに見合うようにいたしますれば決して値打ちが下ることはござりませぬ」

荻原の主張はきわめて論理的であり、近代的な通貨の本質を見事にいい当てていた。商人の手形や藩札も金銀同様の貨幣機能を果すという二十世紀初頭にマーシャルの発見した理論部分を追加すれば、今日でも通用する論理である。

「なるほど、理屈でござるな……」

と感心する者と、

「しかし、そう巧くまいるかのお……」

と小首をかしげる姿が、ほぼ半々に見えた。中でも、実直ながらも発想の飛躍ができない牧野成牧野成貞などは露骨に渋い顔をしていた。上席の側用人がこれでは、柳沢も無理押しはできず、

「ま、今日の所はこのくらいで、みなそれぞれに考えるといたしては……」

というほかはない。

結局、貨幣改鋳の問題に結着をつけたのは論理的な判断よりも現実的な財政問題であった。この年五月になると、どうやってみてもやり繰りがつかなくなったのである。そうなると、

「やっぱり荻原殿のいう貨幣改鋳を行うより仕方がないではないか」

という声が出て来る。平時の日本においては、どこでもこの「仕方がない」というほど強いものはない。将軍綱吉の強烈な個性から出た犬小屋運営費や護持院開山式の費用捻出《ねんしゅつ》という至上命令と、空っぽの御金蔵という動かし難い現実との間で、老中たちはそんな受動的な選択をした。

「そうか。御老中方も貨幣改鋳にお踏み切りになられたか……」

報告を聞いた柳沢保明は嬉々《きき》としてそう答えた。この男も、荻原重秀の説く理論を十分には理解

していなかったが、とに角自分の推薦した方法で財政問題が解決されることを歓んだ。

柳沢から貨幣改鋳断行を聞いた将軍綱吉は、

「それはよき所に気が付いた」

とすぐ賛成した。

「諸藩が札を出し、大坂の商人が手形を書く。これはみな天下の金銀が不足のため。そのような方法で金銀を増やし、民百姓の暮しを豊かにするのは正しく仁政、余の心にもそうておる」

綱吉はまず、そんな半可通なことをいったが、続いて、

「その荻原とやらの申す金銀の出し入れ加減によって天下の経済を変えるというのもよきことじゃ。金銀の量にとらわれることなく政道を行えるとあれば、天下の者は公儀に対する信頼を一段と強めるであろうからのお……」

ともいった。生来聡明の質で儒学を愛するこの将軍も経済には疎かった。それは、この時代の上層支配階級の学問教養体系のしからしめる所である。綱吉は、自らの学んだ学問から財政問題を考え、財源の束縛から解放されることをひどく歓んだ。この将軍には、管理通貨体制では経済運営の必要に応じて財政を調整しなければならないということなど思いもつかなかったのである。

こうして、勘定差添役荻原重秀が提唱した貨幣改鋳は、理論的な理解がきわめて不十分なままで実行に移されることになった。そこに、この経済理論の先覚者の悲劇が生れる基本があった。そしてそれはまた、日本の経済学自体が未発達のまま、結果論と道義論とによって圧殺される悲劇をも招く原因となったのである。

（四）

元禄八年五月——赤穂藩浅野内匠頭家筆頭家老大石内蔵助良雄はまだ、備中松山城にいる。前年二月にこの城を接収して以来の城番勤務も既に一年三ヶ月になる。

大石内蔵助の松山城在番はいたって平穏無事だった。旧主水谷《みずのや》家の遺臣たちは、交通不便なこの土地を嫌ってあらかた去り、百姓たちは城番の年貢取立てが緩やかなのに満足しておとなしい。

公収された領地は幕府のものだから、年貢も幕府に入る。他藩から任じられた城番がさほど熱心に年貢を取るはずがない。六公四民の原則は同じでも、試し刈りを緩やかにしたり災害被害を過大に報告したりして出来高を甘く見、年貢の率も低く抑える。大石もその例に倣い、去年の秋の年貢はかなり寛大に措置した。このため、取米の高は水谷家の頃の平均より二割ほども少なかったが、

「備中地方、長雨と風害のため不作」

と報告して事を済ませた。それでも幕府からは何ともいって来ない。幕府の方でもごく一時的に管理している公収地の年貢など、とやかくいうほどの緊張感がなかった。その頃、江戸城を揺るがしていた財政問題も、この山城までは伝わって来ないのである。

百姓たちは大いに歓び、庄屋たちが打ち揃って大石の所にお礼に来た。勿論、大石としても悪い気はせず、近松勘六・大石瀬左衛門らと共にそれに会った。だが、庄屋たちが、大石らの配慮を賛える一方で、旧主水谷家の苛斂誅求《かれんちゅうきゅう》振りを口汚なくののしるのには閉口した。

「水谷様の頃には年貢取立てがお厳しく、村の者はみな泣いとりました……」

白髪頭の庄屋の一人がそういい出すと、

「誠にひどいものでございました。田畑の産物は取れる限り取り尽されたのはもとより、牛一頭にも、鶏一羽にも課税されましてな……」

と若い庄屋が続けた。

「手前どもの所では家を建てるのにも窓を切るのにもお許し銭を取られました。お天道《てんと》様にも年貢がかかると嘆き合うたものでございます」

城下の町方年寄はそんなことをいった。そういえば、大石が来てから家作を修理している町家が急に目立つ。課税の緩やかな城番のうちに家を修繕しておこうということらしい。

「いやもう……それはそれは……」

最初の白髪頭が、調子に乗っていい出した。

「わしらが村ではみな困り果て、赤ん坊が生れても大半は間引かざるを得ぬ有様。それどころか、年貢を収め切れずに夜逃げする者さえあとを絶たなんだほどでござります」

「そうじゃそうじゃ、ひどかったわな……」

「うん、おらが村でも夜逃げした者なあ多いわい……」

「赤児の間引きどころか、一人も育てられへん年もあってな、まるで皆伐《みなぎり》じゃった……」

一同は、勝手気儘《きまま》に口を開いてガヤガヤといい出した。

〈いい加減にしろ……〉

大石内蔵助はそう叫びたかった。庄屋や百姓・町人が、前領主の政治が厳し過ぎたというのには、それなりの理由がある。いずれこの土地にも新しい領主が来るが、その時は必ず前領主の徴税実績を参考にするので、前が厳し過ぎたという印象を与えた方が有利だというわけだ。彼らは、大石にもこうした話を聞かせて、「水谷家の頃の記録は厳し過ぎるようだ」とでも伝えてくれるのを期待しているのである。

だが、年貢を取る側の人間として生れ育った大石内蔵助には、百年近くも領主として親しんで来た水谷家を悪逆非道のようにいう庄屋たちが腹立たしかった。

〈領主と民、武士と百姓とは所詮こんなものか……〉

と思うと淋しく、我が赤穂も同じだろうかと考えるといよいよ苦《にが》い。まだ、国替えや改易の多かったこの時代には、「君臣一体」の思想はあっても「君民一体」の発想はなかった。大名とその武士集団は、治安徴税のために移植された他所者なのだ。そんな大石の心中を知ってか知らずか、

「大石様には少しでも長くいてもらいとうございます」

と庄屋たちは頭を下げた。新領主が決まると、また年貢取立てが厳しくなると恐れてのことだ。

しかし、松山の庄屋たちの願いは虚しかった。元禄八年五月一日、幕府は備中松山の新領主に安《あん》藤対馬守重博《どうつしまのかみしげひろ》を決定したのである。安藤重博は、上野《こうずけ》国高崎の城主で高六万石だったが、備中松山への移封に当り五千石を加増され、都合六万五千石となった。旧水谷家の領地は五万石余だったので、残りの一万五千石はいくつかの飛地を追加して補った。

この報せは、浅野家江戸屋敷から赤穂へ急報され、赤穂から藩使によって松山城の大石内蔵助に伝えられた。その使者に選ばれたのは、用人の原惣右衛門であり、勘定方の矢頭長介と石野七郎次が供として来た。勘定方を二人も付けたのは、城地引渡しに当って経理帳簿を整理する必要があったからだ。

五月中旬、細い雨の降る日、三人の使者は臥牛山頂の松山城に着き、新領主決定の旨を告げた。五月一日に決定されたとあれば、この秋の年貢徴収は新領主の仕事になる。

「そうか、この秋は対馬守様が年貢を取られるか。百姓どもの歓びもたった一年じゃった……」

と大石はおかしそうにいった。

「左様。大石様はこの地の百姓・町人にもなつかれておられたというに、これでは残念に思う者も多うございましょうなあ……」

原惣右衛門もそういった。

「何の、わしはせいせいいたしたわ。早う赤穂に帰り、殿にも皆の衆にも会いたい。理玖にも松之丞にも会いたい。この山城は淋しゅうていかんわ……」

大石は笑顔でいい返した。賑やか好きの大石には山頂の暮しは退屈過ぎたのだ。

「ところで大石様、水谷家の御政道はえらく厳しかったと聞き及びますが、真実《まこと》でしょうか……」

矢頭長介が遠慮がちに訊ねた。これは石野も聞きたい所である。算勘理財を以って仕える身としては、他藩のやり方も知っておく必要があるからである。

「さあて……どうかのお……」

大石は、ゆっくりと腕を組んで考えてから語り出した。

「この土地が赤穂よりも貧しいことは確かじゃ。ここには塩のような特産もなく、城下も街道をそれていて商内《あきない》も少ない。それ故、水谷家もやり繰り算段には御苦労されたようじゃ。牛には年に三十文、鶏にも年に二文の年貢を課せられていた」

「ほう、牛や鶏にも……」

原惣右衛門は驚きの声を上げた。矢頭長介は矢立てから筆を取り出して備忘帳に記入した。これは、赤穂にはない新税である。だが石野は、

〈随分細かく集めたものだ……〉

とおかしかった。鶏の数を数えて二文ずつ取り立てる武士の姿は滑稽であり、むしろ取る方に同情したくなる。

「それだけではない。町方からは家の新築には坪あたり百文、窓を一つ付けると二十文のお許し銭も取っておったようじゃ。それ故、わしが来てお許し銭を廃すると急に家屋敷の普請が多うなったわ……」

大石はそう続けた。

「なるほど。それは苛酷な御政道でございますなあ……」

と原がいい、

「それでは、百姓・町人の暮しが苦しく、子供も育てかねたとか、夜逃げが相次いだとか申すのも、真実でござりますなあ……」

と矢頭長介もいった。だが、大石は、

「ところが、どうやらそうともいい切れん」

と首を振った。

「わしが引き継いだ帳面を見ると、当地の百姓の人数は減ってもおらぬし、家数も十年あまりほとんど変っておらぬ。牛や鶏はかえって増えておる。町方にしても、お許し銭がのうなった途端に普請が増えたというのはそれだけの蓄えがあった証拠。百姓・町人が大袈裟にいうほど厳しい御政道

ではなかったのではあるまいか……」

「ふーん、それだけいろんな銭を取り立ててのお……」

と原惣右衛門が首をひねった。赤穂から松山に往復する者が伝えていた水谷家の苛斂誅求の話を大石自身が否定したのが腑におちない顔付きである。

「それに引き替え、水谷家の御家中はみな、えらく質素であったような……」

と大石はいった。

「赤穂には七軒もある花屋がこの城下には一軒もない。御家中も野山の花を摘んで飾っておられたと聞く。髪結も赤穂には四軒もあるが、ここにはたったの一軒。よほどの時以外は奥の女房衆も互いに結い合うて済ませたそうじゃ」

「なるほど、それに比べりゃ我が家はまだ贅沢でございますなあ……」

矢頭は、済まなさそうに視線を畳に落とした。

〈それにしても、大石様の目は鋭い〉

石野はそれに感心した。人数・家数の増減から夜逃げの多いという話の真偽を見破ったのもさることながら、花屋がないことから家中の質素さを感じ取ったのは並みの眼力ではない。

「つまり、この貧しい土地で水谷様は割とようやっておられたとわしは思う」

大石内蔵助はそう結論した。だが、これに原惣右衛門は少々不満らしく、

「それでは何故、百姓たちはこれほどに旧主を悪うののしるのでございましょうや……」

と訊ねた。これに対して大石は、

「うん、百姓とはしぶといものよ」

とのみ答えた。この男の心の中には、お家断絶と同時に雲散霧消してしまった武士の社会と、新領主の到来に備えて一分の隙《すき》も見せない百姓の群とが、鮮やかな対照となって描き上げられていた。それは、武士の側に生きる内蔵助にとっては哀しい絵図だったのだ。

六月朔日《さくじつ》、幕府は使番の井上太左衛門正清と書院番菅沼藤十郎定広とを派遣して、松山領を検地することを決定した。新領主に与える領地の石高を正確にしておくためだ。もっとも、全部の土地を測量し直すわけではない。土地台帳と現場の状況とを照合し、新しく開発された田畑の有無を調べるのが主である。

城番はこれに協力しなければならない。大石内蔵助は、近松勘六・中村勘助らに案内役を、富森助右衛門に接待役を命じて、井上太左衛門と菅沼藤十郎の到着を待った。だが、この段階に至って、百姓たちのしぶとさはますます強く発揮された。隠し田工作がはじまったのである。

ある村では、谷間の里道を毀《こわ》し、草木を植えたり土石を積んだりした。遠目にはそこで行き止りに見え、それより先の田畑が分らないようにするのだ。ある村では、河原に植えた菜や豆が未熟なままに引き抜かれ、畔《あぜ》を崩して砂利が撒《ま》かれた。耕作できない河原の一部と見せるためである。中には、隣の藩の親類へ牛を預ける者もいた。牛年貢を課された苦い経験があったからだ。

「そんなことでは一時の検地は逃れても、いずれ露見いたすは必定。安藤家の家臣たちは、何年も何十年もこの土地に住むのじゃぞ……」

大石内蔵助は、顔見知りになった庄屋の一人にそう訊ねてみた。

「へえ、そら分っております。百姓たちは隠し田があれば今度来やはる安藤様がいくらかでも御裕福になられるやろと考えておりますので……」

庄屋はそういって、暗に大石らの協力を要請した。

〈妙なことをいう……〉

と大石は思った。四代百年にわたって同じ土地に暮した水谷家には、悪意といえるほどの反撥を示す百姓たちが、見も知らぬ新領主を裕福にするために汗水たらして働くのは何故か、内蔵助は分らなかった。だが、数日後、近松勘六らがその答えを教えてくれた。

「百姓たちは、御領主様が豊かなら年貢もいくらか安くなると思うておるのでございます。先の領主水谷家の年貢取立てが厳しかったのは、所詮水谷家が貧しかったから。今度の安藤家は五千石御加増になって来られるのだから幾分はましであろう。そこへ二、三千石でも隠し田があれば、かなり余裕ができ無理なお取立てはなさるまいと申しております」

「なるほどのお……お家が豊かになるのを民百姓が歓んでくれるのは、そういう理由からか……」

大石は低くうめいた。百姓というものは何と勘定上手なことか。それに比べて武士ははかない、という思いがつのる。

旧水谷家の遺臣三百余人のうち、今なお松山城下に居住する者が十数人いる。大抵は、親類縁者を頼って農地を手に入れたか、寺子屋を開いたかだ。中には俄医者を開業して結構繁盛している者もいる。藩お抱えの本職の医者はほとんどこの地を去ってしまったからだ。しかし、彼らの間には最早何の結束もない。一人一人がただ生きているだけである。江戸や京・大坂へ行った者は大半が消息さえも分らない。時々、「何某が死んだらしい」とか、「何様が某家に仕官されたそうな」とかいう噂も伝わって来るが、松山の城下では悲しみも歓びも湧きはしない。まるで、一年四ヶ月前までここに水谷藩というものがあったこと自体嘘のように思えるほどである。

そうした中で、ただ一つ、大石内蔵助の心を慰める話があった。水谷家の城代家老であった鶴見内蔵助が、今なお諦めることなくお家再興運動を続けている、という噂だ。

〈あの男だけが真実《まこと》の武者じゃ……〉

大石内蔵助は、時と共に鶴見内蔵助の巨体といかつい面相を思い浮べることが多くなっていた。大石は、鶴見の運動が成功することを願ったが、今となってはそれを援けてやる手立てとてない。

〈所詮武士とはお家あってのものだ。お家の枠を越えれば無力なものよ……〉

大石は、自分に対してそんないい訳をした。だが、それも武士のはかなさを一層強く感じさせるだけであった。

六月も中旬になると、夏らしい天気が続き、山頂の城も炎天に焼かれた。そんなある昼下り、取次役の萱野三平《かやのさんぺい》が、

「慶義と申す旅の僧が御家老にお目通り願いたいとて門前に参っております」

といって来た。

「慶義……」

聞かぬ名だったが、大石は何となく胸騒ぎを感じて「どんな僧か」と訊ねてみた。

「背の高い肩の広い偉丈夫にございます」

と萱野三平は答えた。

〈やっぱり……〉

大石は、それが鶴見内蔵助に違いないと思い、

「座敷に通してくれ。丁重に扱うように」

と命じ、自らも衣服を改めた。手足が緊張して、袴の紐を二度までも結び違えたほどだ。

〈あの男のお家再興運動は功を奏したであろうか……〉

大石はまずそれを考え、次いで、〈わしをどう思っておるか〉と気になった。

去年二月、この城の開城に当って大石は、籠城討死を覚悟していた鶴見内蔵助に対して、

「生き長らえてお家の再興に努められるのも忠義でござらぬか」

と説き、その意地を捨てさせた。その折大石は「某《それがし》も及ばぬながら力になろう」ともいった。

だが、実際に大石のしたことといえば、鶴見らの願いを幕府の収城目付に取り次いだだけで、それを収城目付らが幕府中枢に伝えたかどうかさえ確かめていない。

〈あの男、わしを頼み甲斐もない方便野郎と思うておるのでは……〉

そんな後めたさが大石にはある。だが、それ故に鶴見内蔵助を避けるような真似はしたくもない。不足があれば謝り、これからできる願いがあれば聞いてやりたい。〈無力は罪ではないのだ〉と大石は考えていた。

だが、座敷に出てみると、それらすべては杞憂《きゆう》だった。

「おお、大石殿。歓んで下されい……」

座敷の中央にいた大柄な僧が、大石の顔を見るやすぐ大声でいった。姿形は変っていてもまぎれもなく鶴見内蔵助である。

「と申されると、鶴見殿……」

大石はそういいつつ鶴見の脇に駆け寄っていた。一瞬にして心配は消え、心から嬉しくなってい

たのである。

「左様、水谷家のこと。先の御殿の御舎弟勝時様に三千石をたまわり、水谷家の名跡を継ぐようにとお許しがござった。何はともあれ、このこと、御先祖の墓前と大石殿に報せとうて、かく駆け付けて参った次第でござるわ……」

憎態《そうてい》の鶴見はそういって涙ぐみながら笑った。五分ほども伸びた頭髪と濃い髯《ひげ》に囲われた顔は頬骨が目立ち、一年余の苦労と疲労がにじんでいた。

「それはおめでたい」

大石はそういってみたが、心の中には、〈三千石とは少な過ぎる〉という囁きもあった。それ以上に鶴見の憎態が解しかねた。

「あの夜、忘れもいたさん、去年の二月二十一日の夜じゃ。大石殿が生き長らえてお家再興に働けと申された。今日、水谷の名跡が残されたのも、この鶴見内蔵助、いや慶義が生きておるのも、そのお陰でござるわ……」

鶴見はそう続けた。

「そう申されてはお恥かしいが、鶴見殿の忠義がむくわれたのは嬉しい。これからも水谷家を背負うて存分にお働き下され……」

大石も笑顔で応じた。だが、鶴見慶義は、

「いやいや、この頭、この袈裟《けさ》を見て下され、大石殿。もう二度と仕官はいたさぬ所存じゃ。もう水谷家にも、どこにも仕えはせぬ。そう心に堅う決めてござる」

と語気鋭くいって、やがて視線を畳に落した。

「この一年余、わたしがお家再興を願って駆けずり廻り、僅かばかり残ったお家の金銀を使うを見て、鶴見はもう一度家老になりとうてやっておると陰口を申す連中もござった。籠城討死など勇ましいことをいうていたにそれも果さず、今度はお家再興というて走り廻り、いずれは忠義の士としてどこぞに抱えられるを夢見ておるのであろうという者もござった。それでいて、お家が保たれそうだとなれば我も我もと集って来る、駄目らしいといえばみんな去る。何ともあさましいことばかりを見せ付けられて参りましたわ……」

鶴見はそこで言葉を切り、暫く唇を噛んでいた。「力になってやろう」といった大石が何もしなかったことなど咎める暇もないほど、多くのつらさを味わったらしい。

「それ故、某《それがし》、みなにはっきり申してござる。私利私欲でやっておるのではない。お家の再興が成ろうが成るまいが、二度と仕官はいたさぬとな。そしてその証拠に、勝時様に名跡が許されたその日に、かくは頭を丸めましたのじゃ。これがこの鶴見内蔵助の最後の意地でござるわ、大石殿」

「なるほど……それも一案でござるが……」

大石がそういいかけると、鶴見はすぐ、

「いいや、申されるな、大石殿」

と淋しい笑顔で遮った。

「その、大石殿の一案でござるに、一度は意地を捨てさせられたが、二度は御免じゃ。この一年、何度も大石殿を怨《うら》み申したぞ。松山で死なして欲しかったとな……」

「左様か、ならば申しますまい……」

大石はそういってうなずき、二人の内蔵助は声を合せて笑った。

その日の夕方、

「せめて一晩、酒くみ交して語り明そう」

という大石内蔵助の願いを振り切って、僧慶義こと鶴見内蔵助は松山城を去って行った。恐らく住み慣れた松山の城に泊るのは哀し過ぎたのであろう。

〈真実の武士とは、所詮今の世には生き難いものじゃなあ……〉

夕日の中を遠ざかる鶴見内蔵助の僧態を目で追いながら、大石はそう思った。

大石内蔵助は、それ以後この男の姿を見ることはなかった。しかし、その思い出は長く心中から消えることがなかった。

二　算勘の世

（一）

元禄八年（一六九五年）夏、幕府は秘かに貨幣改鋳の準備をはじめた。これは、日本史上はじめての通貨改革といってもよい大事件である。

日本で貨幣というものが鋳造された例は古く奈良朝の和銅年間にも遡《さかのぼ》るが、それがどの程度実用に供されたかは甚《はなは》だ疑わしい。鎌倉・室町の時代には、日本で鋳造するよりも宋銭《そうせん》・明銭《みんせん》の輸入貨幣が使われていた。足利義満なども、明の永楽帝から明銭を贈られて大いに悦び、胡服《こふく》を着て明使を金閣寺で饗応《きようおう》したりしている。日本製の通貨は品質が不統一で信用に乏しかったのである。

しかもこの当時は、銅貨、つまり銭だけで、金銀が鋳造されることはまずなかった。金銀は奉献贈与に用いられるだけで、財産価値はあったが通貨として流通していなかったのだ。ところが、戦国時代になると、金銀の産出量が急増し、諸大名がこれを集積して賞賜や軍事上の支払い手段として使用するようになった。甲斐《かい》の武田氏や越後の上杉氏のように自領内に金山を持つ大名は大量の金貨を鋳造したし、石見《いわみ》の銀山を手に入れた毛利氏もこれを利用して大いに勢力を伸した。

だが、まだ金銀の通貨としての使用はきわめて限られており、主流は依然として銅貨であった。

当然、この銅貨も各地で鋳造されており、この結果、多種多様な通貨ができ大いに混乱した。戦国時代の商人は、諸物資の価格ばかりでなく、何百種もある銭の値打ちもそれぞれ知らねばならない有様だった。

こうした状況の改革に乗り出したのは織田信長である。商業と貨幣とに異常なまでに強い関心を持っていた信長は、天下布武の戦いにも金銀を大いに利用したが、同時に通貨の流通を促進するための品質統一にも努力した。そしてそれは、豊臣秀吉によって一段と推進された。

豊臣秀吉が、戦場で手柄をたてた者には黄金を与えて士気を鼓舞したことはよく知られている。これは一つには論功行賞に与える土地（領土）が限界に達したため、金銀で済ませようとしたものともいわれている。また、古来の権利を主張する寺社・公家らを納得させる手としてもこれを利用した。利権関係の輻湊《ふくそう》した大和・和泉などを領有した秀吉の弟豊臣秀長などは、この手を大いに使っている。このため秀吉は金銀を集めることにも熱心で、各地の金山銀鉱を直領としたり、収入の何分の一かの運上を課したりした。

「大日本租税志」という本によると、秀吉が逝去した慶長三年（一五九八年）には豊臣家の運上収入は、銀山運上銀七万九千四百十五枚、金山運上金三千三百九十七枚とある。銀では但馬《たじま》生野銀山、金では上杉景勝の運上する越後と佐渡の金山が大半を占めている。そのほかに諸役運上として金一千二枚、銀一万三千九百五十枚が記載されているが、そのほとんどは後藤判料運上金と常是《じょうぜ》座中運上銀である。つまり、金銀貨幣鋳造役料である。

秀吉は天正十六年（一五八八年）、京の彫金師後藤徳乗《ごとうとくじょう》に大判・小判を造らせ、「極め」つまり通貨たることを保証する印形の特権を与えると共に、右の運上金を課した。民間業者にお金を造らせる代りに税金をかけたわけだ。今日の通貨の概念から見れば、随分乱暴なやり方だが、当時既に、鋳造貨幣が地金以上の価値を持っていたことが分る。

この天正大判は、世界史上最大の金貨といわれ、値は十両、秀吉時代には米五、六十石にも当ったとされているが、通貨としてはあまり使われなかったらしい。小判の方は数も少なくほとんど流通した形跡がない。

文禄三年（一五九四年）には、銀についても同様のことをはじめ、大坂の銀吹二十人を常是座中としてなまこ形の丁銀・不定形の切銀《きりぎん》などを造らせて「極め」の特権を与え、運上を課した。こちらの方は、金よりも広く通用したが、他の極印を付した銀の通用も禁止されたわけではない。

要するに、豊臣秀吉の時代は、通貨が統一され流通するに至る過渡期に当るが、この時代に形成された通貨の制度と形態が徳川二百六十余年間の通貨制度の原型となった意義は大きい。徳川幕府を開いた家康が、秀吉の諸制度の大略を継承したからである。

徳川家康は、後藤徳乗の弟子庄三郎光次を徳川家金銀改役に任じ、文禄四年より武蔵墨判《すみはん》・駿河《するが》墨判といわれる小判を鋳造発行した。これは徳川領内だけの通用を目的としたものだが、やがてできる慶長小判の先駆といえる。

徳川家康が本格的な全国統一通貨の鋳造に乗り出したのは関ヶ原合戦の直後、慶長六年（一六〇一年）のことだ。この年家康は、佐渡・石見の金銀山を直営として大量の金銀を得、後藤庄三郎に小判と一分金を作らせた。また、後藤徳乗に大判も造らせた。家康は当初、甲斐武田家の通貨制度に倣い、これらの金貨を統一通貨とする考えだったが、銀の流通が一般化していた上方・西国には拡まらず、関東・東国に限られた。そこで、後藤庄三郎と末吉勘兵衛の建議を入れて、大黒常是に丁銀・小玉銀（小粒）を鋳造させた。これらの金銀には、消え易い墨書ではなく統一的な刻印が打たれていた。いわゆる慶長金銀である。

これこそ事実上、日本最初の統一通貨といってよい。それがそのまま、百年近くを経た元禄時代にも使われているのである。元禄時代の人々にとっては万古不易のお金と思われたのも当然だろう。それを今、幕府は改鋳しようとしているのだ。正しく前代未聞のことであり、どのような影響が、どこでどう起るか、全く予想がつかない。

管理通貨理論を自信たっぷりに打ち上げた荻原重秀にしてからが、いざ実行となれば不安に戦《おのの》いた。万一、大混乱が生じ公儀の政道を乱すようなことになれば、切腹どころでは済まないだろう。

荻原重秀とその部下たちは、未知の不安に脅えつつ慎重に検討し大いに議論し、何度も各種の実験を繰り返した。その際、彼らがまず考えたのは、貨幣改鋳による心理的動揺を最小限に留めねばならぬということである。

「そのためには、大判・小判は勿論、丁銀・小粒まで姿形を変えてはなるまい……」

と荻原重秀は結論した。つまり、それぞれの重さや大きさは変えず金銀含有量だけを減少させようというわけである。だが、あまりに多く混ぜ物を入れると色が変ってしまう。金座・銀座でいろんな試作品を造らせてみたが、銀を加えると小判が白っぽくなる。銅を混ぜた銀は赤味を帯びる。これはどうにも仕方がないが、なるべく目立たぬ程度にしたい。しかし、一方には幕府の財源を大量に得なければならないという要請もある。この相矛盾した要請の間で、荻原らは大いに悩んだ。その結果、最も妥当と思われる基準を出した。それは次のようなものであった。

一、慶長大判は量目（重量）四四・一〇匁で、うち金量は二九・八五匁、金含有率は百分の六七・六九だが、新貨においては同じ量目で金量二二・八三匁、含有率を百分の五一・七七とする。

一、慶長小判は量目四・七六匁、金含有量四・〇一匁だが、これを新貨では同量目で金量二・七三匁、率は百分の五七・三五とする。

一、慶長銀は銀含有率百分の八〇なのを、新貨においては百分の六四とする。

荻原重秀らの定めた改鋳の基準は、右のようにきわめて複雑である。同じ金貨でありながら大判の方は金量を二三・五パーセントしか減していないのに、小判の方は三一・九パーセントも削っている。このため、大判と小判の金含有量の対比は、七・四四倍から八・三六倍に変った。大判は専ら大名や幕閣の贈答賞与に用いられるだけで、市中で流通することがほとんどなかったので、この二つは全く別の通貨と概念されていた。荻原らは両者の交換率よりも、もともと金含有率の低い大判をあまり改悪すると色や堅さが悪くなり過ぎることの方をより用心したのである。

これ以上に重要なのは、金と銀との切下げ率の差である。小判は三一・九パーセントも金量を減したのに、銀の方は二〇パーセントの引下げに過ぎない。最初、江戸や京の銀座から出された試案では銀率を百分の七四とするというものだったが、荻原重秀と柳沢保明が相談の上、百分の六四に引下げさせたという。新井白石ら、のちの貨幣改鋳批判者は、「柳沢と荻原は少しでも多くの改鋳益を得ようとした」として、彼らの非道の一証拠としている。

この非難は全くの的はずれといわねばなるまい。貨幣改鋳が財政上の理由で行われたものである以上、改鋳益を多く取ることは必ずしも悪いとはいえない。改鋳のためには三パーセントほどの手間賃を要したのだから、銀座の原案では僅か三パーセントの差益しか出ず、かえって世の中を混乱させるだけに終ってしまうだろう。

それよりも、荻原らが重視したのは、金銀の比価であった。第I部でも記したように、江戸時代の通貨制度は金・銀・銅の三本位制で、この三種のお金がそれぞれ独立に存在した。従って、金と銀との交換比率は時によって変化し、恰《あたか》も今日の円・ドル為替のような様相を呈していた。従って、一見、金銀の切下げ率は全然別個に考えてもよいように見える。しかし、現実には、銀で借りた借銀を金何両として返済契約している例もあれば、その逆も多い。両貨を併用している人々にとっては、物価感も現行比率によってできている。金銀比率に大きな変化を起さない方が好ましいことは当然だ。荻原重秀らがそのことを慮《おもんぱか》って、金銀両貨の切下げ率をなるべく接近させようとしたのは賢明な処置だったといえるだろう。それでも、切下げ率の少なかった銀の金に対する交換率は急騰し、一時の混乱を生んだ。もし、銀座原案のような低い切下げ率だったら、それがはるかに大きなものとなっていたに違いない。

銀座の実務担当者らが、一二パーセントという低い切下げ率を進言したのは、あまり多く銅を混ぜると赤味を帯び錆《さび》が付くなどの品質上の理由だったようだが、荻原らは錫を加えることでそれを防ぎ、ぎりぎり一杯の所で二〇パーセントという率を決めたのだ。もっとも、この荻原重秀も、のちには銀価の高騰に驚き慌てて品質を無視した「宝字銀」を乱造する失敗を犯すのだが、少なくとも最初の改鋳の時には、かなり慎重な態度を保っていたようである。

もう一つ、荻原重秀が意を用いた所は、世間にある金銀をなるべく早く新貨に交換させ、二重通貨の弊害を早急に解消せねばならぬという点であった。

このため荻原とその部下たちは、「世上に通用している古金銀を交換すれば金銀共に員数を増やして手渡す。民家などに蓄えられている金銀も思いのままに市人《いちびと》に引替えるがよい」などの方法を定めている。荻原らが、財源の確保のほかに、通貨供給量の増大と金融の速《すみ》やかな安定にも気遣っていたことがよく分る。

荻原重秀は、右のような方針に基づいて計算した結果、「金五百万両弱と銀三十万貫近くが得られる」との結論を得た。財政難にあえいでいた幕府としては目もくらむような巨額である。柳沢保明は勿論、将軍綱吉も、狂喜してこれを裁可したことはいうまでもない。元禄八年夏六月のことである。

いつの世でも通貨制度をいじる時は、それを秘匿することが絶対に必要である。通貨の変動は、いつの時代にも人々に不安を与え、経済を混乱させるからだ。特に正式発表の前に噂が漏れるのは危険だ。話に尾鰭《おひれ》が付くばかりでなく、影響を恐れるあまり投機や金融麻痺《まひ》が起る恐れもある。一九六〇年代から七〇年代初期にかけて繰り返された公定為替レートの変更が、その都度ユーロダラーの大移動を呼び、国際金融市場に重大な打撃を与えたことは記憶に新しい。日本史上最初の貨幣改革を断行しようとする元禄の経済官僚たちも、本能的にそれを感じていた。しかし、金銀硬貨の改鋳となれば秘密を保つことは難しい。貨幣改鋳を宣言すると同時に新貨を相当量発行するためには、事前に製造しておかねばならないからである。

七月に入ると、幕府は秘かに新貨の製造をはじめた。それと同時に、江戸や京の金座・銀座は忙しくなった。人の出入りも激しくなるし、薪炭等の搬入量も急増する。何よりも立ち昇る煙の量が隠しようもなく目立つ。ここ二、三十年来、金銀鉱山の不振で新造貨幣も少なく、久しくさびれていた金座・銀座が急に活気付いたのだから、その異常さに気付いた者も少なくない。

「何かおかしい……」

そんな噂が旬日を経ずして江戸の街に流れた。こうなれば「蛇《じゃ》の道は蛇《へび》」の譬《たと》えの通り、真相を聞き出すのに時間はかからない。金座・銀座に出入りする職人に二両も摑ませれば十分である。

「お上では大判・小判を鋳造しておられるらしい」

という情報が、ひそひそと江戸の商人の間に流れ出した。当然それは、

「そらまた、何のために……」

という質問を誘い、やがて、

「金銀の質をお変えになるのじゃと……」

という答えが出た。

熱心な噂の収集者である飛脚屋《ひきやくや》の耳にもこれが入った。伝馬《てんま》町の飛脚屋「飛伝」の主人伝蔵は、すぐ次男の伝平を上方に走らせた。これほどの重大情報で遅れをとっては飛脚屋稼業たる者、鼎《かなえ》の軽重を問われかねない。伝平は懸命に駆け、五日目には早くも大坂に現われた。

「えらいことだっせ、旦那はん。お上では金銀の質を変えはるらしあす」

大坂塩町の塩問屋竹島の店に跳び込んだ伝平は、声を潜めて主人の喜助に囁いた。

「そら……ほんまかいな……」

流石に喜助は驚いた。貨幣改鋳は開闢《かいびゃく》以来のことだ。生れ落ちた瞬間から四十九年、慶長金銀の間に育って来た竹島喜助には、到底信じられない話である。

しかし、飛脚屋伝平のもたらした情報にはかなりの裏付けがあり、単なる噂としては出来過ぎている。喜助自身、別の方面から京の銀座が急に忙しくなっているという話も聞いているし、幕府の

支払いが少々とどこおり気味だという噂も入っている。幕府の勘定奉行らは、金銀を改鋳原料に回すため、町方への現金支払いを一時削減しているのである。

「そういえば御公儀の台所もお苦しいというよってなあ……」

喜助は、ややあってからそう呟いた。財政難の幕府が金銀を改鋳して出目《でめ》（差益）を得ようと考えるのはありそうなことだ。

「ところで伝平はん……」

喜助はやおら次の質問に移った。

「お上が金銀を御改鋳になったとして、どのようなことが起ると江戸では噂してはるかな……」

「はあ……それはまだ……」

伝平は口ごもった。実は江戸でもまだそこまでの話は出ていない。開闢以来の事件だけに、それがどんな影響を生み、どう対策すればよいか、だれにも分らないのだ。

「さよか、それならそれはよろしいわ。私が自分で考えなあかんことや」

喜助は、肉付きのよい顔に鷹揚《おうよう》な笑いを浮べ、

「あんたも忙しやろ、ほかにも報せなならん先があるやろからな。また、二、三日経ったら、みなどないいうたはるか教えに来とくなはれや……」

と、念を押して伝平を帰した。

「御飯はあとで食べますよってに、奥へ運んどきなはれ……」

伝平を帰した竹島喜助は、女中たちにそういい付けて、表の座敷に入った。帳場の後にある床の

間付きの八畳ほどの部屋である。

時刻は既に日暮に近く、狭い中庭に面した部屋の中は薄暗い。喜助は、その淡い光をも恐れるように障子を閉め、自ら行燈《あんどん》に灯を入れた。今、聞いた未曾有の大事件について、独りでじっくり考えてみたかったのだ。

〈お金が変る……〉

喜助は、何度もそれを自分にいい聞かせたが、どうにも実感が湧いて来ない。若い頃から「金銀こそは商人《あきんど》の氏系図」と信じて、それを増やし蓄えるために働いて来た。この世の中に、金銀ほど確かなものはないと思っていた。それが、間もなく変ってしまうというのだから、何とも妙な感じである。

喜助は立ち上り、帳場の手箱から切餅一つを摑み取って表座敷に戻った。小判二十五枚を和紙で包んだ楕円《だえん》柱である。紙を通して伝わる金の冷たさが手の平に心地よく、百十九匁の重みが頼り甲斐を感じさせる。喜助は、しばらくの間、それを楽しむようにもてあそんでいたが、やがて封を切って包を解いた。二十五枚の小判が膝の上にこぼれ、畳の上にまで散らばった。淡い行燈の光に輝く黄金の花は愛《いと》しいまでに美しい。

〈このお金が変る……〉

どこがどれだけ変るのか、それはまだ分らない。だが、良くなることがないことだけは推察できる。どうやら金量が減るらしい。今、目の前にある二十五枚が三十枚にも四十枚にも姿を変えることだろう。

〈淋しい……虚しい……〉

喜助は何となくそう思った。自分の一生が土台から崩れるような淋しさであり、虚しさである。

喜助は、長い時間、その気持ちを嚙みしめていた。

「お父はん、どないしたの……」

障子の外で、娘の素良の声がした。夕食もとらずに一人表座敷に籠ってしまった父の異常さを気遣って見に来たのだ。

「ああ、素良か、入りなはれ……」

喜助はやさしい声をかけた。四十九歳のやもめの喜助にとって、一人娘の素良は常に心のなごむ話相手だ。

「この暑いのに閉め切って……」

そういいながら障子を開けた素良は、喜助の膝から畳にかけて散らばった小判の輝きにはっとした。

「素良、ここへ来て、よう聞きなはれ……」

喜助は娘を安心させようとして笑顔を作ったが、素良は一段と緊張した面持ちになっていた。

「先刻、伝平はんが報せてくれはったんやけど、もうじき、このお金が変るんや。お上が小判も銀も鋳直して質を変え、数を増やさはるらしい……」

喜助は、知る限りの情報を娘に伝えた。

「へえ、えらいことを考えはるお人が、お上にはいやはるんやなあ……」

素良はまず、そんな反応を示した。十九歳の素良が慶長小判や慶長銀に持つ感覚は喜助とはよほど違っている。

「それよか、これで世の中どないに変るか、今それを考えてたんや……」

喜助は、自分の感傷を振り切るようにそういった。

「そら、物の値が上りますやろなあ……」

素良は、あっさりと答えた。

「そうかなあ……」

喜助は娘のあまりにも素早い返答を危ぶんだ。

「そら、この二十五両が三十両になったら、物の値も上るんと違う、お父はん……」

素良はごく感覚的に答えた。

「けど、一両は一両やないか。中味の金分が減ったかて今日一両やったもんが明日一両二分になるやろか……」

喜助は反論した。

「それに、新しいお金が出るというても、一遍に全部が変るわけやない。しばらくは古いのと新しいのと両方が使われるはずや」

「ほな、みな古いお金はしまい込んで、新しいのばっかり使わはりますわ。私やったらそないするもん……」

素良は、至極簡単に「悪貨は良貨を駆逐する」という経済原則をいい当てていた。

「そうや、わしもそうするなあ……」

喜助は、薄く笑い、

「それやったら、お上は早うお金を替えさすように何か手を打たはるに違いないわなあ……」

といった。竹島喜助は、荻原重秀が秘かに考えていた「員数を増やして手渡す」という施策を予見したのである。


翌朝、竹島喜助は、店に番頭・手代を集め、

「今度に限り、でけるだけ早うお代を頂いて来なはれ」

と厳命した。

「七月中に払うてくれはったら、五分、いや一割ほど引かせてもらうさかいにいうてな。全部が無理なら半分、それも無理なら四分の一なと是非にもろといで。それからこの手形もでけるだけ現銀にしときなはれ。期日の来てへんものは割引くいうたら現銀にしやはる店も多いやろ……」

喜助はそういって、番頭たちに手形の束を差し出した。

十人ほどの番頭や手代はみな、驚いて顔を見合せた。今は七月末、ついこの間の盆の節季で勘定は済ませたばかりだ。今、残っている掛売り代金といえば、この月に入ってから掛売りした分と、盆の節季に繰り延べを認めたものとだけである。それを今、急に取り立てようというのは奇妙だし、そのために割引きするというのはなおおかしい。手形を慌てて現銀化しようというのも異例のことだ。

〈急にどないしたんやろ……〉

そんな疑問が全員の表情に現われていた。それを代表して、一番番頭の重兵衛が、

「旦那はん、もし先様でなんでそないに急《せ》くんやと訊ねられたらどない返事いたしまひょ」

と質問した。番頭も手代もまだ貨幣改鋳のことを知らない。これほどの大事は、たとえ番頭でも軽々にはいえない。下手にしゃべるとお咎めを受ける恐れもある。

「そうやなあ……ま、お武家様方の江戸での事情がございまして、とでもいうときなはれ」

喜助は、ちょっと考えてから、そう答えた。大坂商人の仁義として嘘は厳禁だが真実《まこと》を全部いう必要はない。喜助の答えはその典型だ。これなら事情を知らぬ者は、竹島と縁の深い赤穂浅野家あたりで急な入用ができて竹島が現銀を集めているのだろうぐらいに考えるに違いない。

番頭や手代が、それぞれの担当する顧客先《とくい》に駆け出して行くのを見届けた喜助は、帳場に入って手紙を書いた。同じことを江戸にいる番頭与之介に命ずるためである。

「由兵衛、これを天満《てんま》の飛伝へ持って行って、特急で頼んで来なはれ、特急で……」

喜助は、書き終えた手紙を丁稚の由兵衛に手渡しながらそういった。

「へ、特急でっか……」

由兵衛はちょっと怪訝《けげん》な顔をした。この当時、大坂と江戸との間の町飛脚便は普通十日ほどかかる。届ける手紙などがたまるのを待って、三日置きぐらいに出るからだ。だが、特急ともなれば遅くとも六日、早ければ五日目には着く。その代り料金は普通の便の五、六倍、銀二十匁ほどもかかる。一通の手紙のために人一人を特に走らすことになるからだ。諸事動きの遅いこの時代に、たった四日ほど通信時間を短縮するために銀十五匁、米にして二斗五合分も余計に出すのはよくよくのことである。由兵衛が不思議がったのも無理はない。

「そうや、特急や。お前も急いで行くんやで……」

喜助はそう繰り返した。

だが、その必要はなかった。由兵衛とほとんど入れ違いに、「飛伝」の飛脚の一人が跳び込んで来て、江戸の与之介からの特急便を差し出した。それには、

「お上が金銀御改鋳との噂しきり。早急に代銀を取り立てるべきと考えますので、五、六分も割引きしても今月中にお払い頂くようお願いして廻る所存」

という主旨のことが書かれていた。

「流石は与之介や。しっかりしとるわ……」

竹島喜助は、肉付きのよい頬を緩ませた。その笑顔は、よき従業員に恵まれた経営者の歓びというよりは、息子の出来に満足する父親のそれに近かった。喜助は、この与之介を娘の素良の婿にして、いずれは竹島の跡を継がそうと考えているのである。

七月から八月はじめにかけて、江戸でも京・大坂でも、貨幣改鋳の話はまだ秘かな噂の域を出なかった。このことが幸いして、竹島は何十貫もの現銀支払いを早目に取ることができた。盆の節季の集金と併せると三百貫ほどの現銀と三千両近い小判が積まれていた。しかし、喜助の試みた両替屋からの借銀は失敗だった。安土町の鴻池善右衛門《こうのいけぜんえもん》方に三百貫の借銀を申し入れてみたが、鴻池からの返事は、

「金銀が変った場合も純銀量を同じにしてお返し願えるのならば……」

という抜け目のないものだったのである。大両替商の鴻池は、流石に情報活動にも粗漏がなかったわけだ。

これに比べて武士の社会は経済情報には疎《うと》い。赤穂浅野家においても、その頃はまだ、貨幣改鋳の話を知らなかった。この家の目下の関心は、城番を勤める備中松山城の引渡しのことに集中していたのである。

（二）

八月はじめ――夥《おびただ》しい人と荷が山陽道を下って行く。上野《こうずけ》高崎から備中松山に国替えとなった安藤対馬守重博の一行である。

この集団は、八月四日の夕方から六日にかけて松山城に到着した。領主安藤対馬守自身の到着は五日の午後である。

松山城の在番に当っていた大石内蔵助良雄は、これを迎えて多忙だった。到着した大名・家老への挨拶、城内領地の案内、庄屋・年寄の紹介、庶務帳面の引継ぎ、城中諸物資の点検・引渡しなど、城番役のしなければならない仕事は多い。大石内蔵助以下七十余人の在番勤務が手分けしてそれに当ったほか、応援に来ていた勘定方の矢頭長介や石野七郎次らも、新領主に引き継ぐ勘定帳などの整理説明に従事していた。仕事はこまごまと面倒だったが、引継ぎは概して順調に進み、新来の安藤家の者との間に口論紛議が生じることもほとんどなかった。大石らの城地管理はまずまず良好だったといってよい。

八月八日、一切の引渡し業務は終り、大石内蔵助以下は松山城を出た。初秋にふさわしい晴天で、青空の下には色付きかけた稲穂の満ちた田が高梁《たかはし》川沿いの平地に拡がっているのが美しく眺められた。

城下の町はまだ混乱を極めている。安藤家の方は、やっと家老・上士の屋敷割りが終っただけで、下級武士の長屋割当てはこれからだ。運び込んだ荷物がそここに積み上げられているし、武士の家族も右往左往している。その間に、旧主時代の不要品を買いあさる者たちが動き廻っている。

前の領主水谷家は突然の断絶処分となったのだから、多くの物を残して行った。金目の品は大抵売り捌いて藩士の退職金に当てたりしたので、今残っているのはガラクタだ。傾いた机、古ぼけた長持、汚れた天幕、破れた傘や提灯《ちょうちん》、不揃いな食器類といったものだが、物資の乏しいこの時代にはいずれも買手がある。道具類は丁寧に修理されるし、布地は端切れに至るまで使われる。傘・提灯は勿論、扇子・団扇《うちわ》の類まで紙を貼り替えて使われた。それだけにそんな古物を扱う商売も結構盛んだ。お家断絶の時にも、新領主の入国の時にも、売り出される不要品を目指して多くの商人が集って来るのである。

松山城下の者もいたし、岡山辺りから来た者もいる。遠く京・大坂から来た玄人の古道具屋もいる。中には、あわよくばという盗人・置引きの類も混っている。荷物運びに雇われた人夫でもそれに早替りする者もいる。こんな連中は、旧主時代の不要品よりも運び込まれた藩士の荷の方をねらうから始末に悪い。武士も中間《ちゅうげん》もそれぞれの家族も安閑とはしておれないのである。

大石内蔵助とその一行は、人と荷物のごった返す間をすり抜けるようにして進んだ。決して気分のよい退場ではない。大石には、この汚ならしい混乱が、死に絶えた水谷家の最後の残骸《ざんがい》を喰い散らす烏の群のようにさえ思えた。

〈妙なものだ……〉

大石内蔵助は、臥牛山頂の城を振り返ってそう思った。二年前までは、この地に水谷家という大名家があり、その家臣たちがいた。あの城は水谷の城であり、この地は水谷の領地であり、この民は水谷の領民であった。それが今はみな安藤対馬守家のものになっている。城も土地も民も、何一つ変った所がないように見えて、全く別の名と支配がかぶさっているのだ。

〈武士とは、借家住いのようなものだ……〉

と大石は思った。武士はみな、その領地に根を下していると信じている。そのために、武士は土地の開墾を推め利水の工事をし、町を栄えさせようと工夫し、民を教育する。だが、一片の幕府の命令で総てを捨てて動かねばならない。そしてそれでも、土地も民も変らない。水谷家と共に消えた土地も民もないし、安藤家と共に上州から移り住んできた町人・百姓もほとんどいない。高崎から荷駄を引いて来た人夫たちも、もうあらかた帰ってしまった。明日からは、この松山の者たちが安藤家の領民である。


〈一体、大名の家、武士の身分とは何なのか……〉

大石はそんな疑問を感じざるを得なかった。

実際、徳川時代、とりわけその前半は、ヨーロッパ的概念の封建制とはほど遠い体制だった。欧亜の封建貴族はそれぞれの地域に育った土豪であり、その領地は自然発生的な家産である。このため彼らの領主権は土地ばかりでなく住民にも深く及び、民の職業・住居・信仰、さらには結婚・相続にも領主が介入した。彼らにとっては領地と領民を得るも失うも戦さ以外になく、皇帝や国主の命令で移動することなど想像もできなかった。

だが、徳川時代の日本の大名はそうではない。日本にも遠い祖先が戦い取った領地を変ることなく支配し続けた薩摩の島津や陸奥《むつ》の津軽のような者もあるが、むしろそれは例外で、大部分は幕府から与えられた土地をあるがままに治めるだけである。

「国替え」は、そんな日本の徳川時代独特の体制を象徴する奇政である。そしてそんなことができた体制下に生きた武士の立場には、基本的な矛盾が隠されていた。大名に仕える武士は、その大名だけを唯一無二の主君と信じ、大名に対する忠義ばかりを大切として生きている。ところが、実はその大名というのは幕府によって任命された将軍の家臣という性格を持っている。つまり、幕府から認められている限りにおいて大名であるが、幕府が解任すれば大名ではなくなってしまうのだ。

幕府と藩、将軍と大名、この両者が一致している限り、大名に仕える武士の立場は明快である。「殿によく仕えることこそ天下のため」といえるからだ。ところが、この間に対立が生じた時、武士たる者はいかに振舞うべきかという難問に直面せざるを得ない。

幸い、大石内蔵助は、そんな困難な立場に立ったことがなく、それを深刻に考えたこともない。この男が生れて以来、彼の属する赤穂浅野家には幕府と対立するようなことは何もなく、主君内匠頭は実直に役目を果している。大役を望むこともなく大功を立てることもないが、将軍の不興を買うような言動もない。こういう大名なら、加増もないが国替え・削封の心配もあるまい。つまり、赤穂浅野家の小世界は、万古不易を信じられるほどに安定しているのだ。

そんな中で三十七年を生きて来た大石内蔵助にとっては、松山藩水谷家の断絶と安藤家の国替えを実見したことは衝撃的体験であった。

〈武士の身分が借家住いであろうとは……〉

内蔵助は、それを思うと不安な気分になり、世の中というものが急に分らなくなった。だが、この男は、それ以上には深く考えないことにした。

〈まあ、よい。わしにも分る時が来るであろう……〉

大石は、そう自分にいい聞かせて帰路を急いだ。赤穂に帰れば、総てを忘れさせてくれる平穏で退屈な日々が永久に続くはずだったのである。

「内蔵助、苦労であったのお……」

帰国した大石内蔵助らを大書院に迎えた浅野内匠頭は、にこやかにいった。公収城地の番役が終ったことで、内匠頭としても肩の荷が一つ降りた気分である。

「お陰様を以《も》ちまして、何事もなく……」

大石は、両手をついて平身し、言葉短く答えた。

「そうか、みな無事に帰ったか……」

内匠頭は大石と共に松山にあった七十余人の藩士のことも訊ねた。

「はい、みなつつがなく……」

大石の答えはまた短い。

「そうか、しかし、一年半も他所におれば変ったこともあったであろうに……」

内匠頭はさらに訊ねたが、大石は相変らず「さほどのこともこれなく」と答えた切りだった。

内匠頭は少々失望した。二十九歳の内匠頭はまだ好奇心が枯れていない。よりよい領主となりたい気持ちもある。他国に一年半も住んだ家老からは、何か珍しい話でも聞き今後の参考にもしたい気分なのだ。しかし大名の不便さは、それを露骨に訊ねられない所だ。余計な質問をして相手が答えに窮すれば、大いに恥をかかしたことになるのである。

〈これが大野九郎兵衛なら、我が家と旧水谷家との藩政比較の一つも論じる所だろうが……〉

内匠頭は、そう思いつつ、今一つの質問をした。

「内蔵助、一年半ぶりに帰国して赤穂がどう見えるかな」

「はい、いつも変らぬよき処と歓びおります」

大石はまた、そんな答えをした。

内匠頭はいよいよがっかりした。この一年間、内匠頭自身も力を注いでやって来た新浜の造成について一言も触れてくれなかったからである。

「そうか、いつも変らずよい処か」

内匠頭は、不快さをこらえてそう呟くと「ゆるりと休め」とだけいい残して奥に入った。この心理が、内匠頭の次の決定に微妙な影響を与えることになったのである。

この時期、浅野内匠頭は、重大な決断を下さねばならない場面に直面していた。次の城代家老にだれをするかである。

浅野内匠頭家の城代家老は、長い間坂田左近右衛門が勤めて来たが、老齢を理由に隠居を願い出ている。既に六十を過ぎた高齢で、見た目にも健康の衰えが分るほどだから聞き届けぬわけにはいかない。当然、後任の城代が問題になるが、これは殿様自身が決めねばならない。家老の中から選ぶ人事だけに、家老はみな利害関係者であり、相談相手にはし難い。坂田に自身の後任を推挙させる手はあるが、どうもはっきりしたことをいいたがらない。いい難い事情があるからだ。

元禄八年頃、浅野内匠頭家には五人の家老がいる。城代の坂田左近右衛門、江戸詰家老の安井彦右衛門、それに大石内蔵助、藤井又左衛門、大野九郎兵衛である。このうち安井彦右衛門は、長らく江戸詰家老を勤めており国元の事情には疎いから城代としては不適任だ。従って残り三人のうちから坂田の後任は選ばねばならないことになる。

城代というのは、殿様が江戸在府中、その代理を勤める藩中最高の役職である。従って、形式的には禄高家格の高い筆頭家老を就けるのが無難である。現に多くの大名家ではそうなっており、殿様の一族から出ている例も多い。そうした規準でいうと、問題なく大石内蔵助良雄である。何しろ、禄高では藤井の八百石・大野の六百五十石に対して大石は千五百石。しかも、浅野家とも縁の繋がる名門で、家中の上士にも親類縁者がごまんといる。

しかし、城代家老はただの飾り物ではない。領内の庶政万般を総攬《そうらん》し、実務をとどこおりなく処理しなければならない。つまり、能力と経験が必要なのだ。その面から見ると、大石内蔵助には不安がある。内蔵助も既に三十七歳、当時としては働き盛りの壮年だが、これまでほとんど実務にたずさわった例がない。内蔵助は、家中でも「昼行燈《ひるあんどん》」などといわれるほど目立たぬ男である。「あれで城代が勤まるか」という危惧が残る。

これと正反対の立場にあるのが大野九郎兵衛知房だ。年は五十六歳、先代長友の頃から二十余年、藩財政を掌握して種々改革を行い数々の難問を処理して来た。家老としての経験も十分なら理財庶政に関する実務能力も十分にある。大抵のことは任せ切っても万に一つの心配もない。だが、この男は出身の身分が低い一代家老で、赤穂藩中の有力な親類といえば、大野自身の推挙で成り上った弟の伊藤五右衛門が番頭《ばんがしら》の末尾に名を連ねているくらいだ。

当然、これを最高の役職たる城代に就けるのには家中に抵抗がある。特に大野のような理財派文吏に反感を持つ番方《ばんかた》のそれは強い。

残る一人、藤井又左衛門は何も彼も二人の中間にある。大石のような名門ではないが大野よりはましで、禄は八百石。大野ほどの才はないがこれまでの勤めは無難にこなして来た。さしたる才覚もないが、それだけに敵も少ない。大野九郎兵衛を城代とするよりは家中の抵抗は少ないだろうが、さりとてそれがよいという積極的な理由もない。

こうした三人の候補者を並べて見ると、浅野内匠頭ならずとも人選に惑うのは当然であろう。内匠頭は、思いあまって近習頭の片岡源五右衛門らに家中の評判をさぐらせてみたが、その結果も、

「まず、当り障りがないというのなら大石様であろうが、それではこの財政難を乗り切れるかと心配する声も多うございます。やはりこの際は大野様でなければという者もありますが、算勘者が城代とはと眉をひそめる者もまた大分ございます。藤井様という噂はあまりないやに聞きました」

というものであった。

「そうか……。やっぱりなあ……」

浅野内匠頭は、自らの孤独を噛みしめるように呟いた。内匠頭家には、このような大事を相談できるような身内がいない。この人には叔父（祖父長直の養子）と弟がいるが、みな所領を分知されて別家を成しているので、家老を評価できる立場にはない。

思い惑った内匠頭は、心の中で一つの案をまとめた。

「今度の松山城城番を大過なく果したことで内蔵助も経験を積んだであろう。内蔵助の帰国を待ってその成長を確かめた上で城代にしよう」

というわけだ。殿様は名門筆頭家老の成長に期待をかけたのである。

だが、この日、帰国した大石内蔵助を見た所では、少々期待はずれに思えた。大石は相も変らず言葉数が少なく、目立った才知も経験を積んだ様子も示さなかった。

〈あれで大丈夫かなあ……〉

不快な気分で奥に入った内匠頭は、また元の惑いに戻っていた。

浅野内匠頭は、次の城代家老を決めかねて悶々《もんもん》とした日々を重ねていた。時には、

〈多少の抵抗はあっても大野九郎兵衛を……〉

と思い、また時には、

〈人はその立場に立てば何事もできるものだ。内蔵助とて松山城城番を無事に果したではないか……〉

とも考えた。だが、いずれの場合にも、心の中に不安が残り、もう一人の自分が「早まるな」というのを感じた。そしてそんな時には、持病の痞《つかえ》が出て胸元が苦しくなった。

〈こんなことではいかん。わしは大名だ……〉

内匠頭は、それを思って決断力を振い起そうとしたが、同時にまた、

〈だからこそ慎重でなければならぬ……〉

とも考えた。

だが、決断を下さねばならぬ時は迫っている。松山城代番役が終った以上、遅滞なく江戸に参府せねばならない。そしてその出発までに留守中の城代を決める必要がある。

そんな時に、幸か不幸か、内匠頭の決断を促す報せが入った。八月中旬、この赤穂にも金銀改鋳の噂が流れ込んで来たのである。

赤穂藩にこの話を最初に持ち込んだのは、江戸参府の路銀調達のために大坂に出向いていた勘定方兼塩吟味役の石野七郎次数正であった。

「大坂の掛屋島屋および塩問屋竹島においで耳にいたしました話でございますが……」

石野は、そう前置きして、金銀改鋳の噂を家老の大野九郎兵衛に語った。大野は驚き、一瞬唖然としたが、やがて、

「それは一大事。すぐみなにも図り、対策を講じねばなるまい」

と慌て出した。

だが、大野からこの話を聞いても、赤穂の小天地に安住する浅野家の家老たちの反応は鈍かった。高齢の城代坂田左近右衛門は、

「信じ難き話じゃ、金銀が変るなど生れてこの方六十余年、聞いたこともござらんがな……」

と小首をかしげ、藤井又左衛門は、

「町人どもの噂に惑わされて軽挙妄動しては天下の笑いものとなりませぬかなあ……」

と不満気に呟いた。そして大石内蔵助はいかにもこの男らしく、

「左様な大事が出来《しゅったい》いたすのならば、いずれ江戸屋敷から正式の報せが参りましょうで……」

と落ち着いた声でいった。

「何を悠長なことを申されておる。既に大坂では両替屋も塩問屋も動き出しておるというに」

同役たちの呑気さに苛立った大野は金切声を上げげた。だが、その大野も、大石から、

「と申されても、我らとしてはいかがいたせばよろしいのかな、大野殿」

と問い返されると返答に窮する有様だ。この家老も開闢以来の大事件に直面してどうすればよいのか分らなかったのだ。しかし、そこは老練な口達者だけに、

「とに角、このことを殿にも申し上げて、みなそれぞれに手分けしてなすべきことを考えるのが先決でござろうが……」

と巧みにいい逃れていた。

その日の夕方、在国四人の家老は打ち揃って小書院にまかり出て、金銀改鋳の噂を伝えた。

「何、金銀が変るとな……」

内匠頭も、他の人々と同じように、一瞬信じ難い表情になったが、やがて、

「それはどういうことか」

と説明を求めた。

「御公儀においては、金には銀を、銀には錫銅を混ぜて、天下に通用する金銀の数をお増やしになるとのことでございます」

大野九郎兵衛は、単純に金銀改鋳の内容を説明し、小判は二つが三つほどに、銀は四つが五つほどになるらしいと付け加えた。

「しからば、我が家の金銀も増えるのか」

内匠頭はそんな質問をした。

「いえ、これは御公儀が出目《でめ》を得んがための御政道、我が家に余計に下さるわけではございません」

大野はそう答えた。

「それでは、どのような関りがある、我が家には……」

内匠頭はそういって大石の顔を見た。実に難しい質問である。

「はあ……某《それがし》には分りかねることにございます……」

大石内蔵助は率直に答えた。この男には、分らぬことをもつくっていうような気持ちはない。内匠頭はかすかに眉をひそめて、

「九郎兵衛はどう思うか」

と末席の家老を見た。

「はい、これは誠に重大。いろいろと関りがございましょう。例えば、札のこと。また塩の値決めのこと、掛屋より借り入れましたる金銀のこと、総てがこれに関りおります」

大野は指折り数えて気の付く問題を列挙した。

大野の発言は、実は何一つ内匠頭の質問に答えているわけではなかったが、大石の率直な答えよりははるかに頼りになるように思えた。そしてそのことが、内匠頭の心中にあった惑いに決断を与えることになった。

「なるほど、これからはますます難しゅうなるのお……」

内匠頭は、そう呟いてしばらく視線を宙に遊ばせていたが、その間に、

〈よくは分らぬが、とに角、城代は経世済民の道に長けた者でなければ……〉

という思いだけは心に浮んで、

「九郎兵衛、苦労じゃが左近右衛門のあとを頼む。国元のことをたばねてくれ」

といってしまった。城代家老の後任に大野九郎兵衛を任命したのである。

（三）

「次の御城代は大野様と決まったそうな……」

この噂は、一刻も経たぬうちに赤穂城下に拡まった。既に秋の陽が沈みかけた時刻だったが、たちまち塩屋門脇の大野屋敷には祝い客の群がつめかけて来た。家中の番頭・組頭・奉行なども来た

し、大野組に属する組士も来た。大野を上司とする勘定方や札座奉行・浜奉行付きの面々も来た。城下の町年寄や浜の塩売仲間も酒肴《しゅこう》と金包を用意して駆け付けて来た。

大野屋敷では、門の両脇に提灯をともし、庭には篝火《かがりび》なども焚いて客を迎えた。主人の大野九郎兵衛は奥座敷に構えて重要な客だけに会い、大抵の者は息子の郡右衛門か弟の番頭伊藤五右衛門がさばいた。大野組の組士や勘定方で特に懇意な者は玄関に近い所で、禄高家格の順に幾部屋かに分れて酒肴の接待を受けた。十五石二人扶持の石野七郎次などは末席の方である。

だが、こうした祝い客も、やり方と表情は複雑に分れていた。みな一応は、

「めでたきこと、これにて我が浅野家も安心でござります」

などというが、心からの笑顔を作っている者は少ない。一部の者は通り一遍の挨拶を済ますとそそくさと帰って行く。露骨に溜め息をついて見せる者もいるし、中間・小者の使いだけを寄越した者もいる。大石の親類に当る奥野将監や小山源五左衛門は、それすら寄越さない。

複雑な表情を見せたのは、塩売仲間も同じである。先代長友の頃から二十余年、関り深い大野九郎兵衛が城代になったのだから、十数人が打ち揃ってその夜のうちにお祝いに来た。下男たちに運ばせた酒樽や肴《さかな》の盆も立派だったし、全員が醵出《きょしゅつ》したという金包もずっしりと重かった。だが、彼らの表情は晴やかなものではなかった。塩に詳しい大野が城代となると、藩の介入が一段と厳しくなり、塩売仲間の中間搾取が藩に吸い上げられるのではないか、と警戒しているのである。一昨年(元禄六年)以来、石野七郎次の提案を、大野が取り上げてはじめた一連の塩業改革は、必ずしも塩売たちに歓迎されていなかったから余計である。

こうしたことから、この夜の大野屋敷はあまり陽気な気分ではなかった。特に大野九郎兵衛自身

の陣取る奥座敷は、燭と酒肴が派手に並ぶばかりで、人の数も笑い声も乏しい。

〈これが大野様よなあ……〉

玄関脇の下級武士の溜り場にいた石野七郎次は、哀しくそれを思った。算勘理財の才知は抜群と認められながらも、今一つぱっとした人気がない。家中の上士たちには勿論、関係深い勘定方や塩売仲間さえも、陽気になれない感情を持っているのである。

〈これは大野様の人柄だろうか、それとも他所から来られた一代限りの家老の宿命だろうか……〉

石野はそんなことを考えたが、答えは急に見付かるはずもなかった。

しかし、半刻ほど経った頃、こうした陰気さを吹き飛ばすような客人が来た。筆頭家老大石内蔵助である。

「遅うなって申し訳ござらん。ちと前々からの約束があってな、叔父貴の所へ寄った所が病気でな、そのくせ何やらいろいろと申されたりして、時を過してしもうたわ……」

大石は、満面に笑みを浮べておかしそうにいいながら、大野のいる奥座敷に向った。叔父貴小山源五左衛門の病気を殊さらに大袈裟にいったのは、小山が祝いに来ないいい訳だろう。大石の親類筋では、筆頭家老を差し置いて大野を城代とした今日の人事に不満があるのも当然だ。そんな中で、当の本人が屈託のない笑顔で現われたのだから、大野屋敷の悦びようは大変なものだった。

「これは大石殿、この夜更《よふけ》にわざわざのお運び、九郎兵衛痛み入りますぞ……」

取次を受けて、奥座敷から駆け出して来た大野は、低身して内蔵助を迎えた。

「いやあ、当然のことでござるわ、大野殿。これは浅野家みんなにめでたきことですわい」

大石は大野の手を取って座敷に入り、

「まま、高い方に御城代……」

と大野に上座へ座るようにいった。

「とんでもござらぬ、大石殿こそそちらに。浅野家の定めでござるわ」

大野も大石に上座を推めた。

「ははは……。これは定めでござるか。しからば止むを得ますまい」

大石はおかしそうに笑って床の前に胡座《あぐら》をかくとすぐ、

「わしはな、ちと酒を頂きたいで、勝手にさせてもらいますぞ……」

といって盃を手にしていた。その姿は、いかにもおさまりがよく、一座の雰囲気をたちまちにして明るいものにしていた。


大野九郎兵衛の城代家老内定の祝いに大石内蔵助が参加したことは、浅野藩士の間に一瞬生れた不透明な感情を和《やわ》らげるのに役立った。翌日になると、前夜姿を見せなかった奥野将監らも大野屋敷に挨拶に来たし、使いだけを寄越した者も改めて本人が来たりした。だが、これで総てのわだかまりが解消したわけでは勿論ない。大石内蔵助の叔父に当る小山源五左衛門は遂に何の挨拶にも来なかったし、それがまた、一部の藩士には好評でもあった。まだまだ算勘者に対する風当りは強い時代だったのである。だが、同時に、

「やっぱり御時世じゃなあ……」

という声も多かった。殿様の縁に繋がる筆頭家老よりも、才覚一つで成り上った理財の才人が城代に選ばれたことが、浅野藩士全員に算術勘定の大事さを教え込んだのである。そしてそれは、大

石内蔵助自身の家庭の中にも浸み込んでいた。

数日後、大石が屋敷に帰ると、妻の理玖が悲し気な表情でやって来て、

「松之丞《まつのじよう》のこと、いかがお考えでございますか……」

と問いかけた。松之丞とは、元禄元年に生まれた長男、のちの主税《ちから》のことである。この夫婦には、松之丞を頭として元禄三年生れの長女くう、翌四年生れの次男吉千代の三人の子供がいる。

「どう考えるかと……。なかなかよい子じゃ。わしが松山におった一年半の間にえろう背丈も伸び見違えるほどにたくましゅうなりおったではないか……」

内蔵助は目を細めてそういった。この男は酒にも女にも強い遊び好きだったが、子煩悩《こぼんのう》な家庭人でもある。

「私の申しておるのは背丈のことではありませぬ」

理玖は怖い顔でぴしゃりといった。

「一向に勉強をせぬのでございます。先刻も勉強せよと申しましたのに、もういつの間にか抜け出してしまいまして、戦さごっこのようなことばかりしておるのでございます」

「ははは……それは無理もあるまい。まだ八つ、遊びたい盛りじゃ」

内蔵助はおかしそうに笑った。しかし、理玖はますます厳しい表情になって夫を叱った。

「笑いごとではございませぬ。祐海様の申されるには、読み書きはまだしも算術の方はまるで下手で嫌いとか……」

というのである。祐海とは松之丞が教わっている遠林寺の住職なのだ。

「それも当然じゃ、わしの子じゃもん」

内蔵助はなおも陽気にいった。

「その、わしの子が困るではありませぬか」

理玖は厳しく苛立った。

「あなた様とて算勘の術に疎いばかりに筆頭家老のお家に生れながら御城代にもなれぬではありませぬか。あの子が大きくなる頃には……」

「これ、滅多なことを申すな……」

流石に内蔵助は妻を抑えた。理玖も「済みません」と頭を下げたが、すぐまた、

「あなた様はとも角、松之丞の代にはもっと時代が変っておりましょうほどに、今の様では家老の役も勤まりかねるということも……」

と心配顔に口説き出した。この妻はこと子供のことに関してはひどく心配性であり、それだけに教育熱心でもある。

内蔵助はうんざりした。世の中が将来どう変るか分ったものではない。今、有用とされている技術や知識も松之丞が成人する頃にはまた無用の長物となっているかも知れぬ。二十年三十年先にはまた新しい流行が生れ、違った御政道が行われていることもある。何も家老にならねばならんわけでもなければ、勘定上手ばかりがよいとも限らぬ。水谷家を見よ。一瞬にして家老も番頭も奉行も足軽も浪人になってしまったではないか。人間それぞれに好きな道を歩めばよい。好きこそものの上手だ。内蔵助はそういいたかった。だが、思い止まった。そんなことをいえば理玖がますます激《げっ》昂《こう》し、不快な議論を続けねばならぬことが分っていたからである。

「分った、算術ならばよい先生がおる。もう少し経ったら頼んでやろう」

内蔵助は、妻を安心させるためにそういった。

「よい先生とは……」

理玖は膝をにじらせて訊ねた。

「いや、御家中に一昨年入った石野七郎次数正と申す者、京で算勘の術を習うたとかでな」

「石野様と申せばうちにも来られたお若い方……」

理玖は、この屋敷に何度か来た長身の若者を思い出していった。

「左様、うちに来たこともある。あれは丸い俵の嵩《かさ》もたちどころに計算できるし、帳簿付けの新しい方法も知っておる。石野七郎次の話を聞くとだれでも算術勘定が好きになるわ」

「そのような方がおられるのなら、是非とも松之丞にお教え下さるように頼んで下され」

理玖は甘えた表情になってせがんだ。

「うん、もうしばらく経てばな」

内蔵助はにこりとしてそういったが、理玖は、

「そんなことをいっていては遅れます。早うお願いいたしますよ」

と身もだえした。

「分った、分った」

内蔵助はそういってこの面倒な議論を打ち切った。だが、この話を内蔵助はすぐ石野七郎次に頼んだわけではない。石野は今、新浜造成の仕事で多忙を極めていたからである。

三　人と組織

（一）

元禄八年（一六九五年）九月十九日。幕府は金銀改鋳を正式に発令した。「徳川実紀」によると、その大意は次のようなものである。

「この度、金銀が改鋳されようやく世上に発行されることとなったから、これまでの金銀と同様と心得、古金銀が残らず改鋳され終るまでは、新鋳の金銀と取り交え、とどこおりなく授受すべきである。上納金もこれと同様に心得よ。新鋳の金銀は金銀座より出すから、世上に通用している古金銀を交換する場合には金銀共に員数を増やして手渡すこととする。金銀を市人から引き替えたければ、民家その他にある金銀も思いのままに引き替えるがよい。但し古金銀を貯蓄してはならぬ。追々に新鋳の金銀と交換せよ」

この文面でも分るように、幕府はこの時までに相当量の新鋳金銀を準備していたし、担当者の荻原重秀らが、良質の古金銀が温存されるのを心配していたことも分る。上納金等の公租公課に新鋳金銀を使わせたこと、交換に当り員数を増やして手渡したこと、金座・銀座に限らず市人でも自由に交換できるようにしたこと、古金銀の貯蓄を禁じたこと等、総て交換促進のための配慮である。

特に、市人との自由交換を認めた点は、金銀の保有量が知られることを嫌う人々に交換を促すためでは良策だったといえる。いつの時代でも、保有金銀を調べられると課税対象にされると恐れる者が多いからである。

このため、元禄の金銀改鋳は比較的円滑に進み、七、八年の間にほとんど総てが新鋳貨に変った。含有金属の価値を基本としていた硬貨時代としては世界的にも類例がないほどの速やかさである。この間、幕府は年間約六十万両、合計すれば金四百五十二万両と銀二十七万二百五十九貫の出目《でめ》を得ることができた。財政難に苦しむ幕府としては、巨大な財源である。

金銀改鋳の提唱者であり実施責任者でもあった勘定差添役荻原重秀の評価は大いに上り、この年のうちに千石の加増を得た。これを支持した柳沢保明の地位も一段と向上した。これに対して、改鋳に消極的だった牧野成貞の力は目に見えて低下し、再度隠居を願い出る有様だった。新しい思想が新しい政策を生み、その実現が新しい権力者層を形成しつつあったのだ。

この年、浅野内匠頭は九月二十八日に江戸に着いている。恐らく旅の途中、富士の見える辺りで金銀改鋳の公式布令を聞いたことであろう。既に赤穂にいるうちにこの噂は知っていたので、別段驚く者もいなかったが、「これからどうなるのか」という不安はやはり大きかったはずである。

二年二ケ月振りに見る江戸は、また一段と華やいだように思えた。日本橋辺りの商店は一段と大きくなっていたし、街の人々の服装も一層雅《みやび》たものになっていた。神田橋の知足院は、つい先日護持院と改名する開山式が盛大に行われたとかで、新たな堂宇を加えて驚くばかりの規模に膨れ上っていた。

それにも増して一同を驚かしたのは、諸物価の値上りである。当時の武士は領国に居る限りそれほど金銭を使わない。米は年貢で入って来るし、豆、麦、魚鳥の類もほとんどが小成物年貢で得られる。日雇い人夫には日当代りに米麦を与えるのが普通だし、衣類・履《は》き物《もの》・家事用品の類も大抵は領内産で間に合す。元禄の地方はまだ、大半が地域自給を原則とした米穀中心の現物経済である。塩という換金商品の大産地である赤穂でも、武士の社会はまずまずそんなものだ。武士の大部分は年貢米を売る方だ。最下級の者には給金取りもいるが、これとて領国に居る限り組頭などから米を買うので米相場通りの影響をすぐ受けるわけではない。

「今年は米も塩も値上りしている」

とは聞いていても、直接生活を揺るがすほどの実感はなく、

「去年は長雨で不作だったからそれも当然」

といった程度の受け止め方でいる。

ところが、江戸ではそうはいかない。この巨大な消費都市では、総てを金銭で買わねばならず、物価というものには敏感にならざるを得ない。

赤穂藩の武士たちは、江戸到着早々に、

「米一石が一両一分にもなった」

と聞かされて仰天した。二年前には一両出せば一等米が一石以上あった。一分は一両の四分の一だから二割五分もの値上りだ。他のものも大体その割で値上りしているし、人夫の日当はそれ以上に上っている。二年前には四十文ほどだった無技無芸の人夫が今では五十五文もする。江戸はインフレの上に好景気で人手不足なのだ。

そこへ金銀改鋳が加わったのだから混乱は著しい。慶長小判なら一石一両一分の米が新しい元禄

小判では一両二分と一朱だとかいう。一朱は一分の四分の一、一両の十六分の一だから、新旧貨の間には二割五分ほどの差があるわけだ。ところが、妙なことに店によっては旧貨も新貨も同じという所もあるからややこしい。こういう店は大抵、ちゃっかり値上げして旧貨で支払う阿呆からは大いに儲けているのだが、勘定下手は新貨で払って得をしたような気になっている。

「かように諸色《しょしき》が高騰しては、我が家の入用も大変でござるな……」

四年振りに江戸に来た供家老の藤井又左衛門は青くなった。いわれるまでもなく、江戸詰家老の安井彦右衛門や留守居役の建部喜六らは困り果てており、

「左様、二年前に大野殿が御覧になった頃とはわけが違う。早々に国元にもお伝えしてお送り頂く金銀を増やしてもらわねばならぬわ」

といい出した。だが、これは内匠頭自身によって止められた。

「それはならぬ。国元とて金《かね》の成る木があるわけでもない。余も奥も倹約に努めるほどに、何とかやり繰りを考えてみい」

と厳しく命じた。九歳で家督を継いで以来常に財政難に悩まされて来た内匠頭は、こと金の問題に関することにひどく敏感だ。それだけに、江戸入り早々に聞かされた勘定足らずの話はひどく不快だった。

相手が殿様だから安井も藤井も建部も楯《たて》つくわけにはいかない。彼らは主君の留守中に溜っていた外交上の入用を持ち出す機会を失ってしまった。その中には、去年の春、「これは当座のこと」といってごまかして来た御側御用人柳沢出羽守保明の栄転祝いや、吉良上野介から報された中野村お犬小屋普請申し出の件も含まれていたのである。

浅野内匠頭にとって、江戸に来て嬉しかったことといえば、愛妻阿久理と暮せることと、家中堀部家の娘ホリと結婚した高田馬場の勇士中山安兵衛を引見できたことぐらいであった。

何日かのち、浅野内匠頭は江戸参着の挨拶のために江戸城に上った。大名となって既に二十年、江戸城本丸の殿中も慣れている。だが、この時ばかりは少々勝手が違った。一年半にわたって備中松山城の城番を勤めた関係で、江戸参勤が一年あまりずれている。徳川の当時の諸大名は、寛永年間に定められた参勤交代の制度により一年毎に江戸と国元を往復している。しかも、元禄の世ともなれば「規則厳守こそ忠誠の証」とする風潮が拡まり、「一年毎に」を正確に守るようになったため、往《い》き復《かえ》りも季節が定まった。赤穂浅野家の場合は、元禄の年数で奇数年の六月頃赤穂を出て江戸に向い、偶数年の同じ頃江戸を発って赤穂へ帰ることを繰り返した。

この結果、江戸在府の期間が重《かさ》なる者は決まっている。従って、浅野内匠頭が中堅大名の詰所柳之間で顔を合す大名は大抵同じで、自ずと知己ができ社交が行われた。逆に、江戸在府の年がずれている大名とは滅多に会うことがない。

ところが、前述のような事情で一年余も江戸参勤のずれた浅野内匠頭は、以前と違った顔ぶれに出会うことになる。

〈今居るのはどんな連中だろうか……〉

それを思うと、内匠頭は多少の緊張を感じた。西御縁から広い中庭に突き当って右手に折れると、廊下の右側に長さ六間幅四間の大きな部屋が二つ続いている。手前が柳之間御次であり、向うが柳之間そのものである。内匠頭は御次之間で奏者番に用件を伝えて上の間に入り、そしてほっとした。

そこには顔見知りの男、石見《いわみ》津和野の城主亀井《かめい》隠岐守《おきのかみ》茲親《これちか》がいたからだ。この大名は毎年秋に往復しているので、従来から半年だけ内匠頭と在府が重なっている。

「内匠頭殿も近頃御入府なされたのか」

亀井は嬉しそうな笑顔を見せた。豊臣秀吉に乞《こ》うて「琉球守」という奇妙な称号を得た機転者の先祖には似つかぬほどに感情表現の素直な男なのだ。そのせいか内匠頭とうまが合う。

「はい。松山城城番などを仰せつかったために例にないことになりましてな……」

内匠頭も朗かな口調で答えた。

「ああ、そうでござったな」

亀井は大きくうなずいた。

「備中松山のことはお手柄でござった。いろいろと噂があって心配いたしたが、事なく治められたは流石内匠頭殿と評判でござる」

「いや、取り立てていわれるほどでも……」

内匠頭はそういったが、自分の家の武勇を賞められたのは嬉しい。だが、この会話は衣ずれの音と共に現われた白髪の老人によって中断されてしまった。

「おお浅野内匠頭殿か、やっと参られたか……」

老人はまずそういい、次いで亀井茲親にも、

「隠岐守殿もじゃな。御両所ともつつがないようで何よりじゃ……」

と微笑みかけた。

「お陰様にて……。少将様にもお健やかな御様子にて……」

浅野内匠頭と亀井隠岐守はこもごもにそんなことをいって頭を下げた。老人は左近衛少将吉良《きら》上野介義央《こうずけのすけよしひさ》である。

「いやいや、わしも年でな……少々足が弱ったわ。御両所のお若さがうらやましい」

吉良上野介はそういいながら柳之間に入り込み、金糸で桐の定紋を浮せた萌黄《もえぎ》色の裃《かみしも》の裾を二本の指でつまんで左右に拡げて座った。着物は純白、下着は裃と同じ萌黄、たばさんだ小刀は梨子《なし》地《じ》に桐の定紋を散した見事なものだ。上野介は今日も凝《こ》った色調を揃えている。

「ところで内匠頭殿は、もう神田橋に参上されたかな……」

上野介は、わざとらしく声を落して囁いた。

「は……神田橋……」

内匠頭は、何のことやら分らずに問い返した。

「そら……あの神田橋のお屋敷じゃ……」

上野介は察しの悪い相手に苛立って眉間に縦皺を刻んだ。

「と申されますると、出羽守様の……」

内匠頭はやっとそれに思い当った。神田橋付近にも大名屋敷は多いが、内匠頭が参上するような相手といえば御側御用人柳沢出羽守保明の屋敷のほかには考えられない。

「さよう、それじゃ……」

上野介は、ようやくいい当てた相手を賞めるように頬を歪めると、

「既に、参られたかな……」

と重ねて問うた。

「いえ未だ御意を得ませず……」

内匠頭は何のことやら分らぬままにそう答えて視線を畳に落した。

「何、まだでござると……」

吉良上野介は不満気に頬を膨らませて、

「わしがお報せしておいたこと、まだ御家来衆からお聞き及びでないのかな」

と顔を突き出した。

去年の二月、柳沢出羽守保明は一万石の加増を受け武蔵川越に国替えとなった。当時の慣習として、幕府の有力者の加増・国替えには諸大名も祝いに行かねばならない。浅野内匠頭家でも、在国中の主君に代って江戸詰家老の安井彦右衛門と留守居役の建部喜六がお祝いに参上したが、その折の祝いの品が貧弱だった。柳沢邸に居合せた吉良上野介はそれを見咎め、「内匠頭殿御入府の折改めて祝い言上に来るように」といって、わざわざ同格の大名たちの祝いの品を書き抜いて報せて来た。浅野家のみが標準はずれに貧相では柳沢に対して失礼であり、浅野のためにも悪影響があると考えての親切だ。上野介が「お報せしておいたこと」といったのはそれである。

だが、入府以来何日も経っていない内匠頭はそんなことはまだ聞いてもいない。ただでさえ財政の窮迫している浅野家の方では、柳沢の加増栄転祝いに高額の金品など出したくない雰囲気だったので、安井も建部もいい出し難かったのである。

「少将様のお心遣い忝《かたじけ》ない。早速に我が家の者に問い糾《ただ》してみましょう」

浅野内匠頭はそういって頭を下げたが、内心の不快感がにじみ出てぎこちない動作になっていた。

だが、吉良上野介はそれに気付かない。家督を継いでから二十七年、ひたすらに社会階層の階段を昇りつめて来たこの老人は、出世栄達を至善のものと考えているだけに、高位の権力者との社交には細心だが、損得利害を越えた個人の感情には不感症といってよいほど鈍感なのである。

「それでは内匠頭殿、お犬小屋のこともまだお聞きになっておられぬな……」

吉良上野介は膝をにじらせて囁いた。

「お犬小屋とは……四谷と大久保にできましたる……」

内匠頭がそこまでいった時、

「いやあ、あれはもうできておるわな……」

上野介は「何をいっておる」といわんばかりに顔をしかめた。

「わしの申しておるのは、これからお造りになる中野村のよ」

「ほお、それが何か……」

内匠頭は苛立って来た。幕府が最近完成した四谷と大久保の犬小屋に続いて、さらに広大なものを中野村に造る計画でいることを、浅野内匠頭も全く知らぬわけではない。だが、それが自分と何の関係があるのか分らない。そんな話まで高家筆頭の吉良上野介が持ち出すのは面妖《めんよう》だ。有職故実《ゆうそくこじつ》を以って公儀に仕える吉良も、それには関りがないはずである。

〈御親切は有難いがもう結構でござる〉

内匠頭はそう叫びたかったが、上野介はもう一膝にじり寄って来た。

「内匠頭殿、そして隠岐守殿も聞かっしゃれ、これは大事な話じゃ。御公儀では近く中野村に四谷・大久保の四、五倍もある広大なお犬小屋を営まれる予定じゃ。これには、上様も桂昌院様も大変なお力の入れようでな、御両所も御存知の通り、四谷のお犬小屋造りに人夫をお出しになった松平飛驒守利直殿は上様の覚えめでたく時服十枚を御褒美としてお授かりになった。今度の中野村はそれ以上、早速にお手伝いを申し出られればきっとお歓びいただけることでござろう。これこそ、御忠義と申すもの。御両所のようなお若い殿方は遅れを取られまじく存じまするぞ」

吉良上野介は、そういって二人の顔を交互に見た。声は低いが力の籠っている所をみると、よほど貴重な情報を教えたつもりらしい。

「なるほど、早速に考えさせて頂きます」

亀井隠岐守茲親はそういって深く頭を下げたが、浅野内匠頭長矩の方は、

「有難きお話……」

と軽く応じただけであった。あまりのお節介に耐えかねていたのである。

（二）

鉄砲洲《てっぽうず》の上屋敷に戻ったあとも、浅野内匠頭は不快な気分だった。それでも安井彦右衛門と建部喜六を呼んで、

「吉良様から何ぞお指図を頂いたか」

と訊ねることは忘れなかった。

「はい、もう去年のことでございますが確かに……」

江戸家老安井彦右衛門は恐縮した。

「よいよい。今日殿中で吉良様に出会うたもんでな、ちと訊ねただけじゃよ」

内匠頭は、二人の家臣を安心させようとして笑って見せた。

「は、遅ればせながら、これとこれにございます」

安井は、慌てて取り寄せた吉良上野介の書面を差し出した。ちょっと口ではいい難い気分だったのである。

「ふん、これか……」

内匠頭はその一通を手に取って見た。宛名は安井・建部両人になっており、日付は去年の三月と古い。そしてその主旨は、

「先日、持参された祝いの品、内匠頭殿在国中のため留守居限りの当座のものといい綴《つづ》って収めて頂いた。内匠頭殿出府の際は改めて御参上なさるがよかろう。なおその際の参考までに御同格の諸大名より寄せられた祝いをお報せする」

というもので、五、六万石の大名家の例が五つ六つ列記してある。

「大判五枚、白銀一壺、白絹一対」

「小太刀、柄は黄金造り、色絹一対あしらう」

「大判七枚、白銀造りの盆にて」

などである。

「我が家はどうしたのかな……」

内匠頭はそれを訊ねた。

「はい、大判一枚に白絹一対で……」

「何しろ手元不如意《ふにょい》でございまして……」

安井と建部は、申し訳なさそうに答えた。

〈確かに少ない……〉

と内匠頭も思った。だがさりとて、吉良のいうように改めて祝いを持って行く気にもなれない。

「我が家は財政に余裕がない。それに去年は松山の陣でも資金を使うた。このことは柳沢出羽守様もとくと御承知じゃ。気にすることはあるまい」

内匠頭はそういって、二通目の書面を開いた。こちらは去年の五月付けで中野村のお犬小屋計画の話が記され、

「このお犬小屋御普請の手伝いを申し出られるべきだ」

と推めた上、

「内匠頭殿は御老中方もお目に止めておられるお方なれば、よくよく勘案するように」

というような文章が追記されていた。

しかし、それに付されていた中野村お犬小屋の計画概要なるものを一見して、内匠頭は驚いた。敷地十六万坪に二十五坪のお犬小屋が二百九十棟、七坪半の陽よけ場が二百九十五棟、仔犬養育所四百五十九ヶ所という広大なもので、「八万頭ほどものお犬様を養う」とある。

「犬小屋とは申せ、大変なもんじゃのお……」

内匠頭は顔をしかめていった。

「はあ、その後、内々に聞きますれば、この普請には銀二千貫余もかかるとか……」

安井が視線を落したまま答えた。

「その上、これができました上は、お犬様の餌代・人夫賃・お犬医者などの手当てを含めて、年に十万両近くかかるそうで」

と建部が加えた。

「何、年に十万両……」

内匠頭は仰天した。赤穂五万石余の年間収入は米にして約三万三千石、うち半分ほどは藩士の禄なので、藩の財政収入は一万六千石あまりだ。一石銀七十匁としても二千三百貫に足りない。金にすれば四万両少々である。中野村のお犬小屋は、建設費だけで赤穂藩の年間財政収入に、運営費はその二倍以上にも上るのである。

〈とても付き合えぬ……〉

と内匠頭は思った。迂闊《うかつ》に普請手伝いなど申し出ては、途方もないもの入りになる。たかだか銀三、四十貫の増収を得ようとして藩士も百姓・町人も自分の愛馬も泥にまみれて新浜塩田を造っている赤穂の姿を思い浮べると、野良犬収容のためにこれほどのお金をかけようとしている幕府の政治がいかにもばかばかしい。

〈今の世は間違っている……〉

浅野内匠頭はそう考えると、わけもなく腹が立って来た。そしてその腹立たしさが、自分をそのような普請に引き込もうとしている吉良上野介に向いた。

〈吉良の爺い奴、どこにでもでしゃばりおって。わしが犬小屋普請など手伝って奉行にでもなりたがっていると思っておるのか……〉

内匠頭は、上野介の見え透いたお世辞の文言にも腹を立てた。そしてそれを、

「我が家は武門の家柄、お犬小屋の普請などお手伝いすることもあるまい」

という言葉で表現して、上野介の書面を叩き付けるように投げ出して、奥に入ってしまった。こ

の不快さを忘れるためにも妻の阿久理を見たかったのである。

「やれやれ……」

浅野内匠頭が奥に消えたあと、書院に残った安井彦右衛門と建部喜六は、低く呟いて顔を見合せた。主君在国中から一年半も抱えていた難問がこれで解決したという安堵の表情である。

安井も建部も、吉良上野介のお節介には手を焼いている。いわれることは確かに尤《もっと》もだとも思うが、それを実行するためのお金がないのである。もし、内匠頭が、「これは是非とも」といい出せば、その財源捻出に国元と不快な折衝を繰り返さねばならない所だった。ところが、内匠頭は、総て不要ときめつけてくれた。このことで、どのような影響があるかは分らないが、いずれにしろ殿直々の御指示とあれば家老や留守居役の責任ではない。安井も建部も、将来に対する多少の不安を感じつつも、肩の荷が降りた思いだった。

しかし、これに異論を差しはさむ者が出た。近習頭の片岡源五右衛門である。

「御家老、ただ今の殿のお心、何と心得られましたかな……」

内匠頭を奥に通じる廊下まで送って書院に戻ると、片岡は厳しい表情でそう訊ねた。

「何と心得たかと……」

安井彦右衛門は怪訝な顔付きで繰り返し、

「お言葉の通り、我が家は武門、武を以って御公儀に仕える家柄なれば、祝いや普請はあまり気遣うなとの仰せ。某《それがし》も尤もなことと伺うたまでじゃ……」

「ほう……」

片岡は不満気に顎を突き出し、

「建部様はいかがに……」

と向き直っていった。

「む、某も御家老と同じじゃ。いつもながらの御賢察とな……」

建部は少々腹立たし気に答えた。

片岡源五右衛門高房は三百石、六百五十石取りの江戸家老安井彦右衛門よりははるかに下位だが、二百五十石七人半扶持の留守居役建部喜六とはほぼ同格である。しかし年はまだ二十九歳、安井・建部よりずっと若い。加えて、片岡は尾張徳川家の家臣熊井重次郎重次の妾腹の子で、八歳の時に赤穂の百石取りの中堅藩士片岡六左衛門の養子となった人物である。つまり、浅野家では新参、しかも成り上り者でもある。片岡源五右衛門が三百石の高禄を得たのは、内匠頭のお側近く仕えて男色の相手を勤めたせいだという噂もあり、そういわれてもおかしくないほどの美男子である。そんなことから、浅野家中では禄高ほどには尊敬しない者も多い。

そんな若い片岡源五右衛門が、家老と留守居役をつかまえて、無遠慮な質問を発したのだから、安井も建部も不愉快な顔をしたのも不思議ではあるまい。二人の心中には、

〈こいつ、殿の御寵愛を笠に着て……〉

という思いがあった。だが、片岡源五右衛門はひるまず、

「ただ今の殿のお言葉、藩の懐具合を思うて御自ら御苦労を買って出られたものとはお気付きになられませぬか、方々《かたがた》は……」

と喰い下った。

「何、殿が御苦労を買って出なされたと……」

安井彦右衛門は、一瞬啞然とし、やがて、

「それはどういう意味かな、片岡殿」

と問い返した。

「考えても御覧になれ、御家老……」

片岡は鈍感な家老に苛立ったように膝をにじらせた。

「吉良上野介様がお推めなされた二つのこと、いずれも江戸城における殿の羽振りをようするためのものでござった。事の善し悪しはとも角、柳沢出羽守様への贈り物を増やし、御公儀のなさるお犬小屋の普請をお手伝いいたせば、殿の殿中でのお顔は確かにようなるでござりましょう。それを殿は無用と申された。つまり、御自身の羽振りなどより我が家の財政を重んじ、我ら家臣のためをお考え下されたのでござりましょう」

「なるほど……」

安井は多少の不快感を残しつつもうなずいた。

「そればかりではござりません。吉良様の申されたことを二つながらに断れば、吉良様の御機嫌を損ねることにもなりましょう。吉良上野介様と申さば高家筆頭、将軍様のお側に侍られることも珍しからず、その上、今をときめく柳沢出羽守様とは殊のほか御昵懇《ごじっこん》とか。しかも大変なお節介焼きで歯に衣《きぬ》きせぬお言葉も多いやに聞きます」

「うん、それは我らも恐れ入っておるわ……」

建部喜六が苦笑した。

「左様でございましょう。そのようなお方の御機嫌を損じては、これから先、殿は何かとつらい思いをなさることは必定ではございませぬか……」

「そういえば、そういうことにもなろうかのお……」

安井彦右衛門は渋々片岡の論理を認めたが、なお素直な気持ちにはなれぬ所がある。その気持ちをこの家老は、

「しかし、さりとて殿があれまでいわれたものを、今さら御再考願うわけにも行くまい」

と問い直すことで表わした。これに勇気付けられたのか、留守居役の建部も、

「第一、ここにはお金がのうてな……」

と続いた。

「御尤もでございます。私とて、殿が無用と申されたことをしようなどとは思いませぬ」

そういって片岡は、同意を求めるように背後の同役をかえり見た。そこには、同じ近習仲間の礒《いそ》貝十郎左衛門《がいじゅうろうざえもん》と田中貞四郎が控えている。

「それでは片岡殿は何とせえと申されるのじゃな……」

と安井が訊ねた。

「はい。私の申したいのは、せめて吉良上野介様の御機嫌を取り結び、殿の御苦労が少しでも減じるようにいたすべきだということでございます」

片岡はそう答えて、はじめて頭を下げた。

「なるほど……吉良様にお礼をするということか……」

安井はようやくそれに思い当ったが、なお感情のもつれを整理しかねて、

「いずれ、そのことも殿に伺ってみよう」

と呟いた。

「いや、これは殿にお伺いすべきことではございますまい。お伺いすれば、殿は必ず御自身お一人の辛抱で済むこと故無用と申されまするぞ……」

片岡源五右衛門は安井彦右衛門の顔を見据えてゆっくりといった。

「よう分った、片岡殿。それでは金五両ほど用意いたす故、御自身で吉良様にお届けなされ……」

安井彦右衛門がそういったのは、上野介に会ってとやかくいわれるのが厭だったからだ。

〈五両か……少ない……〉

と片岡は思ったが、流石にそこまではいえず、

「忝《かたじけ》ない。よろしくお願いいたしますぞ……」

と両手をついて頭を下げた。

十日ほどのち、片岡源五右衛門は鍛冶橋《かじばし》の吉良屋敷を訪ね、吉良家の家老小林平八郎に会い、

「我が殿内匠頭は吉良少将様の御親切なる御指導に心から感謝しておりまするが、何しろ我が家は貧乏、その上、先の松山城受取りの御用命にも多額の資金を使い果し、全くの手元不如意。誠に恥かしいことながら何もいたしかねる有様にございます。内匠頭もただただ恐れ入り、少将様のお心遣いに対する感謝の証だけはと申しまして、自身の内々よりこれをお納め下さるようにと申し付けましてございます」

と五両の金包を差し出した。

「それはそれは御丁寧に……」

小林平八郎は鷹揚《おうよう》な態度でそれを受け取り、

「とかく少将は気の付き過ぎる質でしてな、過ぎたる親切と申しますか、内匠頭様のようなお出来になるお若い殿には、こうもすればああもすればと思うのでございましょう。ま、お気になさらぬようにとお伝え下され」

と笑顔を見せた。片岡は、小林平八郎の率直な態度にほっとした。だが、浅野内匠頭家のこの処置は、同じ時に話を聞いた亀井隠岐守家のそれとは際立った対照をなしていた。

亀井家でも、殿様の隠岐守茲親は、お犬小屋の普請手伝いなどには乗り気でなかったが、江戸家老の切れ者多胡主水《たこもんど》が機転を利かせて柳沢保明の屋敷に走り、用人高梨権兵衛と相談した。お犬小屋普請手伝いを申し出ながらできるだけ負担を軽くする方法をさぐったのだ。

その結果、亀井家は工事中五十人ほどの人夫を出すこととし、その一部は江戸詰藩士の中間・小者の類で間に合せた。広大な犬小屋工事から見ればごく一部に過ぎない。幕府の方では森美作守《もりみまさかのかみ》長成《ながなり》と京極縫殿高或《きようごくぬいどのたかもち》にも人夫提供を命じていたし、松平源次郎乗邑《まつだいらげんじろうのりさと》も進んで人夫を出している。

それでも、この年（元禄八年）十月末からお犬小屋が完成する翌年正月末日まで、百日余にわたって五十人ずつ人を出したのだから、亀井家の持ち出しは銭三百貫あまり、新鋳の金にすれば百両近い費用がかかった。四万石にも満たぬ亀井家としては軽い負担ではない。

吉良上野介が、自分の忠告通りに動いた亀井家に好感を持ったのは当然だろう。だが、それで亀井隠岐守茲親が幸せになったわけではない。むしろ、好意を持ってあれこれと指示してくれる吉良のお節介に苦しんだ。

一方、吉良上野介は、折角の親切を無視した浅野内匠頭には不快の念を抱いた。片岡源五右衛門の気遣いで幾分かは和《やわ》らげられたものの、五両は少な過ぎた。上野介はそれからしばらく、内匠頭を無視し続けた。殿中の廊下などで出会い、内匠頭が深々と頭を下げても、上野介は露骨に顔をそむけることもあったし、敢て遠くの人に話しかけるようなわざとらしい仕草をすることもあった。生来過敏な性格の内匠頭は、耐え難い屈辱と腹立ちに身をこがし、上野介が所々で自分の不利を図っているのではないかという疑心に悩み苦しんだ。そしてそれが、さして頑健な質でもないこの大名の健康を蝕《むしば》むことにもなっていったのである。

十月十四日、幕府は正式に中野村お犬小屋普請を発布、同二十九日にはその預りに大久保犬小屋支配の比留間勘右衛門正房《ひるまかんえもんまさふさ》を任命、続いて翌月九日には一部建物完成につき寄合番の沢仁兵衛奉実をも同役に加えた。そしてその下に、風呂屋賄方・小普請手代組頭・細工所同心・掃除組頭などの属吏を付けた。犬小屋の補修や掃除ばかりか、犬を風呂に入れることまでしたのである。

四日後の十一月十三日からは江戸府内の野良犬収容をはじめたが、その数はたちまち十万頭にも達し、一日の飼育に米三百三十石余・味噌十樽《たる》・干鰯《ほしいわし》十俵・薪《まき》五十六束を要したという。こうした話は、江戸城に詰める大名たちの間でもしばしば話題になったが、それを聞く度に浅野内匠頭は吉良上野介に推められた人夫派遣を拒んだことが気に懸り、後めたい思いをした。犬小屋に人夫を出している亀井玆親が、

「内匠頭殿はお偉い。某《それがし》の方は家老どもが気を利かしおったばかりにえらいもの入りで困っております。吉良様の話など聞かねばよかったと後悔しておりますのじゃ」

などと囁いた時、内匠頭は、

〈やっぱり……〉

と、自分の判断が正しかったことを悦んだが、それも一瞬だった。

そんな中で、またしても頭の痛い問題が起った。十二月に入って間もなく、柳沢保明が侍従に任じられ、老中格に昇進したのである。先月、先任の御側御用人牧野成貞が隠居したので、今や将軍側近の実力者は柳沢保明ただ一人、名実共に幕府第一の実力と高位を得たといってよい。

当然、諸大名はみな祝いに駆け付けた。浅野内匠頭家とてそれを欠くことはできない。早速に、安井彦右衛門や建部喜六が内匠頭の前に現われ、

「当家は去年、御殿不在ということもこれあり、ごく軽いもので済ませましたが、この度はそうもなりますまい」

と、こもごもにいった。

「分っておる。ほどよくいたすように……」

内匠頭も、去年以来のことはよく知っているし、特別他と変ったことをする気もない。

「それでは去年の例を考え、諸色高騰のことをも勘案し、六十両ほどのものをと思いまするが……」

と建部がいい、続いて安井が、

「となりますれば、この江戸の勘定だけではやり繰りがつきかねまする故、国元の方へ追加送金を申し付けようと存じまするが……」

といって、細かな数字を並べ出した。

だれしも思い悩んでいる問題をくどくどといわれるのは厭なものだ。内匠頭も安井の長話に耐え

かね、途中でそれを遮り、

「止むを得まい」

とこの話を打ち切ったが、憂鬱な気分は長く心の底に残っていた。

〈江戸の暮しはつまらぬ。心苦しいばかりだ……〉

内匠頭はそう思うようになっていた。そのせいか、この頃から、内匠頭はひどく寝付きが悪くなり、食欲も衰えた。殊に、何日かに一度の割で回って来る江戸城登城の前にはそれがひどくなり、胸元が締めつけられるように苦しくなる。持病の痞《つかえ》が出るのだ。

それでも、この真面目な大名は、病気を口実に登城を怠るようなことはしなかった。長い間、年上の家臣たちに仕込まれて来た実直な勤務の習慣で、仮病を使うことなど思いも付かなかったのである。

十二月二十四日の登城の折も、浅野内匠頭は寝不足と食欲不振で苦しかった。しかも、柳之間では不快な中野お犬小屋のことがまた話題になっていた。この前々日の二十二日に、幕府は小普請組の二人の医者に中野お犬小屋のことを命じ、それぞれに月俸十口を給することにしたのである。

〈ほう、お犬小屋には医者も付くのか……江戸の町人たちがお犬様になりたいなどと申すのも無理はない……〉

そんなことを思った瞬間、内匠頭は頭痛に襲われ、寒気を感じ出した。

〈おかしい……〉

と思いつつも、規定の時間までは柳之間に詰めていた。お犬小屋の話を嫌って早退したと思われてはまずいと考えたからだ。このせいか屋敷に帰り着いた頃には激しい悪寒《おかん》に頭痛、それに嘔吐《おうと》感まで加わっていた。江戸詰の医師亀崎玄良と井上宗牧が診《み》た所、大変な高熱で、かすかに粟粒《あわつぶ》ほどの斑点《はんてん》が見られた。

「もしや疱瘡《ほうそう》では……」

亀崎と井上は、深刻な表情でそういった。

（三）

疱瘡、つまり天然痘《てんねんとう》なる病気は、今や全世界でほとんど絶滅したが、十七世紀には日本でもありふれた悪性伝染病で、しばしば多くの人命を奪った。浅野内匠頭の母親戒珠院もこの病で生命を失っている。

この病気は潜伏期間が十日から十三日、ほとんど自覚症状のないままに続き、発病と同時に三十九度から四十度の高熱を発し、頭痛・腰痛・悪寒・戦慄《せんりつ》に襲われ、間もなく粟粒ほどの小紅斑が現われる。三日間ほどはこんな状態で、朝のうちは熱も下るが夕方からはまた高熱に戻る初期症状が続き、やがてこの病気特有の大きな発疹《はっしん》が顔面から頭部や胸・肩・腕などに出て来る。浅野内匠頭もこのような病状を辿《たど》ったに違いない。三日目の十二月二十六日の昼過ぎになって、医師たちが、

「間違いなく疱瘡にございます」

と断定したのは、明確な発疹が現われたからだ。

疱瘡は死亡率の高い病気だ。たちまち浅野家江戸屋敷は大騒ぎとなった。近習頭の片岡源五右衛門らは徹夜で看病に当り、夫人の阿久理も感染を恐れず枕辺に付いていた。亀崎・井上両医師が隣室に詰め切りで治療に当ったほか、江戸の名医といわれる者が何人か招かれた。だが、この当時の

医術では治療法とてなく、頭を冷やしたり、喉に通り易い流動食を調《ととの》えたりする程度である。阿久理はまた、二、三の寺院に祈禱を依頼し、自らも再三持仏堂に手を合せたが、もとより気安めでしかない。

その一方では、江戸家老の安井彦右衛門や供家老の藤井又左衛門らが、全く別の作業もはじめていた。

浅野内匠頭には子供がいない。今、殿様に死なれては、赤穂浅野家は無嗣《むし》断絶の恐れもある。

「何はともあれ、跡継ぎの御養子様を……」

と安井がいい、

「殿がお気の確かなうちに……」

と藤井が応じた。

天然痘の最も危険なのは発病後七日目ないし十日目頃である。独特の発疹が大きく膨れ上ってくる七日目頃には気管支炎や肺炎を併発し易いし、それが化膿《かのう》しはじめる八日目頃からは敗血症にかかり易い。時には声帯にできた発疹の化膿で窒息死することもある。

それまでには、まだ三、四日あるが、その前に患者は意識混濁に見舞われることが多い。安井や藤井が「殿がお気の確かなうちに」と急いだのはこのためだ。この病気の患者を数多く見ている当時の人々は、今日の医者以上に病状予想が正確だった。

「恐れながら、御跡取りのことを……」

内匠頭の病室にまかり出た安井と藤井は、平伏してそういった。

「うん……」

四十度の高熱に冒されていた内匠頭は、自分の死の準備が進められていることを悟って、淋し気な視線を枕辺の人々に送った。側にいた阿久理は、耐えかねて顔を伏せ肩を震わせた。

「御家老、取越し苦労は御無用になさいませ。殿の病はさほど重くもござりませぬ」

片岡源五右衛門が、病人を励ますように叫んだが、内匠頭は、

「よいわ、大学を呼べ」

と、苦しい息の中で呟いた。

浅野大学長広は、内匠頭の三つ違いの弟である。だれが考えても、この人以外に跡取り養子の適任者はいない。内匠頭の近親といえば、この実弟だけだ。ほかに叔父の浅野美濃守長恒がいるが、これは先々代長直の女《むすめ》と大石頼母助良重の間にできた子を長直が養子にしたものだから、相続権者としてははるかに遠い。

「は、かしこまりました」

安井と藤井は平伏して退室するや、直ちに木挽町《こびきちょう》に使いを走らせ、浅野大学を連れて来させた。大学長広は、この前年（元禄七年）八月、三千石を分知されて直参旗本となり、木挽町に屋敷を与えられていたのである。

分家筋に当る浅野美濃守長恒と家原浅野家の当主浅野長武も招かれた。本家の広島藩浅野安芸守家と阿久理の実家三次藩浅野土佐守家からも家老が来た。養子縁組の見届役を果すためである。

大学長広は、兄の病状は聞いていたが、疱瘡で重態と知り、大いに驚いた。しかし、跡取り養子の話には、

「望まぬ所だ……」

と悲し気な顔をした。二十六歳のこの青年は、気疲れの多い大名よりも三千石の旗本の方がはるかに望ましいと思っていたのである。

しかし、お家の存否がかかっているとあってはそんなこともいっておれない。無嗣断絶となれば、藩士三百余は浪人となり、それに連なる千余の人々も職を失う。先祖に対しても、今の世の人々に対しても申し訳が立たない。

「わしも大名の家に生れたのじゃから……」

大学は諦めたように呟いて兄の病室に入った。七ツ時、日没前二時間弱の頃である。

内匠頭は先刻より一段と熱が上り、顔の斑点も鮮やかになって苦し気だったが、それでも弟の顔を見ると、

「大学、万一の時は、跡を頼むぞ……」

と囁いた。

〈大名とはつらいものよ……〉

大学長広は、それを思うと兄が気の毒になって慰める言葉も出ず、ただ平伏して受意を示した。とに角、これで「殿直々のお言葉で養子が決まった」ことになる。この時代には、殿様が死んでから重臣たちが協議して養子を決める末期《まつご》養子も多かったが、やはりこういう形をとった方があとの始末がつけ易い。安井・藤井らは、ほっとした思いで次の手続きにかかった。国元に事態を報せる急使を出し、幕府に届け出て許可を受けることである。

国元赤穂へは、二百五十石取りの用人原惣右衛門が早駕籠を飛ばした。松山城受取りの折に、沿道準備のために先発した人物である。国元の動揺を抑え、諸事円滑に運ぶために四十七歳の機転者

は適任である。

幕府へは、翌二十七日、大目付神尾備前守元清と目付安藤与十郎次行を通じて願い出た。大目付は大名のことを、目付は旗本のことを所掌する職分である。大名浅野内匠頭長矩の養子に、旗本の大学長広がなるのだから、双方に通じる必要があったわけだ。

幕府は、この届けを受理するのに二日ほどかかっている。別に問題があったとも思えないから純然たる手続き期間だろう。十二月二十九日には、前記の大目付神尾元清と目付安藤次行を浅野屋敷に派遣、内匠頭の病気見舞いと養子許可を伝えさせた。

「よかった、よかった。これで当家は安泰じゃ……」

安井彦右衛門や藤井又左衛門は、ほっとした表情でそういい合った。だが、片岡源五右衛門はこれに怒った。

「御家老方は殿の御容態より養子縁組のことを大事と思うておられまするか……」

徹夜の看病疲れで目を血走らせた片岡は、病室から出てきたついでにそんな皮肉をいった。

「何を申す。これは万が一の備えじゃ……」

安井彦右衛門は目をむいていい返した。

「万が一のこととなれば……我ら一同殿に殉じる。その覚悟がのうては御看病も尽せますまい」

片岡は吐き捨てるようにいって、また病室に入ってしまった。ちょうどこの頃に、内匠頭の病状が最悪になっていたのである。

元禄時代は、武士の思想の変り目でもある。一方においては、大名の家というものを一つの組織として考え、大名個人よりも組織の永続繁栄に尽すことを大切とする思想が生れつつあったが、他方では大名個人への忠義を重んずる考えも根強く残っていた。世の中の流れは、次第に前者に傾き、やがて大名家を個人的家産としてではなく、武士集団の組織と見立てて「藩」と呼ぶ習慣さえでき上る。この時代から百年ほどのちには、「お家のため」「我が藩のため」と称して、大名を無理隠居させたり殺害したりする「忠臣」さえ現われるようになったほどだ。

だが、世の中の流れがそうであれば、これに反撥する後者の思想も極端な形を取る。この頃より十数年後に、鍋島家家臣山本神右衛門常朝《やまもとじんえもんつねとも》が著わした「葉隠《はがくれ》」はその典型ともいえるだろう。ここでは、殿様と家臣の心情は「忍ぶ恋」とされ、この一念のために死ぬことが武士道の極美と賞賛されている。

幼少より浅野内匠頭の側近くに仕えて高禄を得た片岡源五右衛門が、内匠頭に抱く心情は正しく「忍ぶ恋」であった。これに対し、長く浅野家にあって庶政万般に骨折って来た安井ら多数の藩士にとっては、浅野家は内匠頭個人を越えた存在だったに違いない。

こうした大名家と武士の立場についての考え方の相違は、やがて浅野内匠頭家家臣全部を大いに悩ませ、大きく分裂させることになる。だが、それはまだ、先の話だ。

浅野家中がこんな騒ぎをしている間、生死の境をさまよう内匠頭は高熱にうなされ、しばしば幻覚に襲われた。赤穂の城と浜が見えたり、瀬戸内の海が光っていたり、大野九郎兵衛や大石内蔵助の顔が笑っていたり、きらびやかな衣裳《いしょう》をまとった吉良上野介が厭味《いやみ》な目で睨んでいたりした。だが、何よりも多く浮んで来たのは亡き母戒珠院の面影だった。

母は、尼の姿で悲し気に目を伏せている。そして必ず、

「武士には耐え難きこともあるもの。兄は乱心したにあらず、覚悟の上での刃傷《にんじょう》でしたぞ……」

と念を押すように呟いた。増上寺刃傷事件を引き起し、一族郎党を不幸に陥れてしまった兄内藤和泉守忠勝のことを、不運な母は何度となく繰り返した。

「分っております、母上。長矩にはよう分りますぞ、伯父上のお心は……」

亡き母の幻影に対して、高熱にうなされた内匠頭は何度もそう答えていた。

正月を迎える頃、浅野内匠頭の病状はようやく山を越し、少々熱も下り出した。三十歳の若い体力と周囲の手厚い看護がこの大名の生命を救ったのである。最も危険な時期に阿久理と片岡源五右衛門が替るがわる喉にたまる膿《うみ》を口吸いに取り出した献身的な努力のお陰だと医師たちは驚きを混えて語ったものだ。

幸か不幸か、浅野内匠頭長矩はこれからなお六年、あの悲劇の日まで生き続ける。だが、何故か高熱の間に見た母の幻影だけは、病後もこの大名の記憶にはっきりと残っていた。

四　華やぎの日々

（一）

明けて元禄九年（一六九六年）――江戸城の正月は殊のほか華やいだ気分に包まれていた。

将軍綱吉とそれを取巻く人々の顔は、いずれも明るい。泰平の世に絶対権力を握った将軍綱吉にしてが、この年の春ほど満足な時は珍しかったに違いない。

この将軍にとって、ほとんど唯一人の気に懸《かか》る存在だった黄門水戸光圀も、一昨年の家老藤井紋大夫誅殺《ちゅうさつ》以来、領国常陸《ひたち》の西山に籠《こも》り切り、専ら「大日本史」の編纂《へんさん》に当っている。最早、江戸の政界に現われることも、将軍後継問題に口出しすることもあるまい。

一方、綱吉が希求した二つのものがほとんどでき上った。神田橋の大寺院と中野村のお犬小屋だ。去年の九月に護持院と改名した神田橋の旧知足院は、さらにいくつかの堂宇を加え、一段と宏壮さを増した。目下、さらに巨大な五智堂の建設も進んでいる。これが完成すれば、上野寛永寺をも上回る巨大な伽藍《がらん》となるであろう。将軍生母桂昌院は、これによって息子の綱吉が偉大であった父家光を凌《しの》ぐ大将軍になったことが象徴されたかのように思って手放しに歓んだ。この老婆は、信頼する僧隆光が、

「かくも立派な戒壇ができましたからには我らの祈禱も一段と験《げん》を現わすことにござりましょう」

などというのをまともに信じ込んでいたのだ。孝を第一とする綱吉は、母の歓びを我が歓びとした。学識豊かなこの将軍は、無学な母親のように迷信深くはないが、自分の建てた寺院に再三足を運んで、その巨大な量感を楽しんだ。

また、中野のお犬小屋も綱吉には嬉しい施設だった。この将軍は、就位以来生きとし生けるもの総てに憐みをかけて来た。絶対平和の世の中を千年ののちまでも残すためには天下の民から殺伐の気を完全になくさねばならぬと信じていたからである。特に、大好きな犬には年々手厚い保護を加えた。このありふれた動物こそ生類の代表であり、それを傷付けぬ情こそ世の平穏を保つ心の基だと考えていたのである。

しかし、この政策は、将軍の深慮を解さぬ世の「痴《し》れ者」たちから悪評を受けたばかりでなく、しばしば現実的な矛盾を露呈した。殊に、一昨年の戌《いぬ》年を契機としてはじめた過剰保護は、巷《ちまた》の犬を急増させ、飼主のない犬によって人間の肉体と江戸の機能が損われるという事態となり、ために「将軍様は犬を憐んで人を愛さぬ」などというたわけた声も現われた。

だが、今日はそれも解消した。四谷・大久保に続いて、中野村に十六万坪の広大なお犬小屋ができたお陰で、江戸中の野良犬が収容されたからである。

「流石は将軍様、これで犬も人も幸せになったとみな歓んでおります」

近習が伝えるそんな言葉に、綱吉は目を細めてうなずいていた。

めでたいのは将軍ばかりではない。その周囲の人々にも嬉しいことが多い。実力才覚第一の御側御用人柳沢保明は、去年の末に朝廷より侍従に任じられ、幕府では老中格に昇った。その前に高齢の先任者牧野成貞が隠居していたので、今や幕政は名実共にこの男の一手に握られたわけである。

この結果、幕府中枢部の政治機構は単純化し、老中も奉行も二人の異なる個性に気遣う必要がなくなった。将軍と幕閣をつなぐ情報経路は一元化され、いささかの乱れもない。独裁制度は常に大きな危険を伴うが、官僚機構としては簡明で能率的である。どうせ、将軍に批判的な人士は幕府中枢部から排除されているのだ。ここに出入りする者がみな、柳沢の昇進と情報の一元化に晴々とした表情を示したのも不思議ではあるまい。

幕府要人にとって、それ以上に有難いのは、多年の懸案であった財政難が見事に解消したことだ。去年の九月、金銀改鋳に踏み切ってからまだ四ヶ月というのに、早くも三十万両近い出目《でめ》が幕府の御金蔵に流れ込んでいる。しかもこれはまだ序の口だ。金銀改鋳の提唱者であり執行者でもある勘定差添役荻原重秀によれば、今後数年間にわたり毎年数十万両の収益が入るという。

これだけのお金があれば、将軍が寺院の建立や犬の飼育に多少の費用をかけても心配はない。お陰で、去年までは毎日のように繰り返していたお金をめぐる不快な議論も今年はしなくて済むのである。凡《およ》そ泰平の世にお金の問題さえなければ、政治に難問はない。老中も奉行も明るい顔付きになるのは当然だろう。

「やっぱり荻原殿の思案、御立派でござったなあ……」

彼らは、予想通りの財源が、金座・銀座から運び込まれるのを見て、互いに身の好運をめで合った。そしてそれがやがて、功労者荻原重秀に対する昇位を考えさせるようになった。

「もともと、身分は軽い者とはいえ、今回の功績はなかなかのもの、勘定差添役のままにして置くのはいかにも勿体《もったい》なき男」

というわけだ。また、終始貨幣改鋳の支持者であった柳沢保明も、

「あれほどの男に存分の腕を振わせるが天下のためでござろう」

といって暗に荻原の昇進を促していた。

この結果、荻原重秀を二千石に加増し近江守に任じ勘定奉行とすることが内定した。柳沢保明は、正式通知の前に荻原本人を自分の屋敷に招いて自らこれを内示してやった。幕政に役立つ人材を集めることに熱心な柳沢は、この理財の天才をも自分の人脈に加えたのだ。

だが、そこで、柳沢は意外な話を聞かされることになるのである。


七百五十石取りだった勘定差添役が、今をときめく老中格の御側御用人の屋敷に招かれるなどというのは、異例中の異例である。

〈あの男、天にも昇る心地で来るだろう……〉

当然、柳沢はそう思っていた。だが、現われた荻原重秀の顔は暗く、目は心配気に地に落ちていた。しかも、柳沢が加増と昇位昇進の内定を伝えた時にも荻原はただ平伏して、

「有難きお言葉、身に余る御厚恩にござります」

と、型通りの謝辞を述べただけで、笑顔も見せなかった。

「何ぞ心配事でもあるのか……」

柳沢はその様子を見咎めて訊ねた。

「いささか御勘定のことで……」

荻原は恐れずにいった。

「ならば申してみい。おぬしはじき勘定奉行じゃ。その心得で遠慮のう申せ」

そういう柳沢に、荻原は、

「ならば、お言葉に甘えて……」

と語りだした。

「去年夏以来、世間の物価はえらく値上りしております。一昨年には米一石が銀六十匁でありましたものが今や八十匁以上、たった二年で三割以上の値上り、江戸の人夫の給金は一日銭四十文が今や六十文、塩に至っては一俵銀二匁二、三分であったものが今では三匁五、六分。いずれも驚き入った値上りでございます」

「しかし、諸色の高騰は昨年のはじめからのこと、おおかた不作のせいであろう」

柳沢は、荻原の責任感を軽くしてやろうとして、そういった。

「仰せの通りかと存じます」

荻原もそれは素直に認めたが、すぐ「しかしながら」と続けた。

「しかしながら、経済のことは理由よりも結果が大切でございます。理由がどうあろうとも銭足らずは銭足らず、諸色値上りは値上りにございます。かような事態が続けば、米が上るために給金が上り、給金が上ったといってまた米が上る、困ったいたちごっこがはじまりましょう」

「ふーん、そうはいうが、去年来、江戸・大坂の商内《あきない》はとみに盛ん。町方はみな潤っておると聞く。また、大名家も百姓も米が高う売れたと歓びおるともいう。米も給金も共に上ればそれでよいのではないか……」

柳沢はそう問い返した。

「それもまた一理あるお言葉ではございますが、あまりに速くあまりに長く諸色の値上りが続きますれば、金銀への信用が失われ、やがては商内《あきない》も金銀両替もはかどらなくなってしまいます。現に目聡《めざと》い大坂の商人《あきんど》たちは、大幅に金利を上げておるやに聞きまするが、これも今後の金銀への不信の現われと申すものでございます」

荻原重秀は悪性インフレによる通貨不安を警戒しているのだ。

「ふーん……では、どうすればよい」

という柳沢の問いに対して、荻原は、

「なるべく、御公儀の出費を抑え、諸税を重くすることでございます」

と答えた。

「何、今、出費を抑え、税を重くせよとな……」

柳沢保明は仰天した。

「それはまた、何としてじゃ。金銀改鋳によって三十万両もの金が御金蔵に入り、今はかつてないほどに豊かじゃ。しかもおぬしの勘定ではまた六、七年もの間、毎年数十万両もの金銭が入るというではないか。その際に、何故出費を削り税を課するのか、とんと分らぬ」

「諸色の高騰を抑えるためにござります」

荻原は、静かに、だが断固とした口調で答え、その理由を語り出した。

「某《それがし》、以前金銀改鋳を申し上げた折、その国の豊かなるか貧しきかは通用する金銀の数量を見れば分ると申し上げました。今、諸国の商内は盛んにして民は潤い諸色高騰いたしておるのは、金銀が多すぎる証にございます。よって、今は出費を抑え税を重くし、御金蔵に金銀を蓄え出さぬことが肝要にございます。時が移り、諸国の商内が衰え、物価も値下りしますれば、その時こそ蓄えおいた金銀を大いに散じ、民を富み栄えさせるべきかと存じます。その点、某の申し出たることながら、この度の御改鋳、やや時期が悪かったのではと恥入っておる次第にございます」

「ふーん、そういうものかのお……」

柳沢保明はうめいた。何やら分ったような気もしたが、現実離れした話のような気もした。柳沢が父親の代から学んで来た勘定とは、その日その月の支出と収入とを正確に帳付けし、年々の出入を巧みに合すことに過ぎない。当時の常識では、算勘の才とはいつでも収支を明確に把握して期間のずれをやり繰りで補う能力のことである。荻原重秀のいうような物価や景気との関連でこれを加減するなどということは聞いたこともない。

〈大変なことを考える奴じゃ……〉

柳沢はそう思って荻原の顔をしげしげと見ていたが、やがて、

「よう分った。その方、勘定奉行と心得、直ちに思うようにやってみい。困ったことがあれば、いつでもわしに申すがよいぞ……」

といい付けてやった。

最高の実力者柳沢出羽守保明の支持を取り付けた荻原重秀は、すぐ出費の抑制と増税に動き出した。この男がまず提案したのは、次の三点である。

一、物価上昇を理由とする諸経費の増加は認めない。

一、元禄元年以来課している小普請料を増徴する。

一、江戸などの町方に小間割で税を課する。

第一項はインフレは追認しないということであり、第二項はもともと労役代りの小普請料だから日当の値上り相当は引き上げるのが当然という論理である。そして第三項は、農地単一租税体制を脱して都市の商工業にも課税しようというもので、貨幣経済の浸透に適合した税制改革といえる。

この提案は、世の泰平と豊かな改鋳差益に安心し切っていた老中や奉行たちを仰天させた。勿論、勘定方は大騒ぎとなり、従来からいた二人の勘定奉行はカンカンに怒った。中には、

「荻原殿は、改鋳の出目をまるで自分の金銀とでも思うておられるのか」

と毒づく者さえいた。

それでも、こうした反対は、背後に柳沢出羽守の支持があれば抑えられる。本当の抵抗は、高級官僚よりも実際に経費を使い税を払う側から来た。まず、大奥が経費凍結に反対し、町奉行も庶政手間賃の高騰を理由に抑制は不可能だと主張した。寺社関係からは僧隆光らを通じて桂昌院に直訴が出た。勿論、小普請組の旗本たちは、ただでさえ生活が苦しくなっているのにさらに小普請料を増徴されては生きて行けないと目付に泣き付いた。こうした声の一部は、例えば大奥を通じて将軍綱吉の耳にも入る。こればかりは柳沢も止められない情報経路だ。

たちまちにして荻原の提案は潰されてしまう。この経済理論の先覚者は、経費の増加と減税は行い易いが経費削減と増税はきわめて難しいという「財政の非対称性」を思い知らされる結果になった。それでも、荻原の頑固な主張によって、諸経費はかなり抑制されたし、増税も一つだけは通った。お犬小屋の養い料として、江戸の町人に小間一間につき年間金三分（四分の三両）を課すほか、関東の諸国に対して高百石につき米一石と多少の豆・藁《わら》・菰《こも》などを提供させるというものだ。

これはかなりの重税といってよい。当時、江戸の借家料は他の地方よりはるかに高く、二間九尺

の棟割長屋《むねわり》でも月に金二分ほどもしたが、これから算出しても小間一間につき年金三分の税は家賃の一二パーセントぐらいにも当る。江戸の野良犬を公営の犬小屋に収容してやったのだから、町人たちは飼育費が軽減したはずだという理屈があったとしても、庶民は納得のできない気分だったろう。それほどの重税を、改鋳差益で潤っている最中に賦課したのだから、荻原らが物価の抑制と景気の沈静化のために財政均衡を保とうとした努力がかなりなものであったことが分る。

もし、幕府の首脳がみなこれほどの知識と熱意を以って財政問題に取り組んでいたとすれば、元禄の繁栄はもっと長く続いたかも知れない。だが、事実はそうではなかった。年々流入する膨大な改鋳差益を目前にした幕閣たちは、徐々に財政の節度を失い、人気取りのばら撒き政策に陥ち込んでしまうのである。

（二）

物価急騰は江戸ばかりではない。程度の差と時間のずれはあったが全国に拡まった。そしてそれが、諸藩の財政と武士の暮しに深い影響を与え出した。

江戸時代の大名家は、半ば独立した行政権を持っているが貨幣鋳造権は持っていないから、幕府の行った金銭改鋳の影響をもろにかぶる結果になった。それはまず出費の増大となって現われた。

播磨の赤穂藩とて例外ではない。

「殿はよく疱瘡を克服なされたが、我が家の勘定不足ばかりは治せぬ宿痾《しゅくあ》じゃ……」

城代家老に就任した大野九郎兵衛は、さかやきを剃《そ》る必要もないほどに禿《は》げ上った頭を抱えてよくそう呟いた。財政の才を買われて城代となったこの男は、毎日熱心にこの問題に取り組み、藩邸の家老部屋でも、塩屋門脇の自邸でも、昼夜の別なく札座や勘定方の下役を招いて協議を繰り返した。だが、この仕事熱心も必ずしも評判がよいとはいえない。

「大野様が城代になってから我が浅野家も変ってしもうた」

と嘆く者も多いのである。

天和《てんな》の頃から十数年、城代を勤めた坂田左近右衛門は特別の才覚もなかったが円満な常識人で、家柄格式・縁類などという武士の社会の古いしきたりをほどよく重視した。話し合う相手はいつも同役の家老か番頭《ばんがしら》、せいぜい三百石以上の上士に限っていたし、藩邸への出入りにも身分と石高と親類縁者の関係で定められた順序や作法を守らせた。筆頭家老の大石内蔵助に叔父の小山源五左衛門がついて来て、家老の会議で発言しても咎めはしなかった。家老の会議そのものが茶飲み話ではじまり、いつの間にか本題に入っていつの間にか世間話になるといったものだったのである。

だが、去年の九月、大野九郎兵衛が城代になってからは様子が変った。家老の話し合う問題、番頭を含めた重役の会議に図る議題、それぞれの奉行の担当する事柄とが明確にされ、各会議のはじめには「本日はこれとこれについてお図りする」などと議題を明確にするようになった。この城代は、小山源五左衛門が「大石の叔父」というだけで家老の話合いに口出しするのを許さず、

「ただ今より大石殿と家老同士の相談がござりますでな……」

といって別室に退けた。

その反面で大野は、直接任務に当る才覚のある人々を大いに近づけ、家老部屋に帳面の類を山と積み上げて何刻も会議することも珍しくなかった。身分家格にとらわれず、事の解決に当る最善の方法を採ったのである。

近代的合理主義といえばいえるが、多くの上士の目には、ひどく便宜主義的な無秩序に映った。この当時の武士の多くは、役職とか所掌業務とかの規定よりも、身分家格の観念をはるかに大切な基準と考えていたのである。

「やっぱり、他所から流れて来られた算勘者のなさることは……」

そんな陰口を囁き合う番頭や組頭も少なくない。そしてその批判は、やがて、

「大野様はちと専横に過ぎはせぬか……」

というものにもなった。何しろ、この時期赤穂に在国する家老は、大野九郎兵衛と「昼行燈」の大石内蔵助だけなのである。しかし、大野九郎兵衛はさして気にしない。

「今、我が家において大事なのは勘定のことだけでござれば、みなの衆にいろいろ御相談申し上げても詮無《せんな》いこと。それにこれは急ぐものでもある」

というのが、そのいい分だった。

実際、この時期、赤穂浅野家には緊急を要する財政問題があった。一つは江戸送金の問題であり、もう一つは、新浜造成の問題である。

江戸には、去年の暮に柳沢出羽守御昇位祝いの費用などで百両ほど急送したし、今年に入ってからは、殿御病気につき治療看護の費用とやらで計三百両ほど追加した。相当の金銀を殿の江戸入りの折に持たせてやったのに、こう再三送金依頼があってはたまらない。大野九郎兵衛は、

「江戸には医者も養い、人も大勢付いておるのに、殿の御看病に何故それほど金がかかるのじゃ」

と渋い顔をしたが、殿様の重病に銭金をけちるべきではない、というのが圧倒的多数の考え方だった。このため、浅野家の借金は大坂でも京でもまた増え出していた。昨年の秋、米が高く売れ

たと歓んだのも全くの糠歓《ぬかよろこ》びだったわけだ。

一方、新浜造成の方も予定以上の費用がかかっていた。当初の計画では、この事業は去年のうちに完了する予定だったのに、悪天候や松山在番の飛込みで完成予定期限が来てもまだ七分の出来である。この事業の発案者であり実施責任者でもある石野七郎次数正は、銀主の塩問屋竹島喜助が工事遅延を咎める風もないのを歓んでいたが、藩内の多数意見はそれどころではない。

「竹島喜助は銀三百貫を先払いしたお陰で、諸色高騰による工事費の増加の負担から一切まぬがれておるのに、我が家の方はその分を補わねばならぬとは解《げ》しかねる」

というのである。

冬の風波がおさまる二月中旬、工事が本格的に再開されると、たちまちこの問題が顕在化した。人手の方は、もともと藩士と町方・百姓の合力を前提としているので、今も一日米五合で集められる。米の値は赤穂でも一石銀六十匁以下から七十五匁ぐらいまで上っているが、年貢で得たのを使うからさほど目立たない。だが領外から買い入れる木材や大石も二、三割の値上り、その運搬賃も二割近い値上り、その上、百姓たちから買い上げる土嚢《どのう》用の俵も一枚三文を四文に上げねばならなくなった。これらは現銀支出を伴うからいやでも目に付く。

このため、当初の計画では藩の支払いは銀百貫と米千石程度と見られていたのに、今では銀百四十貫と米千二百石ほどと訂正せねばならない有様だ。当初の予定なら竹島から得た銀三百貫のうち百四十貫相当が残るはずだったが、修正した勘定では、米の値上り分まで加えると二百四十貫分が工事に必要となり、藩に残るのは、六十貫ほどと見込まれた。しかも、竹島から先払いされた銀は松山城接収費の穴埋めに使い切っているので、今となっては持ち出しばかりが目立つのである。

「これでは、百姓・町人ばかりか、我ら藩士一同が泥にまみれてお手伝いしておるのも何のためやら分らぬ。結局は大坂の商人《あきんど》にうまい汁をみな吸い取られておるのではないのか」

そんな声が囁かれ、大野城代体制の批判の一つにさえなっている。

「七郎次、お前、竹島へ行って、いくらかの追加を出してくれるように交渉してみい」

三月に入ったある日、大野九郎兵衛はそんなことをいい出した。

〈完成が遅れた上に追加出費までは……〉

石野は到底無理と思いつつも、大野の立場と自分の評判を考えると断るわけにはいかない。石野七郎次は、藩内では少数派の大野閥算勘者一派の典型と見られているのである。


大坂塩町の竹島喜助店を訪ねた石野は、いかにも敷居の高い気分だったが、喜助は、春の陽が一杯に入る中の座敷に石野を通し、

「素良や、石野様がお見えじゃ。一緒に話をお伺いしなはれ」

と娘を呼んだ。石野が楽しい話を持って来たとでも思っているかのような表情だ。だが、本題に対する喜助の返事は冷たかった。

「石野様、前にも申し上げましたけど、お約束はお約束でござります。竹島喜助、お約束の銀三百貫を二年も前にお渡しした上は、値上げの追加のと申さはるのは何とも納得いたしかねますなあ」

喜助は笑いを絶やさぬままにそういって、脇の娘をかえり見た。素良も視線を畳に落したままうなずいている。

「しかし、竹島殿。あの頃は差塩一俵が銀二匁、今は赤穂でも三匁以上、江戸まで運べば三匁五、

六分にもなるというではござりませぬか。二十九町歩の新浜を十年御使用になる利権とてはるかに高うなっているはずでしょうが……」

　石野七郎次は喰い下った。竹島喜助は、前に塩を先買いして巨利を得た時も、「お約束はお約束」と値段の改訂は拒んだが、「儲けさせて頂きましたお礼として」といってかなりの譲歩を示した。石野は今度もそれを期待していたのである。だが、喜助は、

「塩の値は上ることもおますけど下ることかてござります。このお仕事ではまだ一文も儲けさせて頂いてはおりまへんよってになあ……」

　と、断固とした口調でいうのだった。

　石野は続ける言葉を失った。物価が上り工事費が増えたといっても、工事が遅れたからそれにかかってしまったのだ。予定通り去年のうちに完了していれば、昨今の物価上昇とは関係なかったはずである。

「ところで石野様、塩が値上りしておりますれば、浅野のお家の御勘定もやり繰りが楽になるやおまへんか。銀高の金安でっしなあ」

　困り果てた表情の石野に、喜助は慰め顔でそう付け加えた。

　だが、石野はこの意味を解しかねていた。


　石野七郎次は、塩町から西へ一筋歩いて東横堀川に沿った道を北に向った。何となく、堀川沿いを歩いてみたかったのだ。

　船場《せんば》の西を区切る東横堀には今日も出入りの船が多い。両岸には店の増築、蔵の新設も盛んだ。

花曇りの空を映した鉛色の淀んだ川面から輝く金銀が生み出されている光景である。今、大坂は好景気だ。

去年九月に幕府の行った金銀改鋳の結果、物資の流通は一段と盛んになった。高値買いに誘われて大名の売り出す蔵物も町人・百姓の出す納屋物も増加したし、高い賃銀を得た職人・日雇いはこれまで以上に物を買い物を使う。彼らの多くは、賃銀も上ったが物価も上っているという勘定ができない。やがて節季の払いには苦労するのだが、今は暮しが豊かだ。このため、金利も上った大坂は商人も儲け、金貸しも儲けている。典型的なインフレ景気の初期現象である。

〈面妖なもんだ……〉

と石野は思う。今の世の中、「士農工商」といわれ、武士は最上位にあって政治権力を握り、商人は最下位に置かれて何物も産み出さぬ職業と軽んじられている。権力を握る武士は、自らを栄えさせ、百姓を救い、商人の富を削ろうと考えていろいろと手を打つ。だが、武士が何か新しい策を行えばいつも商人が一段と栄え、武士はますます貧しくなる。

〈武士は阿呆で商人は賢いのか〉

いやそんなことはない。あってはならない。武士は最も教養に富み知識豊かな階級のはずだ。それなのに、何故こうなるのか。

「分らん……」

石野七郎次は思わず、声を出して横堀川に向ってそういった。その時、

「石野様……」

という声がした。振り向くと、丁稚の由兵衛を供にした素良が急ぎ足で来るのが見えた。

「石野様は、これからどちらへ……」

近づいた素良は、笑いを浮べてそう訊ねた。薄曇りの空の下で、その笑顔はひどく明るく子供っぽかった。

「うん、まずは蔵屋敷に戻るつもりですが……」

石野は生真面目に答え、「素良殿は……」と問い返した。

「島屋のお美波はんのとこへ……」

素良は肩を並べるようにして歩きながら答えた。

「島屋なら今橋三丁目、あちらの道を行かれる方が近かったのに……」

石野は西の方を指さした。碁盤の目に道路を敷いた船場の地図は分り易い。いくつもの通りが東西に走り、そのそれぞれに東横堀川を起点として一から順に丁目が付いている。堺筋は二丁目筋、南北の本願寺前を通る筋は五丁目筋だ。塩町二丁目の竹島から今橋三丁目の島屋へ行くのなら堺筋を北上するのが近いことはだれでも知っている。

「浅野様のお蔵屋敷は中之島西信町、もっと西やおませんか。石野様かて遠回りでしょ」

素良はいたずらっぽい上目遣いでそういった。

「いや、狭い道を行くより、ちと川を見とうてな……」

石野は苦笑いを浮べて答えた。当時の船場では東西に走る通りが主要道路で、南北の筋は狭い。現在のように南北の筋がメインストリートになったのは昭和に入ってからのことだ。

「私も……」

素良はおかしそうにいって下駄を鳴らした。どうやら素良は石野のあとを追って来たらしい。そういえば、いつもは無遠慮にものをいうこの娘が今日に限って口を出さなかったのが思い出される。

「喜助殿の申された所、いちいち尤もではあるが、少々困りましたなあ……」

石野は頬を歪《ゆが》めてそう誘いかけてみた。

「そうですやろなあ……」

素良は目を路面に落して小さくうなずいたあとで、

「でも、素良は嬉しあした……」

と低い声で囁いた。

「何、素良殿は嬉しかったと……」

石野は驚いて歩みを止めた。

「はい、今日はじめて、父は石野様を一人前の男として扱うたんですよってに……」

素良はそういって、石野の目をじっと見つめた。

「一ヶ月ほど前に父が、あのお武家はん、もうじき諸色の値が上ったよってに追加の銀を出してくれいうて来やはるで。けど、今度は出さんとこや。あの人もいずれは自分だけで仕事のでけるようにならんとあかんのやから、と申したことがありました。浅野様のお家にも御家老様の贔屓《ひいき》にもお腰のものにも、何にも頼らんでやって行けるお人に育ってもらわんとあかんよってにと……」

「な……」

石野は絶句した。「何と」と驚いてよいのか「なるほど」と感心してよいのかさえも分らず、力が抜けて腰が地べたに落ちそうになった。

父が浪人してから二十年、自分ほど苦労した者はないと思っていた。少年時代の戸惑い、元服してからの貧困、武士でありながら町人の手伝いをして暮した日々の口惜しさ、そして父母が死んでからの孤独。どれをとっても涙のにじむ思い出ばかりだ。確かに、父の旧友大野九郎兵衛はよくしてくれる。だが、決して楽に付き合える相手ではない。赤穂浅野家に取り立てられたのは好運だった。しかし、それにもそれだけの苦労はあった。塩業改革案が採用され新浜造成案が実行されたのは嬉しい。けれども周囲の視線は冷たく仕事は難しくて忙しい。そしてその結果得たものは十五石二人扶持の小禄と新参の算勘者という不安定な地位に過ぎない。身の不運を嘆いたことは何千回もあるが、他人に保護されて有利に生きたという思いは全くない。それなのに竹島喜助は、これまで俺を一人前に成り切らぬ者として甘やかしていたという。浅野のお家を笠に着、大野の庇護に甘え、腰の刀の権威にかけて、実力以上のことをして来たという。

〈何たることか……〉

石野は、怒りと失望と屈辱感に身を震わせた。

「でも、石野様、ここを御自分の才覚で切り抜けておくれやす。短い御辛抱で済むと父も申しておりますよって」

素良はそういって視線をそらせ、

「素良は嬉しゅうございます……」

素良は石野の顔に目を戻してもう一度そう囁き、しばらく黙っていたが、やがて、

「石野様がどのような道を歩もうとも、立派に生きて行けるお方になられるのが……」

といって身を寄せて来た。

「どのような道でも……」

石野はその言葉を噛みしめた。そして、ほろ苦い味の中からまろやかな温みが湧いて来るような感触を悟った。

（三）

赤穂に戻った石野は、真直ぐに大野九郎兵衛の屋敷に向い、

「無駄でございました。竹島に追加費用を出させることはできませなんだ。その代り、この場を切り抜ける方法を教わって参りました」

と正直に告白した。これに対して大野は意外にもあっさりと、

「ま、そんな所だろうと思うておったが……その方法というのは……」

と笑顔で問い返した。

「はい、それは、少量でも早目に塩を売り現銀とすることでございます」

石野はまずそう答えた。「塩が値上りしておりますれば、浅野のお家のやり繰りも楽になるやおまへんか」という竹島喜助の言葉を実行しようと考えてのことだ。

「ははは、そんなことか。それならわしも考えておったわ……」

大野は、経験乏しい下役の知恵を軽く受け流した。

「はい、今の所はそんなことで……」

石野は、歯を喰いしばる思いで答えた。

三月末、赤穂浅野家は例年より二ヶ月も早く第一回の塩売をした。当然売却量は十五万俵と、いつもの取引量の半分くらいだったが、先立見込みの市況を反映して、差塩一俵に三匁二分の高値が

付いた。長雨の不作で異常な高値となった一昨年秋に匹敵する相場である。もっともこれには「元之字銀ニテ」との注釈が付いている。つまり、改鋳された新貨銀分六割四分の元禄銀で支払う場合、というわけだ。

この高値は藩にとって有難い。赤穂藩の場合、延宝八年（一六八〇年）大野九郎兵衛の編み出した方法に従い、塩を一旦地場の問屋である塩売仲間から藩が買い上げ、同時同値で大坂などの問屋に売る仕組となっている。この際、藩は塩売仲間からは藩札で買い上げ、大坂の問屋に対しては現銀払いで売る。従って、売買金額だけの金融が自動的にできるわけだ。

通常なら、塩代の現銀が入れば、以前に発行した藩札の一部を現銀化してやらなければならないから、全部が手元に残るわけではない。が、今回は例年より早く塩を売ったのだから、藩札現銀化の時期まで二ケ月ほどの余裕がある。

石野七郎次は、この金を機敏に運用した。塩問屋から大坂蔵屋敷に運び込まれた塩代銀をすぐさま両替屋鴻池善右衛門に預けて金利を稼いだのだ。当初、石野は、

「短い期間でも掛屋からの借金を返し、その間の金利負担を軽減しましょう」

と主張したが、大野九郎兵衛らは、

「すぐ二ケ月あとには札の交換に四百貫ほども要る。今、返しては次に借り難かろう」

と躊躇《ちゅうちょ》した。このため石野は、

「それでは、いつでも引き出せる預け金としては……」

と考えた。この結果、浅野内匠頭家は、名代の鴻池善右衛門に対して長期の借金と短期の預金とを持つ形になった。現在でいう「両建て」である。

元禄中期のこの頃は、日本の金融史においても一つの飛躍期に当っている。現存する鴻池家の算用帳を見ると、はじめは藩への貸付は大名の名で記されている。例えば広島藩なら「松平（浅野）安芸守《あきのかみ》様」、赤穂藩なら「浅野内匠頭様」である。ところが、貞享《じようきよう》以後になると掛屋制度を採っている藩には蔵貸しが一般化し、「安芸蔵《あきぐら》」「赤穂蔵」となる。大名家（藩）というものが大名個人の家産という概念から経済組織という見方に変りつつあったからだろう。そして、元禄中期になると、この「何々蔵」のほかに藩の家臣名に「古本米代残」とか「新本米代残」とか添書きした預金勘定が現われる。つまり、長期貸金と短期預金の両建てが行われ出したわけだ。この時、石野七郎次の提案で行った赤穂藩の預金も、大坂留守居役岡本次郎左衛門の名をとって「赤穂藩岡本次郎左衛門様　塩代残銀四百貫」と記録されたことだろう。

元禄九年頃は諸物価上昇の折とて金利が高い。元禄初期には大名貸しの年利率は七分（七パーセント）以下だったのに、この頃には一割一分（一一パーセント）以上にもなっている。僅か二ケ月の短期預けだから同じ利率とはいかなかったが、それでも二ケ月間で銀五貫目あまりの金利が付いた。約百両、米にして六十石強である。

大野九郎兵衛は大いに歓び、かつ大いに吹聴《ふいちよう》してくれた。

「七郎次のお陰であっという間に百両ほどもお家は得をいたした。あの男に与えている禄の二年分でござるわ」

というわけだ。大野も、自分が推挙した石野の評判をよくするために気を遣っていたのだ。

この頃から、もう一つの好運、金安銀高の効果も現われ出した。前年、幕府の行った貨幣改鋳では小判は含有金分を三二パーセントも切り下げたのに銀の方は二〇パーセントしか切り下げていない。当然、金安の銀高がはじまった。元禄八年前半には、金一両が銀六十一匁三分だったのに、九年の四月には五十六匁四分ぐらいまで下ってしまう。約八パーセントの銀高である。

為替の変動で八パーセントは大きい。大坂で産物を売って、江戸に金を送る西国大名たちは救われた。従来の金建借金は減価したし、新たに送金する銀もより多くの小判に変った。赤穂藩もこの恩恵を受けて僅かながらも財政に光明を見出すことができた。

「七郎次や……。今年は何とかやれそうじゃのお……」

五月に入る頃には、慎重な大野九郎兵衛の顔にも微笑がよみがえるようになっていた。しかもその直後、赤穂藩士全員を歓ばせる報せが江戸より届いた。

「殿、めでたく御全快。五月一日を以ってお床払いとす」

というのである。

城代家老大野九郎兵衛は、早速、城内本丸の藩邸大書院に上士全員を集めて、「殿御全快祝い」を行った。席上、大野は、

「今年はめでたき年でござるわ。殿はよく難病を御克服なされて御全快。勘定の方も何とかやり繰りがつきそうな見通し、それに間もなく待望の新浜も完成しよう。我が家もやっと運が向いて参ったようでござる」

と無邪気にはしゃいでいた。だがそれを、暗に「わしが城代になったが故に」という自慢話とも受け取る者もいた。大野のはしゃぎ様がもう一人の在国家老大石内蔵助のいつに変らぬ微笑をたたえた寡黙な姿に比べて、あまりにも対照的であり、あまりにも目立っていたからである。

これでは、大野九郎兵衛に好感を持たぬ人々が鼻白むのも無理はない。だが、大野は気付かず、むしろ祝いの気分を盛り上げようと一層声高にしゃべりまくっていた。

「御城代に申し上げたい……」

遂に堪《たま》りかねたような声がした。浜奉行不破数右衛門であった。

「御城代はめでたいめでたいとばかり申しておられるが、某《それがし》、必ずしもそうとは思いませぬ」

「何、めでたいばかりとは限らんとな……」

大野は不意を衝かれて慌てた。

「左様……」

不破数右衛門は正座に座り直して大野を直視した。

「殿の御全快は誠にめでたい。我ら藩士一同これに過ぎる歓びはござりませぬ。また新浜が間もなくでき上るのも、御勘定に明るい見通しがついたとか申すのもめでたいことでございましょう。しかし、それで手放しに歓びおってよいものでございましょうか……」

「ふん、何もわしとて手放しでは歓んでおらぬ。勘定のことはやっとやり繰りがついたばかり、気を緩めてはならぬことは分っておるわな」

大野九郎兵衛は不快気に吐き捨てた。

「いや、それがちと違うと存じまするが……」

不破は不審そうに首をひねって見せた。

「何、それが違う。ならば不破殿は我らが算勘に何ぞ落ち度があるとでも……」

大野の顔面は次第に紅潮し怒りの表情になっていた。

「とんでもござらぬ。御城代の算勘に落ち度があろうなどとは、数右衛門、ゆめ思いませぬ」

不破はそういってにやりとした上で、

「しかし、御城代は算勘のやり繰りさえつけば、我が浅野家の御政道はめでたいと思うておられるのか、それがお伺いいたしたい所にございます」

「な、何と、勘定だけが御政道かと……そ、それは、どういうことじゃ……数右衛門」

大野九郎兵衛は意外な言葉に驚き慌てて舌がもつれた。理詰の人間にありがちなことだが、大野も不意を衝かれると弱い。

「今、我が家中にも殿より御給金を頂く者も少なくござりませぬが、その多くは、米をはじめ諸色の値上りに苦しみおります。中には妻子を塩浜の日雇いに出して何とか口を糊《のり》する者すらござります。それをも考えればめでたいなどとはとても申せませぬ。御城代の御賢察をたまわりたき所にござります」

不破数右衛門は、そういって軽く頭を下げた。成り上りの大野九郎兵衛に対して「お前は御政道を預る城代、いつまでも勘定ばかりいっていてよいのか」と釘《くぎ》を刺したのだ。

「そ、それは……いや……わしも……」

大野は、咄嗟《とっさ》の返答に窮して無様《ぶざま》にあえいだ。それを隠すように、

「不破殿、分っておるわ、それも……」

という声がした。大野の脇で静かに盃を含んでいた大石内蔵助である。

「そのことも御城代とはよう話しておるが、今日は、ま、それはそれとして飲みなされ、殿の御全快祝いじゃでな、なあ、御城代」

大石はそんなことをいって、大野の方に笑いかけ、不破の方に盃を差し上げて見せた。とりたてて意味のない言葉だが、とにかく間が埋められて大野の狼狽《ろうばい》ぶりも幾分隠された。

「さ、左様、分っておる、分ってはおるが今はまだ、辛抱の時期、気を緩めてはならんでな、それは……それはあとじゃ、な、大石殿、そうであろうな……」

大野はようやくそれだけをいって、わざとらしく、盃をあけた。

「は、それを伺い安堵いたした。場所柄もわきまえず失礼つかまつりました」

不破数右衛門は、そういって深く頭を下げて、再び膳に向った。

不破数右衛門の発言は、場所と方法には問題があったが、その指摘は正鵠《せいこく》を射ている。この時期、赤穂には物価値上りの被害をもろにかぶる人々が大勢いた。その第一は、不破が挙げた給金取りの下級武士たちである。

元禄十三年頃の浅野家分限帳《ぶげんちょう》には三百余人の人名とその禄高役職等が記載されているが、その三割以上が主として金《きん》で俸給を受ける下級藩士である。のちに「義士」と呼ばれる人々でも、例えば貝賀弥左衛門は金十両と米二石三人扶持、杉野十平次は金八両三人扶持、神崎与五郎《かんざきよごろう》は金五両三人扶持、そして恐らく吉田忠左衛門組足軽寺坂吉右衛門は金三両二分三人扶持であったろう。分限帳に記載されていない足軽や上士の若党・草履取りの類も、ほとんどは寺坂と同じかそれ以下の給与生活者である。赤穂藩にはこれが千人近くもいたはずである。

こうした人々は、物価の急騰と金安の双方から被害を受けた。物価が上り金が下っても給与の改訂は行われないからである。当然、彼らの生活は悪化し、日雇いや内職で生活を補わねばならぬ者も少なくなかった。それを見るにつけても、上士の者たち、なかんずく足軽たちの統率に当る番方の組頭などは憂鬱な気分にならざるを得ない。百石取りの浜奉行不破数右衛門の発言はそれを代弁したものである。

しかし、赤穂には、彼ら下級武士よりももっと深刻な生活苦に陥った人々もいる。日雇いだけで生活をする浜子・浜男たちだ。

徳川時代の農村は、小規模な農民を中心とした社会で、建前としては農地の私有は禁じられており、土地には年貢を徴収する領主権と耕作を行う百姓の権限とがかかっている。従って、年貢を地代と見れば農民はみな小作だが、租税と考えれば自作である。こうした小規模農民は大抵農業のほかに多少の手工業を兼業し――もっとも製品の大部分は自家用だが――日雇い仕事も行った。つまり、日本の農民の主流は徳川時代から兼業農家だったわけである。

全人口の八割を占めたといわれる農民が主要農産物である米の出来高の半分近くを年貢に差し出して、なおかつ全国的な米の需給と農家経済が成り立ったのはこのせいだ。多くの藩では、農民から取り上げた年貢米の一部を領内の農民に売り戻すようなことをしているが、米を作る農民が米を買う金銭を持っていたというのも、兼業農家故の強さである。

こうした小規模兼業農家を主流とする徳川時代の農村には、自給自足の経済環境と親類縁者が援け合う家族福祉が成立していたので、物価の変動による打撃は比較的軽かった。当時の農民にとって脅威だったのは凶作であってインフレではない。

しかし、赤穂は少々違っている。ここには塩という換金商品の生産が発達している。当初はこれも農民の副業的なものだったが、次第に専業化し、同時にかなりの塩田を持つ地主と土地を持たない賃労働者との両極に分解が進んだ。これに対して、延宝の頃から塩業行政を担当した大野九郎兵衛は、小規模生産者を保護し、自小作塩業者を育成しようと試みたことは第I部で詳述した。つまり、米作農家と同じ構造を塩業にも築こうと考えたのである。

このため大野は、塩値師を置いて塩取引の公正を図ったり、御下米《おくだしまい》の制度を設けて塩業者の購入する米価の安定を試みたりした。これは、一時期ある程度の成功を収めたが、塩の生産が瀬戸内一帯に拡がり、生産過剰から価格低下を見るようになるとたちまち行き詰った。浜の小規模自小作たちは塩価の下落で打撃を蒙り、日雇いなどを兼ねねば生きて行けなくなってしまった。そしてそれを雇うのは、比較的大規模な生産者であり、地主でもある地場問屋、つまり塩売仲間と呼ばれる連中である。換金商品の生産が貧富の差を拡大するのは、発展途上の経済では不可避なことだ。

この情勢を目のあたりに見た石野七郎次は、他所の塩田との競争に勝つためには、より効率的な大規模生産への転換が必要だと考えた。この男の考えでは、より効率的な生産によって同じ人数でより広い塩田を行いより多くの塩を作るならば、生産者も賃労働者も潤うはずだったのである。石野七郎次が、塩俵の統一や塩の品質管理を進め、新浜造成に乗り出す一方、御下米の制度を廃止し、浜子・浜男の賃銀を統制したのは、自小作たちの賃労働者への転換を円滑にする準備であった。

しかし、こうした一連の改革が打ち出された三年前（元禄六年）の秋には、浜子たちはこれを大いに歓迎した。その年は米価が安かったし、定められた賃銀は高目だったからだ。尾崎浜の自小作たちの世話役徳造らが、石野七郎次を貧しき自小作の味方と見たことも第一部に述べた通りである。

ところが、それから三年、今は様相が一変している。去年の貨幣改鋳以来、諸物価は急騰したのに定められた賃銀は一向に改められない。かつては、さして技術のない浜男一日の日当で米一升以上も買えたのに、今では八合ぐらいにしかならない。他人を雇うことよりも雇われることの方がずっと多い徳造のような者にとってはかなりの痛手である。

「何もかも値上りしてんのに、わいらの日当だけなんで上げてくれへんのやろ、お上《かみ》は……」

浜の者たちが集るとよくそんな話が出た。尾崎浜でも、世話役の徳造を摑まえて、

「お前の好きな石野はんとやらはどないしたはるんや。一遍、お前いうて来いや……」

という者もいた。

「まあ、もうちょっと辛抱せえ。お殿様が江戸で死にかけてるいうやないか。こんな時いうのはまずいで……」

石野に対する信頼を未だ失っていなかった徳造は、そういってみんなをなだめていた。しかし、「殿様御全快」の噂が拡まったあとも、賃銀改訂の話は出ない。徳造は、仲間への体面と自分の懐具合との両方からせっつかれる思いで、いらいらした気分で日を送っていた。

勿論、こうした問題を石野七郎次も知らぬわけではなかった。それどころか、大野九郎兵衛も不破数右衛門も大石内蔵助もよく知っていた。だが、彼らの側には浜子らの賃銀改訂をし難い事情があった。それは、前述の下級武士や足軽との関係である。

「浜子の賃銀を引き上げれば、足軽たちも給金を上げてくれと申すであろう。足軽を上げればその上の武士もまた上げねばなるまい。さすれば上士も同様じゃ。みな、それぞれが使いおる家人《けにん》たちの給金を上げねばなるまいからのお。それだけの財源が当家にないではないか……」

大野九郎兵衛は、禿げ上った額に縦皺を刻んでそういった。これは大部分の武士の考えでもある。武士は何よりもまず同じ身分の武士のことを考えるように教育されているのである。

〈尤もなことだ……〉

石野七郎次もうなずかざるを得ない。彼は、足の裏にメシ粒のくっついたような気色の悪さを感じながらも、賃銀改訂を考えないように努力した。

幸いなことに、この時期、赤穂の浜子たちはおとなしく、表面何事も起らずに済んだ。彼らの大部分は多少とも塩を自小作してもいたから、塩価高騰からそれなりの利益も受けていたし、働こうと思えば仕事があった。俵を統一規格の高級品にしたため俵造りの内職も増えていたし、赤穂塩の需要増大で薪刈りの仕事も増えた。そして何よりも例の新浜造成事業が続いている。

尾崎浜の徳造も、親類の百姓から藁《わら》をもらって来て、身重の妻に俵造りをさせたが、一日に四、五枚は造れた。藩に収めた俵は抜取り検査で合格すると一枚四文で買われ、検印の付いたのを五文で買い戻す仕組になっている。藩は検査料として一枚一文取るのだが、この当時のお上がすることとしては安い手数料だ。

徳造自身は、浜の仕事のない日は新浜造成に出て米五合を得た。夫婦で食するにも足りぬ日当だが、とに角全体の所得は増え、生きることはできた。徳造のような低所得者にとっては、賃銀の高低よりも全体としての所得が生きるに足るか否かが重要なのだ。そしてその限りでは、今は生きられる状態だったのである。

「俵の内職もでけたし新浜の仕事もある。これも石野はんのお陰やで……」

徳造は、自分の目に狂いのなかったことを確かめるように、無口な妻にそんなことをいった。この男は、内心、

〈あの浜がでけたらいくらかはわいらにも貸してくれはるかも知れん……〉

という淡い期待を持っていた。
しかし、この人の好い期待と辛抱の間に、安い日当で人を使うことのできた大規模生産者、つまり塩売仲間たちは急速に富を蓄え、より大規模な生産体制への準備を整えていたのである。

（四）

好調なのは赤穂の塩売仲間だけではない。大坂の大商人たちはもっと大きな利益を上げていた。この都市の諸藩蔵元や掛屋は、商品流通の拡大と物価の高騰によって売上げと利益を伸していたし、両替商たちは高金利に恵まれて営業成績が著しく良くなった。中でも成長の目覚しいのは専門問屋ともいうべき仲買たちである。彼らは取引数量の増加からも売買価格の上昇からも利益を得たが、在庫品の高騰と借入金の減価による評価益も大きかった。貨幣改鋳の生み出した通貨供給量の拡大と物価上昇は、幕藩農本体制が最も嫌った仲買たちに最大の利益をもたらす結果になっていたのである。

塩問屋も例外ではない。というより、これこそ最大の受益者の一つだ。「生類憐みの令」の強化によって、江戸では鮮魚類の商内《あきない》が禁止されたために周辺で獲れる魚の塩物が大量に食されるようになり、塩の需要は予想外に伸びた。長年、生産過剰から来る価格低迷によって、うま味の乏しい商売と思われていた塩問屋が急に陽の当る産業となったのだ。

殊に、俵の量目統一と品質管理の強化で全国の標準品となった観のある赤穂差塩は、他より一割高でもよく売れた。三年前の新浜造成出資と一昨年の赤穂塩先買いによって、赤穂藩との関係を一段と深めた竹島喜助は、巨利を博し塩商仲間での発言権も増していた。

もっとも、この店の発展は、そうした見通しのよさだけで気楽に得られたものではない。その陰には、地道な営業努力があった。特に、いち早く番頭与之介を江戸に常駐させ、関東の市場を根気よく開拓させたのがよかった。

あれから二年、与之介は江戸蠣殻《かきがら》町に店を借り、関東一円の塩商を訪ね歩いて販路を拡げた。江戸の二次問屋から買い付けていた地場の問屋に直売するのである。このため、今では竹島の送る差塩の半分近くが与之介の開いた竹島江戸店からの直売となり、この店は江戸の塩商の中でも有数の規模にのし上っていた。これだけのことが、たった二年の間に、さほどの悶着《もんちゃく》も起さずにできたのは、やはり塩の需要が急増し、品不足だったからだ。

勿論、竹島喜助も、与之介への支援を惜しまなかった。与之介が江戸に落ち着くとすぐ経験豊かな手代と元気者の丁稚を派遣したし、資金も十分に与えた。今年のはじめには、店の信用を増すためと称して金百数十両を送って店と倉庫を買い取らせもした。

与之介の開いた江戸店に対する喜助の熱心な肩入れを見て、店の手代たちは、

「やっぱり与之介はんは別だんなあ……」

と囁き合った。この若い番頭が一人娘の素良の婿養子になるだろうとの噂が知れわたるようになったのはこの頃からである。

万事好調の竹島喜助も、今年の正月早々に伝えられた浅野内匠頭重態の報せにはひやりとした。

この時代、大名の交替は藩の政変を意味する。新しい大名がよほどおとなしいか阿呆か幼少ならばとも角、一人前の男なら大抵は藩政人事が変る。大名の後継者と見られる者には、必ず独自の側近がおり、これに従来の首脳部に不満な人々が結合して藩主交替を機にそれまでの権力者を追うの

はありふれたことだ。

人事が変ると、政策も変る。特に明らかなのは出入り商人の比重が変ることだ。それまでの殿様や家老に気に入られた商人は冷遇され、新しい実力者に繋がる者が入り込む。組織的継続性と評価基準の曖昧なこの時代には、人間的な絆が商売の上でも重要だったのである。

「内匠頭様に万一のことがあれば……」

と竹島喜助が眉をひそめたのも当然だろう。それだけに、五月に入って間もなく、飛脚屋伝平から「内匠頭様御全快」の報せを聞いた時、喜助は大いに歓び、直ちに一番番頭の重兵衛に十両ほどの祝いを持たせて赤穂にやると共に、

「赤穂様のお陰を蒙っている手前どもでも一つお祝いをやろうやないか……」

といい出した。

「ほな、うちだけやなしに、島屋はんかてお誘いしたら……」

素良はすぐそう応じた。島屋八郎右衛門は古くからの赤穂藩の掛屋である。

「そらええ。お前、すぐ島屋へ行って話してみい……」

喜助は、一人娘の気の利いた提案に歓んだ。島屋は両替が本業で竹島とも金融取引がある。交際を深めて置くと何かと便利だ。

早速に、素良は島屋八郎右衛門方を訪ねてこの提案を伝えた。それを聞いた島屋の娘美波が、

「それならいっそのこと、みんなで京に上って芝居見物といけへんか……」

といい出した。

「京まで……」

素良は驚いた。

「そうや、私かて浅野のお殿様が御病気の間に派手なことしたらあかんいわれて、ここのとこ芝居も浄瑠璃も行ってへんもん、そのくらいしたかてええやないの」

美波は強硬にそう主張し、

「京都四条の都万太夫座にかかってる近松はんの『大名なぐさみ曾我』ええねんてえ……」

と見るものまで指定した。

「それもそやなあ……」

素良も心を動かした。近松門左衛門の新作もさることながら、京でなければ見られない名優坂田藤十郎が見たかった。

美波と素良からこの話を聞いた島屋八郎右衛門は、ちょっと思案気味だったが、結局は娘に甘かった。しかもこの父親には別の思惑もあったらしく、

「それならいっそのこと、京の綿屋はんかてお誘いしたらどないだっしゃろ……」

といい出した。

綿屋善右衛門はその名の通り、もとは木綿商だが、今では金融業にも手を拡げ、京における赤穂藩の蔵元的役割をしている。島屋とは資金の融通もあり、竹島とも取引がある。

こうして計画はたちまち拡大し、赤穂藩出入り商人勢揃いの豪遊に発展した。若い娘たちにとっては、わくわくするような話である。

元禄時代の京都四条河原は一大興行地を形成している。寛文から元禄初期にかけてでき上ったこ

の町を描いた図巻が七種類ほど現存するが、いずれも四条河原から祇園《ぎおん》社に至る道筋の賑いと建ち並ぶ演芸場の内外を克明に描いている。天下の名所として風俗画家の興味を引く場所だったわけだ。浅野内匠頭様御全快祝いと称する一行が、ここに繰り込んで来たのは、元禄九年六月はじめ、梅雨が明けた直後だった。竹島素良にとっては、「仏母摩耶山開帳」を見に来た時以来、ちょうど三年振りの四条河原である。

「やっぱり京都四条やなあ……」

素良は感心した。元禄九年のこの頃、ここには著名な劇場が七つもあり、質量共に新興の江戸・大坂を圧していた。

まず目に付くのは宇治加賀掾《うじかがのじよう》の操り芝居（浄瑠璃）、水色地に九枚笹丸《ささまる》の定紋を染め抜いた櫓幕《やぐらまく》が夏の陽に鮮やかだ。すぐ近くには歌舞伎の早雲長吉《はやくもちようきち》座がある。こちらは紺地に三ツ目結一文字の紋。さらには布袋屋《ほていや》座の褐色の櫓も見える。いずれも正面に「天下一」の文字を誇らし気に書き、客引の声も高い。変った所では、鷲尾琴之助《わしおことのすけ》・龍王瀧之助の籠抜《かごぬ》け芝居というのがある。チャルメラや鉦《かね》・鐃《どら》・鈸《すず》などの異国情緒豊かな伴奏に合せて、釣輪抜け・宙返り・逆立ちなどをやる。中でも見せ場は直径一尺長さ五尺ほどの円筒形の籠をサッと跳び抜ける籠抜けの技だ。こんな軽技が歌舞伎や浄瑠璃と同等に扱われている所が元禄らしい。もっとも、この小屋は官許の名代ではないので櫓は上げていない。

そんな中に、素良や美波の目指す都万太夫座もあった。櫓幕は白地、両脇には舞鶴、正面には赤い輪に三蓋松《さんがいまつ》の紋。そして大看板は勿論「坂田藤十郎」である。

芝居小屋といっても今日のそれとは構造が違う。木戸は小さな門屋造りで、中央は筵《むしろ》を敷いた空地、これを囲んで建物がある。左手の屋根の高いのが舞台で、他の部分は高床式の桟敷席《さじき》だ。ここに入るのは上客で一般客は屋根のない空地に座って見る。当時は柱間隔の広い大架構の屋根を造ることが技術的にも経済的にも困難だったたし、明るさを保つためにも中央部の空を開けておく必要があったのだ。従って興行は大抵昼間で、朝のうちからはじめることも多く、雨の日は中止というのが普通だった。今日から考えれば、随分原始的に思えるが、それでも数十年前までは舞台だけを小屋掛けして、客席は竹矢来で囲んだ芝地だけだったことを思うと大きな進歩である。

島屋と竹島の一行は、座元の案内で上手の桟敷に入った。そこには既に綿屋の一家が待ち受けており、長い丁寧な挨拶が交された。主人同士だけではなく、番頭・手代・丁稚《でっち》も頭を下げ合うのだから暇がかかる。

綿屋善右衛門の方には、主人のほかに二人の「若」と娘の志乃がついていた。長男の作右衛門は気骨あり気な三十男で既に結婚して子持ちだが、次男の忠左衛門は独身、二十六、七のおとなしいだけが取柄といった感じの小肥りの男である。

綿屋善右衛門は、しきりにこの次男を目立たせようとし、美波と素良を間近に招いた。

〈いややわ、あの男……〉

瞬間的にそう思った素良は、忠左衛門を避けて早々と舞台から遠い側に座を定めた。それを見て綿屋善右衛門は、にっこりと笑い、

「お美波はん、こっちへこっちへ……」

と美波を忠左衛門の近くへ手招いた。

「いいえ、私はこっちで結構だす……」

美波は少々抵抗したが、父親の島屋八郎右衛門も、

「美波、そこへ行かしてもらいなはれ……」

と忠左衛門の隣の席を推めた。

「ほな、お素良はんもおいでよ……」

仕方なく美波は素良をも誘った。結局、若い娘が二人肩を寄せ合うようにして並ぶ隣に不自然な空間を置いて綿屋の次男忠左衛門が恥かし気に座るという妙な形ができてしまった。こうした気まずい状態を救ったのは、三人の男女の登場である。

「浅野様の京都留守居役、小野寺十内様……」

綿屋善右衛門は、その中の一人、五十半ばの老武士をそう紹介した。二年前の元禄七年に京都留守居役に就任した小野寺十内は、朝廷や公家・寺社関係の連絡・祝祭用務に当ると共に、京都における赤穂藩の物産販売の監督や資金調達など経済官僚としても活躍しているが、この面で最も重要な相手は綿屋善右衛門だ。

「わざわざ京までお上りあっての御招待、忝《かたじけ》ない」

小野寺十内は、島屋八郎右衛門と竹島喜助の挨拶にそう答えたあと、

「こちらは愚妻の丹《たん》、こっちに控えおりまするは甥の大高源五忠雄《おおたかげんごただかつ》と申す者。浅野家中で二十石五人扶持の軽輩ながら、我が養子幸右衛門の実兄でもござれば、息子同然にお願いいたしまするぞ」

と、連れの男女を紹介した。

「某《それがし》、江戸に下る途中、叔父のもとに立ち寄りましたる所、たまたま今日の席にめぐり合いました故、厚かましくも参上いたしました」

この時、二十五歳の大高源五は、偶然の好運を強調したが、叔父の小野寺十内は、

「源五は水間沾徳《みずませんとく》先生について俳諧を学んでおりましてな、子葉の号を頂いとりますのじゃ」

と目を細めていた。子供のない十内・丹の夫婦にとって、姉の子に当る大高源五は、言葉通り「我が子同然」に可愛い存在だったのであろう。

「それはそれは……どうぞここへ……」

この十内の言葉を巧みに捉えて、美波が膝をずらして、自分の横に小野寺夫妻と大高源五を入れてしまった。これには綿屋善右衛門も島屋八郎右衛門も、苦笑するよりほかはない。

やがて芝居がはじまった。流石に坂田藤十郎の芸は冴えていたし、近松門左衛門の作もよかった。この日の出し物「大名なぐさみ曾我」は、近松の出世作ともいうべき浄瑠璃「世継曾我」を歌舞伎風に改作したもので、近松としても手練れた筋だ。それだけに、狂言の中にも各役者の見せ場が巧みに盛り込まれていて、見物を存分に楽しませた。


芝居が終ると一同は茶屋に繰り込む。

「近松はんもお呼びしたいわあ……」

美波がそういったのは、綿屋忠左衛門と向き合っているのが照れ臭かったからかも知れない。

「そやそや、暇やったらぜひ会いたいわ……」

素良も同調した。俳人でもあり文筆家でもあった小野寺十内と大高源五の二人も、

「ほう、今の芝居の作者とお知合いか……」

と興味を示した。この頃、近松門左衛門は、いささか名の知られる存在になっていた。貞享三年

（一六八六年）の「佐々木大鑑」以来、ちょうど十年、様々な批判に耐えて台本に作者の名を付けて来たこの人の、無理解な世間との戦いがようやく成果を上げようとしていたのである。

だが、やがて座元の案内で現われた近松門左衛門は、何と浴衣《ゆかた》一枚の着流しという格好で、一同を驚かした。いかに暑い最中とはいえ、浅野家留守居役や豪商たちの前に出る姿としては無作法に過ぎる。

「どうも作法を心得ぬ者で……」

座元は恐縮したが、近松自身は平気な顔で座の中央に胡座をかいて座ると、

「芝居の作者などと申す者は、もともと自堕落者にございますよってなあ……」

と笑い、楽し気にしゃべった。

「そらそうでっしゃろ、堂上の事実を知らば有職《ゆうそく》になるがよく、弓箭《きゅうせん》の故実を知らば軍学者になるべし。仏教を覚悟すれば大和尚になるべく、聖経紀典を記憶すれば直ちに博学の儒者となるべしだす。わしらはな、菅丞相《かんのしょうじょう》がことも楠木正成《くすのきまさしげ》がことも丸呑みに似せて書き、聞いたほどの言葉を奥深気につなぎ合せておりますけど、和歌管絃よりよろずの道は何一つ正しく覚えたこともあらしません。聞き取り法問、耳学問。根気を詰めて学ぶことのできぬ自堕落者。これがつまり、芝居作家になりますんや……」

と立板に水の如くしゃべった。

「なるほどなあ……ええこといわはるわい……」

竹島喜助が感心してうなずいた。自嘲と皮肉の中にも強烈な自負を感じさせる言葉だ。

「けどなあ、旦那はん。わしらの作るもんは狂言綺語《きご》、人の害にはならしまへん」

近松はそういって大笑し、無遠慮に盃をあけた。この言葉は、近松とその実弟の医師岡本一抱《おかもといっぽう》との対話としても残されている。

だが、「自堕落者」を自称する近松門左衛門も、話が名優坂田藤十郎のことになった途端、大真面目な表情で、

「あれは、天才やおません。努力の成果だす」

といい切り、

「例えば、こんなことがおました……」

と語り出した。

「ある時、藤十郎はんが祇園の茶屋のおかみに恋をしかけはりましてな、おかみの方はそれを真《ま》に受けて藤十郎はんを奥座敷へ入れて入口の灯を消したもんだ。ところが、藤十郎はんはすぐに逃げ出してしもた。あくる朝もう一遍その茶屋を訪ねた藤十郎はんのいうことにゃ、私は今度間男《まおとこ》の役をやりますんやがそういう経験がのうて困っとりました。何ぼ女形でも相手が男やと思うと情がうつらん。それで昨夜、あのような偽りの不義をしかけて、やっと稽古をさせてもろた次第。悪う思わんでくれ、とな」

「へえ、そのおかみはん、気の毒に……。藤十郎はんに惚《ほ》れられたと思たのに、ただの稽古台だしたんか……」

だれかがそんなことをいって笑ったが、近松は表情も崩さずに、

「左様、芸は酷なものだす」

と重い口調で呟いた。今に「藤十郎の恋」として語り継がれるこの話を語った近松門左衛門の心

中には、「自堕落者」と自称しながらも芸に生命をかける男の共感があったに違いない。

実際、元禄九年のこの頃、浄瑠璃作家として出発した近松門左衛門は、元禄六年の「仏母摩耶山開帳」以来大きく歌舞伎の方に傾斜し、この三年間ほどは歌舞伎専門になっている。当時、歌舞伎は浄瑠璃よりも人気のあるエンターテイメントだったから、近松がこれに関心を持ったのはごく自然な成行きだったともいえるが、それ以上に重要なのは名優坂田藤十郎の存在だったに違いない。坂田藤十郎は、江戸の名優初代市川團十郎とほぼ同時代の人物だが、團十郎が荒事《あらごと》に秀でていたのに対し、藤十郎は和事《わごと》の名手と謳われ、上方歌舞伎の大成者でもある。つまり、藤十郎の出現によって社会劇のような世話物《せわもの》にもようやく安住の場が与えられたといってよい。

それだけに、坂田藤十郎は、役者中心の見世物的要素が強かった当時の歌舞伎界では珍しく、脚本を大切にする人でもあった。ある人から、今度の芝居では藤十郎の役が少な過ぎるといわれた時、彼は「私の芸の善悪はとうに知られている所。今度は私を見せる芝居ではのうて狂言を見せる芝居どす」と答えたという。真の名優にしていえる自信の籠った台詞《せりふ》である。三十代には宇治加賀掾、四十代には坂田藤十郎、そして五十以降は専ら竹本義太夫と、常に近松は自らの作を表現するに適した最良の演者を求め続けた。

これに対して、初代坂田藤十郎が作家近松門左衛門に寄せた信頼の厚さを伝えるエピソードも数多い。

ある時、近松の新作を出すことになり、筋の話と役の発表があった。いい役の当った役者は狂言を賞め、役の悪い者は沈黙し、狂言の善悪の分らぬ者は周囲の顔色をうかがう。中でも文字が読めない者は腹を立てて弟子に八ツ当りして帰ってしまう有様だった。そんな中で藤十郎は一切批評せず、上の巻から稽古をはじめるようにといい付けて帰宅した。四、五日経って藤十郎の出る四幕目の稽古に入ると、やって来た藤十郎は再び筋を聞いたが、なお評することもなく、作者に台詞を付けてくれと頼んで稽古をした。そしてそれが終ったあとではじめて口を開き、「何ともええ狂言どす」といった。

「はじめ筋を聞いた時も、先刻聞いた時もどうも具合が悪いと思うたけど、作家が出すというからには自信があるのやろうと思うとりました。作家の心と役者の心は違うよってに、とに角一度やってみたわけどすけど、ただ今の台詞付けを聞いて、まさしくええ狂言やと分りました」と。

作家近松門左衛門をよほど信頼していなければ、こうはできないだろう。

狂言を重視し、深い信頼を寄せてくれる名優坂田藤十郎を得たことは、歌舞伎作家近松門左衛門の幸せであった。だが、それでもなお、劇作の完成を目指す近松には悩み深い問題があった。当時の歌舞伎には、まだまだ見世物的要素が多く観客もそれを求めた。一方には手に汗握るようなドラマティックな場面もあるが、他方には俳優の特技を生かしてトンボ返りや舞踊も織り込まねばならない。作家には何らかの劇的な状況と結び付く形でいろいろの見せ場を造る工夫が要る。しかしこの二重の要求を満たそうという努力が結実することは稀れで、しばしばバランスを失いがちであった。この点では近松門左衛門といえども、時には大失敗をやらかすことがあった。そしてその危険は藤十郎の老化と共に拡大していたといえる。

「近松先生は、もう浄瑠璃は書かはれしませんの……」

と島屋の美波が訊ねた時、近松門左衛門がちょっと複雑な表情を見せたのもこのためだったろう。近松が真に新しい境地を開く浄瑠璃への復帰はもう間近に迫っていたのである。

五　市井の人々

（一）

元禄九年（一六九六年）六月末——夏の陽が照り付ける中を二人の男が行く。一人はがっしりした体軀の三十男、もう一人は四十代半ばの痩《や》せた小男だった。

「弥吉つぁん。もうちょっと急ぎまへんか。そやないと今日中には江戸には着けまへんでえ……」

丸に「伝」の字を染め抜いた印半纏《しるしばんてん》の三十男、飛脚屋伝平が連れを振り返って促した。

「へえ、ま、精一杯……」

弥吉と呼ばれた四十半ばの小男は、忌々《いまいま》し気に伝平を見返して、

「わしゃあ、飛脚はんのようには旅慣れとらんし、もう年や……。夏の旅はつろあすわ……」

と呟いた。

「そらそうでっしゃろけど……」

伝平は、同情と苛立ちの入り混った表情で重そうに足を引きずる弥吉を見ていたが、

「そやけど、前にお宅の与之介はんのお供した時よりはましでっせ。あの時はずうっと雨で、えらい目に会いましたわ……」

と慰め顔にいった。

「さよか……与之介も苦労しよりましたか、やっぱり……」

弥吉は、複雑な表情でうなずいた。この男、大坂の塩間屋竹島喜助の二番番頭だが、後輩の与之介の交替要員として江戸に向っているのである。

竹島の三番番頭与之介が江戸に下ったのは二年前の五月、今では江戸店もかなりの顧客を得てすっかり安定した。大坂から送った手代と丁稚が各一人、江戸で雇った丁稚が二人、人事の面でも充実しているし、店も倉庫も自前で持って信用も付いた。竹島喜助は、これを機会にやり手の若い番頭与之介を呼び返し、代りに手堅い古参の番頭弥吉を江戸に置くことにした。

「弥吉、あんた今度江戸へ行ってんか。関東の商内《あきない》も安定して来たよってな、無理せんと手堅うやってくれたらええ。向うへ行ったらあんたが店主同然、これはええ役や」

竹島喜助は、この「人事異動」の発令に当って、後輩の後任に行く弥吉に十分気を遣ったいい回しをした。それでも弥吉の心中は必ずしも満たされたわけではない。いつの時代でも、本店を離れるのには「都落ち」の気分が伴う。四十四歳にもなった家族持ちの弥吉には「今さら大坂を離れるのは」という気分もある。そんなことが、この男の足と口を一段と重くしていた。

「弥吉つぁん、ちと休みまひょか……」

憂鬱な表情の弥吉との旅に飽き飽きしたように伝平がいった。

「へえ、そないしまひょか……」

弥吉はそういうとすぐ道脇の松の根元に腰を降して、空を見上げた。陽はまだ中天、やっと八ツ（午後二時）を過ぎた頃である。

「あとどのくらいおますやろ……」

弥吉は煙管《キセル》を取り出しながら虚《うつろ》な表情で訊ねた。

「江戸日本橋までは六里半あまりですやろなあ」

伝平は脇を向いたままで答えた。

「まだ六里半でっか……」

弥吉は絶望的な表情で呟き、

「けど、流石に伝平はんは達者やなあ、ようそんなけの荷物背負て速う歩けまんなあ……」

と感心した。

「そらわしかてつろあすわ、御改鋳のお陰でえろ荷物が重とうなりましたよってなあ……」

と伝平は苦笑した。一年前までは手紙書類の類だけを運んでいた伝平の荷が今はズッシリと重い木箱になっている。貨幣改鋳の結果、値打ちが違う新旧二種類の小判ができたので、封印した小判をそのまま届けることが要求されるようになったのだ。

「そうでっしゃろなあ……。私らこれだけでもしんどいのに……」

弥吉は背から降した振分け荷物を指さした。

「それにこれは高価な預り物やから気遣いますしなあ……」

「そら、御主人から大名様への贈り物ではなあ……」

伝平は、同情したように眉をひそめた。今、弥吉の背負っている荷物の一つは、浅野内匠頭の全快を祝って、竹島喜助が奥方阿久理に献じる京呉服、それも素良が見立てた高級品なのだ。

「けど、私も同じだ。お預りした小判、途中で封が切れたらどないしょうかと思いまっせ……」

伝平がそういって立とうとしたが、弥吉の腰はまだ重かった。それを見て伝平は、

「弥吉つぁん、あんまりきつかったら、今日はもう川崎泊りにしまひょか……」

と提案した。

「へえ、川崎ならあとどのくらいで……」

弥吉は煙管を収めながら問い返し、「二里ほど」という答えに惜しそうな顔でまた空を見上げた。この時間ならもう少し先、大井か品川までは行っておきたいという表情である。だが、伝平は、

「ほな、そないしまひょ。川崎なら魚もうまいし、ええ宿もあるし……」

と呟いて独り決めにしてしまった。この男は、同じ泊るのならおゆうのいる川崎宿の大文字屋にしたかったのである。


竹島の番頭弥吉と飛脚屋伝平が川崎大文字屋に着いたのは、それから一刻足らずあとの七ツ時前であった。中途半端な時刻ながら、大文字屋の店先は結構賑っている。殊に茶店風の食事処は忙しい。江戸では禁じられている魚鳥がここでは出るからだ。「生類憐みの令」がこの宿場にもたらした余得はますます大きくなっている。

「こんちゃあ、伝平でやす……」

飛脚屋伝平の挨拶は相変らず陽気で明るい。

「今日は泊りを取るでな、上等の部屋をお願いしますぜ」

という伝平の声に、おゆうがのれんの奥から跳び出して来た。

「あら伝平さんがお泊り、何年振りかしら……」

おゆうは怪訝《けげん》な顔でいったが、後に控える弥吉を見付けて納得したようにうなずいた。

「思い出した、二年振りね。前に泊った時もお連れがいたもの……」

「そうさ、よっく憶えてらあ、この前泊ったのは与之介さんと一緒の時、二年と二ヶ月振りよ」

伝平は、弥吉にも聞えるようにいった。

「このお方は、前の客よりもっと偉い人じゃからな、一番の待遇で頼むぜ……」

「へえ、お連れが偉うなったとあれば、伝平さんもちっとは出世したの」

おゆうは、小柄で貧相な弥吉を斜に見ながらおかしそうにいった。

「身体はめっきり娘らしゅうなったが、その減《へら》ず口は変らんのお……」

伝平は苦笑しながら上り框《かまち》に腰を降した。この間、弥吉は、二年前の与之介と同じように、客に賑う茶店の方を覗き込んでいた。

「弥吉つぁん、ここが流行《はや》っとりますのはな」

伝平はまた、二年前と同じ説明をしようとしたが、弥吉の視線は茶店の入口の方に注がれている。

「なあ、伝平はん、あそこへ来やはったんは、赤穂の片岡はんと違いまっか……」

弥吉は、今しがたやって来た二人連れの侍の方を顎で示しながら囁いた。

「まさかなあ……」

伝平は小首をかしげて考える格好をした。赤穂藩御用の飛脚屋伝平は、浅野家中に片岡源五右衛門という殿お気に入りの近習頭がいることは聞いているが、まだ顔を見たことがない。三百石取りの近習頭は飛脚に会うような職分ではないのである。それでもすぐに「分らない」といえなかったのは、情報通を売り物にしている男のつらい所だ。

「どうもそうだっせ……」

弥吉は柱の陰に身を隠すようにしながら、武士の方を見つめていた。この男は、竹島喜助の代理で殿への献上品などを持参した際、取次に出て来た近習頭を見ている。今、弥吉が背負っている内匠頭様全快祝いの京呉服も、近習衆を通じて殿のお目通りを頂いた上で奥方に差し上げることになるはずである。

「そうかもなあ……」

伝平は判断のつかぬままに格好をつけていった。二人の武士は、いずれも無紋ながらも上質の羽織袴を着けており、供の若党も付いている。三百石取りの上士としてもおかしくない格好だ。

だが、この時は伝平に運があった。それまで背を向けていたもう一人の武士が奥の桟敷《さじき》席に向おうとして顔を見せたのだ。そしてそれには確かに見憶えがあった。

「そうだ、そうだ、やっと分りましたわ。間違いおまへん。こっちの方は赤穂の御使番富森助右衛門様だすわ……」

伝平はほっとして、つい声高にいった。

「そうだんなあ、やっぱり赤穂の片岡様や」

弥吉はいい当てたのを誇るような笑顔で振り向いた。その途端、

「どれどれ、どれが赤穂の片岡様……」

とけたたましい声を立てておゆうが来た。

「おゆうさん、赤穂の片岡源五右衛門様を知ってなさるのか……」

伝平は慌てて指を唇に当てておゆうを制しながらも、驚いてそう訊ねた。

「知ってるというほどではないけどね、前に大名行列の先頭でお犬様を追っ払っておられたのを……」

おゆうは、三年前に品川辺で叔父と共に見た「赤穂の片岡様」を忘れていなかった。

「へえ……おゆうさんはもの憶えがいいねえ」

伝平は、精一杯の皮肉をこめてそういった。その途端、おゆうは、

「伝平さん、お知合いなら御挨拶しなさいよ」

と伝平の身体を店の方に押し出した。

「おっとと……」

不意を衝かれた伝平はよろけながら弥吉にしがみついたから、二人が重なり合って店に跳び出す形になった。当然、それは片岡と富森の目にも止ったから、もう仕方がない。二人は打ち揃って片岡と富森の前に出て頭を下げる仕儀になってしまった。

「ああ、これはこれは……飛脚の伝平さんですな、妙な所で……」

まずそう応じたのは富森助右衛門の方だった。

「おお……竹島の番頭殿も御一緒か……」

続いて片岡源五右衛門が人なつっこい笑いを浮べた。

「へい、今度、江戸の方の店を預ることになりましたので、いずれお屋敷にも参上いたしとう思うております……」

弥吉は小腰をかがめてそういった。

「ああ、塩問屋の竹島の……」

富森が、はじめて見る弥吉にいい、

「いつも世話になってる飛伝の方で……」

と片岡が伝平に声をかけた。伝平と弥吉は妙な出会いに恐縮してひたすら頭を下げるばかりだったが、片岡源五右衛門は、至極気さくに、

「よかったら一緒にやられぬか。このような所じゃ、遠慮は無用でござるよ……」

と桟敷に誘った。

「いえ、滅相もございまへん。とても御一緒になどとは……」

伝平と弥吉が、流石《さすが》に固辞している所へおゆうが来て、

「お武家様、お好みの品は……」

とやり出した。これを機会と伝平と弥吉はぺこぺこと頭を下げて二つほど離れた席へ移った。

「いやあ、びっくりしましたなあ、あんなお偉方がこんな店へ来やはるとは……」

弥吉は顔の汗を拭いながらあえいでいた。

「へへへ、私もまさかと思いましたわ……。けど、まあお目にかかっといてよろしあす。何かの折には役に立ちますやろ……」

伝平は、江戸の言葉と上方訛を器用に使い分けながらそんなことをいったが、なお落ち着かぬ風に何度も片岡たちの席の方を振り返っていた。注文を取りに行ったおゆうが必要以上に長く話し込んでいるからだ。

「やっぱり女子《おなご》はんは大胆でんなあ、三百石取りのお武家にももの怖《お》じせえへん……」

と弥吉が話しかけても伝平は返事もしない。やがて注文取りの女中が来て、

「お客さん、お酒ですか……」

といった時も伝平は上の空で、

「ふん、そうや……」

と答えて、弥吉を驚かした。大坂から川崎までの八日間、伝平は「旅の間は仕事中」といって一切酒を飲まなかったのだ。

「大丈夫だっか、伝平はん。大事な荷物があるというのにお酒飲んで……」

弥吉にそうたしなめられて、伝平は我に返り、

「いや、違う。めしだ。焼魚と大根の煮付け、汁と香の物」

と慌てて注文の品を並べたてる有様だった。そんな伝平を知ってか知らずか、おゆうは専ら片岡源五右衛門の席にばかり往復している。そしてその都度、伝平は後を振り向いて、おゆうの姿を目で追っていた。

それでも、食事が終る頃になって、ようやくおゆうが茶を持って伝平の席へ来た。

「おゆうさんや。あのお武家様はとってもお偉い方じゃからな、二度とここへは参られんぞ……」

伝平は怖い表情でそう囁いた。

「あら……うちの生魚はおいしいから時々来るといってるわよ……」

おゆうは、明るい笑顔で答えた。

「そ、それはお世辞というもんよ。あのお武家様はな、三百石取りの浅野内匠頭様御近習頭、つまりな、いつもお殿様と御一緒にお食事をなさっておられる方だ。おいしいものはたらふく食べておられるわ……」

「聞いたわよ。片岡様は御近習頭、富森様は御使番。けど、江戸では生魚がなくって塩物か乾物。魚の豊かな赤穂の者にはつまらぬ故、月に一度もここに参ろう、といっておられるのよ……」

「な、何。月に一度……」

伝平はおもしろいほどに慌てた。

「どうしたのよ、伝平さん。月に一度ぐらい、魚鳥を食べに来るお武家は他にも大勢いるのよ、ここなら日帰りもでき、土産も買えるもの……」

おゆうは伝平の慌て方をおかしがった。

「それにねえ、この奥の平間村に赤穂様と御縁の軽部という名主様がおられて、たまには御用もおありなんですって……」

「ふーん、平間村にのお……。おゆうさんはもうそこまで話し込んだのか……」

伝平は深刻そうにうめいた。

「ええ、そうよ。今夜のお泊りはと訊ねたら、平間村の軽部の家でといわれたのでね……」

おゆうが無邪気にそう答えた。

「そうか、そうか、泊りは平間村か……」

伝平はそれを聞いてようやく安心したように微笑んだ。

(二)

その頃、浅野内匠頭は「本所御材木蔵火番」の役目にあった。この年五月九日、病気全快の直後に任命されたのである。

浅野内匠頭がこの種の役目を拝命したのは、これがはじめてではない。元禄三年の暮と元禄五年の夏にも「本所火消役」に任じられている。つまり、この所内匠頭の江戸在府中は毎回消防役に任じられているのである。

この当時、江戸の町は道幅も狭く人家が密集し、しかもその民家の多くが板葺《いたぶ》き・杉皮葺きだった。そんな中で、みな薪柴を使って炊飯湯沸しをし、炭火で暖をとり燭をともすのだから、火事は多発し、大火となることも珍しくなかった。「火事と喧嘩は江戸の華」などと虚無的にしゃれ込んでみても、火事は恐しい。幕府としても、江戸の大火で財政悪化をきたした例が何度もあるので、江戸府中に藁葺きの家を建てることを禁じたり、火止めの空地を設けたりしていたが、火事は絶えない。それだけに火消の役は軽いものではない。こうした役目に浅野内匠頭がたて続けに任命されている所を見ると、よほど適任と考えられていたのだろう。

実際、浅野内匠頭は、火消が上手であり好きでもあった。火事を消し止めるというのは疑いもなく正義であり、総ての人のためになる、だれ一人として反対することのない明白な目的意識の持てる仕事だ。そんな単純明快さが内匠頭の性格には適《かな》っていた。その上、火を前にして戦う行為には、武人的な快感もある。活潑な行動性と短時間の緊張が心身を興奮させ、鎮火のあとには一種の勝利感も味わえた。

そして、もう一つの重要な点は、この役がさほど金のかからぬものだったことだ。普段の見廻番は家中の者がやればよい。いざ火事となれば、町方も他の大名も人数を出す。だれしも自分の家を焼かれたくないから無料でも懸命に働く。鎮火のあとで多少の飲食を供することもあるが、火事場の立喰いだから知れている。つまり、火消役は勇気と真面目さで勤められる役であり、複雑な気遣いや多額の出費を要しない。これが、内匠頭の性格と浅野家の現状によく合っていたのだ。浅野内匠頭は、火消役を熱心に、時には情熱を以って勤めた。この大名は、ちょっとした火事にもしばしば自身で出動し、部下の監督に当った。派手な殿中での社交的役割を好む大名が多くなっていたこの時代には珍しい存在といってもよい。

火消役としては内匠頭は好運にも恵まれていた。この大名が本所火消役を勤めた年には大火がなかったのだ。元禄三年には京都で三百余棟を焼き尽すという大火が記録されているが、江戸では大きな災難が起っていない。勿論これは、本所の一角を守るに過ぎない内匠頭の功績ではないが、素朴な民衆には何かの関係があるように見えたのも不思議ではあるまい。このため、いつしか浅野内匠頭には「火消名人」の名が付けられるようになっていた。幕府が、病み上り早々に、敢てこの人を「本所御材木蔵火番」に任じたのも、こうした経験と評判があったからである。

人間、好きな仕事で成功して賞められると、その仕事がますます好きになるものだ。浅野内匠頭も、病気全快直後に命じられたこの役目に満足と快感を覚えていた。内匠頭はすぐ、江戸詰の重《おも》だった者を集めて、

「今回の御材木蔵火番はこれまでのものではない。今、本所の御材木蔵には、護持院はじめ上様が特に大切に思し召される普請に関る用材も少なくない。ゆめ、用心を怠ってはならぬぞ……」

と訓辞し、さらに、

「そのために必要とあらば、江戸詰の人数を多少増やすも苦しゅうない。みなでよう相談して遺漏ないように図ってくれ……」

とも付け加えた。

これに基づき、江戸家老の安井彦右衛門や供家老の藤井又左衛門が協議した結果、大高源五ら十人ほどの藩士を江戸に招くと共に、相模平間村の名主軽部某に頼んで小作人数人を借りたりして、二六時中見廻れる態勢を整えた。

それでも、火事はよく起った。梅雨が明けて空気の乾く夏になると、十日か半月に一回ぐらいの割で半鐘が鳴り、低い民家の屋根の上に赤い影が現われた。大抵は、町方の火消で消し止められるようなボヤだったが、時には浅野屋敷から火消装束の武士や足軽が跳び出すこともあった。中でも、八月はじめの日暮直後、本所御舟蔵付近から出火した火災は折からの強風にあおられ、たちまちのうちに長屋三、四棟にも拡がる大事となった。

この報せが、本所御材木蔵の火番小屋から鉄砲洲《てっぽうず》の浅野家上屋敷に急報されたのは、日没後一刻ほど経った暮五ツ（午後八時）頃だった。浅野内匠頭は既に奥に引き取っていたが、直ちに全員の出動を命じると共に、自らも白衣の寝間着の上に火消装束を羽織って現場に急行した。

この頃、浅野内匠頭家には、まだ本所下屋敷がない。赤坂の下屋敷が五分の一ほどに縮小した代りとして本所に下屋敷が与えられたのは翌元禄十年暮のことである。従って、この日は、内匠頭以下全員が鉄砲洲の上屋敷から駆け出したのである。

鉄砲洲の浅野家上屋敷から本所御舟蔵までは近い距離ではない。屋敷の横の道を東に走って八丁堀に至り、高橋を渡り、隅田川右岸を七、八丁ほども駆け通して両国橋を渡らねばならない。それでも、現場に到着した大名火消の中では、浅野家のそれが最も早く、また人数も多かった。しかもその中に、内匠頭自身が加わっていたことは、火事に脅える町の人々を感激させた。

その時、火勢は一段と強まっており、通りの南側にも燃え移ろうとしていた。しかも、狭い通りには、水を運ぶ男たちと家財道具を持ち出そうとする者とが混り合って混雑していた。集った野次馬の無責任な叫びや忠告も、人々を一層興奮させ慌てさせた。これでは、流石の浅野家家臣たちも手が付けられぬかに見えた。

「源五右衛門、どうするか……」

内匠頭は、側に控える片岡源五右衛門に問いかけた。

「風下の東側からかかるべきでしょう……」

片岡源五右衛門は、そんな判断を述べた。

「よし、みなを東に廻せ……」

内匠頭は鞭《むち》を振ってそう叫んだ。だが、東側の混乱は西側以上にひどかった。風に乗った煙と火の粉が人々を脅えさせ、水の便の悪さも手伝ってみな消火の意欲も失っているように見えた。それでも内匠頭は恐れずに進んだ。殿様が進むのだから家来も遅れるわけにはいかない。みな我先にと内匠頭の前に出た。もう顔が火に火照《ほて》り、煙が息を苦しくするほどの所だった。

「よし、この前の長屋を毀せ……」

内匠頭はそう叫んだ。それと同時に、浅野家の武士・足軽が用意した得物を持って両側に散った。若党・下郎も、それぞれの主人と共に走った。

梯子《はしご》をかけて屋根に上ると、いきなり大槌《おおづち》を振って板葺き屋根を叩き割り、飛び出した梁《はり》に縄や鳶口《とびぐち》を引っかけて引き倒すという乱暴なやり方だ。この当時の長屋はこれですぐ引き倒されてしまう。その間、何人かの者が内匠頭の後で大手を拡げて野次馬などの侵入を防いだ。中には、

「俺の家はまだ燃えてねえ。夜具を出させてくれよお……」

と泣きわめく者もいたが、浅野家の者たちは許さなかった。家の中に人が入ると打毀しができなくなり、火が回る恐れがあったからだ。これができるのも武士の強味というものだろう。浅野家中は三度目の火消役だから要領がよい。

浅野家の火消たちが大胆な打毀しをはじめたのに勇み立った町火消もそれに加わった。このため、たちまちのうちに四棟ほどの長屋が破壊されたが、お陰で火は行き場を失って下火になった。

「水だ、みなを並べろ……」

内匠頭がそう命じると、左右にいた近習たちが町の人々を並べて水桶を手渡す列を作らせた。火勢の衰えに勇気を得た人々は混乱もなくこれに参加し、能率よく水桶を順送りに手渡し出した。

結局、この日の火事は長屋十棟、約三十軒ほどの被害で収まった。家屋を焼かれたり毀されたりした人々の失望は当然だが、その何十倍もの人々がほっとした。元禄時代の江戸の町では数百棟を焼き尽す大火も珍しくはなかったからである。

夜半を過ぎる頃、鎮火した火事場をあとに鉄砲洲へ引き上げる浅野家中には、沿道の人々から拍手が送られた。「火消名人浅野様」と芝居気たっぷりに声を掛ける男もいた。先頭を行く内匠頭は、全身ずぶ濡れになり、顔も衣服も煤《すす》と塵《ちり》に汚れていたが、いかにも満足気な明るい表情だった。

「昨夜の火消でも、また浅野内匠頭様がお手柄だったそうな……」

そんな噂が、翌日の朝には江戸の町に拡まっていた。そしてそれには、この当時の噂には付きものの尾鰭がたっぷりと付いていていた。

テレビや新聞・雑誌のなかった元禄の人々は噂好きである。通信手段の乏しい平和な時代、人々は情報に飢え、ほとんど唯一の情報経路である「町の噂」に跳び付いた。いつの時代でも情報通は歓迎され、自らも優越感に浸ることができる。当然、そうなりたいがために、熱心に情報を集める者も現われる。情報というものが、経済的代価の対象にならなかった時代にも、人の噂が千里を走ったのは、専らこうした無邪気な名誉欲のせいである。

しかし、情報通を自任する人間は大抵ホラ吹きであり嘘つきだというのも、古今東西共通の現象だ。人に優れた情報通という名声を保つためには、知らない部分を想像力で補い、他より上手に脚色する必要がある。無邪気な名誉欲に駆られる元禄の情報通はその典型だ。何事によらず、ものの本性は最も原始的な状況においてこそ極端な形をとるものである。

事件の少ないこの頃には、長屋十棟ほどが焼けた程度の火事でも、巷《ちまた》の噂好きの話題となるには十分だった。だが、ただこれだけのことでは話が続かない。火事は江戸ではありふれた出来事だから、人の関心を引き付けるには人間ドラマが欲しい所である。それを埋めたのが「火消名人浅野内匠頭様お手柄」というわけだ。たちまち、そこここでもの識りの人夫頭や浪人、横町の隠居の類の講演会がはじまった。この日の昼前、ちょっとした所用で木挽町《こびきちょう》辺りまで出かけた中山安兵衛の妻ホリが見たのもその一つである。

ホリが木挽町七丁目、汐留橋《しおどめばし》に近い辺りを通りかかった時、頭を手拭いで包み、着物の裾を後帯にからげた中年男が男女十人ほどの聴衆を前に熱弁を振っているのに出会った。この辺りでは、ありふれた光景だが、夫の中山安兵衛の名が盛んに繰り返されているのが気になった。

「浅野内匠頭様の号令一下、赤穂の衆は燃えさかる長屋目がけて突進したねえ。その勢いたるや、火もたじたじという所。いやあ、見ていた俺も驚いたよ。烈火の如くたあいうが火が怖じ気づくてえんだから……。それもそのはず、その先頭を行ったのが、だれあろう、ほかでもない……」

そこで語り手の中年男はちょっと間を置いた。これからいう名の効果を高めるためだ。

「あの高田馬場の勇士、中山安兵衛武庸さんだ……」

「ふーん、なるほど……」

あまりに大袈裟な表現続きにいささか疑い顔になっていた聞き手も、「高田馬場の勇士」と聞いて納得したようにうなずいた。

「安兵衛さんの格好もよかったねえ。頭には筋金入りの甲頭巾《かぶとずきん》、萌黄の着込み、赤い帯に黒緞子《くろどんす》の小袖《こそで》だ。火のついた屋根に一足で跳び上ると八貫目の大槌でアッという間に屋根板を叩き割った。出て来た梁にほかの侍十人ほどが、いやあこれも勇敢だったよ。鳶口かけて一気に引き倒した。押したんじゃねえんだ。燃えてる家を手前に引くんだから恐れ入ったね……。ドサッと倒れた勢いで赤穂の侍の顔にバアッと火の粉が散ったが熱がる者あいなかった、いやあ、慣れたもんさ」

中年男は、身振りを混えてそんなことをしゃべっている。ホリはおかしかったが、自分の夫と主君が賞められているのだから悪い気もせず、人垣の後の方から覗いていた。

「それじゃ……屋根の上にのぼっておられた安兵衛さんはどうなった。家が倒れりゃ火の中に落っこったろう……」

人の好さそうな老人が歯の抜けた口をもぐもぐさせて質問した。

「そう、そこよ……」

男は手を叩いてまたあたりを見渡した。自分の筋書を埋める想像をこらす時間稼ぎらしい。

「実は、俺も一瞬ひやあっとしたねえ。何しろ燃えさかる長屋一棟が倒れたんだ。火の粉が散るし炎が走るし……それに煙も凄《すご》いわで、安兵衛さんの姿は見えねえよな……」

語り手はいかにもありそうな描写で間をもたしていたが、やっと次の筋を考え付いたらしく、声を高めた。

「家が倒れると同時にだ、すぐ側におられた内匠頭様がサッと鞭を振られたんだなあ、そしたら待ち構えていた二十人ほどの足軽衆がワッとばかり手桶の水をぶっかけた。それも普通のじゃねえよ。何でも赤穂で塩を作るのに使うというでっけえ奴でな、巧い具合に柄が付いてるから四斗ぐらい運べるんだ。二十人が四斗ずつ、一度に八石の水をかけたんだから火勢は衰えらあ。そしたらその中から、中山安兵衛さんが出て来たねえ。そりゃあもう、流石の緞子《どんす》の小袖がくすぶってたがね。やっぱり浅野の家中は慣れてらあな。あれが、もうちょっと、ものの十歩分でも遅れりゃあ、安兵衛さんも火だるまだったんじゃねえかなあ……」

語り手は、そういって今さら心配するように腕を組んで見せた。

「それからどうしたい……久兵衛さん」

今度は町家の古女房らしいのが先を促した。

「あ、それからねえ。そうなると下火よ。どんどんどんどん水かけるわな。同じ要領でもう一棟、これはまだそれほど火が回ってなかったがね、もう一棟倒してな……」

「それも中山安兵衛さんが屋根に上ったかね」

先刻の老人が訊ねた。

「いやあ、こっちは違ったねえ、ありゃあ何てえ侍だか……」

語り手の男はありそうな風に主役を変えたが、名前の出て来ない所を見ると、この男が浅野家の武士で名を知っているのは中山安兵衛だけらしい。

「安兵衛さんは、まあいってみりゃあ一番槍の一番首だわ。内匠頭様は、安兵衛よくやったと申されてな、もうよい、ゆるりと休め、あれに女房も待ちおるぞと退らされたねえ……」

ホリは突然、自分まで話に登場したのに驚いた。だが、そこに本人がいるとは知らない語り手は、なおも続けた。

「みな知ってるだろうが、中山安兵衛さんが浅野家の重臣の娘御の婿になったのは……。まあ、あれほどの勇士が見そめた女房だ、しっかりしてらあ、やっぱり。すぐ、濡れた小袖を脱がしてさ、羽織をかけてやってたね。こちとらの女房なんぞとは心掛けが違うわな」

ホリは思わず失笑しそうになって、その場を立ち去った。

一刻ほど経って、浅野家上屋敷内の長屋の自宅に帰ったホリは、父の堀部弥兵衛に、先刻聞いた話を伝えて、

「昨夜、安兵衛様がどのような働きをなされたのやら存じませぬが、何と私まで登場したのにはもうおかしくて……」

と笑い転げていた。

「アハハ、それは愉快じゃ……」

七十歳の堀部弥兵衛も大笑したが、

「しかし、いずれにしろ、殿のことを左様に持ち上げてくれるのは有難いことじゃ。殿にもその話、物語って参ろう」

といって出て行ったが、しばらくすると、奥様付きの落合与左衛門が堀部家に現われ、

「ホリ殿、御足労じゃが奥に来て下さらぬか。奥様が町の噂を聞きたいと申されておるでな」

と呼びに来た。父の弥兵衛老人が物語ったことが、どういう経路でか内匠頭夫人阿久理の耳に入ったらしい。ホリは慌てて衣服を整え、落合と共に奥に通った。同じ敷地の内に住んでいても滅多に入る所ではない。

阿久理は庭に面した明るい部屋で、両三人ほどの腰元に囲まれていた。延宝二年（一六七四年）生れの阿久理はこの年二十三歳。ホリよりは三つ年上だ。二歳の時に、七歳上の内匠頭と婚約、十歳で婚儀を上げた。それから既に十三年経つが、年よりもむしろ若く見える。

「お殿様が鞭《むち》をお振りになると、中山安兵衛が真先に燃えさかる屋根に跳び上り……」

ホリは聞いたままの話をした。到底、それ以上の脚色をする自信がなかったし、その必要もなかった。阿久理はおもしろ気に聞いていたが、

「お殿様に、安兵衛よくやったと賞められて引き上げて来た所へ、私めが駆け寄り、濡れた小袖を脱がせて羽織をかけましたそうで……」

という件《くだり》になると、流石に阿久理も、

「ほう、そなたも火事場でお働きじゃったのか。そら知らなんだぞえ……」

と笑い出した。

「ええ、私自身もちっとも知りませなんだ……」

ホリがそう答えたので、阿久理も腰元たちも大笑した。その時、

「殿のお成り……」

という声が廊下の向うから聞え、内匠頭の大股に歩く足音がした。ホリは慌てて縁側に平伏した。

その前で内匠頭は、

「阿久理や。よいものを頂いたぞ。大坂の塩問屋がな、わしの全快祝いというて、そなたに京呉服を持参してくれおった……」

と嬉しそうにいっていた。

「それはまあ……」

阿久理は、内匠頭の差し出した桐箱をそっと開き、

「何ときれいな……」

と歓声を上げた。実際、図案化された水紋の中に鷺《さぎ》の群を散りばめた柄は誠に大胆で煌《きら》めくような華やかさがあった。

「これは、銀二貫もいたすそうな。そなたによう似合うぞ……」

内匠頭は、着物を箱から出して阿久理の肩にかけた。

「銀二貫、四十両近くにございますか……上方の町人はお金持ちでございますなあ……」

と阿久理は驚き、呟いた。

「そうよのお……」

内匠頭は一瞬暗い表情になったが、すぐ、

「ようよう我が家にも運が向いて来たわ……」

と笑顔を作った。浅野内匠頭は、徳川時代の大名としては珍しいほどの愛妻家でもある。

浅野内匠頭の予感は当った。それから一ヶ月ほどあとに、この大名を心から歓ばす報せが来た。

「赤穂御新浜完成」の通知である。

（三）

元禄九年旧暦九月はじめ、赤穂の海岸には異例の人だかりが見られた。三年の歳月をかけた新浜造成があらかた完成し、うち二十町歩ほどの供用がはじまる。今日はその水入れはじめの儀式が行われるのだ。

新浜の入口に当る所には、小さな祭壇が設けられ、それを囲んで三方に、浅野家の定紋鷹の羽の引違いを描いた幔幕《まんまく》が張られている。幸い空は秋らしく晴れ渡り、平らな新浜が一望にできた。ここに来た人々はみな、幕張に入る前にその眺めを楽しんだ。いずれも工事に関りあった人々だから見飽きるほどに見たはずだが、いよいよ完成したとあれば、やはり感慨ひとしおだ。

その中に一つ、殊のほか緊張した顔があった。いつになくさかやきをきれいに剃り、まぎれもなく一張羅の羽織を着た尾崎浜の徳造である。尾崎浜の浜子の肝煎役《きもいりやく》を勤めるこの男は、工事に働いた浜子の代表の一人として招かれたのだ。だが、新浜を見つめる徳造の心中には、重大な決意が秘められていた。

新しい浜――それを浜の衆はこの事業の推進者の名に因《ちな》んで「七郎次墩《かく》」と呼びはじめていた――は、正保年間に開かれた御崎浜に続く位置にあり、外海の水圧と波浪に耐え得る強固な堤防で囲まれた入浜式の構造を持っている。

もっとも、今の塩田はみなそうなっている。日本の製塩技術史上最大の飛躍といってもよい入浜法が、いつどこではじめられたかははっきりしない。文化十三年（一八一六年）に三浦源蔵の著わした「塩製《えんせい》秘録《ひろく》」なる書物には、入浜法の創始について、

「寛永年間……瀬戸内にては上の御用作、百姓町人の開作 夥《おびただ》しく出来立《できたち》、塩浜多軒となる。此《この》砌《みぎり》より始まりしも何国を始とすることなし」

と記されている。

中世における塩浜は、汐《しお》たごなどを用いて人力で原料海水を汲み上げて散水する「揚浜」と、満潮時に海水の満ちる干潟を利用して干上った時に塩分の凝固した砂を集める「自然浜」との二種類だったが、戦国時代末期には後者に人工を加え、堤防で囲み浜溝を付けることがはじまった。これがいわば原始的な入浜法であり、ごく自然に各地で改良が積まれてできたものだろう。

しかし、今日の研究では、この方法を組織的に取り入れた近代的な入浜塩田の最初のものは、正保三年（一六四六年）浅野長直によって造成された赤穂御崎新浜であったとされている。この塩田の開発には大坂の岸部屋と竹島、高砂の今津屋などの塩商が出資をしているし、完成と同時に播磨各地から浜人を招いて定住させたとも伝えられている。つまり、藩と塩商と浜人の技術集団とが一体となって行った革新的なビッグプロジェクトだったわけである。それ以降三百年間、昭和二十年代末に流下式が普及するまで日本の塩田は基本的には変っていない。

当然、今度の新しい塩田も、五十年前に完成したのと同じ型式だ。だが、この新浜には、これまで使われていた浜と違った特色もある。二十町歩の塩田が一つ五反七畝《たんせ》の大区劃に整然と分けられていることだ。

実は、これも新しいものではない。かつては隣の御崎浜塩田もこれに似た形になっていた。この

時代から四十年ほど前までは、三反以上の大区劃が普通で、一軒平均一町一反三畝という大規模経営が行われていた。このため、塩業者には奉公人を置く者が多く、万治四年（一六六一年）の記録には御崎浜六十四軒の塩業者のうち、三十一軒が合計百二十五人の男女奉公人を抱えていたとある。これに通いの日雇いをも加えると、一軒で七、八人も使っていたことになろう。

しかし、その後は自小作育成政策によって、この種の大規模経営が半ば以上崩壊したことは第Ⅰ部に詳述した。塩田が瀬戸内各地に拡まり先進技術を持つ赤穂の奉公人が引き抜かれたことで人手不足になったため、大規模塩業者の多くは、自主的な努力を促す自小作方式に切り換えて地主化する一方、自らは流通面を抑える地場問屋、つまり塩売仲間となって行ったのである。

元禄初期には、塩売仲間の直営する大規模生産と、尾崎浜の徳造のような自小作が行う一反数畝単位の小規模生産とが混在していたが、どちらかといえば、後者の方が新しい経営形態と考えられていたのである。赤穂に限らず、安芸の竹原塩田でも備後《びんご》の松永、伊予の波止浜《はしはま》などの塩田でも、この時期にはみなそうだった。何事によらず、大規模大量生産が新式近代的と考えるのは、自由な無産賃労働者が限りなく出現した産業革命以後の状況を知る現代人の「あと知恵」というものである。

こうした時に、新しくできた「七郎次墩《かく》」が五反七畝の大区劃を持った姿を現わしたことは、浜人たちに多くの疑問と戸惑いを感じさせた。

「今度の新浜はえらく大きな区劃じゃなあ。まるで万治の昔に戻ったような……」

四十年前を知る浜の古老はそういって首をかしげた。

「ふーん、先々代の殿様、長直様の頃にはそれもよかったと聞くが、今さらどうかのお……」

若い自小作たちも不思議そうにいい合い、

「一体、この広い塩田をだれが作るのかなあ……」

と考えた。延宝の頃から赤穂藩が採り出した浜子の移住禁止政策で再び人手が過剰となる一方、「生類憐みの令」などの影響で塩需要も増え塩価も上っている。つまり、赤穂の塩業をめぐる客観情勢は著しく変化していたのだが、それで最適経営規模が拡大したなどという理屈は浜子たちには分るはずもない。彼らには、すたれ去ったはずの形態が新浜に採用されようとしているのが解《げ》せないのである。

だが、これにもすぐ答えが届いた。もの識りの庄屋が、

「あの浜の造成には大坂の塩問屋竹島喜助がどえらい銭を出しとるんや。大方、竹島があれを作るんじゃろうて……」

と教えてくれた。

「ほお……。大坂から作りに来んのか。そら通うだけでもえらいこっちゃなあ……」

そんな間の抜けた感想をもらす者もいた。

「何いうてんね、ど阿呆。何で大坂から通うもんか。こっちに支配を置いてやるのに決まってるわい……」

流石にそういう者がいる。一歩進めて、

「ほな、やっぱりまた貸しするんやないか……」

という者も出た。浜の自小作たちの話はその辺で終った。

ところが、今から一ヶ月ほど前の八月はじめ、奇妙な噂が流れ出した。「今度の新浜は請負《うけおい》に出

すらしい」というのだ。

「つまり、奉公人を置いて直営するのでもなければ小作に貸すんでもない。大工の棟梁に家を建てさせるのと同じように決めた銭を払うて作らせ、でけた塩を収めさせるんや。これなら、棟梁に当る者にまかせておいてもええから楽やというわけや」

もの識りの庄屋がそんな解説を付けた。

これを聞いた時、尾崎浜の貧しい自小作徳造は激しい興奮を覚えた。

〈銭を出してくれはるんなら、わいでも大工の棟梁に当る立場になれるのと違うやろか〉

と考えたからだ。

それから毎日、徳造はこの話の情報を集めた。浜の者の噂は混乱しており、真偽様々だったが、徐々に内容が分って来た。その大要は、次のようなものだった。

「五反七畝の一区劃を年間銀三貫目で請負わせる。請負人は年間差塩五百石、二斗俵二千五百俵を収める義務を負うが、それ以上の生産があった場合は一俵につき銀一匁の賞与が与えられる」

〈銀三貫で二千五百俵か……〉

徳造は胸の高鳴るのを感じた。今、自分の耕作している一反二畝からは六百五十俵ほど取れる。五反七畝で二千五百俵は軽い。熱心にやれば三千俵は取れるだろう。請負代と賞与で銀三貫五百匁が得られる。一方、これだけを作るには最低男四人女二人は要る。自分と女房のほかに男三人女一人は雇わねばならない。だが、それは年に銀六、七百匁で済む。ほかに煮詰めが要る。釜家に頼めば二俵につき銀一匁は取られる。三千俵で銀一貫五百だ。いや今の一反二畝と請負の五反七畝、併せて六反九畝もあれば自分で釜家を造った方がよい。そうなるとまた釜焚きを雇わねばならんし、薪も要る。どれくらいかかるのか、徳造には分らない。けれども釜家に頼むより安いはずだ。そのほかに、俵も要る。一俵五文、三千俵なら銭十五貫、銀にして百八、九十匁。これは知れている。どうやら銀三貫目という請負代の中で全部が収まりそうだ。

〈要するに二千五百俵の出来でとんとん。それ以上できれば一俵一匁の得ということや……〉

文字の書けない徳造は、何度も暗算を繰り返し、石を並べて計算した末、一日がかりでそんな結論に達した。そして、

〈それならわいも請負いたいなあ……〉

と思った。予定通り、年三千俵の収穫があり、銀五百匁ずつの賞与が残ることを考えると、胸も頭も熱くなって来る。しかし、これを現実にするのは容易《たやす》いことではない。まず第一に、どこのだれに頼めば請負人になれるのか、それが徳造には分らない。

〈とに角、庄屋さんに相談してみるよかあるまい……〉

徳造は、この当時の自小作の考える最も常識的な方法を採った。だが、この話を聞いた庄屋は、

「徳造、お前正気か……」

とあざ笑った。

「お前のような者に五反七畝もの塩田が請負えるもんか。お前は今、何ぼ作っとるんや、一反二畝やろ。その五倍やぞ。それになあ、徳造。二千五百俵を収める務めがあるんや、請負人には。それだけでけへんかったら足らず前は身銭を切ってまとわんならんねぞ。もし一昨年のような雨続きで二千三百俵しかでけへんだら、二百俵買うてでも納めんならん。それがお前にでけるのか……」

「へえ、わいもそれは考えとりま。わいかて、今、五畝ほどは自分の土地持っとりますよって、あ

れ売ってでも払いま」

徳造は必死に喰い下ったが、庄屋は、

「やめとき、やめとき。えらい目に会うのがおちや。わしらでも荷が重いと思うて手引いたんやから。あれはなあ、川口屋はんとか阿波屋はんのような塩売仲間でも大手しかでけん仕事や。浜男は浜男らしゅう地道にやんなはれ……」

というばかりだった。

徳造はがっかりした。野心と意欲にあふれたこの若者も、自分の身分と貧困の周囲に立つ壁の厚さに絶望を感じざるを得なかった。しかし、そんな徳造にも味方はいた。女房のおきんである。しょげ切った夫から、この話を聞いたおきんは、

「お前さんがほんまにしたいと思うんなら、もう一遍川口屋はんにでも聞いてみなはれ。二千五百俵の務めがでけん時には、女房を質においてでも払うというてなあ……」

と夫を励ました。

「そうか、お前、そないにいうてくれるか……」

徳造は、生れて間もない赤児を抱える女の強さに驚いた。

「そうだす。うちらはこれよか悪なることないんやから、怖がることあれしまへん」

おきんは、出産前後の休みで幾分潮焼けのさめた顔を陽気にほころばせた。

翌日、徳造はでき上った塩を車に積んで川口屋を訪れた。できた塩を売りに来た風を装い、その実、新浜請負の話をするためである。川口屋で徳造の相手をしてくれたのは、中年の番頭「角はん」だ。徳造は、この番頭の本当の名を知らない。

「角はん。お宅はあの新浜の請負しやはりますねて、ほんまだっか……」

徳造は、塩俵を運び終ったあとでそう訊ねてみた。

「徳やん、よう知っとるなあ。二枚ほどやるつもりやからまた来てや……」

「角はん」は、にやにやしながら答えた。

「あれ請負うのは、お宅みたいな大店やないとあきまへんのか……」

徳造は世間話風に核心へと進んだ。

「そんなことあれへんやろ。御崎浜の五郎兵衛はんかて一枚やるんやから……」

「角はん」は興味なげにいった。

「御崎浜の五郎兵衛はんが……」

徳造はどきっとした。五郎兵衛は御崎浜の自小作たちの肝煎《きもいり》、つまり、塩売仲間でもなければ庄屋でもなく、ただの浜子である。だが、そうはいっても、徳造とは大分違う。五郎兵衛の家は先代まで庄屋を勤めており、落ちぶれたとはいえ二反ほどの塩田は総て自作、ほかに五、六畝を小作に出している。その上、米を作る農地も四、五反持っている。何よりの強味は、五郎兵衛の弟が塩売仲間の一軒室井の養子になっており、その息子が藩に取り立てられて大坂屋敷詰塩問屋役人となっていることだ。だが、この時の徳造には、

〈五郎兵衛が御崎浜の浜子肝煎なら、わいは尾崎浜の肝煎や……〉

という思いの方が強かった。

「五郎兵衛はんは、どないして請負になりよりましてん……」

徳造は、「角はん」の顔を睨んで訊ねた。

「そらあ、あの新浜に出資したはる大坂の竹島喜助はんとこに頼んだんやろ。うちかてどこかて、みな竹島はんから請負うてんねから……」

「ほんなら、その竹島喜助はんにはどないしたら会えますね……」

「そらあ、大坂の塩町の店へ行ったらええがな……」

そういう「角はん」の返事に徳造はがっかりした。貧しい浜子の身では大坂などという遠い所へ行けるものではない。ここに至って徳造は、ようやく自分と御崎浜の五郎兵衛との差に気が付いた。大坂屋敷詰の塩問屋役人になっている五郎兵衛の甥のことを思い出したのだ。

徳造はまたしても厚い壁を感じたが、なおも、最後の質問をした。

「そのお……竹島喜助はんは、近々赤穂へ来やはることおまへんのかいなあ……」

「来やはるでえ……」

「角はん」は、すんなり答えた。

「来月早々、新浜の水入れはじめの式に出やはるがな……」

「あ、そうか……」

徳造は思わず叫んでいた。その式なら徳造も尾崎浜の浜子代表として招かれているのである。

〈今日は、竹島喜助はんとやらに直訴してやろう。あかんでもともとや……〉

尾崎浜の徳造は、そんな決意を秘めて水入れはじめの式場へ、だれよりも早く来た。だが、ここでも竹島喜助に直接掛け合うのは容易でないことが分った。徳造に与えられた席は、はるかに末席で、祭壇の三方に張られた幕張からはみ出した所である。銀主の竹島は前方に座るはずだから声をかけるどころか、近づくことも難しい。それに徳造は、竹島喜助の顔も姿もよくは知らない。浜子肝煎として、何度か塩取引の場で見ているはずだが、一時に何人もの塩問屋が並ぶので、どれが竹島かはっきり憶えてはいないのである。

〈まあ、何とか出入りの道端ででも会えるかも知れん……〉

徳造はそう考えて自らを励ました。

やがて各村の庄屋や百姓・浜子の代表がやって来た。浜奉行の不破数右衛門を先頭とする一団の武士も来て、式場の準備を改めたりし出した。やがて、

「御家老様御到着」

の先触れがあり、筆頭家老大石内蔵助、城代家老大野九郎兵衛など一群の偉い侍が幕張の中に入って来た。この事業の推進者石野七郎次数正が幕をたくし上げて重役たちの入口を作っている。今日の石野は流石に晴やかな顔をしていた。工期は八ヶ月ほど遅延し、工費は五割以上も当初予算を上回ったが、かなりの現銀を残して工事を完成させたのだから、その功績は大きい。

だが、その石野は、重役たちが入ったあともまだ幕を持ち上げたままでいる。

〈まだだれぞ偉い人が来るのかなあ……〉

末席の徳造は伸び上るようにしてそれを見ていた。そしてそこに現われたのが恰幅《かっぷく》のよい初老の男と若い娘、それに三十前後の男の三人連れだったのに驚いた。

〈あれが竹島喜助か……〉

そう思った瞬間、徳造は足腰の力が抜けるのを感じた。町人とはいえ腰に刀を差し、侍に幕を上げさせて悠々と現われるほどだから、到底気楽に掛け合える相手ではなさそうに思えた。

儀式は型通りに進んだ。神主の祝詞奏上《のりとそうじょう》があり、お祓《はら》いがあり、少量の酒が新浜の土に振り撒かれた。赤穂としては何十年振りかの新浜だけに儀式は長く大袈裟だったが、総ては祭壇に近い上席で行われ、徳造が竹島喜助の方に近寄る機会などまるでない。

いよいよ儀式は最後の段階に来た。浜溝の口を開いて海水を塩田に流し込むのである。

「殿の代理として御家老にお願いいたしまする。お介添役は銀主竹島喜助殿……」

浜奉行の不破数右衛門が進み出て、そう告げた。

しばらくの間、二人の家老はこの晴がましい役を譲りあっていたが、やがて相談がまとまったらしく、城代の大野九郎兵衛が立ち上り、

「この役は一つ、石野七郎次数正殿にお願いいたそう……」

と大声でいった。大石内蔵助と大野九郎兵衛は、身分を越えてこの事業の最大功労者に花を持たせたのだ。

「それでは手前どもも、これをやろうといい出した娘の素良にやらせとうございまする」

恰幅のよい初老の町人竹島喜助が、にこやかな笑顔で家老たちの方に頭を下げた。この儀式に色どりを添えると共に、一人娘の素良を大事な取引先に売り込んでおこうという思惑から出たものであろう。

思いがけない事態に、指名された若い二人はちょっと戸惑った様子だったが、すぐ石野の方が進み出、祭壇に一礼、家老たちの方に深く頭を下げてから水入れ口の方に進み出した。やや遅れて素良も塩田の中に降りて行った。二人の男女は、自分たちに注がれている多くの目を意識してかそれぞれ別々に行動していたが、そのわざとらしさがかえって互いを強く感じていることを示していた。

二十間ほど先の水入れ口に達した石野七郎次は、着物の裾をつまんで歩き難そうに来る素良を苛立たし気な表情で見た。素良は視線を足元にだけ注いで歩いた。素良が水入れ口に着くと石野は待ちかねたように樋《ひ》を抜いた。このため、しゃがみ込んで手を添えようとした素良は、空《くう》を摑んで浜溝の中に手をついてしまった。ちょうどそこへ、満潮の海水が勢いよく流れ込み、素良の美しい着物の袖を濡らした。

「あっ……」

と叫んで、石野は素良を抱き起した。

「申し訳ございませぬ。すぐ洗って進ぜよう。着物に塩が染《し》みるといけない……」

石野は慌ててそんなことをいい、素良の手を取って戻りかけた。素良は少々頬を赤らめたが、取られた手を敢て振り放そうともしなかった。

思いがけない男女の仕草に式場では失笑と拍手が湧いた。すかさず竹島喜助が、

「これは、手前どもが浅野様に手を引いてもろうて、共々に栄えよということでございましょうなあ」

と解釈を付けた。

「左様、時には苦労もあろうが手を取り合うて行けというお告げじゃわ……」

大野九郎兵衛も、おかしそうに応じた。とに角、今日はめでたい日なのだ。

再び、神主が祝詞をあげはじめ、海水の入り出した新浜にお祓いが繰り返されたので、人々の目は祭壇の方に戻って行った。人々の注目から解放された石野と素良は、式場の後方に廻って、せせらぎで着物の袖に付いた海水を洗っていた。若い男女の引き起した小さな突発事件の波紋は消え失

せたかに見えた。だが、これが、尾崎浜の徳造にとっては願ってもない好機を作ってくれたのである。

「竹島のいとはん……」

式場の最後尾からそっと抜け出した徳造は、せせらぎで袖を洗う素良の脇ににじり寄って声をかけた。

「へ……」

突然、見知らぬ浜男から声をかけられた素良は驚き、目を見張った。

「この新浜を一枚わいに請負わしてもらえまへんやろか。わいは貧乏でっけど、一生懸命やりますで、きっと三千俵は作りま……。もし足らなんだら、これでも五畝ほど土地を持っとりますで、必ずまといまっさかいに……」

徳造は米搗《こめつ》きバッタのようにお辞儀を繰り返しながらそういった。その間素良は、怪訝な表情で日焼けした徳造を見返していた。見知らぬ男の突然の出現に驚き、返す言葉も思い付かなかったのだ。

「素良殿、この男はな、尾崎浜の徳造と申して浜子の肝煎をしている者ですよ」

脇から石野七郎次が口添えをした。徳造は緊張のあまり名乗ることさえ忘れていたのだ。

「憶えておられませぬか、素良殿は。私がはじめて塩取引に出て俵の説明をした時のことを……」

石野はそう続けた。

「ああ……この俵がええと叫んだ人……」

素良はそういってにっこりした。三年前、赤穂藩が俵の規格を統一した際、塩売仲間は一致して反対したが、この徳造は大胆にも真先に賛成した。石野七郎次にとっては、ちょっとした恩人である。その時は、素良も喜助の後でその様子を見ていたのだ。

「そうだす。あの時は御無礼をいたしましたが……」

徳造は、石野の口添えと素良の笑顔で落着きを取り戻した。

「このわいに新浜一枚請負わしてくれはれしまへんか。わいは五畝の土地がありまっし、女房も足らん時には質に入ってもええというとりまんね。頼みますわ……」

「へえ、奥様も……」

素良は、徳造の熱意に押されて同情的な顔になった。

「へい、女房かてそういうてまんね。二千五百俵収められへんだらまとわなあかん。その時は……」

徳造は同じことを繰り返したが、素良は至極現実的な答えをした。

「お気の毒やけど、もう請負う人はみんな決まってますね」

「へえ、もうみな……」

徳造は失望と緊張の緩みで泣きそうな顔になった。膝が緩み腰が曲って、今にもへたり込みそうに見えた。その姿の憐れさが、素良に慰めの言葉を思い付かせた。

「そやけど、もうじき、あっちの方の九町歩もできるよって、それでもよかったらまだあるかも知れんけど……」

「うへ、あっちはまだおますか……」

徳造は伸び上り、目を輝かせ、次の瞬間には、

「お願いしま……」

と土下座していた。

「尾崎浜の徳造が竹島から新浜一枚を請負うたらしい」

という噂が、赤穂の塩業者を驚かしたのはその年（元禄九年）の暮近い頃だった。

「竹島ももの好きじゃのお。銀の三貫目を払うなら、何も徳造なんぞにやらさいでも、請負う者がいくらもいるやろうに……」

塩売仲間や浜の庄屋はそういい合ったが、言葉の裏には「それなら俺がやればよかった」という悔いも含まれていた。しかし、徐々に実態が明らかになると、決して竹島はもの好きばかりでそんなことをしたのではないらしいことも分った。徳造が偶然の機会を捉えて竹島の娘に直訴したというあたりは、いかにも芝居じみた話だが、そのあと交渉相手が番頭の与之介に替ると、現実的な算盤勘定が先に立った。竹島側は徳造の生産態勢と保証能力を厳しく査定し、徳造の叔父に当る百姓庄兵衛と妻きんの里釜家人夫の久吉に連帯保証を求めた。その上、徳造が現に耕作している一反二畝の塩田を他の者に譲ることをも絶対の条件とした。

表向きの理由は、奉公人も手伝い人夫も持たない徳造が五反七畝もの請負をするからには、それに専念してもらわねば困る、というものだったが、実はもっと深い計算があった。こうしておけば、徳造が作る塩は総て請負塩田からできたものだから、その年の生産量が正確に分る。そしてそれを基準とすれば他の請負塩田の産出量もほぼ推定できるので、請負人もごまかすことができなくなるというわけだ。つまり、徳造は、生産量推定標準器の役割をごく自然に背負わされたのである。

「やっぱり大坂の商売人はしっかりしとるわい……」

塩売仲間や浜の庄屋は、苦々し気にそういった。竹島からの請負に応じた者はみな、徳造の請負塩田の不出来を願わざるを得ない。つまり、徳造は大坂の塩問屋と直結したことで赤穂の旦那衆と利害の相反する立場に置かれたわけだ。

だが、当の徳造はそんなことは露知らず、めぐり来た好運を無邪気に歓んでいた。この男にとっては、竹島のいとはん素良も、口を添えてくれた石野七郎次も、何度も折衝に来てくれた番頭与之介も、神棚に祭りたい「福の神」としか思えなかった。

その信念は、年の瀬も押し詰った頃になって、竹島の番頭与之介が二人の丁稚と共に徳造の小屋に来て、銭二十貫と銀二百匁少々を置いた時、一段と強まった。

「徳造はん、これで今年の請負代の二割でっせ。あとは塩を収めてもろたら、そのたんびに払いますよってな、しっかりやっとくなはれや……」

与之介のそんな言葉を徳造は夢見心地で聞いた。二十貫の銭は、徳造の小さな小屋を満すほどの量に見えたし、手に握らされた二百匁余の小粒銀はずっしりと重く心地よく冷えていた。女房のおきんも、

「これみなもろたんか……」

と目を丸くして銭の山を撫《な》で回した。そして何よりも嬉しかったのは、「銭が届いた」という噂が尾崎浜での徳造の権威を飛躍的に高めたことだ。近所の連中も親類の者も急に愛想がよくなり、お世辞を並べるようになった。中には、

「わいにもちょっとだけ下請させろよ」

という者もいたし、

「薪刈って来てやるから買わんかの」

とか、

「うちの伜も使うたってくれや」

とかいう者もいた。勿論、「利子はたんまり付けるから」と銭を借りに来る者もいた。

徳造はこれらに対しても慎重な態度を失わなかった。彼はただ、二斗分の餅をついて近所と親類に配っただけである。これから五反七畝の塩田を耕作して行くために人手を使わねばならないことを考え、最小限の振舞いをしたのだ。だが、この瞬間に、尾崎浜の徳造は最早ただの浜子ではなくなっていた。この男は、その後も毎日浜に出て働いたし、女房のおきんも俵造りと浜仕事に今まで以上に働いたが、彼らの社会的機能は既に一軒の下請経営者に変っていたのである。

（四）

元禄十年――好景気のうちに明けたこの年、大坂の正月は賑やかだ。

一昨年秋の金銀改鋳以来、通貨の供給量が拡大し、商品の流通は一段と活潑になり、在庫品は値上りし、その上、金安銀高の利益まで加わった。

高い利益を上げた仲買や掛屋は、番頭や手代に特に暮の賞与を出した。本来無給の住み込み丁稚までが二百文、三百文の小遣いを御寮《ごりょん》はんから頂いて、菓子屋や飲食店に駆け込んだ。道頓堀の芝居小屋も北新地の遊里も、沸き立つような盛況だ。好況を反映した家屋や倉庫の新築も相次ぎ、土地の値段も急騰した。堀川に沿った船場の一等地なら三年前の二倍の値がついた。そしてそれが、家作を持つ隠居や後家をも潤した。家賃・間借り代も値上りしていたからである。

「今年の正月は、ほんまにええ正月や」

塩町の塩問屋竹島喜助もふくよかな顔を一段と福々させてそう繰り返していた。正月三日、仕事はじめを明日に控えた祝いの席である。それを聞く番頭・手代の顔も楽し気だ。商内《あきない》が好調なだけに暮の賞与小遣いも気前よく出たし、うまく行けば待望の昇進も期待できる雰囲気なのだ。

徳川時代の商家勤めは安楽なものではない。丁稚で入って番頭にまでなれる者は二、三割に過ぎず、大部分は途中で郷里に帰って農業に戻るか、本道からはずれた小商売や日雇いになる。勿論、結核や伝染病で若死する者も多いし、店が倒産すれば全員路頭に迷うほかはない。倒れた店の番頭や手代の再就職は、浪人した武士の仕官以上に難しい。

「徳川時代の奉公人は終身雇用で最後にはのれん分けを頂いて別家を建てた」などというのは、のちの幸せな時代の学者がごく稀れな成功者の例だけを調べていうことで、現実は、店同士の間にも従業員相互でも才覚と体力と辛抱の限りを尽す激烈な競争が行われていたのである。それだけに、この時代の商家の番頭・手代が店の拡大を望むのは切実だったし、昇格昇級の話には今日のサラリーマン以上に神経を尖《とが》らせたものだ。

「まあ……去年は結構な年やった。商内は増えたし、相応に儲けさせて頂いたし、それにあの赤穂の新浜もでけたし……」

喜助は、奉公人の熱いまなざしをそらすように脇の素良を話相手にした。五十一歳のやもめ竹島喜助の店では、二十一歳になる一人娘が今では「御寮はん」役の大部分を勤めている。

「へえ、ほんまに……」

素良は屠蘇《とそ》で赤らんだ頬を緩めてうなずいた。

「それにお前が推めたあの浜の男、徳造に請負わせたのも当りやった。持ちつけん銭を持ったら有頂天になってしまうんやないかと心配したけど、なかなか真面目にやっとるようや……」

喜助の耳には尾崎浜の徳造の行動も逐一入って来る。別に監視を置いているわけでも、通報者を養っているわけでもないが、月に二回ほど出向く手代の報告と時々来る赤穂の者の話で十分に分る。いつの世でも銭の流れには情報が浮んでいる。今や、赤穂塩最大の仲買問屋となった竹島喜助のもとには真偽様々な情報が入り過ぎるほどに入るのである。

「そらよかったわ、けど、まだまだ安心はできへんやろけど……」

素良は自分の推薦した請負人の好評に嬉しそうに笑った。

「ああいうのを一人加えたお陰で、見張りを置くようなケチな真似せんでもようなったのが有難い。なあ、与之介。巧いことやってくれたのお……」

喜助は続けて、請負交渉をまとめた番頭の手腕と心配りを賛えた。だが、その瞬間に素良の顔から笑いが消えた。

近頃、喜助は事あるごとに与之介の名を口にする。一番番頭の重兵衛が隠居間近い高齢になり、二番の弥吉が江戸に出たとなれば、これからの竹島を背負うのは与之介しかいない。その意味では、喜助がその名をよくいうのは奉公人をまとめるためにも当然だろう。しかし、素良にはそれが別の意味に聞える。その娘の心中には、

〈私も、そろそろ年や……〉

という気分が芽生えはじめているのだ。

素良は、正月を越して数え年二十一歳。この当時としては、結婚の遅い商人社会でも正に結婚適齢期だ。そして、その結婚の相手となれば与之介以外に適任者のいないこともよく分っている。

与之介は摂津の百姓の子だが、竹島とは遠縁にも当り、十三歳でこの店に入ってから今日まで十七年間、仕事の上での粗相もなければ生活面での悪い噂もない。最近も、たった二年あまりで江戸の店をひとかどの卸問屋に仕立て上げるという見事な実績を上げた。同業仲間の評判もよいし、若い手代や丁稚にもしたわれている。いずれは三代目喜助を名乗らねばならない素良の夫としてこれほどの人物はいないといってもよい。

だが、そうは思いつつも、素良の心には、今一つ踏み切れないものがある。どことい って非の打ち所のない男《ひと》とは思うのだが、それで止ってしまう。

〈この男が私の夫……〉

与之介が江戸から戻って以来、素良はそう信じようと努めた。だが、その都度、白々しい虚《むな》しさが湧いて来る。そしてそんな時には必ず、石野七郎次の長身が思い浮んで来るのだ。

〈石野様はお武家、うちの養子にでける男やない……〉

素良の理性はそういい聞かせる。だが、素良の感情からは石野七郎次が消え去らない。石野の名を聞くと胸が高鳴り、石野の姿を見ると頬が熱くなってしまう。

〈私はあの男に惚れてしもうたんやろか……〉

去年の暮のある日、素良はふとそんなことに思い当った。だが、すぐに、

〈そんな阿呆な……〉

と否定した。

素良よ、思い出して御覧。あの男が四年前にはじめてこの店に来た日のことを、と素良の理性は語る。色褪《いろあ》せた継ぎだらけの着物を借り物の羽織で隠して、赤穂の新浜造りに銀を出して下されと

哀れっぽく頼み込んだ素浪人だったではないか。それが、うちがあの話に乗ってやったお陰で浅野家に取り立てられた。けど、たったの十五石二人扶持。銀に直せば一貫四百の年収だ。うちの半日の商内《あきない》ほどではないか。そう考えて、素良は石野七郎次を軽蔑しようとした。しかし、そう思えば思うほど、石野の姿が色濃い存在となって脳裡《のうり》に居座ってしまう。

あの男は十五石二人扶持でどんな生活をしているのだろう。だれに食事を作らせ、どんな家で寝、何を楽しみとしているのだろう。そんな疑問が次々と湧く。そして遂には、

〈あの男も私のことを考えたはるやろか……〉

という思いにさえ至ってしまう。それは、与之介に対しては決して起らない感情である。何しろ与之介は、二六時中この家に住み込んでいるのだから、何の空想もさしはさむ余地がないのだ。

こんな思いを行きつ戻りつする素良にとって、結婚とか婿取りとかいう言葉は、不可能な決断を強制するものに感じられる。

そんな娘の心中を知ってか、父の喜助は露骨に話を持ち出すことはない。だが、五十一歳、もう老人の域に入りかけている父親が、二十一にもなった一人娘の結婚を急いでいないはずがないこともよく分る。それだけに、父の遠回しないい方が、殊《こと》さらに心に沁みるのだ。

「今年の正月はええ正月やけど、いつまでもこうとは限りまへんでな……。来年もさ来年も、ええ正月迎えられるようにみな頑張っとくなはれや……」

喜助は、ごく自然に話題を変えた。

「殊に今年はあの赤穂の新浜だけでも十三万俵は余計に入りまっさかいな。売り先をうんと拡げなあきまへん。まあ、みなどないしたらええかよう考えなはれ。これは宿題にしときま……」

喜助は陽気な大声でそういって、楽しそうに笑った。そろそろ祝いの宴も終りだ。素良は、ほっと肩で溜め息をついていた。

しかし、二月に入って早々、素良が恐れていた事態が起った。島屋の美波が来て、結婚すると告げたのだ。

「相手は京の綿屋の忠左衛門や……」

美波はちょっと情なさそうな顔をした。去年の夏、京の都万太夫座に芝居見物に行った時に会った、おとなしいだけが取柄といった感じの小肥りの若者だ。あの時、双方の親、綿屋善右衛門と島屋八郎右衛門が盛んに二人を並ばせようとしていた所を見ると、両家の間で話が相当に進んでいたのかも知れない。

「そう……それはおめでとう……」

素良はそういったものの、心の中では追いつめられた気分になっていた。

美波は素良より一つ年下、しかも芝居狂いで落ち着かぬといわれた娘だ。その美波ですら、親同士の定めた結婚を受け容れた。当然、「竹島のお素良はんも」という声が高まるに違いない。

「私、ほんまのことというて、あんまり嬉しないねんけど、みな喧《やかま》しいうよってしゃあないわ」

美波は、そんな本音を打ち明けてけらけらと笑った。

「その代り、忠左衛門は次男やから気楽でええと思てんね。別に商売する気もないから家賃地代でゆっくり暮すつもりや。京へ行ったら、毎日四条河原へ通たるわ……」

「そうねえ、それもええなあ……」

素良は笑顔を作って相槌を打ったが、いやでも竹島を継がねばならない一人娘の自分に与えられた選択肢の少なさが淋しかった。

「ほんでなあ、お素良はんに一つ頼みがあるね……」

美波は子供っぽい表情で耳元に口を寄せて来た。

「あのなあ、披露宴に来る時、最高の着物着て欲しいんや……。京の人らはまだ大坂は野暮やと思たはるよってな、お素良はんに着物競べで一番の評判とって欲しいんや」

「分った、分った。要するに京女の鼻あかしたろちゅうわけやな……」

素良も楽しそうにうなずいた。

「そやそや、浪速《なにわ》のこうとは京の雅《みやび》の上行くとこを見せたってや」

そういって二人は手を取って笑い合った。

豊かな商人や上流武士の間で、華麗な消費文化が開花した元禄時代、豪商の宴は贅沢なものだ。普段でも、花見や紅葉狩りに事よせて着物競べなどが行われたほどだから、豪商同士の結婚披露ともなれば大騒ぎである。花婿花嫁が衣裳直しを繰り返すだけではなく、招かれた客たちもそれをする。「衣裳を直すこと九度」などという忙しい記録もある。しかも、各人が供の女中たちをも引き連れ、これさえもが着物競べの対象になる。女主人とそれを取り巻くお供たちの服装をセットにして評価されるわけだ。綿屋・島屋の結婚披露の場合、衣裳直しは五回、供は二、三人までとなっている。着物競べの競技にはルールも決められているのである。

素良は翌日からすぐ準備にかかった。朝早くから大坂中の呉服屋を見て廻っただけではなく、織屋・染屋を訪ねて相談もした。一つには、美波との約束を果すためであり、もう一つは自分自身の結婚問題を忘れたいためでもあった。

だが、これこそと思うような案は容易にまとまらない。間もなく届いた出席者名簿を見ると、強敵が沢山いた。京都第一の呉服屋越後屋の主人三井八郎右衛門の若妻、京の豪商吉文字屋左右衛門の二人の娘、同じく大黒屋善四郎の養女、それに金銀改鋳を請負う京都銀座の有力者中村内蔵助《なかむらくらのすけ》の妻。いずれも金に糸目をつけぬ連中である。

実際、それらしい噂も伝わって来た。ある呉服屋が、本物の珊瑚《さんご》真珠を縫い込んだ着物を七枚も受注したというのだ。一枚が銀四貫、合計二十八貫目もするとの話である。多少の誇張があるとしても凄《すさま》じい浪費だ。

〈こら、お金のかけ合いではとてもかなわんなあ……〉

と素良は考えた。竹島は最近好調とはいえ、たかが塩問屋、天下に隠れもない豪商たちとは競えない。素良の思いでは、一切を含めて銀五、六貫で上げたい。さりとて、呉服屋廻りで最高の品を見付けることも難しい。市中に出回っている柄など、みな見なれてしまっているに違いない。

〈だれぞ、ええ絵師は……〉

そう考えた時、思い浮んだのは先年聞いた尾形光琳の名だ。大胆な絵柄と細心な色遣い、身にまとった時に最高の効果を発揮する心憎い配置、この上もない見事な絵柄を造る絵師である。

〈けど、この前の時には一枚で銀二貫五百というた。今ならもっと値上りしてるやろから三貫はとるやろ。五枚も揃えたらえらいことや……〉

素良はそれを思って少々憂鬱になったが、すぐ、

〈あれは越後屋を通じて買う値や。直接頼んだらずっと安いかも知れん。いや、値を決めて注文し

たらどうやろ。偉い絵師なら銭をかけんでもええもんが作れるんやないかなあ〉

と考え、実に奇抜な案を思い付いた。

元禄十年のこの頃、尾形光琳は京都に住み主として画業に親しんでいたが、経済的には苦しかった。呉服屋として成功した父雁金屋宗謙からかなりの財産を譲られたにもかかわらず、商売に手を出して失敗したり、妻との離婚で多額の慰謝料を払ったりしたためだ。これより三年前の元禄七年、尾形光琳が、親譲りの逸品光悦の硯箱《すずりばこ》を質入れしたことは第Ⅰ部でも触れた。また、弟の乾山（深省）が兄光琳に対して互いの金銭貸借を清算するよう求めた元禄九年日付の手紙も残っている。その中で乾山は「御了簡も候はば仰せ聞かさるべく候。此通りにてはすみ申さず候事に御座候」と書いている。絵画工芸面で最高峰を極めた光琳と陶芸の巨匠となった乾山、この二人の芸術的天才兄弟の間にも、俗っぽい争いがあったわけである。

しかし、芸術の面では兄弟は互いに協力して、既に一定の評価を得ていた。尾形光琳・乾山の兄弟は数年前から二条家に出入りし、弟の乾山は千百余坪の山屋敷を永代拝領して陶窯《とうよう》を築いた。兄の光琳もよくここに来て陶器の絵付をした。乾山の「陶法伝書」にも「最初の絵は皆々光琳に画中候」とある。また、のちの享保年間に摂政関白の位に昇る二条綱平が、元禄八年に女院に贈った扇子五本の絵は光琳の筆である。

二条綱平の推挙で、尾形兄弟の名は次第に京の貴顕に知られるようになったが、経済的には得る所が少なかった。徳川時代の公家は、格は高いが禄は薄い。二条家といえども三千石の旗本並みだから、富商育ちの尾形兄弟を満足させるほどの金銭を与えることはできなかったようだ。

このため光琳は、町方の注文にも応じて絵を画き工芸意匠を作った。特に着物の柄は得意だった。呉服商雁金屋の息子として育った光琳には、呉服は親しみ易い素材だったし、注文先の商人にも知人は多かったはずだ。光琳は既に不惑（四十歳）に達していたが、芸術至上主義者の常として作数は少なく、作風も必ずしも一般向きではなかった。光琳の意匠した柄は、あまりにも大胆かつ高価だったために、仕入れた呉服屋が売り先に困るということもあったらしい。

竹島素良が、銀五貫目を背負った丁稚と女中を連れて、鳴滝の乾山の窯家にいた光琳を訪ねたのはこんな時期のことである。

「これで、五枚の着物、光琳先生の思いがままに作っとくなはれ」

五貫の銀を目の前に積んでそういった素良の提案に、光琳の気持ちは動いた。銀五貫、千両に近い大金をそっくりもらえるというのも魅力的だったが、「思いがままに」という一言がそれ以上に嬉しかった。

「竹島のいとはんとやら……ほんまに私の思いがままにしてよろしあすか」

尾形光琳はじっと素良の目を見て念を押した。

「はい、結構です。先生がこれが一番と申されるもんなら……」

素良は、力をこめてうなずいた。

「たとえ木綿の浴衣《ゆかた》でも、その着物競べの場に着てくれはりますんやな」

光琳は再度念を押した。

「へ、木綿の浴衣……」

流石に素良は驚き、一瞬躊躇《ちゅうちょ》した。しかし次には前よりもはっきりとした声で、

「結構です。これぞ尾形光琳先生が天下第一と推めはった衣裳と申して着させてもらいます」

とといい放った。


「はは……うまいことをいわはるわい……」

光琳は軽く笑った。銀五貫の渡し切り、光琳にその気があれば暴利をむさぼることもできる。その代り、この男の名声は地に墜ちる。素良は銀五貫の質《しち》に二条家お出入りの絵師尾形光琳の名誉を取ったのである。


「分りました。ほな、お受けしまひょ。実は私に一度はやってみたいと思うておる秘策がおますでなあ……」

光琳は嬉しそうにいうと、紙筆を取ってさらさらと略図を画いた。よほど前から考えていたものらしく、筆の運びに淀みがない。だが、それを見せられた時、素良は一瞬固唾《かたず》をのんだ。予想もしなかった意匠が五枚並んでいたのである。

(五)

五月中頃、京都五条烏丸《からすま》の綿屋善右衛門宅に絢爛《けんらん》たる人の群が集った。この家の次男忠左衛門が、大坂の本両替島屋八郎右衛門の娘美波を娶《めと》った披露に招かれた男女である。

京の商家の造りは、大坂のそれよりもゆったりしている。船場・島ノ内の限られた通りに密集した商家がそれぞれに発展した大坂では、どの店も間口が狭く奥行ばかりが深い。建物も、いくつもの中庭を挟んで店の棟、中の棟、奥の棟と続いている。ところが、古くからの都城である京都では、屋敷の区劃も適当に按配《あんばい》されていて、豊かな商家は通りに面して長い土塀をめぐらし、私用のための門構えを築いている。今日の綿屋は、その私用門に定紋入りの幔幕を張りめぐらして来客をさばいている。

門を入ると、短い飛石伝いで前栽《せんざい》を横切って玄関口に至る。ここは、別座敷と呼ばれる客用の別棟だ。

別座敷は田の字形に並んだ四つの大きな部屋とそれに付属するいくつかの小間、それに三方をめぐる縁側で構成されており、玄関の左手からは母屋に通じる渡り廊下が出ている。商家の建物は店を主とした造りのために床が低く採光が悪い。それを嫌った京の豪商たちは、来客用の別棟を庭の真中に建てて明るく伸びやかな社交の場としたのである。

竹島喜助と娘の素良がここに着いたのは昼四ッ（午前十時）頃だったが、既に客の大半は来ているらしく門前はひどく混み合っていた。

玄関口には、綿屋善右衛門夫婦が座っており、丁重な挨拶が交される。この当時、婚儀は娶る家の祝い事とされていたので、客を迎えるのは新郎側の親だけである。それが済むと、この日のために新調した派手な着物をまとった手代や女中が客をそれぞれの場所に案内する。男は大抵、そのまま座敷に入るが、女は渡り廊下を通って母屋に導かれる。そこには、各部屋を屛風などで仕切り、一人に一つずつ区劃が用意されている。客が着替えをするためのものだ。

素良は、二人の女中と共に与えられた区劃、屛風と襖《ふすま》で仕切られた幅四尺五寸奥行二間ほどの空間で、持参した尾形光琳作の着物を装った。二人の女中もそれぞれに相応の身なりをした。ずらりと並んだ各区劃で、みなが同じことをしているのだから賑やかだ。着付のやり方が悪いと女中を叱る声も聞えるし、櫛笄《くしこうがい》が違っていると騒いでいる者もいる。やがて、女中頭らしい中年女が、

「新郎新婦も席に着きましたよって、そろそろお座敷の方へ行ってくれはりますか……」

といって来た。それに応じて、女たちが移動する衣ずれの音が聞え出した。いよいよ着物競べのはじまりだ。素良の胸は高鳴ったが、敢て急がなかった。この特異な柄の着物の効果を十分に発揮するためには、みなが揃っている所に出て行く演出が必要なことを知っていたからである。

綿屋の別座敷は襖障子が総て取り外され、四つの部屋が一つの大広間になっている。全体では六十畳ほどにもなるだろう。しかもその三方には縁側がついており、若葉豊かな庭に続くので広々とした開放感がある。こんな使い方のできる所が日本建築の良さだ。

正面床の間には金屏風を背にして新郎の綿屋忠左衛門と新婦の美波が座り、その両脇は仲人役の鴻池喜兵衛夫妻がいる。大坂の豪商鴻池善右衛門の別家である。その前には四十人分ぐらいの客席があり、それぞれの供は各主人の背後の縁側に侍る配置になっている。末席の方には、新婦美波御贔屓の芝居作家近松門左衛門もいた。流石に今日は「自堕落者」を自称する近松も紋服姿である。

下手の方には綿屋善右衛門夫婦と島屋八郎右衛門夫婦がいる。

やがて贅《ぜい》をこらした衣裳をまとった女たちがやって来た。それぞれに二、三人ずつの女中を引き連れてゆっくりと現われ、下座で綿屋・島屋の両夫婦に改めて挨拶して席に着く。

流石に見事な衣裳が並んだ。金色まばゆいものがある。色鮮やかな七色友禅がある。大胆な朱、凝った小紋、写実的な花鳥柄、中でも美波を驚かしたのは紫地に梅を散らした着物だ。紅梅は珊瑚《さんご》、白梅は銀糸と真珠で作られ、見るからに重たげだ。

〈ああ、これが噂に聞いた銀二十八貫か……〉

美波は、自分が花嫁であることを忘れて見惚《みと》れていた。

〈お素良はん、あれに勝てるやろか……〉

美波は、頼み込んでおいた大坂代表の姿を捜した。だが、竹島喜助の横の席はまだ空いている。美波は不安な気持ちで待った。その間にも豪華衣裳の入場は続き、部屋全体がお花畠そこのけのきらびやかさになった。だが素良はまだ来なかった。

〈どないしたんやろ……〉

美波は、無遠慮に顎《あご》を上げて部屋中を見回した。その時、やっと素良が二人の女中を連れて現われた。それを見た瞬間、美波は「あっ」と叫びそうになった。

素良の連れている二人の女中は、明るい色の友禅に金糸のたっぷり入った見事な着物を着ていたが、肝心の素良はほとんど黒に近い一色の着物に銀色の帯を締めているだけなのだ。

〈あれ、どんな仕掛けがあるんやろ……〉

美波は目をこらしたが、ようやく着物の裳裾《もすそ》に走る金の糸と帯に流れる細い赤い筋を見付けただけだった。豪華でもなさそうなら粋というほどでもない。

〈どないしたの……お素良はん……〉

美波は泣き叫びたい気持ちで客たちの反応を見回したが、だれの評価も同じらしくみな素良の方には目を向けないようにしている。

やがて、仲人からの挨拶があり酒肴が並べられ、何人かの客が祝いを言上する。そんなうちに半《はん》刻《とき》あまりが経つと、

「お色直しの御休息を……」

と告げる声がして、女客がゆっくりと立つ。互いに先を譲り合い丁重に会釈し合うのも衣裳を見せ合うためだ。美波も別座敷付属の小部屋で色直しをして座に戻り、客たちの再登場を待った。その間もこの花嫁は、

〈お素良はん、今度はまともなん着てや……〉

と心中で繰り返していた。だが、再び、一番あとから入ってきた素良を見た時には、前以上に驚いた。素良の衣裳は前と同じ黒の着物に銀の帯だったのだ。

〈何や……着替えもせえへなんだのか……〉

一瞬美波はそう思ったが、よく見ると裳裾の金糸が二本になり帯の赤筋の位置が少々下っている。どうやら他の客もそれに気付いたらしく好奇の視線が素良に集っていた。

また、来客の祝いが述べられ、本格的な膳が出て、二、三度盃が乾されるとまた色直しとなる。今度は花婿も着替えるし、男の客の中にも席を立つ者もいた。

〈今度はお素良はん、どないするやろ……〉

美波は、それがちょっと楽しみになっていた。恐らくほかの客たちも同じ思いだったろう。

三回目のこの時、素良は客たちの真中ぐらいで入って来たが、やっぱり同じ色の着物と帯だった。勿論、裳裾の金糸は三本となり帯の赤筋はさらに下っている。最早、だれの目にも素良の意図ははっきりした。この娘は、みんなが限りなく派手な豪華衣裳を揃えることを予想して、最も地味な色調の同じ着物を五枚用意して来たのだ。裾の金糸が増え、帯の細い赤筋の位置が変るのは、単に着替えをした証に過ぎない。

〈なるほどなあ……〉

美波は、この場の雰囲気と構成されるであろう色調とを考慮した素良の衣裳にちょっと感心した。同じ思いは他の客たちの間にも拡まっているように見えた。

四回目の色直しで素良が同じ着物・同じ帯で現われた時、女客の間から羨望《せんぼう》に満ちた眼差が注がれた。この頃になると、あまりにも豪華な柄と色との氾濫《はんらん》に見飽きた人々の目には素良の変らぬ簡素な黒と銀だけが美しく目立つようになっていたのである。

そして、五回目の色直しの時、素良が一番あとから部屋に入ると、はっきりと溜め息の洩《も》れるのが聞えた。明らかに他の女客たちが敗北を認めたのだ。その時、

「有難や有難や、世はこくせいやただ一色……」

といいながら無遠慮に手を打った者がいた。入口近くの末席にいた近松門左衛門だ。

「今に国姓爺《こくせいや》繁昌 仕《つかまつり》候て、五月菖蒲《しょうぶ》之甲《かぶと》、のぼりに団扇《うちわ》之絵、野も山も着物の色までこくせいや、こくせいやにござりますわい」

近松は、ちょっと浄瑠璃風の節回しでそう歌った。この作家は、近頃、明の忠臣国姓爺（鄭成功）の奮戦記を題材とした「国性爺合戦《こくせんやかっせん》」なる浄瑠璃を発表して大当りした。今年の五月人形にはそれに因んだ国姓爺ものが大流行だ。近松門左衛門はそれにひっかけて、「着物の色まで濃くせいや」と、黒一色で押し通した素良のセンスを賞めたのだ。見事なユーモア、そして近松自身の無邪気な自慢でもあるこの発言に、一座は大いに沸き笑った。花嫁の座にある美波も手を叩いて歓んでいた。だが、その笑いが収まり切らぬうちに、

「竹島はんの……ちとお訊ね申しますけど……」

という鋭い女の声がした。上座にいたあの珊瑚と真珠をちりばめた豪華な着物の女だ。

「そのお召物、どちらでお作りになりはりましたのや……」

女は声に似合わぬやさしい京都訛だった。

「はい、絵師の尾形光琳はんの作で……」

素良は低い控え目な声で答えた。

「ああ、尾形光琳なあ、聞きしに優るお見事さやこと。次には私もその光琳に作らせますえ」

女はそういうと頰を歪めて声もなく笑った。流石に、隣にいた若い夫は、妻の不作法をたしなめるように渋い表情を造っていたが、女の方はなおも口惜し気な視線を素良に向けていた。

〈あれは……だれだろう〉

素良は、女の豪華極まりない衣裳と夫の若々しい顔とを見比べていたが、その答えはすぐに分った。向い側にいた中年男が、

「中村様。御寮はんがそないに光琳をお気に召しはったんなら、この越後屋八郎右衛門が明日にでも連れて上りますでえ……」

と愛想笑いを浮べてにじり寄ったからだ。

越後屋こと三井八郎右衛門は、日本第一の呉服屋だ。京・大坂ばかりか、近頃は江戸の神田にも広大な店を張り、「現金正札」の新商法で大成功を収めている。その越後屋の主人が腰を低くして「中村様」と呼ぶ相手となれば、京都銀座年寄役の中村内蔵助以外にはない。

中村内蔵助、この時数えて二十九歳。先代より京都銀座年寄役を勤める家柄である。この役はつい三年前まで大したものではなかったし、若当主内蔵助に特別の才覚があったわけでもない。ただ好運に恵まれたのだ。一昨年から幕府のはじめた金銀改鋳によって巨額の歩一《ぶいち》、つまり手数料が入

り出したのである。

元禄改鋳の当時、改鋳作業を行う所は江戸と京都の金座・銀座に限られていた。江戸の金座は本郷霊雲寺脇、銀座は京橋横にあり、徳川家康以来の支配後藤庄三郎家の管理下にある。幕府は千両鋳造する毎に後藤庄三郎に十両の歩一を、小判師一党には十両二分、熔解作業に当る吹所の者たちには四両の作業代を与えた。元禄改鋳の際には大判三万二千枚と小判千三百九十三万両が江戸で製造されたというから、後藤庄三郎の得た歩一は十七万両近くに達したことだろう。

京都の方は銀使いの土地柄だけに、銀改鋳が主だったらしい。この時期京都銀座は中村内蔵助・末吉七郎九郎・日比文左衛門・長井藤右衛門らが年寄役を勤めており、銀十貫の改鋳につき十二両の歩一を得た。元禄銀の鋳造量は四十万六千貫、その大半が京都銀座で行われたと見られるから、ここには三十万両ほどの手数料が払われていたことになる。中村内蔵助一人の収入でも年間一万両は下らなかっただろう。

江戸や京都の金座・銀座が、改鋳のために要した燃料費や人件費が実際にどの程度のものだったか、知る由もないが、小判師・吹所の者には別に給金が出ているのだから、約一パーセントという手数料はいかにも多い。このことは、元禄当時既に問題になっていたらしく、幕府要人が大量の賄賂を得ているらしいという噂は早くからあった。中村内蔵助の妻が、着物競べのために銀二十八貫を惜しまなかったのも不思議ではあるまい。

素良は、中村内蔵助の妻のいかにも驕《おご》り高ぶった態度に、この華やかな世の裏側に起りつつある歪みを見る思いがした。それは手堅い商人として育てられた塩問屋の娘とは、違った生き方のようだ。それだけに銭金にあかせた中村内蔵助の妻の鼻をあかしたことを、心地よく感じていた。だが、このささやかな事件が、偉大な芸術家尾形光琳の人生を大きく変えることになったのである。

これを契機として、尾形光琳は、中村内蔵助をはじめとする京都銀座の有力者と結び付くようになり、彼らの注文に応じて絵画・蒔絵《まきえ》・染物の意匠を造り出す。彼らは貧しくとも清らかな審美眼を持った公家二条綱平とは全く異質のパトロンであり、現体制に順応して生きる楽しさを光琳に教えた。

お陰で光琳は経済的な困窮から脱し、豪華な芸術を大量に造ることができたが、その反面、中村内蔵助らに逆《さから》えぬ制約を受けた。今日、大和文華館に蔵されている光琳筆の「中村内蔵助像」は、この時期を象徴する作品といってよい。そこで光琳は、京都銀座年寄役を眉目《びもく》秀麗な貴公子として理想化して描いているのである。

六　亀裂

（一）

元禄十年（一六九七年）六月はじめ、浅野内匠頭長矩は本所御材木蔵火番役解除の通知を受けた。

「内匠頭殿、御苦労でござった。御貴殿のお働きのこと、我らも伝え聞いておりますぞ……」

大目付仙石伯耆守久尚《せんごくほうきのかみひさなお》は、特にそう付け加えた。

「有難きお言葉……」

内匠頭は丁寧に頭を下げたが、流石に、〈やれやれ……〉という気持ちだった。いかに好きな仕事といっても、責任ある役目にあることは気疲れがする。「火消名人」などといわれると、なおさら下手はできないと思う。真面目に思い詰める性格のこの大名は、この一年一ヶ月の間緊張した気持ちで過していたのだ。

火番役が解かれたことは、帰国を許す意味でもある。

〈ようやく赤穂に帰ってゆっくりできる……〉

内匠頭はそんなくつろいだ気分で御用部屋を出て柳之間に向った。夏らしい陽射しが心地よく蟬《せみ》の声が楽しかった。

ところが、菊之間の前にさしかかった時、この気分も消え失せた。そこに淡い褐色の紗《しゃ》の裃《かみしも》を着けた白髪の老人を見たからだ。いつものように見事な衣裳を装った吉良上野介義央である。

〈厭な奴に出会うた……。何とか、言葉も交さずすり抜けたい……〉

内匠頭はそんなことを思いつつ足音を忍ばすようにして進んだ。幸いにも吉良は反対側から来る人物を見つめていて、背後の内匠頭には気付かぬ様子だ。

「美作守殿《みまさかのかみ》……」

と、吉良が向うから来た男に呼びかけた。森美作守長成だった。二十七歳の若殿ながら、美作国津山の城主で十六万七千八百石、浅野内匠頭より一格高い菊之間詰の大名である。

「美作守殿、御貴殿ほどの利潑な殿が黒い裃とはいかがでござろうかのお……」

吉良上野介は小首をかしげながらそんなことをいい出した。いかにもげんなりした感じが後姿と声音ににじみ出ている。

「はっ、何と申されました、少将様……」

森美作守は、不意を衝かれて戸惑った。

「いやさ、その衣裳でござるよ。美作守殿。森家は代々粋を極めたお家柄と聞くが、今日のお召物だけは……」

吉良上野介は、「どうしようもない」といわんばかりに首を振った。

森美作守長成の祖先は森可成《もりよしなり》、織田信長の寵臣として美貌を謳われた森蘭丸《もりらんまる》の父である。上野介はそれを持ち出して美作守長成の服装を批判しているのだ。

「ほう……私の服装が何ぞ殿中御法度に触れておるのでございますか……」

森は、うろたえたように自分の袖を見た。

「いやいや、御法度なぞと固苦しいことを申しておるのではござらん。ちと色どりがちぐはぐじゃと申したまででござるよ、美作守殿。御貴殿ほどの上背もありお若くもある殿御故、もうちと色どりに気を利かされれば、さぞかしお美しいと思うたでな……。ははは、これは年寄りの老婆心じゃ。悪う思われるな」

流石に吉良もあとの方は笑いにまぎらせていた。

「これは……念の入った御忠告……」

森はそういって浅く頭を下げたが、顔は青ざめ目は怒りに燃えていた。菊之間の真前、同格の大名たちも聞いている所で、大声に服装の批判をされたのに腹を立てたらしい。

後で聞いていた内匠頭は、森長成に同情した。同時に、自分の服装にも同じようなことをいわれるのではあるまいかと心配した。内匠頭も森と同じような黒っぽい地味な衣裳だ。

〈吉良奴《め》、また余計なことを……〉

だが、逃げ隠れする間もない。森は菊之間に入り、吉良は向きを変えたので、否応もなく目線が合ってしまった。浅野内匠頭は慌てて視線を伏せて頭を下げた。黙って吉良の通り過ぎてくれることを祈るような気持ちだったが、吉良は、

「おお、内匠頭殿……」

と陽気な声で呼びかけた。内匠頭は背筋に冷たいものが走るのを感じた。

「内匠頭殿の火番役はお見事であったそうな。浅野の御一統はみな尚武のお家柄、内匠頭殿の御家中も勇士揃いじゃそうなのお」

吉良上野介はそういいながら、内匠頭の肩を軽く叩いた。この老人としては精一杯のお世辞だったが、内匠頭は身震いするほど厭だった。

「有難きお言葉……」

内匠頭は上目遣いに上野介を見て、ようやくそれだけをいった。

「ははは……結構なことじゃ。御公儀への御忠勤、これからもな……」

吉良上野介はそういって立ち去った。ごく当り前の思い付いた言葉を並べただけだったが、内匠頭には最後の一言が二年前の犬小屋普請を断ったことに対する皮肉にも思えて腹立たしく、吉良に触られた肩のあたりがいつまでもむずこそばゆく思われた。しかもそれは、数日後一段と重い淀みを生むことになった。

「森美作守長成殿御発病」

と伝えられたからだ。

〈作州殿は吉良奴の意地悪き言葉に気を病まれたのに違いない……〉

二年前に同じような状況で疱瘡《ほうそう》を病んだ浅野内匠頭は何となくそんな気がした。

美作津山は赤穂から近い。森家はいわば隣国である。浅野家からも森屋敷に使いを差し向け見舞いを言上させた。内匠頭は是非とも、

「吉良など気になさるな」

と森長成に伝えてやりたかったが、流石にそれははばかられた。内匠頭は、共に吉良上野介を嫌う同志として森長成に親しみを覚えるようになっていた。それだけに、六月二十日の夕刻、森美作守長成が二十七歳の若さで逝去したと聞いた時にはがっかりした。そしてその夜、病中何度も見た

亡き母戒珠院の夢を見た。孤独な母は尼僧姿で現われ、いつものように、

「武士には耐え難きこともあるものです。兄は乱心したにあらず、武士の一途を通したのです」

と語りかけた。

〈不吉な夢だ……〉

目覚めた時、浅野内匠頭はそう思った。だがすぐ、

〈夢を気にするとは子供じみている。わしはもうすぐ江戸を離れるのだ。赤穂に帰れば吉良などには会うこともない……〉

と自らを慰めた。

しかし、内匠頭には帰国を前にして気懸りなことが残っていた。堀部家の相続問題である。


中山安兵衛武庸が浅野家中の堀部弥兵衛の娘ホリと結ばれたのは元禄七年七月七日、今から三年ほど前のことだ。その前々年に一人息子を凶刃に失っていた弥兵衛には男子がなく、ホリの夫が堀部家を継がねばならない立場にある。だが安兵衛の方は中山姓を捨てたがらず、結局中山姓のまま堀部家を継ぐという条件で、弥兵衛の養子となりホリと結婚した。内匠頭は、二年前に入府した折、彼らを謁見し、この異例の処置を許した。堀部弥兵衛の一途な願いのせいでもあったが、内匠頭にも安兵衛のような著名な勇士を家中に加えたいとの思いが強かったからである。だが、その後、これに対して家中から批判が出た。

「堀部家は家祖浅野采女正長重公以来累代の重臣。いかに中山安兵衛殿が勇士の誉れ高いお人とはいえ堀部の名跡が浅野家中から消えるのは残念じゃ」

という声だ。だが、その裏には、

〈たかが喧嘩の助太刀に勝ったぐらいで、中山姓のまま三百石取りの堀部家の跡を取るとはちと厚かましい……〉

という感情がうごめいている。そしてそれは日を過すと共に強まり拡まった。高田馬場直後の興奮が冷めてみると、安兵衛も「ただの人」だ。

「特に浅野家のために働いたわけでもないのに、さまで特別扱いする必要があろうか」

と考える者も出はじめた。発展性の乏しい元禄時代の武士社会は、今日のサラリーマンの世界以上に競争心と嫉妬心が強い。そしてそれが、集団的な感情となれば、正当化する理論が必ず創り出される。この場合も例外ではなかった。日ならずして、

「安兵衛殿が中山姓のまま堀部の家をお継ぎになるというのはちと無理ではあるまいか」

といい出す者が現われた。

「考えてもごろうじろ。中山姓を保つというのは中山の家をお継ぎになっているということだ。それで堀部家も継ぐとなると、一人で二つの家を継ぐことになる。そんなことが可能であろうか」

「なるほど、確かに……」

すぐこれに同調する者が出た。

「たまたま安兵衛殿が浪人しておられたから何とも思わんでいたが、もし、元のまま溝口家の御家来であったとすればどうなる。溝口家家臣の中山家と我が浅野家中の堀部家の双方を継ぐ。これでは、いわば二君に仕えるようなものじゃ」

こういう理屈を振り回す連中は、すぐこのあとで、

「某《それがし》も安兵衛殿の武勇は高う評価しておるし、あのお人柄も大好きじゃから、何とか願い通りにとは思うが、それがかえってのちのち安兵衛殿の名を汚してはと心配でな……」

と付け加える。いつの世も嫉妬心と競争心で他人の足を引っぱる者は用心深く好意を装うものだ。

「ふーん。これは堀部様にも安兵衛殿にも、それとなく忠告してやるべきかも知れんのお……」

そうはいうが、決して自分で本人にいうようなことはしない。彼らのすることといえば、親切面で同じ噂を流すばかりだ。そしてそれは、すぐ重役たちの耳にも入る。何しろ、当時の江戸詰の武士はみな大名屋敷の中の長屋に住んでいるのだから噂の伝わり方は早い。

「これは困った……」

といい出したのは江戸詰家老の安井彦右衛門である。家中の「和」を尊ぶこの家老は、変ったことをするのには臆病なほどに慎重だ。

「殿のお許しになったこととはいえ、家中にかような批判が多くては、うかつに事を運ぶわけには参るまい」

と額に縦皺を刻み、堀部弥兵衛から出された隠居願いを握り潰していた。しかし、堀部弥兵衛は既に七十一歳、この当時の現役としては異例の高齢だし、養子の安兵衛は二十八歳の有名人、いつまでも部屋住みというのもおかしい。当然、内匠頭もそれに気付き「どうしたことか」と思い出した。

「堀部弥兵衛はもう七十を越えたが、えろう達者なようじゃな……」

今年のはじめ、内匠頭は世間話にまぎらせて、そんな訊ね方をした。

「は、実は……」

お側に控えていた片岡源五右衛門が、この機会に右のような問題を説明した。

〈ふーん、左様に難しいものか……〉

と内匠頭は思った。上に立つ者には、部下の競争心や嫉妬心は分り難い。中山安兵衛に堀部の家を継がしたとて他の者の禄が減るわけでもないと単純に考えていた内匠頭は、家中に意外な反対のあることを知って驚いた。こうなると、大名といえども、押し切れないのが泰平の世だ。

「何とかよき方法を考えてやれ……」

内匠頭はそういって話を打ち切ったが、気懸りは残った。それがまた、

「堀部家のこと、殿も御心配らしい……」

という噂となって浅野屋敷に拡まった。

こうした中で「敢て一肌脱ごう」という者が現われた。堀内道場の同門として古くから安兵衛と親しい高田郡兵衛・奥田孫大夫の二人である。

二人はいろいろと相談した結果、「やっぱり安兵衛殿が堀部姓を継がれるほかはあるまい」との結論に達し、秘かに剣術の師堀内源太左衛門の助力も得て安兵衛説得に当った。安兵衛は当初、

「それは約束が違う。中山姓のまま堀部家を継ぐという条件で養子になったものを……」

と抵抗したが、堀内源太左衛門から、

「それでは二君に仕えるも同然という声もある」

と聞かされては意地も張っておれない。儒学にもたしなみのある安兵衛にとって「二君に仕えるも同然」という見方だけは耐えられない。

「左様な謗《そし》りを受けては武名がすたれる。かくなる上は浅野家を辞して再度浪人いたす」

ともいってみたが、堀内も高田も奥田も、

「それでは君恩に叛《そむ》き、養父にも悪い。何よりホリ殿が憐れじゃ……」

と説かれて、ようやく、

「となれば中山の姓を捨てるほかござらぬのう……」

と納得した。


「中山安兵衛武庸殿が、中山の姓を捨て、堀部家を継ぐ決心をいたしました」

七月はじめ、近習頭片岡源五右衛門からそう聞かされた時、浅野内匠頭は、

「真実《まこと》か……」

と伸び上って悦んだ。

「はい、既に堀部弥兵衛殿より堀部家の家督を安兵衛殿に譲って隠居したい旨願いが出ております」

片岡はそういって堀部弥兵衛から提出されていた書面を差し出した。

「これは祝着、すぐにこの願いを聞き入れ安兵衛相続の手続きを進めよ……」

一読した内匠頭は、江戸家老安井彦右衛門を呼んでそう命じた。

中山安兵衛が堀部安兵衛と姓を変え、正式に家督相続を許されたのは、この年（元禄十年）七月七日のことである。安兵衛に与えられた禄は二百石、養父弥兵衛の受けていた三百石の三分の二に当る。新参の養子の身としてはかなりの厚遇だ。「高田馬場の勇士」という安兵衛の名声が評価されたといってもよい。また、弥兵衛老人にも別に隠居料として米二十石が支給されることになった。これは、浅野内匠頭家としては四百石取り持筒頭多川九左衛門の父多川道喜と並ぶ最高の隠居料である。ここにも内匠頭の堀部父子に対する好意が現われているといえるだろう。

この日、浅野内匠頭は、特に堀部父子と娘のホリを側近く招き、

「祝着至極である。これにて堀部の家もいや栄えるであろう」

といい、七十一歳の弥兵衛には、

「いつまでも達者で若い者の相談にのってやるように」

といった。さらに二人の後に平伏したホリに対しても、

「よき父、よき夫よ」

と笑顔で声をかけてやった。この異例の措置に堀部父子が感激したのはいうまでもない。中でも歓んだのはホリであった。彼女は、

〈これでようやく安兵衛さんが私だけのものになった……〉

と感じて涙が止らぬほどだった。そして、

〈ようよう我が家にも運が向いて来たと仰せられた殿様のお言葉は本当だった……〉

と思った。二十一歳のホリにとって、浅野内匠頭はこの上もなく「偉い人」だったのである。

（二）

七月九日、浅野内匠頭は江戸を発ち、帰国の途についた。懸案の堀部家の相続問題も理想的な形で解決したあとだけに、晴々とした旅であった。子葉の雅号を持つ大高源五が紀行記「丁丑《ていちゅう》紀行」を著わしたのもこの時である。長いものではないが、筆蹟・文体とも立派な出来で、江戸時代紀行文の簡素な傑作とされている。江戸にいた一年間、大高源五は蕉門の俳人榎本其角を訪ね、その門人二代目團十郎とも面識を持った。このことが俳人としての大高子葉の成長に大きな刺激と

なったことだろう。

しかし、この間にも衝撃的な出来事が起きた。七月十一日、先に逝去した津山藩主森長成の跡を継いだ森衆利《もりもろとし》が、遺領相続の挨拶に江戸に向う途中、伊勢の桑名で失心したというのである。

森家は子供運の悪い家で、家祖可成以来非常に複雑な相続を繰り返しているが、先の主君長成にも子供がなく、二万石の隠居料を得て備中西江原に別家を立てていた祖父の長継と何人かの叔父がいるだけだった。しかもその叔父たちも森家に残って分知した者はみな「不束《ふつつか》」「病身」などで、大藩の跡継ぎには不適格だ。このため、森家では一旦は他家の養子となった末の叔父（祖父長継の八男）衆利を急遽末期養子《まつご》にした。衆利としては思いもよらぬ大役が降って来たわけで、正に、青天の霹靂《へきれき》だったに違いない。

これに興奮し過ぎたのか、環境の激変に血迷ったのか、その衆利が相続から二十日後に旅の途中で失心、つまり発狂したのである。一説には狂乱して家老を斬ったともいわれている。発狂者は領主として不適格だから、これで衆利は相続資格を失ったわけだ。

末期養子が相続手続き完了前にその資格を失う——これは先にお取潰しになった備中松山の水谷家と同じケースである。当然、美作津山十六万七千八百石の森家も存続の危ぶまれる事態だ。

「森家の御跡取りが失心なされたと……」

旅宿でこの報せを聞いた浅野内匠頭は、驚き青ざめた。

「はい、先の水谷家といい、今度の森家といい、近頃は妙に御運の悪いお家が多いことでございます」

供家老藤井又左衛門はそう応じた。このあとには、

「それに比べて我が殿はよくぞ重病を乗り切って下された。お陰で我ら一同……」

とお世辞の一つもいうつもりだったが、深刻な内匠頭の表情を見てはそれも出なかった。

「森家がのお……」

内匠頭は口の中で繰り返した。

〈美作一国十六万余石の国持ち大名、あの堂々たる大藩が潰れる……〉

それを思って、内匠頭は我が身が波間に漂うような頼りなさを感じていた。


七月二十五日、浅野内匠頭の一行は陸路赤穂に到着した。

赤穂は、一方を海、三方を山に囲まれた小天地である。ここに陸路東方から入る道は鷹取峠を越える。赤穂と龍野を分つ峠だ。

この日、鷹取峠には幔幕が用意され、筆頭家老大石内蔵助・城代家老大野九郎兵衛以下の重役たちが出迎えていた。ここで帰国した殿様の一行は小休止し、隊伍を組み替えて堂々の行進で加里屋城に入るのだ。

隊伍の整うまでの間、浅野内匠頭は幕張の外に立って眼下に拡がる我が領国を見た。この大名にとっては、二年振り、それも重病の死線を越えたあとの帰国だ。

〈よくぞまた、我が領国が見られた……〉

という感慨が湧いて来る。

「殿、あれに見えまする銀色に輝く所が、去年できました新浜にござります」

大野九郎兵衛が脇に来て、陸と海の境を指さした。

「おお、あれか……」

内匠頭は一段と興奮した。在位二十年にしてはじめて手懸けた大事業が見事に完成しているのだ。

「はい、今年は天候にも恵まれ、米も塩も豊作。早やあの新浜からも銀二十貫余の運上が上りまして ございます」

大野は誇らし気にいった。

「ほう、もう銀二十貫もか……」

内匠頭はこんな当然のことにもひどく感激し、

「これは一つ、みなにわしからも礼をいわねばなるまい。早々に総登城させよ」

といい出した。

「は、総登城でございますか」

流石に大野は、ちと大袈裟過ぎると思ったが、新浜造成は自分自身の手柄でもあるから悪い気もせず、

「さらば……明朝にも……」

と答えた。

翌早朝、赤穂加里屋の城下に、突如総登城を告げる太鼓の響きが鳴り渡った。

「何事ならん……」

眠気目《ねむけまなこ》の武士たちは仰天した。この泰平の世に総登城など絶えて久しい。

「さてはどこぞで百姓一揆《いっき》か」

「いやさ、どこかの藩の謀叛ではないか」

そんなことを騒ぎ立てながらも、それぞれに父祖伝来の槍を取って本丸へと駆け登った。ところ

が、藩邸玄関には富森助右衛門らの使番が居並んでおり、

「戦さではござらぬ故、槍はここに置いて入られよ」

と叫んでいる。

「いやいや、拙者は生来の武辺、総登城というのにこの槍手放すわけには参らぬ」

などとごねて見せる者もいるが、もう顔は笑っている。だれの心中にも「どうせ大したことではあるまい」という気持ちがあったからだ。

やがて「殿のお成り」という声が聞え、一同平伏する中を片岡源五右衛門ら近習を連れた内匠頭が現われ、一段高い主君の座に着く。

「みなも知っての通り、家中一同の合力によって新浜の普請もめでたく完成した」

城代家老大野九郎兵衛が主座の脇から今日の主旨を語り出した。

「よって本日、殿より家中一同にねぎらいの言葉をたまわる。心して拝聴するように」

この時代の大名は、大勢を前にして長々と演説をするようなことはない。大体のことはみな、家老がしゃべっておくのである。

「殿、お言葉を……」

いい終った大野は、向きを変えて内匠頭を促した。

「うん……」

内匠頭は大きくうなずき、平伏する人々の上をゆっくりと見廻した上で、

「みなの者、御苦労であった。嬉しく思うぞ」

とだけいった。

「有難きお言葉、家中一同感激に耐えませぬ」

一同を代表して筆頭家老大石内蔵助がそういって、また平伏した。これに合せて二百余人もまた深々と頭を下げた。内匠頭はもう一度無言でうなずいて、人々の上を見回した。

「なお、殿よりみなに新浜で取れた真塩二斗ずつをたまわった。殿御手渡しの塩である故、心して味わうように……」

大野九郎兵衛がそう伝え、もう一度藩士一同は平身した。だが、この頃になると、大部分の者は、頭を下げながらも、〈なあんだ、これだけのことか……〉という表情になっていた。

二年振りに帰国して昨日はじめて完成した新浜を見た浅野内匠頭と違って、赤穂に在住する藩士たちにとっては、新浜完成も去年の出来事だ。今さら総登城してまで祝う話とは思えない。その上、真塩二斗という賜り物もあまりにも少ない。真塩二斗は銀三匁あまり、米にすれば五升にも足りない値打ちなのである。こんなことから、

「またしても、大野殿の演出じゃよ……」

と囁き合う者もいた。番方と役方、武勇を尊ぶ者と理財の才に秀でた者との感情的対立は、新浜の完成後も消えることなく続いているのだ。

これを一段と過熱させたのが、内匠頭の帰国を待ってはじめられた藩士賞罰である。泰平の世、殿様の石高も増えないこの時代、武士には昇給も少ない。この小説に取り上げた元禄六年から十四年はじめまでの八年間に、のちに仇討ちに参加する四十六人の「義士」の中で加増の栄誉にあずかったのは僅か二、三人に過ぎない。八年間の昇給者が一割にも満たないというのは今日のサラリーマン社会では考えられないほどの低率だが、完全な停滞の中にあった当時の武士社会では、ど

こでもそんなものだ。それだけに、加増は殊さらに目立ち、種々の風説批判を呼んだ。

この年（元禄十年）、二年振りに帰国した領主を迎えて、城代家老大野九郎兵衛が出した行賞の案には三人の名があった。すなわち、
一、用人原惣右衛門二百五十石を、五十石加増の上足軽頭とする（計三百石）
一、外村組組士大野瀬兵衛二百石を、五十石加増する（計二百五十石）
一、勘定方兼塩吟味役石野七郎次十五石二人扶持を、十石一人扶持加増し浜奉行とする（計二十五石三人扶持）
である。

なお、このほかに、石野七郎次や牧野太兵衛（新浜普請奉行）のもとで工事監督に働いた土木技師の三人、関林仁右衛門・高木藤七郎・橋本治兵衛を藩士に取り立てるというのも付いていた。関林は十石三人扶持、高木は金十両同断、橋本は金五両同断、いずれもこの時代の技能者の地位の低さを反映した軽禄である。大野は、彼らを使ってさらに戸島に新浜を造成することを考えていたのである。

ところが、この論功行賞案が伝わると、たちまち家中に批判が巻き起った。それはまず、

「どうしてこうも新参ばかりが御加増か」

という譜代者の声からはじまった。加増の候補者三人が三人共に新参、つまり本人の代になって赤穂浅野家に仕えた者だったたからだ。それでもまだ、原惣右衛門については、

「原殿は、先の松山の陣の折も先発の頭として沿道準備の大役を果されたし、一昨年の殿御病気の際も早駕籠を打ち、よく家中の動揺を鎮められた。まあ五十石の御加増もおかしくはあるまい」

という声が強い。つまり、この時代の人々の考える「武士らしい働き」をしているというわけだ。

原惣右衛門は寛文十一年（一六七一年）の出仕だから、浅野家中に加わって既に二十六年。死んだ先妻は家中の上士長沢六郎右衛門の娘であり、弟の一人八十右衛門は家中岡島家の養子になっている。もともとは米沢藩上杉家の浪人だが、もう浅野家中に根を生やした感がある。

これに対して、あとの二人には感情的反撥が強い。大野瀬兵衛なる人物の経歴は今もって知る者が少ない。十年ほど前、家老の大野九郎兵衛が「我が一族」といって推挙した男だ。はじめは百五十石だったが、数年後には塩田水害の復旧などに功ありとして五十石を加えた。この男の家中の親類といえば、先年その娘が、九郎兵衛の切なる願いで譜代の名門近松勘六に嫁いだぐらいである。それが、今回、大した功績もないのに五十石の加増というのだ。

「多分これは御城代の身代り加増よ」

という見方も出た。城代家老になると何かともの入りが多いが、自分で自分の禄を増すとはいい難いから、一族の瀬兵衛を加増して借りるつもりでいるのだろうというわけである。ちょっと姑息《こそく》な手段だが、それはそれでまた納得できる。一番の問題は、石野七郎次だ。

「石野氏《うじ》が新浜造成に果した役割は大きい。しかし、あの御仁はそのためにお取立てになったのではないか。それから僅か四年、こう申しては何だが、未だ素姓も分らぬ者をとんとん拍子に引き上げてよいものか」

というのである。

「左様、石野氏は確かによき若者じゃが、勘定方では古参の矢頭《やこうべ》、長介《ちようすけ》殿が二十石五人扶持、たちまちそれを上回るとはなあ……」

と応じる者もいる。

「それに、浜奉行というのもどうであろう。新浜造成に働かれたというなら不破数右衛門殿とて同様じゃ。石野氏のような新しい考え方の者が奉行に加わっては不破殿もやり難かろうに……」

と付け加える者もいた。

こうした話は、当然、大野九郎兵衛の耳にも入ったが、もう一人の家老大石内蔵助に諮ると、

「結構でござる。万事御城代におまかせいたす」

と笑顔で答えた。そしてそれがまた、家中であれこれの風評を生んだ。

「どうやら大石殿は大野殿のいいなりらしい。一代家老の御城代と昼行燈の御名門という組み合せは困ったものよのお……」

と露骨な批判をする者もいた。

そうした声を代表して、大石の叔父小山源五左衛門が意見に来た。

「内蔵助殿、御貴殿は筆頭家老、しかも殿の御縁に繋がる御身分じゃ。大野九郎兵衛などには遠慮はいらんぞ。みなの評判もお聞きであろうが……」

規則にうるさい大野九郎兵衛によって家老会議への出席発言を拒まれた小山源五左衛門は、額に青筋をたててまくし立てた。

「いやあ叔父上。御忠告は有難いが、別に大野殿に遠慮しておるわけでもござらん。結構なことと思うたから結構と申したまででござるわ……」

大石内蔵助は笑顔でそう答え、

「ま、叔父上も心安うされよ。お家は万事うまくいっておりますでな……」

というばかりだった。

「ふん、そんな気安なことを申しておると、何もかも算勘者にしてやられるぞ……」

小山はぷりぷりと怒り、挙句の果てには大石の妻理玖にまで、

「ちと、内蔵助殿の尻を叩いてみやれ。さすれば、眠っておるのかぼけておるのか分ろうでな」

などと毒づく始末だ。

「はいはい、そうしてみましょうとも……」

流石に理玖もそれには乗らず、適当にあしらって小山を帰したが、そのあとでまた、

「松之丞の算術のこと、どうなりましたでしょうか」

といい出した。二年前、理玖が「長男の松之丞は算術ができなくて困る」といった時、内蔵助は「石野七郎次に教えてくれるよう頼んでやろう」といったまま放っておいた。夫よりも子供に対して強い愛情と責任感を持つ理玖はそれに苛立ち何ヶ月に一度かの割でこれをいうのである。

「うん、松之丞も十歳、もうそろそろじゃのお……」

大石内蔵助はゆっくりした口調でいった。新浜も完成、塩業改革も軌道に乗り、石野も少々暇になった。今度の加増で幾分生活にも余裕ができるであろうから、子供の算術教室もたまにはよかろう。それがあの男の人気をよくすることにもなれば幸いだと考えたのである。

「あなたのそろそろは、随分とそろそろでございますね。松之丞が家老にならぬうちにお願いいたしますよ」

理玖はそんな皮肉をいった。

「ああ、家老になるまでには必ずな……」

内蔵助はおかしそうに答えたが、内心では、〈また家老か……〉とうんざりしていた。この男に

は家老になることなど、もうどうでもよいように思えたのだ。

そんな大石内蔵助の気持ちを一段と強める事件がまた起った。この年八月二日、津山藩森家の無嗣断絶が決定したのである。

ただ不幸中の幸いは、この時、森家の隠居、先に死去した美作守長成の祖父に当る長継が八十六歳の高齢ながらもまだ元気であり、孫から分知された隠居料西江原二万石を守っていたことである。幕府はこの老人の隠居料を公認し、森家の名跡を引き継がせた。つまり、孫の急死と息子の発狂の跡を祖父が継いで、細々ながらも森家を続かせたわけである。

勿論、十六万七千八百石が二万石余になったのだから打撃は大きい。数千石の高禄だった家老が二百石に成り下り、大部分の藩士は禄を失った。足軽・小者の類はほとんど着のみ着のままで解雇され、その何人かは赤穂にも流れて来た。浅野家では彼らの狼藉《ろうぜき》を恐れて一部の藩士を村々に派遣、警備に当らせたほどである。

因みに、この二万石となった森家は、のちに、浅野家断絶後六年目の宝永三年（一七〇六年）永井家の短い治世のあとで赤穂に入り、明治維新までその地位を保つことになるのである。

〈武士はやはり借家住いの境涯。森家のようなお大家も同じなのだ……〉

大石内蔵助は、かつて松山城で感じたこの思いをまた新たにした。だが、そのあとの反応は前とは違っていた。

〈人間、いかような境遇になろうとも生きて行けるだけの才覚は必要だ……〉

この家老は何故かそんなことを考え、下城の途中で石野七郎次の長屋まで足を伸す気になった。

石野七郎次の長屋は、城外堀端に並ぶ下級武士の家並みの中にあった。黒ずんだ木部と灰色にくすんだ白壁とが初秋の夕陽を受けて並ぶ城下町独特の落ち着いた雰囲気が、この辺りにはある。しかし、石野の長屋の障子戸をくぐると、外観ほどには落ち着いてはいなかった。表は、土間と三畳、奥が六畳と炊事場、裏に突き出しの手洗いがあり、四坪ほどの庭がある。十五石二人扶持程度の武士の住居としては標準的な広さだが、独り身のこととて家財道具はほとんどなく、持ち物の総てが畳の上に拡がっている。

「こ、これは、御家老様……」

筆頭家老の突然の訪問に石野七郎次は慌てた。奥の六畳に膳のある所を見ると、ちょうど賄いを頼んでいる近所の老婆が持って来た夕食に手をつけようとしていた所らしい。

「これに……これにお上り下され……」

石野は玄関横の三畳に座布団を置いて平伏した。

「いや、これでよい。じきに帰る……」

大石は上り框に腰をかけ、

「実はまた、ちと頼まれてくれんかな」

とすぐ本題に入った。長男の松之丞に算術を教えてくれ、という話である。

「私めが、御家老の御子息をでございまするか……」

石野は戸惑った。十歳の子供といえども家老の長男、大石家の跡取りとあれば嵩《かさ》だかい。

「何とか頼む。算術ができんで妻《さい》も心配しておる」

大石はそういいつつも石野の心中を見透してか、

「松之丞一人では面倒であろう。だれぞ、左様、勘定方の矢頭殿の子息でも一緒にな……」

と付け加えた。

「あ、あの矢頭殿の亀之丞殿で……」

石野は、同じ勘定方の矢頭長介がかねて長男の出来を自慢していたのを思い出した。

「そう、その亀よ。ようできると聞く。よき弟子ならその方も教え甲斐があろうし、よき兄弟子がおれば松之丞の励みにもなるであろう……」

大石は自分の名案に満足したように独りうなずいた。

「わざわざ御足労願わずともよい。松之丞をこれに寄越す。矢頭殿の子息共々厳しく仕込んで欲しいのじゃ。みな遠慮して困るわ」

「それは七郎次、名誉なことと……」

石野がそういいかけると、大石は、

「世辞は申すな。迷惑は承知しておる故、多くとは申さん。十日に一度暇な折だけで結構じゃ。算術そのものを教えるより数を好きにしてやってもらいたい」

といって頭を下げた。

「かしこまりました。できる限りは……」

石野は平伏して応じた。いいたいこと、思う所を総て先回りしていわれたような気分だった。

(三)

津山藩森家の事件は、赤穂藩士一同に大きな衝撃を与えた。このお陰で、大野瀬兵衛や石野七郎次の加増に対する批判の声も一時は下火になったかの感があった。加えて、石野の家に筆頭家老大石内蔵助の息子が算術を習いに行くという噂も、それに役立った。閉鎖的な武士の社会はそんなことに敏感である。

だが、そうした風潮を見て、ますます不快に思う一徹者もまた、いつの世にもいるものだ。その一人が百石取りの浜奉行不破数右衛門だ。

不破数右衛門正種は浅野家中岡野治大夫の子に生れ、元禄三年頃不破家の養子となり、家督を継いで百石を喰《は》み、一時は普請奉行を、今は浜奉行を勤めている。剣を取れば家中屈指の豪勇といわれ、先の松山城接収の折にも組頭として出陣、その騎馬姿は実に堂々たるものだったという。

この不破数右衛門が、塩業監督を主とする浜奉行に任じられたのは、行儀のよくない乱暴者の多い浜男たちの統制に、その武勇と大胆さが適していると見られたためだが、数右衛門自身は番方の武者仕えを望んでいた。

それでも不破は、今度の新浜造成にはよく働いた。この男の性格からして、塩取引の仲介などをしているよりは、浜の普請の方がまだしも楽しかったのだ。しかし、この間にも何度か石野七郎次らと意見の対立することもあった。特にその初期、石野の試みた塩業改革に抵抗する地場問屋の塩売仲間たちは、不破を通じて反対陳情することが多く摩擦が絶えなかったものだ。しかも、石野七郎次は、上役の不破の意見に対して、

「塩売仲間の申すのは彼らの利益のため。藩としては豊かな塩売仲間よりも貧しい浜子・浜男の保護を第一と考えるべきでございましょう」

と動じなかった。

〈なるほど、それも一理。弱きを援けるは武士の務め……〉

不破数右衛門は単純にそう考え、下役の石野に従うことも多く、むしろ陰に陽に石野を援ける側に回って来たつもりである。

ところが、ここへ来て立場が逆になっている。四年前に石野七郎次の定めた賃銀統制のために浜子らの収入は諸物価値上りほどには伸びず、安い賃銀で彼らを使う塩売仲間や塩田地主の方ばかりが儲けるようになっているのだ。中でも巨利を得ているのは大坂の塩問屋竹島喜助である。

竹島は銀三百貫を先払いして新浜二十九町歩を向う十年にわたって使う権利を得た。このお陰で、最近の塩価上昇による利益を独り占めしているように思える。

「地元の塩売仲間ならまだしも、大坂くんだりの問屋に儲けさせることもあるまい。も少し銭を出させてはどうかな……」

不破は何度かそういった。だが石野は、

「そう申されても約束は約束。竹島が出した時には今より銀も値打ちがござりました故、今さら追加とは申しかねます」

と応じない。さらには、

「赤穂の塩をより多く売るためには能率的に大きな規模で作る必要があります。そうでなければ他所の塩に負けてしまいます。安く良い塩を作ってより多く売れば、藩には運上が入り、塩売仲間は仲買料で潤い、浜子たちも仕事が増えて暮しがよくなると申すもの」

と詳細な数字を並べたてる。そうなると不破はついて行けず、結局いいくるめられた形になる。

〈所詮、俺は武骨な男だ。浜奉行などには不向きだし、このような算勘の世にも不向きだ……〉

不破数右衛門は、だんだんそう考えるようになり、時と共に酒に親しむようになった。そんな不破に決定的な衝撃を与えたのは、石野七郎次が浜奉行に昇格するという話だ。

〈先任奉行の俺に一言の相談もなしにか……〉

不破数右衛門は、人事権者の城代家老大野九郎兵衛のやり方に激しい憤りを感じた。それでも、この男は、

〈正式発令までには然るべき挨拶があるだろう……〉

とこらえていた。だが、家老からも番頭からも何の声もかからぬまま、八月十四日に前記三人の加増昇格が正式に発表されてしまった。大野九郎兵衛ら藩首脳の方には、近く不破を番方に転用しようという考えがあったからだが、もとより不破本人はそれも知らない。

その日の午後、挨拶に来た石野七郎次に対しても、不破数右衛門は憤懣《ふんまん》をぶちまけた。

「石野氏《うじ》、おぬしも偉うなったもんだ。大野様ばかりか大石様にまで取り入っておるそうな。おぬしほどの者がおれば俺など用はあるまい。浜のことは一切おまかせする故、これからは存分にするがよかろう……」

不破は精一杯の皮肉をいい、早々に石野を追い返した。しかし、その直後、もう一つ、一層不快な報せが入った。この男の親友千馬三郎兵衛《ちばさぶろべえ》が閉門処分になると伝えられたのである。

千馬三郎兵衛光忠もまた養子である。実家方も千馬姓だから同族だろうが、浅野家中ではない。その祖父千馬内蔵助光綱は仙石兵部少輔秀久《せんごくひょうぶのしょうゆうひでひさ》の家来だったが、大坂の陣で戦死、その子求之助は永井日向守の家来となったが延宝三年（一六七五年）に死んだ。三郎兵衛光忠はその次男である。

養家の方は祖父が千馬喜兵衛といい松平越前少将の家中、その子三郎兵衛光利は浅野家の先々代内匠頭長直に仕えた。子供がなかったので一族の光忠を養子とし、三郎兵衛の名を継がせたのである。

実家・養家共に一代毎に主家が変っている。徳川時代の武士は案外移動が激しい。特にその前半、享保の頃まではそうで、のちに吉良邸に討入った浅野家中四十六人について見ても、本人または親の代にはじめて浅野家に仕えた者が約半数に上る。武士の身分も決して世襲的に安定していたわけではないのである。

さて、養父の三郎兵衛光利は寛文十一年（一六七一年）に死んだが、その時既に十九歳の光忠は養子として届け出られており、三郎兵衛の名と百石の禄を継いだ。それから二十六年、この養子も四十五歳となり、馬廻役兼高瀬運上奉行の役に任じられている。高瀬運上奉行というのは、城下を流れる千種川を往来する高瀬舟から運上を取り立てる役目である。その収入は、この時期より十年ほどのちの森家の記録によると年間銀七貫五百、米にして約百石程度となっている。この程度の雑収徴収役だからその奉行もさほど重視されていなかったことであろう。

それにしても、千馬三郎兵衛は不適任だった。この男は武勇を尊び酒を好む豪放な性格で、細かい銭勘定には向かない。金銭感覚が欠如しているのだ。このため、本人も常に貧しかったが、お役目の方も大まかだった。

それでも、通常ならば下役の小役人まかせで何とかやれた。だが、この四年間は新浜造成という藩自体の事業があり、これに用いる土石や木材の運搬にも高瀬舟が使われる、というややこしいことが起った。これは藩の御用だから運上はかからない。それに目を付けて、他の荷物運搬もそれらしく装って運上をごまかす船頭が現われた。さらには、それが高じて見張人に賄賂《わいろ》を贈って見逃さ

せる悪質な者も出た。だが、諸事大雑把な千馬は長い間それに気付かず、藩の重役たちにも、

「新浜御普請で多忙のため高瀬舟の運航も減っております」

という下僚の説明そのままを繰り返していた。

ところが、去年の末、新浜造成が完成しても高瀬運上銀は回復しない。

「日々見ておりまするに千種川を往来する舟は以前より増えているかに思いまするが、運上の方はどうしたのでござりましょうな……」

勘定方の畑勘右衛門や岸佐左衛門らはそんなことをいい出した。この噂を耳にした城代家老大野九郎兵衛は、

「尤もな疑問」

とばかり横目の肥高作左衛門・平井新五兵衛の二人に調べさせた。横目は、家中取締りの検察官だから調査は厳格だ。たちまち小役人一両人の不正が露見してしまった。千馬三郎兵衛にとって不運だったことは、この頃妻が重病の末に死ぬという不幸があり、いささか職務に精勤を欠いたことだ。このため、千馬は横目の調べも勘づかず、自ら下僚を取締る機会を失った。

理由はどうあれ、結果は明白である。高瀬運上奉行の千馬三郎兵衛光忠は、職務怠慢の故に下僚の不正を見過し、藩の得べき収入を失したのだ。

「許すべからざる行為。殿の御帰国を待って処分する」

城代家老大野九郎兵衛はそう結論を下した。

これにはだれも反対できない。問題は罰の軽重である。大野は、

「閉門」

を主張した。これは一定期間門戸を閉じ竹矢来をめぐらして出入りを禁じるものだ。

「閉門はちと重すぎましょう。お役御免の上謹慎ということではいかがかな……」

流石にこの時は大石内蔵助が異議を唱えた。

「いや、他への示しということもござる故、少々酷なようでもこの際は厳しくする方がよろしかろう。その代り、素行良ければ早目に閉門を解いてやってはどうかと思うが……」

大野はそう主張した。この男は額の大小にかかわらず、金銭には厳格なのだ。

「なるほど、それも一案」

と大石が譲歩したのは、最終決定者の浅野内匠頭が刑一等を減ずることを期待したからである。


だが、この話は内匠頭に上る前に他に漏れ、不破数右衛門の耳に入った。

「何、千馬殿が閉門、それはひどい」

不破は、親友に対する苛酷《かこく》な処罰に怒った。

「三郎兵衛に監督不行届きがあったとはいえ、奥方の御不幸の最中のこと。本人が賄賂を取ったわけでもないのにそれは酷だ。これも大方、大野一派が仕組んだことであろう……」

石野七郎次の件で不快となり、酒を過していた不破数右衛門は、そうわめき散らし、遂には、

「許せぬ。俺が大野屋敷へ行って談判して来る」

といい出した。

「お止《や》めなさいまし……」

家僕の善助が驚いて止めた。

「いや、止めるな。この頃の大野殿のなさりようは腹に据えかねる。止め立ては無用じゃ」

酒に酔った人間は止められるとますます激憤するものだ。

「いや、なりませぬ。御不満があれば筋を通して……」

忠僕善助は、庭の雪駄《せった》をつっかけて跳び出そうとする主人に追いすがり、抱き止めようとした。

だが、足早の不破には及ばず、不幸にも腰の刀の鞘《さや》を摑んでしまった。

「こいつ、武士の魂を手摑みにするとは……」

不破数右衛門は、一挙に血がのぼり、手に触れた垣根の杭《くい》を引き抜くと善助の脳天を一撃した。

ガチンという手応えがあり、善助は悲鳴と共に転倒し、額から血を吹き出して動かなくなった。

「善助、すまぬ……」

不破は驚いて家僕を援け起そうとしたが、善助は動かなかった。家中屈指といわれる不破数右衛門の腕が、この際には災いしたのである。

「家僕撲殺」

不破家からの届出を受けて、浅野家中は大騒ぎとなった。この泰平の世に「殺人」は珍しい大事件である。

直ちに吟味役が不破家に派遣され、数右衛門はじめ居合せた者を尋問した。数右衛門は何事も隠さず返答し、他の人々の応答も善助の傷の状態もそれに一致していた。数右衛門には殺意がなく、もののはずみで起った不幸であることは明らかだった。今日の法律用語でいえば、「殺人」ではなく「傷害致死」である。しかし、何の罪もない忠僕を死に至らしめたのは犯罪であり、たとえ、自分の家来であっても刑罰はのがれられない。

これに対して、大野九郎兵衛と藤井又左衛門は「所払い」を主張、大石内蔵助は「閉門」を要求した。大野は自分の政治にあから様な不満を表明した（そう不破は隠さずに答えた）男に好意的でなかったし、藤井は殺伐の風を嫌う幕府の受けを心配していたのである。

議論はあったが、結局は浅野内匠頭の裁定で、軽い方の「閉門」と決まった。この点では、珍しく大石内蔵助の意見が通ったわけだ。その代り、大石も千馬三郎兵衛に対する弁護まではできなくなり、こちらは大野の主張通り「閉門」となった。

赤穂浅野家が、百石取りの藩士、不破数右衛門正種と千馬三郎兵衛光忠両人の閉門を公式に発表したのは、共に元禄十年八月十八日である。この両人は、のちに共に浪人となり、共に吉良邸に討入り、そして共に松平隠岐守邸で切腹することになるのである。

不破数右衛門と千馬三郎兵衛の処罰は、決して不当なものではない。だが、これが浅野家中に残した傷跡は小さなものではなかった。武勇を尊ぶ古風な武士がますます生き難い世の中になった、という印象を多くの藩士に与えたからだ。

「算勘者は御加増、腕の立つ者は閉門」

先の大野瀬兵衛や石野七郎次の加増と併せて、そんな風に嘆く譜代の家臣も多く、

「数おさえ　おお野の石の茂る世は　帳面こそが武士の魂」

などという落首も現われた。算術勘定で数理をおさえていることと不破数右衛門を取り抑えたことをひっかけて、大野九郎兵衛の権勢と石野七郎次の栄進を皮肉ったものだ。

もっともこうした現象は、赤穂浅野家に特有のことではなく、この時期にはどこの大名家でも大

なり小なり進んでいたことだ。しかもこの年幕府が行った政策の中には、こうした傾向を一段と深める結果になったものがいくつかある。その一つは諸国絵図改正である。

国絵図というのは、地理地形を示した地図に、町や村の戸数・人口・農地面積・主要産業産物などを書き込んだ人文地図である。今日でいえば国土精図に国勢調査と産業諸統計を加えたようなもので、当時の政治行政の最も基本的な資料とされた。徳川幕府は、正保年間に全国の検地・戸籍調べを行い、諸国絵図を整えた。これは、その頃としては世界で最も精密な統計資料だったといえる。日本では、中国の影響で、古くから土地と戸籍を国が把握する思想が発達しており、技術的にも組織面でも高度の調査統計技術ができ上っていたのである。

以来五十年、国土と人口と産業は著しく変り、土地開発も大いに進み、道路や水路は著しく発達した。海川の港湾は拡張され、城下や街道沿いの町は増えた。特に甚だしいのは貨幣経済の浸透による諸国物産と商業流通の変化だ。

このため、幕府の持つ諸国絵図と現実の実態とはかけ離れたものとなり、同じ五万石の大名でも財政収入にかなりの差ができている。これでは国替えや諸役割当てにも支障をきたす。建前と本音の一致を目指す観念的理想主義者の将軍綱吉にとっては、公式記録と実態が異なるというのはひどく気色の悪いことだ。この将軍は、あらゆる点で文字に表わされたことがそのまま現実化されることを願ったが、同時にまた、実態を正しく示した図書をも欲したのである。

この年の夏、幕府は諸国絵図改正の令を発した。「一里を六寸として村形も正確に書き、石高を詳しく書き入れよ」というもので、その作業の間違いなきを期すため、各国別に担当大名を定めた。播磨の場合は、姫路城主本多忠国、明石城主松平直明、および龍野城主脇坂安照の三人である。

「諸国絵図改正」の令が報された時、大名家の多くは驚き慌てた。赤穂浅野家もその一つである。

「当家は先々代長直様御入部以来、田畑・塩田の開発に努めて参った。これが今、総て明らかになれば、今後は御公儀よりの諸掛りも増えるのではあるまいか……」

城代家老の大野九郎兵衛は、すぐそんな心配をした。

「左様、そこは用心に越したことはござるまい。すぐ新旧の絵図を見比べて対策を練らねば……」

と同意したのは、藤井又左衛門である。絵図と現実とがかけ離れているというのは、幕府に届けられているもののことで、年貢を課する立場にある大名の手元には自領の変化を年々熱心に記入した最新の絵図があり、それを職務とする絵図奉行も置いている。赤穂藩の場合は、二百石取り潮田又之丞と百五十石取り塩谷武右衛門がそれである。

家老たちは早速、潮田・塩谷の二人を呼んで新旧の絵図を対比してみた。赤穂郡の場合には正保元年（一六四四年）の絵図では村数百十七・石高三万五千五百六十三石なのに、最新のものでは百三十二村・三万八千八百六十八石余になっている。加東郡や加西郡での領地でもかなりの新開田があり、合計七千六百五石六斗五升七合もの増加が見られた。長直入部の折の御朱印高五万三千五百三十四石九斗七升に比べて一四・二パーセントの増加である。

「これは大きい。ほかに塩田が百十九町七反ほども増えておるとあっては、当家は内実裕福と見られるやも知れん……」

大野は額に縦皺を刻んだ。

「御尤も。ここは脇坂家の目付にちとお願いして幾分かはお見逃し頂かねば……」

藤井又左衛門は至極当然のようにいった。だが、絵図奉行の潮田又之丞は、

「しかし、殿の御体面もあろうかと……」

と困惑の表情を見せていた。

浅野家では新田を開く一方、一族への分知もしている。先々代長直は子の長友に相続させる時、養子の美濃守長恒（大石頼母助の子）に私墾田三千石と内記長賢（松平清昌の子）に公田三千石および私田約七十石を分け与え、幕府直参の旗本とした。また、去る元禄七年には現藩主内匠頭長矩が弟の大学長広に私墾田三千石を分知している。合計九千石余、長直以来の新田開発分以上を分け与えているわけだ。このため、最新の絵図においても浅野内匠頭自身の石高は五万千九百三十七石六斗七升九合に過ぎない。従って、新田の二千石分も隠せば、内匠頭の石高は五万石を下回る。

〈江戸表でも「五万石余」で通っている殿様が、今さら、実は「五万石弱」でございましたというのは体裁が悪い……〉

潮田が「殿の御体面」といったのはそういう意味である。

「体面より実質が大切じゃよ、潮田殿……」

大野はそう迫ったが、

「それはやはり殿直々のお指図を頂く方がよろしかろう……」

という声がした。これまで黙っていた大石内蔵助である。

「このようなことを、殿のお耳に入れるか……」

大野は不機嫌に呟いた。内匠頭に訊ねれば、大名という立場からも内匠頭の性格からも、

「隠し立てなどするな」

というに決まっている。だが、筆頭家老から「殿に伺おう」という声が出た以上、これを拒むわ

けにはいかない。結局、三人の家老は内匠頭に伺いを立て、予想通りの返事を得た。このため、赤穂藩が幕府に提出した絵図は誠に正確で、前述の石高が改めて承認されることになった。

このことは、その後も藩内で議論を残した。この時の絵図改正結果を、正保元年のそれと比較すると、播磨全体の石高は五十四万二千百三十石から五十六万八千五百十八石へ、四・九パーセント増加しているだけである。また隣国但馬では十二万九千七十石が十三万六百七十三石へと、僅か一・二パーセント強増えたに過ぎない。播磨全体の増加の中で、赤穂一藩のそれが三割近くを占めている。ほかに塩田が約百二十町増えているのだから、赤穂藩の拡大はずば抜けていたわけだ。それだけ、この藩は開発に熱心だったことも事実だが、新絵図申告に正直だったともいえる。

こうした結果が知れ渡ると、浅野家中にも、

「うちはちと真面目過ぎたのではあるまいか……」

という声が出た。そしてそれは、「融通を欠いた」大石内蔵助や潮田又之丞への批判ともなって行った。古風な武士気質の連中が大野九郎兵衛ら算勘者に反感を持った一方では、勘定上手の経済官僚たちの大石内蔵助ら家系の故に高禄を喰む者に対する非難も生れはじめていたのである。

こうした状態に、石野七郎次は失望を禁じ得なかった。そこには、浪人した父親が懐しみをこめて語った勇壮さも、貧困の中で死んで行った母親が憧れていた武士の公正さも感じることができない。それでもこの男は、ようやくにして入り込んだ武士の社会を愛し続けてもいた。石野七郎次にとっては、個々の武士は批判の対象となり得ても、抽象化された武士社会は「素晴しく美しいもの」だったのである。

七　頂の雲々

（一）

元禄十年（一六九七年）の夏、竹島素良は大坂の豊かな商家の女たちの間で一種スター的な人気があった。この塩問屋の娘が着物競べで並いる京の数奇者《すきもの》たちに圧勝したという噂は、都の文化に対する劣等感の強かった当時の大坂町人を沸き立たせるに十分だったのである。

「お素良はん、おおきに。ようやってくれたわ。私も浪花女《なにわ》の一人として鼻が高いわ……」

七月の末、盆あとの藪入《やぶい》りで実家に里帰りした美波も、わざわざ塩町を訪ねて来てそんなことをいったものだ。

勿論、素良も嬉しかったし、父の喜助も歓んでくれた。しかし、そんなことは一場の遊びに過ぎない。日が経つに従って、素良は心に重い淀みを感じ出した。「結婚」「婿取り」という問題である。

着物競べでの勝ちを賛える人々が、

「この次はええ花嫁姿見せとくなはれや……」

とお世辞をいえばぎくりとしたし、

「お素良はんみたいなきれいな人をお嫁はんにする殿方は果報者やなあ……」

と笑えばまた憂鬱《ゆううつ》になった。婚期の過ぎ行くのを感じながらも結婚の決断がつかない者の心理は、そんなことに悩んだことのない人には到底分るものではない。無邪気な世辞、善意の忠告こそが、異常な圧力となって全身を締めつけ、深い水底に沈んで行くような孤立感を感じさせる。

〈お美波はんは偉いなあ……〉

素良は時々そんなことを思う。あまり気に入らない綿屋の次男忠左衛門とでも、親同士の定めた通りに結婚した美波の単純さがうらやましい。

〈それに比べて私は……与之介のどこが気に入らないのだろうか……〉

素良は、何度もそう自問したが、はっきりとした答えは得られない。だが、それも真面目で有能な番頭を夫とする決断を促すことにはならないのである。

しかし、この問題で悩んでいたのは素良一人ではなかった。与之介もまたそれに劣らず苦しんでいた。

〈わて以外にはない……いとはんの婿は……〉

与之介はそう信じている。それは、この男の自信というよりは責任感である。与之介は素良の夫というものを、一人の女性の配偶者としてよりは塩商竹島の跡取りとして考えているのである。

〈そら、わてかていとはんが好きや。美しい女《ひと》やし利口でもある。勿論、この店の身代も欲しいし、主人にもなりたい。けど、わてがいとはんと結婚するのは色や欲ではない。たとえ、いとはんが醜《しこ》女《め》でこの店が破産しても必ずわてはいとはんと結婚する。それが旦那様に対するわての御恩返しでもある。この竹島を按配して行けるのはわての他にはおらへんのや……〉

与之介は、そう自分にいい聞かせた。これがこの男の倫理観であり義務観でもあったが、そのことがこの醜男ではない番頭から男としての魅力を失わせていることを、本人は気付かない。一つの世界しか知らない人間にとっては、その世界の倫理を疑うのは不可能に近い難事である。

それでも、与之介は、素良が自分との結婚に、少なくとも今すぐには乗り気でないことを感じていた。このところ、素良が与之介を避けようとしていることが分るからだ。

素良は、与之介との連絡を可能な限り間接的に行う。止むを得ず直接話す時も、必要最小限のことしかいわないいし、その間も恐れるように視線をそらす。「与之介、与之介」と事ある毎にじゃれついていた三、四年前までとは大違いだ。それでもこの番頭は、

〈好かれてへんいとはんと結婚することはない〉

とは考えない。与之介のいっこくな忠誠心は、

〈どないしたらいとはんに好かれるか……〉

という方に思考を向わせるのだ。そしてその結果、この男が得る結論は、いつも、

〈待つことや……〉

である。忠実な番頭の「良識」では、一人娘の素良が店の跡を取る形以外で結婚するなど仮想の中にも入り得ない。そしてそれは、ある意味では正しい。素良が悩み苦しんでいたのも全く同じ「良識」の故だったのだから。

この年の夏の間、同じ問題に別々の方向から悩む男女は、互いに避け合いながらも息苦しいほどに相手を意識しつつ、一つ敷地の中で暮していた。素良は、奥の棟の八畳の座敷で暗い天井を見上げながら眠れぬ夜を数えたし、与之介は店の脇の住み込み番頭用の四畳半で黒ずんだ天井を睨んで夜更まで悶々《もんもん》とした。両人とも、

〈あのひとは二十間と離れていない所で寝てはるんや……〉

と考えることがよくあった。だが、二人の間には一つだけ決定的な違いがあった。素良は時々、〈もしあれが石野七郎次なら〉と考えることがあったのに、与之介の方は素良の思考にそんな思いが入りこんでいるとは夢にも思わなかったのである。

秋の気配が長堀川を渡る風にも感じられるようになった八月はじめ、この男女の中にちょっとした細波《さざなみ》を立てるような報せが入った。いつものようにあわただしく入って来た飛脚屋伝平が、殊のほか騒々しい調子で、

「めでたいこっちゃ、めでたいこっちゃ。またおめでたいことが起きまっせえ」

とわめき立てたのである。

「何やの、めでたいこととは……。伝平はんの声ほどの大事でもないのとちゃうか……」

店にいた素良は、いたずらっぽく笑って見せた。

「そらとんでもない。こらほんまの大事」

伝平はおどけた格好で近づいて来て、

「石野はんが十石一人扶持の加増を受けて浜奉行に御昇進……」

と囁いた。

「へえ、石野七郎次はんが浜奉行……」

思わず素良が大声で叫んだ。

「さいな、お宅にもおめでたい限りで……」

伝平は、素良の大袈裟な歓び方を見て得意気に胸を反らせた。諸事人間関係が重視されたこの時

代、関り深い石野七郎次が浜奉行となるのは竹島の商売にも有利である。

「何やて、石野はんが浜奉行にならはるやて……」

この騒ぎを聞いていたのか、竹島喜助がのれんを分けて現われた。

「そうだんね、旦那はん。十石一人扶持を加えて都合二十五石三人扶持にならはるのやから……」

伝平は調子に乗っていいかけた。

「分ってま、あんたにいわれんでも……」

喜助は伝平の口の軽さを笑顔でたしなめながらも、娘の素良の方に、

「どのくらいしたもんやろなあ……」

と問いかけていた。

「そうやなあ……」

素良はちょっと小首をかしげて考えた末、

「いっそのこと着物一式でもあげたらどうやろ。石野はんはいつでも同じの着たはるさかいに」

と答えた。

「うん、そらええ考えや」

喜助は膝を叩いて賛成した。

「あのお方に似合いそうなの、見つくろうてあげたらええなあ。お前は着物競べの名人なんやから……」

石野七郎次の着物一式を見つくろう――これは素良にとっては楽しい仕事だ。翌日から素良は何軒もの呉服屋を廻り、何枚もの見本を集めた。

「そないに凝らいでもええがな、石野はんが着物競べをなさるわけでもないんやから……」

娘の異常な熱心さを竹島喜助は笑った。

「けど、私が選んだ着物といわれる以上は下手に作られへん」

素良は、そんな理屈を付けて、父親も自分自身の本心をもごまかした。

「ふん、みなに賞められたらあとが大変やのお……」

喜助は単純にそれを信じておかしがった。この父親はまだ、我が娘の心中に無知だったのだ。だが、数日後、ようやく柄を決めた素良がそれを自分で仕立て出したのには喜助も驚いた。

「仕立てなんかはどこぞ上手な所に頼んだ方がええがな……」

娘が針仕事に習熟しているわけでもないことを知っている喜助はそういったが、素良は、

「けど、石野はんの背格好はみな知らへんよってに……」

といい張った。

「そうか。ほなまあ裁縫の稽古と思うてしたらええけど……」

喜助は、娘の強情を笑って許したが、ようやく〈もしやこの娘《こ》は……〉という危惧《きぐ》を感じはじめていた。竹島喜助が、でき上った着物を赤穂に届ける旅から、敢て素良を除き、番頭の与之介と丁稚の由兵衛を選んだのもそのためだった。

同じ頃、与之介もまたそれに気付きはじめていた。

〈もしかしたらいとはんはあのお武家に気があるんやないか……〉

ふと浮んだこの疑問は与之介にとって確かに衝撃的だったが、善良な番頭は石野七郎次を恋仇などと思うことはしない。赤穂藩士と塩問屋の一人娘とでは、結婚のための客観条件が欠落している

と信じていた与之介には、石野に対する素良の憧憬も二枚目の役者に歓声を上げる少女の気質と同じようなものに思えたのである。

〈いとはんはいくつになっても子供やな……〉

そう考えた与之介は、さらに時間をかけることにした。そしてその間、素良が心穏かに過せるために、自分がしばらく店をあけてやろうと考え出した。

幸い、その口実はある。この年、天候に恵まれて塩は豊作だ。新浜でできた分まで加えると竹島の仕入れ量は前年を二割以上も上回り、かなりの在庫ができている。今後とも新浜塩十五万俵前後が確実に上積みされることを思えば、販売促進、なかんずく新市場の開拓が急がれる。与之介は、自らこの冒険的な仕事を志願することにした。忠実な番頭は、そこに、店に対する忠誠と素良に対する善意との重複点を見出したのだ。

赤穂への祝い言上の旅から戻った与之介は、九月になるのを待ちかねるようにして、

「勝手だっけど、また旅に出して頂きとうあすね。在庫も貯っとりますし新浜の塩もどんどん入って来ますよってに、ちと売り先を捜してみたいと思いまして……」

と申し出た。

「そないにいうてくれるのは嬉しいけど、お前が行かいでもええやないか。ほかにしてもらいたいこともあるし……」

竹島喜助は、そういって一度は止めたが、与之介は、

「是非私に……」

と繰り返しせがんだ。喜助が何気なくいった「ほかにしてもらいたいこと」というのがひどく気

になったからだ。

「けど、一体どこへ行く気や、与之介……」

何度目かの押問答の末に、喜助は根負けした格好でそういい出した。

「まずは美濃《みの》から飛騨《ひだ》の方へ」

与之介は、かねて調べておいた絵図を拡げて答えた。

この頃、美濃・飛騨地方（今の岐阜県）は三河塩の市場だった。矢作《やはぎ》川河口付近で作られた塩が三河大浜などで船積みされて桑名に着き、そこから木曾・長良の川路をつたって岐阜・大垣に来る。そこからは主として牛の背に積まれて北上、飛騨に至る。この塩路の終点、いわゆる「塩尻」は神原峠で、その北側は越中岩瀬から南下して来る日本海側の塩の市場である。

ところが、元禄も中頃になると、伊勢の桑名にも瀬戸内の塩を積んだ船が入るようになる。気象条件と製塩技術に優る瀬戸内の塩は純白の良塩だった上に、外洋航路の発達で運賃が大幅に値下りしたからだ。良質の瀬戸内塩はまず、都市化の進んだ名古屋・桑名で歓ばれ、尾張南部から北伊勢に拡まった。このため、質の劣る三河塩は美濃・飛騨・木曾・伊那谷などの山間部の市場に追いつめられる形になった。

「美濃や飛騨は三河の塩が入り込んでるさかいになあ……。運搬の手間もかかるし……」

右のような事情を熟知している竹島喜助は与之介の提案に乗り気薄な表情を見せた。

「いや、みなそう思う所が盲点だす。三河の塩も桑名から美濃に入るんやし、こっちの塩も桑名から入る。桑名で瀬戸内の塩が売れてるのなら美濃でも売れる道理やおまへんか」

与之介は、かねての調査成果を披露した。

「要は大垣だす。美濃・飛騨へ行く塩は大体ここから出ますんや。大垣の地場問屋を抑えたら、相当に売れるに違いおまへん」

「そらあ大垣を抑えたらなあ……」

喜助は与之介の論理には一応うなずいた。徳川時代の大垣は、十万石の城下町ながら長良川から引いた運河と関ケ原越えの東山道の交点という地の利を活かして、濃飛一帯の要《かなめ》ともいう商業都市として栄えていた。この点に着目した与之介の眼力には喜助も感心した。だが、

「けどなあ、与之介。大垣には大垣の殿様もいやはるし塩売の組もある。そう勝手に商売拡げるのは難しいで……」

と若い番頭をたしなめることも忘れなかった。徳川時代の城下町の商人は、大なり小なり城主の監督を受けており、その許可なくしては営業拡大も仕入れ先の変更もできないのが普通である。この点、領主も都市も巨大過ぎて目の届きかねる江戸や、城主を持たない大坂とは大いに違う。

だが、与之介は、この質問を待っていたように、

「そこだすね、旦那はん……」

と身を乗り出した。

「その大垣のお殿様は戸田采女正氏定《とだうねめのしょうじさだ》様。このお方は赤穂の浅野内匠頭様の従兄弟に当られ、御両家は殊のほか御昵懇《じっこん》とか聞いとります。また、赤穂の御城代大野九郎兵衛様は大垣の戸田源五兵衛様や植村七郎右衛門様とお親しいとのこと。大野様よりお願いして頂けば、何かと便宜も図って頂けるやろと思いますのや……」

「なるほど、お前はそこまで考えてたのか……」

喜助は嬉しそうに笑ったが、その笑顔にはどことなく力がなかった。竹島喜助はその時、ふと、〈わしの時代は過ぎた……〉という哀しみを感じたものだ。

塩問屋竹島喜助の番頭与之介が、丁稚から手代に昇格した由兵衛を伴って、銀十貫目の資金と赤穂藩家老大野九郎兵衛の紹介状を持って美濃に旅立ったのは、この年の十月末のことである。その時、竹島喜助は、

「来年の春には帰っといでや……」

と繰り返し念を押したが、それは守られなかった。与之介の美濃での仕事は予想以上に良好で、この商売熱心な番頭を魅了するに十分だった。この時期、都会ばかりか美濃・飛騨の農村でも消費の高級化が進み、商品流通が広域化しつつあったからである。

（二）

塩ばかりではない。米にも商品化は急速に及びつつある。この年（元禄十年）、幕府が実施した「五百石以上の旗本は総て知行取りとする」という改革が、それを決定的に促した。

徳川幕藩体制というのは、実に複雑な組織構造を持っている。統治の安定を目的とした機構と現実の経済動向とを調和させるために、無原則な妥協と改革を積み上げてでき上ったこの社会の組織原理を筆舌で説き明かすことは不可能に近い。中でも分り難いのが、幕府そのものの組織と機能である。

徳川幕府は、全国の大名の上に君臨する日本の中央政府であると同時に、各地に散在する六百余万石の天領と多数の直轄都市などを領有する最大の封建諸侯である。前者の性格の故に、幕府は諸

大名に領地を与え、それを指揮監督する機能と権限を持つが、それは大名自身にしか及ばず、その家来や領内の行政には関与しないのが原則、と考えられていた。一方、後者の性格から幕府は直参の家臣団を抱えている。俗に「旗本八万騎」といわれる連中だ。その実数は時代によって多少の増減があるが、大体、旗本・御家人を併せて二万数千人で、俗称の「八万騎」には遠く及ばない。もっとも、彼らもそれぞれに家来や郎党を抱えているかち、全動員数はその四倍、約十万人に達したであろう。

幕藩体制の主従関係は、土地の領有権、つまり知行の給付と無定量の奉仕、つまり忠誠の提供を交換するという形で成り立っている。従って、旗本・御家人も幕府から領土をもらう建前であり、その限りでは大名と同じ立場にある。この形式的建前を重視すると、百石取りの御家人が、

「拙者も天下の直参、大名衆と何の違いがあろうか」

と威張り出すことになる。徳川時代を通じて、大名と旗本等との紛争が絶えなかった原因の一つはここにある。

しかし、いかに形式がそうだといっても、五万石と百石の実質的な違いは解消しない。しかもそれは、俸禄の形態にも現われる。小禄の者は、実は知行ではなく蔵米取りなのである。

幕府直参の旗本・御家人は、主君たる将軍に忠誠の義務を負い、それぞれ適切な役目を果すことになっている。実際には何もしない徒食の輩《やから》も小普請組などに加えられ、必要に応じて雑役を行う形になっている。現実に彼らが何もしていないのは、その能力にふさわしい雑役がないからであり、いわば今日の会社における「窓際族」のようなものだ。だから、今日の「窓際族」が仕事がなくとも出勤するように、小普請組の連中も勤務地、つまり幕府の本拠江戸にいなければならない。

ところが、幕府の所領である天領は全国に散在するので、直参に与える知行地も遠隔地にまで分散する。百石程度（つまり五、六町歩）の知行を遠い所でもらったのでは、有効に管理できず年貢も取れない。年に一度江戸と領地を往復するだけでも大変な費用と日数がかかるし、代理人を置けば経費倒れになりかねない。完全な重層ヒエラルヒーではなく、幕府自身が一大封建諸侯として中下級の武士までも直参に抱えた特異性がこんな不便を生み出したのである。

これに対応して幕府は、小禄の者には知行でなくして蔵米を与えることにした。つまり、幕府の任命する代官が各地の天領の年貢を取り立てて江戸へ送り、この米を定められた量ずつ旗本・御家人に与えるのである。

知行取りと蔵米取りとの差は単に年貢徴収方法の違いだけではない。知行取りは小なりといえども領主であり、土地と住民に対する行政権を持ち領地経営の責任を負うが、蔵米取りはただの現物給与の受給者、つまりサラリーマンだ。社会的機能でも経済的役割でも大違いのはずだが、それを区別もせずに扱ったあたりがいかにも日本的である。

もっとも、蔵米取りの制度は、幕府に限らず諸藩にもあるが、各大名の場合は領地が近いのでかなりの小禄者まで知行分配が可能で、蔵米取りはごく下級の者に限られている。この点、全国に散在する天領を持つ幕府は不便なのだ。それでも、寛永の頃までは、「五百石以上は知行、蔵米取りはそれ以下に限る」という原則があった。しかし、時と共に、気楽で手間のかからぬ蔵米取りを望む者が増え、元禄の頃になると千石前後にまでそれが拡がってしまった。領主としての誇りを捨てても経済的有利さを欲する武士が多かったというのも、実用主義の日本らしい。

だが、こうした傾向を厳しく禁じようという者が現われた。貨幣改鋳の功により近江守に任じられ勘定奉行に昇進した荻原重秀である。

「そもそも東照神君以来の定めによれば、五百石以上の旗本衆にはみな知行を与えることになっておったはずでございます」

荻原重秀は、この時に限ってそんな大時代的な辞句を吐いた。相次ぐ改革に対する保守派の反撥を封じるためである。

「しかるに今では、千石もの高禄を喰みながら蔵米を取る者が少なくありません。これは土地の経営、年貢の取立てを御公儀にゆだね、なすべき働きも怠っておるといってもよろしいかと存じます。私の見る所では、これらの者のために、幕府が費やす領地管理と年貢の取立て・運搬の費用は、年間十数万石にも及ぶやに思われます。速やかに祖法に戻すべきかと愚慮いたす故由《ゆえよし》にござります」

荻原重秀の主張は、表面上、財政負担の軽減を目的とした復古論である。それだけに並いる老中や奉行も反対し難い。何しろ、東照神君こと徳川家康の名が出ればだれしも否とはいえない時代だ。たちまちにして衆議は一決、御側御用人柳沢出羽守保明に上申した。

「はて、これは……近江守の考えとも思えぬ……」

一読して柳沢は首をひねった。だが、利潑な側用人はすぐ、〈何か裏がある〉と気が付き、自邸に荻原を呼んで問い糾《ただ》してみた。

「幕府は今、貨幣改鋳によって年々五十万両余の出目《でめ》を得ておる。十万石や二十万石の出費を慌てて削る必要もあるまいが……」

柳沢のそういう問いに対して荻原重秀は、

「確かに今の所、御金蔵は潤っております。しかしながら諸色は高騰、商内《あきない》は隆盛、金銀はちと多過ぎるきらいがありますれば、御公儀の支出を引き締めると共に、旗本衆にも一層の節約を促す必要がございます」

と、過熱景気引締め論を展開した。

「しかし、五百石以上の者をみな知行取りにいたせば、それぞれが所領に代理人を置き年貢米を運ばねばならず、多大の費用がかかるではないか……」

柳沢は重ねてそう訊ねた。

「一見そう思えますが結果はむしろ逆になりましょう。僅かな年貢米を遠国より運ぶよりは、それぞれ近隣で売り払い金銀にして江戸に送らせる者が増えましょう。さすれば西国の米は西国で使われ、江戸には東国の米が集り、長い距離を持ち運ぶ必要もなくなるわけでございます」

荻原はそれだけのことをすらりといってのけた。要するに貨幣経済化を一段と進めて米の流通を合理化しようというのである。

「流石は近江守じゃ……」

柳沢保明は感心して、すぐこれを将軍綱吉に申し上げて裁可を得た。今年七月のことである。そしてそれが今、秋の収穫を終えた所で、大きな効果を発揮しはじめているのである。

荻原の予想した通り、今年は西国の天領から江戸に送られて来る米は減った。その代り、関東・奥羽の米が大量に入っている。米以外の物産が乏しい東国の大名・百姓にとって、江戸の大市場を得たことは有難い。お陰で、関東に多くの天領を持つ幕府も、武州川越に領地を持つ柳沢家も少々潤ったし、これを扱う江戸の札差たちも利潤を上げた。この結果、幕府の悩みであった江戸から上方への銀送りも少々減る効果があった反面、東国一帯の農村にも貨幣経済が急速に浸透しつつある。

西国でも米の売買が盛んになり、需給が緩和して米価高騰にようやく歯止めがかかった。そしてここでも、遠国に知行を得た旗本たちの年貢取立てや米売却を受託した商人たちは潤い、物と金との動きが一段と盛んになった。

しかし、多くの旗本は少なからぬ打撃を受けた。領地の米を現地で売って、その代銀を江戸に運んだとて元の米が買えるわけではない。商人の利潤と手数料だけ旗本たちの身入りが減るのは当然だ。このため、旗本たちは家臣や郎党の整理を余儀なくされた。徳川幕藩体制が基本とした米の経済は、その中核たる武士の社会でも崩れはじめ、次々と「弱者」をはじき出していたのである。

貨幣改鋳以来、急激に進み出した商業景気とそれに基づく富裕な市民層の擡頭、元禄を特徴づけるこの現象が、今まさに頂点に達しようとしている。そんな世の中を象徴するように、この年十月、将軍綱吉待望の護持院五智堂が完成した。

綱吉は得意満面、この巨閣に親筆の掲額を奉じ、開山の儀を大々的に営んだ。だがまさにその当日、未来の不安を暗示するような事件が起った。この日の夕方、火災が発生、折からの強風にあおられて田安・番町から牛込・小日向までを焼き尽す大火になったのだ。「掲額火事」である。

江戸の人心は動揺し、

「あまりにもうわついた世の風を戒める神仏のお告げじゃ……」

という噂さえ流された。噂の語り手たちは、中野のお犬小屋や護持院建立など、ようやく常軌を逸するようになり出した将軍綱吉の御政道を批判したかったのであろう。華やかな泰平の世の底にも、貧富の差を拡大させる貨幣経済の進展を怨《うら》む声も拡まっていたのである。

しかし、将軍の側近たちは、敢てそれを口にしない。多芸博学にして雄弁な綱吉の周辺に長く仕えた人々の目には、この理想主義者の独裁将軍があまりにも偉大な存在に見えて、巷の批判も負け犬の遠吠《とおぼ》えほどにしか思えなかったのであろう。

それでも、こうした状況を敏感に悟る者もいた。老中格御側御用人柳沢保明の側室町子もその一人だった。京の公家正親町《おおぎまち》大納言の妹から江戸城に入り柳沢保明の側室に下ったこの才女は、将軍周辺の男たちよりもはるかに冷静に綱吉を観察することができたのである。

「掲額火事」から三日目、暮六つ（日没）過ぎに屋敷に戻った柳沢保明は、

「お早いお帰りで結構なことでございます……」

という町子の声で迎えられた。

「何が早いものか、今朝は暗いうちに登城した故、もう疲れ果てたわ……」

保明は血走った目を町子に注いで不快気に答えた。だが町子は、

「ほほほ……殿がお疲れとは……」

とおかしそうに笑っている。

「何がおかしい。わしとて生身の人間、この三日三晩は不眠不休。疲れて当り前であろうが……」

保明はそういい捨てて立ち去ろうとした。だが、その背後から、

「ほほほ……御冗談を……」

という町子の声が追って来た。

「何がおかしい。ふざけるのもほどほどにせよ」

保明はきっとなって立ち止った。

「殿がこれしきのことでお疲れとは……おかしゅうございますえ……。それがほんまなら、上様には到底お仕えでけませぬなあ……」

町子はまだ口元に手を当てて笑っている。

「ふん、上様とて御心労じゃ。めでたき掲額の日に火事など起きていたく御不興じゃわい……」

「それはそうでござりますやろ……。けど、上様は御不快に思われた末に、あり剰った御精力をどのようになさりますやろのお……」

「何、上様が……あり剰った御精力を……」

柳沢保明は、ようやく町子のいわんとすることの一端を感じて、座り込んだ。

「はい、上様はまだまだお疲れではあらしませぬ。次には、この気色の悪い火事の気分直しをお考えになりますやろ……」

町子は、切れ長の目を行燈の灯に赤く染めて呟いた。

「巷には、この火事を御政道を危惧する神仏の戒めという声もあるとか……」

「ははは、下賤の迷信か喰いはぐれの浪人どもの噂か……」

保明も敢て強がりをいってみた。

「その下賤の迷信、浪人どもの噂が曲者《くせもの》。あまり拡まらぬようになさらねば、大樹が蟻《あり》に喰い倒されることもあると申しますでなあ……」

町子が歌うように呟いた。

「そなた、何とせよというのじゃ……」

保明は町子の持って回ったいい方に苛立った。

「上様が、より大きな寺を建てようなどと申されぬように、御退屈なさらぬ方法をお考えになるのがよろしいかと……」

町子はやっと本論をいった。

「ふーん、上様が御退屈なさらぬ方法か……」

柳沢保明はうめいた。

そういわれれば確かに思い当る節がある。将軍綱吉は心身共に精力的な人物だ。その肉体は五十歳を越えた今もたくましく、能を舞い馬を責め女を求める。その頭脳は四書五経をそらんじ諸大名の動きを見落さず、次々と新しい政策と事業を練り続けて止まない。中野の犬小屋、神田の護持院が完成、貨幣改鋳の大仕事も軌道に乗って財政も豊かになったとあっては、またぞろ何かが出て来そうな気がする。この将軍の好みからすれば、それは恐らく世人を仰天させるような派手なものとなるだろう。華やかな文化の陰で武士が貧困化しつつある今、さらに豪壮な寺社建立などとなれば世の反感がつのることは必定だ。

「それでは……あの駒込の普請を急いで、上様にお成り頂くとしようか……」

保明はそういってみた。

柳沢保明は、一昨年（元禄八年）小石川の加賀前田家屋敷跡の土地をもらい受け、広大な庭園の造営に当っている。自ら設計もし名も「六義園《むくさのその》」と決めた。中国の「毛詩」に見える「風・賦・比・興・雅・頌」の六義に由来する和歌六体を典拠とする名称である。既に千川上水の引き込みも終り広々とした池もできた。保明は、その完成を急いで綱吉を招き、大いに歓を尽させることを考えたのだ。

「ほほほ……そのようなことは一時の遊び、上様のお心を三日とは繋ぎ止めはいたしまへん」

町子はおかしそうに笑った。

「では、どうすればよい。じらさずに申してくれ……」

過労に疲れた保明は苛立って頼み込んだ。

「上様が楽しみながらもお悩みになる難問をお造りなさいませ……」

町子は、よく光る流し目で保明を見ながらそういってのけた。

「何と……上様がお悩みなさるような難問とな……」

流石の柳沢保明も仰天した。

「はい、上様とて容易に動かせぬお相手を敢て動かす、そのような難問をお造りしますのや」

町子は低く鋭い声になった。

「上様とて容易に……それは……もしや朝廷では……」

柳沢は身震いを感じた。だが、町子は無表情に続けた。

「上様は孝心厚いお方。御生母桂昌院様の御昇位とあれば、必ず心を砕き頭を悩まされるに相違ございませぬ」

「何を……滅多なことを申すな……軽々しく」

柳沢は深くうめき、恐れ戦《おのの》いた。

今、将軍生母桂昌院は、歴代将軍の生母と同じ従三位である。それをさらに高い位に上げるというのは、桂昌院を並みすぐれた女人と朝廷が認めることであり、親孝行の将軍綱吉にはこれ以上もない歓びであろう。だが、それは不可能に近い難事だ。何事も前例を尊ぶ朝廷がそう易々とするは

ずもない。特に桂昌院は三代将軍家光の側室、もとはといえば京の八百屋の娘という出だからなおさらである。しかし、町子は、

「いえ、軽々しく申しておるのやあらしまへん。滅多なことではない故、上様も悩み疲れられる御課題ともなり得るというもの……」

というのである。

「それはそうには違いないが、そのようなことを申し出て実現できなければ切腹ものじゃぞ……」

柳沢保明は息苦しいほどの緊張を感じ出していた。

「あれ、殿はお腹を召すのが怖あすのか……」

町子は皮肉っぽくいった。

「何を申す。わしが身も心も、名も命も上様に捧げ尽しておること、そなたも存じおろうが……」

保明は、町子の迫力に抗しかねて視線を畳に落して、呟いた。

「なれど、いってみてできねば、上様のお顔を汚すことにもなる。それが恐しい……」

「ならば、しばらくの間は私におまかせ下され……。成るか成らぬか少々当りをつけてみますえ」

町子は、にっこりとしていった。

「もしも成らず、恥を曝《さら》すような按配なら、あれは愚かな女子の世迷い事と、私一人、責めを負うて果てますでなあ……」

(三)

元禄十一年、上方の正月は、徳川時代二百六十余年を通じて最も華やかな正月だったかも知れな

い。

京・大坂の町人街は好景気に沸き返り、商売も遊興も活気があふれていた。ここでは武士は少なく、江戸に見られるほどの露骨な不均衡がない。浪人者も多数流入しているし、貧しい職人や人夫も多いが、みなそれぞれに好景気の恩恵にありついているかに見える。

上方の浪人は、江戸のそれのように仕官の困難を嘆き時世の変化を批判しているわけにはいかない。寺子屋を開くか、俄《にわか》医者になるか、商家の用心棒に雇われるか、細工物の内職に精を出すか、行商や日雇いでもするか、とに角みな生きるために働き、満足気に暮している。現実的な町人思考の拡まっている上方では、「武士は喰わねど高楊子」を決め込まず、現実対応能力が十分あるように振舞っている方が格好もよく、仕事にもありつける。幸い、商業の好調が、寺子屋も医者も用心棒も内職や日雇いにも波及効果を及ぼしているからそれも不可能ではない。

こうした現世的な陽気さと商業景気の恩恵を存分に享受するものの一つが娯楽産業である。遊興娯楽支出はいつの時代にも所得弾力性の高い消費項目だから、この時期に演劇界が凄じいばかりの成長を示したのも当然だろう。そしてそれが演劇内部での勢力関係をも変えた。時の将軍綱吉がこよなく愛した能は、幕府や大名たちの手厚い保護にもかかわらず、武士社会の全般的貧困化の中で発展を止めたのに対して、町人衆の支持を集める歌舞伎や浄瑠璃は大いに発展し、数々の名作・名人を生み出していた。

京都四条河原――七つの大劇場が櫓《やぐら》を並べるこの通りは、そうした演劇娯楽ブームを象徴する街である。ここには今日も、着飾った男女が群れ、芝居看板と道行く人々の衣裳とを半々に見歩いている。元禄の華美な風に染った人々には、他人の衣服や飾り物が気になるのだ。

そんな中に、ひときわ目立つ女性が二人、それぞれに供の丁稚《でっち》を連れて現われた。綿屋善右衛門の次男の嫁美波と大坂から来た竹島素良である。

「よう来てくれたなあ、お素良はん……」

派手な赤い着物を着た美波は、黒い歯を見せて繰り返した。一年足らず前に結婚した美波はお歯黒をつけている。

「ううん、誘うてくれてうれしいわあ、ほんまに……」

素良はそういって微笑んだ。美波とは対照的に白い歯が鮮やかに光って美しい。だが素良は慌てて袖を口元に当てて、それを隠した。二十二歳にもなって未婚のままでいるのが、何となく恥かしく思えたのだ。

番頭の与之介は販路拡張のために美濃に旅立った。素良に決断がつくまでの間を与えようとしてしばらく店を出てくれたのだ。お陰で、素良は少々気が楽になった。だが、心の底では、それがまた重荷にもなっている。

〈これほど誠実な与之介をわけもなく避けている私は、我が儘《まま》な女や〉

という罪悪感が苦々しい。

「お素良はんは、いつまでも変らんときれいでええなあ……」

美波は、おかしそうにいって自分もまた袖で口元を隠した。美波の方は逆に、結婚したあとも娘心が捨て切れぬらしい。おとなしい綿屋忠左衛門との夫婦生活に飽き足らぬのか、以前にも増して芝居見物や寺参りに熱中している。今日大坂から素良を招いたのも、家をあける口実が欲しかったからだ。

「お美波はんはええ身分やなあ……」

素良はぽつりといった。

「何いうてんの、あんたこそええやないの。嫁に入ったらいろいろ気遣うでえ……」

美波は無邪気な笑顔で反論した。

「次男やから家は出てるというたかて、やっぱり姑はんかて来やはるし、親類付合いもあるし、世間の口もうるさいし……。私かて養子もろた方がよっぽどよかったと思うわ」

〈なるほど、そんなものか……〉

と素良は思った。美波の生活は自由奔放に見えるが、とにも角にも親の定めた男と結婚している。それもしないで悩んでいる自分よりはましかも知れぬと思うと、素良の視線は地面に落ちた。

「お素良はん、どれがええ……」

美波が明るい声でいった。二人は四条河原を一通り歩き終えた所だった。

「都万太夫座は藤十郎に水木辰之助やし、布袋屋座は江戸の二枚目中村七三郎や。七三郎も珍しいけど、三年振りに江戸から帰って来た辰之助と藤十郎のからみも見ものやと思うし……」

美波は左右の櫓を指さしてそんな解説をした。

「そうやなあ、やっぱり藤十郎やなあ……」

素良がそう答えた。美波ほど芝居好きでもない素良は、江戸の中村七三郎という役者をよく知らなかったのだ。しかし、この役者の来演は、上方の演劇関係者の間に一大波瀾《はらん》を生んだ。特に、都万太夫座の作家近松門左衛門にとっては、生涯忘れ得ぬほどの衝撃となったのである。

初代中村七三郎は、五郎役者といわれた初代市川團十郎に対して、十郎役者と謳われた名優である。團十郎を向うに回して曾我兄弟の一方を演じてひけをとらぬというだけに顔もよければ芸もよい。これが元禄十年暮に上洛、上方の名女形初代芳沢あやめと組んで布袋屋座に一座した。この元禄十一年正月の出し物は浅間嶽普賢菩薩《ふげんぼさつ》の開帳に当て込んだ「傾城《けいせい》浅間嶽」である。

これに対して都万太夫座の作家近松門左衛門は箕面《きめん》弁財天の開帳に当てて「傾城江戸桜」を出した。坂田藤十郎お得意の傾城買いに、三年振りに江戸から戻った水木辰之助を傾城高尾に扮させ大いに江戸情緒を出そうという趣向である。江戸の中村七三郎に対して江戸ものをぶっつけたあたりは近松の自信のほどがうかがえる。

しかし、結果は布袋屋座の圧勝だった。「傾城浅間嶽」は大入満員・百二十日間続演という当時としては稀れに見る長期興行となったのに対して、「傾城江戸桜」は尻すぼみに客足が遠のき、早々と打ち切らざるを得なかったのだ。

近松門左衛門は、生涯江戸を見たことがなく、江戸ものは不得手だった。元禄十四年二の替りに、絵島生島《えじまいくしま》事件で有名な生島新五郎を迎えて上演した「傾城富士見る里」もあまりぱっとしなかったし、晩年に竹本座で上演した「傾城吉岡染」でも、江戸の遊女にたんかを切らせようとして失敗している。近松門左衛門ほどの天才でも、見も知らぬ江戸の情緒を想像することは困難だったのだろう。

だが、この時の失敗の原因はそればかりではなかった。元禄六年の「仏母摩耶山開帳」の大当り以来、専ら歌舞伎に専念して来た近松だが、前年の元禄十年頃からまた浄瑠璃に興味を示すようになり、竹本義太夫や宇治加賀掾《うじかがのじょう》らに数本の脚本を書いた。ようやく名の出はじめたこの作家には注文が殺到していたのである。そんな中で、作家暮し十五年を経た近松にも気の緩みが出た。多忙故の速成の害もあった。そして何よりも近松本来の趣向にあった浄瑠璃への心の傾斜が、歌舞伎の方では安易な妥協的作品を生む結果につながったのであろう。

「こら、近松はんには気の毒やけど、都万太夫座の負けやなあ……」

客のまばらな寒々しい小屋を去る時、美波はそう呟いた。いつもは、観劇のあとでは楽屋に入り込み、役者や作家と話し込むほどの美波も、今日ばかりはそれも気が乗らぬ風だ。

「けど、近松はんのこっちゃ。じきにもっとええの書かはるやろで……」

素良は、美波を、そして楽屋の裏で不機嫌に頭を抱えているであろう近松を、励ますようにいった。「自堕落者」を自称しながらも世の批判に耐えて脚本に作家の名を書き続けてきた近松門左衛門の気迫と責任感に期待をかけたのである。

実際、近松門左衛門の必死の努力はもうはじまっていた。「傾城江戸桜」の失敗を深く反省した近松は、歌舞伎の分野において余人の追随を許さぬ名作を出すまでは浄瑠璃に戻るまいと決意した。布袋屋座に大敗したままこの世界を去るのは、都万太夫座の座元や絶大な信頼を寄せてくれた藤十郎に対する義理の上でも作家としての誇りの点でも許されることではない。だが、それを実現することは近松の才能を以ってしても楽なことではない。創造の苦しみばかりか人間関係の取捨選択にも悩まねばならなかったからだ。

この頃、大坂道頓堀の竹本座は充実した陣容となっている。浄瑠璃語りの竹本義太夫は、既に京の宇治加賀掾をはるかに上回る実力を持っていたし、立三味線《たてしやみせん》には盲目の名手竹沢権右衛門がいた。のちに義太夫節三味線の祖として斯界の歴史に名を残す人物である。人形遣いの方では女形《おやま》人形の名人辰松八郎兵衛が現われた。人形の裾から両手を入れて操るいわゆる突込み人形の技術の完成者としてこれまた浄瑠璃史から欠くことのできない人物である。

これほどの人材が竹本座に集ったのは、座元の元祖竹田出雲《たけだいずも》の熱意と人格に負う所が大きい。しかし、だからといって竹本座の経営が容易だったわけではない。人材を養成するのには費用がかかるし、名人を並べると出費がかさむ。竹田出雲は、これら史上に名を残す名手たちに出演の場を与えたばかりでなく、新しい工夫を試みる機会も提供した。それだけになおのことよき作品を求めて止まなかった。この頃、浄瑠璃もまた、出演者の個人芸よりも狂言の筋を重視する方向に向いつつあったのである。

こうした状況の中で、竹本座の人々が近松門左衛門にかけた期待が大きかったのも当然だろう。そしてまた、近松がこれほどの名人が集った竹本座に自分の作品を出したいという意欲にかられたとしても不思議ではあるまい。

しかし、歌舞伎における敗北の屈辱を雪《そそ》ぐ決意を固めた近松門左衛門は、心を鬼にして竹本座の要望と浄瑠璃への誘惑に耐えた。この年、四十六歳という脂の乗った年頃にあった近松は、前年のうちに書き上げていた「当流小栗判官」一作を竹本座に与えただけである。彼は、ひたすら「最高の歌舞伎」に精進したわけだ。

文化の栄えた元禄は、それにたずさわる人々にとっては厳しい試練の時代でもあったのである。

（四）

繁栄と進歩には試練が伴う——この原則は商人たちにも当てはまる。貨幣供給量が増大し物価が上り商品流通が盛んになりつつあったこの時期、大坂には数多くの新興商人が現われ、大いに成長発展する店が多かった。だが、新人の登場は古い人々の後退を伴わざるを得ない。競争は激化し摩擦は多発し、対立抗争も続出した。そんな中で、伝統を誇る商人が何人となく没落して行った。慶長以来百年の家名を誇った尼崎又次郎らは見る影もなく衰え、五年前に石野七郎次を驚かしたような長柄を立てた行列を出すことも滅多に見られなくなっていた。

それに引き替え、鴻池善右衛門・天王寺屋五兵衛・平野屋五兵衛ら大手の両替商はますます勢いを増した。貨幣経済の浸透と物価の高騰で金銀の要り用が急増した大名たちが、巨額の借金をはじめたからだ。例えば、鴻池善右衛門家の記録によると、この家の大名貸しは元禄八年正月に銀六千八十六貫だったが、元禄十一年正月には八千五十四貫となり、十二年正月には一万一千二十二貫になっている。最後の数字は金にすれば約二十万両、米ならば十五万石に当る。当時、日本最大の大名、加賀百万石の前田家の年間総支出が銀一万五千貫ほどだから、鴻池の大名貸しの残高はその七割にも当るわけだ。今日でいえば、最大の地方自治体の年間予算の七割という所だから、一兆数千億円ぐらいの感覚と思えばよいかも知れない。

これほどだから、鴻池や天王寺屋・平野屋などの威勢は凄じく、店の前には御機嫌を取り結ぶために来る大藩の重臣たちの駕籠が群る有様だ。

「某家の大坂留守居役何某は、鴻池善右衛門はんのお顔を見て感激のあまり熱を出さはったそうな」

というような噂が、おもしろおかしく伝えられたりする。また翌日には、

「我が家の留守居役何某殿も同様で……」

とわざわざいい触らす武士がいる。回り回って両替屋の耳に入るのを期待してのことだ。

「何と侍もだらしのうなったもんだなあ」

と浪花の町人は嬉しがるのだが、両替屋に借財を断られると三ヶ月とは保《も》たない大名家がいくらもあるのだから仕方がない。借金経営の会社の経理部長がメインバンクにごまをすらざるを得ないのと同じで、身分や人格には関係のない現象である。

商人・商店の新旧交替は、同じ業種の中でも著しい。全体としては成長業種の塩問屋とて例外ではない。ここでは、一時は最大手と見られていた岸部屋が兄弟仲の悪さが祟《たた》って衰退、本家の岸部屋九郎兵衛店も何人かの手代・丁稚を整理したほどである。それに対して、ここ数年発展しているのが讃岐・伊予の塩を大量に扱っている金屋と赤穂に深い関りを持つ竹島だ。

「扱い量の伸びは金屋はんが大きいけど、竹島はんは質のええ赤穂塩を抑えたはるよってに儲けは上やないかなあ……」

大坂塩町ではそんな評判が流れている。

確かに、ここ数年竹島喜助の利益は大幅に伸びている。塩価の高騰もあったし、江戸送りの量の増加もあった。その上、与之介の開いた江戸店が地場問屋として定着し、今年に入ってからは月に百両あまりの利益を送って来るまでになった。それにも増して有難いのは一昨年の秋に完成した赤穂の新浜だ。去年は二十九町歩から十五万俵余の差塩が穫れ、銀四百六十七貫目もの売上げとなった。これに対して支払ったのは、五反七畝の塩田一枚につき銀三貫の請負代銀が、五十一枚合計で百五十三貫、二千五百俵の標準を越えた収穫に対して一俵につき銀一匁ずつ与えた賞与が二十二貫と五百あまり、浅野家への運上銀が年間で四十貫あまり、その他諸経費併せても総支出は銀二百貫余に留まった。

「お父はん、これやったら新浜造成にかけた銀三百貫もじきに戻って来るなあ……」

新浜関係の収支を詳しく記帳している素良は、毎月の報告のあとで、楽し気にそういった。

「そら勘定の上ではそうなるけど、ええ時ばっかりやないよってに油断したらあかんで……」

塩問屋の商売が苦しかった延宝・天和の頃を知る喜助はそう繰り返したが、流石に笑顔は隠し切れない。五十二歳になった喜助にとって、愛娘の素良とお気に入りの番頭与之介が推めた事業の成功はたまらなく嬉しいのだ。

しかし、万事好調に見えた竹島にも悩みがある。その第一は人材不足だ。

急成長の組織が人材不足に陥るのはどこでも同じだが、この塩問屋の場合にはいくつかの特殊事情が重なって殊のほか深刻だった。まず第一に、竹島喜助には息子がないし、一人娘の素良もまだ婿養子を取っていない。つまり五十二歳の喜助の後継者が未だにはっきりしないのだ。そしてそのことが、従業員の人事をも阻害し、番頭陣をひどく手薄にしているのである。

この店では以前からの番頭が三人いるが、二番番頭の弥吉は江戸店の責任者になった。喜助は、この番頭に近々江戸の店を分けてやるつもりで、去年の秋には妻子も江戸に送り出した。三番番頭の与之介も販路拡張のために美濃方面に長期出張中で不在である。大坂に残っているのは一番番頭の重兵衛だけだが、既に五十に近く十年も前から別家を許されて通いとなっている。温厚な人柄で長年よき補佐役として勤めて来た男だが積極性に欠ける。特に最近は年齢のせいか、それが目立つ。

こうした事態に対応して、喜助は古参の手代久蔵を番頭に格上げした。三十八歳の朴訥《ぼくとつ》な男で真面目以外に取柄がない人物だ。喜助としてはもう一人、若手の切れ者新七も番頭に抜擢《ばってき》したいのだが、そうはいかない所が苦しい。もし二十八歳の新七を番頭にすると、

「さては新七はんがいとはんの婿候補やったか……」

という観測が流れるからだ。今は「いとはんの婿は与之介はん」という見方でみな一致しているからよいが、もう一人有資格者が現われるとたちまち分裂が生じる。本人同士にその気がなくとも手代や丁稚や出入りの者が「次期御主人」を先物買いして派閥を作ってしまうのだ。竹島喜助はそんなことから没落した商家の例をいくつも知っている。現に同業の岸部屋は実の兄弟同士の跡継ぎ争いに番頭・手代が絡んでもめ出したため、急速に左前になってしまった。

「新七、お前はいずれうちの一番番頭になる身やからそのつもりでしっかりやんなはれ。けど、出る杭は打たれるというさかいに、しばらくは手代のままでいる方がよろしやろ」

喜助はそういい含め、赤穂の新浜監督から仕入れ販売まで広範な仕事をこの手代にやらせている。

こうした店の人材不足を感じてか、近頃は娘の素良がよく手伝う。帳付けはほとんど一手に引き受けて誤ることがない。塩取引の情報にも詳しいし、塩蔵にも入る。最近では、塩問屋の組の寄合いにも出て、大の男と渡り合っても遜色《そんしょく》がないほどだ。

〈頼もしい娘……〉

店主としての喜助にはそう見える。だが父親としての喜助には、

〈こんなことをしてたんでは嫁《い》かず後家になってしまう……〉

という苛立ちがある。

〈ちと帳付けや算術を教え過ぎたかも知れん……〉

近頃喜助は、一人娘に施して来た商人としての教育を後悔することさえあった。

素良は商売が好きだ。魔法のように勘定結果が出て来る仕分帳付けも楽しいし、半年後一年後の塩価を賭《か》けるスリルもおもしろい。そして何よりも塩の香の浸みついた竹島の店先が愛《いと》おしい。

去年の暮、与之介が美濃へ行ってからは、決断のつかぬ結婚を思い悩むこともなく店にも出られる。素良は手代や丁稚が朝食を済ますのを見届けるといそいそと店に出て商内《あきない》の状況を見、帳場に入って帳面を繰り、売上げや注文、在庫や金銀のあり高を調べることを日課とした。婿を取らぬ一人娘としては、この店の経営状態を隅々まで知っておくのが務めのような気がするからだ。

だが、それでも結婚の問題は忘れることができない。美濃へ出張中の与之介の様子がしばしば報されて来るからだ。それをもたらすのは大抵飛脚屋伝平である。

「今日もまた大事件、与之介はんの大手柄や。美濃は大垣の城下にて、三州饗庭《あえば》の塩売十三人を投げ飛ばして叩き出した大活躍……」

四月中旬のある日、陽気な大声と共に飛び込んで来た伝平は、得意気にいい出した。

「伝平はん、何を寝とぼけたことをいうたはるんや。与之介がそないに強いはずあれへんがな」

喜助がそう答えているのを聞いて、帳場にいた素良も吹き出してしまった。

「いいえ、これはほんまのこと。この与之介はん直筆のお手紙が証拠。群る三河の塩売をば、摑んでは投げちぎっては抛《ほう》り……」

素良が出てみると、伝平は講談口調で語りながら、身振り手振りをやっていた。

「そんな阿呆なことというてんと、その手紙とやらを早う見せなはれ……」

喜助はそういって手紙を取ると、「読んでみなはれ」と素良に手渡した。五十二歳の喜助は老眼が進み、ものを読むのがおっくうなのだ。

「前略。美濃大垣での販売交渉はその後も順調に進展、先にお報せした二軒の地場問屋のほか、この度当地最大手の卸問屋山崎屋源五郎店にても赤穂塩取扱いを御了承頂きました。三月に手前同道にて行いました赤穂塩の試売の結果が至極良好だったためです。山崎屋は岐阜と白金にも出店を持つ長良川筋切っての大卸にして年間五、六万俵もの扱いがあるとのこと、その半ばとしても月に二千俵以上の売上げができると存じます」

与之介の手紙には右のようなことが、いつもの簡明な候文で書かれていた。商売のこと以外は何も書いてないのがこの番頭らしい。

「流石やなあ、与之介は。もうかれこれ月に四千俵ほどの商内《あきない》を決めよったわ……」

喜助はとろけるような笑顔を見せた。

「伝平はん。別に三河の塩売投げ飛ばしたことなんか書いたれへんやないの……」

素良は顔を上げて訊ねた。

「いとはん、その先、その先だす」

伝平は慌てて手紙の先を指さした。

「なお、このことと絡んで、従来山崎屋に塩を納入していた三河饗庭の塩売一両人と口論となりましたが、当地御城主戸田采女正様御家来衆より、赤穂浅野家は我が縁藩故《ゆえ》赤穂塩販売は殿のお許しなされたこととのお言葉をたまわり、事なきを得ました。これも浅野様のお陰と喜びおります。以上」

「なあんや。一両人と口喧嘩したとあるだけやないの……。十三人投げ飛ばしたやなんて伝平はんのホラ吹き」

読み終えた素良は、いたずらっぽい目で伝平を睨んだ。

「えへへ、まあ世の噂はそんなもんで。三人斬った堀部安兵衛はんは十八人斬り、二人へこました与之介はんは十三人投げ……」

伝平は頭を掻きながらそんなことをいっていた。だが、喜助の方は真剣な顔付きで、

「けどなあ素良。こらちょっと気つけた方がええで。三州饗庭というたら御高家の吉良上野介様の御領地や……」

と呟いた。

「そんなことが、うちの商売とどんな関りあるの……お父はん……」

素良が不満気に訊ねた。

「いや、直接は関りのうても、気つけた方がええのんや。吉良上野介様といえば御高家筆頭、幕府と朝廷との間の御周旋役として将軍様のお側にもお侍りになるお方やさかいに、浅野のお殿様に御迷惑がかからんようにせなあかんちゅうこっちゃ」

竹島喜助は、娘にそう解説した。若い与之介や素良と違って、長い経験を積んだ喜助には、商売にも世の中のいろんな事情が複雑に絡むことを知っていたのである。

「なるほど……饗庭は吉良様の御領地でっか……」

伝平も難しい顔付きで腕組みした。この飛脚も吉良上野介の権勢とお節介な性格については噂を聞いている。

「伝平はん、ちょっと手紙書くよってに与之介に届けとくなはれ。ほどほどにせえとな」

そういって喜助は筆を取りかけたが、ふと思い付いたように手を止めて、

「赤穂様の方にもお礼かたがたちょっと申し上げといた方がええなあ……」

といい出した。

「新浜御造成以来えろお世話になってるさかいに、ちょっとまとまったものを献上させてもろて……。というても何の理由《わけ》ものう銀さげて行くわけにもいかん。何ぞええ口実ないかいなあ……」

喜助は独り言のようにいいながらも娘の顔を見た。家老や担当奉行に対してなら金包を差し出すのもおかしくないが、話が藩主内匠頭に伝わるようにするためには浅野家自体に献金をするのがよい。しかし、理由もなく献金すると、これが前例となって毎年要求される恐れがある。「地租単一思想」の強いこの時代には、土地にかける年貢以外は明確な規定がないため、好意の献金も慣習的租税に転化してしまう例が多い。竹島喜助は、一回限りのお礼ということを明確にする理由を付けて献金し、吉良への配慮を怠らぬように内匠頭に伝える方法を素良に相談したのである。

「そうやなあ……」

素良は天井を見上げてしばらく考えていたが、

「それやったら、ええことあるわ……」

と手を打った。

「この間、吉祥寺の和尚はんがだれぞ高貴な方に額を書いてもろて欲しいというたはったやろ。あれを浅野のお殿様にお願いして、そのお礼ということにしたら……」

「なるほど、そらええこと思い付いた。内匠頭様は書もようなされるというさかいになあ」

喜助も膝を叩いて賛成した。

（五）

元禄十一年四月末、赤穂浅野家ではまた、主君内匠頭江戸参府の準備がはじまっている。この藩では、過去四年間、松山城城番勤めと内匠頭の重病とで参勤交代の循環が乱れていたので、今年はそれを正常化して、精勤振りを示したい所だ。江戸詰家老の安井彦右衛門からも「五月中に御参府されることこそ肝要」などといって来ている。

〈また、江戸か……〉

そう思う内匠頭の心中は複雑だった。「江戸に行けばまた、面倒な江戸城内の人事社交に気を遣わねばならぬ」という厭な気分と、「江戸には阿久理が待っておる」という楽しみとが入り混る。この大名は、同時代のこの地位の人物としては珍しく女性関係には潔癖で、正室阿久理のほかには手を付けた女がほとんどいない。それだけに正妻阿久理に対する愛情は深く、妻との暮しが隔年ごとの江戸参府の最大の楽しみになっている。その反面、年々要り用の増える江戸の付合いで、いちいちお金の話を聞かされるのは厭なことだ。

「今度は九郎兵衛が供をせよ」

内匠頭がそう命じたのは、藩全体の財政を掌握する大野を供に連れて行けば、銭金のことは処理してくれると期待したためだ。

「某《それがし》がでございまするか……」

大野はちょっと驚いたように問い返したが、

「うん、九郎兵衛ももう一度江戸を見るがよかろう。いろいろと変っておるでな……」

と内匠頭は笑顔でいった。大野九郎兵衛が供家老として江戸に行くのは、元禄五、六年にかけての時以来五年振りである。

「で、お国元は……」

大野は、渋い表情で訊ねた。城代の自分が供家老を勤めれば、国元の城代はどうするのか不安でもあり不満でもあった。

「それは……内蔵助にまかせよう……」

内匠頭はすらりといった。実は、これが内匠頭のもう一つのねらいでもある。大野九郎兵衛も既に六十歳に近い。あと数年で隠居となるだろう。そうなれば、次の城代はやはり筆頭家老の大石内蔵助ということにならざるを得ない。その日に備えて、大石にも経験を積ませておきたい。それには、新浜もでき財政も比較的巧く行っている今年がよい機会だ、と内匠頭は考えていたのだ。

「なるほど、内蔵助殿がお勤め下されば……」

大野はそういったが、頰には皮肉な影が浮んでいた。この男は、素早く主君の心中を見抜き、

〈殿も御苦労なことじゃわい……〉

と思っていたのである。

「内蔵助、何事も又左衛門とよう相談してやれよ」

内匠頭は大石の方に念を押し、藤井又左衛門に向っては、

「又左衛門、内蔵助をよう援けてやれ。大小にかかわらず江戸に報せ、九郎兵衛とも連絡を絶やさぬようにな……」

と指示した。

「お心遣い、恐れ入ります」

大石と藤井は共々に平伏した。

〈やれやれ……これで阿久理との暮しも楽しかろう……〉

供家老と国元の体制を決定した内匠頭は少々気が楽になった。そしてふと、

〈阿久理に我が領国の花を見せてやろう……〉

という気になった。浅野内匠頭は、石州流押花の名手だ。この大名の造った押花は何年もの間色と形が変らないといわれた。

「源五右衛門、ついて参れ。久し振りに浜まで出てみる」

内匠頭は、近習頭の片岡源五右衛門を誘った。阿久理に贈る押花にする花を摘むためだ。この年の旧暦四月末は新暦の六月初旬に当る。野の花の美しい季節なのである。


浅野内匠頭は、愛馬白鳳にまたがって加里屋の城を出、大きく迂回した道をとって塩田の方に進んだ。何人かの近習と警護の武士が随行したが、騎馬の者は片岡ら三人だけであとは徒歩だから、白鳳を疾走させるわけにはいかない。内匠頭は、何度かごく短い距離だけ馬をあおり、すぐ立ち止り花を捜した。よい押花を造るためには、手頃な花を選び、上手に摘まねばならない。内匠頭は途中何度か下馬して自ら花を摘んだ。赤穂の土と風の香が浸み込んだような素朴な花を選んだ。

やがて一行は海際に出、新浜に至った。塩田では、梅雨前の晴れ間を塩作りにいそしむ男女が多い。頭を手拭いで包み、尻をからげて赤い腰巻を見せて働く女の姿が鮮やかに目に映ったが、みな突然の殿様の出現に驚き慌てて土下座をする。

「どうじゃな、源五右衛門。新浜の作は……」

内匠頭は、すぐ後から騎行して来る片岡源五右衛門に問いかけた。

「は、今年も天候に恵まれなかなかの豊作と聞いております」

片岡は、当り障りのない返事をした。

「それはよい……」

内匠頭も自然な言葉を返したが、すぐまた、

「このように広い区劃がよいのか」

と問うた。一反内外に区切られた旧来の塩田に比べて、五反七畝を基準に整然と分けられた新浜の美しさに興味を持ったのだ。

「これは請負という新しい作り方でございますれば、みな便利しておるやに伺っております」

片岡源五右衛門はそう答えた。

「うん、そうであったなあ……」

内匠頭はうなずき、ふと、

〈ここで働く者に声をかけてやろう……〉

という気になった。殿様には一般の民百姓の声が入らないものだ、という話を思い出したからである。

「この辺りの塩田はだれが請負っておるのか」

内匠頭は馬上から道端に額突《ぬかず》いている浜子たちの頭上に声を落した。

「は、はい……私めに……」

驚いたことに、平伏している汚ならしい服装の浜子の中から声がした。尾崎浜の徳造である。

「ほう、その方か。ようできておるかな……」

内匠頭は、こんな浜子が広い塩田を請負っているというのに一種の感激を覚えた。

「はい、お陰様をもちまして、えらく結構させて頂いております……」

徳造が地面がへこむほどに額をこすりつけて答えた。実際、徳造はこの塩田を竹島から請負ったために大いに儲けた。昨年は五反七畝の塩田一枚から三千百八十俵の差塩が穫れ、銀三貫の請負料と六百八十匁の賞与を得た。これに対して、日雇い賃銀や釜家の支払いに使ったのは銀二貫八百匁ほどで、差引き八百八十匁ほどの利益を得た。このため徳造は尾崎浜の浜子中第一の金持ちとなり、多くの配下を抱える身分になっていたのである。

「そうか、それはよい。これからもしっかりやれい……」

内匠頭は、そういい残して馬を進めながら、心の中では、

〈わしはみなのためにいいことをしてやったのだ〉

という満足感を感じていた。内匠頭は、今会った浜男が、この新浜による最大の成功者だとは思わなかったのである。


浅野内匠頭が加里屋の城に帰ると、待ち構えていたように大野九郎兵衛がやって来た。

「大坂の塩問屋竹島喜助と申す者がまかり越しまして、殿に寺の額を御揮毫《きごう》願いたいと申して参りました……」

というのである。

「何、余に揮毫を頼むというのか……」

内匠頭はにっこりとした。この大名は南宋の書を学び大きな漢字を得意とした。決して厭な頼まれ事ではない。

「九郎兵衛、苦しゅうない。その書面を見せてみい……」

大野がこれ見よがしに竹島喜助の手紙を握っているのに気付いた内匠頭は、そういった。

長ったらしい敬句と挨拶を除けば、その主旨は「今度大坂にできました万松山吉祥寺の掲額を御殿様に御揮毫頂くようお願いして頂きたい」という頼み状の部分と「お陰様でよき商内《あきない》をさせてもらっているので右開山の祝いも兼ねて金百両を御殿様に献じたいのでよろしく受け取って欲しい」という献金主旨の説明部分とから成っていた。

「ほう……百両も献金してくれるのか、竹島は……」

内匠頭は嬉し気に呟いた。幼少の頃から財政難を聞かされて育ったこの大名は金銭に敏感なのだ。

だが、そのあとには「追伸」の形で、

「今度、美濃方面でも赤穂の塩を売らせてもらうこととなりました。これにより、旧来彼地に入っていた三州吉良の塩に影響を与えるやと恐れておりますが、上質な赤穂塩への要求が強いので断り切れない事情でございます。御了承下さい」

という意味のことが書かれていた。自分の方から売り込んだのではなく、相手側から求められたのだというのは、昔も今も変らぬ商人の常套《じょうとう》用句である。

〈また、吉良と悶着《もんちゃく》があるかも……〉

内匠頭も多少はそれを感じたが、

〈うちの塩が吉良奴の塩をやっつけたか……〉

という快感の方がはるかに強く、一段と竹島喜助なる塩商に好意を持った。

「竹島は当家の古いなじみ故、この願い聞き届けてやらねばなるまい……」

内匠頭は楽しそうに答えた。

「はい、左様願えれば竹島も恐懼《きょうく》感激いたすことでございましょう」

大野九郎兵衛も嬉しそうに頭を下げた。この家老は、直接手紙を見せたことで、一切が通じたと信じていた。この六年間赤穂に居続けていた大野は、この三、四年の間に起った吉良上野介との間の諸問題をよくは知らなかったのである。

五月一日、浅野内匠頭は、頼まれた揮毫をした。文字は「万松山」、横書きの楷書《かいしょ》である。この字を彫り込んだ大額は惜しくも焼失してしまったが、その精巧な写真は今も見ることができる。実に力強い筆力と几帳面な書体が、武士らしい勇ましさを好んだ浅野内匠頭長矩の一途な性格を示しているように見える字体である。

八　経済摩擦

（一）

五月末、浅野内匠頭長矩の一行は江戸に到着、日を経ずして江戸城に参府の挨拶に出かけた。内匠頭にとっては心地よい登城だ。参府の挨拶は形式的な行事だし、参勤交代の時期も元に戻り、柳之間に詰める大名たちも昔ながらの顔見知りになっているはずだ。内匠頭も既に三十二歳、この当時としては中年の男盛りだ。九歳で家督を相続して以来二十三年余、領国の治政も公儀の諸役も無難にこなして来た経験豊かな大名である。この日、浅野内匠頭にとって気懸りだったのはただ一つ、

〈吉良上野介の奴に会いたくない……〉

ということだけだった。江戸城の城門をくぐる時、内匠頭は赤穂で見た竹島喜助の書面の追伸を思い出して、一瞬厭な予感に襲われた。

〈とに角、今日一日さえあの爺いに会わねばよい。明日にでもだれぞに吉良屋敷へ挨拶に行かせよう。金の十両も届ければよかろう……〉

内匠頭はそう考えた。竹島喜助が献じた百両の半分を「御手元金」として大野九郎兵衛に持たせて来た内匠頭は、例年になく気丈夫だった。

内匠頭は本丸御殿の通りなれた道順を経て柳之間西御廊下へと進んだ。夏の到来を告げる強い日射しも辰の刻（日の出二時間後）の今はさわやかで心地よく、深い軒と広い廊下に囲まれた柳之間は明るかった。そしてそこには、内匠頭の期待した親しい顔があった。伊予大洲《いよおおず》五万石の加藤遠江守泰恒と出羽新庄六万八千石の戸沢下野守正庸《とざわしもつけのかみまさつね》である。

内匠頭は、柳之間付きの奏者番に来意を告げ、加藤・戸沢の座に加わり、とりとめもない雑談を交した。気分のよい会話だった。間もなく、奏者番から案内があり、月番老中のもとに通され、形式的な挨拶を交した。口上は奏者番がいってくれるので、内匠頭は頭を下げるだけでよい。老中からも決まり文言がいわれるだけである。

〈やれやれ……〉

内匠頭はそう思って柳之間に戻りかけた。が、紅葉之間御縁まで来た時、ギョッとした。幅二間長さ十二間の長い廊下の向うに白髪の老人がいたのである。

〈しまった、吉良奴だ……〉

内匠頭ははっとして立ち止った。恐らくはひどくぎこちない目に付く動作だったろう。

「おお……内匠頭殿……」

老人は遠くから呼びかけた。心中の不機嫌がにじみ出たような声音、と内匠頭には思えた。老人が十二間の長い廊下をゆっくりと近づいて来る間、内匠頭は身体も頭脳も動かぬままに立ち止っていた。気の利いた台詞《せりふ》の一つもいいたい所だが、それも思い付かない。

「少将様には近々御挨拶にお伺いいたそうと存じておりました所で……」

老人が間近に来た時、内匠頭は何故かそんなことをいった。

「ほお、それはまたお珍しいお言葉……」

左近衛少将吉良上野介義央は、片頰を歪めて、

「と申されるのは、何ぞ願い事でもおありかな……」

と訊ねた。

内匠頭は返答に窮した。「かねがねお世話になっておりますお礼に」というような言葉がすらりと出れば何ということもなかったのだが、内匠頭の性格とこの場の心理状態ではそれも出ず、

「別段、少将様にお願いの儀もござらぬが……」

と、真正直な返答をしてしまった。

〈生意気な奴……〉

苛立たし気な影が上野介の肉の薄い顔に走った。

この頃、元禄十一年（一六九八年）夏、五十八歳になっていた吉良上野介は得意の絶頂にあった。一昨年、十二歳の養子春千代改め左兵衛義周（実は上野介の息子上杉綱憲の次男）が将軍に拝謁するという異例の栄誉に浴したし、昨年の三月には高家畠山基玄《はたけやまもとはる》と大友義孝に対して将軍より「今よりのち吉良義央に見習え」という上意が出された。数ある高家の中でも吉良義央こそが最高権威と公認されたわけだ。その上、去年の十一月には、上野介の女《むすめ》菊子の嫁ぎ先である酒井忠平の一族、酒井忠挙の女が柳沢保明の嗣子吉里と結婚した。これによって上野介はまた一つ、幕府中枢に強い縁を持ったわけである。

若い頃から身を磨り心を砕いて世俗の権力に近づこうと努めて来たこの老人にとって、今は正にその成果が実ったという気分だ。それだけに、吉良上野介には、〈わしはただの高家ではない〉と

いう誇りがある。だが、それにもかかわらず、この老人の心の深い底には、

〈四千二百石の小禄〉

という実態面での劣等感が消えない。将軍も柳沢も、数々の栄誉を与えてくれてもこれだけは増してくれない。「高家は公家より下」という大原則がある以上、吉良を公家最高の近衛家の禄五千石を上回らせることはできないのである。

甚だしい優越感と癒し難い劣等感とを持つ吉良上野介にとっては、「別段願いの儀もござらぬ」という浅野内匠頭の言葉は、気に障った。

〈此奴《こやつ》、五万余石を鼻にかけおって、わしなどに頼むことはないと申す気か……〉

老人は、無意識のうちにもそんな解釈をして、反射的に粗捜《あらさが》しをはじめていた。だが、今日の浅野内匠頭にはそれが見当らない。浅葱《あさぎ》色の紗《しや》の裃《かみしも》は夏らしく美しかったし、やや濃目の同系色の着物もよく似合っている。左に寄って立礼した振舞いも作法にかなっている。何よりも、例年より早目に参府し、すぐに登城した精勤さは認めざるを得ない。

〈何かないか……〉

吉良上野介は、困り果てて焦り慌てた。その結果、世故に長けた老人らしくもなく、まずい話題を選んでしまった。

「わしの方には内匠頭殿にちとお願いがござる。赤穂の塩売どもが美濃くんだりまで出没して我が領饗《あえ》庭《ば》の者が迷惑しておるとか聞く。左様な無体《むたい》がなきよう気を付けてもらいたい」

上野介は、つい先日、そんな苦情が国元の三河吉良荘より持ち込まれたのを思い出したのだ。

吉良上野介は、高家としての多忙さの中でも、領国経営には細やかな配慮を怠らない。高家筆頭

のこの男が治水のため築いた堤防は「黄金堤」と呼ばれて今も残っているし、隣国との境界争いにも積極的に介入して有利に解決したという記録も多い。そういう意味では、領民にとって上野介はよき領主だったといえる。それだけに、領内饗庭村の塩が赤穂塩に押されて美濃の市場を失ったというのも見過す気にはなれなかったのだろう。しかし、これを持ち出した時と所はまずかった。こんな細かい問題はいきなり殿様同士が論じるべきではないのである。

「はて、赤穂の塩売どもが美濃に……。ちと信じ難きお話でございまするが……」

浅野内匠頭は、怪訝《けげん》な顔付きで小首をかしげた。

〈わしが小禄者故、僅かなことにこだわっておるとでもいうのか……〉

そんな思いが上野介の心中に湧き起った。吉良の領地三河饗庭村の塩生産は年間一千万斤、約一万六千石に過ぎない。年産五十万石を越える赤穂塩に比べれば、百分の三ほどだ。塩の話になれば、吉良家の零細さがいよいよ目立たざるを得ない。

「内匠頭殿、わしが嘘を申しておるといわれるか……」

上野介は、劣等感をまぎらわそうとして敢て高飛車ないい方をした。

「いえ、決してその様な……」

内匠頭は身をもだえるように長身を曲げて頭を下げたが、「さりながら」と続けた。

「さりながら、赤穂の塩売はみな居座り商内《あきない》。塩は大坂や高砂の問屋に売り捌《さば》き、他国まで売り歩く者はおりませぬ。よもや美濃まで出張《でば》るような者がおるとは考えられぬことにござります」

話が塩のことになると内匠頭はいつになく雄弁だった。この大名は、赤穂産の塩と赤穂の塩売商人の動きとを明確に区別して論じている。これには、赤穂領民の塩売なら大名の自分に監督権限があるが、赤穂塩を買い取った大坂や高砂の塩問屋の行動は赤穂領主の監督の及ばぬ所だ、という論拠がある。議論は明らかに吉良の負けだ。だが、有職故実《ゆうそくこじつ》の権威として生きている上野介は、いい負かされて引き退る気にはなれなかった。

「内匠頭殿、赤穂ではまた塩田を拡げられたそうじゃな……」

上野介は戦法を変えた。

「はい、お陰様を以《も》ちまして少々は……」

内匠頭は隠さずに答えた。去年行われた諸国絵図改正でもはっきりと届け出たことだ。

「ほれ、その塩田の塩、それが問題でござるよ……」

上野介は、ようやく尻尾を摑んだといわぬばかりに顔を寄せて来た。それには浅野内匠頭も腹を立てた。

〈あの新浜は家中一同苦労を重ねて開いたもの、此奴のいい掛りでつぶせるものではない〉

という気がした。

「これは、少将様のお言葉とも思えませぬ」

と内匠頭は反撥した。

「土地を開き物産を増やし富ましめるは御公儀も御推奨のこと。某《それがし》、小なりといえども領地を頂く身として当然のお務めと思うておりまするが……」

「そ、それは……他国の民に迷惑をかけてもよいということではないわ……」

上野介は、言葉に窮してつい甲高い声を張り上げた。そして、我と我が声に驚き、年甲斐もない無作法を恥じた。

「ははは……内匠頭殿」

吉良上野介は、精一杯の笑顔を作って、自分のはまり込んでいた不利な議論の土俵から脱け出す準備をした。

「このような下賤な話はそれぞれの家来衆にまかせよう。いずれわしの方からお願いに参るでな、ま、だれぞに聞かせて下され……」

上野介はそういって語尾を笑いにまぎらわして立ち去った。

「かしこまりましてござります」

内匠頭も逆らわずに頭を下げて老人を見送った。

浅野内匠頭は、堪らなく不愉快だった。だがひたすらに耐え忍ぶこととし、このことはだれにも告げなかった。殿中口論などと伝わると話が大袈裟になり、家中上げての対立にもなりかねない、と考えたからである。このため、吉良家への挨拶も行われなかった。

しかし、被害者は加害者より執念深い。領民を思う心が篤《あつ》く、気位も高い吉良上野介は、内匠頭にいった通り、この問題を家臣同士の話合いに持ち込むことにしたのである。

六月になってしばらく経った頃、吉良屋敷から内匠頭家上屋敷に一通の手紙が来た。吉良家の家老小林平八郎の名で、美濃における赤穂塩の販売に抗議するものだった。

「御貴領赤穂産の塩を売り歩く大坂商人などの暗躍により、我が領国三州饗庭村の塩業者はいたく迷惑をしている。御貴藩においては、塩については行き届いた管理をされていると聞くので、右のような行為を抑えるのもいと容易《たやす》いことであろうかと推察する。内匠頭様のお力を以って、零細な饗庭の塩業者をお援け下さるようお願いする」

要するに、赤穂塩の増産による市場攪乱《こうらん》行為を規制せよ、というわけだ。美濃における直接の当事者を「大坂商人」としているあたりには研究の成果が見られ、明らかに上野介自身の指示を受けて作成された文面である。

「これは困った……」

一読して、江戸詰家老の安井彦右衛門はそう叫んだ。

「吉良少将様は権勢のお方。その御機嫌を損うようなことがあっては当家にとっても一大事じゃ。直ちに赤穂へ使者を出し、美濃における赤穂塩の販売を止めさせるよう手を打たねばなるまい」

「御尤も、一人や二人の塩売のために、吉良少将様と事を構えるなどあってはなりませぬ」

留守居役の建部喜六もそれに同意した。だが、これに対して、

「待たらっしゃい……」

と鋭い声がかかった。供家老として江戸に来ている大野九郎兵衛である。

「吉良家の申し条は不可解千万、理にかなわぬいい掛りでござる。いかに権勢なる吉良上野介様の御注文とて軽々に従えませぬぞ」

大野は、安井や建部の弱腰を叱りつけた。

「我が領国の民が吉良様の領地で不法を働いたというのならとも角、大坂商人が美濃でしておることに我が浅野家に何の責めがござろう。大坂は御公儀直轄の都市《まち》、そこの商人の動きなど当家が抑えられるものではない。一旦売り渡した塩は、それを買うた商人のもの、どこで売ろうがその者の勝手でござるわ」

大野九郎兵衛は、この当時の商業の基本をまず説いた。

徳川時代の商業は、二重の制約下にあった。第一は、各地の領主が領内の生産流通全般に課している厳しい統制であり、もう一つは同業者の座や組によるカルテル規制である。前者は非常に厳しく、生産も流通もほぼ完全に藩の管理下にあり、特産物の多くは専売制でさえあった。これに比べると後者ははるかに緩く、しばしば混乱が生じ座や組が崩れることもあった。日本の商人は古来、行政権力には従順だが同業者間では過当競争体質を持っていたわけだ。

こうした現象が生じた原因の一つは、いわゆる「第三国市場」における自由競争にある。各々の大名は、自領内での生産流通は注意深く管理したが、領内で生産されない商品をどこから移入するかについてはいたって無関心だった。いやむしろ、少しでも安い物が入ることを歓迎して自由競争を求めさえしたのである。この時代に、「城主をもたない都市」大坂が、商業中心地として栄え得た理由もここにある。

ところが、今、吉良家の抗議は、この「第三国市場」での問題についてである。大野九郎兵衛が「当家のあずかり知らぬ所」と主張したのは大名の権限範囲から見ても、当時の商慣習から見ても当然のことなのである。

「しかし……世の中は理屈通りに行くものでもござるまい……」

安井彦右衛門が渋い表情で呟いた。

「その通り。できることとできぬこととがござる。商内《あきない》は生きもの、抑えられるものではない」

大野は、安井の言葉を逆手にとった。

「仮に当家がこの塩はどこで売れと申したとて、その通りに売れるとは限らぬ。どの塩がどこへどう回るか定めることも調べ尽すこともでき申さぬ」

「しかし、美濃に出入りする塩売は赤穂への出入りを差止めにいたせば、吉良様の御機嫌はよろしかろうと……」

今度は建部喜六が苛立たしくいった。

「とんでもない」

大野は腹立たし気な顔付きになった。

「どこの塩問屋が美濃に入っておるのやら分ったものではござらんわ。塩は大坂の問屋から京にも桑名にも送られておるでな、疑わしい者をいちいち出入り差止めにしておったのでは、やがては赤穂の塩を買う者がいなくなってしまいまするぞ。相手が吉良少将様といえども、理にかなわぬことはお断りするほかござるまいて」

大野九郎兵衛は顋を突き出してそういった。

「そ、それでは角が立ちまするぞ、大野様」

建部喜六が慌てた。

「ははは……そこを巧くなさるのが建部殿の腕ではござらぬか。何といっても塩は当家の大切な物産、財源の面からも販売を抑えるわけには参らんでな……」

笑いを混えていい逃れようとした大野を、建部は腹立たし気に睨みつけた。

「分り申した。それでは大野様に吉良家を納得させる方法をお考え頂きとうござる。私どもには商内のことはとんと分りませぬでなあ……」

短い沈黙のあとで、建部喜六はそんな捨て鉢な台詞《せりふ》を吐いた。

「うん……そういたそう、しばらく待たれよ……」

大野九郎兵衛はそう答えた。赤穂藩第一の才覚人を以って自任する大野としては、「わしにはできぬ」とはいえなかったのである。


六月末、赤穂の石野七郎次のもとに、江戸の大野九郎兵衛から分厚い手紙が届いた。それには、吉良家との塩をめぐる紛議の概略を説明したあとで、

「美濃における赤穂塩の販売は抑え難い理由を万人が分るように説明すると共に、いささかでも吉良家の者が納得するような案を示すように」

と書いてあった。建部喜六から「よき方法を」といわれた大野は、思い付かぬままに宿題を石野に回して寄越したのだ。この難題には石野七郎次も困った。数々の塩業改革を考えて来た石野も、このような「第三国市場」問題は想像していなかったからである。

〈これはまず、実態を知る必要がある……〉

一日二日考えた末、石野はそう結論して、臨時の城代家老大石内蔵助に出張許可を求めた。

「なるほど、我が赤穂の塩が美濃にも売れ出したとは聞いておったが、またそのような新しい問題が生じておるのか……」

話を聞いた大石はそういったあとで、

「経済とは難しいもんじゃのお……」

と呟いた。四年前から勘定帳付けの勉強をはじめた大石内蔵助は、近頃めっきり腕を上げている。大野九郎兵衛が江戸に行ったあとをまかされてからは、かなり複雑な勘定帳をも正確に見極め、鋭

い質問を出すこともある。

「大石様はいつの間にあれほど算勘を学ばれたのか……」

という驚きの声が勘定方や札座から出るほどだ。だが、今、石野から聞かされた話は、単なる会計簿記の技術を超越した経済の拡がりと複雑さを感じさせた。

「おぬしなら、そのような問題も解きほぐす方法が分るのであろうのお……石野殿」

大石内蔵助は、いかにもうらやましそうな顔付きで石野を見た。

「はい、実際をよく調べますれば何とか糸口は摑めるかと……」

石野はそう答えて胸を張ったが、自宅に帰ると、えらい大言壮語を吐いてしまったことに気が付き、〈理詰めの大野様と違うて、大石様の人遣いは恐しい〉という思いを抱いた。

六月末、大坂塩町は忙しい。塩の入荷も出荷も多い時期であり、迫り来る盆の節季に備えての支払い勘定も忙しい。石野が訪れた時には、竹島喜助の店でも手代・丁稚が忙《せわ》しそうに動き廻っていた。だが、喜助は留守だった。

「主人は昨日早う京の方へ発ちましてん。三、四日かけて京から近江のお顧客《とくい》を廻ると申しとりましたので……」

応対に出て来た新任の番頭久蔵がそう答えた。大柄で目鼻立ちのはっきりしない男である。

「それでは重兵衛殿は居られるか」

石野は一番番頭の名を挙げた。

「へえ、それが生憎夏風邪をこじらしたとかで、今日は休んでおりまして……」

久蔵は無表情に答えた。

「それは困った、久蔵殿。おぬし、美濃での塩売のことは分るかな……」

石野はそういってみた。

「はあ、美濃のことは……」

案の定、久蔵は困った顔になって、

「手前は店売りと荷受を担当しておりますんで遠方のことは……」

と呟いた。竹島ではこの朴訥《ぼくとつ》な新番頭には現物商内《あきない》と在庫管理をやらせているのである。

「参ったのお、急ぎの時に。京でも近江でも追いかけて行くから喜助殿の泊り場所が分るかな」

石野は苛立ってそう訊ねた。

「はあ、それが……相手様の都合も話の加減もあることですよってに、今日はどこと分りかねますが……」

久蔵は相変らず無表情でぼそぼそという。石野は腹立たしくなって来て、

「主人は留守、一番番頭は病気、それでよう商内ができるな。急な大事ができたらどうするのじゃ、この店は……」

と皮肉ってみた。だが、久蔵は怒りもせず、

「へえ、そういう時は大抵いとはんがお決め下さいますでえ……」

というのだった。そういう喜怒哀楽のなさがこの番頭の取柄なのだろうが、今の石野にはなおさらに苛立たしい。

「ふん、この店は女子《おなご》がやっておるのか。そういえば、えらいいとはんがいるとは思うていたが……」

石野はついそんな憎まれ口を利いてしまった。と、

「うふふ……」

という笑いが帳場の方から聞えて、

「そのえらいいとはんがお相手しまひょか、お武家様……」

という声と共に素良が現われた。

「ははは、それに居られたのか、素良殿は……」

石野は仕方なく笑いを浮べて頭を掻いた。

「女子女子と軽ういうのはお武家の男はんの悪い癖や……」

素良はおかしそうに笑った。

「浪花の商人には男も女子もあらしまへん。何ぞ用なら私が承りまひょ。父喜助から印も預っとる身でっさかいに安心しとくなはれ」

「いや、それならば有難い。御婦人お一人の家に上り込むのもどうかと思うておったが……」

石野は下手ないい訳をした。

「何をいうたはりますね。うちには手代が七人、丁稚が十五人、槍二筋に髪刺《かみさし》三本許されとります。石野はんの二人や三人、狼藉あらば直ちに取り押えてしまいまっせ……」

素良は明るく笑って石野を表の座敷に上げた。

「うちでは、今の所、月に四、五千俵の真塩を美濃に出してます。これは、今後とも増えることがあっても減ることはあらしまへん。つい先頃は手代を送って大垣にちょっとした出店を開きました

し、番頭の与之介はもっと売り先を拡げようと岐阜から白金の方まで出張ってますねやから……」

座敷に向い合うとすぐ、素良は売り先別の帳面を繰ってそういった。

「仮に、素良殿。赤穂藩が美濃では売るなと申せば、どうなさるかな、竹島は」

石野はそう訊ねてみた。

「無駄でございましょう、それは……」

素良は自信に満ちた口調で答えた。

「うちが売らんでも瀬戸内のええ塩がどんどん美濃には入ります。現に、うちがやり出してからは大坂の問屋が何軒も大垣に入り込んでますよってに……」

「ほう、竹島のほかにも……」

石野はちょっと意外だった。

「そうだす……。金屋はんも岸部屋の新宅も……。これは止めようがあらしまへん。美濃の人かてええ塩を求めるようになり出したんやから」

素良はそういって、最近の凄じい経済変化について説明した。

元禄八年の貨幣改鋳以来、貨幣経済の浸透は著しく、商品流通は盛んになった。それに伴ってより高級な商品を求める人々が増えた。美濃でも、褐色がかった三河塩より多少高くとも純白の瀬戸内真塩が歓迎され出した。こうした状態を感じて最初に売り込んだのは竹島だったが、一旦それが成功したとなるとたちまち塩問屋が群り集って来た。このため質の劣る三河の塩は急激にこの方面から追い払われている。

「人は贅沢に慣れ易いもの。一度きれいな塩を使うた人は二度と三河の塩には戻らしまへん。うちが御遠慮させてもろてもだれぞがやらはる。赤穂様がお禁じになっても讃岐や伊予・備後《びんご》・周防《すおう》、どっからでも白い塩がやって来ます。商人の社会は今も乱世、強きが栄え弱きは亡ぶよかしょうがおまへん」

素良はそう結論した。

「なるほど、商人の社会は今も乱世ですか……」

素良の最後の一言は石野七郎次の胸を刺し、それ以上の議論を封じる効果を持った。

「では、一つお伺いするが、もし素良殿が三河の塩売とすれば、どうなさるかな……」

石野は、しばらく考えた末に訊ねた。

「答えははっきりしてます。まずええ塩を作らせること、次に安う仕入れること、そして上手に売ることだす。美濃の問屋に卸すのには掛売りにしてあげる。品物は途切れぬように溜らぬようにお届けする。旦那はんには御機嫌を取り御寮はんには上方の名物を届け、番頭はん手代はんには心付けを配り、丁稚どんには菓子絵草紙を与える。そんなことかて大事ですねん」

「なるほど、あの手この手とおもしろそうでござるなあ……」

石野七郎次はしみじみとした口調で、そう呟いた。

幼少の頃から武士として育ち、武士としての正道に戻ることを念願して来た石野七郎次数正の心に、商人の生き方に対するかすかな憧憬が生れたのはこの時であったろう。だが、それをこの男は認識することはなかった。ましてや、それが素良という女性に対する慕情に根差しているなどとは夢想だにしなかった。

この男は、父母がこよなく期待していたよき武士への道をひたすらに進むことこそが、自分の人生の目的と信じ続けようと、無意識のうちに努力していたのである。しかし、深い心の底に浸み入った乱世に生きる商人の世界への憧れと竹島素良に対する愛は、この男の思考と判断にも次第に色濃い影響を与えるようになって行った……。

（二）

七月はじめ、江戸の大野九郎兵衛のもとに長い書状が届いた。石野七郎次が書いた吉良家からの抗議に対する回答文である。その主旨は次のような三項目から成っている。

第一は、美濃における塩の販売合戦が既に多数業者入り乱れての乱戦となっており、赤穂の塩を差し止めても吉良領饗庭の塩が回復するわけではない、という実態報告であり、

第二は、経済の向上により美濃の住民が上質の塩を求めるようになったのは当然であり、同じことは五十年前に江戸で、十数年前には桑名・名古屋でも起っている、と指摘する経済原則を説いた部分であり、

そして第三は、今後も吉良領の塩業を続けるためには、饗庭塩の品質の向上と価格の引下げおよび販売経路の改善が不可欠だと述べた経営改善指導の部分である。

特に、石野はそのあとに紙面を改めて、

「もし、吉良家において右の如き塩業改革を志されるならば、当家より赤穂の塩業者を派遣し質のよい塩の作り方を教えると共に、当家の塩を取り扱う大坂の有力な塩問屋を紹介し、その販路に饗庭塩をも加えるようにすればいかがかと存じます。当家にとっては、敵に塩を与えるの譬《たと》え通りのことで延宝以来の御禁制にも触れることではありますが、饗庭塩は年産僅かに一千万斤、さして苦

にするほどでもありますまい。以上は私見でございますが、御家老の御判断により吉良家にお伝え頂いてもおよろしいのではないかと存じます」

と書き加えていた。

「流石は石野七郎次。ようでけておる……」

大野九郎兵衛は大いに歓び、安井彦右衛門らにも相談の上、内匠頭自身にも披見に及んだ。この頃になると、内匠頭の耳にも、改めて吉良家から塩のことで抗議が来たという話が入っていたからである。

「うん、こういうことか。吉良の塩が売れなくなったのは当家の責任でないことは明らかじゃ」

一読して浅野内匠頭は満足気にうなずき、

「九郎兵衛、吉良家の方にもよう説明して置いてくれい」

と、大野を名指して念を押した。殿中口論のことをだれにもいわずに胸中に収めて来た内匠頭は、ほっとする思いだった。

「かしこまりましてございます……」

と承知した大野は、吉良家の家老小林平八郎を神田川端の茶屋に招いて面談することにした。

会談の日、大野九郎兵衛は大判一枚と白絹一対の贈り物を用意し、自らもわざわざ新調した金糸の入った絽《ろ》の羽織を着、夏向きの白足袋にはき換えた。吉良上野介が衣裳にうるさいことを聞いていたので、その家来もそうだろうと考えたのである。

ところが、茶屋に現われた小林平八郎は武骨な感じの四十男で、着古した地味な羽織袴に痩身を包んでいる。小林の連れて来た山吉新八という三十男も同様だ。何よりも大野を驚かしたのは、高家筆頭吉良上野介の家臣二人が共に強い奥州訛《なまり》の言葉を遣うことだった。

「某《それがし》は、奥方のお供とすて米沢上杉家より吉良家に参りますたる者。既に二十五年になりまするが、若い頃の訛はいまだになおりますぬ」

小林平八郎は、奥州訛の由来をそう説明した。

「実は某も、左兵衛義周様御養子縁組の折に上杉家より付人として参りますた者で……」

続いて山吉新八もそういった。

「ほう、それはまた御出世で……」

大野は驚きあきれてそういいかけた言葉を途中で呑み込んだ。

この当時、高貴な家の子女が嫁入りや養子入りする際には、実家の家臣が何人か付人として婚家に入ることになっている。彼らは婚家先の家臣となりその禄を喰むが、役職は奥様付き若様付きである。もっとも運が悪くなければ、当の奥様や若様が死んだあとは一般の家臣として扱われ、子々孫々その地位を継ぐことになる。浅野内匠頭家にも、内匠頭の母の付人として内藤家から来た奥田孫大夫や、内匠頭夫人阿久理の付人として三次浅野家から来た落合与左衛門ら数名がいる。

上杉家三姫富子を妻とし、上杉家の養子となった息子綱憲の次男左兵衛義周を養嗣子《ようしし》としている吉良家に、上杉家から来た奥州訛の侍が三人や五人いたとて不思議ではない。だが驚くべきはその地位である。山吉新八の三十石五人扶持はとも角として、小林平八郎の家老百五十石は凄い。総石高四千二百石に過ぎない旗本吉良家では、小林の百五十石は斎藤宮内と並ぶ最高位なのだ。

〈いかにお大家から奥方をもらったからといって、奥様付きの他家者《よそもの》を筆頭家老に据えるとは、上野介様もものの好きな……〉

大野九郎兵衛は、吉良上野介なる老人のきらびやかな装いの内に隠された悲しい内面を見る思いがした。

このことは、話が本題に入るとますますはっきりした。小林平八郎も山吉新八も、大野の語る塩業の話を退屈そうに聞いていたが、そのあとでは、

「我が殿上野介は領民思いのお方で、饗庭の塩売までお情をかけておられますので、あのような文書も出しましたが……。何しろ僅かなもの故、家中には詳しい者も少のうござりましてなあ……。実は我らも吉良の荘へはほとんど参ったことさえござらいで……」

といい出す始末なのだ。

「左様でございまするか。当家の方では内匠頭以下、吉良様のお気を煩わしては申し訳ないとみな昼夜心を痛めておりましたが……」

大野九郎兵衛は拍子抜けした気持ちでそういい、重ねて、

「もし、必要ならば、これに示しましたる通り、塩の作り方、売り方などでもお役に立ちたいと思うております故、少将様にも折を見てお話し下されば幸いです」

と清書した石野の文書を用意した贈り物と共に差し出した。

「それはまた御親切なお申し出、上野介も歓びましょうぞ……」

小林平八郎は、型通りに三方を押し頂いたが、塩業に関する文書の方は無造作に懐へねじ込み、大判と練り絹の方だけ大事そうに持ち帰った。この頃の吉良家は、三河吉良荘の封建領主というよりは、江戸城内の貴族となり変っており、収入の面でも、四千二百石の領地から上る年貢よりも、諸大名からの贈り物謝礼の類の方が多いほどだった。家老の小林平八郎が、僅か一万六千石程度の

塩業の話よりも、大判一枚の贈り物を大切に思ったのもこのためである。その点、収入は少なくとも先祖伝来の三河の領地を大切に思っていた上野介と、上杉家から来た家老との間には、意志の疎通を欠いていたといえるだろう。

だが、生涯のほとんどを赤穂の地で年貢と塩業運上の管理者として生きて来た大野九郎兵衛には、礼法サービス業というべき吉良の生態は理解できない。大野がこの会談で知ったのは、吉良家にとって塩はさほど大切なものではなさそうだという点だけだった。それ故彼は、

「吉良家の方々にも快く御了解頂きました」

とだけ浅野内匠頭以下に報告したのである。

浅野内匠頭家江戸屋敷には、安堵《あんど》の風が拡まった。内匠頭自身も、

〈これで吉良奴と会うてもさほど厭味なことはなくなるであろう……〉

と考え、朗かな気分になっていた。そしてそれをいや増したのは、この年八月はじめに幕府より「神田橋御番」を拝命したことである。

神田橋は、江戸城に通じるいくつかの重要な橋の一つであり、諸大名・旗本たちの登城下城の通行も多い要所である。それだけに、この橋の警備役は、これまで浅野内匠頭が勤めて来た本所火消役や御材木蔵火番などより一格高い役目とみなされている。それが命じられたというのは、幕府中枢部における内匠頭とその家中の評価が高まったことを意味する。

「内匠頭様の御忠勤が御公儀でも悦ばれておる証でござりましょう」

早速駆け付けて来た浅野本家をはじめとする親類筋の祝使は、異口同音にそういった。

「有難き幸せ。我が家にも武勇の士が多い故、これは望んでもないお役目じゃ……」

内匠頭も嬉しそうに語っていた。吉良上野介と口論したことで幕府中枢部での評判を落としたのではないかと気を揉んだ直後だけに、殊のほか歓びが大きかった。安井彦右衛門や建部喜六も、「御公儀からこのような格の高いお役目を拝命した所を見ると、吉良少将様も御納得下されたに違いない」

と話し合っていた。彼らは、将軍のお側近くにも侍り、実力者柳沢保明とも縁の繋がる吉良上野介が、浅野に対して悪感情を持ち続けているのなら、その反対によってこうした役は付かなかったはずだ、と推測していた。

しかし、実際は、吉良上野介には大名の役付けについて発言できるほどの実力も機会もなかった。この点、幕府中枢部の人筋に疎い多くの大名たちと同様、浅野内匠頭家の人々も、吉良上野介を過大評価していた嫌いがある。その上、この頃、上野介は、江戸城にも柳沢屋敷にもほとんど行っていなかった。次女菊子の夫酒井忠平の見舞いに日参していたのである。

酒井忠平は、吉良と柳沢の縁の結び目に当る人物だ。それだけに、上野介にとっては忠平の重病は気懸りだったし、酒井一族や柳沢の好意を得るためにも気懸りな態度を採らざるを得なかった。だが、上野介にとっては残念なことに、七月末に酒井忠平は三十四歳の若さで死に、子供のなかった菊子は実家に帰されてしまった。これによって、昨年できたばかりの吉良と柳沢の縁ははかなく消えた。姻戚関係に敏感な吉良上野介は、これに一抹の不吉な予感を覚えたことであろう。

浅野内匠頭の神田橋御番勤務はなかなか好評だった。この役は、火消と同様、単純で金がかからないから武勇を愛する真面目な内匠頭には適していた。その上、この家には堀部安兵衛、高田郡兵衛など、世に知られた武士がいた。堀部は高田馬場の勇士としてあまねく知られていたし、高田は槍の名手として旗本たちにも顔が広い。彼らは、登城下城の大名・旗本たちからもしばしば声をかけられ挨拶を交すことも多かった。こうした名士を抱えることは、内匠頭の自慢でもある。内匠頭自身もしばしば御番所を訪れ、警護に当る家臣を励ましたといわれている。

（三）

元禄十一年の夏は何事もなく過ぎ、世は揺るがぬ栄華を保っているやに見えた。だが、秋の深まる九月六日、またしても大火が起り、江戸は安逸の夢を破られた。

この日は朝から季節はずれの生暖かい南風が吹き、空は気味悪い黄色に曇っていた。浅野内匠頭は午前中に神田橋御番所を視察し、警備に当っていた高田郡兵衛、赤埴源蔵《あかばねげんぞう》、武林唯七らに声をかけたりして、鉄砲洲上屋敷に戻った。半鐘の音が遠くから聞え出したのは、それからしばらく経った八ツ（午後二時）頃である。

何度も火消役を勤めた内匠頭は半鐘の音に敏感だ。すぐ使番の富森助右衛門らに様子をさぐらせると共に、家中の者にも緊急出動の用意を命じた。これまでの大火でも、避難者が江戸城域に押し寄せて大混乱になった例がある。神田橋御番役としては早目に警備態勢を整えると共に、付近の消火に当らねばならない。この橋の近くには、将軍綱吉が心血を注いで建てた護持院をはじめ幕府の重要施設も多いし、柳沢保明の屋敷もある。「火消名人」といわれる浅野内匠頭としては、よも遅れを取るわけにはいかない。

やがて情報が各方面から入り出した。火元は、浅野屋敷からも神田橋からもかなり遠い数寄屋橋付近、南鍋町の商家だったが、火は折からの南風にあおられて四方に拡がり、早くも大名小路にも燃え移っているという。この状況は、当時の江戸にとっては最悪である。数寄屋橋から風下の北方向には日本橋から上野・浅草と街並みが続いているからだ。

内匠頭はまず、老練の者三十人ほどを安井彦右衛門に与えて神田橋の番所に走らせ、自らは若手の精鋭と共に火消装束で日本橋の方に向った。半鐘を聞いてから半刻（一時間）ほど経った八ツ半時である。

その頃には火は既にかなり北まで伸び、日本橋の辺りも煙がたちこめ、銀座の大通りも逃げまどう人々でごった返していた。内匠頭は、大目付と町奉行とに使者を送り、消火に関する指示を乞うたが、大混乱の最中のこととて、「各自の判断で消火せよ」という返事が返って来ただけだった。

「よし分った。ならば進め……」

内匠頭は、五十人あまりの部下と共に避難民を押し分けて日本橋を南に渡り、堀川に沿った町家の倒壊作業にかかった。川の南面の家並みを倒し、堀川と併せて火勢を止める防衛線を敷こうとしたのである。

「火消名人の内匠頭様が来てくれた……」

「浅野の大名火消が出たぞ……」

付近の人々からは歓声が上り、浮き足立っていた人々も踏みとどまって水桶を運び出した。だが、南から攻め寄せる火の手は強く、日没頃には浅野家の作業場の間近まで火が迫って来た。

「急げ、長屋三筋を倒せ、そのあとには水をかけろ……」

内匠頭は声をからし鞭を振っていた。

その甲斐あってか、火が回る前に予定通りの町家を引き倒し、たっぷりと水をかけることができた。お陰で火はこの線で勢いが弱まったが、それでも南と西から迫る火と煙のために到底その場には居られず、浅野内匠頭らは日本橋の北側に退り、対岸の家並みに水をかける作業に入った。堀を渡って飛んで来る火の粉が新たな火災を起さないためである。

この頃になると、他にも何組かの大名火消も来ていたし、本所や上野方面の町火消も多数加わっていたので、一軒一軒に何十人かが手渡しで水桶を運び上げることもできた。

「あと半刻が勝負じゃ。頑張れい……」

日本橋北詰に床几《しょうぎ》を据えた内匠頭は何度もそう繰り返した。

その時、この大名の前に一人の男が跳び出して来た。

「浅野、浅野内匠頭様にござりますか……」

止めようとした片岡源五右衛門らの手をかいくぐった男は、息せき切ってそう叫ぶと、返事も待たずに片膝ついてわめいた。

「火は鍛冶橋御門の方にも回りました。当家の屋敷も危うござります。火消名人の内匠頭様に、是非お援け頂きとうございます。主君が、主君が何とぞと頼みおります……」

派手な水色の羽織に菜種色の着物を着た美貌の若者、というより少年に見えるやさしい容姿の男である。

「無礼者、名を名乗れ……」

脇から片岡源五右衛門が一喝した。

「は、はい……。吉良上野介が近習、清水一学と申す者……」

若者は床几の前の地面に両手をついてそう名乗った。

この日、数寄屋橋に発した火は、尾張町から銀座に拡まり、通りの両側を日本橋方面に進むと共に、西寄りにも燃え移り、鍛冶橋から丸ノ内方面の大名屋敷にも延びていた。これを見た吉良上野介は大いに慌てた。四千二百石の吉良屋敷では人数が少ない。

「上杉家に……」

勿論、上野介はすぐそれを思い浮べ、桜田門外の上杉屋敷に使者を走らせた。上杉家からは江戸詰家老千坂兵部高房以下百余人が駆け付けて来たが、荷物の搬出と上野介夫人富子の避難を第一とした。この時六十一歳の家老千坂兵部は、火勢と風向きから見て、鍛冶橋門脇の吉良屋敷を守るのは困難と判断し、直ちに吉良屋敷の建物を倒壊して内堀内に火の回るのを防ぐように提案した。吉良の屋敷は内堀沿いにあり、ここに火が及ぶと近隣に拡がり易い。喰い止めるとすれば、堀に面した屋敷群を倒して火止めとするより仕方がないというわけである。

だが、吉良上野介は、趣向をこらして造った我が屋敷を破壊するに忍びず、これを許さなかった。小禄の吉良家では、これだけの屋敷を再建するのに十年もかかるのである。

「我が屋敷を毀すくらいなら、上杉は頼まん。火を消せ、消してくれい」

上野介はそう繰り返したが、千坂兵部は、

「この勢いではちと無理でございましょう」

というばかりだ。

「何と役立たずな者どもよ……」

と叫んだ上野介が思い出したのは「火消名人」の浅野内匠頭である。

「浅野内匠頭を呼べ、浅野の火消は日本一と聞く、内匠頭をここに呼べ」

上野介は近習清水一学にそう命じて鉄砲洲に走らせた。この際、上野介は、

「内匠頭にはかねてよりいろいろと教えてやっておる。わしが頼むといえばよもや断りはすまい」

とさえいった。それは、この老人の本心である。

清水一学、この時二十一歳。吉良の領地三河国幡豆《はず》郡の庄屋の子に生れたが、利潑《りはつ》さと美貌をかわれて元禄五年十五歳で上野介の小姓となった。以来六年、常に上野介の身近に侍って来た寵臣だが、禄は僅かに七両三人扶持に過ぎない。それでも、君恩を感じるところ厚く、何事も主君の言を忠実に実行する若者である。この時も君命の通り、内匠頭の出張った先の日本橋までも追って来た。

「清水とやら……」

内匠頭は床几の前に土下座した場違いな服装の若者を見降していった。

「御覧の通りの有様じゃ。火はもうそこまで来ておる。到底手を抜けるものではないわ」

「しかし、しかし……」

清水一学は、頭を地面にすりつけて叫んだ。

「鍛冶橋の我が屋敷は……今にも危うござります。主君上野介も何とか内匠頭様にお援け頂きたいと伏してのお願いにござりますれば、何とぞ……」

「何を申す。火を前にして退くは敵前で逃げるも同じ、断じてならぬ。いかに吉良少将様の願いといえどもできぬわ……」

内匠頭が強く首を振ったのは当然だろう。既に火は対岸に迫り、炎の熱が顔を火照《ほてら》すほどだ。早手回しに向う側の家並みを倒し、たっぷり水をかけたお陰で炎は低いが、吹き上る火の粉は遠慮な

く舞い降りて来て内匠頭の頭巾や袖にも降りかかっている。到底手の抜ける状態でもないし、たとえこの場を捨てようとしても四方に散った家臣を集めるのが難しい。

恐らく、そうした事情は清水一学にも分っていたであろう。だが、この若者には、客観的な状況よりも主君の言葉の方が大切だった。

「それは尤もでござりまするが、とに角、主君上野介のたっての願い……」

一学は内匠頭の足元に這《は》いずるようにして繰り返した。

「くどい」

内匠頭は腹立たし気に一喝して床几を立った。そのあと一学は、

「内匠頭様……」

と叫びながら膝這いに追おうとした。

「もう止《よ》せ、清水氏《うじ》……」

片岡源五右衛門が一学の肩に手をかけて引き戻した。その瞬間、風にあおられた薄い木片が燃えながら一学の肩に落ち、派手な羽織をくすぶらせた。

「危ない……」

そう叫んで片岡は、手近な手桶の水を一学の肩からぶっかけてやった。それを見た町人たちの間から歓声と拍手が起った。彼らは、浅野内匠頭とその家臣が、大名屋敷の方に消火隊を集めようとして来た武士に水をぶっかけて追い返したのだ、と思ったのである。

結局、この日の火事は、夜半の子《ね》の刻頃に降り出した豪雨で鎮火したが、それまでに新橋から日

本橋・丸ノ内辺りを焼き尽し、神田橋御門の内側にも及んだ。一部の飛火は千住付近にも至り、焼失家屋数千・死者三千人と記録されている。いわゆる「勅額火事」である。勿論、鍛冶橋の吉良屋敷は全焼だった。

「この年になって焼け出されるとはのお……」

息子の養子先上杉家の桜田門上屋敷に引き取られた吉良上野介は、哀し気にそう繰り返した。

「父上、ここを我が屋敷と思い存分にお使い下さりませ……」

息子の上杉綱憲はそういって、邸内最上の部屋を上野介に明け渡してくれたが、老人の傷心は慰められるものではない。趣向をこらした鍛冶橋屋敷の焼失も惜しいし、運び残した道具衣服も思い出される。それにこの上杉屋敷以外に身の置き所がないという現実が淋しい。

昨日の火事で焼けた数十軒の大名屋敷の主たちはみな、自分の屋敷に移っている。大名ならば、上屋敷のほかに中下の屋敷がある。しかし、四千二百石の旗本吉良家にはそれがないし、身をゆだねるほどの屋敷を持つ一族もいない。上野介の弟義叙は、吉良の一族東条家を継いだが、禄は僅かに千石、しかも元禄七年にはお役御免となって小普請組に加えられた。つまり無役の貧乏旗本であり、気位の高い上野介が入れるような屋敷の一つも持っていないのである。

〈わしが身の置ける所は上杉家しかない……〉

それを思うと、吉良と上杉との実力の差が腹立たしく痛感される。そしてその上杉は、子の養子先である以上に妻の実家である。

〈富子は、甲斐性のない男と結婚したと思うておるのではないだろうか……〉

上野介は、いかにも伸々としている妻の富子を見るとますます身の縮む思いがする。息子の綱憲が何をいおうと、気楽に暮せる所ではない。それだけに屋敷の焼失が殊さらに悔やまれる。

〈もうちとみなが手援けしてくれれば焼けずに済んだのではあるまいか……〉

五十八歳の老人は、それを繰り返し考えた。そしてその行き着く先は浅野内匠頭である。堀の向う側まで火が迫り、屋敷に大小の火の粉が降り出した時のことを、上野介は腹立たしく思い出した。

「もう駄目でござる。御避難下され……」

そう叫ぶ上杉家家老千坂兵部の声をよそに、上野介はなおも踏みとどまっていた。火消名人浅野内匠頭の一隊が来てくれれば何とかなるかも知れぬという一縷《いちる》の望みを抱いていたからだ。だが、その時、やっと戻って来た清水一学は、

「内匠頭様は京橋にて町家の火消に当っておられ、こちらには参られぬとのこと……」

と叫んで、上野介の足元に泣き崩れた。

「何と……」

上野介は、全身ずぶ濡れになった寵臣の憐れな姿を見た瞬間、屋敷を救う手段がなくなったという悲しさと、我が願いがただの町家よりも軽く扱われたという口惜しさと、狂おしいほどの絶望感を覚えた。

〈内匠頭には目をかけてやったはずだったが……〉

吉良上野介は、「薄情な奴」とも「忘恩の徒」とも思う。だが、何よりこの老人の気にかかるのは、〈わしはやっぱり大名どもに軽く見られておるのかも知れぬ〉という情なさである。

〈そんなことはない。わしは高家筆頭、上様のお側にも出入りし、柳沢出羽守様にも気に入られておる男だ……〉

上野介は、敢てそう考え、

〈それを知りながら何故内匠頭は……〉

という方向に思いをめぐらした。そしてその挙句、

〈この前の塩の話じゃな……〉

と結論した。はた迷惑なお節介焼きではあっても、総てに善意で行動していた老人の思考には、自分の行為と性格が他人の反感を招くものだなどと思い当る余地もなかった。だが、経済摩擦というものは常に感情的な反感をも生み出すものだ。上野介本人が認識していようがいまいが、吉良と浅野の双方の心の深い所で、相容れない気分が膨らみ出していたことは否めない事実であったに違いない。

（四）

「何とも面倒なことが多い世の中じゃ……」

柳沢保明は、側室町子がにじり込んで来たのを見て、そんな呟きをもらした。十月初旬、新橋から丸ノ内までを焼き尽した火事から一ヶ月ほど経った日の暮六ツ半（日没後半刻）頃である。日の短い季節だから、今日の時刻でいえば六時頃だが、当時の感覚ではもう夜の部類に入る。

「去年も大火事があったというに、今年もまたあの騒ぎじゃ……」

柳沢保明は、手にした書類を投げ捨てて甘えるような表情で町子を見上げた。

「ほほほ、殿は今夜もお疲れでございますか……」

町子は片頬を歪めて笑いながら、音もなく保明の側に来て、投げ捨てられた書類を拾い上げた。

焼け出された大名への新しい屋敷割りを記した帳面である。江戸城付近の土地はみな幕府のもので、大名・旗本たちにはこれを分与して屋敷を建てさせているが、屋敷が焼けると敷地は一旦召上げとなり、改めてそれぞれに貸し与えることになっている。この際、原則として前と同じ場所を与えない。幕府の権威を思い知らせるためである。

「ほう……吉良様には呉服橋内で二千九百三十一坪も……」

町子は、何枚目かの記述を見て呟いた。新たに吉良上野介に与えられる土地は、呉服橋御門を入ったすぐを左に寄った角地で、面積は前の鍛冶橋屋敷の二倍近くもある。

「うん、よう働く老人じゃからのお……」

柳沢保明は興味なげに答えたが、すぐ、

「そなたは過ぎた扱いと思うかな……」

と訊ねてみた。

「いいえ、およろしいのでは。これからは吉良様にも使い走りをしてもらわねばならぬでなあ……」

町子は切れ長の目を横に流していった。

「というと……」

柳沢は思い当る風に身を乗り出した。

「はい……前に申しましたことにございます」

町子は薄い微笑を見せた。

去年の十月、あの「掲額火事」の直後、町子は将軍綱吉が気晴しの事業などをはじめぬように

「楽しみを持って悩むような難題」を与えるべきだといい、将軍の生母桂昌院の昇位運動を起すことを提案した。歴代将軍の生母と同じ従三位にある桂昌院の階位をさらに進めようというのだ。これには流石の柳沢保明も驚き、決断がつかず町子に朝廷周辺の反応を調べるように頼んでおいた。

あれから一年、町子はこのことを口にしなかったので、柳沢も、〈やっぱり無理らしい……〉と思うようになっていた。

だが、その間にも町子は兄の正親町公通《おおぎまちきんみち》などを通じて秘かに下工作を続けていたのである。

「あれが、できそうなのか……」

柳沢保明は膝をにじらせて訊ねた。

「しかとは申せませぬが、まあ大体は……」

町子は、そんな曖昧《あいまい》ないい方をした。

「しかとは申せぬではいかん。これは大事じゃ、上様に申し上げた上はあとには退かれぬぞ」

柳沢は失望と苛立ちを混えた表情でいった。

「いえ、もうそろそろ申し上げて下さらねばなりません。このような難事は、あと戻りのできぬ所に身を置いてこそ成せるものですよってになあ……」

町子は平然とそういい放った。

「それはそうかも知れぬが、今一度京の様子などを確かめた上でも遅くはあるまい。どうせ長うかかる話だ」

うろたえ気味にそういった柳沢を、町子はぴしゃりと止めた。

「そうはしておれしません。去年に続く今年の大火、上様も桂昌院様もいたくお沈みとか。それにつけ込んで隆光様はまた厄払いの大護摩《おおごま》など申し出ておられるというやおませぬか」

町子は大奥で聞いて来た情報を語った。綱吉の愛妾右衛門尉に仕えていた町子は、大奥の事情にも通じているのである。

「江戸の人心が揺れ動いている今、隆光様に例の調子で派手な大護摩などを企てられては、厄払いどころかかえって世の非難を受けますやろ」

「ふーん、それはわしも気にしておる」

柳沢はうめいた。桂昌院に取り入って護持院の大伽藍を建てさせた怪僧隆光は、万事大袈裟な男で、何事にも惜しみなく費用を投じてはばからない。それだけに、厄払いの大護摩となれば僧侶数千人を全国から集めて十日十晩の大法要となりかねない。幕府の出費も大変だし、大名たちも巨額の祈禱料を出さねばならない。困窮化著しい下級武士や浪人たちがこの浪費を怨むことは必定である。勘定奉行の荻原重秀もそれを恐れて、

「何としても隆光様の大護摩だけはお止め頂きたい」

といいに来たし、柳沢も止めさせたいと考えてはいる。

「けど、気にしておられるだけではなあ……」

町子は無遠慮に笑った。

「やっぱり、それ以上に上様や桂昌院様が御熱中される課題がのうてはあきまへん」

「うーん、それもそうだが、わしがいい出しては……」

柳沢は苦悶《くもん》した。

「いいえ、いい出さはるのは殿やおませぬ。是非とも女の口から……」

「女の口から……右衛門尉様から申し上げて頂くのか」

柳沢は、ちょっと光明を見出したように町子の顔を見つめた。だが、町子はまたしても首を振り、

「お伝の方様がよろしゅうございましょう」

といって、もう一度柳沢を驚かした。

平和と学問と能楽と犬とを溺愛する綱吉の大奥は、知性と優雅さを持った京の女で占められている。生母桂昌院も町人の出とはいえ京育ちだったし、綱吉の正室信子は関白鷹司房輔の娘という名門の京女である。さらに大奥取締りに当る右衛門尉の局《つぼね》も水無瀬《みなせ》中納言《ちゅうなごん》信氏《のぶうじ》の娘常磐井《ときわい》である。大奥の女中たちに源氏物語を講じていた所を綱吉に見そめられてその側室となったといわれる右衛門尉は、美貌と優雅な立居と豊かな知性の故に綱吉の寵も厚く、正室信子の受けもよく、今や江戸城大奥の中心的な女性となっている。

だが、大奥にはもう一人、重要な女性がいる。側室の一人、五の丸様ことお伝の方だ。お伝の方は貧しい旗本の娘で江戸育ち、およそ綱吉の宮廷に不似合いな女性だが、将軍綱吉の子を生んだ唯一の女性という絶対的な強味がある。彼女の生んだ長男徳松は惜しくも夭逝《ようせつ》したが、娘の鶴姫は今も健在だ。綱吉はこの娘の婿紀伊大納言綱教を将軍の後継者にしたいと願っているほどだから、その生母お伝の方の勢力もまた大変なものだ。次期将軍候補の義母の周囲には、忠誠心と先物買いで多くの人々が集るのは当然のことだ。

要するに、この頃の江戸城大奥は、才色兼備の右衛門尉と鶴姫生母のお伝の方との二大派閥が対立する形になっている。町子が桂昌院昇位という大事業を旧主右衛門尉の手柄にしようとするものと予想していた柳沢保明が、お伝の方の名が出たことに戸惑ったのも不思議ではあるまい。

「右衛門尉様には京の事情をよく御存知、いずれはお働き願わねばなりませぬが、まずはお伝の方様にお知恵を差し上げるべきでございましょう」

町子は、その理由をこう説明した。つまり右衛門尉とお伝の方の双方に手柄を分けさせ、柳沢自身はその中間に位置すべきだ、というのである。

「ふーん……流石は町子殿じゃのお……」

柳沢保明は我が妾を「殿」付けで呼んだ。

「私は柳沢の殿のお側に仕える女子《おなご》でございます……」

そういった町子の顔は声もなく笑っていた。

（下巻につづく）

作者による解説

史実に最も忠実な「忠臣蔵」（下）

（一）「峠の時代」――「元禄」を描き抜く大作

自分に嫉妬を感じるほどの名作

『堺屋太一著作集』第六巻と第七巻には、歴史小説の大作「峠の群像」を収録する。

私自身も、久し振りにこの作品を読み返してみて感心した。綿密な調査と緻密な構成で、「元禄」という「峠の時代」を描き尽くしている。我ながら、この作者、つまり自分自身に嫉妬を感じるほどの名作である。

本作品のテーマの一つは「忠臣蔵」だ。播州赤穂の領主、浅野《あさの》内匠頭《たくみのかみ》長矩《ながのり》が江戸城内で高家の吉良《きら》上野介《こうずけのすけ》義央《よしひさ》を斬りつける刃傷事件を起こし、自身は切腹、所領は没収、お家は断絶という処罰を受けた。

ところが相手の吉良上野介は「お咎《とが》めなし」。刃傷事件を「喧嘩の末の暴行」と考える浅野家家臣には、著しく不満な裁きだった。

その不公正を回復するために、翌元禄十五年旧暦十二月（新暦では翌々年の一月）、大石《おおいし》内蔵助《くらのすけ》らの旧赤穂藩士四十七人が江戸向島の吉良邸に討ち入り。吉良上野介の首級を挙げた。「忠臣蔵」は、この「赤穂事件」を「家臣の忠義」とする視点から描いたものだが、私の小説「峠の群像」はそれに留まらない。

この小説が目指したのは、「峠の時代」——元禄のすべてを、歴史小説風に、つまり史実に忠実に描き尽くすことである。

ＮＨＫ大河ドラマ制作部からの注文

一九八〇年二月、ＮＨＫ大河ドラマ制作部から電話があった。「お目に掛かりたい」というのである。

その頃私は四十四歳、予測小説の『油断！』や『団塊の世代』で世に知られ、「サンデー毎日」誌に「巨《おお》いなる企て」を連載して大ヒット、歴史小説家としても名が知られるようになっていた。結婚もして家を斉《ととの》え、通産省を退職して作家・評論家として生きて行く決意も固めていた。経済的にも、講演会や原稿書きの仕事に恵まれていた。

ところが、作家付き合いがなかったせいか、最初の「二足の草鞋《わらじ》」が祟《たた》ったのか、文学賞には全く縁がない。そんな私が、「国民的イベント」とまでいわれる「ＮＨＫ大河ドラマ」の原作を書いてもいいものか、私は戸惑った。

「とにかく、一度お目に掛かって、詳しくお話を」

私はとりあえずそう答えた。ＮＨＫの大河ドラマ制作部チーフ・ディレクターの小林猛氏ら三人とお目に掛かったのは、一九八〇年の二月のはじめだったと思う。

小林ディレクターの要望は、

「明後年の一九八二年に、『忠臣蔵』を中心テーマとした年間大河ドラマを企画している。その原作をお願いできないか」

というものである。

当時、私には「忠臣蔵」にそれほどの知識がなかった。その時、私の持っていた「忠臣蔵」に関する知識は、少年時代に大阪・千日前の歌舞伎座で何度か見た芝居の記憶と、何年か前の大河ドラマ「元禄太平記」を跳び跳びに見た印象ぐらいである。

「あの『忠臣蔵』をまたやるのか……。日本史は採り上げる時代が限られてるんだなあ……」

率直にいって、私はそう感じた。

大河ドラマの舞台になる時代といえば、戦国時代か幕末維新の動乱期、あとは源平時代が二、三回と江戸時代が三回、そのうち二回は元禄の「忠臣蔵」である。

「忠臣蔵」の二つの名作を超えられるか

「忠臣蔵」には、二つの名作がある。

第一は並木千柳《なみきせんりゅう》ら三人の合作になる浄瑠璃本の「仮名手本忠臣蔵」。時代を室町の世に替え、塩《えん》冶判官《やはんがん》の臣・大星由良助《おおぼしゆらのすけ》らが高師直《こうのもろなお》を討ち取る物語だ。全十一段の大作で、「忠臣蔵」の略称で流布している。初演は寛延元（一七四八）年だから、赤穂浪士の討ち入りから五十年近く経《た》った頃だ。その後、歌舞伎にもなり、当たり興行の定番と化した。

もう一つは真山青果《まやませいか》作の連作戯曲で昭和九（一九三四）年から十六（一九四一）年までに計十編が上演された「元禄忠臣蔵」。いわゆる「新歌舞伎」の代表的名作で、その後何度となく再演されている。昭和十六から十七年にはこれをもとに脚色した映画も公開された。

さらにNHKの大河ドラマでも、五年前の昭和五十（一九七五）年に南條範夫《なんじょうのりお》氏の原作で「元禄太平記」が作られている。石坂浩二氏演じる御側御用人柳沢吉保《やなぎさわよしやす》を主人公にした「忠臣蔵」である。

私がまず考えたのは、これらの前作を上回るほどの名作ができるか、ということだ。

同時に頭をよぎったのは、「史実に忠実に『元禄』という時代を描いてみたい」という歴史作家としての意欲である。

（二）「元禄」とは――「峠の時代」だ！

本棚一杯の史料と人物設定

NHKの小林ディレクターから話があってから二十日ほどの間に、私は「忠臣蔵を中心とした原作の構成」を考えた。そして、私の歴史小説家としての信念――「歴史小説は史実に忠実で嘘はつかない」の方針を貫くことにした。

「元禄は、徳川時代の最初の成長期の頂点。つまり『峠の時代』だ。この時代を正確に描き切るドラマにしたい」

と、小林ディレクター以下のみなさんにお伝えした。

この時より少し前の昭和五十一（一九七六）年十二月に総理大臣になった福田赳夫氏は、平和で高度経済成長に沸く当時の世相を、「昭和元禄」と評したことがある。

平和と繁栄、そして華美な消費文化こそが元禄の特色である。そんな元禄の時代的特徴を描き切れば新鮮な大河ドラマができるに違いない、と私は考えた。

この方針でまず史料集めをした。「元禄」に関する史料は沢山ある。たちまちにして本棚一杯の史料が集まった。それには五つの種類があった。

第一は「忠臣蔵」に関する史料。赤穂浅野家の家臣名簿から討ち入りに参加した四十七人の来歴やエピソードなどだ。

第二は赤穂浅野家に関するもの。財政や統治機構、赤穂に来る前の笠間時代に遡る来歴や家老たちの経歴である。

第三は赤穂藩に特有の生産物・塩と塩業に関するもの。その生産方法や販売ルート、これに関連して当時の大坂船場の塩町の塩商の実態も調べた。

将軍綱吉の絶対平和主義

第四は江戸の将軍綱吉とその周辺である。この将軍は儒学を説き、能を舞い、護国寺・護持院の大寺院を建て、大名家を訪ね歩いた。「生類憐みの令」を敷き、江戸中の野良犬を集めて飼育した。真に個性的な独裁者、大老・老中に政務を丸投げにした先代の四代将軍・家綱とは大違いだ。

綱吉は絶対的平和主義者であり、平和主義に誇りと過度の信念を持っていた。この将軍の行った奇策「生類憐みの令」は、世の中から殺伐の気風をなくすための社会ムードの醸成策でもあった。

この絶対平和主義の下で、日本社会は発展し、都市の消費文化は華やぎ、文芸や科学技術の人材が多数生まれた。

将軍綱吉の学術・芸術サロンは、同時代のフランスのルイ十四世のそれにも優る華やかなものだったろう。そんな華やかな江戸城の雰囲気を描くための史料も多く集めた。

私の史料集の最後は、元禄の文化と文化人である。実際、江戸時代二百六十五年間で、元禄ほど多くの有名人が生まれた時代はない。俳諧の松尾芭蕉や宝井《たからい》（榎本）其角《きかく》、文芸の井原西鶴、近松門左衛門、美術では浮世絵をはじめた菱川師宣《ひしかわもろのぶ》や絵画工芸の尾形光琳、演劇なら江戸に市川團十郎、上方に坂田藤十郎の歌舞伎の名優がおり、浄瑠璃界には竹本義太夫と人形遣いの名手辰松八郎兵衛《たつまつはちろべえ》がいた。

和算の祖、関孝和《せきたかかず》や海路を拓いた河村瑞賢《かわむらずいけん》も元禄初期まで活躍、この時代の成長と発展に役立った。碁打ちから天文学者に転じ、改暦をした渋川春海《しぶかわはるみ》という変わり種もいた。

私は、小説の中でもそんな関連を描くことにした。関孝和の求積計算と点竄術《てんざんじゅつ》が塩の先物取引を可能にしたことが加えられている。

「チャンバラ」のない歴史劇

この私の構想は、大河ドラマの制作陣を戸惑わせた。

「平穏な時代」元禄を忠実に描くとなれば、刀が抜かれることがまずない。この時代には、喧嘩となれば武士も腰の両刀を外して取っ組み合いをしていたという。私はそんな元禄の姿を忠実に描こうとした。

ところが、古来日本では、時代劇のことを俗に「チャンバラ」というほどに、刀を抜いての斬り合い場面が多い。ＮＨＫでもそんな活発な剣劇を期待していたらしい。

だが私は「刃物が抜かれるのは三回だけ、浅野内匠頭の刃傷事件と、切腹の場面、そして年末の吉良邸討ち入りの場面だけです」と申し上げた。

ＮＨＫの演出陣や脚本の冨川元文《とみかわもとふみ》氏は、少し驚かれたが、やがて納得して頂けた。かくして「チャンバラのない時代劇」が生まれたのである。

（三）元禄の九年間と人物像

高田馬場から吉良邸討ち入りまでの九年

大河ドラマの原作ともなればストーリーが重要だ。何しろ全国のみなさんに毎週見て頂くには、連続性があり、分かり易いストーリーが必要である。まず私は、この時代の有名な事件と人物を並べた。はじまりには元禄七（一六九四）年の「高田馬場の決闘」から入り、元禄十五年十二月十四日（新暦では翌年一月三十日）の赤穂浪士の吉良邸討ち入りで終わる。この九年間には元禄の日本社会を伝える事件が数多く起こっているからだ。

第一は「高田馬場の決闘」、私はこれを当時の情報伝達の様子としても表現した。三人を斬った現場を見た飛脚屋伝平よりも速く情報は伝わり、行く先々で話が拡大、遂には「十八人斬り」となるのである。

この間、江戸では五代将軍綱吉の治世がますます純粋化される。この将軍は「生類憐みの令」を発し、江戸中の野良犬を集めて飼育したばかりか、江戸においては魚鳥を捕獲し食することも禁じた。ために江戸では、干鰯《ほしいわし》や塩漬け魚が売れ、塩の需要が伸びた。赤穂の製塩業者も大坂の塩問屋も儲かったわけだ。

創作上の人物・石野七郎次は「居そうな人」

「峠の群像」の江戸に次ぐ舞台は赤穂だ。ここでは藩財政安定を目指して塩田の拡張が行われていた。当然、その普請に携わった担当者が居たはずである。それに当たる人物として、この物語のために創作したのが石野七郎次。浪人から家老の大野九郎兵衛《おおのくろべえ》に取り入って下級武士に採用され、塩業の拡大と改善に尽力する。

この人物は、のちに吉良邸討ち入りにも反対、浅野家の取り壊しのあとは「不義士」として流浪、やがて私の次作「俯《うつむ》き加減の男の肖像」(『堺屋太一著作集』第八巻収録予定)の主要人物として再登場する。赤穂での塩田開発の水利の知識を買われて、河内の大和川付け替え普請にも雇われた、という想定である。

(四)第三の視点・大坂――素良《そら》と近松

自立する女性像――竹島素良

もう一つ、この小説の焦点は商業都市・大坂と商人社会を描き切ったことだろう。

従来の「忠臣蔵」は江戸と赤穂の話だが、「峠の群像」では「大坂の繁栄」をも描いた。貨幣経済が伸び、商品流通が盛んになると、流通の結節地・大坂は大いに繁栄した。そのことを、赤穂の換金商品「塩」を通じて描くことにも精力を費やした。

江戸時代といえば、とかく武士文化が取り上げられ、武家社会に特有の男性中心社会と思われがちだが、大坂を中心とする商人社会には「養子取りの女系社会」が存在した。「峠の群像」では、その姿を大坂船場の塩町の塩問屋の商売と婿取りの話として取り上げている。

彼女たちは自立した存在で美意識も高い。この中に出て来る尾形光琳の着物競べは京に伝わる実話で、それを実行したのが竹島素良というわけだ。

大坂商人の女房たちは権限を持ち、商売を仕切り、よく遊んだ。それが近松門左衛門の浄瑠璃や歌舞伎を流行らせたのである。

貨幣改鋳を進めた荻原重秀《おぎわらしげひで》の天才

もう一つ、この時代に欠かせないのは勘定奉行の下級武士、荻原重秀の提唱した貨幣改鋳である。徳川時代も時代が下れば貨幣改鋳を繰り返すインフレ政策に陥るが、最初にそれをした荻原重秀の発想と論理は凄い。私はこれを何とかドラマに加えようとしたが、「絵作りが難しい」という理由で大河ドラマの中ではセリフ一つに終わった。

だがこの貨幣改鋳が、その後の「物価上昇・文化華美」を加速させ、武士の貧困化を決定づけ、ひいては吉良と浅野の争いの基にもなる。

農耕所得の上前を撥ねるだけの年貢に依存する武士は、経済の成長と物価の上昇に従って生活苦に陥り、衰亡してしまう。

赤穂の塩も、塩田が瀬戸内全体に広まると頭打ちになる。塩水を煮詰める薪買いが難しくなるからだ。だがそれは、赤穂浪士の吉良邸討ち入りよりもずっと後の話である。

史実に最も忠実な「忠臣蔵」

毎年年末になると「忠臣蔵」が話題になる。この物語には、日本人の心を打つ義理と人情、計画の緻密さと適度な分かり易さがあるからだ。

そんな中でも、私の「峠の群像」は、「最も史実に忠実な物語」とされている。登場人物も過不足なく、よく調べられよく創られている。登場する事件はいずれも史実、過剰な創造はない。そして全てが下巻の「刃傷事件と討ち入り」という「破滅」へと陥って行く。

人々の努力も、「上昇時代の終わり」という時の流れには抗し難い。浅野内匠頭や吉良上野介も、「元禄」という時代に押し流されて行くのである。

本作前半を収録する『堺屋太一著作集』第六巻では、そんな「峠の時代」の上り坂の時代に懸命について行こうとする人間の群像が美しくも哀しく描かれている。それは下巻の下り坂の時代に破綻する。

是非とも、この厚みのある作品を最後までお読み頂きたい。

――「峠の群像」解説は下巻（著作集第7巻）に続く

初出単行本・底本

『峠の群像(上)』一九八一年、『峠の群像(中)』一九八二年
ともに日本放送出版協会刊
本書は一九八六年刊の文春文庫版を底本としています

堺屋太一（さかいや・たいち）

1935年、大阪府生まれ。東京大学経済学部卒業後、通商産業省（現経済産業省）入省。日本万国博覧会を企画、開催。沖縄海洋博覧会や「サンシャイン計画」を推進した。在職中の75年、作家デビュー。78年に退官し、執筆、講演、イベントプロデュースを行う。予測小説の分野を拓き、経済、文明評論、歴史小説など現在までに100作以上を執筆。「団塊の世代」という新語を生んだ同名作をはじめ、『峠の群像』『秀吉』など多くの作品がベストセラーとなり、映像化された。

1998年から2000年まで小渕恵三、森喜朗内閣で経済企画庁長官、2013年から安倍晋三内閣の内閣官房参与を務める。

編集　株式会社ネットワーク

堺屋《さかいや》太一《たいち》著作集《ちょさくしゅう》　第《だい》6巻《かん》

峠《とうげ》の群像《ぐんぞう》（上）

平成二九年二月二七日　第一刷発行

著　者　堺屋太一

発行者　千石雅仁

発行所　東京書籍株式会社

〒一一四―八五二四

東京都北区堀船二―一七―一

電話〇三（五三九〇）七五三一（営業）

〇三（五三九〇）七五〇七（編集）

印刷・製本　図書印刷株式会社

ISBN978-4-487-81016-1 C0393

https://www.tokyo-shoseki.co.jp

堺屋太一著作集 全18巻（予定）

第1巻 油断！／団塊の世代
第2巻 巨いなる企て（上）
第3巻 巨いなる企て（下）
第4巻 豊臣秀長 ―ある補佐役の生涯―
第5巻 鬼と人と ―信長と光秀―
第6巻 峠の群像（上）
第7巻 峠の群像（下）
第8巻 俯き加減の男の肖像
第9巻 秀吉（上）
第10巻 秀吉（下）
第11巻 世界を創った男 チンギス・ハン（上）
第12巻 世界を創った男 チンギス・ハン（下）
第13巻 三人の二代目
第14巻 平成三十年
第15巻 知価革命／日本とは何か
第16巻 組織の盛衰／日本を創った12人
第17巻 東大講義録 ―文明を解く―
第18巻 団塊の秋／堺屋太一が見た 戦後七〇年 七色の日本